LOS IDUS DE ENERO

JAVIER NEGRETE

El día que cambió el destino de la República

Editado por HarperCollins Ibérica, S. A.
Avenida de Burgos, 8B - Planta 18
28036 Madrid

Diseño de cubierta: CalderónSTUDIO®
Mapas de guardas: diseño e ilustración cartográfica CalderónSTUDIO®

ISBN: 978-84-19883-39-1
Depósito legal: M-23260-2023

Para Almudena,
mi mejor lectora.
Gracias por tu paciencia en este parto.
(¡No lo sabe nadie!).
Por tu ayuda.
Y por tantas cosas.

ÍNDICE

PRÓLOGO

ORÁCULO DE DELFOS, GRECIA

Año 2 de la 125.ª Olimpiada, siendo cónsules en Roma Publio Sulpicio Saverrión y Publio Decio Mus[1]

La Pitia aguarda al hombre que la va a violar y apuñalar.

Sentada en el áditon, el rincón más recóndito del oráculo. El lugar donde la gran diosa le concede visiones del futuro.

Encaramada al trípode de bronce.

Sus pies descalzos cuelgan y se balancean con un compás lento, paciente.

Obsesivo en su regularidad.

Izquierdo. Derecho. Izquierdo. Derecho.

Izquierdo.

Derecho.

Mira de reojo al Ónfalos.

Por ahora, la piedra sigue apagada y muda sobre su basa de mármol.

Allí la han depositado los sacerdotes poco antes de amanecer. Tras sacarla del arca. Un arca forrada de plomo que, a su vez, permanecía guardada en una sala de paredes de piedra protegida con puertas de roble abollonado de medio palmo de grosor.

Esos mismos sacerdotes, después de dejar la piedra en el áditon, han huido despavoridos.

---

[1] 279 a. C.

Saben, como todos los habitantes de Delfos, que la llegada de los bárbaros es inminente.

***

El Ónfalos tiene una larga historia.

Eones atrás, cuando el mundo era joven, la diosa Rea, que acababa de dar a luz a Zeus, envolvió esa piedra en pañales de lana como si se tratara de un bebé recién nacido. Después se la entregó a su hermano y esposo Cronos. El titán la devoró tal como había hecho antes con las tres hijas y los dos hijos previamente nacidos de su matrimonio. Obraba así por temor a que alguno de sus vástagos le arrebatara el poder del mismo modo en que él se lo había arrebatado a su padre Urano.

Si Cronos cayó en aquel engaño aparentemente pueril no fue por ceguera ni estupidez. Antes de dársela a Rea, Gea, la gran madre de todos, había impregnado con sus poderes y ensalmos primordiales aquella roca extraída de su seno. Fueron sus conjuros los que obnubilaron la mente del titán.

Gracias a la astucia de las dos diosas y a la magia de la piedra, Zeus sobrevivió. Llegado a la madurez, derrocó a su padre, devolvió a sus hermanos a la luz e instauró el reinado de los olímpicos.

Ya sentado en el trono del Olimpo, Zeus quiso averiguar cuál era el centro del mundo habitado. Para ello, envió a sus dos águilas a los confines opuestos del orbe. Una vez que llegaron allí, las aves batieron sus inmensas alas para virar en redondo, haciendo restallar el aire como velas que se hinchan de viento, y emprendieron la vuelta volando a la misma velocidad. Cuando ambas se encontraron de nuevo, el águila hembra profirió un horrísono chillido con el que hizo estremecer la tierra, provocó treinta abortos, agrió la leche de cien vacas, espantó a doscientos rebaños de ovejas y quinientas bandadas de pájaros, y solo entonces abrió las garras y soltó la carga que transportaba.

Que no era otra que la piedra primigenia. La misma que había salvado a Zeus. Su lugar debía estar en el centro de las tierras, en el nudo que unía su cordón umbilical con las demás realidades.

Trazando en el aire de la noche una humeante estela de llamaradas, la roca se precipitó sobre la ladera sur del monte Parnaso, al pie de los dos imponentes farallones de caliza conocidos como Fedríades, «Resplandecientes», por la forma en que sus paredes verticales reflejaban el sol a mediodía.

Cuando la piedra se estrelló, el impacto se propagó por el suelo en unas extrañas oleadas que llegaron al golfo de Corinto y más allá, hasta el corazón montañoso de Arcadia.

Se trataba de un insólito seísmo que no derribaba árboles ni edificios ni sacudía la tierra. Eran las imágenes, las formas, los colores los que rielaban y vibraban. La misma textura del aire ondulaba con violencia, como la superficie de un lago azotado por el viento.

Aquel fenómeno incomprensible y desasosegante, un desgarro en el propio tejido de la realidad, hizo que, en un radio de cien millas, miles de personas sufrieran náuseas y vómitos. Muchos de los que dormían despertaron, para referir perturbadoras pesadillas en las que se les habían aparecido entes de formas grotescas, colores imposibles y voces que de por sí constituían una blasfemia contra los dioses y contra la razón humana. Criaturas que resultaban aterradoras incluso dentro del extravagante y absurdo mundo de los sueños.

Al día siguiente, en el paraje donde había caído la roca se advertía una grieta por la que se habría podido colar un carromato tirado por dos bueyes bien cebados de curvados cuernos. De ella brotaban unas inquietantes fumarolas de un color tan difícil de describir como el mercurio de retener entre los dedos.

Durante generaciones, la gente se mantuvo apartada de aquel lugar.

Un día, en la época en que los hombres ya forjaban armas y herramientas de bronce, unas cabras extraviadas del resto del rebaño se acercaron demasiado a la grieta y aspiraron sus vapores. Al hacerlo, entraron en trance, empezaron a dar unos brincos portentosos sobre sus pezuñas hendidas y sus balidos trémulos se convirtieron en voces casi humanas que parecían hablar en nombre de los dioses.

Los habitantes de la zona comprendieron que un poder sobrenatural emanaba del *khásma*, la grieta de la que ascendían los gases. Provisto de una soga, un intrépido cabrero descendió a su interior, recogió la piedra del fondo de la sima y salió con ella en brazos, izado por sus compañeros.

Meses después, el joven moriría, murmurando frases ininteligibles en un idioma desconocido, un lenguaje de sílabas cortantes y obsesivas que provocaba entre quienes lo escuchaban fuertes jaquecas y vértigos que terminaban en vómitos incontrolables.

Sobre la piedra y sobre el *khásma* se erigió un templo, y alrededor del templo se fue construyendo toda una ciudad santuario.

El oráculo de Delfos.

***

Mientras la Pitia, sentada sobre el trípode, columpia sus pies al borde de la grieta, los vapores siguen ascendiendo. Algunos días son tan intensos y penetrantes que apenas le permiten respirar. Otros, como hoy, tan tenues y efímeros como los jirones de un sueño que, al poco de despertar, se desvanece burbujeando igual que la espuma de la marea se retira sobre la arena rompiéndose en pompas efervescentes.

Junto al trípode y al laurel verde —es un milagro que crezca un árbol allí donde no luce el sol—, se encuentra la roca.

El Ónfalos, el Ombligo del mundo, tiene forma de huevo con la base truncada, gracias a lo cual se sostiene de pie. Lo envuelve una red de bandas de lana, cuyos nudos están adornados con esmeraldas y topacios y con pequeñas cabezas de Gorgona.

A veces el Ónfalos resplandece en la oscuridad con un brillo verdoso que se contagia a las piedras preciosas e incluso a los ojillos de las Gorgonas, diminutos como cabezas de alfiler.

Hoy todavía no se ha iluminado. Lo cual significa que la puerta que se abre al río del tiempo permanece cerrada.

Hay algo en aquel lugar que afecta a la cordura humana. Pueden ser las emanaciones de la grieta o el resplandor del Ónfalos —«verdoso» es solo una aproximación imperfecta a la fosforescencia mórbida de la piedra, pues irradia un color que los ojos intentan captar y la mente trata de fijar en un esfuerzo inútil que únicamente provoca náuseas—. También es posible que se deba a las voces que susurran cuando el Ónfalos se enciende. Esas voces no hablan en los oídos, sino que bisbisean en el interior de la cabeza. Algunos las han descrito como diminutas garras que arañan los huesos del cráneo por dentro.

Durante los primeros tiempos del santuario, muchos hombres se acercaban al *khásma* para recibir visiones del futuro y comunicárselas a los demás. Pero el poder del oráculo era tal que no tardaba en destruir sus mentes. Aquellos primeros profetas acababan tan enloquecidos que sus miradas se desencajaban y sus bocas se entreabrían en balbuceos babeantes. Algunos se sacaban los ojos, otros se clavaban punzones en los oídos para apagar las voces de la piedra, hubo quienes llegaron al extremo de clavarse las uñas en las mejillas y tirar de la propia piel hasta despellejarse el rostro.

Todos acababan arrojándose por la grieta. De ese modo perecieron, uno tras otro.

Con el tiempo, se descubrió que algunas mujeres toleraban mejor que los varones el aura que dimanaba del lugar. La primera que se sentó sobre el trípode de bronce fue, según algunos, Femónoe, hija de Apolo, aunque otra versión más fiable asegura que se trataba de Herófila, hija de Zeus. Desde entonces, sus sucesoras, las profetisas conocidas como Pitias, transmiten sus visiones en forma de versos y misteriosas sentencias. No obstante, su juicio también se resquebraja y a la larga se derrumba, hasta el punto de que los versos con los que comunican la voluntad de las divinidades terminan convirtiéndose en susurros ininteligibles y sílabas sin sentido.

Cuando eso ocurre, hay que sustituirlas.

La Pitia que acomoda ahora sus delgadas nalgas sobre el frío metal del trípode sagrado es relativamente joven: acaba de cumplir veinticinco años. Pese a que sus premoniciones, sus sueños y sus recuerdos, los recuerdos de las Pitias que la han precedido y los de las que la sucederán se entretejen en una telaraña difusa, sigue siendo, hasta cierto punto, la misma mujer a la que una década antes eligieron los sacerdotes de Delfos.

Incluso se acuerda de su nombre.

Adrastea.

Preguntarle los nombres de su madre y de su padre, o de la aldea donde nació, ya sería en vano.

***

Después de las primeras muertes provocadas por la locura del Ónfalos, los habitantes de Delfos acabaron descubriendo que la única forma de protegerse de las emanaciones de la roca —tan dañinas y tan duraderas en sus efectos como el veneno de la Hidra con que Heracles, para su propio mal, untó sus flechas— era guardarla en un arca con las paredes, la tapa y el fondo forrados de plomo y sacarla de ella solo en determinadas fechas y nunca demasiadas horas.

Desde hace tiempo, la tradición manda que esa fecha sea el siete de cada mes.

Hoy es siete de Daidaforios. Día de consulta. Por eso los sacerdotes han sacado el Ónfalos del arca para depositarlo en el áditon.

Nadie ha acudido a preguntar por el futuro ni por la voluntad de los dioses.

El porvenir inmediato está más que claro. La víspera ya se divisaban desde el santuario las columnas de humo que se elevaban desde la cercana Anticira, anunciando la inminente llegada de los bárbaros.

Pese a la ausencia de fieles, la Pitia espera paciente, con los menudos pies colgando sobre el *khásma*, iluminada por las ascuas de encina y cedro que arden en el brasero de cobre. La luz, tenue y rojiza como el ocaso, dibuja en su rostro profundas líneas de sombra, surcos tallados que la hacen parecer mayor de lo que es.

Qué más da. El tiempo y la edad pierden allí su significado.

La Pitia sabe que hoy será su último día de servicio.

No porque se lo hayan comunicado los administradores del santuario, que lo han abandonado como ratas que huyen de una sentina inundada.

Se lo ha hecho ver la Gran Madre.

Dicen que el dios que inspira las visiones de las profetisas es Apolo Arguirótoxos, el del arco de plata, que con sus flechas mató al dragón de escamas de bronce que custodiaba el santuario y de este modo se lo arrebató a su bisabuela Gea.

La Pitia, como todas las Pitias antes que ella, sabe que no es así.

Que la gran «E» de bronce que cuelga sobre la entrada del templo representa, fundido en un solo monograma para ocultarlo a los necios, el nombre de la diosa.

Γ + E = ΓE = **E**

Gea sigue siendo la única capaz de abarcar con su mirada simultánea el curso entero del gran río del tiempo. Desde las fuentes brumosas que surgen del insondable vacío primigenio, pasando por los impetuosos efluentes que se separan en cursos aparentemente infinitos en número, pero que acaban siempre desembocando en la lejana e inexorable conflagración final.

La ecpirosis donde se inmolan todos los universos.

Donde los propios dioses, desde el soberbio Zeus hasta el más humilde de los *dáimones* que pululan por la tierra, se convertirán en cenizas.

No es el dios arquero, sino Gea quien regala a sus elegidas, a modo de migajas del conocimiento infinito que posee, vislumbres de los futuros y de los pasados, que para ella son un presente continuo.

Pero a la gran madre le gusta ocultarse. Por eso, la Pitia finge ante todos que es Apolo quien se apodera de ella en sus trances.

Disimula incluso ante los sacerdotes que dirigen el santuario y que supuestamente interpretan sus palabras cuando resultan demasiado confusas para los consultantes.

Que todos crean que Apolo y su padre Zeus son los inmortales más poderosos del cosmos.

En realidad, quien sigue gobernando el mundo es la gran diosa que recibe tantos nombres como rostros usa para ocultar su verdadera y aterradora naturaleza.

***

Durante un tiempo indeterminado —tiempo que Adrastea deja pasar rumiando y paladeando la mezcla de lo que ha vivido, lo que ha contemplado y lo que ha imaginado—, el silencio reina en el templo.

Tan solo lo quiebran los chasquidos de la madera que se parte en la estufa de cobre y que, al hacerlo, alumbra con tenues relámpagos de color de sangre la penumbra del áditon. O los nerviosos y minúsculos pasos, tictictictictic, de los roedores que —pese a que Apolo también es conocido como Esminteo, cazador de ratones— corretean entre las sombras del santuario jugando a un escondite que siempre ganan.

La Pitia está sola.

Ella también podría haber huido de los invasores bárbaros, como han hecho todos los demás habitantes de Delfos.

Pero no ha querido obrar así.

Tiempo atrás, se profetizó a sí misma que sería profetisa hasta el final.

Y no es ella quién para desatar ni cortar el nudo gordiano del destino.

***

Por fin, tras aquella espera indefinida, llegan ruidos del exterior. Relinchos de caballos, balidos temblorosos de corderos degollados, voces en idiomas desconocidos que ladran palabras astilladas como hachazos.

Los batientes de las puertas se abren rechinando sobre los rieles de bronce.

Al oír aquel chirrido metálico, la Pitia no puede evitar que se le contraiga el vientre, como si sus entrañas quisieran retirarse a su propio áditon dentro de su cuerpo. Ni siquiera la mujer elegida por la gran diosa está libre de sentir miedo cuando presiente la cercanía de la violencia, del dolor.

De la muerte.

De nuevo se oyen voces.

Discuten.

Una de esas voces ladra más fuerte y acalla a las demás.

Unos pasos resuenan avanzando por las losas del prónaos, respondidos por sus propios ecos.

Es solo una persona. Un hombre pesado, de zancadas impacientes.

La Pitia no puede verlo. Una gruesa cortina de lana negra separa el áditon del resto del templo. Además, ella se encuentra sentada de espaldas a las puertas con el fin de que la luz del exterior no interfiera con las visiones que emanan del interior de la tierra.

Los pasos suenan más cercanos. También más mortecinos, menos nítidos. La diferencia en la textura del sonido y la falta de ecos indican que el intruso ha dejado atrás las baldosas pulidas de la nave principal y ahora está bajando los gastados escalones que descienden al áditon, cuyo suelo sagrado es el terreno original donde cayó la roca primigenia y desgarró el tejido de la realidad.

—Date la vuelta, mujer.

Una voz ronca.

Demasiado cercana. Ya se encuentra a este lado de la cortina.

La Pitia respira hondo una vez, dos veces antes de responder.

—No necesito darme la vuelta para saber quién eres, Brenno, hijo de Brenhin.

—Hazlo. Quiero verte la cara, Pitia.

En labios de Brenno, la «th» del griego en «Pythia» suena como arena masticada y después escupida con desprecio.

La armoniosa lengua de Platón no se creó para bocas bárbaras, acostumbradas a devorar carne sanguinolenta arrancándola a mordiscos como lobos.

Sin volverse todavía, Adrastea se agarra a los bordes del trípode y baja de él con cuidado, como si se descolgara de las ramas de un alto roble. Tras pasar tantas horas sentada e inmóvil, sus miembros se han anquilosado y sus rodillas se resisten a desdoblarse.

Se queda al otro lado del *khásma*. Sabe, no obstante, que como trinchera de protección resulta inútil. La grieta, que en tiempos debió de ser lo bastante grande para que por ella cupiera un hombre crecido, se ha ido cerrando como una vieja herida.

Hay quien dice que, cuando el *khásma* cicatrice del todo, Apolo Gea dejará de inspirar a sus profetisas y la voz del oráculo callará para siempre.

Por ahora la grieta sigue abierta, pero en estos tiempos se puede cruzar dando un corto salto o con una zancada lo bastante alargada.

Máxime si quien va a dar esa zancada es un hombre de la estatura de Brenno, caudillo de los celtas invasores.

Cuando por fin se gira para contemplarlo, la Pitia constata que el bárbaro es dos cabezas más alto que ella. Sus hombros macizos son dos pedruscos embutidos bajo la cota de malla y la piel de oso que lleva a modo de capa. Al resplandor de las brasas, la barba y las guedejas que caen bajo las carrilleras del casco parecen trenzadas en cobre manchado con pegotes de grasa.

Los ojos, emboscados en las sombras de sus profundas cuencas, apenas se ven. Si Brenno es como otros celtas, los tendrá azules.

De cerca, el bárbaro hiede, pese al aroma a laurel y harina de cebada con que los sirvientes fumigaron el templo al amanecer. Apesta a sudor agrio y a vino a medio digerir.

A mucho vino.

A los celtas que vienen de las tierras del norte, acostumbrados a sus brebajes amarillentos, los fascina el licor de Dioniso, rojo y espeso como la sangre.

Brenno también huele a sexo. Aunque la Pitia sea virgen, conoce bien ese efluvio, que evoca una mezcla de establo, quesería y hojas de abedul descomponiéndose en el suelo tras un aguacero de otoño.

El bárbaro es un macho en celo que ha fornicado, pero que aún no ha quedado satisfecho.

El estómago de Adrastea vuelve a agarrotarse.

El resplandor rojizo se apaga poco a poco.

Se enciende otro de una cualidad muy distinta.

El Ónfalos.

La piedra ha empezado a fosforescer como una copa de fino alabastro en cuyo interior aletearan cientos de luciérnagas. A su luz voluble y fantasmagórica, la Pitia se mira las manos, de por sí esqueléticas, y le da la impresión de que su piel empezara a pudrirse y por debajo se transparentaran los huesos.

¿Qué otra cosa cabe esperar? Sabe que ya es un cadáver.

También lo es el caudillo celta, aunque él lo ignore.

Todos los hombres empiezan a convertirse en cadáveres desde el día en que nacen. Pero la espera de Brenno será más breve. Apenas le queda un mes de vida.

De ello se ocupará el Ónfalos.

No será Adrastea quien le advierta de que debe guardarlo en su arca de plomo para protegerse del poder tóxico que emana de él.

Al percatarse de que la iluminación ha cambiado, el celta se queda mirando a la piedra, cuya luz indescriptible espejea como reflejos de agua en el techo de una gruta.

Las voces que anidan dentro del Ónfalos llaman al bárbaro desde la peana de mármol.

Él será tan insensato de caer en el hechizo de sus voces, tan venenosas como los cantos de las sirenas que atraían a Odiseo o los susurros de las náyades que engañaron al bello Hilas para ahogarlo en sus aguas.

Por la expresión de Brenno, está claro que el reclamo del Ónfalos ha surtido efecto y que su intención es llevárselo. Adrastea no necesita el don de la profecía para darse cuenta.

—Me han dicho que el poder del santuario reside en esta piedra.

En tode to litho. Brenno vuelve a mascar y escupir la arena de la «th».

—¿No posees ya bastantes riquezas? Tengo entendido que no has dejado ni un mísero grano de oro en tu camino hasta aquí.

Brenno y sus celtas llevan saqueando y devastando todo a su paso desde que atravesaron las Termópilas y penetraron en la Grecia central.

La presa más preciada, no obstante, es el propio Delfos.

El camino que serpentea hasta la entrada del oráculo —tan largo, sinuoso y plagado de brillos dorados como el cuerpo broncíneo del extinto Pitón— se halla festoneado de templetes y capillas de diversos tamaños. Esos edificios contienen las ofrendas consagradas a lo largo de los siglos por ciudades de toda Grecia y de otros lugares, y también por miles de consultantes particulares.

Contenían.

La horda de guerreros celtas los ha desvalijado a conciencia.

Por fin, los ojos de Brenno asoman desde el fondo de sus túneles. Es como si hubieran devorado el resplandor que emite la red del Ónfalos y ahora se encendieran con su propia fosforescencia, una luz que ha nacido ya infectada con un germen de podredumbre y codicia.

—Esta piedra decorará mi salón de trofeos allá donde vaya.

—El poder de los dioses no está hecho para los humanos. ¿Ignoras lo que le ocurrió a Sémele cuando le pidió a Zeus que yaciera con ella en toda su plenitud divina?

—¿Qué pudo ocurrirle? Seguro que se corrió como una perra.

La grosería del bárbaro hace que, de nuevo, las tripas de la Pitia se encojan. Si siguen haciéndolo, desaparecerán dentro de sí mismas como una serpiente que se autodevora.

Pese a ser la elegida de la gran diosa, la joven tiene miedo de aquel mortal grande y maloliente. Un miedo que recorre todo su cuerpo y se concentra en sus intestinos y su garganta.

Intenta que su voz no tiemble, traicionando el temor que siente. No es fácil. Apenas consigue que brote un hilo de aire de su boca.

—Sémele quedó reducida a cenizas.

—Cenizas —repite el bárbaro.

—Un aviso para los mortales que se entrometen en asuntos de dioses.

Con una sonrisa torva, el caudillo celta deshace el nudo que le sujeta al cuello la gruesa piel. Esta resbala sobre sus hombros y cae al suelo con las garras astilladas y amarillentas para arriba. Como si un rayo de Zeus hubiera fulminado al oso, su anterior dueño.

El olor a sudor se hace más intenso, mezclado con el de la orina con la que algún sirviente ha limpiado la herrumbre de los anillos de la armadura.

Brenno avanza hacia la Pitia.

Cuando adelanta una pierna gruesa como un tronco de roble para cruzar por encima del *khásma*, los vapores que suben del suelo se hacen más espesos, trepan por sus costados y lo envuelven como la bruma del otoño envuelve y esconde los bosques del Parnaso.

Por un instante, la mujer alberga la esperanza de que esos vapores lo devoren y lo arrastren a las profundidades.

Pero no es así.

El enorme celta emerge a apenas unos palmos de la Pitia, una montaña rompiendo con sus recortadas crestas la niebla del amanecer. Sus dedazos sucios trastean con el cinturón, abriendo la hebilla en forma de cabeza de jabalí. Ni siquiera el peso de la cota de malla puede disimular el bulto creciente del ariete que empuja y se hincha en su entrepierna.

—Si me tocas a mí o al Ónfalos, quedarás maldito —le advierte la Pitia.

El bárbaro suelta una carcajada que más se asemeja a la tos de un moribundo. Sus ojos han vuelto a quedar hundidos en las sombras, salvo por un diminuto punto de luz verdosa en cada uno.

Es el resplandor del Ónfalos, que ya lo ha infectado con su emanación.

El cinturón cae al suelo con un único tintineo que no levanta ningún eco. Como si el suelo se hubiera tragado el sonido.

—Tocaré ambas cosas, mujer. Así, una maldición anulará la otra. Aunque seas un saco de huesos, no me iré de aquí sin gozar de lo que ha gozado ese marica de la lira al que llamáis dios.

—¡Nadie ha gozado de mí! —se ofende la Pitia—. Ni Apolo mismo puede poner la mano encima a sus profetisas.

—Pues yo lo haré —dice Brenno, extendiendo el brazo.

La espalda de la Pitia topa con la pared de la pequeña estancia. No puede retroceder más.

***

Pese a la muda plegaria de la Pitia, Gea no provoca un terremoto para sepultarlos a ella y al bárbaro bajo el techo del templo y evitar la violación.

Al menos, la gran diosa es lo bastante compasiva para envolver a Adrastea bajo el manto de la locura profética.

Mientras Brenno la aplasta bajo su peso y se mueve sobre ella resoplando con ásperos gemidos, como un remero bogando en un trirreme, ella no siente nada. Ni siquiera la fetidez del aliento y del sudor revenido de aquel bárbaro garañón.

La diosa la transporta lejos de allí, muy lejos en el espacio y en el tiempo.

Tras bajar de entre las nubes, la Pitia, convertida en una mirada incorpórea, en unos ojos que ni siquiera se ven a sí mismos, flota por encima de un río.

El río es más ancho que cualquiera que haya visto en la seca y áspera Grecia. Fluye tranquilo, pero poderoso, un dragón anciano y sabio, de cuerpo alargado y sinuoso, cuya pausada respiración se levanta en hilachas de bruma. Lo rodean bosques y pastos en los que el esmeralda húmedo y mullido de la hierba se mezcla con el bronce del otoño en los árboles.

El sol acaba de salir. Sus rayos tiñen de ámbar las aguas del río y los jirones de niebla, e iluminan la gran explanada que se extiende en su orilla oriental.

La pradera se ha convertido en un vasto cementerio.

Podría ser una ciudad entera.

Una ciudad de muertos.

Miles, decenas de miles de cadáveres yacen por doquier, algunos en montones, otros en filas tan bien formadas como falanges.

«Falanges, no», le dice a la Pitia una voz interior. Es la misma que se dirige a ella en sus trances proféticos, una voz que ha aprendido a captar por encima del cacofónico coro de chirridos que brotan del Ónfalos.

Es la voz de la gran madre.

«Son legiones», le dice.

Si son legiones, comprende Adrastea, significa que los muertos pertenecen a Roma. Los emisarios de aquel poder creciente han acudido más de una vez a consultarla a Delfos.

Los cadáveres se extienden hasta donde alcanza la vista.

Y mucho más allá.

Cuervos y cornejas graznan alborozados, picoteando lenguas y mejillas, arrancando ojos y llevándose con los globos oculares haces de músculos y nervios. Perros salvajes y lobos, incluso cerdos, hozan en las heridas o abren otras nuevas con sus dientes. Solo levantan los hocicos de los cadáveres para gruñir y amenazarse unos a otros, arrugando los belfos y exhibiendo los colmillos ensangrentados antes de reanudar el festín.

De los restos de un enorme campamento se alzan columnas de humo que se retuercen en violentas espiras negras antes de fundirse con el color lívido del cielo. Las llamas crepitan con rabia, como si libraran entre ellas su propia batalla. Todo apesta a sangre y a carne quemada, en una inmensa hecatombe ofrecida a los dioses.

O más bien un holocausto a las divinidades infernales.

Es como si hubiera llegado el fin del mundo.

Tal vez vaya a llegar. Las hordas que han desatado aquella destrucción prosiguen su camino.

Este ejército del futuro es inmenso, mucho más terrible y devastador que las huestes con las que Brenno ha invadido Grecia en el tiempo de la Pitia.

«Quiero ver más», piensa Adrastea.

La diosa atiende su deseo.

Como un halcón desprovisto de cuerpo, la Pitia sobrevuela la abigarrada masa de aquella enorme horda.

Khymbrōs, se llaman a sí mismos. «Los que habitan el hogar».

Para los romanos a los que han masacrado son los cimbrios. Los invasores misteriosos que bajaron de las brumas del norte.

En esa multitud viajan mujeres, algunas tan feroces como sus maridos, y también niños y ancianos, más carromatos y bestias de carga. Voces, relinchos, ladridos, mugidos. Traqueteo de ruedas y rechinar de ejes. La llanura retiembla con sus pisadas en un rítmico tambor, un palpitar que desciende como un persistente llamado dirigido a las entrañas de la tierra y que parece decir: «Oh, gran madre, desata el infierno sobre el orbe entero».

Al llegar a la vanguardia de la marea humana, la Pitia descubre quiénes la encabezan.

A aquella muchedumbre bárbara la manda un coloso, la inspira una vidente y la guía un sabio.

El coloso, cuya estatura y musculatura empequeñecerían a Brenno, se antoja aún más imponente por el gran moño con el que se recoge sobre la cabeza los cabellos pajizos. Es un general que despierta en sus bárbaros —guerreros del norte lejano más altos y fieros que los mismos celtas— tanta lealtad como la que sentían los macedonios por el gran Alejandro.

La vidente es una mujer ciega. A cambio, está dotada de segunda visión, como la misma Adrastea. Sus iluminaciones las recibe de una versión de Gea no menos veneranda, pero sí más exigente en sus sacrificios, llamada Nerthur. Las órdenes se las susurra al oído un dios que recorre el mundo con un báculo y un ancho sombrero, a la manera de Hermes, pero tan destructor como Ares y tan poderoso como el mismísimo Zeus. Muchos son sus nombres. Entre ellos Aldar, el Viejo; Allafader, Padre de Todos; o Grimr, el Sombrío.

El nombre por el que lo invoca la vidente cuando incita a los bárbaros a la terrible batalla es Wodanz, Señor de la Furia.

Por último, el sabio es un hombre del sur, un griego que lleva un cuervo negro perchado en cada hombro. Un antiguo erudito que ha decidido guiar a los bárbaros en su expedición de muerte y destrucción porque está dispuesto a incendiar el mundo, aunque él mismo perezca entre las llamas. Lo mueven el aborrecimiento y el rencor que siente por una nación entera.

Roma.

No la misma Roma que hace poco consultó a Adrastea sobre su guerra inminente contra el aventurero Pirro.

Esta Roma del futuro lejano es inconcebiblemente más poderosa.

Y, sin embargo, son los soldados de esa orgullosa potencia, sus legionarios, quienes alfombran aquel vasto campo de batalla con sus cadáveres y sirven de pitanza a cuervos, buitres, perros y todo tipo de alimañas.

Mientras Brenno sigue moviéndose sobre la Pitia, empujando y gruñendo de frustración porque no consigue eyacular, el dios revela a Adrastea los nombres de esas tres personas.

Wulfaz es el coloso.

Hadwiga, la sacerdotisa.

Hrokanfadi, el sabio de los cuervos.

Son ellos tres y su horda los que van a arrasar el mundo.

«*Rágnarok!*», ululan los guerreros mientras incendian y devastan. No saquean ni desvalijan como el celta Brenno. Solo destruyen mientras se alejan río arriba haciendo retemblar el suelo bajo sus pisadas de gigantes y gritando: «*Rágnarok!!*».

«¿Por qué me envías esta terrible visión, madre?».

Las miradas de Adrastea y Hadwiga, la vidente de los bárbaros, se cruzan.

Una mirada opaca la de ella. Ciega. Y, sin embargo, la joven Pitia comprende que, desde el futuro, la otra mujer ha clavado en ella su segunda visión.

Hadwiga le sonríe. Una sonrisa desprovista de alegría.

Y de cordura.

Durante un instante, Adrastea ve lo último que contempló —que contemplará— la vidente de los bárbaros.

Fuego caído del firmamento. Un estallido cegador.

Literalmente. Como si veinte soles se encendieran a la vez en el cielo.

Adrastea comprende que es ese mismo fuego el que ha hecho salir de sus tierras a aquella horda. A los *Khymbrōs*, «los que habitan el hogar», que ahora buscan uno nuevo en las tierras del sur.

Las tierras que dentro de más de cien años serán dominios de Roma.

¿Lo buscan, o solo pretenden vengarse de la destrucción de su hogar sembrando la devastación por todo el orbe, hasta provocar una conflagración universal y, finalmente, la ecpirosis última?

«*Rágnarok!!*».

El grito se repite, la «k» se convierte en un chasquido de piedra al romperse...

***

... y el ruido saca a la Pitia de su trance.

Está de nuevo en el presente, si es que el tiempo posee algún significado para una profetisa.

De regreso en el áditon.

Todo se ve en un ángulo extraño. Como si el eje en torno al cual giran el sol y los astros hubiera sido ladeado por el manotazo de un gigante.

La joven tarda un instante en comprender que la anomalía se debe a que ella misma está tumbada en el suelo. Su cuerpo, como si tuviera voluntad propia, repta para acercarse al *khásma*, buscando el tenue calor que sube de la grieta, por inhóspito que sea. Nota en sus entrañas una gelidez innatural, como si el frío que reina entre las estrellas se hubiera apoderado de ella.

Al arrastrarse, deja tras de sí un rastro cálido y húmedo.

Su propia sangre.

No es la de su virginidad profanada.

Antes de dejarla tirada como un despojo, el celta le ha asestado una cuchillada bajo las costillas.

Sin prestarle atención a su víctima, Brenno se agacha y recoge del suelo el Ónfalos. La peana de mármol está volcada. De una patada, sospecha la Pitia, propinada por el bárbaro en una sacudida animal al vaciarse dentro de ella.

Es consciente de que él la ha llenado con su viscosa simiente. Siente cómo rezuma por sus muslos la parte que no se ha quedado dentro de ella, cómo el esperma se enfría y coagula sobre su piel.

Brenno se aleja, acunando entre ambas manos el Ónfalos. El peso de la piedra es tan grande que incluso un hombre de su tamaño y su fuerza tiene que caminar agachado, jadeando por el esfuerzo.

El Ónfalos sigue brillando, cuajado de gemas que destellan enfermizas. Su luz espectral hace que el rostro sudoroso del caudillo bárbaro asemeje la panza de un pez que llevara días pudriéndose al sol.

No tardará en recibir su merecido, piensa la Pitia.

El celta sube los escalones con pasos cautelosos, entorpecido por la carga que transporta.

Por fin, desaparece de la vista.

Con él, la luz abandona el áditon.

¿O son los ojos de la Pitia, que se están apagando al mismo tiempo que su vida?

Los cierra.

Ojalá dentro de su cuerpo hubiera algo parecido a los párpados. Ojalá tuviera unas membranas internas que obedecieran a la voluntad y se pudieran cerrar también al dolor.

Al dolor de sus entrañas doblemente profanadas por el helado metal del cuchillo y por la sucia carne del bárbaro.

A través de los párpados cerrados nota una mirada.

Dos ojos verdes la observan.

Abre los suyos.

No son ojos. Son dos ascuas verdes, o dos luciérnagas inmóviles en el suelo.

La joven repta otro poco. Estira la mano. Sus dedos dejan rastros de sangre en el suelo. Sin darse cuenta, se los ha manchado al tocarse la herida del abdomen.

Los ojos verdes. Son dos fragmentos del Ónfalos. Aunque brillen como esmeraldas, no lo son, sino esquirlas desprendidas de la propia piedra.

Coge aquellos añicos brillantes. Están calientes. Tanto que casi queman. Pero la Pitia no quiere soltarlos. Ese calor la alimenta, le alivia el dolor y el terrible frío que siente por dentro.

Además, alrededor de ellos todo es oscuridad, una oscuridad que amenaza con devorarla en la nada eterna.

Los trozos de piedra, que juntos apenas taparían la superficie de la uña de su pulgar, crecen dentro de su mano. Llega un momento en que no puede contenerlos. Abre el puño y los mira.

Sí, han crecido.

Su primera impresión era buena.

Eran ojos.

La miran fijamente. Unas pupilas grandes, unos iris de un verde casi puro, como malaquita.

Son los ojos de un bebé.

Son los ojos de una cierva blanca.

Son los ojos de un hombre.

Todo a la vez.

—¿Quién eres tú? —susurra la Pitia.

«¿Quién eres tú?», le responden los ojos.

La Pitia comprende que, en el umbral de la muerte, su mirada se ha cruzado, por azar, por voluntad de la gran madre o por el poder de los fragmentos de la piedra Ónfalos, con la mirada de alguien del futuro.

Comprende también que el destino de ese alguien está unido al de la horda que sembrará la destrucción en ese porvenir de llamas y sangre.

—Adrastea —responde ella.

El hombre-bebé-cierva blanca contesta.

«Sertorio».

El tono es vacilante. A medias respuesta, a medias pregunta, como si el dueño de los ojos acabara de descubrir y al mismo tiempo crear su nombre.

La Pitia se acerca la mano al rostro tanto que tiene que bizquear para fijar la mirada en las esquirlas del Ónfalos.

Los ojos crecen hasta abarcarlo todo.

Los iris se convierten en halos verdes, se agrandan, se dilatan hasta quedar casi fuera del campo de visión de la Pitia. Las pupilas son ahora enormes, grandes como espejos.

Se funden en uno solo. Y en ese espejo la Pitia ve reflejado un rostro.

¿Quién es?

No es su cara.

Tampoco la de quien ha dicho llamarse Sertorio.

Más que un espejo, lo que tiene ante sí es…

¿Una ventana?

Desde ella le devuelve la mirada un hombre de ojos grises y pómulos altos y marcados como escollos en el mar. Tiene dos cicatrices que recorren sus mejillas como si ampliaran su boca en una extraña sonrisa desprovista de toda alegría.

Sus labios se mueven.

Con retraso, como el trueno que se demora después de un rayo lejano, se oyen tres palabras.

«¿Dónde estás, madre?».

¿Madre? ¿Cómo puede ser eso?

«Pero si voy a morir —piensa la Pitia—. No puedo ser madre».

Después, la visión se oscurece. Los ojos se cierran, los fragmentos de piedra se apagan.

Todo se vuelve negro.

LA MUERTE DE BRENNO Y EL DESTINO DEL TESORO DE DELFOS

(Pasaje de la obra *Sobre el Océano* de Posidonio de Apamea)

Sobre el destino del inmenso botín conocido como «tesoro de Delfos», Artemidoro de Éfeso escribe lo siguiente al final del libro 28.º de sus *Historias*:

Una vez dentro del templo, Brenno tuvo la osadía de profanar el lugar de la forma más impía. No solo violó a la Pitia allí mismo, junto al trípode de Apolo, sino que además se llevó consigo el Ónfalos, la piedra sagrada que otorgaba su poder profético al lugar.

Por eso, la reliquia que ahora enseñan los sacerdotes y administradores de Delfos, asegurando que se trata de la original, no es más que una copia. Nadie sabe qué destino corrió el verdadero Ónfalos una vez que Brenno se lo llevó.

En lo concerniente a la Pitia, algunos dicen que murió en el santuario, desangrada por el puñal del bárbaro. Otros afirman que Brenno la dejó embarazada y que los sacerdotes la expulsaron del templo para ocultar aquella vergüenza, mientras ella sostenía que el hijo que llevaba en sus entrañas era fruto del dios Apolo.

Existe, incluso, una tercera versión según la cual la Pitia, trastornada por lo ocurrido o enloquecida por sus propias visiones, se arrojó al khásma, *la grieta de la que brotaban los vapores proféticos, y desapareció en las entrañas de la tierra. Por nuestra propia visita al oráculo, no nos pareció que eso fuera posible. Pero los administradores del templo nos aseguraron que la grieta era mucho más ancha en el pasado y que, desde entonces, no ha dejado de contraerse como una herida que cicatriza.*

Si bien Delfos no fue el único santuario griego que sometieron a su pillaje, los celtas de la tribu de los volcas tectósages obtuvieron de él la parte más cuantiosa de su botín. Conservaron las monedas y algunos objetos fáciles de transportar, como los huevos de oro macizo que los sifnios enviaban anualmente al oráculo. En cuanto a lo demás —vajillas, estatuas, trípodes, coronas—, lo fundieron todo con el fin de moldear lingotes de oro y plata más fáciles de apilar y transportar en sus carromatos. Hecho esto, abandonaron Grecia tras haber sembrado en ella la devastación y se encaminaron hacia el oeste.

En el libro 29.º narraremos qué destino corrió Brenno y cómo su muerte dio origen a la leyenda de la maldición del oro de Delfos. También explicaremos las averiguaciones que hemos hecho sobre el paradero del inmenso tesoro expoliado de Delfos, que según los archivos del santuario ascendía a quince mil talentos de oro y diez mil de plata.

Aquí se interrumpen las *Historias* de Artemidoro, en el libro vigésimo octavo, sin que nadie haya podido encontrar los siguientes volúmenes que prometía. Su autor desapareció de Roma, donde estaba redactando esta obra, durante los tumultuosos días que siguieron a los enfrentamientos entre los partidarios del cónsul Lucio Opimio y el extribuno de la plebe, el revolucionario Gayo Sempronio Graco. Gracias precisamente a la familia de Graco, que guardaba en su poder una copia manuscrita de la obra, no se perdieron también los primeros veintiocho libros de las *Historias*.

Del paradero de Artemidoro nunca más se supo. Algunos de sus contemporáneos contaron que llevaba tiempo manifestando su intención de viajar al Septentrión, a Tule y la mismísima Hiperbórea, siguiendo la ruta de Píteas de Masalia.

En las *Memorias* del dictador Sila se cuenta que es posible que Artemidoro participara en la gran invasión de los cimbrios. En cuanto a este pueblo, gracias a nuestras propias pesquisas hemos averiguado que los cimbrios hablaban una lengua parecida y adoraban a los mismos dioses que las tribus que habitan hoy la Germania. Por esa razón, sería apropiado denominarlos germanos, a pesar de que los autores de aquella época todavía no conocían ni utilizaban ese término y muchos los confundían con los celtas.

Aunque sea Sila quien transmite esta información, él mismo la pone en cuarentena, ya que la obtuvo de Quinto Sertorio después de que este regresara de su misión de espionaje entre los cimbrios. Hay que tener en cuenta que ambos hombres, que empezaron siendo amigos mientras servían a las órdenes de Gayo Mario, acabaron convertidos en adversarios encarnizados, por lo que Sila nunca tiene palabras buenas para Sertorio.

En cualquier caso, si Artemidoro llevó a cabo su expedición, si pereció en el camino, si decidió quedarse a vivir en el remoto norte o si realmente tuvo que ver con los cimbrios, son materias de especulación más propias de otro tratado.

Posidonio, *Sobre el Océano*, II 3 y ss.

GAYO GRACO Y LA SITUACIÓN EN ROMA A PRINCIPIOS DEL CONSULADO DE SU ENEMIGO LUCIO OPIMIO

Tras arreglar y organizar todo [lo relativo a la colonia fundada por él en Cartago] en solo setenta días, Gayo Graco volvió a Roma al saber que las circunstancias exigían su presencia. Pues Lucio Opimio, miembro de la facción oligárquica que poseía una gran influencia en el Senado y que anteriormente había sido derrotado al presentarse al consulado —ya que Gayo Graco había apoyado a su rival Fanio—, ahora tenía una mayoría a su favor y todo el mundo estaba convencido de que iba a conseguir el cargo. Cuando se convirtiera en cónsul, estaba claro que acabaría con Graco, cuya influencia se estaba empezando a debilitar, ya que el pueblo se estaba cansando de sus políticas.

En cuanto Graco regresó a Roma, lo primero que hizo fue mudarse de las alturas del Palatino a otro emplazamiento más popular cerca del Foro, donde vivía la mayoría de la gente pobre y de baja condición. Después presentó el resto de sus leyes con la intención de someterlas al voto de la asamblea. Para apoyarlo en esa votación, acudió una gran multitud desde todas partes de Italia. El Senado, sin embargo, convenció al cónsul Fanio para que ordenara expulsar de la ciudad a todos los que no fueran romanos.

En aquel momento, Graco también se enemistó con los demás magistrados por el siguiente motivo. El pueblo solía contemplar los combates de gladiadores en el Foro Boario, pero muchos de los magistrados habían levantado tribunas con asientos alrededor de la arena para alquilarlas. Graco les ordenó que las retiraran con el fin de que los pobres pudieran disfrutar del espectáculo sin tener que pagar.

Como nadie le hizo caso, Graco esperó a la noche anterior a los juegos. Entonces ordenó a todos los obreros que tenía entre sus trabajadores que desmantelaran las tribunas, de tal modo que al día siguiente el lugar quedó despejado para los ciudadanos.

El pueblo consideró esta acción una muestra de hombría. A cambio, enfureció a los magistrados, que lo tildaron de osado y violento.

Se cree que esta fue la causa de que no fuera elegido tribuno por tercera vez, pues, aunque en la votación obtuvo la mayoría, los magistrados hicieron el recuento de votos y la proclamación de ganadores de forma injusta y fraudulenta.

En cuanto nombraron cónsul a Opimio, empezaron a abolir muchas de las leyes de Graco…

Plutarco, *Vidas paralelas, Gayo Graco* 12-13.

ROMA, NOCHE DEL 12 AL 13 DE ENERO DEL AÑO 121 A. C.

Siendo cónsules Lucio Opimio y Quinto Fabio Máximo

Medianoche de invierno. El cielo encapotado tapa las estrellas. La luna llena es un vago resplandor gris tapado por un mar de nubes que cuelga amenazador sobre templos y casas.

La a veces heroica, a veces villana, en ocasiones traidora, cada vez más desmesurada y siempre indescriptible ciudad de Roma duerme.

¿Duerme?

No del todo.

Roma es como Argos Panoptes, el gigante de cien ojos que nunca los cierra todos a la vez por mucho que lo acucie el sueño. No en vano la diosa Juno lo eligió para vigilar las infidelidades de su esposo Júpiter.

A estas alturas, Roma no tiene cien ojos, sino doscientos o trescientos mil pares.

Nadie conoce el número exacto. Ni siquiera los funcionarios que supervisan el reparto de grano barato para los ciudadanos. Pues a estos se suman sus familias, sus esclavos y decenas de miles de extranjeros procedentes de todas las orillas del mar Interior y de países más lejanos, algunos tan remotos que sus nombres dejan en la boca el regusto salado de océanos desconocidos.

Por muy profunda que sea la noche, en la ciudad de las siete colinas siempre hay gente despierta, ocupada en los quehaceres que mantienen con vida a este organismo inmenso y multiforme.

Carreteros cuyos vehículos pesados tienen prohibido atravesar de día las calles de la ciudad y que, a cambio, en plena noche atormentan los oídos de los vecinos con el traqueteo de las ruedas, los chirridos de los ejes, los mugidos de las bestias y su propio repertorio de maldiciones.

Panaderos que se adelantan muchas horas a la salida del sol para recibir las cargas de harina de esos mismos carreteros y empezar a calentar sus hornos.

Fornidos esclavos públicos, a las órdenes de los *tresviri capitales*, que patrullan las calles para prevenir incendios y otros desmanes. Con un éxito muy cuestionable y en proporción inversa a la ufanía de sus andares matonescos.

Vestales de sangre noble que, en el cambio de fecha a medianoche, salmodian los rezos y llevan a cabo los rituales ancestrales destinados a mantener el fuego sagrado que arde en nombre de la ciudad.

Rameras de ínfima condición para las que la luz del día es un cruel enemigo que revela la ruina de sus rostros, pobres criaturas hambrientas que pese al frío tratan de conseguir clientes.

Libitinarios que retiran de la vía pública los cuerpos de los mendigos y borrachos víctimas del frío, y también los cadáveres del resto de indigentes que mueren de los mil males insidiosos que infestan las calles de Roma. Los cargan en carretones grandes como barcazas, los sacan del recinto sagrado del pomerio, los arrojan a las fosas comunes del Esquilino y a veces —no siempre— se toman la molestia de echar encima de ellos unas cuantas paladas de cal y tierra. Algunos de ellos, tras sus acarreos, se desfogan con las bustuarias, infortunadas prostitutas de cementerio que pescan clientes entre lápidas y estelas.

Excrementarios que recogen las deyecciones de hombres y bestias para venderlas como abono a los campesinos fuera de la ciudad o incluso para aplastarlas y secarlas y convertirlas en combustible en forma de tortas. No les falta material, ya que la ciudad produce al menos un millón de libras de mierda al día. Alguna que otra familia humilde ha calentado su hogar sin saberlo con las heces que ellos mismos arrojaron por la ventana.

Hay muchos otros romanos que no están obligados a permanecer en vela para subsistir. Pero se durmieron poco después de oscurecer y ahora, pasada la hora que los poetas llaman *connubia nocte*, despiertan durante un rato antes de regresar al reino de Morfeo en un segundo sueño. Del mismo modo que los largos días de verano se hacen más cortos y soportables con el descanso de la siesta, hay quienes fraccionan las interminables noches de invierno con una o dos horas en vela.

Durante ese lapso de vigilia en plena noche, algunos nobles senadores y ricos caballeros aprovechan para trabajar un rato en sus lechos, leyendo o escribiendo cartas, informes, tratados, discursos. Lucubrando a la luz de lamparillas de aceite o velas de cera, acompañados por el rítmico rasgueo de la pluma o el suave frufrú del papiro desenrollándose bajo los dedos.

Hay quienes se vuelven hacia sus esposas en el lecho para engendrar nuevos romanos. O, si no comparten alcoba, algo muy común en estos tiempos entre la élite de la ciudad, se levantan y van a visitarlas.

Eso si no es que reciben ellos las visitas de bellas esclavas —o esclavos— y disfrutan de las delicias de Venus. Algo que siempre hace que conciliar el segundo sueño de la noche resulte más placentero.

Otros de condición más humilde, si no tienen ocasión de copular, abandonan sus cubículos mal aireados para compartir un rato de tertulia y acaso una copa de vino con sus allegados.

No faltan quienes se dedican a actividades prohibidas y aprovechan el corazón de la noche, cuando el sol se encuentra en el punto medio por debajo de ambos horizontes. Así pueden llevar a cabo sus felonías entre las sombras, hurtando sus obras a las miradas ajenas.

Ladrones que horadan paredes o fuerzan cerraduras en casas y almacenes.

Sicarios que asesinan con puñal o con cordel de bramante.

Envenenadoras que machacan pulmones secos de rana rubeta para mezclar el polvo con vino en una mixtura letal.

Brujas que profanan las tumbas del Esquilino en busca de ojos, vísceras, dientes o uñas para sus nefandos conjuros.

Alcahuetas que entran en establos ajenos para recoger hipómanes, el fluido viscoso que segregan las yeguas en celo y que sirve de base para elaborar filtros amorosos.

La lista se alargaría tanto que, de hacerla exhaustiva, el sol volvería a salir y sus rayos sorprenderían al enumerador como hizo con los adúlteros Venus y Marte, tan queridos en esta capital del mundo y de todos los vicios.

***

Es la frontera de la medianoche, cuando la nueva fecha recibe el relevo de su víspera, como jinetes que se pasan la antorcha en una carrera.

El día de los idus de enero que empieza ahora terminará justo cuando nazca Quinto Sertorio, veinticuatro horas después.

El gladiador Stígmata, el hombre de las cicatrices, que será el primero que reciba al recién nacido en este mundo, duerme con un sueño inquieto que no tardará en ser interrumpido.

El erudito Artemidoro, segundo hombre que verá a Sertorio, se levantó hace un rato de la cama que comparte con Urania, su joven amante embarazada. Mientras escribe la historia del oro de Delfos a la luz de dos cirios, se detiene un instante para sopesar si debe revelar además dónde está escondido ese tesoro maldito o es mejor que lo siga manteniendo en secreto.

La actriz Antiodemis, la primera mujer de la que se enamorará Sertorio de adolescente, duerme al lado de Servilio Cepión, el general que mandará el ejército en el que Sertorio combatirá en su primera gran batalla.

Tito Sertorio, el hombre que dará su apellido al recién nacido, despierta entre los enormes pechos de la prostituta que ha contratado en el lupanar subterráneo conocido como Palacio de Hécate. La causa de que se encuentre fuera de su hogar esta noche es la discusión que sostuvo horas antes con su esposa Rea, madre casi parturienta de Quinto Sertorio.

Gayo Sempronio Graco, extribuno de la plebe, el reformador revolucionario que será un modelo de conducta para Quinto Sertorio, ni siquiera ha podido conciliar el sueño. Cuando amanezca se celebrará en el Foro una asamblea que ha sido convocada expresamente para derogar sus leyes. Aunque ya no es magistrado, Graco no piensa rendirse sin luchar, y está preparando estrategias mientras espera la visita de un aliado.

Ese aliado, Gayo Mario, el hombre que con el tiempo impulsará la carrera militar de Quinto Sertorio, ha dormido unas horas antes de la medianoche. Ahora camina a oscuras por las calles para reunirse en primer lugar con Graco y después con una vidente siria que espera que le dé consejos para alcanzar una meta en la que únicamente cree él: convertirse en el primer ciudadano de Roma y en el mejor general de la historia de la República.

Ninguno de ellos puede saberlo. ¿Quién conoce los designios de las inflexibles Moiras, que ni a los dioses obedecen?

Pero las tres, comunicándose a través del tiempo bajo la apariencia de mujeres mortales, están trenzando juntos todos sus hilos en la oscuridad de la noche.

HÓRREO DE LAVERNA, A ORILLAS DEL TÍBER

Bajo los párpados cerrados, los ojos del hombre de las cicatrices bailan de un lado a otro como si quisieran escapar del sueño.

En la bula, el amuleto de plomo que cuelga de su cuello y del que no se desprende ni cuando se halla desnudo como ahora, se lee *LVCIVS·ΠΥΘΙΚΟΣ*.

Lucio Pítico. Un extraño nombre que mezcla caracteres latinos y helenos.

Nadie lo llama así.

Todos lo conocen como Stígmata.

El gladiador que domina los combates del Foro Boario desde que se retiró Nuntiusmortis, el Mensajero de la Muerte.

Su sobrenombre Στίγματα, Cicatrices, se debe a las marcas que surcan su rostro. Sendas curvas en forma de «U» que parten de las comisuras de su boca bajan hasta el borde del maxilar y después suben casi hasta sus orejas.

Berenice, la mujer que se ha despertado al oír que Stígmata gruñía en sueños, le aparta un poco el pelo y acaricia esas orejas de la forma entre fascinada y abstraída con que alguien deslizaría los dedos una y otra vez por la superficie pulida de un tarro de alabastro.

Sin destacar tanto como sus cicatrices, los lóbulos de Stígmata le resultan llamativos. Están completamente pegados a su mandíbula, sin un resquicio de separación.

Un rasgo en el que ya reparó Berenice cuando ambos eran críos.

Cuando Stígmata no había recibido aquel apodo. Cuando esos pómulos afilados como la roca Tarpeya se ocultaban todavía bajo dos mejillas intactas y gordezuelas como manzanas recién maduradas. Cuando en su frente no se marcaban las dos venas que ahora suben en forma de «V». Cuando el gris de sus ojos recordaba más a las nubes que al acero y todavía no anidaba la muerte en ellos.

En aquel tiempo ella se llamaba Neria.

Antes de que cambiaran de amo.

Antes de que el nuevo patrón, Septimuleyo, decidiera que un nombre griego como Berenice —a decir verdad, es macedonio— le otorgaría el atractivo de lo exótico y se traduciría en más monedas para su bolsa de proxeneta.

Sin dejar de acariciar la oreja de Stígmata, Berenice usa la otra mano para tirar de la gruesa frazada de lana y taparlos a ambos.

Los rescoldos del brasero están tan fríos que ya ni siquiera se traslucen bajo la ceniza. La solitaria luz que alumbra la estancia procede de una lamparilla de aceite que arde sobre un escabel, el único mueble que hay allí aparte de la cama.

Aunque el gran almacén en el que se encuentra el cubículo está construido en sólido ladrillo, el viento que silba en el exterior en esta inhóspita noche de enero es astuto y coladizo como la mano de un ratero, se las ingenia para encontrar resquicios por donde introducir sus gélidos dedos y hace que la llamita de la lámpara se agite temblona y por momentos amenace con apagarse.

Bajo el juego titubeante de esa luz, claros y sombras danzan traviesos, revelándole a Berenice perfiles y volúmenes cambiantes de su compañero de lecho. Ora más duros, ora más suaves. Misteriosos, familiares. Amenazantes, protectores.

Una danza fascinante.

El colchón donde duermen ahora y no hace mucho rato copularon está tirado en el suelo, al lado del armazón de la cama.

Manías de Stígmata.

Cuando hacen el amor sobre el lecho, tanto las patas como las correas de cuero que sostienen el colchón se sacuden y rechinan como si el conjunto entero fuera a descuajaringarse, y los chasquidos de la madera se transmiten a las tablas del suelo.

La habitación se encuentra en un altillo levantado sobre la planta baja del Hórreo de Laverna, un almacén situado entre el Tíber y la ladera noroeste del monte Aventino. Lo que significa que el suelo de la alcoba es al mismo tiempo el techo bajo el cual se reúnen los miembros de la familia Septimuleya.

A los otros cofrades de esa hermandad de ladrones, sicarios, prostitutas y gladiadores —también conocidos como Lavernos por el lugar donde se reúnen— les da igual que los demás se enteren de sus encuentros sexuales. Seguro que incluso se excitan al sentirse espiados.

A Stígmata no le da igual. Le desagrada que los demás sepan cuándo fornica o deja de fornicar.

Como norma, prefiere que los demás ignoren lo que hace y lo que piensa.

Por eso hace ya un par de años que empezó a tirar el jergón al suelo cada vez que Berenice lo visitaba. Lo cual no quiere decir que en los momentos en que los dos se emplean con más brío no arranquen también algún crujido de la indiscreta tablazón que los separa del piso de abajo.

Si Stígmata pudiera pasar por la vida tan fluido como un río y, a la vez, tan silencioso como una montaña, lo haría.

No es él quien lo expresa así. La imagen del río y la montaña es de la propia Berenice, que en otro mundo o en otra vida habría podido ser poetisa.

Berenice sigue acariciando a su amigo de la niñez. Un amigo que también es, cuando el patrón de ambos lo permite como esta noche, amante ocasional.

Mientras una mano juguetea con las orejas de Stígmata, las uñas de la otra, cuidadosamente limadas y pintadas con alheña, se deslizan por sus pectorales y sus hombros, duros y marcados como bronce incluso en el relax del sueño. A ratos, siguiendo los caprichos de la llama que los alumbra, Berenice levanta un poco la mano para ver cómo las sombras proyectadas en el tabique convierten sus dedos en dos piernecillas que corretean sobre la meseta que dibuja el pecho de Stígmata.

Por un instante, esos mismos dedos rozan el relieve de una línea de bridas que recorre el costado izquierdo del gladiador, desde las cercanías de la tetilla hasta la linde de las costillas.

Berenice aparta la mano bruscamente.

No es un gesto de repulsión, como si hubiera tocado las patas velludas de una tarántula. Al fin y al cabo, fue ella misma quien cosió la herida. Lo hizo sin que le temblara el pulso y con más esmero que un cirujano profesional. Gracias a su maña, no se nota demasiado. Con el tiempo la marca, que es relativamente reciente, será casi invisible.

Pero a Stígmata no le gusta que Berenice toque la cicatriz. Al menos, que se demore en ella. Cuando nota el roce de los dedos de la joven sobre las bridas, contrae todo el cuerpo y aprieta las mandíbulas.

Solo le ocurre con esa cicatriz en concreto. No le importa que ella acaricie o bese las dos líneas rosadas como lombrices que recorren su rostro.

Berenice lo entiende.

Cuando ella roza la brida del costado, él se acuerda de Nuntiusmortis.

Mensajero de la Muerte.

El causante de esa herida.

Stígmata nunca quiere hablar de ello, así que Berenice trata asimismo de olvidarlo.

Por el momento, vuelve a concentrarse en acariciar las orejas del gladiador.

—Lo bueno de que tengas los lóbulos así —susurra, como si él pudiera oírla desde el país de Óneiros, donde moran los sueños— es que no se te volverán gruesos y colganderos cuando te hagas viejo, como seguro que me pasará a mí.

«Si es que llegamos a viejos», añade en su fuero interno.

En comparación con la vida que Berenice y Stígmata llevaron bajo la tutela del anciano Albucio los primeros años de su vida, pertenecer a los Lavernos ofrece algunas ventajas.

Desde el principio han gozado de mejor alojamiento, mejor ropa, mejor comida. Esto último lo agradecieron enseguida los cuerpos de ambos. Por eso ahora podrían servir como modelos, ella para esculpir a una voluptuosa Venus y él a un musculoso Marte.

Pero Aulo Vitelio Septimuleyo, patrón, paterfamilias, jefe o dios del clan de los Lavernos, *imperator* del Aventino —todo menos rey, ¡por Venus!, que esa palabra nefanda para los romanos no brote de labios de Berenice—, es un hombre voluble.

Y cruel.

Sobre todo, cruel.

Veleidad y crueldad. Una combinación tan peligrosa como la cal viva y el agua.

«Hay que vendimiar las uvas de la vida cuando están maduras, no cuando se convierten en pasas». Eso le dijo a Berenice uno de sus amantes, un joven epigramista de ojos saltones como un batracio.

Ella, que nunca ha conocido la seguridad, lo expresa de otra manera más sencilla.

«Vive como si el sol no fuera a salir mañana».

Al menos, así se siente ahora.

El colchón de borra no es ancho, poco más de tres pies. Berenice no tiene más remedio que pegarse al cuerpo de Stígmata. No le importa. El cuerpo del gladiador emite más calor que los rescoldos moribundos del brasero y ella lo aprovecha.

Ha pasado ya mucho tiempo desde que era ella quien lo abrazaba para que dejara de tiritar.

¿Quince años? ¿Dieciocho, diecinueve?

Parecen tres generaciones humanas.

ÍNSULA PLETORIA, EN EL AVENTINO

EL PASADO

En aquella época él todavía no atendía al nombre de Stígmata. Puesto que no existía más prueba de su identidad que el nombre grabado en la bula, lo llamaban Lucio sin más, prescindiendo del extraño apellido que parecía vincularlo con el oráculo de la Pitia en Delfos.

Téano, la mujer que lo encontró de madrugada en el Foro Holitorio, era una esclava ya entrada en años. Si se hallaba a aquellas horas en la calle era porque su amo la había mandado precisamente a aquel lugar en busca de posibles presas como el futuro Stígmata.

Téano, que había nacido a orillas del Adriático, en Apolonia, sabía leer las letras griegas. Siempre que no se lo pusieran muy difícil. Descifrar hasta siete caracteres, como en el caso del colgante, se hallaba dentro de su alcance.

Tal vez la esclava podría haber hecho indagaciones para averiguar quiénes eran aquellos Píticos cuyo nombre aparecía en el amuleto. ¿Se trataba de un linaje romano así llamado por alguna conquista u ofrenda relacionada con Delfos, o de una familia de inmigrantes helenos?

En realidad, la vieja no intentó hacer ni la menor indagación.

Saltaba a la vista que no se trataba de un hijo que alguien hubiera perdido por accidente como ocurría en algunas comedias.

Si habían dejado a aquel bebé en una cesta de mimbre al pie de la Columna Lactaria, lugar donde se exponía a tantos infantes, era evidente que o su padre no lo había reconocido como legítimo o su madre no tenía ni leche para criarlo ni medios para pagar a una nodriza.

También era posible que lo hubieran abandonado por cualquier otro motivo. Su madre podía ser una esclava preñada por su amo, o una adolescente violada antes del matrimonio, o el crío ser fruto de un adulterio.

Lo extraño, en cualquier caso, era que quienes habían expuesto al bebé bajo la columna se hubiesen tomado la molestia de dejar una marca de identificación en el talismán. El hecho de que llevara la bula sugería que había permanecido con su familia al menos nueve días —no parecía tener muchos más—, hasta la ceremonia lustral en la que se imponía aquel amuleto a los niños.

Curiosamente, el bebé, que debía llevar varias horas abandonado, no lloraba. Ya desde entonces se manifestó su naturaleza silenciosa.

Sin hacerse más preguntas, Téano levantó su mirada estrábica hacia la estatua de terracota descolorida, una Juno de enigmática sonrisa que parecía vigilarla desde el capitel con sus ojos rasgados. Tras recitar una rápida plegaria a la diosa, la esclava se agachó con un gruñido para recoger el canastillo antes de que se le adelantara nadie. Bamboleándose con el anadear a que la obligaba la artrosis de sus caderas, pasó entre las verduleras más madrugadoras que empezaban a montar ya sus tenderetes en el Foro Holitorio y se llevó al crío al Aventino, a la ínsula Pletoria. Un edificio destartalado que se alzaba dos plantas por encima de los tejados de sus vecinos y que conservaba en su fachada oriental, a modo de cicatrices de un veterano de guerra, las manchas de hollín de un incendio cercano al que había sobrevivido milagrosamente.

Una vez allí, Téano emprendió la ascensión. Entre sus caderas doloridas y el sobrepeso sumado del canastillo, el bebé y sus propias gorduras, le resultó tan penosa como si fuera un mercenario de Aníbal escalando los Alpes. Tuvo que detenerse en cada uno de los once rellanos, haciendo paradas cada vez más largas para recobrar el resuello. Cuando llegó por fin al último piso y le entregó la presa al viejo Albucio, jadeaba como un fuelle agujereado, incapaz de pronunciar una sola palabra.

Albucio había sido su alcahuete años atrás. Ahora que Téano no tenía edad ni atractivo para abrirle a nadie los marchitos muslos plagados de bultos y hoyuelos, el viejo, que tampoco era precisamente la reencarnación de Adonis, se limitaba a ser su amo y ella su sirvienta.

Criado por la leche de Delia —la nodriza que vivía dos pisos más abajo y a la que recurrían para esos menesteres—, el bebé creció rápidamente y sus ropitas, aunque de inicio eran holgadas, no tardaron en quedarle pequeñas. Una vez que las aprovecharon para vestir a otro niño recogido en la calle, la única posesión originaria que le quedó a Lucio, el futuro Stígmata, fue aquel amuleto.

Pero ¡hasta qué punto era su posesión!

En principio parecía la típica bula con que se protegía del mal a los críos. Una pequeña esfera de plomo hueca que solía contener objetos con propiedades apotropaicas —minúsculos falos de piedra, hierbas arrancadas de cementerios en fechas señaladas, diminutas garras de criaturas nocturnas—, destinados a alejar enfermedades, aojos y todo tipo de maldiciones.

El mismo día en que Téano le presentó al bebé, Albucio le quiso quitar la bula para abrirla y ver qué tenía dentro, fuera por avaricia o por simple curiosidad.

El primer rasgo era más propio de aquel viejo mezquino que vestía túnicas y mantos mil veces remendados y de un gris tan sucio como su barba. Una barba que se dejaba crecer al estilo de los filósofos griegos, pero no por virtud ni sabiduría, sino por no darles ni un cobre a los barberos. La llevaba tan enredada y sucia como las raíces terrosas que se ven bajo el bulbo de un nabo recién arrancado del suelo. El acicalado del viejo se limitaba a peinársela con los dedos y, pese a transferir la inmundicia a estos, conseguía el milagro de dejársela incluso más mugrienta y enmarañada que antes.

Cuando el pequeño Lucio sintió la cercanía de esos mismos dedos y de las uñas renegridas y mordisqueadas de Albucio, agarró una rabieta exagerada. Al mismo tiempo, la bula se calentó y por unos instantes resplandeció de una forma extraña que más tarde nadie sabría describir.

Aunque el viejo apartó la mano como si le hubiera picado una escolopendra, el leve contacto con el amuleto le dejó una marca ovalada. Una quemadura que nunca terminó de curarse del todo y que de cuando en cuando supuraba un pus verdoso y pestilente.

El incidente causó una gran inquietud en Albucio, que decidió no volver a tocar el amuleto del niño.

Los demás, incluso los críos mayores de la familia, que eran más gamberros y propensos al latrocinio, siguieron su ejemplo.

Ni siquiera le quitaban la bula para bañarlo.

Bien es cierto que lo bañaban muy poco. Si es que se podía llamar baño a frotarlo con una esponja empapada una y otra vez en la misma palangana, llena de un líquido que, a fuerza de compartirlo con los demás, iba pasando del gris al marrón para terminar tan negro que más parecía betún extraído del lago Asfaltites que agua acarreada de la fuente de la esquina.

En la miserable familia regentada por el viejo, el agua era un bien más escaso que el vino. El motivo principal era que había que subirla en baldes y tinajas casi cien escalones hasta llegar al sexto piso donde se hacinaban.

Una tarea en la que el mismo Lucio empezó a colaborar cuando tenía solo cuatro años.

Ya entonces demostraba una fuerza física y una tenacidad impropias de su edad. Subía los noventa y ocho peldaños cargado con un cubo que pesaba la mitad que él mismo, resoplando y asomando la lengua por el lado derecho de la boca en señal de concentración mientras el asa de hierro se clavaba con crueldad en aquellas manitas todavía tiernas.

Lucio apuntaba ya una facilidad y precisión de movimientos sorprendentes en un crío tan pequeño. La coordinación entre sus ojos, sus piernas y sus manos mostraba una perfección extraña y precoz. Pronto fue capaz de aguantar más tiempo que cualquier otro saltando a la comba. Incluso rendía a las niñas, que solían ser mejores en esos ejercicios, pero que acababan trabándose con los tobillos en la soga por puro cansancio. Lucio tampoco tardó mucho en vencer a chicos mayores que él en juegos de habilidad como las tabas, y también los superó a todos disparando chinas contra gorriones y estorninos o contra los murciélagos que anidaban en el techo.

Para ganarse el sustento en aquella familia, sin embargo, no bastaba con acarrear cubos de agua. Y, desde luego, destacar en los juegos no añadía ningún valor a la presencia de Lucio. Por eso, desde que pudo recordar e incluso antes, el crío se vio obligado a pedir limosna en la calle no muy lejos de la ínsula Pletoria.

Al observar su rapidez y precisión de movimientos, Albucio había concebido planes para él. Lo convertiría en ladronzuelo, uno de tantos cortabolsas que aprovechaban las aglomeraciones del Foro y los mercados para anguilear entre el gentío y obtener su botín.

Pero, de momento, lo que le correspondía a aquel renacuajo era inspirar compasión.

De ahí sus cicatrices.

***

Que al principio, claro está, no fueron cicatrices.

Una cicatriz es una receta que precisa dos ingredientes.

Una herida.

Y tiempo.

Este último concepto, el de tiempo, Lucio no lo tenía demasiado claro por aquel entonces.

Habría que discutir si incluso los más sesudos filósofos llegan a comprenderlo alguna vez.

Del tiempo, el poderoso intelecto de Aristóteles dejó dicho:

> *El tiempo no existe del todo o, si existe, lo hace de un modo oscuro y difícil de entender. Eso se conjetura a partir de este argumento: una parte del tiempo ha sucedido y por tanto ya no existe, mientras que otra está por venir y no existe todavía. De estas dos partes se componen tanto el tiempo infinito como el tiempo periódico. Pero se antoja imposible que algo que se compone de no ser participe del ser.*

¡Como para que lo entendiera el pequeño Lucio!

En aquella época, todavía decía cosas como: «Cuando éramos mayores» o, refiriéndose a Mamerco, que a sus doce años era el más abusón del grupo, «Cuando Mamerco sería pequeño, se va a enterar».

Lucio no estaba convencido de que la diferencia de edad entre dos personas se mantuviera siempre invariable. Cuando Neria lo pegaba al marco de la puerta para hacer una marca de carboncillo sobre su cabeza y le decía:

—Pronto vas a ser tan alto como yo.

Él contestaba:

—Y tendré siete años y seré igual que tú.

Neria se reía, tapándose la boca porque estaba melluca y ya entonces, en aquel antro de fealdad y miseria, no dejaba de ser una niña coqueta.

—Cuando tú tengas siete años, yo tendré diez. ¿No te das cuenta?

Esa diferencia se le escapaba a Lucio.

Amagando un puchero —las lágrimas solo se permitían en la familia Albucia cuando eran fingidas para pedir limosna—, el crío respondía:

—¿Es que no me vas a esperar?

Neria se encogía de hombros.

—No puedo dejar de cumplir años.

—¿Por qué no?

—Porque es imposible, bobo.

Stígmata no se quedaba demasiado conforme. Estaba convencido de que, cuando él se hiciera «mayor», el tiempo se detendría.

En su limitada experiencia, los mayores no cambiaban. Albucio había crecido para convertirse en viejo, mientras que otros, como el calderero que martilleaba cazuelas y sartenes en el bajo de la ínsula, clang-clang-clang a todas horas, se quedaban para siempre más jóvenes.

Era aquella época en que una hora duraba un día, un día se alargaba un mes y un mes suponía un lapso casi inconcebible. Las memorias de Lucio eran tan escasas y recientes que, como mucho, llegaban al calor del verano anterior. Todavía no era consciente de que las estaciones se repetían. Sin él saberlo, su filosofía de la vida se asemejaba más a la inmutabilidad esencial de Parménides que a la del Heráclito del «Todo fluye».

En cualquier caso, hablándolo con Neria, que conservaba los recuerdos más ordenados que él, Stígmata calcularía luego que, cuando ocurrió lo de las cicatrices, él tenía cuatro años y medio.

Lo sabía porque unos meses antes Téano le había dicho que era su cuarto cumpleaños, efeméride que hacía contar desde el día en que ella misma lo recogió en la Columna Lactaria.

Obviamente, no se trataba de la fecha exacta. Pero el error no debía de ser demasiado grande, ya que, según la mujer, Lucio era poco más que un recién nacido cuando lo encontró.

Ella no lo describía así exactamente.

—Eras una lombriz rosa. ¡Una lombriz rosa y arrugada con pelillos de rata en la cabeza! —decía, acompañando su comentario con carcajadas bastas como estopa. Sus risotadas no tardaban en convertirse en toses en las que sus fluidos se removían por dentro como el agua sucia de una cuba bajo los pies de un batanero.

Téano tenía lindezas de índole parecida para todos los niños de la familia Albucia. Cuando le daba de más al jarro de vino —a partir de la sexta hora era un fenómeno tan natural y predecible como que el sol empezaba a descolgarse hacia el horizonte—, prodigaba esos comentarios con generosidad.

Una generosidad que ya habrían querido los niños cuando la vieja les servía gachas de cebada, morro de oveja añosa o potaje de col con tocino rancio. Ella misma lo guisaba todo, pese al peligro que suponía encender una cocina en el último piso de una ínsula, con tanta madera alrededor y un suministro de agua tan escaso. Pero Albucio prefería ese riesgo con tal de ahorrarse las monedas extra que le habría costado encargar la comida en el termopolio que había en la misma planta baja del edificio.

(Al menos, los muchachos sabían que el tocino de cerdo procedía del mercado. Si en el estofado flotaban trozos de carne magra, todos sospechaban que la población de ratas que habitaban entre el techo y las tejas de la cubierta había sufrido varias bajas).

Cuando Téano se metía con el pequeño Lucio, Neria, la futura Berenice, siempre saltaba a defenderlo con el ardor de un abogado bisoño en su primer juicio en el Foro.

Entre los primeros recuerdos de Lucio, poco antes del día de las cicatrices, estaba una de esas enganchadas que enfrentaban a la niña y la vieja.

—¡Eso no es verdad! —protestó Neria—. ¡No era ninguna lombriz! Yo me acuerdo muy bien y Lucio era un bebé muy guapo. ¡Igual que es muy guapo ahora!

—¿Qué te vas a acordar tú, insolente, si eras un renacuajo poco mayor que él?

Probablemente era Téano quien llevaba razón. Neria solo le sacaba tres años a Lucio y sonaba poco verosímil que recordara su ingreso en la familia Albucia.

Pero la niña insistía.

—¡Claro que me acuerdo! ¡Es mentira!

—Cierra el pico ya, bichejo. No seas insolente.

—¡Y tú no seas mentirosa!

—¿Quieres que te diga algo que sí que es verdad, pequeña putilla?

—¡No quiero que me digas nada!

—Solo te estás salvando de tener la misma pinta que los demás porque al patrón le pareces lo bastante guapa como para reservarle tu himen a alguien que pague bien. ¡Por eso no quiere estropear la mercancía antes de tiempo!

Lucio ignoraba qué quería decir la vieja exactamente con «la misma pinta que los demás». ¿Se refería a que muchos de los críos que pedían limosna estaban cojos, eran tuertos, les faltaba una oreja o tenían muñones en lugar de dedos?

Le quedaban pocos meses para descubrirlo.

—¡Tú sí que estás estropeada, vieja bruja! —respondió Neria.

Harta de que le llevaran la contraria, Téano trató de atizar a la niña con el bastón. Sin levantarse del asiento, que era mucha molestia. Neria se apartó con un quiebro, se abrió paso a codazos entre el resto de la muchachada y se refugió en el otro extremo, forzosamente cercano, del tabuco que les servía como salón de día y dormitorio colectivo de noche.

Decidida a disciplinar a la rebelde, Téano tomó una medida drástica y se alzó del taburete donde aposentaba las rotundas nalgas de aquel cuerpo que era una oda a la pera.

Si bien una pera cada vez más arrugada.

Ni ella misma se había dado cuenta de lo borracha que estaba. Las rodillas le fallaron y cayó de culo, haciendo crujir la tablazón del suelo.

—¡Maldita piojosa, ya te pillaré! —exclamó, con tanta rabia que escupió la pulpa de hojas de menta que solía masticar con la vana pretensión de disimular su aliento a vinazo.

Los niños se rieron de ella con ganas, sabiendo que al día siguiente Téano no se acordaría de sus burlas. En cuanto al viejo Albucio, tampoco estaba en situación de tomar represalias por sus carcajadas. Se encontraba muy ocupado en su cubículo, al otro extremo del pasillo, fornicando con una de sus pupilas para celebrar que acababa de tener su primera menstruación.

Lo cual no implicaba que fuese la primera vez que se acostaba con ella.

Mamerco, que ejercía de mamporrero mayor —con Albucio, a veces de forma literal—, le tendió la mano a Téano.

—Deja que te ayude, dómina.

«Dómina» era un tratamiento dudosamente apropiado para una esclava, pero ella no parecía considerarlo irónico.

Incluso el robusto Mamerco se las vio y se las deseó para levantar la desparramada masa de Téano. Entre resoplidos, por fin, la esclava volvió a su escabel, en el que prácticamente se desplomó entre nuevos quejidos de las patas del taburete y de las tablas combadas de humedad que soportaban su peso.

Cuando oían aquella cacofonía de crujidos, los niños apostaban a que un día Téano acabaría rompiendo el suelo y visitando sin querer a la familia samnita que vivía en el apartamento de abajo.

La ínsula Pletoria era medianamente sólida hasta la tercera planta, construida con más ladrillo que madera. A partir de esa altura la calidad del material disminuía. La merma iba en proporción directa a la distancia con el suelo e inversa al monto de los sobornos con los que el dueño, Marco Licinio Craso Agelasto, el hombre sin risa, conseguía que ediles e inspectores silbaran y miraran para otra parte.

El apartamento que servía, más que de vivienda, de guarida para la familia Albucia era el más barato y más ruinoso del edificio. En teoría, entre el techo plagado de manchas de hollín que los cobijaba —era un decir— y el tejado a dos aguas que coronaba la ínsula había una amplia cámara de aire. Pero de poco servía para aislar del frío, del calor o del agua, ya que estaba plagado de grietas y agujeros por los que se colaban las corrientes de viento, las goteras o los murciélagos que dejaban por doquier sus heces diminutas y malolientes.

En cuanto al suelo, la profecía de los críos, tristemente, se cumplió un par de días después.

No con Téano, sino con una chica de nueve años que se puso a saltar a la comba con tanto entusiasmo que en uno de sus brincos abrió un agujero en el suelo y se precipitó al piso de abajo.

No era una gran altura.

Para desgracia de la infortunada niña, en la caída se clavó en el cuello el pico de una tabla rota, su propio peso hizo que se desgarrara desde la clavícula hasta la oreja y se desangró, entre las maldiciones del padre de la familia samnita, que vio cómo aquella intrusa destrozaba la mesita donde su mujer le acababa de servir una copa de vino aguado.

Como tantos otros, Lucio se asomó por el hueco recién abierto para curiosear y presenció los últimos estertores de la cría.

Mirtis, se llamaba.

No era el primer cadáver que contemplaba Lucio. Ni siquiera la primera muerte que veía. En el callejón donde lo ponían a pedir limosna había mendigos viejos que a veces se quedaban tiesos con la mano abierta apoyada en el suelo. Había presenciado un apuñalamiento, e incluso lo que podría describirse como una lapidación por accidente.

Pero era la primera vez que veía morir a alguien a quien conocía tan de cerca.

Aún peor, a una chiquilla no mucho mayor que él.

¡Así que los niños también podían morir!
El mundo no era un lugar tan estable como él pensaba.

***

Lucio no estaba muy seguro de si lo de las cicatrices había ocurrido antes o después de la muerte de Mirtis. Fue de nuevo Neria, ya con su nuevo nombre de Berenice, quien le ayudó a ordenar los hechos.

—Lo de Mirtis fue antes. Seguro.

Lo que sí tenía claro Stígmata era que lo suyo había ocurrido en un día de marzo.

Lo recordaba porque la gente hablaba mucho del dios Marte, y él confundía a veces el mes con el dios. Hasta que Neria —quién si no— le explicó la diferencia.

Aquel marzo en particular había empezado con unos días de bastante calor. El sol brillaba con fuerza, obligando a Lucio a guiñar los ojos, pues ya de pequeño le molestaba la luz directa. Parecía que la primavera ya se había aposentado sobre Roma, un adelanto que los ciudadanos más humildes saludaban con meriendas familiares a orillas del Tíber en las arboledas y los prados donde los tilos, los narcisos y las prímulas empezaban a florecer.

Albucio decidió que los mantos de los niños ya sobraban y cambió unos cuantos de ellos por su valor en ánforas de vino. Total, calculaba él, para cuando volviera el frío del invierno habrían muerto por lo menos dos o tres críos.

Si le hacían falta, ya compraría otros mantos.

El problema fue que unos días después llegó una borrasca de esas que irrumpe de improviso, arrancando tejas, tronchando ramas y silbando en las ventanas como si un ejército de fantasmas furibundos hubiera invadido las calles que constituían todo el universo de Lucio.

Esa mañana, cuando abrieron el postigo que daba al oeste para ventilar el apartamento, el aire estaba tan diáfano que Lucio pudo ver la serpiente de plomo del Tíber culebreando con toda nitidez hasta un horizonte afilado como una cuchilla.

El río lo fascinaba. A mediados de ese mismo invierno había contemplado con morboso asombro cómo crecía tanto por las lluvias que sus aguas turbias y espumeantes arrastraban embarcaderos y, de paso, varios maderos del puente Sublicio. Sin sospechar que en unos idus de enero otra crecida del Tíber haría que ese mismo puente se deshiciera prácticamente bajo sus pies.

Aquella mañana el olor era más limpio, más tonificante que otras veces. Lucio lo aspiró con tanta fuerza que el aire frío hizo que le picara la nariz y le lagrimearan los ojos.

—Dicen que allí lejos está el mar —dijo Neria, señalando con el dedo por encima del hombro del pequeño, que se había puesto de puntillas y se había agarrado al alféizar para asomarse.

—¿Qué es el mar?

—Agua. Mucha agua. Tan grande y tan azul como el cielo, pero abajo en vez de arriba.

—Aaaaah —respondió Lucio, como si la hubiera entendido.

—Dicen que mis ojos son del color del mar.

—¡A ver, a ver, quiero ver!

Ella se agachó un poco y se acercó mucho a él. La fresca luz de la mañana se coló en las pupilas de la niña e iluminó desde dentro sus ojos. Con el tiempo, un poeta admirador los compararía a dos aguamarinas casi transparentes con irisaciones de lapislázuli.

Lucio no conocía ninguna de esas piedras ni sabía cómo era el mar, pero pensó que los ojos de Neria eran lo más bonito que existía en el reducido y miserable cosmos que compartían.

Aquellos iris, en realidad más celestes que marinos, junto con la piel morena y el cabello azabache de Neria, formaban una combinación de la que Albucio esperaba sacar bastante dinero a no mucho tardar.

—Algún día veremos juntos el mar —dijo la niña.

—¿Me vas a llevar?

—¡Claro!

Por el momento, el lugar adonde lo llevó Neria se hallaba mucho más cerca.

Vestido tan solo con la túnica, a Lucio le tocó salir a pedir como todos los días.

Neria y él «trabajaban» a poca distancia de su ínsula, en una calle secundaria y un tanto empinada que desembocaba en la cuesta Publicia, una de las vías principales del Aventino, entre los acueductos del Aqua Marcia y el Aqua Apia.

Pese a que la calle no era muy ancha y estaba rodeada de edificios de cierta altura, el viento se colaba como una jauría rabiosa aullando entre las paredes.

Lucio ya era entonces de pocas palabras y menos quejas. Pero no podía dejar de tiritar y los labios se le estaban amoratando.

—Acércate a mí, ven —le decía Neria. Su propio manto era poco más que un andrajo que más que de lana parecía de arpillera, tan desgastado en muchas partes que se habría podido leer a través de él.

Al menos, ella lo conservaba.

A unos cuantos pasos calle abajo había un par de puertas tapadas con cortinas rojas que en su momento debieron de resaltar como la sangre, pero que ahora se veían de un color más desvaído que los ladrillos que las rodeaban. Entre ambas vigilaba un hombre muy alto y fuerte, con una piel tan negra y dura como los élitros de un escarabajo, que de vez en cuando recolocaba unas piedras en la parte inferior de las cortinas para que las rachas de viento helado no las levantaran.

La primera vez que Lucio vio a aquel hombre, le había llamado mucho la atención.

—Qué negro es. ¿Lo han pintado de noche?

—Qué tonterías dices —le había respondido Neria—. Es que es nubio.

—¿Nubio es un color?

—No, tonto. Nubio es un país.

—¿Qué es un país?

—Donde vive la gente.

—¿Como la ínsula Pletoria?

Quien hubiera puesto allí al nubio quería que los viandantes pudieran ver bien sus abultados bíceps y sus antebrazos, surcados de fibras y venas marcadas como sogas bajo su piel. El problema era que el hombre no debía de estar acostumbrado a aquellos fríos y no hacía más que frotarse las manos y resoplar.

La función de aquel tipo que parecía tallado en basalto era cobrar a los hombres que entraban en los cubículos que había tras las dos cortinas, donde sendas prostitutas atendían a sus clientes.

Hasta pocos días antes, aquella zona de la calle había contado con otro habitante. Estaba un poco más abajo, en la acera de enfrente, bajo una pintada que decía *Me cago en los Escipiones Africanos Asiáticos y en toda su parentela*. Era un mendigo borrachín y desdentado, que pasaba el tiempo sentado en el suelo y con la espalda apoyada en la pared. Le hacía compañía un perro tan flaco y sucio como él.

Los transeúntes de la calle solían compadecerse más de Neria y

Lucio —en particular de Neria, lo cual explica por qué fue él y no ella quien acabó con las cicatrices— que del vejete. Parecía milagroso que pudiera subsistir con las escasas limosnas que recibía.

Tampoco es que pusiera mucho de su parte para ganárselas. Cuando los clientes que salían del prostíbulo de las cortinas pasaban cerca de él rascándose los genitales por encima de la túnica, el viejo se dedicaba a zaherirlos mientras sacudía su platillo de latón para hacer tintinear los dos o tres cobres que seguramente eran la magra recaudación de días anteriores.

—Ya te están comiendo las ladillas, ¿verdad? —les decía—. Te está bien empleado por vicioso y por tacaño. Deja de guardarte el dinero, que te vas a morir igual, y paga unas putas como mandan los dioses. ¡Y, si no, por lo menos dale algo de dinero a este viejo que os salvó el culo a ti y a los tuyos en la guerra contra Aníbal!

Las cuentas temporales no salían, pero por entonces Lucio ignoraba quién era Aníbal y en qué época vivió.

Los increpados sí debían de caer en la mentira o, simplemente, les sentaban mal los improperios del viejo, porque, en lugar de arrojarle una moneda, le respondían con insultos y algún que otro puntapié.

A Lucio le gustaba cruzar la calle de vez en cuando y acariciar al perro, que debía de tener el pelo negro, pero estaba tan sucio que se veía de un gris tan indefinible como los adoquines de la acera. El animal, a cambio, le lamía la mano haciéndole cosquillas con la lengua.

Neria, que pese a la vida que llevaban ambos en el tugurio de Albucio intentaba ser lo más limpia posible, le decía que no tocara a ese bicho, que estaba lleno de pulgas y garrapatas, sarna y vaya uno a saber qué más.

El mendigo se reía con carcajadas que sonaban a arena seca y le decía: «Yo también te quiero, ojos azules».

En cualquier caso, el día de las cicatrices el viejo menesteroso ya no estaba allí.

Todo por culpa del tráfico rodado, uno de los riesgos de aquella ciudad monstruosa que no dejaba de crecer.

Había sido un plaustro, uno de esos grandes vehículos que acarreaban material de construcción. Aquel carretón en particular transportaba bloques de toba para reparar el templo de Venus Obsecuente, un santuario que había sido consagrado en su momento con las multas pagadas por las mujeres que cometían adulterio.

Como si la diosa quisiera vengarse del viejo que se burlaba de los clientes lujuriosos, cuando el carro estaba a unos cinco pasos por encima de él, los cerrojos del portón trasero se partieron. La carga empezó a resbalar, primero despacio y después con el ímpetu y el estrépito de un alud de montaña.

Sin apenas tiempo para reaccionar, Neria agarró de la mano a Lucio y tiró de él calle abajo.

El nubio, cuyos ojos abiertos por el susto destacaban aún más en su oscuro rostro, los agarró a ambos según pasaban, apartó con su corpachón la cortina de uno de los cubículos que vigilaba y los metió en su interior.

Dentro había un hombre desnudo, tan peludo y grotesco como un macho cabrío. Le estaba haciendo algo raro a una mujer también desnuda que se sostenía apoyada en la cama a cuatro patas a modo de perrito.

Lucio no pudo ver más. Neria le tapó los ojos.

En realidad, Lucio estaba acostumbrado a contemplar la desnudez y también el sexo.

Otra cosa era que lo comprendiera.

Para él, se trataba de algo que debía de ser parecido a comer, hacer pis o defecar. Una necesidad más. Solo que esta, como la de beber vino, pertenecía al extraño, lento y aburrido mundo de los mayores.

Al menos en teoría.

El nubio no permitió que Neria y Lucio salieran a la calle hasta que no dejaron de oírse gritos y restallidos de piedras rotas en el exterior.

—¿Cómo te llamas, señor?

Con el tiempo, aquel hombre que para ellos era un gigante les reconocería que le había hecho mucha gracia que lo llamaran «señor».

—Me llamo Tambal.

—Yo soy Neria y él es Lucio. Muchas gracias.

Tambal sonrió. Sus dientes se veían tan blancos como antes sus ojos.

Tras asomarse fuera y comprobar que el peligro había pasado, su nuevo amigo les dijo:

—Ya podéis salir.

El carretero y sus dos acompañantes estaban recogiendo los bloques de piedra para cargarlos de nuevo. Un par de transeúntes, a los que el accidente había pillado en la parte superior de la cuesta, los ayudaban.

El desastre no había sido más grave porque en la calle, que no dejaba de ser una vía secundaria, no había apenas gente. Las avenidas importantes, las que producían más beneficios para mendigos y pordioseros, las trabajaban familias más poderosas que la de Albucio. De haberse producido el percance a veinte pasos de allí, en la cuesta Publicia, a buen seguro las piedras habrían quebrado un buen número de huesos y dejado al menos dos o tres cadáveres desparramados sobre los adoquines.

No obstante, el accidente se cobró una víctima.

Al otro lado de la calle, el mendigo borrachín yacía en el suelo.

Un fragmento de un bloque de roca le había golpeado en la sien. De la herida manaba apenas un débil hilillo rojo.

Ni sangre debía de quedarle al pobre hombre en las venas.

El perro le lamía la cara. Con cada lametón, abría un surco en la costra de mugre y polvo que recubría las mejillas y la frente de su amo y compañero.

El viejo no se movía.

Allí seguían los dos, mendigo y can, cuando un par de horas después vino Albucio a recoger a Lucio y Neria para llevarlos de regreso al aprisco.

Al día siguiente, los libitinarios ya se habían llevado el cadáver.

—¿Dónde está el perro? —preguntó Lucio.

—Se ha ido. Su amo ya no está —respondió Neria.

—Ya sé que está muerto —respondió Lucio, como si le ofendiera el eufemismo de su amiga—. Pero yo quiero ver al perro.

—No puede ser, Lucio.

—Yo quiero verlo.

—¿No ves que no está?

—Bueno, vale.

Lucio no era niño de rabietas.

En general, en la familia de Albucio no se consentían. Pero Lucio era ya estoico de niño sin saber lo que significaba el término.

Y de pocas palabras. Tanto que, con el tiempo, Neria le tomaría el pelo diciéndole:

—Si te cayeras al Tíber, con tal de no gritar ni pedir socorro, serías capaz de ahogarte.

—Por eso aprendí a nadar tan pronto —respondió él.

***

El día de las cicatrices, otro de los habituales de la calle pasó delante de ellos. Era de los de siempre, en el significado tan particular que le daba Lucio al adverbio «siempre».

En realidad, aquel hombre había llegado a Roma dos meses antes, procedente de Capua.

Se trataba del salchichero, que empujaba cuesta arriba su carrito, provisto de un brasero y una parrilla sobre la que se asaba lentamente su mercancía. Entre el esfuerzo y el calor que despedían los carbones, aquel hombre bajito y tripudo, feo como una gárgola, iba sudando y con el rostro aborrajado.

—Qué envidia —dijo Neria—. ¡Con el frío que hace!

Lucio pensó más en las salchichas que en el calor. La mezcla de olor a brasas y a grasa humeante era irresistible. Soltándose del abrazo de Neria, bajó de la acera, corrió hacia el salchichero y le tiró del manto.

El hombre echó el freno del carrito para que no rodara cuesta abajo y volvió la mirada a aquel renacuajo que lo importunaba. Al hacerlo, frunció el ceño, exagerando más todavía la prominencia de unas crestas supraciliares que sobresalían como el alero de un tejado.

—¿Qué pasa, perillán?

—Hambre —respondió Lucio, siempre lacónico.

Al fin y al cabo, había pensado, si pedía monedas para comprar comida, ¿por qué no pedir directamente la comida y acabar antes?

Albucio no tardaría en explicarle la diferencia.

Que, fundamentalmente, consistía en que las monedas se las llevaba él mientras que la comida acababa en la andorga de Lucio o del pordiosero en cuestión.

—Lárgate, piojo.

Al ver que el crío no se alejaba, el salchichero le lanzó un bofetón. Su intención era más espantarlo que golpearlo, porque tenía la mente en otras cosas.

La mano se detuvo a media pulgada del rostro de Lucio.

—No has parpadeado —murmuró para sí.

El hombre repitió el gesto.

Lucio ni pestañeó ni se apartó.

El salchichero lanzó un tercer golpe, esta vez con intención de acertar.

Lucio tampoco cerró los ojos, pero se agachó rápido como una comadreja y esquivó el guantazo.

—¡Por el santo prepucio de Príapo! ¡Qué pequeño cabroncete eres! —exclamó el salchichero.

—No le pegues, señor, por favor.

Neria se acercó a ellos, envolvió a Lucio con el manto y alzó la mirada hacia el salchichero.

Este se quedó tan sorprendido por la belleza de la niña como un segundo antes con la reacción de Lucio.

Aparte de tener los ojos azules, Neria ya poseía un extraño poder en ellos. Sin ser del todo consciente de ello, era capaz de dilatar las pupilas como si se echara belladona en los lacrimales.

—Eres una niña muy guapa, ¿lo sabes? —dijo el salchichero, acariciándole la barbilla con unos dedos gordezuelos que le dejaron un rastro de churretes de grasa.

Con esos mismos dedos, envolvió una salchicha en una hoja de parra y se la dio.

—Con esos ojos ganarás mucho dinero. Siempre que antes te libres de ese viejo rijoso de Albucio.

—Yo también quiero —dijo Lucio, extendiendo la mano.

Neria le dio un manotazo y susurró:

—Calla, que ahora te doy un trozo.

El salchichero se rio. Era un sonido tan cálido como el silbido del viento que bajaba por la calle y tan agradable como el rechinar de las huellas de su carrito.

—En cuanto a ti, muchacho. Tú podrías ser bueno como gladiador.

Le lanzó otro bofetón. Lucio, de nuevo, mantuvo bien separados los párpados. Se había dado cuenta de que el gesto no iba destinado a golpear.

Lo que no habría sido capaz de explicar era por qué lo sabía.

—No he visto a nadie que no cierre los ojos cuando va a recibir un golpe. Eres un caso entre diez mil o cien mil, quién sabe.

El salchichero levantó el freno del carrito y se dispuso a continuar su camino. Antes de irse, sin embargo, se volvió hacia ellos y añadió:

—Desde luego, como no tienes futuro es pidiendo limosna, chico.

Se te ve demasiado sano y guapo y eres demasiado orgulloso para que la gente se compadezca de ti.

Aquella fue la primera conversación que tanto Neria-Berenice como Lucio-Stígmata tuvieron con su futuro patrón, Aulo Vitelio Septimuleyo.

***

También fue la primera vez que el amuleto de Lucio *habló.*

Solo para él.

Ocurrió poco después de que el salchichero desapareciera por la cuesta junto con los chirridos de su carrito.

Lucio notó primero un zumbido en el pecho. Como el de un mosquito, pero mudo. Un zumbido que hizo cosquillear su pequeño esternón.

Las cosquillas de Neria le hacían reír.

Estas no.

Después sintió calor. Un calor que emanaba de la bula de plomo. No quemaba, pero, incluso en aquel día inhóspito en el que habría agradecido cualquier cosa que le hiciera subir la temperatura corporal, le resultó desasosegante y le produjo un hormigueo que le subió desde la nuca y le atravesó el cráneo provocándole un instante de vértigo.

Temiendo caerse, se agarró de la mano de Neria.

Y entonces fue como si el aire le trajera una voz.

Una voz de mujer.

Si es que pudieran existir las mujeres hechas de viento helado.

Lucio se estremeció.

De frío y repulsión.

«... a cambio, los compasivos ciudadanos romanos se apiadarán de ti y te darán más limosnas...».

Lucio se soltó de la mano de Neria, se giró sobre los talones y miró en derredor.

Solo estaban ellos dos, Neria y él. El vecino de calle más cercano era Tambal el nubio, diez pasos más abajo.

—¿Qué te ocurre? ¿Qué pasa, Lucio?

—¿Qué has dicho?

—Yo no he dicho nada.

—No te pregunto a ti.

—¿A quién, entonces?

Con el tiempo le hablaría de esa voz a dos personas. A Neria, por supuesto, y a un maestro llamado Evágoras que le tomó mucho cariño y que le enseñó gratis a leer, escribir y echar cuentas. Evágoras, que sabía ponerle un nombre a cada cosa, le dijo que existía un tipo de adivinación llamada «cledonomancia», basada en palabras oídas al azar o en la calle o en voces misteriosas como las que brotaban del amuleto de Stígmata.

La voz, le explicó Evágoras, podía provenir de una de las Sibilas primigenias, una tal Herófila, hija de Zeus y de una criatura monstruosa llamada Lamia, que predijo, entre otras cosas, la guerra de Troya. Cuando murió, Herófila siguió profetizando como había hecho en vida: su espíritu se mezcló con el aire y por eso hablaba con la voz del viento.

Pero esas conversaciones las tendría Lucio años después. Por ahora, algo le hizo intuir, incluso a su tierna edad, que era mejor no explicarle a nadie, ni siquiera a Neria, que alguien que no estaba allí le había hablado al oído. Ya entonces comprendía más o menos el significado de «chalado», uno de los insultos favoritos entre la familia Albucia. Y no quería que lo llamaran así.

***

Para desgracia de Lucio, Mamerco no se hallaba muy lejos y había presenciado su breve escena con el salchichero.

Mamerco. El peor de los matones de la familia Albucia. Experto desde niño en dar lengüetazos a las botas de los de arriba y pisotear las cabezas de los de abajo.

Con el horizonte del tiempo, Lucio, ya convertido en Stígmata, se preguntaría cómo una esclava culigorda y borracha y un viejo artrítico y no mucho más sobrio que ella eran capaces de mantener su gobierno, a modo de dictador y *magistra equitum*, entre aquella pequeña multitud en la que pocas veces había menos de veinte niños y a veces llegaban a treinta.

Su propia respuesta fue que Albucio aplicaba en aquella pequeña comunidad la misma máxima que Roma en su política con las tribus de Hispania.

Divide et impera.

Divide y manda.

Albucio, con la ayuda de Téano, enfrentaba a los chicos entre sí, nombrando una especie de prefectos entre los niños y las niñas que se mostraban más crueles con los de abajo y más serviciales con los de arriba.

Un arte en el que ya entonces destacaba Mamerco, muy crecido y picardeado a sus doce años.

Era él el encargado de azotar a los díscolos con varas de abedul o con el dogal de esparto que usaba a modo de cinturón. Mamerco no solo castigaba así la desobediencia cuando se lo mandaba el amo, sino que ejecutaba por su cuenta las sentencias que improvisaba como juez obedeciendo un código dictado por el albur de sus propios caprichos.

Si, por el motivo que fuera, se despertaba antes que los críos que lo rodeaban, los espabilaba a la fuerza pellizcándolos, pateándoles las costillas o incluso orinando encima de ellos entre risotadas. Ahora bien, si eran los demás quienes se levantaban antes que él y lo arrancaban de su sueño con sus voces o sus juegos, ya podían huir a los nada remotos confines del apartamento. Un empeño vano, pues al final Mamerco los atrapaba y acababa descargando sobre ellos una lluvia de golpes para desahogar su mal humor.

Mamerco también vigilaba que nadie le sisara a Albucio parte de las limosnas, ya fuera una moneda de cobre o, cuando la caridad era en especie, un mendrugo de pan. Si se percataba de un hurto de tal naturaleza, no tardaba en delatar tal deslealtad ante el patrón.

Una integridad moral para los demás que distaba mucho de aplicarse a sí mismo. De hecho, era él quien en ocasiones requisaba parte de las limosnas a los niños que mendigaban por las calles.

Cuando eso ocurría, el afectado se guardaba mucho de denunciar al ladrón ante Albucio, aunque este solía castigar la baja productividad de sus pupilos con bofetadas y bastonazos. El infortunado pordioserillo prefería agachar las orejas y llevarse los golpes, consciente de que el patrón siempre creía a Mamerco y de que este, además, se vengaba cruelmente de los chivatos.

Había un muchacho llamado Ofanio, con un pelo rojo como escamas de salmonete que delataba su mitad de sangre celta, que empezó a dar el estirón precozmente. A pesar de que tenía un año menos que Mamerco, amenazaba con aventajarlo en estatura y corpulencia más pronto que tarde.

Antes de que eso ocurriera, Mamerco decidió actuar como si fuera el heredero de una implacable dinastía oriental. Cuando Ofanio estaba asomado a una ventana, entretenido en escupir a los viandantes que pasaban seis pisos más abajo, él y Vulcano, su cómplice de fechorías habitual —aunque se llamaba Horacio, lo apodaban así porque era cojo como el dios herrero—, lo levantaron agarrándolo de la cintura y los tobillos y lo arrojaron por encima del alféizar.

Mamerco y Vulcano tuvieron la suerte de que aquel proyectil humano se estampara en las losas del suelo dos pasos por delante del calderero de la planta baja, que volvía de tomar un trago en una taberna. Si le hubiera caído encima y lo hubiera matado, otro gallo habría cantado para ellos. Tal como quedó el asunto, la explicación que creyeron tanto los testigos de la calle como Albucio —que en aquel momento estaba en su alcoba fornicando con otra de sus pupilas— fue que Ofanio había subido al tejado de la ínsula para coger huevos de un nido de vencejo y había resbalado en una cobija suelta.

Ninguno de los testigos se atrevió a contradecir aquella versión.

***

El día de las cicatrices, Mamerco se encontraba a poca distancia calle arriba de Lucio y Neria, en un minúsculo figón. Mientras daba cuenta de una escudilla de tocino y guisantes que había pagado con dinero sisado de las recaudaciones de otros, escuchó lo que decía el salchichero.

Con el último guisante todavía entre los dientes, Mamerco subió corriendo los noventa y ocho escalones de la ínsula para chivárselo a Albucio.

Esa misma noche, el viejo hizo que Lucio acudiera a su cubículo.

—Por favor, señor, no le hagas nada —dijo Neria, que acompañó al niño hasta la puerta.

—Tú, lárgate, que ya tendrás lo tuyo cuando te llegue el momento. Y cierra la puerta al salir.

Albucio estaba sentado al borde de su cama. Un lecho de ladrillos pegado a la pared.

Era la primera vez que Lucio entraba allí.

Olía a sudor, a orines. A algo más, indefinible y rancio. Decadencia y muerte. Como luego imaginaría Stígmata que debía de heder el Mundus Cereris cuando lo abrían, tres veces al año, para que los espíritus de los difuntos recorrieran la ciudad.

Al acercarse más al viejo, el olor que predominaba era el del vino. Vino agrio, vino digerido que impregnaba los pulmones de Albucio y salía de su boca cada vez más desdentada en cada respiración.

Albucio señaló la mesita que tenía junto a la cama. En ella había una jarra de arcilla lisa y una copa de estaño grabada con letras etruscas. ¡Estaño! Uno de los pocos lujos que se permitía aquel viejo avaro.

—Échame vino.

El niño obedeció.

Albucio entrecerró aquellos ojillos opacos y legañosos para estudiar la copa.

—Sigue. Más.

La jarra pesaba poco. Era porque estaba casi vacía. Lucio la empinó todo lo que pudo. A otro crío de su edad quizá se le habría caído, pero él era demasiado habilidoso para eso.

—Ya no queda más —dijo por fin.

—Está bien.

Albucio tomó la copa y bebió. Después exhaló un resoplido muy cerca de la cara de Lucio.

Con olor a repollo. A caries.

Y a vino, claro.

Lucio se limitó a arrugar la nariz, pero no retrocedió.

Albucio imitó su gesto. Con aquella especie de tubérculo bulboso y sembrado de quistes que tenía por nariz, aquello no lo embellecía precisamente.

—Eres un pequeño cabroncete, como ha dicho el salchichero. Y además muy chulo, ¿lo sabías?

Lucio no respondió.

—Coge la jarra y tírala al suelo.

—¿Qué?

Si Lucio no obedeció al instante no fue por rebeldía, sino porque la orden lo desconcertó.

—Que la tires al suelo. Con fuerza. Quiero que la rompas.

El niño se dispuso a seguir la orden. Ya que se le permitía, romper cosas siempre era un placer. Levantó la jarra bien por encima de su cabeza, lo cual todavía no suponía una gran altura, y la arrojó contra el suelo.

Como era de esperar, se hizo añicos.

—Coge ese trozo de ahí —dijo Albucio, señalando un fragmento terminado en un pico muy aguzado—. Dámelo.

Lucio así lo hizo.

—Bien, bien. Ahora, ven aquí.

El viejo levantó en vilo al niño, le dio la vuelta en el aire y lo depositó sobre su regazo. Después lo apretó contra sí con más fuerza de lo que cualquiera habría sospechado en un cuerpo tan ruinoso.

—Así que te han dicho que puedes ser gladiador.

Lucio no dijo nada.

—¿Sabes lo que es un gladiador?

Lucio negó con la cabeza.

La mano izquierda del viejo le agarró el pequeño mentón. La mano derecha, mientras, aferró el puñal improvisado con la esquirla de terracota y lo acercó al rostro del niño. Entre el pulpejo y el resto de la palma, la vieja quemadura que había sufrido al tratar de quitarle el amuleto estaba supurando una secreción hedionda.

—Mientras lo descubres —prosiguió el viejo—, tendrás que seguir pidiendo limosna para mí.

Comprendiendo que nada bueno iba a pasar, Lucio se agitó y trató de zafarse. Pero Albucio tenía demasiada fuerza para él.

—Ahora no parecerás tan sano ni tan guapo como decía el salchichero —susurró Albucio mientras le clavaba la esquirla al lado de la boca y recorría con ella la mejilla derecha como si la labrara con un tosco arado.

Después, mientras repetía la operación en el lado izquierdo de su cara, pronunció las mismas palabras, una por una, que Lucio había escuchado o creído escuchar en la calle unas horas antes.

—A cambio, los compasivos ciudadanos romanos se apiadarán de ti y te darán más limosnas.

De modo que el amuleto le había advertido de lo que iba a pasar.

Pero solo a medias, con lo cual no le había servido de nada.

Con el tiempo, curiosamente, las sensaciones que más recordaría Lucio de aquel momento fueron el olor avinagrado del aliento de Albucio.

La rugosidad de los callos de su mano izquierda agarrándole la barbilla.

El bulto en la entrepierna del viejo hinchándose contra sus minúsculas nalgas mientras lo tenía inmovilizado en su regazo. Una tumefacción que todavía no supo interpretar.

También guardaría memoria de su propio alarido, agudo como el gañido de un cachorro, mientras el áspero pico de terracota se clavaba en su rostro.

En suma, lo recordaba todo, salvo el dolor.

A veces, la memoria es piadosa.

***

Heridas más tiempo.

Resultado:

Cicatrices.

Conforme Lucio se convirtió en Stígmata y creció palmo a palmo hasta llegar a los seis pies y cuarto[2] que mide de adulto, aquellas cicatrices dejaron de despertar lástima en los demás —si es que eso ocurrió alguna vez— para infundirles primero inquietud y después miedo.

Pero antes de eso, todavía tuvo que sufrir más indignidades en aquel apartamento de la ínsula Pletoria.

La promesa insinuada por la erección de Albucio el día que le marcó la cara se cumplió un tiempo después. Cuando Stígmata, al que ya llamaban así —el mote se lo había puesto Téano—, tenía siete años.

El viejo nunca dormía solo.

Aquella noche le tocó el turno a Lucio.

Fue la primera vez que lo violó.

—Tranquilo, que estas heridas se curan mejor que las de la cara —le dijo, lamiéndole la nuca con esa lengua más áspera que la de un perro callejero—. Verás cómo te acostumbras.

Era lo mismo que le decían a Lucio otros chavales. «Ya te acostumbrarás».

A algunos llegaba a gustarles y, cuando llegaban a cierta edad, practicaban entre ellos. Siempre era más agradable que con el viejo.

Después de Albucio, el siguiente que abusó de Stígmata fue Mamerco, que ya tenía quince años y superaba en tamaño y fuerza a muchos hombres adultos.

A la violación le añadió una paliza. Furioso porque Lucio se revol-

---

[2] El pie romano medía unos 30 cm.

vió contra él y le mordió en la mano con tanta fuerza que la herida se le infectó.

Desde niño, Stígmata reaccionaba al miedo con agresión.

Un tiempo después, cuando Stígmata se hallaba en la frontera entre la niñez y la adolescencia, el maestro Evágoras le dijo:

—Los animales reaccionan de tres maneras cuando sienten la amenaza de un enemigo. El ciervo huye. La tortuga se esconde en su caparazón. ¿Y quién ataca?

—El león —respondía Stígmata.

—¿Por qué lo hace?

—Porque puede.

—¿Tú qué crees que eres, hijo mío? ¿Ciervo, tortuga o león?

Mientras aguardaba la respuesta, Evágoras le acariciaba el cabello.

Más tarde comprendería Stígmata que el maestro estaba enamorado de él. Pero, a diferencia de Albucio o Mamerco, nunca pasó de gestos inocentes como aquel.

Por el momento, el muchacho no contestó. Se limitó a curvar la comisura de la boca.

Para él, la respuesta estaba clara.

***

En el apartamento de Albucio, Stígmata había visto ejemplos de algunas de las conductas que después le describiría Evágoras.

Ante los abusos, había muchachos que trataban de huir como los ciervos. Casi siempre acababan arrinconados y atrapados y el final era peor.

El caso de huida más drástico fue el de una muchacha llamada Melisa. Harta de que Albucio y otros la violaran y atormentaran constantemente, trató de suicidarse tragándose los carbones del brasero.

Al final, murió. Pero no tan rápido como ella había pensado.

Otros obraban como las tortugas. Puesto que no había donde esconderse en aquel apartamento, se encerraban en sus caparazones interiores. Stígmata había visto a un niño y un par de niñas que no volvían a hablar, que se convertían en cuerpos vacíos, tan lentos y torpes que apenas servían para ninguna tarea. Por tal motivo, el viejo los mutilaba: al menos, ya que no tenían gracejo para pedir limosnas, que inspiraran compasión con sus muñones.

En el caso de una de las niñas, llegó al extremo de ordenar a Mamerco que le arrancara la lengua tirando de ella con unas tenazas y cortándola con un cuchillo al rojo. Total, razonó Albucio, si la cría se negaba a hablar, ¿para qué quería la lengua?

Su joven esbirro llevó a cabo la tarea con gran placer, aunque sus carcajadas no consiguieron superar el volumen de los alaridos de su víctima.

Ciervos, tortugas.

¿Leones?

De esa especie no había muchos en la familia de Albucio, a decir verdad.

Eran más bien hienas. Carroñeras, cobardes, atacando en manada.

Eso sí, de un año para otro los machos no se convertían en hembras ni las hembras en machos, como aseguraba la sabiduría popular que les ocurría a las auténticas hienas.

Lo más parecido a un león era Neria. Por lo menos, a la hora de proteger a Lucio.

Y luego estaba él, claro.

La reacción instintiva que le despertaba cualquier amenaza externa era enfrentarse a ella.

Pero como era niño y todavía débil, aprendió a su pesar que hacerlo a puñetazos, como había hecho con Mamerco, no servía para nada.

Siempre tendría las de perder.

Así que a la temprana edad de siete años comprendió que, si recurría a la violencia, debía hacerlo con total convicción. Ateniéndose a las consecuencias. Asegurándose de que la persona atacada no pudiera contraatacar.

***

El viejo ya estaba tardando mucho en ponerle las manos encima a Neria. Con diez años, todavía le faltaba para la edad núbil y su cuerpo carecía de las redondeces que adquiriría más adelante. Pero era, sin duda, la niña más guapa de esa familia cuyos miembros iban y venían.

Además, la ausencia de curvas no suponía el menor problema para la lujuria de Albucio.

Por aquella época, Téano pasaba más tiempo dormitando sus borracheras que en el mundo de los vivos. El proceso por el que entraba en el reino de Morfeo era tan fácil de seguir como un fenómeno astronómico. Conforme se embriagaba, su ojo izquierdo, ya de por sí estrábico, cobraba vida propia y empezaba a separarse del derecho poco a poco, hasta que la pupila y medio iris desaparecían bajo la comisura de los párpados. En ese momento cerraba el otro ojo, la barbilla se le hundía entre los pliegues de la papada y todo su cuerpo parecía fundirse como la cera de una vela y convertirse en una masa aún más amorfa bajo la ropa.

Y empezaban los ronquidos.

En el invierno vital de la anciana, sus días empapados en vino se hacían cada vez más breves, sin esperanza ya de que fuera a llegar un solsticio a partir del cual se alargaran de nuevo. Por eso, Téano resultaba cada vez más inútil para Albucio y, a todos los efectos, era Mamerco quien se había convertido en su factótum.

Una mañana, Stígmata los oyó discutir a ambos, a Mamerco y a Albucio, en la alcoba del viejo.

Stígmata carecía del instinto de chismorreo tan extendido entre muchos de sus congéneres.

Si se había acercado a escucharlos, era porque había recibido un soplo.

Casi literal.

La voz de su amuleto.

La había oído unas horas antes. Por la ventana abierta de la sala en la que estaban acostados los críos empezaba a colarse la claridad pálida e inhóspita del galicinio, la hora que precede al amanecer.

Lucio estaba medio dormido. Quería volver a atrapar el sueño, pero se estaba orinando y le reventaba pensar que no le iba a quedar más remedio que levantarse.

Fue entonces cuando notó otra vez aquel zumbido mudo en el pecho, ffffmmm.

Y el calor.

Como si hiciera poco en aquella mañana del mes de sextil y con la estancia atestada de cuerpos.

Stígmata se llevó la mano al amuleto.

La combinación de las dos sensaciones, la vibración y el calor, le trajo de nuevo a la memoria todas las demás. El olor fétido del viejo, el tacto rasposo de su mano.

La erección que ahora Stígmata sí sabía interpretar.

«Yo quiero disfrutarla ahora».

Aunque de nuevo era la voz de mujer gélida e incorpórea que había escuchado por vez primera el día de las cicatrices, Stígmata supo que las palabras brotaban —o iban a brotar— de los labios arrugados de Albucio.

La voz se respondió a sí misma, esta vez junto al otro oído de Stígmata.

«Está bien, patrón. Pero a lo mejor hay un truco para que tú disfrutes de Neria, y aun así…».

¿Mamerco?

Era —iba a ser— él. Stígmata no albergó la menor duda.

Miró a ambos lados. Las formas más oscuras en la grisura creciente eran las de los demás críos. Neria, de la que había hablado aquella voz duplicada, estaba allí, a su derecha.

Más lejos, el bulto informe del que brotaban ronquidos y alguna que otra ventosidad era Téano, dormida en su silla.

Ni el viejo ni Mamerco estaban allí.

Pero el breve diálogo había sido real.

No era un recuerdo.

A no ser que existan recuerdos del futuro.

***

Poco después, mientras los críos, ya despiertos, se preparaban para las tareas del día —mendicidades y latrocinios varios—, Stígmata vio que Albucio le hacía una seña a Mamerco para que se reuniera con él en su cubículo y cerrara la puerta tras de sí.

Antes de ello, la mirada que le echó el viejo a Neria, y en la que la niña no reparó, fue inconfundible.

Stígmata, como se ha dicho, carecía del instinto del cotilleo.

A cambio, había desarrollado mucho otros dos.

El de supervivencia.

Y el de protección. De Neria, aunque ella fuese mayor que él.

Para sobrevivir, había comprobado que a veces no quedaba otro remedio que espiar conversaciones ajenas.

Un reto que el escaso grosor de los tabiques del último piso de la ínsula Pletoria no hacía demasiado complicado.

Bastaba con pegar la oreja.

Y eso hizo.

Patrón y pupilo estaban hablando de Neria, sí.

—... si no es virgen, va a valer diez veces menos, amo —sostenía Mamerco.

—Hay remendadoras de virgos. Tú me la traes esta noche y ya está.

—Pero, amo, no todo el mundo pica. Esa gente rica a la que se la quieres colocar no es tan tonta.

—Me da igual. A lo mejor cuando llegue ese momento ya estoy muerto.

Como para añadir una prueba material a sus palabras, Albucio tosió con fuerza y después escupió. El tintineo metálico de la bacinilla hizo preguntarse a Stígmata si se trataba de un gargajo más sólido de lo usual o si el viejo había perdido otro diente con la fuerza de la tos.

—Yo quiero disfrutarla ahora. ¡No se hable más!

Stígmata dio un respingo.

¡Era lo mismo que había susurrado la voz antes de amanecer!

Enseguida volvió a pegar la oreja al tabique.

Mamerco respondió también con las mismas palabras que había escuchado Stígmata unas horas antes.

—Está bien, patrón. Pero a lo mejor hay un truco para que tú disfrutes de Neria y aun así le saquemos..., le saques un buen dinero.

—¿Truco? ¿Qué truco?

—Usarla como..., como si fuera uno de nosotros.

—¿Como vosotros?

—Me refiero a los chicos, amo. Ya sabes...

Con solo siete años, la dolorosa experiencia de Stígmata le hizo entender la insinuación con toda claridad.

Se apartó de la pared. Lo estaba mirando con mal gesto Vulcano, el amigo de Mamerco al que el viejo había cortado los tendones de la corva izquierda para que su cojera le granjeara más limosnas.

Otra de las hienas.

Aquel día Neria y Stígmata salieron a mendigar de nuevo.

Ahora que ya eran un poco mayores, su territorio se había ampliado.

Era plena canícula y el sol caía sin miramientos, como si le importara un comino convertir la tierra entera en un secarral amarillo.

Los dos niños se refugiaron bajo la sombra de los arcos del Aqua Marcia, junto a los andamios y la grúa que unos obreros habían dejado montados para continuar con las reparaciones cuando el calor no apretara tanto.

Un lujo que a ellos no se les permitía, el de retirarse para la siesta.

A esas horas solo andaba por las calles gente que estaba tan necesitada como ellos.

Como un vagabundo, especie de reencarnación del mendigo borrachín del perro, que dormitaba con la espalda apoyada en uno de los pilares del acueducto.

En suma, gente que no daba limosnas. Quienes podían darlas se habían refugiado en sus casas hasta que pasara lo peor de aquella lluvia de bronce fundido.

Al menos, de las dovelas del arco bajo el que se habían cobijado caía un chorro de agua. La filtración que debían reparar los albañiles ausentes.

No estaba muy fría, pero era un alivio ponerse debajo de ella de vez en cuando.

Neria se dio cuenta de que Stígmata estaba más callado que de costumbre. Lo cual, en su caso, significaba que resultaba más fácil arrancar una palabra de los sillares de piedra que sustentaban el acueducto que de sus labios.

Neria, sin embargo, poseía suficiente ascendiente sobre el muchacho como para sonsacarlo.

Al final consiguió que él le contara la conversación que había escuchado. Aunque el niño no le mencionó lo del amuleto.

Cuando Neria conoció los planes que Albucio tenía para ella, aquellas pupilas tan grandes parecieron expandirse aún más, ampliadas por dos gruesos lagrimones que crecieron como gotas de rocío y quedaron atrapados entre sus largas pestañas.

Pero Neria sabía perfectamente quién era ella y dónde y con quiénes vivía.

Y que aquel día llegaría.

Por eso las lágrimas se quedaron allí. No rompió a llorar ni a lamentarse por lo que no tenía remedio.

Abrazando a Stígmata, a quien solo ella seguía llamando Lucio, le dijo:

—No te preocupes por mí. Aguantaré como has aguantado tú.

Él no dijo nada.

No porque no quisiera. Lo que deseaba decir era:

«No lo permitiré».

Pero no quería pronunciar promesas ni amenazas que no pudiera cumplir.

Lo cual no significaba que no tuviera nada pensado.

***

Al caer la tarde, cenaron como solían hacerlo en el apartamento de Albucio. No en triclinios, como la gente fina. Tampoco en mesas y bancos alargados, como harían tiempo después en el Hórreo de Laverna.

En la ínsula Pletoria, los comensales desfilaban con su escudilla delante de un gran perolo. Allí los aguardaban los comistrajos que había empezado cocinando Téano y de los que ahora se encargaba la muchacha a la que habían cortado la lengua —una paradoja que no pudiera degustar sus propios guisos—. Cuando cada uno recibía su ración, salía de la fila, se sentaba en el suelo si encontraba sitio o se la comía de pie. Procurando que nadie más fuerte echara la zarpa al plato.

Una costumbre que tenía Mamerco. Cuando la comida le parecía apetecible —un hecho no demasiado frecuente—, metía los dedos en las escudillas de los demás para robarles los escasos trozos de carne. Si alguno protestaba, le estampaba el plato en la cara y después le obligaba a limpiar los restos del suelo a lametones.

La cena de aquella jornada concreta consistió, una vez más, en gachas de cebada. Como novedad, estaban mezcladas con trozos de oreja de cerdo hervida.

Stígmata se apartó hacia la ventana del norte, desde la que se veía la alargada elipse del Circo Máximo. Era, con diferencia, la mayor construcción de la ciudad, de tal manera que los niños lo utilizaban como medida para todo aquello que fuera grande, del mismo modo que para lo pequeño se referían a las cagarrutas de murciélago que se acumulaban en los rincones.

En ambos casos, las comparaciones más populares eran con sus propios penes.

Si hubiera sido un día de carreras en el Circo Máximo, a Stígmata le habría resultado imposible tan siquiera acercarse a la ventana, pues en tales casos Mamerco y Vulcano se plantaban en medio y no dejaban asomarse a nadie más.

A diferencia del día en que Albucio le marcó la cara, en aquel atardecer de verano la atmósfera se veía turbia, anaranjada por una calima que provenía de desiertos lejanos.

La ventana estaba abierta para que corriera el aire. Stígmata apoyó el plato en el alféizar y se distrajo contemplando aquel panorama desvaído, en el que la calima emborronaba los perfiles del circo como si las gradas fueran ruinas vislumbradas de un futuro fantasmal.

Y, distraído como estaba, cuando quiso espantar una mosca particularmente pegajosa, la escudilla se le resbaló de la otra mano y cayó.

Al menos, lo hizo por la parte de dentro y no hacia fuera, sobre la cabeza de algún viandante.

Desde su asiento, Téano gruñó algo ininteligible (le habían acabado consiguiendo una silla con reposabrazos y respaldo, como si fuera la cátedra de un *grammaticus*, para que pudiera quedarse dormida sin caer al suelo), pero no se levantó.

Quien sí se acercó fue Mamerco, que le asestó un capón en el colodrillo, dejando que los nudillos resbalaran por el cuero cabelludo después de impactar para hacer más daño.

—¡Serás torpe, Cicatrices! —lo llamaba siempre así, sin recurrir al término griego, como si pensara que de ese modo lo podía ofender más—. Pues hoy ya no hay más forraje. Y mañana, a comer con las manos, como el cerdo que eres.

Nadie ha visto a un cerdo comer con las manos, pensó Stígmata.

En lugar de responder, se limitó a agacharse, recoger del suelo los trozos de la escudilla rota y los restos de la comida y arrojarlo casi todo por la ventana, el vertedero habitual.

Casi todo.

***

Los críos dormían, tirados en el suelo, rodando en el poco espacio que tenían para apartarse unos de otros por evitar el calor, del mismo modo que en invierno se apiñaban buscándolo.

Stígmata quería haberse mantenido en vela.

No lo había conseguido.

Con el tiempo sería capaz de aguantar una noche entera despierto, e incluso dos si era necesario.

Pero ahora solo tenía siete años y la naturaleza era más fuerte que él.

No obstante, alguna vocecilla interior lo despertó.

O tal vez fuera el zumbido del mosquito trompetero que pasó volando junto a su oreja, uno de tantos que torturaban a los críos en las noches de verano.

Por la ventana sur, los rayos de luna se colaban teñidos del sucio azafrán de la calima. A su tenue luz, Stígmata buscó con la mirada a Neria.

No la encontró.

Esperó un rato. Igual que él, cualquier otro podría haberse despertado.

No parecía el caso. Ni siquiera con los ronquidos de Téano, que en lugar de retirarse a su minúsculo cuartucho se había quedado definitivamente dormida en su asiento, como tantas noches.

La esterilla donde se acostaba Mamerco estaba vacía, igual que la de su compinche Vulcano. Stígmata había observado que ambos se escapaban a veces gracias a que, de alguna manera, se habían agenciado una copia de la llave con la que Albucio echaba el cerrojo al oscurecer para que nadie pudiera escapar de aquella especie de antro de Polifemo. Fuera del apartamento, seguramente se dedicaban a robar por su cuenta, beber en las tabernas del barrio, buscar mujeres.

A lo que fuese.

A Stígmata le daba igual.

Con mucho cuidado, pasó entre los cuerpos de los demás procurando no pisarlos.

Con el tiempo, una mujer que pagaría por acostarse con Stígmata le diría:

—Te mueves como un gato. Y también eres silencioso y limpio como un gato. Eso me gusta.

Esa mujer, que tenía un gato egipcio al que llamaba Thot, no era otra que Rea. La esposa de Tito Sertorio.

Ahora el pequeño Stígmata, que en su breve vida todavía no había visto ningún felino doméstico, supo moverse con la flexibilidad y el sigilo de uno para sortear aquel laberinto de piernas, brazos y cabezas que, además, podían moverse inopinadamente buscando alguna tabla más fresca.

Cuando llegó junto a Altea, una adquisición reciente de la familia que tenía poco más de un año, la cría se removió en su canastillo y amagó con ponerse a llorar. Stígmata se agachó, le puso en los bracitos la muñeca de cuero y trapo que se le había escapado y, cuando comprobó que el bebé volvía a agarrar el sueño, siguió su camino.

Por el pasillo. Pisando con cautela, pero sin andar de puntillas, porque había comprobado que eso hacía crujir más las tablas del suelo.

Como un gato, sí.

Que no dejaba de ser un león en miniatura.

Hasta la puerta de Albucio.

Pegó la oreja.

Incluso la madera estaba caliente.

Ronquidos. Más graves que los de Téano.

Y unos sollozos suaves.

Neria.

El viejo no había echado el cerrojo de su habitación. Stígmata empujó la puerta con cuidado, aunque no logró evitar que rechinara. Él podía ser sigiloso. Los goznes sin aceitar y la madera de la puerta, seca y dilatada por el calor, no.

A diferencia de los otros cubículos de aquel apartamento, el de Albucio tenía una ventana. El viejo, tan quejoso con el frío propio como tolerante con el que pasaban sus pupilos, solía cerrarla. Pero en aquella noche de sextil el bochorno era demasiado incluso para él y tenía abiertos los postigos.

Estaba tumbado boca arriba. Entre las paredes del cuarto, sus ronquidos resonaban como entrecortados rebuznos de asno.

No se había quitado la túnica, una prenda tan ajada y sucia como su propia piel, pero la tenía arremangada por encima de la cintura.

Decían que Albucio recurría a una bruja del Esquilino, amiga de Téano, que le suministraba filtros para conservar la virilidad pese a sus años.

Tal vez fuera verdad, tal vez no. Stígmata aún no entendía demasiado de aquellos asuntos.

En cualquier caso, quizá porque en sus sueños seguía violándolo a él, a Neria o a cualquier otro de sus pupilos, el viejo tenía el miembro erecto.

Uno de sus brazos estaba extendido sobre la espalda de Neria. Esta, boca abajo, seguía sollozando quedamente, con hipidos que sonaban un poco como la llamada de un autillo solitario en un bosque lejano.

Ella sí estaba desnuda.

Stígmata la había visto así infinidad de veces. Pero en aquel momento esa desnudez bañada por la luz de la luna lo conturbó de una manera que no habría sabido explicar.

Se acercó a la cama.

Neria giró la cabeza hacia él.

—¿Te ha hecho mucho daño?

Ella negó con la cabeza en un gesto casi imperceptible.

—¿No?

—No ha podido hacer nada —respondió ella, hablando en voz muy baja—. Estaba demasiado borracho. Pero ahora, mira…

Stígmata entendió a qué se refería sin necesidad de mirar.

Ya había visto el pene de Albucio más veces de las que hubiera querido. Tan sucio como sus dedos, tan hediondo como toda su persona.

—No te va a hacer nada. Te lo prometo.

Agarró con mucho cuidado la mano del viejo que descansaba sobre la espalda de Neria y la levantó.

—Sal de la cama.

—¿Qué haces?

—Sal de la cama, rápido.

Ella se deslizó lo más silenciosa que pudo. Por suerte, los lechos de ladrillo no crujen.

—¿Qué vas a hacer, Lucio?

—Fuera, fuera —insistió él, empujándola.

El viejo, con el brazo ahora sobre la mitad de la cama vacía, ni se dio cuenta.

«No es bueno beber tanto», pensó el niño, no por primera vez.

Pero el mismo vino que a menudo volvía violentos y siempre malignos a Albucio y Téano se había convertido ahora en su mayor aliado.

«Torpe», lo había llamado Mamerco.

¡Torpe él!

Stígmata llevaba un tiempo practicando malabares como modo de ganarse limosnas, ya que seguía siendo incapaz de gimotear o fingir lágrimas.

Si era capaz de mantener cuatro pelotas en el aire a la vez sin que se le cayeran, ¿cómo se le iba a resbalar un simple plato?

Mientras Neria recogía su túnica del suelo, se la ponía por encima de la cabeza y salía de la habitación, pálida y silenciosa como una ninfa nocturna, Stígmata sacó de debajo de su propia ropa la esquirla de terracota que había elegido entre los fragmentos de la escudilla. Mientras fingía dormir de cara a la pared, le había estado sacando filo rozándola con otra.

No muchos años después, el maestro Evágoras, empeñado en cultivar el intelecto de Stígmata, le recitaría en su propia traducción al latín unos versos del poeta Hesíodo.

La diosa primigenia Gea, dirigiéndose a sus hijos, los espantosos centimanos, los habilidosos cíclopes y los poderosos titanes, les mostraba una enorme hoz forjada en un metal indestructible, diciéndoles:

> *¡Hijos míos y de un padre malvado! Obedecedme y así nos vengaremos de los ultrajes de vuestro cruel progenitor.*

Los demás hijos se encogieron de miedo. Solo Cronos, el más joven y también el más resuelto de ellos —para los romanos era Saturno, pero Evágoras se negaba a traducir también los nombres—, se atrevió a empuñar la hoz y argumentó:

> *... yo no siento compasión por nuestro execrable padre, que fue el primero en tramar obras indignas.*

Cuando el padre en cuestión, el poderoso Urano, bajó de las alturas para cubrir a Gea, deseoso de amor...

> *Su hijo Cronos salió de su escondite, lo agarró con la mano izquierda, con la diestra empuñó la enorme hoz de afilados dientes...*

Aunque aquello le repugnaba, Stígmata, que era de natural más zurdo que diestro, se acercó más al viejo, agarró su glande con la mano derecha y con la izquierda...

Cortó.

Lo hizo tan rápido que, cuando el dolor quiso llegar al cerebro de Albucio y lo despertó, su miembro ya se había convertido en una salchicha tibia y sangrante en la mano de Stígmata.

Asqueado, el niño la arrojó lejos de sí. Al hacerlo, actuó sin saberlo como un espejo de Cronos al inicio de los tiempos, cuando el dios utilizó la mano izquierda para agarrar los genitales de su padre y la derecha para cercenarlos con una hoz.

No fue una hoz adamantina, sino una esquirla de cerámica lo que sirvió a Stígmata para cobrarse su venganza. Justicia celestial o poética, tanto daba: el mismo material con el que el viejo le marcó las mejillas se volvía contra él.

***

Aquella fue la primera vida que se cobró Stígmata. Con siete años.

Como los recuerdos se adornan y recrean cada vez que uno los trae a la memoria, ni él mismo ha llegado a saber con certeza si su intención fue matar al viejo o simplemente caparlo como a un gorrino.

En cualquier caso, el resultado fue que el anciano murió desangrado entre alaridos. No hubo nadie en su cofradía de pilluelos que supiera o quisiera detener la hemorragia. Probablemente, se trató más bien de lo segundo.

Stígmata no se quedó a comprobar el desenlace de su acción. Mientras el viejo chillaba y pataleaba en la cama con tal violencia que en una de sus patadas él mismo se rompió una espinilla, el niño corrió hacia la puerta del apartamento.

Al hacerlo, tuvo que bracear contra corriente entre otros críos que acudían a ver qué había sucedido.

Por suerte para él, entre ellos no estaban ni Mamerco ni Vulcano, que seguían fuera de la vivienda.

Aunque Stígmata no tenía copia de la llave como esos dos compinches, ya había aprendido por su cuenta a abrir todo tipo de cerraduras usando alambres de hierro. Una de las muchas ventajas de su precoz coordinación entre mente, ojos y dedos era que pocos artilugios mecánicos, del tipo que fueran, se le resistían.

Cuando ya tenía abierto el candado, notó unos dedos que le agarraban el brazo.

Neria.

—¿Dónde vas?

—Lejos.

—Donde vayas, voy contigo.

Descalzos, vestidos tan solo con las túnicas sin ceñir, ambos huyeron escaleras abajo.

Esta vez Stígmata no se preocupó de que los viejos peldaños crujieran bajo sus pies.

Después, ambos se perdieron en la noche.

***

No puede decirse que su intento de fuga tuviera mucho éxito. Stígmata y Neria eran demasiado jóvenes e inexpertos como para ocultarse o borrar su rastro.

A la noche siguiente, Mamerco y otros tres tipos que, desde el punto de vista de Stígmata, entraban en la categoría de «mayores» los descubrieron a orillas del Tíber, escondidos entre unos cañizares. Tal vez los mismos donde la loba había encontrado a Rómulo y Remo llorando en su canastilla.

En lugar de llevarlos de vuelta a la ínsula Pletoria, los condujeron a un edificio en construcción, también junto al río. El almacén que se convertiría en el Hórreo de Laverna.

Allí les hicieron arrodillarse delante del que sería su nuevo patrón.

El salchichero.

Aulo Vitelio Septimuleyo.

TORRE MAMILIA, DISTRITO DE LA SUBURA

AHORA

A la misma hora en que Berenice observa el sueño inquieto de Stígmata, en otro barrio de Roma, la Subura, el griego Artemidoro trabaja en su libro a la luz de dos velas.

Una luz cicatera, cierto es.

Desde que su hermano le limpió la herencia y el Consejo de Éfeso le retiró la asignación como enviado en Roma por «la vida disoluta que llevas» —palabras textuales de la carta que le enviaron desde su ciudad natal—, es lo más que se puede permitir.

Como las noches de invierno son largas, a Artemidoro le gusta dividir el sueño y aprovechar este momento para escribir. «Solo un par de horas», se promete a sí mismo, aunque no tiene clepsidra para calcularlas ni un reloj de sol mágico que mida el tiempo en la oscuridad.

El problema es que a veces se embebe tanto en su propio trabajo que se olvida de regresar a la cama. Cuando se quiere dar cuenta, el canto de los gallos le avisa de que se acerca el alba.

Durante el día, no le queda más remedio que patearse la Subura y buena parte del Quirinal y subir cuestas empinadas y escaleras angostas y crujientes para atender a las embarazadas y parturientas cuyos maridos han contratado sus servicios.

Gente de clase humilde que, por desgracia, paga poco. Los aristócratas adinerados no quieren que un hombre amancebado con una antigua prostituta deslice las manos sobre los cuerpos de sus legítimas esposas. ¡Mucho menos que las examine desnudas!

Así que ahora Artemidoro, el intelectual nacido y criado en una casa acomodada, el hijo ilustre de Éfeso al que sus conciudadanos dedicaron una estatua de bronce en el ágora, acepta también tratar o al menos aliviar otros males de naturaleza habitualmente repugnante que los médicos con más experiencia consideran por debajo de su categoría.

No hay fluido, secreción ni mucosidad que él, que aprendió a ser médico casi de rebote, no haya tenido que examinar. Cuando termina el día, Artemidoro está reventado. Tiene la impresión de que sus tendones y cartílagos llevaran horas hirviendo en un caldero de fabricar cola, hasta quedar tan reblandecidos que apenas son capaces de mantener juntas las articulaciones de su huesudo cuerpo. Al llegar al apartamento, más que acostarse, se desploma sobre el colchón junto a Urania.

La joven a la que dobla en edad.

La antigua prostituta.

La causa de su felicidad interior y de su descrédito exterior. Por tener el mal gusto de convivir con ella como si fuera su mujer. Cuando podría limitarse a visitarla de tapadillo, al igual que hacen muchos nobles con sus amantes y mantenidas.

Pero más tarde, cuando pasa la hora que los romanos llaman *connubia nocte*, Artemidoro se despierta por sí solo. Es como si tuviera un *daimon* interior que, a la manera del genio que hablaba a Sócrates en su cabeza, le tirara de la barba y le ordenara: «¡Levántate, holgazán! ¡Tienes que escribir!».

Eso es lo que está haciendo ahora.

Obedecer a su propio *daimon* y escribir mientras el 12 de enero se convierte en el 13, esa fecha a la que los romanos llaman «idus».

La pluma, una caña biselada por la mano del propio Artemidoro, corre por el papiro.

> *ΑΡΧΕΤΑΙ·ΔΕ·ΕΝΘΕΝΔΕ·ΗΔΗ·ΤΟ·ΒΙΒΛΙΟΝ·ΚΘ΄·*
> *ΤΩΝ·ΙΣΤΟΡΙΩΝ·ΣΥΓΓΕΓΡΑΜΜΕΝΩΝ·*
> *ΥΠ·ΑΡΤΕΜΙΔΟΡΟΥ·ΕΦΕΣΙΟΥ*

Aquí empieza el libro 29.º de las historias compuestas por Artemidoro de Éfeso

Después de saquear el santuario de Delfos, el reyezuelo celta Brenno no llegó a acaudillar a los volcas tectósages más allá de los

Balcanes. Durante el camino enfermó de un mal que pudrió sus entrañas, le provocó vómitos y esputos de sangre e hizo que se le cayeran los dientes, el cabello e incluso las uñas. Finalmente, atormentado por los dolores y humillado por los gestos de horror y repulsión que veía en aquellos que contemplaban su aspecto, se quitó la vida con su propio puñal, el mismo que había manchado con la sangre de la Pitia.

La historia que corre de que Brenno se suicidó bebiendo vino puro no tiene sentido. El vino sin mezclar puede acabar enloqueciendo a los hombres que abusan de él, como le ocurrió al rey Cleómenes de Esparta, hermanastro del célebre Leónidas. Pero no se trata de un veneno, como tampoco lo es la sangre de toro con la que supuestamente se suicidó Temístocles el ateniense.

Tras la muerte del bárbaro Brenno, entre sus súbditos cundió el rumor de que había enfermado por culpa de un conjuro que le había arrojado la Pitia para vengarse de él por haberla violado, haber saqueado el santuario y robado el sagrado Ónfalos. Algunos incluso afirmaron que esa execración se extendería a todo aquel que tocara los tesoros arrebatados a Delfos, y por ese motivo la llamaron «la maldición del oro». Pero los caudillos que sucedieron a Brenno decidieron que aquel botín era demasiado valioso para desprenderse de él.

Artemidoro hace un alto y deja la pluma sobre la paleta, una primorosa pieza de madera de sicomoro tallada con jeroglíficos y taraceada con cuentas de topacio, amatista y lapislázuli.

Es un recuerdo de su última estancia en Egipto por el que siente un apego especial. Dada su penuria actual, no obstante, sospecha que a no mucho tardar tendrá que venderle la paleta a algún noble dispuesto a pagar un buen precio por presumir de gusto exquisito ante sus conocidos. Pero Artemidoro se resiste a ello con tanta tozudez como el Senado romano se opuso a reconocer sus derrotas ante Pirro.

Con la diferencia de que Roma al final le ganó la guerra a Pirro. Mientras que él, por mucho que se empecine, al final tendrá que rendirse a la evidencia y renunciar a ese objeto cuya contemplación le causa un placer que él mismo reconoce a medias entre lo estético y lo pueril.

¡Con tal de que no tenga que desprenderse de sus libros!

Se frota los dedos, entumecidos de frío.

—Maldita sea —murmura.

A ratos tiene la impresión de que por el cálamo corre más sangre que por sus manos. Si hubiera más luz en la estancia, podría ver el vaho de su aliento flotando ante sus ojos como un pálido lémur escapado de una sepultura.

La madera y el carbón son caros. Hay que racionarlos. Mejor gastar el dinero en buenos alimentos para Urania que, de paso, nutran a la criatura que viene de camino.

Nota un silbido en el pecho. Maldito frío. No quiere toser por no despertar a Urania. Pero, cuanto más quiere evitarlo, más le sube el picor hasta la garganta.

Suelta un par de toses sofocadas en el dorso de la mano. Casi se queda con más ganas.

Mejor no pensar en ello.

—¿Qué hago yo escribiendo sobre maldiciones y piedras proféticas? —susurra para sí, repasando las últimas líneas de su texto.

Él, Artemidoro, que desde hace tiempo no cree en lo sobrenatural en general ni en los dioses en particular.

«¿No será que quieres creer que no crees en los dioses?», le pregunta una vocecilla interior, un Diógenes en miniatura que, en lugar de habitar en el célebre tonel, se aloja en su cabeza. Esa voz es tan fastidiosa e insistente como cuentan que era el filósofo cínico, y no deja de hacerle preguntas y cuestionárselo todo.

Cuando Artemidoro visitó Delfos por primera vez y entró en el templo de Apolo, no percibió ninguna presencia preternatural que le erizara el vello de la nuca. Tampoco se sobrecogió ante el éxtasis supuestamente profético de la Pitia. Más bien, sintió lástima por aquella pobre mujer de mirada extraviada que parecía creerse sus propios delirios mientras se balanceaba de forma casi espasmódica sobre el trípode de bronce para después improvisar hexámetros defectuosos, fetos poéticos expulsados prematuramente.

Pero el mini Diógenes interior insiste.

«¿Te crees que lo sabes todo, listillo? ¿Y si, en el pasado, las cosas eran diferentes?».

«Las cosas no pueden haber sido muy diferentes de como son ahora».

«¿Ah, no? Tú mismo dices que la piedra original se perdió. ¿Y si esa piedra poseía algún tipo de poder?».

«Oh, cállate ya».

«Más quisieras. No me calló Alejandro el Grande, me vas a callar tú».

El primer principio del tetrafármaco —el resumen de la filosofía de Epicuro que sirve de guía a Artemidoro— reza: «No temas a los dioses».

Pero en el fondo de su alma, por más que él se lo quiera negar, late un residuo de incertidumbre. Una pregunta que flota sin acabar de formularse en voz alta.

«¿Y si…?».

Ya se ocupa el mini Diógenes de formularla.

«¿Y si lo sobrenatural existe?».

—Paparruchas —contraataca en voz alta.

Artemidoro quiere creer que todo en este mundo puede ser discernido y analizado por el entendimiento humano. Que no hay nada que se encuentre fuera del alcance de la razón.

Que no existe lo inexplicable.

Solo lo inexplicado.

A veces discute sobre tales cuestiones con Gayo Sempronio Graco, ya que el extribuno es uno de los pocos miembros de la élite romana que sigue recibiendo a Artemidoro y tratándolo con la misma cordialidad que antes de que se amancebara con Urania. En esas ocasiones, su interlocutor sostiene que hay muchas cosas en el universo que únicamente conocen los dioses.

—Con todo respeto, noble Graco, es imposible estar más equivocado —le replica Artemidoro.

El extribuno, que tomó de su difunto hermano Tiberio el relevo del fuego revolucionario en Roma, suelta una carcajada.

—Menos mal que me lo dices con todo respeto. Si no, diría que has dejado mis opiniones a la altura del pellejo seco que deja una cigarra cuando muda el caparazón.

Haciendo caso omiso de la ironía de Graco, Artemidoro insiste:

—No digo yo que no se den hechos y fenómenos que todavía no sabemos explicar y que, por tanto, atribuimos a las divinidades o a otros espíritus. Pero solo es cuestión de tiempo que nosotros, los hombres, lleguemos a comprender cómo funciona la vasta maquinaria de la naturaleza.

—¿Cuestión de tiempo? ¿Cuánto? ¿Un eón, dos eones?

—Mucho antes de eso, el entendimiento humano abarcará este mundo por completo.

—¿Y qué ocurrirá después? ¿Nuestro entendimiento será capaz de abarcar también los cinco mundos de los que habla Platón en el *Timeo* o los universos múltiples de Leucipo? —arguye Graco. Gracias a su madre Cornelia, el extribuno recibió una esmerada educación en filosofía griega, pero tiende a ser supersticioso.

Como todos los romanos.

—De momento, nos conformaremos con conocer bien este universo que habitamos, mi querido Gayo. Si existen otros, algo de lo que dudo, también será cuestión de tiempo desentrañar sus secretos.

Sin embargo, por más que Artemidoro se empeñe en defender el poder de la razón, a veces se producen portentos que hacen que dude si su confianza en el alcance del intelecto humano en general y del suyo en particular no demuestra un optimismo desmesurado.

«¿Es que crees que lo sabes todo?», insiste el mini Diógenes de su mente. Lo hace rascándose la entrepierna con la misma desvergüenza con que orinaba o se masturbaba en público y que hizo que lo apodaran el Perro. «¿Qué me dices de lo que le ocurrió al sol?».

Lo del sol.

Hace poco, en uno de los raros días de este mustio mes de enero en que las nubes tuvieron la generosidad de abrirse para dejar ver el cielo sobre Roma, el astro rey se dividió en tres poco antes de hundirse en el horizonte.

¡Tres soles en el firmamento!

Cuentan que Alejandro rechazó la oferta que le hizo el gran rey Darío de aceptar diez mil talentos, la mitad de su imperio y la mano de su hija a cambio de firmar la paz con él. «Ni puede haber dos soles en el cielo ni dos soberanos en Asia», le contestó.

Pues bien, aquel atardecer no se vieron dos soles, sino tres. De no haber subido a la azotea de la ínsula para contemplarlo mejor, de no haber escuchado los gritos de asombro y los gemidos de consternación de la gente que recorría las calles y se asomaba a las ventanas, Artemidoro habría creído que se trataba de un engaño de sus ojos.

¡Tres soles! Rodeados por un enorme halo cárdeno y proyectando juegos de sombras espectrales.

Artemidoro recordaba haber leído referencias sobre prodigios similares. Un sol doble o triple, y también una luna doble o triple.

Pero no era igual leer sobre aquel portento que ser testigo de él, abrazado a las piernas de la estatua de una mujer semidesnuda —se decía que era la maga Circe, antepasada de la *gens* Mamilia— a setenta pies de altura sobre las calles de Roma.

Urania había querido acompañarlo. Artemidoro la había convencido de que era demasiado peligroso para ella subir todas esas escaleras y después salir al tejado, que no tenía demasiada inclinación, pero tampoco era realmente una azotea plana.

Después, cuando le habló de aquel portento, Urania frunció el ceño, tratando de recordar algo.

—Cuando yo era niña, el cielo se incendiaba a veces de noche —murmuró.

—¿Se incendiaba?

—Eran como... ondas de agua..., pero de fuego y en el cielo.

Cuando Urania trata de recordar su infancia en el lejano norte, se le suelen llenar los ojos de lágrimas, sin saber bien por qué. En algún rincón de su mente debe guardar memorias tristes. Un rincón tan escondido que ni ella misma es capaz de alcanzarlo.

A Artemidoro le habría gustado preguntarle más por aquel extraño incendio en el cielo. ¿Se trataría del fenómeno que Píteas definió como «aurora del norte»? Pero no quería entristecerla y se limitó a abrazarla.

Algún día, se prometió a sí mismo, como se vuelve a prometer ahora, repetirá el viaje de Píteas de Masalia y llegará hasta aquellas tierras remotas donde, según la estación, hay días o noches eternos.

Lo hará, por supuesto, con Urania.

Y con su hijo.

Y juntos, los tres contemplarán esa aurora que ilumina el firmamento boreal.

***

Volviendo a un fenómeno más cercano, Artemidoro no deja de pensar que lo del sol triplicado ha de tener alguna explicación.

—Debe de ser una ilusión óptica —le argumenta al mini Diógenes—. Como la refracción que provoca que un palo sumergido a medias en el agua parezca doblado al verlo desde fuera.

«¿Una ilusión? Tú sí que eres un iluso», responde el padre de todos los cínicos.

(Algo de cierto hay en lo que sospecha Artemidoro, aunque el fenómeno se asemeja más al arco iris. La verdadera razón se encuentra a trescientas cincuenta millas a vuelo de pájaro, en Sicilia. El Etna arrasó hace poco la ciudad de Catania, y desde entonces no ha dejado de vomitar polvo y cenizas hacia el cielo, extendiendo por medio orbe un sudario que no se aprecia a simple vista, pero que debilita la luz del sol de la forma insidiosa en que la vejez va minando las fuerzas de un antiguo atleta. Si Artemidoro fuera capaz de relacionar ambos hechos —la erupción y el sol triple— con el invierno inusitadamente oscuro y frío del que tanto se queja todo el mundo, su mente científica se estremecería de placer).

En Roma mucha gente no durmió esa noche. Se oyeron rumores, cantos y rezos por toda la ciudad, y nadie quedó del todo tranquilo hasta que salió de nuevo el sol.

Un sol lánguido, tísico, que hasta mediodía no acopió fuerzas para derretir la costra de hielo de los charcos.

Pero, al menos, era uno solo.

Aunque el fenómeno no se ha vuelto a repetir, la ciudad sigue alborotada como un inmenso gallinero asaltado por una horda de raposas. Todavía se discute qué significa el sol triple y qué medidas hay que tomar para restablecer el equilibrio divino. Un quebranto de las leyes naturales de tal índole entraña que los dioses están enojados por algún motivo —puede ser el más pueril del mundo, ya que los inmortales son tan infantiles y caprichosos como puede comprobar cualquiera que haya leído a Homero—, y que hay que ganarse su benevolencia con ritos expiatorios.

Según le consta a Artemidoro —aunque no ha podido comprobarlo en persona por razones que enseguida quedarán claras—, Mucio Escévola, que fue antes tribuno de la plebe y cónsul y que es el actual pontífice máximo, ha registrado el prodigio en un gran cartel blanco colgado en el exterior de su residencia oficial, la Domus Pública.

Es una costumbre que se remonta a la época de los reyes. A comienzos de año se exhibe un tablón en el que el gran sacerdote toma nota de los portentos más llamativos —lluvias de leche, terneros bicéfalos, cerdos con manos de hombre, bebés hermafroditas o con tres pies—, así como de algunos otros asuntos que se consideran relacionados con la voluntad de los dioses, como las plagas de langosta, las malas cosechas y las hambrunas que de ellas derivan. El último día de diciembre, el tablón se guarda y en las calendas de enero se sustituye por otro recién blanqueado.

Cuando lo nombraron pontífice máximo hace casi una década, Mucio Escévola, hombre metódico en grado sumo y anticuario enamorado del pasado de su ciudad, asumió la tarea tan tediosa como titánica de recopilar todos esos archivos para organizarlos y evitar que se pudieran perder en un incendio. Hasta la fecha lleva escritos de su puño y letra más de setenta libros de *Anales máximos*. Un gran mérito, tomando en cuenta que sus dedos están curvados como puños de cayado por culpa de la artrosis.

Aunque en esos volúmenes hay demasiado de anecdótico e incluso de fantástico, y pese a que en ellos los mismos supuestos prodigios se repiten una y otra vez con fastidiosa monotonía, Artemidoro los consulta en ocasiones para cotejarlos con otras fuentes y afinar la cronología de sus propias *Historias*.

Los *consultaba*.

En pasado.

La Domus Pública es otro de esos lugares en los que Artemidoro se ha convertido en una persona *non grata*. La última vez que acudió allí, Mucio Escévola, que hasta entonces se había mostrado amable con él, no solo no lo recibió, sino que dio orden al portero de decirle a Artemidoro que no se le ocurriera regresar por allí.

Él no se molestó en preguntar el motivo.

De sobra lo sabía.

De sobra lo sabe.

Vuelve a contemplar a Urania.

Cuando la joven tiene los ojos cerrados, como ahora, la mirada de Artemidoro se queda imantada sobre su rostro. Como si las líneas que delimitan aquel semblante —la barbilla, las orejas, el nacimiento dorado de los cabellos sobre la frente— fueran las murallas de un recinto del que sus ojos no pueden salir.

El puente y las aletas de la nariz de Urania poseen una sobria y recta perfección que cuadraría en un retrato de Atenea. A cambio, sus labios carnosos y curvados parecen más un don de Afrodita. Si los mira mucho rato, Artemidoro se siente como Perséfone debió de sentirse al contemplar aquella granada roja y chorreante de jugo que la condenó a pasar la mitad de su tiempo en la mansión árida y gris de Hades. Y, al igual que le ocurrió a la joven diosa, no puede resistir la tentación y, más que besarlos, los mordisquea y casi trata de bebérselos.

Ahora contiene ese impulso. No quiere despertarla.

Y luego está lo que hay debajo de esos labios. El hoyuelo situado justo en el centro de la barbilla. La tenue luz de las velas crea una sombra en él que lo hace parecer más profundo. Un minúsculo pozo, una especie de hermano mellizo del ombligo de Urania. (Un ombligo por el que muchos pagarían fortunas..., aunque ahora, con el embarazo, el pozo se ha convertido en una pequeña cúpula).

A Artemidoro le fascina aquel hoyuelo.

«Esa fascinación tal vez se deba a que estás enamorado —le dice el mini Diógenes interior—. Dos amantes son una mente en dos cuerpos».

«Ah, pero ¿vas a decirme algo agradable?».

«¡Nooo! Lo que quiero decir es que ahora mismo, en ese cuerpo que tienes, solo te queda medio cerebro. Y se nota por cómo te comportas».

«Es posible que así sea», responde Artemidoro, y añade en voz alta:

—Pero soy feliz. Merece la pena.

Eso quiere pensar.

***

Él mismo se da una suave bofetada en la mejilla, en parte para salir de su ensimismamiento y en parte para entrar en calor. Con un esfuerzo, endereza el cuello y su mirada vuelve a la mesa y al papiro, mientras su mente trata de recuperar el hilo de la escritura.

«¿De qué estábamos hablando?», se pregunta.

De prodigios. Portentos.

Al haberse convertido en un apestado social, los *Anales máximos* se han vuelto tan inaccesibles para él como los *Libros Sibilinos*, la recopilación de antiguas profecías que se guardan como el mayor de los tesoros en un sarcófago de piedra en los sótanos del templo de Júpiter Capitolino.

Quizá sea por el hecho de que le está vedado acceder a ellos, pero lo cierto es que a Artemidoro le despiertan una gran curiosidad.

Que, mucho se teme, nunca podrá satisfacer.

A cuenta del prodigio del sol triple, y en relación con los *Libros Sibilinos*, se ha producido en los últimos días una controversia entre el pontífice Mucio Escévola, el jefe del colegio de arúspices Gayo Voluseno y el recién nombrado cónsul Lucio Opimio.

—¡Ese portento cae bajo la competencia de nuestro colegio! —sostuvo Escévola en la segunda sesión del Senado del año—. ¡Somos los pontífices quienes debemos dictaminar qué rituales hay que realizar para propiciarnos a los dioses!

—¡El ilustre Escévola se equivoca! —le interrumpió Voluseno—. ¡Para comprender lo que acontece en los cuadrantes del cielo hay que examinar los lóbulos correspondientes en los hígados de las víctimas! ¡Solo quienes han estudiado la auténtica aruspicina etrusca pueden comprender las sutilezas de esos fenómenos!

En aquel momento intervino Opimio.

—Como cónsul que soy, debo interrumpiros y contradeciros a ambos.

(Graco, testigo de aquella sesión e informador de Artemidoro, ahuecó la voz imitando el tono engolado de Opimio al proclamar «como cónsul que soy». No puede decirse que la relación entre ambos hombres sea excesivamente cordial. De hecho, Opimio ha declarado ante todo el que quiera oírlo, e incluso ante quien no quiera, que no cejará hasta abolir todas y cada una de las reformas aprobadas por iniciativa de Gayo Graco).

—¡Este extraordinario prodigio no ha acontecido en ningún lugar lejano, sino sobre la misma Roma, la capital del mundo! —prosiguió el flamante cónsul—. ¡Yo afirmo que es la primera señal de la ira de los dioses y que, si queremos evitar calamidades mayores, debemos autorizar a los decenviros para que acudan al templo del gran Júpiter para consultar los *Libros Sibilinos*!

Pontífices, arúspices, decenviros. Y menos mal que en este caso no intervino el colegio de augures, ni tampoco el de los feciales ni el de los epulones.

Si hay algo que no falta en Roma son sacerdotes.

A Artemidoro no deja de resultarle ridículo que haya tanta casuística y tanta disputa de competencias en relación con asuntos que considera puras supersticiones.

Muchos de los presuntos prodigios, aunque resulten calamitosos, no son más que fenómenos naturales: inundaciones, sequías, heladas a destiempo. Hay otros que no lo parecen, como el sol triple, pero Artemidoro está convencido de que se encontrará una explicación racional. Y hay muchos más que son, simplemente, patrañas inventadas o exageradas al transmitirse de boca en boca.

En cualquier caso, en lo relativo a este portento en particular, el cónsul se salió con la suya. Serán los decenviros quienes consulten —o tal vez hayan consultado ya, Artemidoro lo ignora— los *Libros Sibilinos* que se guardan en los sótanos del templo de Júpiter Capitolino.

Artemidoro confía en que el ritual de expiación que extraigan de aquellos volúmenes arcanos no sea tan drástico como el que se llevó a cabo hace casi cien años, después de que Aníbal aplastara a dos ejércitos consulares en Cannas. En aquella ocasión, se dictaminó que la única forma de bienquistarse con los dioses que parecían haber abandonado a Roma a su suerte era enterrar vivos en el Foro Boario a dos celtas y dos griegos de ambos sexos.

«Esperemos que esta vez no se llegue a tanto», se dice Artemidoro. O que, en caso contrario, escojan a cualquier otro entre los miles de helenos que viven en la ciudad.

Artemidoro toma de nuevo la pluma. El texto que escribe a continuación habla de una pestilencia. Un mal que los decenviros, sin duda, también proclamarían terreno de los *Libros Sibilinos*.

Algo que no dejaría de ser apropiado, ya que esa pestilencia aconteció después de que el santuario de la sibila más importante del mundo, la Pitia de Delfos, fuera profanado.

Después de un larguísimo viaje, primero remontando el curso del Danubio y a continuación bordeando el norte de los Alpes, los volcas tectósages alcanzaron por fin la Galia. Una vez allí, se instalaron en la región que se extiende entre el Ródano y el Garona, arrebataron a los aquitanos la ciudad de Tolosa y la convirtieron en su capital.

Al poco tiempo de la llegada de aquellos celtas a Tolosa, se desató entre ellos una epidemia. Se trataba de una pestilencia que hacía que sus cuerpos se inflamaran con una fiebre ardiente y una sed inextinguible. Tras llenarse de pústulas, acababan desplomándose muertos entre vómitos de sangre, o ahogados en los pozos y cisternas a los que se arrojaban para calmar su sed.

Aquel mal amenazaba con diezmarlos y dejarlos a merced de las tribus que rodeaban sus nuevos dominios. Los nobles tectósages consultaron a sus druidas. Estos los convencieron de que todo su pueblo sufría la misma maldición del oro que había acabado con Brenno por culpa de su impiedad.

Los druidas añadieron que la única forma de apartar de su pueblo aquel mal era renunciar a los tesoros robados y ofrendárselos al poderoso Apolo —al que ellos llamaban Belenos— en un lugar que debía ser conocido solo por el dios. No podían conservar en su poder ni un solo objeto de los saqueados, y menos que ningún otro el Ónfalos, si no querían que la maldición siguiera abatiéndose sobre ellos.

El total de las riquezas que los celtas consagraron al dios fue de quince mil talentos de oro y once mil de plata.

A continuación, hablaremos del emplazamiento de ese tesoro escondido, conforme a las indagaciones que hemos realizado en persona...

***

Artemidoro vuelve a dejar el cálamo sobre la paleta. Durante unos instantes se queda absorto contemplando la vela que alumbra el lado derecho de la mesa. A ratos, movida por las frías corrientes de aire que se cuelan por las rendijas, la llama amarilla se cimbrea como una bailarina de Gades e incluso amaga con apagarse.

Aunque Artemidoro tiene otro cirio encendido a la izquierda, algunas partes de la mesa permanecen emboscadas entre las sombras. El escritorio es tan grande que, a modo de invasor romano, se anexiona él solo casi un tercio de esa estancia que oficia de despacho, dormitorio y comedor, y apenas deja espacio para la cama, un baúl y una estantería donde se apilan decenas de libros.

Pese a la incomodidad que supone tener que esquivar los picos de la mesa cuando se mueve por el apartamento —algo que no siempre consigue, como atestigua algún que otro moratón en sus muslos—, Artemidoro necesita toda esa superficie para desplegar no solo el papiro en el que escribe, sino los demás documentos que enrolla y desenrolla constantemente con el fin de comprobar su información.

Hay autores descuidados que confían demasiado en su memoria a la hora de citar a otros y lo hacen de forma inexacta o incluso mendaz.

Artemidoro no es de esos.

Él busca la cita a conciencia. Así lo hacía, por ejemplo, con los *Anales máximos* cuando Mucio Escévola tenía a bien permitir que los consultara.

En el exterior de la ínsula, el viento aúlla como si todos los perros de Hécate se hubieran desbocado esta noche por las calles de la Subura.

Artemidoro sigue pensativo. Sin darse cuenta, mordisquea el extremo del cálamo.

Si ha dejado de escribir no es porque dude sobre la mejor forma de expresar el pasaje siguiente.

Ya lo tiene redactado con antelación. Lo puede ver a su derecha, en cinco tablillas de pino enceradas por las dos caras y atadas entre sí formando un políptico. Ocho caras en total, ya que las del exterior no se usan.

Si trabaja así es por una cuestión de economía.

El auténtico papiro egipcio, el más cercano al centro de la planta, es un material muy caro.

A Artemidoro no le gusta emborronarlo.

Por eso, recurre primero a las tablillas. En ellas redacta, borra, tacha, corrige.

Una vez que está satisfecho con el resultado, cambia el punzón por la pluma y pasa el texto a tinta en el papiro. Como este tiende a enrollarse, lo mantiene abierto con pequeñas pesas de plomo como las que usan los inspectores de mercados para verificar que los tenderos no estafan a los clientes con sus balanzas.

Cada vez que termina de copiar en el papiro, suelta la pluma, toma el punzón, le da la vuelta, usa la espátula que tiene en el otro extremo para borrar lo que está escrito en la cera del políptico y empieza de nuevo a redactar.

Esa es su rutina habitual.

Pero por ahora no ha llegado el momento de borrar. Quedan dos tablillas enteras escritas por ambas caras que todavía debe pasar a tinta.

Por otra parte, el rollo de papiro que va a contener el libro vigesimonoveno de sus *Historias* está recién estrenado. Artemidoro solo ha gastado la primera plágula y acaba de empezar la segunda de las hojas encoladas que forman el volumen.

Cuando se le termine ese rollo, ya tiene preparados seis más en una cesta de mimbre junto a la mesa.

Cortesía y patrocinio de Gayo Sempronio Graco.

A cambio de pagarle aquel papiro importado de Egipto, el extribuno le pide a Artemidoro que se tome la molestia de copiar dos veces su propio texto.

De este modo, una de las copias queda en poder de Graco, gran aficionado a coleccionar libros.

Para Artemidoro, el esfuerzo extra supone cierto fastidio. Sobre todo, porque, cuando copia por segunda vez su propio texto, en más de una ocasión se da cuenta de que podría haber redactado de forma más precisa alguna oración. No lo hace, por evitar que coexistan dos versiones distintas de su obra.

A cambio, dispone de un material de escritura que en su apurada situación actual no podría adquirir y se siente mucho más tranquilo sabiendo que en casa de Graco se va guardando otro ejemplar por si le ocurriera algo al original. Esa misma mañana ha llevado el libro 28.º recién terminado al extribuno y le ha leído en voz alta unos cuantos pasajes selectos.

Lo malo es que no solo ha leído lo que ya está escrito, sino que le ha anticipado lo que iba a escribir.

Mucho se teme que ha hablado de más en lo referente al paradero del tesoro de Delfos.

Ese es el motivo de que ahora dude antes de pasar el texto al papiro, de donde ya será mucho más difícil borrarlo.

¿Recordará Graco sus palabras? ¿O se le puede aplicar lo que dejó dicho Aristóteles sobre la memoria, comparándola con la impronta que deja en el lacre un sello?

«A quienes se encuentran en una actividad excesiva, ya sea por las emociones que sienten o por su edad, no se les graban los recuerdos. Es como si uno intentara estampar el sello sobre el agua de un arroyo».

Graco no es ni un niño ni un anciano incapaz de recordar. Pero, teniendo en cuenta las emociones que debe de experimentar ante lo que se le avecina —cuando amanezca, es probable que vea cómo el cónsul Opimio y sus secuaces destruyen todo aquello a lo que ha consagrado su vida—, puede que la conversación que han tenido esa mañana haya quedado arrumbada en un rincón de su memoria.

O eso quiere creer Artemidoro.

DOMUS DE GAYO GRACO, EN EL ARGILETO

QUINCE HORAS ANTES

... la reliquia que ahora enseñan los sacerdotes y administradores de Delfos, asegurando que se trata de la original, no es más que una copia. Nadie sabe qué destino corrió el verdadero Ónfalos una vez que Brenno se lo llevó.

En lo concerniente a la Pitia, algunos dicen que murió en el santuario, desangrada por el puñal del bárbaro. Otros afirman que Brenno la dejó embarazada y que los sacerdotes la expulsaron del templo para ocultar aquella vergüenza, mientras ella sostenía que el hijo que llevaba en sus entrañas era fruto del dios Apolo.

Existe, incluso, una tercera versión según la cual la Pitia, trastornada por lo ocurrido o enloquecida por sus propias visiones proféticas, se arrojó al khásma, *la grieta de la que brotaban los vapores proféticos, y desapareció en las entrañas de la tierra...*

Artemidoro leía el texto escrito por su propia mano con una pronunciación clara y melodiosa como el arpegio de la lira de Apolo. Era evidente que él mismo se complacía en su sonoridad.

Aunque el tablino de la casa de Graco en la Subura no sea tan espacioso como el de la mansión del Palatino que el entonces todavía tribuno abandonó por no parecer elitista a ojos del pueblo, ofrece ciertas ventajas para la declamación. El techo de madera bajo y las librerías que tapan buena parte de las paredes devuelven un sonido más cálido y empastado, con menos reverberaciones.

Artemidoro aprovechaba esa acústica para demorarse con cierto placer elongando todavía más las omegas y las etas ya de por sí largas.

Amén de que el griego sea su idioma natal, Artemidoro posee la voz perfecta para leer. Ni tan grave para resultar farfullante ni tan aguda para clavarse en los tímpanos: en el justo medio aristotélico. Artemidoro es consciente de ello y, además, sabe modularla en ondulaciones tan variadas como el canto de un manantial para evitar que se convierta en un sonsonete monótono.

Si en lugar de ser natural de Éfeso fuese ciudadano romano, Artemidoro podría haber hecho carrera como abogado en el Foro.

Gayo Graco lo escuchaba con los ojos cerrados y la nuca apoyada en el respaldo del sillón mientras su barbero le rasuraba las mejillas. Una rutina matinal heredada de su progenitor. En todos los sentidos, pues el esclavo que lo afeita a diario, Ulpio, es el mismo que ya afeitaba a su padre.

El extribuno es un hombre delgado y de estatura menos que mediana. Incluso bajo, podría decirse. Sin embargo, está tan bien proporcionado —las manos, la cabeza, los hombros, todo más pequeño que el común de los hombres, pero a una escala armoniosa— que uno solo repara en su corta estatura si lo ve al lado de alguien más alto.

Menudo y nervioso como es, su esposa lo llama en privado «mi musgaño» y se burla —a veces con ternura, otras no tanto, dependiendo de su estado de humor— de su costumbre de hacer al menos dos cosas a la vez.

Por eso, al mismo tiempo que se dejaba afeitar, Graco atendía a la lectura del vigésimo octavo volumen de las *Historias* de Artemidoro.

¡Veintiocho libros ya!

Cada vez que Artemidoro termina de escribir un volumen, hace una copia y se la trae a Graco. Cuando ambos tienen tiempo, se la lee él en persona. A cambio, Graco se encarga de suministrarle el material de escritura.

Un acuerdo más o menos tácito en el que ninguna parte insiste demasiado. Últimamente Artemidoro está pasando algunas estrecheces. Si por él fuera, Graco le daría dinero sin esperar que se lo devolviera. Pero tiene la impresión de que el griego es un hombre orgulloso y se lo tomaría a mal. Por eso prefiere ayudarlo de otra manera, comprándole esos rollos de papiro.

Hay que decir que cada uno de ellos cuesta un mes de paga de un albañil. Se nota la calidad del material porque la tinta no se corre, de modo que los bordes de las letras se ven nítidos, cortantes como cuchillas en la pulcra caligrafía de Artemidoro.

El arreglo, al menos en opinión de Graco, es satisfactorio para ambos.

Artemidoro pone los huevos en dos cestas distintas, evitando que un accidente destruya su obra.

A cambio, Graco disfruta del privilegio de ser el primer lector de su obra y propietario de una copia.

***

—Si bien Delfos no fue el único santuario griego que sometieron a su pillaje, los celtas de la tribu de los volcas tectósages obtuvieron de él la parte más cuantiosa de su botín. Conservaron las monedas y algunos objetos fáciles de transportar, como los huevos de oro macizo que los sifnios enviaban anualmente al oráculo. En cuanto a lo demás —vajillas, estatuas, trípodes, coronas—, lo fundieron todo con el fin de moldear lingotes de oro y plata más fáciles de apilar y transportar en sus carromatos. Hecho esto, abandonaron Grecia tras haber sembrado en ella la devastación y se encaminaron hacia el oeste.

»En el libro 29.º narraremos qué destino corrió Brenno y cómo su muerte dio origen a la leyenda de la maldición del oro de Delfos…

—¿Has dicho «la maldición del oro»? —murmuró Graco, abriendo los ojos e incorporándose un poco. Ulpio, el barbero, apartó la cuchilla de su rostro y se enderezó.

—Eso he dicho, sí.

—Es curioso. A menudo he pensado en un concepto parecido.

Artemidoro, ligeramente encorvado sobre el volumen que él mismo había ido desenrollando sobre el escritorio, comprendió que Graco quería decir algo. Interrumpiendo la lectura, se enderezó, lo que dio la curiosa impresión de que se desdoblara.

El griego es un hombre alto y delgado, desgarbado de una forma que, en opinión de Graco, resulta extrañamente atractiva. Lo único ancho en él son los hombros, más bien huesudos. Tiene las manos y las muñecas finas, la nariz alargada, los pómulos altos y el mentón afilado.

Sus ojos son de un azul prácticamente puro, sin entreverado de otros colores. A la tenue luz que entraba en aquel momento por la celosía que daba al pequeño peristilo, parecían grises, como el tono acerado y hostil del mar cerrado a la navegación en invierno.

Pero cuando el sol los alumbra de forma más directa —algo que suele hacer que Artemidoro estornude y arrugue el ceño—, se ven casi transparentes y sugieren una fuga al infinito, a remotos lugares de saberes intangibles y casi inefables.

Con su estatura, la piel clara, los ojos de topacio y el cabello y la barba trigueños, si Artemidoro vistiera pantalones de lana a cuadros en lugar de túnica y manto y llevara una torques al cuello, podría pasar por un bárbaro de la misma raza que los saqueadores celtas que pueblan las líneas de su relato.

—¿Qué quieres decir, noble Graco?

—La maldición del oro. Es el mismo mal que aqueja a Roma desde hace décadas. La misma pestilencia.

Por mantener la conversación en privado, Graco y Artemidoro hablaban en griego, idioma que no entiende su barbero.

O eso cree Graco.

Erróneamente.

Mientras se concentraba en su tarea, el viejo Ulpio no perdía ripio de lo que decía su amo. Ni ahora ni en otras ocasiones.

Gracias a esa información, que luego vierte en los oídos adecuados, lleva un par de años engordando su peculio. Un tesoro que no será tan cuantioso como el de Delfos, pero que el viejo esclavo guarda a buen recaudo.

Quienes no se enteraban de nada eran los dos pintores que trabajaban en la pared del despacho frontera a la puerta. Aunque los artistas helenos sean los más cotizados, en esta ocasión Graco había preferido contratar a dos romanos de pura cepa, naturales de la Subura. ¡Que no se dijera de él que no favorecía a los auténticos ciudadanos de Roma!

(Esa fue, precisamente, una de las acusaciones que blandieron contra él Opimio y el resto de sus enemigos políticos cuando le robaron las elecciones).

Por consejo de Licinia, la mujer de Graco, los pintores estaban decorando la pared con motivos arbóreos y florales y algún que otro pájaro de vivos colores. «Así parece que la estancia es más espaciosa, como si se abriera a un jardín».

Implícito quedaba el reproche de su esposa: «Del mismo modo que era *mucho* más espaciosa la casa en la que tan bien vivíamos en el Palatino antes de venirnos a los barrios bajos…».

Artemidoro guardó silencio. Había comprendido que Graco deseaba desplegar su argumento.

—Cuantas más tierras conquistamos —continuó el extribuno, desarrollando en voz alta los pensamientos que le había inspirado el texto de Artemidoro—, cuanto más oro afluye a la ciudad, mayor es la podredumbre que nos infecta, y mayor también la brecha que separa a los ricos senadores del pueblo llano.

Ese pueblo al que él se había empeñado en defender, añadió para sí.

Incluso si, llegado el caso, esa defensa le costara la vida, como ya se la había costado a su hermano Tiberio.

—Los ricos senadores. El pueblo llano —repitió Artemidoro como un eco, entre irónico y amargo—. *Senatus PopulusQue Romanus. SPQR.*

—Así reza en nuestros estandartes.

—La soberanía de Roma unida en el abrazo del pueblo y del Senado. El régimen perfecto, ¿no es así?

—Eso es lo que opinaba tu compatriota Polibio.

—Un régimen que es la clave de que dominéis el orbe. —Artemidoro se llevó la mano a la barbilla y fingió reflexionar durante unos instantes para después concluir—: ¿O no serán más bien los venablos y las espadas de vuestros legionarios los que os convierten en amos del mundo?

Artemidoro puede ser muy crítico con la política de Roma. Pero Graco es ferviente defensor de lo que los griegos llaman *parrhesía*, libertad de palabra, y prefiere discrepar de él antes que censurarlo.

Siempre que la discusión sea en privado.

Por el bien del propio Artemidoro.

—Entiendo que estés resentido por los abusos que muchos de mis colegas senadores cometen con tus compatriotas, mi querido Artemidoro. Pero has de tener en cuenta que mis conciudadanos también sufren en sus carnes esos abusos. Ese abrazo de pueblo y Senado del que hablas se rompió hace tiempo. Y fue, precisamente, por culpa del oro que entra a raudales en la ciudad.

Como si no hubiera escuchado las dos últimas frases de Graco, Artemidoro abrió las palmas de ambas manos, las separó y dijo:

—No estoy resentido. —Como si quisiera convencerse a sí mismo, añadió—: El resentimiento es una emoción inútil. Renuncio a indignarme por aquello que no está en mi mano cambiar.

—¿Siguiendo los principios del tetrafármaco?

—Eso procuro.

«Tetrafármaco» —«remedio cuádruple»— es el nombre que Artemidoro da a cuatro pautas de conducta que él mismo ha compendiado como breve sumario de las doctrinas del filósofo Epicuro.

A Graco le gustan. Por eso las memorizó en su momento.

Ahora, ante Artemidoro, las recitó por orden, como un alumno aplicado.

—«No temas a los dioses. No te preocupes por la muerte. Lo que de verdad merece la pena es fácil de conseguir. No hay nada, por terrible que sea, que no podamos soportar». Son principios muy racionales. Pero no siempre es sencillo mantenerse fiel a ellos.

—Nadie ha dicho que lo fuera.

—A veces existen cosas que no se pueden soportar, ¿no es cierto? —Graco hurgó un poco en la herida—. En tu propio libro hay muchos indicios de que no sobrellevas con demasiada resignación el dominio de mi pueblo sobre el tuyo.

Artemidoro apartó la mirada.

—Ya me lo has hecho saber más de una vez. He procurado expurgar esas críticas para no incomodar a mis lectores romanos.

—No te ofendas. Ya sabes que conmigo puedes hablar con sinceridad.

Los pintores seguían a lo suyo, sin apartar la mirada de la pared. Uno de ellos había terminado ya de tapar la serpiente que se enroscaba en el tronco de un manzano. No había sido buena idea utilizarla como motivo decorativo en esa casa, considerando que el padre de Graco enfermó y murió, según una historia que conoce toda Roma, por dar muerte a una serpiente macho.

En cuanto al barbero, aguardaba con la navaja en la diestra y un paño en la zurda, firme como un soldado a la espera de órdenes.

Artemidoro miró a Graco de nuevo. Por un instante, un relámpago cruzó sus iris azules.

—Sé que tus intenciones son buenas, tribuno.

—Extribuno.

—Extribuno. Ahora bien, para que tus conciudadanos más pobres puedan comprar barato ese trigo que tu ley les ha conseguido, se lo tiene que subvencionar el tesoro de la República.

—Así es.

—¿De dónde saca vuestro erario el dinero para comprarlo?

A su pesar, Graco comprendía el razonamiento de Artemidoro. Lo que quería decir el griego es que el pan que él había puesto en la mesa de los pobres de Roma, el grano que se acumulaba en los silos públicos construidos por órdenes suyas, se lo había quitado a los pobres de Grecia, de Asia, de Hispania, de Sicilia, de África.

Graco cerró los ojos y sacudió la cabeza de forma casi imperceptible. Prefería no seguir por esa senda de pensamiento. Si él no hubiera empleado los ingresos obtenidos de las provincias y los pueblos vasallos para subvencionar el trigo del pueblo romano, ese dinero habría acabado engrasando las manos de magistrados corruptos y codiciosos.

—Los romanos también sufren por esas conquistas, Artemidoro —argumentó, abriendo los ojos de nuevo—. La plebe es carne de matadero para las guerras de cuyo botín solo se benefician un puñado de familias de la élite.

—Cuidado, noble Gayo Sempronio Graco —respondió el griego, con una media sonrisa—. Alguien podría argumentar que tú mismo perteneces a esa élite.

Y lo haría con razón, pensó Graco.

Su rama familiar, los Sempronios Gracos, ha dado varios cónsules desde la primera guerra contra Cartago. Uno de ellos, el padre de Gayo, fue el mejor gobernador que había tenido Hispania, celebró dos triunfos por las calles de Roma y fue elegido censor.

Por parte de su madre, su sangre no es menos egregia. Cornelia es hija del mismísimo Escipión Africano, el vencedor de Aníbal.

En circunstancias normales, la carrera política de Graco lo llevaría a convertirse en cónsul y, tal vez, a acabar conduciendo un ejército en triunfo por las calles de Roma.

Pero él ha elegido otro camino.

Como su padre y como su abuelo materno, Gayo Graco busca la grandeza de Roma. Pero no ampliando sus insaciables fronteras, sino haciendo mejores y más fuertes a sus ciudadanos.

Algo que le ha granjeado la enemistad de la mayoría del Senado y, a ratos, la incomprensión de su propia familia.

«Qué cansancio».

Apenas pasa de los treinta años, pero a veces le pesan como si fueran ochenta.

Esa mañana, en particular, sentía que sus esfuerzos eran tan vanos como la tarea de las Danaides en el Hades. Condenadas a acarrear agua en jarras agujereadas por toda la eternidad.

Cerró los párpados y se reclinó para ofrecer de nuevo su rostro a la cuchilla de Ulpio.

—Sigue leyendo, por favor, buen amigo. Lamento haberte interrumpido.

—No lo lamentes, noble Graco. Siempre es interesante debatir contigo. Además, casi había terminado.

—Pues léeme entonces el final.

—Recapitulo un poco. *En el libro 29.º narraremos qué destino corrió Brenno y cómo su muerte dio origen a la leyenda de la maldición del oro de Delfos. También explicaremos las averiguaciones que hemos hecho sobre el paradero del inmenso tesoro expoliado de Delfos, que según los archivos del santuario ascendía a quince mil talentos de oro y diez mil de plata.*

Graco no pudo evitar que se le escapara un silbido y volvió a incorporarse.

—¿Puedes repetir lo que has dicho?

—Quince mil talentos de oro y diez mil de plata.

—Me da un poco de pereza echar la cuenta. Solo en plata, ¿a cuánto equivaldría?

—Ciento ochenta mil talentos de plata.

Contradiciendo su propio argumento de la pereza, Graco calculó ayudándose de los dedos y resopló.

Era una cifra que mareaba.

Más de cuatro mil quinientos millones de sestercios.

Con esa suma se podrían pagar los gastos de los ejércitos de la República durante dos generaciones o más.

—¿Tanto dinero saquearon esos celtas? —preguntó, reclinándose de nuevo para que Ulpio pudiera acabar con el rasurado.

Artemidoro asintió.

—¿Y dónde está el tesoro, según esas indagaciones tuyas?

—Paciencia, noble Graco —respondió el griego con una sonrisa indescifrable—. Serás el primero en saberlo cuando te lea el siguiente volumen.

—¿Y si no llego vivo a ese momento?

—¿Cómo no vas a llegar?

—No sé si me matará antes la curiosidad o las estacas de mis enemigos. ¿No puedes anticiparme algo?

El propio Graco se arrepintió de sus palabras. Había sido un juego de palabras de mal gusto, considerando que su hermano Tiberio había muerto con la cabeza reventada a estacazos.

Tal vez las había pronunciado con la esperanza de que ese mal chiste conjurase la amenaza que pendía sobre él desde que decidió seguir los pasos de su hermano.

—Te puedo anticipar una historia que recuerda al *Edipo* de Sófocles —respondió Artemidoro—. Una maldición, una pestilencia, una profecía y una ceremonia expiatoria.

—Interesante. ¿También es Apolo el que castiga a los impíos?

—El Apolo de los celtas, al que llaman Belenos.

—¿Le ofrecieron parte de ese tesoro para congraciarse con él?

—Parte no, noble Graco. *Todo.*

—¿Cómo? ¿Renunciaron a...? ¿Cuánto habías dicho? ¿Ciento ochenta mil talentos?

—Eso he dicho, sí.

La cuchilla de Ulpio tembló un momento sobre la mejilla de Graco. Cualquiera habría pensado que comprendía lo que hablaban su amo y Artemidoro y que la magnitud de la cifra lo había impresionado.

Que era justo lo que estaba ocurriendo.

—¿Dónde pudieron depositar un tesoro tan grande para que nadie lo haya robado después? —preguntó Graco—. De tus palabras deduzco que sigue intacto.

—Eso es lo que creo. Quiero decir... es lo que supongo.

—¿Y en verdad sabes dónde está?

Graco clavó la mirada en Artemidoro. La nuez de este subió y bajó.

Un gesto de nerviosismo muy ostensible en alguien tan delgado como él.

Parecía haberse arrepentido. Como si acabara de percatarse de que había hablado más de la cuenta.

«No te preocupes. Puedes confiar en mí», estuvo a punto de decir Graco.

Bastante maldición sufría su patria con las riquezas que habían entrado en sus arcas en los últimos años, como para añadirle una lluvia de oro que dejaría en nada el diluvio de Deucalión y Pirra.

Pero las palabras de Graco quedaron en el limbo de las que están a punto de salir de la boca y no llegan a pronunciarse.

Pues en ese momento irrumpió en la estancia Cornelia, su madre.

—He visto a un hombre alto y pálido con una cicatriz en cada mejilla y un cuchillo en la mano —dijo, sin tan siquiera saludar.

Graco dio un respingo, y la navaja de Ulpio le hizo saltar una gota de sangre por debajo de la oreja izquierda.

—¿De qué me estás hablando, madre?

—Lo he soñado. Justo al amanecer.

Cornelia hizo una pausa, respiró hondo y añadió:

—El hombre de las cicatrices. El del cuchillo. Mañana, él te matará.

HÓRREO DE LAVERNA

AHORA

Los ojos de Stígmata siguen moviéndose en sueños, haciendo que la piel de sus párpados se levante en bultos móviles, como si bajo ellos se desplazaran a toda velocidad unos topos diminutos e inquietos. Pegada a él para aprovechar el calor que desprende su cuerpo, Berenice se está volviendo a amodorrar.

Y eso que debajo de ellos se escuchan voces y risas.

Rara vez reina el silencio en el Hórreo de Laverna.

Los que están ahora emitiendo esos ruidos, como suele ocurrir con la gente que comparte francachela en mitad de la noche, consideran que lo hacen en voz baja. Una creencia muy poco realista. De vez en cuando, alguno de ellos se percata del vocerío que levantan y chista a los demás para que bajen el volumen y el tono. Pero el mismo que llama la atención no tarda en oír algo que le hace gracia y soltar una carcajada tan estentórea como los demás.

El grupo en cuestión está reunido en el espacio comunal del Hórreo. Lo que podría considerarse el salón convivial de aquella fraternidad de rateros, sicarios, prostitutas y demás patulea que obedece las órdenes de Aulo Vitelio Septimuleyo.

Este no se encuentra allí, sino en sus propios aposentos. El autodenominado *imperator* del Aventino tenía la intención de preparar la pequeña arenga que planea dirigir a su tropa. Pero no ha tardado en aburrirse de pensar, así que ha ordenado a dos de sus chicas, Alexia y

Partenia —tiene guasa que una prostituta se llame así—, que le monten un espectáculo.

Al mismo tiempo una tercera, la egipcia Bastet, conocida por el tamaño de su boca y la flexibilidad de su lengua, usa esos dones para servir a su patrón acuclillada ante su asiento.

Como, en el fondo, es un amo considerado, para que las chicas desnudas no pasen frío, ha hecho que enciendan dos braseros más. Hasta cuatro arden ahora en la estancia. Pese a que fuera hace una noche de perros, Septimuleyo nota el calor en las mejillas, pero no en los pies.

Los putos pies parece que no se le calientan nunca. A ratos tiene la tentación de meterlos entre las ascuas. Pero ha castigado a más de un infortunado de ese modo y ha escuchado los alaridos de dolor —aunque le gusta más enterrarles la cara en los carbones, si lo hace así es más trabajoso entender las palabras de una confesión—, por lo que no considera que sea la mejor solución para el frío de sus pies.

Mientras contempla el dúo lésbico —algo que en voz alta todos los hombres consideran una perversión repugnante del orden natural, pero que en privado excita a muchos—, Septimuleyo tiene la fugaz idea de ampliarlo ordenando que le traigan a Berenice. De entre todas sus pupilas, es la que tiene mejor cuerpo. Y unos ojos de un azul tan puro y una cara tan limpia y aparentemente inocente que, si la vistieras con un velo y dos cintas de lana, una blanca y otra roja, podría pasar por una virgen vestal.

¡Ja, ja, ja! ¡Una virgen!

Claro, que de la virtud de las vírgenes vestales —al menos de alguna de ellas— también habría que hablar.

En cualquier caso, Septimuleyo le ha concedido a Berenice la noche libre. Aunque dentro de la pequeña república de sus dominios es muy dueño de derogar sus propios decretos, prefiere no tomarse ese trabajo.

Por cierto, que Berenice no ha tardado ni medio latido en aprovechar su asueto para acudir corriendo a abrirle las piernas a Stígmata. ¡Qué encoñamiento tiene con ese tipo!

Y no es la única.

Por ejemplo, Rea. La esposa de ese équite que se dedica a prestar dinero, Tito Sertorio.

Una cosa es que una dama de alta sociedad se dé el capricho de acostarse con un gladiador una o dos veces. Pero es que Rea ha recurrido a los servicios sexuales del condenado Stígmata en más de quince ocasiones.

A Septimuleyo no le molesta demasiado. Es una buena manera de que el dinero fluya de las nutridas arcas del tal Sertorio —o de la propia Rea, si es que está tirando de su peculio— para desembocar en las suyas.

Pensar en ese individuo y en la viciosa de su mujer le recuerda a Septimuleyo la conversación que tuvo aquí mismo no hace mucho.

Hace cuarenta y ocho horas, por ser precisos.

También medianoche.

No había putas en la estancia, salvo las que fornican sin descanso en las pinturas de las paredes.

Estaban solos él y su distinguido visitante.

Quinto Servilio Cepión.

Al murmurar para sí la palabra «distinguido», Septimuleyo la pasa por entre los dientes, la revuelve con la lengua, la empapa con todo el sarcasmo cáustico y el odio que ha acumulado en sus cuarenta y tantos años de vida.

Y después la escupe.

Durante parte de la entrevista también estuvo la pequeña Sierpe, echándoles vino en las copas.

O escanciándolo, como les gusta decir a los nobles como Cepión.

«Escanciar». Uno de esos verbos que tiene que acostumbrarse a usar Septimuleyo si quiere trepar a esa élite de la que forma parte Cepión.

Sabe que nunca podrá llegar a senador. Pero, por su patrimonio —que espera seguir acrecentando—, podría ascender al orden de los caballeros.

El mismo orden en el que está inscrito ese don nadie cornudo de Sertorio.

Para convertirse en équite, Septimuleyo necesita un valedor.

Y ese no es otro que Cepión.

El soberbio y presuntuoso Cepión. Con el que ya ha realizado negocios en varias ocasiones.

Por si fuera poco el orgullo que corre por las venas de todos esos aristócratas que habitan las mansiones del Palatino, el Quirinal o el Celio, Servilio Cepión —hay que reconocerlo, por más que le escueza a Septimuleyo— es un tipo alto, apuesto. Musculoso. Con un hoyuelo en la barbilla que él mismo parece considerar el *summum* del atractivo.

Y elegante.

Todo lo que Septimuleyo no es.

Parece que, cada vez que se entrevistan, Cepión se regodeara en recordarle todo aquello de lo que carece.

El buen gusto, por ejemplo.

Así se lo dejó claro en su entrevista.

En parte, la culpa fue del propio Septimuleyo.

***

Cepión había llegado al Hórreo acompañado de un sirviente.

Nada más.

Una escolta de un solo hombre podría parecer escasa para atravesar las calles de Roma de noche, y más en el Bajo Aventino y los muelles del Tíber, donde cuando caen las sombras salen a relucir cinco puñales por cada antorcha que se enciende. Pero resulta suficiente si ese hombre es la mole fea, siniestra y letal que atiende al nombre de Nuntiusmortis.

A quien Septimuleyo le tiene cierta simpatía, ya que el exgladiador celtíbero ha sido el único que le ha bajado los humos a Stígmata.

Nuntiusmortis se quedó sentado junto a un brasero bebiendo vino a palo seco, sin probar una mísera aceituna. Cuentan de ese fulano que solo hace una comida al día, pero que en ella devora lo mismo que una familia entera. En ningún momento se dignó hablar con ninguno de los Lavernos.

Ellos, por su parte, procuraron no acercarse demasiado a él.

Tras dejar instalado en un rincón a aquel mostrenco, Septimuleyo le dijo a Cepión:

—Acompáñame, por favor. Platicaremos más cómodos en mi tablino.

Malo es que dijera «platicaremos». Pero ¿y lo del tablino?

«Mi tablino, mi tablino».

¿Cómo se le ocurrió utilizar esa palabra, que hasta entonces nunca había salido de su boca, para referirse a esa estancia donde ahora Bastet le está practicando una felación? Como si el Hórreo de Laverna fuera una mansión del Pincio o del Palatino.

Mientras Cepión examinaba el supuesto despacho, Septimuleyo

casi podía leerle los pensamientos en cada parpadeo y cada rictus de los labios.

—Muy interesante tu tablino, mi querido Aulo. Aunque veo que no tienes anaqueles para guardar los libros ni los documentos. Supongo que preferirás guardarlos en un sitio más seguro.

¿Qué documentos ni qué libros, si Septimuleyo es analfabeto? Así, dicho con todas las letras que ni él mismo es capaz de reconocer. Las cuentas se las lleva su administrador Polifrón, que sabe que le conviene leer y escribir sin quitar ni añadir una sola palabra si no quiere que su rostro despellejado pase a formar parte de la colección de máscaras de su patrón.

Mientras deslizaba los dedos por la mesa central de la estancia —un tablero de pino clavado sobre borriquetas, plagado de arañazos y quemaduras y salpicado de goterones de cera y de manchas de grasa y vino—, la boca del patricio se curvó en un gesto de irónico desdén.

No era de extrañar. Por lo que sabía Septimuleyo de él, Cepión presumía de tener en su despacho un escritorio de alerce africano con vetas atigradas, una pieza que le había costado trescientos mil sestercios.

Pero lo que más le encrespó fue ver cómo Cepión hacía lo mismo con las pinturas de la pared. Pasar la palma de la mano por ellas. No rozarlas. No. Frotarlas como si les quisiera sacar brillo. Si eso lo llega a hacer uno de sus hombres, Septimuleyo le habría arrancado el brazo de cuajo.

Evidentemente, ninguno de sus hombres es senador, hijo y nieto de cónsules y futuro cónsul.

—¿Quién te ha pintado estos frescos, mi querido Aulo?

—Veturio. Un pintor de aquí.

—Ah. De aquí. ¿De Roma?

—Del Aventino.

—A veces no hay que ir muy lejos para encontrar algo bueno. Tienes un gusto exquisito, Aulo. Estas pinturas son... llamativas.

Cepión reculó un par de pasos y pestañeó varias veces, apretando los párpados de forma exagerada.

—¡Qué colores tan vivos! Al cerrar los ojos, todavía persisten en la visión. Es como cuando se mira al sol.

Septimuleyo interpretó que colores «vivos» significaba «chillones». De mal gusto.

Lo que hasta entonces le había parecido una composición de un erotismo excitante ahora lo contemplaba a través de los ojos de Cepión.

Y eso le había arruinado cualquier posibilidad de disfrutarlo.

Imágenes grotescas en las que hombres de penes cortos y gruesos como porras y mujeres de tetas puntiagudas, con los ojos pintados de frente incluso cuando estaban de perfil, fornicaban en todo tipo de combinaciones sobre triclinios, lechos y escabeles.

Más propias de un burdel, sin duda, que de un despacho.

Pero de un burdel de mala muerte, no de un sitio fino como los Jardines de Eros y Psique.

Mientras Alexia y Partenia sueltan gemidos que hace rato dejaron de ser fingidos y la lengua de Bastet sigue haciendo su trabajo, Septimuleyo, recordando la petulancia apenas encubierta de Cepión, se dice: «Voy a hacer que borren ese horror y que pinten encima».

Pero no será Veturio quien lo haga. Ese no volverá a dejarlo en ridículo. Ni a pintar porquerías para nadie más.

La conversación de hace dos noches sigue grabada en su mente, del mismo modo en que dijo Cepión que se le habían grabado a él en las retinas los colores del fresco.

Septimuleyo no piensa que el resultado de la entrevista fuera negativo. En realidad, espera sacar provecho de ella.

Aun así, al recordar los detalles, siente algo que le forma un nudo en la boca del estómago.

Es la actitud de Cepión.

Putos nobles senadores, se dice ahora, contemplando sin ver el espectáculo que le brindan sus dos prostitutas.

Son todos iguales.

Aunque ha de reconocer que el desdén de Cepión era más soterrado. No se le había ocurrido darle un par de bofetadas supuestamente amistosas delante de sus hombres, como había hecho aquel bastardo de Licinio Calvo después del incidente con las gradas del Foro Boario.

Licinio Calvo, si todo va bien, no va a sobrevivir ni doce horas más.

En eso estaban de acuerdo Cepión y él. Y es de suponer que lo siguen estando.

Mientras Septimuleyo se sentaba en el robusto sillón que antaño perteneció al viejo Albucio, Cepión se recostó en el mismo diván donde ahora Alexia y Partenia se frotan pubis contra pubis. Cuando Sierpe le sirvió —le escanció— vino, el noble lo probó, lo revolvió en la boca un instante y arrugó la nariz. Después dejó la copa en la mesita, junto al cuenco de aceitunas y queso que también le había traído la niña.

—¿No te gusta mi vino? Es un caulino. No creas que se lo sirvo a todos los invitados.

Sierpe, que estaba de pie entre el sillón y el triclinio, meneó la cabeza varias veces, como si repitiera las palabras de Septimuleyo, «No se lo servimos, no».

En otras circunstancias, Septimuleyo habría esbozado una sonrisa. La cría siempre le ha resultado graciosa. Por eso, aunque sea tan pequeña, recurre a ella como camarera particular.

Con todo, hay algo en esa niña que le mortifica.

Sierpe siente una debilidad especial por Stígmata.

Cierto es que le obedece a él, que para eso es su patrón. Pero con el gladiador tiene una fijación que, en cuanto le salgan las tetas, seguro que se convertirá en un encoñamiento como el de Berenice.

Lo que no piensa permitir Septimuleyo es que la desvirgue el de las cicatrices. Por ahí sí que no va a pasar. El jefe de la familia es el jefe de la familia.

Además, para entonces Stígmata ya no estará en el mundo de los vivos.

Septimuleyo piensa sacar provecho de él un poco más. Después lo quitará de en medio.

Nunca ha soportado la manera en que Stígmata le mira. Ni cómo, cuando le pregunta algo, se demora siempre antes de responder, como si le costara un triunfo arrancarse a sí mismo unas cuantas palabras y únicamente se tomase la molestia por hacerle un favor a él. ¡A su patrón!

Septimuleyo ha ganado dinero con Stígmata, justo es reconocerlo. Se ha librado de enemigos, asimismo, gracias a él.

Y de alguno más se librará todavía. Si los dioses lo permiten, del hijo de puta de Licinio Calvo.

Pero Septimuleyo está dispuesto a privarse de los futuros beneficios que extrae de Stígmata con tal de cerrar para siempre esos ojos que parecen arrancarle la piel cuando lo miran.

Pensando en Stígmata, Septimuleyo rechina los dientes.

Lo mismo que hace cuando su pensamiento salta de nuevo a Cepión.

Es una costumbre que tiene desde niño. Siempre hay alguien por quien rechinar los dientes. Lo malo es que, de tanto hacerlo, le duelen constantemente las mandíbulas, como si le clavaran puñales justo debajo de las orejas, e incluso se le agarrota el cuello. Tiene las cúspides de los dientes desgastadas y no hace mucho que se partió una muela él solo. Una muela que le tuvieron que arrancar.

Pero no puede evitarlo. Si por él fuera, usaría los dientes para desgarrar la carne de gente como Cepión. Como no puede —al menos, por ahora; quién sabe si en el futuro...—, los aprieta y los frota entre sí con tanta fuerza que él mismo puede oír el chirrido. Es como afilar un cuchillo en el asperón.

—¿Te pasa algo, señor?

Septimuleyo baja la mirada. Bastet ha dejado de lamerle. Su miembro está hinchado, pero blando. Como las salchichas que él mismo vendía cuando vino a Roma.

Agarra el pelo de la chica y tira con fuerza hacia arriba, hasta que ve cómo las lágrimas le enrojecen los ojos.

—Usa la lengua para lo que te he mandado y nada más, si no quieres que te la arranque.

La egipcia asiente y se mete el pene de su amo en la boca.

Entero.

Algo que, con el tamaño que tiene ahora mismo, tampoco es una proeza.

En realidad, Septimuleyo no tiene ni ganas de correrse, y apenas presta atención a lo que hacen las dos tríbades en el diván.

No deja de pensar en la entrevista con Cepión.

***

—Tu vino es exquisito, mi querido Aulo. —A Septimuleyo le repateaba cómo repetía ese adjetivo, *exquīsītus*, alargando a conciencia las dos «íes». ¿Se pensaba que él no iba a captar la ironía?—. Pero es que hoy ya he bebido mucho, y me viene bien despejarme un poco para que los pensamientos no se me embrollen como una madeja.

«Majeda», dijo, en realidad. Muy fino y sofisticado, pero se le trababa la lengua.

El jugo de Baco emborracha por igual a patricios y plebeyos, amos y esclavos.

Como la muerte, es un gran igualador.

Era evidente que Cepión venía cargado de vino. Pero no solo de vino. En el aliento se le notaba también el aroma dulzón y mareante del opio. Además, no dejaba de tocarse la nariz y aspirar ruidosamente.

—¿Y cómo es que has bebido tanto?

Septimuleyo conocía de sobra el motivo, pero quería sacar el tema a colación.

—Estoy celebrando con amigos mi nombramiento como cuestor y decenviro.

«Con amigos».

Por no rechinar los dientes de nuevo, Septimuleyo dio un trago de su copa.

Por más que Cepión se permitiera el lujo de menospreciarlo, el caulino era un vino delicioso.

—Me han dicho que has invitado a actores y gladiadores.

—Alguno que otro hay.

—Y también a esa mímula de la que habla toda Roma.

—Antiodemis. Mi amante —dijo Cepión, colocándose un pliegue de la túnica—. Una mujer exquisita y una auténtica maravilla en la cama.

«Exquisita». Cómo no.

—El caso es que yo no he recibido tu invitación. A lo mejor se ha perdido.

—Es que no te la he enviado, mi querido Aulo.

—Ah.

Septimuleyo dio otro trago de vino, aguardando algún tipo de explicación.

Que no llegó.

—¿Es que quieres proteger mi reputación evitando que me junte con actores, músicos, mimas y más gente infame?

—No es por eso.

—¿No será porque consideras que mi reputación es aún peor que la de esa gente? Porque yo no soy un griego sodomita ni un bárbaro tracio, ¿sabes? Soy un ciudadano romano de la tribu Poblilia.

Eso es lo que consta en los registros de esa tribu, una de las rurales. Al menos, así se lo había asegurado, mostrándole los libros, el escriba al que Septimuleyo había sobornado.

Él no tenía más remedio que creérselo. Gajes de no saber leer.

—Tampoco es por eso, mi buen amigo. Ni el mismísimo Catón le pondría una nota de censura a tu excelente reputación.

Cepión parecía divertirse a costa de la rabia que a Septimuleyo le costaba contener.

—¿Entonces?

—Si no te he invitado es por un motivo importante. Y beneficioso para tu persona.

—¿Cuidar mi salud, evitando que pruebe manjares y vinos tan *exquisitos* que corra el peligro de morir de placer?

Septimuleyo quería demostrar que él también podía recurrir a la ironía. Pero esta, por culpa del resentimiento que lo poseía, se emponzoñaba antes de salir de su boca y se convertía en un sarcasmo imposible de disimular.

Cepión se incorporó en el triclinio. Así sentado, aunque era alto, los pies le quedaban colgando. Sin complejos por ello, ya que no era paticorto como Septimuleyo —que tenía los suyos apoyados en un escabel—, jugueteó moviéndolos alternativamente. Derecho, izquierdo, derecho, izquierdo.

Ahora se le veía más alerta. O bien había exagerado la borrachera o, al tratar por fin del asunto que lo había traído al Hórreo de Laverna, se había espabilado un poco.

—Es necesario que estos días estés despierto y motivado, no con resaca. Porque va a haber tumultos en Roma. Más graves que otras veces.

—Ajá.

—Y ambos podemos sacar provecho de ellos. Tú harás lo que tengas que hacer y yo consultaré los versos y conseguiré que los dioses sean benevolentes con nosotros.

—Tumultos. Provecho. Lo que yo tenga que hacer —repitió Septimuleyo—. ¿Tendrás la amabilidad de explicármelo mejor? Incluso sobrio soy mucho más obtuso que un noble como tú.

Calificarse a sí mismo de sobrio era un tanto optimista. Septimuleyo había bebido una buena cantidad de vino, como todos los días.

Es lo que hacen todos, o casi todos, los moradores del Hórreo de Laverna.

Pero aquella no había sido una jornada especial. Si se comparaba con días de grandes festejos, sí, podría decirse que estaba sobrio.

Más o menos.

—Preferiría no hablar delante de nadie —dijo Cepión.

—Estamos solos. La cría no cuenta.

Cepión se inclinó adelante, doblando la cintura en un ángulo que a Septimuleyo, con su panza, le habría resultado imposible —otro motivo de resentimiento—, estiró el brazo y pellizcó la mejilla de Sierpe.

—Yo creo que sí. Tiene cara de ser muy lista y enterarse de todo. ¿A que sí, bonita?

Sierpe agachó la cabeza y la movió a los lados con vehemencia.

—¿Dices que no? —preguntó Cepión—. ¿No qué, niña?

—Sí. No. Digo que sí, que estoy diciendo que no. No me estoy enterando de nada.

—¿Ah, no?

Cepión, todavía tan doblado sobre sí mismo que con el pecho casi se tocaba las rodillas —qué flexibilidad tenía el cabrón—, tiró de la barbilla de Sierpe para mirarla a los ojos.

—Es que soy pequeña todavía —dijo ella, cerrando la boquita como un piñón y aflautando la voz.

Cepión soltó una carcajada.

—Seguro que sí. ¡Anda, pajarito, márchate! ¡Vuela! Y duérmete, que no son horas para niñas pequeñas como tú.

Antes de irse, Sierpe miró a Septimuleyo buscando su aprobación. «Está bien que sepas quién manda aquí», pensó él, y asintió con la barbilla. La niña hizo una reverencia y se retiró hacia la puerta sin darles la espalda, tal como se le había enseñado.

Una vez solos, fue Septimuleyo quien se enderezó en el asiento. No demasiado, pues enseguida notó cómo el esternón se le clavaba en las vísceras y tuvo que volver a retreparse.

Desventajas de tener un estómago tan protuberante.

—¿Cómo puedo sacar provecho? ¿A qué te refieres con hacer lo que tenga que hacer?

—Digamos que… tengo unos asuntos pendientes. Por aquí, por allá.

Septimuleyo, que no por iletrado es tonto, entendió que se refería a deudas. Para saber eso, no necesitaba espías. Todo el mundo en Roma está al tanto de que Cepión es tan manirroto como avaro su padre.

—Aprovechando que el río baja revuelto —prosiguió Cepión—, ambos podemos ganar. Tú y yo.

Debido a que el noble estaba entre achispado y ebrio —Septimuleyo observó que la mano se le iba en un par de ocasiones a la copa de vino que había dejado desatendida en la mesita, pero debía de acordarse de su propio argumento para rechazarla y apartaba los dedos en el último momento— y que a veces repetía frases enteras o se desviaba por meandros, la conversación se alargó.

Por lo que entendió Septimuleyo, el cónsul Opimio y su facción en el Senado, que era la más poderosa, estaban decididos a solucionar el problema que suponía Gayo Sempronio Graco. No solo a acabar con sus leyes, sino con él. Físicamente.

Opimio no se lo había dicho de forma tan clara a Cepión, sino que había mandado a su casa a un mediador, su liberto Estratón.

—¿Crees que eso es más discreto? La gente sabe de sobra que Estratón fue esclavo de Opimio y que trabaja para él —dijo Septimuleyo.

—La gente sabe, sí. Pero en la circunstancias —*cricunstancias*— actuales, no queda bien que un cónsul sea visto con un decenviro a solas. —Un hipido—. Sobre todo, si ese decenviro es quien va a consultar los sagrados *Libros Sibilinos* y encontrar en ellos instrucciones para decapitar a Graco y su compinche Flaco por traidores.

—¿Decapitarlos?

—Y después pagar el peso en oro de sus cabezas al patriota que las entregue.

—¿Todo eso has visto en los *Libros Sibilinos*? No sabía que dieran detalles tan precisos.

—Oh, hay tanto y tanto en esos libros que uno puede acabar encontrando lo que busca, si se esfuerza lo suficiente.

—Tú te has esforzado, sin duda.

—En realidad… Si hemos de hablar con toda precisión, no puede decirse que lo haya encontrado todavía. Como decenviro —*dencenviro*— que soy, tengo algo del don de las sibilas en mí, y sé que cuando consulte los libros el día antes de los idus me dirán… Bueno, me dirán eso. Lo que tú ya sabes y debes guardar en secreto estos dos días.

—¿Tienes que consultarlos la víspera de los idus? ¿No podría ser hoy mismo, en cuanto se haga de día?

—Las tradiciones pesan mucho, amigo Aulo. Las costumbres, nuestros padres, todas esas zanja…, zajaran… Todas esas tonterías. Por sorteo, soy yo el que tiene los auspicios el día doce. Bueno, no los auspicios, ya sabes. El equivalente que tenemos los decenviros.

Septimuleyo creyó entender. Igual que los cónsules se turnaban en el mandato —este mes de enero, por ejemplo, eran los lictores de Opimio quienes llevaban las fasces y él quien presidía las reuniones del Senado—, los decenviros debían de tener algún tipo de sorteo o designación para relevarse a la hora de escrutar esos libros misteriosos.

Habría sido más conveniente que su interlocutor consultara los libros el día once y no el doce. Como tardara más en llevar a cabo su misión, considerando qué tipo de fiestas celebraba —Septimuleyo tenía observadores que le informaban del escándalo que salía de la mansión de Cepión, y también de las continuas entradas, más numerosas que las salidas—, lo más probable era que para la víspera de los idus llevara tal melopea encima que ni se tuviera en pie.

¡Como para subir las escaleras hasta el templo de Júpiter Capitolino y rebuscar en unos libros viejos escritos en griego!

Confirmando los temores de Septimuleyo, el reclamo del vino acabó siendo demasiado para Cepión, que debía de estar notando que la borrachera se le despejaba más de lo deseable o que, simplemente, era incapaz de resistir a la llamada de Baco. Estirando su largo brazo, él mismo se sirvió de la jarra que la niña había dejado en el velador.

Después, para sorpresa de Septimuleyo, se levantó, se acercó a él y le echó vino.

¡El hijo de un cónsul, escanciando vino a un plebeyo como Aulo Vitelio Septimuleyo!

—Me gustan más estas copas que tienes tú que esos absurdos cálices griegos de mi casa —dijo Cepión, y Septimuleyo creyó captar que en esta ocasión no estaba siendo irónico—. Cabe más vino y se derrama menos. ¡Estoy por comprártelas!

Antes de regresar al diván, Cepión levantó una mano para tocar a Septimuleyo. Este temió que hiciera lo mismo que Licinio Calvo y le diera esa palmada supuestamente amistosa en la mejilla.

Pero el noble se limitó a apretarle el hombro. Un gesto más de camaradería que de superioridad.

—Eres un hombre práctico, mi querido Aulo, y me gustan los hombres prácticos.

Ya recostado de vuelta en el triclinio, Cepión añadió:

—Los hombres que saben hacer que las cosas se hagan. —A él mismo le debió de sonar mal su redundancia, porque chasqueó la lengua—. Esos son los hombres que quiero conmigo. Los que querré cuando mande un ejército.

Dos noches después, recordando aquella parte de la conversación,

Septimuleyo endereza los hombros. Incluso nota cómo su miembro se pone más duro en la boca de Bastet.

Nunca ha servido en el ejército. Pero es algo con lo que fantasea. Por supuesto, no como legionario raso. Algo para lo que, además, ya no tiene edad. Ni siquiera como centurión.

Quiere mandar cohortes, legiones enteras. Cientos, miles de hombres poniéndose firmes a su paso.

Algo que, si sigue sirviendo a ese noble borracho y arrogante, tal vez deje de ser fantasía.

—Entiendo, entonces, que quieres que yo haga algo, noble Cepión —le dijo en aquel momento.

—Así es.

Cepión le explicó qué más le había pedido Opimio a través de su liberto.

Algo que el propio Cepión no podía ni quería llevar a cabo personalmente.

—Y para eso recurro a un patriota como tú.

Septimuleyo quería escuchar «patriota», pero lo que entendía era «escoria».

Alguien dispuesto a mancharse las manos de sangre.

Lo cierto era que Septimuleyo no tenía el menor reparo en ello.

Y menos si era la sangre de Graco.

El puto tribuno —ya extribuno, loados fueran los dioses— le había hecho perder muchísimo dinero con sus repartos de trigo barato. No solo a él, sino a sus aliados en el negocio de acaparar en el Hórreo de Laverna el grano que llegaba desde Ostia remontando el Tíber.

Y luego estaba el asunto de las gradas.

Aquello había sido la gota que rebosó el cántaro de agua. La paja que quebró el lomo del asno. El pellizco que terminó de reventar el pus que inflamaba el forúnculo.

Así que, ahora que Graco ya no era un sacrosanto e inviolable tribuno, Septimuleyo estaba más que dispuesto a escuchar.

Y escuchó.

En el resto de la conversación, no solo salió a relucir el nombre de Graco.

También el de Licinio Calvo, lo que hizo que Septimuleyo se frotara las manos de placer.

E incluso el de Tito Sertorio.

Si alguna conclusión alcanzó Septimuleyo al final, fue que podía trabajar para Quinto Servilio Cepión.

Pero nunca *nunca* debía prestarle dinero.

***

Ninguno de esos tres individuos debe vivir más allá de los idus.

La muerte de Sertorio le importa tanto a Septimuleyo como el desenlace de una tragedia griega.

La de Graco le producirá más placer. Además, tiene pensado algo muy interesante para él.

Pero la de Licinio Calvo. Ah, la de Licinio... El bastardo que se atrevió a tocarle la cara, ¡a abofetearlo a él, el *imperator* del Aventino, delante de sus hombres!

Será por anticipar su revancha o por lo que sea, pero, por fin, cuando las dos muchachas ya están exhaustas en el diván —el mismo donde hace cuarenta y ocho horas Cepión le reveló sus planes—, Septimuleyo descarga su semilla.

De rodillas todavía, Bastet le sonríe, sin separar los labios. La sonrisa no llega a sus ojos, más llenos de miedo y expectación que de placer o, al menos, de satisfacción por el deber cumplido.

A medias asqueado y a medias deprimido, como le ocurre siempre después de eyacular, Septimuleyo levanta la pierna del escabel y le propina una patada en la cara a Bastet. La joven egipcia cae de costado, pero no profiere ni una queja.

—¡Largaos, guarras! ¡Las tres!

Las chicas se apresuran a obedecer. Alexia y Partenia —vaya nombre para una puta, se repite de nuevo Septimuleyo— conocen lo bastante a su patrón, de modo que no se demoran para vestirse. Se limitan a recoger sus ropas, hacer un gurruño con ellas contra sus pechos y salir de la estancia —¡en buena hora lo llamó tablino!— como si las persiguiera una jauría salvaje.

Ya a solas, Septimuleyo se dice que ha llegado la hora de hacer unas cuantas cosas.

Solucionar lo de uno de sus hombres, Vulcano, que ha cometido el pecado nefando de pasar información a una banda rival.

Mandar a los demás a la cama de una puta vez, ya que sigue oyendo cómo se ríen y beben como samnitas, y al día siguiente tienen que encontrarse en un estado mínimamente presentable para reventar la asamblea.

Antes de eso, el bastardo de las cicatrices tiene que ir a la Subura a cumplir su tarea.

¡Y pensar que ese borracho arrogante de Cepión tuvo la desfachatez de pedirle que le prestara a Stígmata para que divirtiera a sus invitados en la fiesta a la que no le ha invitado a él!

Poder decirle que no a algo fue un placer mayor que el que le han hecho sentir hace un rato sus tres furcias.

Es hora de moverse. Tras recolocarse la ropa para taparse las partes verendas, el *imperator* del Aventino bate las palmas con fuerza y grita:

—¡Sierpe! ¡Sierpe! ¿Dónde estás, condenada cría?

Si Septimuleyo tuviera un poco más de cultura mitológica, se vería a sí mismo en el sillón como Zeus tonante en su trono reclamando la presencia de su heraldo, la diosa Iris.

Como no la tiene, se limita a pensar en la niña como su recadera.

No será él quien se rebaje a avisar a Stígmata de que su holganza ha terminado.

Si los dioses le conceden a Septimuleyo que sus planes lleguen a buen puerto, el gladiador de las cicatrices ha fornicado hoy con la bella Berenice por última vez.

***

Debajo del sobrado donde Stígmata aún no ha despertado, los Lavernos más recalcitrantes siguen con sus voces.

Uno de ellos, Cíclope, arranca con tres dedos un trozo de pan de la media hogaza que queda sobre la mesa y se lo lleva a la boca.

Quizá lo habría hecho con los cinco dedos si los conservara.

Pero Stígmata le cortó el anular y el meñique, clavándole un cuchillo en esa misma mesa.

Todavía se ve la hendidura en la madera.

El ojo que le falta a Cíclope, el izquierdo, no se lo debe a Stígmata, sino a su propia torpeza y a su desmedida afición al vino.

Bebido como un pez, tropezó cuando llevaba un puñal en la mano. Con tan mala fortuna que se lo clavó en el centro de la mismísima pupila. Ni un arquero cretense habría tenido tanta puntería.

Desde entonces lo apodan Cíclope. Su nombre verdadero es Pugio, pero nadie lo llama así e incluso a él —qué remedio— ha dejado de fastidiarle el mote.

—¡Qué ganas tenía de comer otra vez pan como manda Ceres, no ese pienso para burros! —exclama ahora.

Él y otro de los presentes, el galo Cilurno, han estado castigados varios meses a comer pan de cebada, a la manera de las unidades militares diezmadas por cobardía. En su caso, por haber permitido que los hombres de Graco redujeran a astillas las gradas que rodeaban la arena gladiatoria del Foro Boario.

—Con la cogorza que llevas —respondió Mamerco—, te podríamos dar pan de serrín y te creerías que lo han amasado con harina de Egipto.

—¿Tienes algo que objetar a mi cogorza? ¿Crees que esta jarra se ha vaciado sola?

Vulcano, el mismo al que el viejo Albucio le cortó los tendones de una corva para que su cojera inspirara más lástima, suelta una risotada.

—¿Qué va a tener que objetar, si llevas una cogorza de puta madre?

Mamerco acoge con carcajadas la ocurrencia de su antiguo compinche y le frota la espalda como si le quisiera hacer entrar en calor. Por encima de su hombro, le hace un guiño a Cilurno.

Los dos, y algunos más de los presentes, saben algo sobre el futuro inmediato de Vulcano que este ignora.

—Y a ti, Cilurno, ¿te sabe bien comer pan normal otra vez? —pregunta Mamerco.

Es quien lleva la voz cantante en las conversaciones. No por sus dotes retóricas, sino porque es de los más grandes y fuertes —en realidad, solo el pugilista Búfalo lo aventaja en tamaño, ya que no en luces— y, sobre todo, porque ejerce de lugarteniente de Septimuleyo como en el pasado ejerció en la familia Albucia.

También de verdugo. No ha perdido la afición por el dolor ajeno.

El galo al que se ha dirigido es de las pocas personas por las que siente algo parecido al afecto.

—¿Que si me sabe bien? ¿Que si me sabe bien? —responde Cilurno—. ¡A mí sabe tan rico como coñito de vestal!

—Habrás catado tú algo de eso —dice Vulcano.

—¿Y tú qué sabes? ¿Tú qué sabes si vestal que está tan buena…?

—Emilia —apunta Cíclope.

—¡Esa! ¿Tú qué sabes si vestal Emilia no ha pedido a mí que se lo como ya?

El galo se hace entender en latín, pero a fuerza de propinar martillazos a las conjugaciones y martillazos a las declinaciones.

—Puaajjjj, qué asco —dice Vulcano.

Alba, una de las prostitutas que acompañan al grupo, señala al cojo con el dedo.

—¿Tú? ¿Tú qué vas a decir, si te tengo que apartar de mi entrepierna para que no te atragantes?

—¡Así tienes ese aliento, Vulcano! —exclama Cíclope.

Más carcajadas. Los romanos consideran que esa práctica es una porquería, propia de hombres que se ven obligados a sustituir lo que su miembro viril no es capaz de hacer.

Después, en privado, lo hacen con mucha más frecuencia de lo que reconocen.

—Qué sabréis vosotros lo que es comer pan de cebada. ¡No cinco meses como vosotros, sino un año entero!

El que acaba de hablar, volviendo al asunto de la cebada y obviando el de la declarada afición al *cunnilingus* de Cilurno y la vergonzante de Vulcano, es Gargonio, conocido como Morfeo. Uno de los mayores del grupo, veterano de las guerras hispanas que, en cuanto puede, mete la cuchara en la conversación para recordar sus viejas historias de guerra.

A ello le debe su mote, desde que Herenio, el más culto de los Lavernos —no hace falta tener un diploma del Museo de Alejandría para serlo—, dijo que cuando Gargonio empezaba con sus recuerdos del ejército él caía automáticamente «en los brazos de Morfeo».

Los demás no acaban de pillar la referencia, pero les encanta poner apodos.

(Herenio no se ha librado de recibir su propio apodo. Como es un enterado que asegura saber de todo, a veces con más razón y a veces con menos, los demás lo llaman Oráculo).

—Ya estás con tus batallitas —dice Ustorio, un joven gladiador que es puro nervio y fibra, de movimientos rápidos y bruscos que le han ganado el mote de Comadreja entre el público. Y, por supuesto, entre los Lavernos—. ¿No ves que nos las sabemos todas?

—Deberías tener un respeto a tus mayores —interviene Tambal.

Pese a su origen nubio, Tambal muestra más respeto por las costumbres romanas que muchos de los Lavernos nacidos entre las siete colinas. Septimuleyo lo ha convertido en gladiador, ya que a los espectadores les encanta el aspecto exótico que le da su piel de carbón.

Tambal es uno de los pocos que ha empatado en un combate con Stígmata. No obstante, sabe bien que su rival —el mismo al que cuando era niño salvó de las piedras del carromato— se refrenó combatiendo contra él por amistad y respeto, hasta que fue el público quien pidió el empate.

Comadreja, el tipo al que Tambal ha recriminado su actitud, también se ha enfrentado a Stígmata. En dos ocasiones. Aunque es rápido como la alimaña de su apodo, no ha sido capaz de arrancarle una gota de sangre.

Comadreja, a cambio, se ha quedado con sendas cicatrices como recuerdo. Una en el brazo derecho —la herida lo tuvo dos meses sin combatir— y otra en el costado izquierdo.

Morfeo insiste con su tema.

—Estuvimos un año entero royendo pan de cebada, y todo por culpa de ese cabrón roñoso de Cepión.

—¿Roñoso? —dijo Vulcano—. ¡Pero si suelta dinero hasta por el culo!

Mamerco le da una colleja. Tan fuerte que resuena.

Vulcano le dirige una mirada de rencor, como cada vez que se lleva un pescozón, pero no dice nada. Con los años, cada vez se ha visto más dominado por su antiguo compañero de pillerías en la ínsula Pletoria. Mamerco, que se dedica al pancracio y tiene los nudillos, los codos y las rodillas recubiertos de una gruesa costra de callos por los golpes y las caídas, le saca cabeza y pico y un buen montón de libras de músculos.

Así que Vulcano finge reírle las gracias.

«Ya me las pagarás», masculla para sí.

Tiene sus propios planes.

Para su desgracia, ignora que esos planes son casi de dominio público. Habrían sido más secretos si los hubieran publicado en los *Anales máximos.*

—Merluzo —dice Mamerco—, está hablando del padre, que fue cónsul cuando éramos críos. ¿Cómo pretendes que se refiera al hijo, que lo acaban de nombrar cuestor?

Otro de los presentes, Oráculo el enterado, interviene.

—Cepión padre fue el que derrotó a Viriato.

—Bueno, derrotarlo, derrotarlo… —matiza Morfeo.

Las objeciones de aquel veterano tienen su explicación.

No puede decirse que la forma en que Cepión padre liquidó el problema de Viriato, el caudillo lusitano que durante casi una década supuso un auténtico forúnculo clavado en el sobaco de Roma, brindara una gran gloria a las armas de la República. Más que como procónsul, Cepión actuó como un jefe de maleantes de los barrios bajos, como habría podido hacerlo el mismo Septimuleyo.

Puesto que combatiendo al modo convencional parecía imposible librarse de Viriato, Cepión se puso en contacto con tres de los lugartenientes del lusitano y los incitó para que lo mataran a traición. A cambio, les garantizó que les entregaría tierras y grandes riquezas.

Una vez que los tres oficiales asesinaron a Viriato mientras dormía y acudieron a Cepión para obtener la recompensa pactada, él fingió que nunca había tenido tratos con ellos ni les había hecho promesas. «Un procónsul de Roma jamás pagaría a unos traidores», alegó.

Según la explicación de Morfeo, el motivo de la negativa de Cepión se quedaba muy por debajo de tales cimas morales.

—Con el pretexto de que iba a recompensar a esos piojosos de lusitanos, el mamón de Cepión había confiscado unas fincas tan grandes como de aquí a Ostia. Cuando se vio con ellas en su poder y se enteró de que ya le habían dado la puntilla a Viriato, el tipo pensó: «Coño, ¿y si me las quedo?».

—¿Por sus santos cojones? —pregunta Vulcano, con la sutileza de discurso que caracteriza a los Lavernos.

—Por sus santos cojones, sí.

—¡Qué ansia de hombre! Pero ¿es que a esos cabrones de ricos no les basta con las mansiones que tienen aquí en Roma? —pregunta Comadreja.

—¿Crees que si los ricos se conformaran con lo que tienen serían ricos? No seas pringado —responde Oráculo.

—Pues eso mismo digo yo —vuelve a intervenir Morfeo, que cuando toma la hebra entre los dedos es peor que Teseo, pues, aunque haya salido del Laberinto, sigue tirando y tirando de ella—. ¿Por qué creéis que Cepión nos daba pan de cebada? No era porque nos hubiera castigado.

—Lo mismo sí te estaba castigando a ti. Por pelmazo —dice Alba.

Las risas que provoca su comentario no disuaden a Morfeo.

—Nos contaba que había habido una plaga de langosta en Sicilia y que por eso no llegaban los cargamentos de trigo. Pero después se liaba con sus propias mentiras y decía que ese grano venía de África y que se había estropeado porque había ratas en las bodegas de los barcos.

—Vamos, que se quedaba con el trigo, lo revendía y con la mitad de lo que se quedaba compraba la cebada que os repartía.

Es Mamerco, ya impaciente, quien ha tratado de abreviar la historia.

Morfeo es inasequible al desaliento, no obstante, y continúa.

—Ahí has dado en el clavo. Pero no os creáis que le bastaba con darnos cebada en vez de trigo, noooo. ¡Es que ni siquiera nos repartía la ración reglamentaria!

—Pero, bueno, si para eso cada uno tendríais una escudilla con la medida estipulada. ¿No montabais un motín si no os la llenaban? —pregunta Oráculo.

Oráculo sabe algo de eso porque ha servido en el ejército. Como infantería ligera, porque nunca ha tenido patrimonio suficiente para ser legionario.

Morfeo sí. Pero perdió su pequeña finca de Volaterra entre los dados, el vino y un matrimonio no muy acertado.

—Es que nos las llenaban, pero el muy mamón hacía que les limaran los bordes para echar menos cantidad.

Más carcajadas. En el fondo, los Lavernos admiran el ingenio de aquel viejo avaro.

—Es que no le faltaba detalle alguno —se anima Morfeo—. En invierno nos requisaba las túnicas porque decía que ya estaban viejas, las hacía lavar, nos devolvía a unos las de otros creyendo que no nos íbamos a dar cuenta y nos descontaba el precio del salario como si fueran nuevas. ¡Menudo cabrón!

—Desde luego, parece mentira que el otro Cepión sea hijo suyo —dice Vulcano—. ¿No habéis visto la toga que lleva el padre? Está más amarilla que el subligar de Búfalo.

El tipo al que se ha referido no ha hablado hasta ahora. Numerio Fusco, conocido como Bubalus, «Búfalo», es hombre de pocas palabras. No a la manera de Stígmata, que es taciturno por naturaleza, sino porque es de ingenio un tanto tardo. Un eufemismo por no decir que tiene menos luces que el barrio de la Subura a medianoche. Normalmente, cuando se le ocurre algún comentario para meter baza en la conversación, esta ha avanzado tanto que él se ha quedado rezagado a diez millas de distancia.

Ahora bien, su mote sí lo reconoce a la primera y se da cuenta de que Vulcano se está metiendo con él, así que le tira a la cabeza un hueso de costillar.

No le llega a dar. Arrojando objetos, Búfalo tiene menos puntería que lanzando puñetazos. De hecho, como pugilista tampoco es demasiado preciso ni técnico. Recibe bastantes más golpes de los que propina, pero los encaja muy bien y, cuando por fin consigue acertar con sus enormes puños, sus rivales tienen garantizados un pómulo fracturado, dos dientes menos y una nariz aplastada.

En ello influye que es el más grande y fuerte de los Lavernos. Incluso Mamerco parece pequeño a su lado.

A cambio, él mismo se ha llevado tantos porrazos que ha perdido la mitad de la dentadura, tiene ambas cejas rotas, la nariz aplastada y las orejas convertidas en amasijos de carne y cartílago macerados.

El tema de conversación ha pasado de Cepión padre a Cepión hijo. A este lo conocen todos. Aparte de que mantenga reuniones a solas con Septimuleyo, a veces aparece en la taberna de Vibio, junto al río, uno de los tugurios favoritos de los Lavernos. Al principio lo hace guardando el incógnito, pero cuando bebe se viene arriba, se desemboza el rostro e invita a rondas a toda la clientela.

No es el único aristócrata que se divierte haciendo incursiones en los barrios bajos, aventuras que pueden resultar peligrosas para la gente adinerada y que algunos pagan con un monedero robado, un ojo morado y un par de costillas rotas.

Pero Cepión va siempre acompañado por Nuntiusmortis.

Cuando el exgladiador hispano aparece en la taberna de Vibio, todos pueden apostar a que Stígmata no tardará en esfumarse tan silencioso como la niebla que se disipa a mediodía.

—Salir con esa mujer tiene que costar un pico —dice Cíclope, refiriéndose al nuevo tema que ha salido a colación, el idilio que mantiene Cepión con la actriz Antiodemis.

—Una puta un poco más cara. Eso es lo que es —dice Morfeo—. Todas las actrices son putas.

—¿Tienes algo en contra de las putas? —pregunta Alba. La otra prostituta presente, que atiende al nombre de guerra de Palmira, asiente al comentario de su compañera.

—Que sois unas indecentes —responde Morfeo, a quien la esposa le salió ramera y dilapidadora.

Alba, que está pegada a Mamerco y pasa parte del tiempo maniobrando con las manos por debajo de la mesa, contesta:

—Los feos como tú también tienen que follar.

—Muy graciosa —dice Morfeo—. Como si tú fueras tan guapa.

Nadie lo escucha, porque las carcajadas de los demás ahogan su réplica. Alba tiene razón. El veterano es flaco, desdentado, ojijunto, con las mejillas chupadas y, como propina, picadas por un acné adolescente mal curado, y los dientes tan descolocados como si los hubiera sembrado un labrador ciego. Sumado todo ello a una calva que intenta tapar en vano con una cortinilla de pelo fino y gris como el de una rata.

Morfeo es lo más opuesto a un Adonis que se sienta a aquella mesa. Si también estuviera presente Septimuleyo, quizá habría que traer a Paris del Hades para un juicio de antibelleza.

—Algo de razón tiene Morfeo —interviene Vulcano—. Las mujeres no deberían actuar en un escenario.

—¿Y qué quieres ver? ¿Obras donde solo haya nabos? —pregunta Alba.

—En las tragedias los papeles de mujeres los hacen hombres —responde Vulcano, engolando la voz como si él mismo estuviera declamando un papel.

—¿Y quién quiere ver tragedias? ¡Bastante sufrimiento es tener que acostarse con tipos como tú o como este espantajo! —dice Alba, sacando la mano de entre las piernas de Mamerco para señalar a Morfeo—. Yo quiero comedias y mimos. ¡Quiero reírme!

—Da igual. ¿No sabéis que en las comedias griegas los papeles de mujeres también los hacen hombres?

—¿Dónde has dicho que es eso?

—En Grecia, ¿dónde va a ser?

—Grecia, Grecia... Ahí son todos unos bujarrones —replica Alba, y da una palmada en la mesa como si la discusión hubiera quedado zanjada.

Pero no es así. Porque ahora entra en liza el galo Cilurno.

—¿Prefieres que haga de mujer tío con un rabo como esta salchicha? —pregunta, trinchando con la punta de un cuchillo una ya fría, de los pocos restos de comida que han quedado en la mesa—. ¿Es que a ti gustan más salchichas que almejas, Vulcano?

—¿Qué me estás llamando? —pregunta el interpelado.

—Yo no te llamo nada, solo a ti pregunto.

—Ah, bueno. Porque a mí no me va a llamar marica un tío que lleva pantalones.

Cilurno es galo, y en invierno tiene costumbre de usar las *bracae* hasta los tobillos. Además, lleva el pelo largo, peinado en trenzas que, a fuerza de no soltárselas, se han fundido como las hebras de una maroma grasienta, y unos bigotazos cuyas puntas se ven manchadas de vino y migas de pan.

—Si vas a mi aldea con esa tuniquita colgando por las piernas, marica a ti te llaman, Vulcano.

De nuevo hay carcajadas, collejas e intercambio de proyectiles en forma de huesos o mendrugos de pan. No suelen llegar a más. Si se pelean en el Hórreo, y sobre todo si recurren a armas blancas, Septimuleyo lo lleva muy mal. Prefiere que sus hombres reserven la violencia para actuar contra los de fuera.

En cambio, no es nada remiso a recurrir a ella para disciplinarlos.

—En cada pueblo tienen sus costumbres —interviene Oráculo—. Ya lo dijo el filósofo Jenofonte. Si los bueyes supieran pintar, pintarían a sus dioses como bueyes.

Seguramente Oráculo, que en su momento recibió algunas migajas de educación, quería referirse a Jenófanes.

Nadie lo corrige.

—¿Y qué cojones tiene eso que ver con lo que yo digo? —dice Vulcano.

—Pues eso —le responde Oráculo—. Que si tú piensas que los que llevan pantalones como los galos o los partos son maricas, seguro que ellos piensan que el marica eres tú.

—¿Qué van a decir los partos, que se follan a sus yeguas y a sus ovejas? —interviene Comadreja.

—Si por lo menos se tirarían a gallinas… —dice Cilurno, atusándose el bigote. Al galo se le ha oído asegurar en más de una ocasión que copular con una gallina es una experiencia exquisita, mucho más que hacerlo con una mujer.

—Eh, hablando de gallinas, mirad a ese polluelo —dice Vulcano, levantando un dedo para señalar a la galería que recorre el largo sobrado.

Por allí arriba, corriendo entre los balaustres de la barandilla, pasa una sombra diminuta que, a pesar de la rapidez de su carrera, no hace el menor ruido.

Podría ser un fantasma.

Pero todos saben que es Sierpe.

—¡Eh, muñequita! —la llama Cíclope, guiñándole su único ojo—. ¡Baja aquí a beber con nosotros! ¡Que ya va siendo hora de que pruebes el vino!

—¡Ja ja ja, y otras cosas! —exclama Vulcano.

—No seáis cerdos —los recrimina Alba—. Dejad por lo menos que le salgan las tetas.

—Sí, si no queréis que el patrón os corte la *mentula* y alguna cosa más —interviene Tambal.

Cilurno agacha la mirada y no dice nada. Ya tuvo algunas palabras con Stígmata a cuenta de la niña.

Mamerco no agacha la mirada.

Pero tampoco dice nada.

La niña asoma la cabecita entre los barrotes y les saca la lengua.

Después se da la vuelta para llamar a la puerta de Stígmata.

***

Al oír cómo las voces bajo la alcoba que comparte con Stígmata suben de volumen y tono, Berenice sospecha que pronto alguien vendrá a reclamar la presencia del gladiador.

Ese es el motivo de que esta noche ambos puedan estar juntos. Septimuleyo debe de querer encargarle a Stígmata alguno de sus trabajos especiales. Por mucho que aborrezca al gladiador, es en él en quien más confía el patrón para ese tipo de misiones.

Dejar que se acueste con Berenice es el pago que recibe Stígmata.

Lo cual supone una recompensa también para ella. Por un lado, en esas noches no tiene por qué acostarse con ningún otro hombre ni correr, por tanto, el riesgo de topar con alguno repugnante. Adjetivo que cuadra con el propio Septimuleyo, quien de vez en cuando fornica con ella.

Pero los hay peores.

Aunque Berenice sea una prostituta de categoría, no llega al nivel de una cortesana que pueda elegir a sus amantes como se dice que hace Antiodemis, la actriz de mimo que trae loca a media Roma. Incluso entre los que pueden permitirse la tarifa de Berenice —tarifa que pagan a Septimuleyo, por supuesto—, hay muchos con tripas fofas, nalgas caídas, alientos apestosos, dedos que parecen pollas y pollas que parecen zanahorias flácidas.

Por otra parte, cuando Berenice se acuesta con Stígmata, disfruta de verdad de los placeres de Venus, sin tener que fingir como hace con la mayoría de sus clientes. (No finge con todos. Decir eso sería faltar a la verdad).

Mientras en el piso de abajo las voces de la recua de matones y sicarios suben de volumen, Berenice piensa que, en otra vida, Stígmata y ella podrían haber sido...

Podrían haber sido ellos, sin más.

Distraída en esos pensamientos, sus dedos tocan sin querer la bula de Stígmata.

Cuando hacen el amor, él se gira la cadena para que el amuleto le quede a la espalda y no toque el cuerpo de Berenice.

—Por si acaso —explica, y ella lo comprende, porque a veces la bula de Stígmata hace...

Cosas raras.

Es la única manera de describirlo.

Ahora es una de esas veces.

Solo que en esta ocasión el amuleto hace cosas más raras que nunca.

Stígmata le ha contado que, desde hace años, hay una voz que parece salir de la bula y que le habla al oído, anticipándole palabras y frases que va a escuchar.

Lo que ocurre ahora, ante la mirada de Berenice, es diferente.

Las siete letras griegas del nombre *ΠΥΘΙΚΟΣ* son, en realidad, finísimas ranuras grabadas en la lámina exterior de plomo hasta atravesarla.

Debajo hay otra lámina. Dos esferas concéntricas, una encastrada en la otra.

Como si los dedos de Berenice hubieran activado un mecanismo fantasmal, la esfera exterior se desplaza con un chasquido casi inaudible.

Al hacerlo, las letras *ΠΥΘΙΚΟΣ* coinciden con otras iguales perforadas en la segunda lámina.

Alineadas las ranuras, permiten a Berenice entrever lo que hay dentro del amuleto.

Una luz indescriptible.
O que lo que hay dentro del amuleto vea a Berenice.

***

Stígmata está soñando algo.
No es su combate contra Nuntiusmortis. Eso lo suele soñar cuando empieza a quedarse dormido.
Es otra cosa. Tal vez más inquietante, una amenaza más vaga.
Se despierta de golpe.
Y, de la misma forma brusca y repentina, olvida el sueño.
Desde los tiempos de la ínsula Pletoria, está acostumbrado a despertar y entrar en estado de alerta de forma automática.
Concentrarse en recordar las últimas imágenes del sueño supondría una pérdida de tiempo y de atención.
Un peligro para alguien como él. Para un león que vive en una selva, rodeado de hienas.
Lo cierto es que los leones habitan más en la sabana que en la selva, pero los conocimientos geográficos que le inculcó el maestro Evágoras no llegan a tal nivel de precisión.
Algo lo ha despertado.
Puede haber sido la llamada a la puerta.
O que su amuleto ha vuelto a hacer *eso*.
Debe de haber sido un instante, una fracción de latido.
¿Ha llegado a hablarle la voz?
O no la ha oído, o ha sido esa voz la que lo ha despertado, para borrarse de su memoria al instante.
En cualquier caso, nota en el pecho el calor residual de la bula.
Se incorpora. Berenice está sentada a su lado en el jergón, con la manta por la cintura y los pezones erizados por el frío de la habitación.
Tiene los ojos muy abiertos.
Sus pupilas fosforescen un instante, como si dentro de sus ojos dos hombrecillos diminutos hubieran encendido sendas antorchas. Una luz imposible, puesto que ella está de espaldas a la lamparilla.
En ese momento la puerta se abre.
El ruido saca a Berenice de su trance momentáneo y el fulgor de sus ojos se desvanece con el primer parpadeo.

La mano izquierda de Stígmata busca debajo del colchón, donde esconde uno de sus cuchillos arrojadizos.

Lo deja allí al reconocer el contorno de la pequeña sombra que se recorta contra el vano de la puerta.

Sierpe.

Así que es ella la que ha llamado a la puerta y lo ha despertado.

Inofensiva.

Para él.

Para los demás, esa niña delgada y menuda incluso para su edad —creen que tiene siete años, aunque nadie sabe en qué fecha exacta nació— puede ser, más que peligrosa, letal.

Sierpe es una de las criaturas que mendigan por las calles para Septimuleyo. De paso, abre los ojos y los oídos para enterarse de todo lo que ocurre a su alrededor. Como es espabilada y tiene buena memoria, y como los mayores tienden a ignorar todo lo que sucede a la altura a la que se levanta aquella adorable cabecita de rizos cobrizos y ojos grandes como los de un búho, Sierpe suele traerle a su patrón informaciones muy valiosas.

Por supuesto, también hurta todo lo que puede.

Pero lo más llamativo es que ya sabe manejar su daga con el pulso y la decisión de un asesino profesional. Incluso le ha puesto nombre. Vespa, «avispa».

De hecho, ha superado la precocidad del propio Stígmata cobrándose vidas ajenas.

Con siete años, Stígmata mató a Albucio. Pero ha de reconocer que ni siquiera él mismo está seguro de que su intención fuera esa y no, simplemente, amputarle al viejo la herramienta que había utilizado para sodomizarlo.

Por su parte, Sierpe ya ha dado muerte no a uno, sino a dos hombres. Y no por accidente.

En ambos casos se trató de encargos de Septimuleyo, que quería librarse de aquellos individuos sin despertar sospechas.

Para colarse entre las multitudes en las procesiones o durante las entradas y salidas de los juegos o el teatro, Sierpe es única. Y tiene tal precisión encontrando la arteria femoral que cualquiera diría que ha estudiado con un cirujano militar.

—El patrón ha dicho que hay reunión —le informa ahora la niña.

—¿Te ha ordenado él que vengas a decírmelo?

—Me ha dicho: «Dile a Stígmata que baje con todos los demás y que luego se espere, que esta noche tiene que hacer lo que tiene que hacer».

Stígmata asiente. «Lo que tiene que hacer» es un encargo pendiente del que Septimuleyo le habló en la víspera.

Delicado. Que, en realidad, es un eufemismo para no decir peligroso.

Cuando Berenice subió a la alcoba diciendo que el patrón le había dado la noche libre, Stígmata se imaginó que, a cambio del descanso de ella, era a él a quien le iba a tocar trabajar después.

Por eso, por muy placentero que le resulte siempre el sexo con Berenice, Stígmata ha procurado no entregarse ni demorarse demasiado. No tanto por ahorrar fuerzas como por ganar unas horas de sueño y estar más alerta.

—¿Solo te ha dicho «Dile a Stígmata»? —le pregunta a la niña—. ¿No ha añadido «A ese bastardo arrogante de Stígmata» o algo parecido?

Ella niega con la cabeza, se tapa a medias la boca con la mano para disimular —no se sabe si el diente que le falta, la mentirijilla o ambas cosas— y se ríe.

Al hacerlo, se le forman en las mejillas unos hoyuelos encantadores.

Al lado de uno de ellos, el de la izquierda, hay una pequeña cicatriz.

***

Sierpe siente por Stígmata una admiración casi obsesiva.

Un día se coló en su cubículo aprovechando que él no estaba.

Desde abajo, Stígmata vio que la puerta no estaba del todo cerrada y comprendió que dentro había un intruso.

Desenvainando un puñal, subió la escalera del sobrado pisando en los bordes de los peldaños para que su peso no los hiciera crujir.

No temía tanto que hubieran entrado a robarle como que le tendieran una emboscada. Una cuchillada en la espalda, un cordel de bramante en el cuello. En el nido de víboras que es la familia Laverna, uno puede esperar cualquier cosa. Sobre todo porque la confianza y el favor del patrón, Septimuleyo, son tan inestables y quebradizos como la costra de hielo de un charco bajo el sol.

Pero, al abrir la puerta, no encontró a ningún ladrón o sicario. Era Sierpe quien se había colado en su cuarto. La niña estaba sentada en el suelo delante del espejo de latón que él usaba y usa para afeitarse.

(Stígmata nunca va al barbero. No es partidario de dejar que otra persona sostenga una hoja afilada cerca de ninguna parte de su cuerpo. Y mucho menos de su garganta).

Sierpe se estaba clavando en la cara la cuchilla de cobre con la que Stígmata se rasura la barba.

—¿Qué haces?

La niña se volvió, sobresaltada. Los enormes ojos de ámbar abiertos como platos.

Por suerte, acababa de empezar con el corte y la herida medía poco más que el ancho de un pulgar.

Un fino reguero de sangre le chorreaba por la barbilla. La niña se la limpió con el dedo y la chupó.

—Quiero ser como tú.

Stígmata la agarró del brazo y le quitó la cuchilla.

—No quieres ser como yo.

—Claro que sí.

—Te aseguro que no. No quieres ser como yo.

—¿Sabes una cosa? Yo también hago encargos para el patrón. Ya he hecho uno. ¡Hoy mismo!

—Ya sé que haces encargos. Robar bolsas y hurtar baratijas de los puestos.

—No ha sido eso.

Usando el borde de su propia túnica, Stígmata le restañó la herida.

Mientras tanto, con la complacencia con que un niño de buena familia podría explicar a su padre las tareas que ha realizado en la escuela del *grammaticus*, Sierpe le contó a Stígmata en qué había consistido aquel encargo.

Su primer homicidio.

Lo había llevado a cabo durante los Cerialia, en el Circo Máximo.

La gente se había apelotonado en las gradas inferiores para ver cómo unos zorros corrían despavoridos por la arena, tratando en vano de huir de las antorchas encendidas que llevaban atadas a los rabos. Aprovechando que todo el mundo estaba entretenido contemplando la estela de polvo y chispas que dejaban los infortunados animales en aquel antiguo ritual, Sierpe se había deslizado entre los acompañantes de Marco Estertinio, hijo de Lucio Estertinio, jefe de un clan rival conocido como los Suburanos por el barrio donde campan.

Para cuando el joven se dio cuenta de que la vida se le escapaba a chorros por la ingle, Sierpe ya había desaparecido, escurriéndose entre los espectadores como una anguila.

(Aparte de esa muerte directa, la niña causó otras tres de forma oblicua. Estertinio padre, convencido de que Septimuleyo había sobornado a alguno de los seguidores que rodeaban a su hijo para que lo apuñalaran, los torturó a los tres hasta la muerte. Nadie confesó. Por el lógico motivo de que nadie sabía lo que había pasado).

Stígmata desgarró un jirón del borde de su túnica, lo puso sobre la herida de la niña e hizo que esta lo apretara con la mano.

—Quédate así hasta que te deje de sangrar.

—Vale.

—¿Te sientes orgullosa de lo que has hecho?

Ella sonrió. No había crueldad en esa sonrisa (Stígmata conoce bien la crueldad infantil por propia experiencia). Era alegría genuina por una tarea bien hecha.

—¿Y tú?

—Yo. Qué.

—¿Te sientes orgulloso cuando…?

Sierpe dejó las palabras flotando en el aire, con una timidez que resultaba curiosa en alguien que había cometido horas antes su primer asesinato.

Stígmata no supo qué contestarle. En lugar de hacerlo, le dijo:

—No se te ocurra volver a hacerlo. Eres una niña muy guapa. No arruines tu rostro de esa manera.

—Pero tú también eres muy guapo y…

—Si se te ocurre hacerlo, no te vuelvo a mirar a la cara. ¿Entendido?

La amenaza surtió efecto. Sierpe no volvió a intentarlo.

***

Después de comunicar su breve recado, la niña parece buscar alguna excusa para demorarse. Stígmata, que la conoce bien, ve sus miradas de reojo a Berenice, que sigue sentada en la cama, con los pechos desnudos y la mirada algo perdida, como si todavía no hubiera regresado del todo de la isla de los sueños.

La niña, que es una morbosa, seguramente está esperando a que él se levante para verlo también en cueros.

No es que entre los Lavernos, por unos motivos o por otros, falten ocasiones para contemplar cuerpos desnudos. Lo cual no siempre supone una visión agradable.

Probablemente uno de los espectáculos menos estéticos y excitantes sea el del propio Septimuleyo sin túnica ni taparrabos.

—¿Tienes algo más que contarme, Sierpe? —pregunta Stígmata.

Ella sonríe. Stígmata no sabe decidir si la sonrisa es inocente o maliciosa.

Es una de las peculiaridades más inquietantes de esa cría.

—¿Te acuerdas del otro día, cuando vinieron esos dos hombres encapuchados a hablar con el patrón?

Stígmata asiente.

Lo que Sierpe denomina «el otro día» como si hubiese pasado ya cierto tiempo ocurrió tan solo hace dos días. O dos noches, por expresarse con más propiedad.

Más incluso que por la cercanía temporal, Stígmata se acuerda bien por la identidad de los visitantes.

Pese al manto y la capucha, había reconocido la corpulencia y la forma de caminar de Nuntiusmortis. Con los pies hacia fuera, los enormes muslos rozándose, la cabeza girando a uno y otro lado. No se sabe si para barrer todo el campo de visión o en actitud de desafío.

El único gladiador que ha derrotado a Stígmata.

Ahora retirado. Sirve como guardaespaldas para Quinto Servilio Cepión, miembro de una de las familias más insignes de Roma.

Hijo del Quinto Servilio Cepión que fue cónsul hace casi veinte años y liquidó la guerra contra Viriato.

En opinión de muchos, Servilio Cepión hijo, que tiene fama de gastar el dinero a espuertas, debe de ser un bastardo concebido por su esposa con algún carbonero, albañil o cualquier otro individuo provisto de una buena verga. Es imposible que de un hombre tan tacaño que dejaría por dadivoso a Catón el Censor haya nacido un vástago tan manirroto.

Seguro que es avaro hasta con el semen.

Ese vástago es, precisamente, el segundo hombre que se presentó hace dos noches en el Hórreo de Laverna para entrevistarse con Septimuleyo.

Aunque iba tan encapuchado como Nuntiusmortis, Stígmata también lo reconoció a él.

No ha sido la primera visita de Cepión al cuartel de los Lavernos. No obstante, como es un noble tan encopetado, debe de considerar que es mejor que sus encuentros con un hampón de baja estofa sean lo más reservados posible. En lugar de traer la típica comitiva de los aristócratas —esclavos, clientes, guardaespaldas, incluso literas—, cada vez que viene se hace acompañar únicamente por Nuntiusmortis. A quien, al parecer, estima protección suficiente.

Algo en lo que probablemente lleve razón.

—Pues es que oí lo que hablaban —dice Sierpe, trenzando las manos nerviosa y balanceando las caderas—. ¿Quieres que te lo cuente?

Stígmata asiente. La información es una moneda más valiosa que los denarios de oro.

Sierpe es la informadora particular de Stígmata. La niña, menuda y vivaracha como una lagartija, se cuela en todas partes. Además, posee una memoria excelente para reconocer caras y recordar conversaciones.

Lo más sorprendente es que sea capaz incluso de reproducir aquellas que no entiende.

Por otro lado, sabe ser discreta. Los secretos que descubre los comparte en exclusiva con el gladiador. A no ser que sea por encargo de Septimuleyo, obviamente, en cuyo caso tiene que contárselos también a él.

Aunque a Stígmata siempre le brinda algunas confidencias de propina.

El diálogo que Sierpe le relata ahora no lo ha captado pegando la oreja a una puerta, agazapándose tras ánforas y cajas o escondiéndose en el falso techo, como en otras ocasiones. Esta vez fue el mismo Septimuleyo quien ordenó a la niña que le sirviera como camarera en el cubículo donde se reunió con Cepión.

En el encuentro, salió a colación que Cepión se había escapado por un rato de una fiesta que había organizado en su mansión. En ella estaba celebrando, con retraso, su ingreso en el colegio de decenviros, y también que había ganado en las elecciones a cuestor y que, por tanto, se había convertido automáticamente en senador.

—Así que Cepión estaba de banquete —murmura Stígmata.

Eso explica sus andares un tanto envarados al entrar al Hórreo de Laverna. Con ese control exagerado de quien ha bebido de más y se concentra en no hacer eses para evitar que se le note.

Un esfuerzo que suele resultar contraproducente.

—Sigue.

—Y entonces nuestro patrón le dice: «Me han dicho que has invitado a actores y gladiadores. Y a esa prímula de la que habla toda Roma».

—¿Prímula? —se extraña Berenice, que parece ya completamente despierta.

—Eso dijeron. Antiodómina, se llama —explica Sierpe.

—Ah, quieres decir una mímula. Antiodemis.

Una actriz, entiende Stígmata. Él también la ha visto actuar. Fue hace poco, en los Juegos Plebeyos de noviembre.

Mientras contemplaba la obra sintió, como tantos otros, una atracción que parecía brotar de esa mujer como tentáculos largos e invisibles que se desplegaban desde el escenario. Una mezcla del hechizo y la sensualidad de Circe y el canto perturbador de las sirenas.

En esos mismos juegos volvió a verla. En esa ocasión, era Stígmata quien actuaba como gladiador y ella quien asistía como público.

Hubo algo entre ellos que Stígmata no sabría definir. Un cruce de miradas fugaz y que, sin embargo, pareció demorarse unos instantes, como si el resto del mundo se hubiera detenido.

Bobadas, se dice ahora. Esa mujer es amante de un hombre poderoso. Mucho más que Septimuleyo. Mejor no pensar tan siquiera en ella.

—Sé quién es —responde la niña, un tanto picada con las dos correcciones de Berenice—. Y para que te fastidies, sé dónde vive Antio-lo-que-sea.

—¿Ah, sí?

—Vive en la Subura, en la planta baja de la Torre Mamilia.

Stígmata piensa que esa información puede ser interesante en algún momento.

¿Pagarán las actrices como Antiodemis por acostarse con gladiadores como él, igual que hace Rea?

Él mismo estaría dispuesto a pagar por ella.

Tal vez los precios de ambos podrían compensarse y anularse.

Sacude levemente la cabeza para ahuyentar esos pensamientos. Ahora le interesan otras cosas.

—¿Qué más hablaron el patrón y Cepión? —le pregunta a la niña.

—Pues entonces va nuestro patrón y dice: «No he recibido tu invitación. A lo mejor se ha perdido». El otro hombre dice: «Es que no te la he enviado, mi querido Aulo». Porque él lo llama así, Aulo. —Sierpe lo cuenta casi escandalizada—. ¡Si lo hago yo, me corta una oreja!

—Seguro que con la otra lo sigues escuchando todo la mar de bien —apostilla Berenice.

La niña se queda un momento sin saber qué responder y salta:

—Se te ven las tetas.

—¿Ah, sí? Será porque las tengo —responde Berenice.

Pero se sube la manta y se tapa.

—Venga, Sierpe —dice Stígmata—. Sigue contándome.

—Nuestro patrón parecía enfadado. Se aguantaba sin gritar, pero se estaba poniendo colorado.

Es lo que suele ocurrirle a Septimuleyo cuando habla con alguien más importante o poderoso que él, piensa Stígmata. No le queda más remedio que tragarse su soberbia.

Lo cual no significa que no rumie por dentro su venganza. Stígmata no le arrienda la ganancia al tal Cepión si alguna vez Septimuleyo llega a considerarse por encima de él.

—Va nuestro patrón y le dice: «¿Es que quieres proteger mi reputación evitando que me junte con actores, músicos, mimas y más gente informe?».

—Infame —corrige Stígmata.

Cuando lo hace él, parece que a la niña le molesta menos.

—Eso. Y el hombre dice: «No es por eso. Quiero que estos días estés despierto y motivado, no con resaca. Porque va a haber tubultos…».

—Tumultos, querría decir.

—«Y ambos podemos sacar provecho. Tú harás lo que tengas que hacer y yo consultaré los versos y conseguiré que los dioses sean beneviolentos con nosotros». Y ya está. Me mandaron fuera y ya no pude oír más.

Stígmata asiente, esta vez sin enmendar a la cría. Entiende que Cepión debió decir «benevolentes».

¿A qué podría referirse?

Sierpe sigue mirándolos alternativamente a él y a Berenice. Esta, con las piernas encogidas y los pechos bien cubiertos, se abraza sus propias rodillas.

—¿Tienes algo más que decirme? —pregunta Stígmata—. ¿Escuchaste algo más?

—No. El patrón me dijo que ya podía irme.

—Pues ahora te lo digo yo. ¡Vuela, jilguero!

La niña se marcha.

No sin una última mirada a Berenice. Sin motivo aparente, le saca la lengua justo antes de cerrar la puerta.

—Esa cría me odia —dice Berenice.

—¿Por qué lo dices?

—Cree que soy su rival.

—Su rival.

—Su rival, sí.

—Una niña.

—¿No ves que está obsesionada contigo?

—¿Eso crees?

—Está enamorada de ti. Por eso tiene celos.

Stígmata mueve la cabeza a ambos lados.

Pero, en el fondo, piensa que Berenice lleva parte de razón.

—En todo caso, es una pequeña salvaje —insiste ella—. Alguien debería darle unos buenos azotes en ese culillo respingón.

—No te lo aconsejo.

—Ya —responde Berenice con un escalofrío—. Tiene bien merecido el mote.

Stígmata se pone de pie. Pese al frío, toma la esponja de la jofaina y se lava la entrepierna. No le gusta sentir las ingles pegajosas. Lo habría hecho antes de quedarse dormido, pero Berenice se le abrazó como una lapa y le pidió con voz mimosa que no se moviera.

Tras ese somero aseo, recoge la ropa, que dejó sobre las anchas correas de cuero que sujetarían el colchón si este no estuviera en el suelo.

Cuando Stígmata se enrolla el subligar en la cintura, Berenice se queda un instante mirando su miembro antes de que desaparezca de su vista, como si se despidiera de un familiar querido.

Stígmata se pone la subúcula y, por encima de esta, la túnica exterior. Se calza. Después se queda un momento pensando. Decide coger el manto de lana normal. Es bastante grueso y abriga bien, pero apenas protege de la lluvia.

En el almacén tiene su otro capote, un *sagum* celtibérico casi impermeable. Se lo regaló un veterano de las campañas hispanas. Aquel antiguo legionario estaba agradecido por haber ganado una apuesta en los juegos gracias a Stígmata y, al mismo tiempo, deseoso de librarse de aquella prenda como un mal recuerdo de una guerra infernal.

Stígmata suele dejar el *sagum* fuera de la alcoba porque, a la hora de acostarse, a él mismo le molesta el olor a grasa de oveja. No es que no haya dormido muchas veces rodeado de hedores más desagradables, pero se ha obsesionado un poco con este en concreto, por el motivo que sea.

Lo que no le quita el sueño es tener lejos de su vista esa propiedad medianamente valiosa. Está bastante seguro de que no se lo van a robar. No porque confíe en sus compañeros, sino porque todo el mundo sabe que los dos dedos que le faltan a Cíclope los perdió por intentar hurtarle un cinturón a Stígmata.

Aunque es probable que llueva, prefiere no usar el *sagum* esta noche. Para hacer «lo que hay que hacer», según el mensaje transmitido por Sierpe, mejor será que evite cualquier cosa que pueda hacer que detecten su presencia. Como un fuerte olor a lanolina.

Antes de salir, se da la vuelta.

Berenice sigue sentada, abrazándose las rodillas. Con aire ausente, como si su espíritu hubiera volado lejos de allí en brazos de aquel viento que no deja de silbar.

Stígmata se mete la mano por debajo de la túnica y acaricia la bula, sintiendo en las yemas de sus dedos la marca de las letras grabadas.

El plomo ya no está caliente.

Pero lo ha estado. Lo ha notado al despertar.

—¿Ha ocurrido algo con mi colgante? ¿Ha hecho algo raro?

Ella sacude la cabeza y dice que no. Con demasiada energía.

Está ocultando algo.

Stígmata prefiere no insistir y sale del cubículo.

***

Lo cierto es que Berenice ha visto algo en el amuleto.

Primero las letras empezaron a brillar. Con un color extraño, ni verde ni púrpura. Ni amarillo.

Ni nada que ella pudiera concebir.

Un color al que su mente trató de adaptarse. Lo único que consiguió fue un dolor de cabeza que todavía le sigue pulsando en las sienes.

Las letras crecieron y crecieron. Dentro de la ómicron de ΠΥΘΙΚΟΣ se abrió un túnel, una gran ventana a otro lugar.

Un cementerio.

En el cementerio, una cruz.
Y en la cruz un hombre desnudo.
Salvo por el medallón.
Stígmata.
Al pie de la cruz, Septimuleyo. Riéndose y burlándose de él.
No muy lejos, Servilio Cepión y su monstruosa mascota, Nuntiusmortis. Callados, pero sonrientes.

La visión ha sido tan intensa, tan real, que Berenice no alberga ninguna duda de que se cumplirá.

Lo que no sabe es cuándo.

DOMUS DE QUINTO SERVILIO CEPIÓN, EN EL QUIRINAL

Quinto Servilio Cepión, el personaje que, según Sierpe, ha pronosticado que van a producirse «tubultos» en Roma, abre los ojos.

Hacerlo no supone una gran diferencia.

De hecho, en las confusas imágenes de su último sueño se apreciaba más luz que ahora.

Desorientado, el joven noble estira la mano izquierda y palpa en la oscuridad.

Sus dedos reconocen el relieve tallado en el varal de la cama.

Es la suya.

Así que está en su casa. En su alcoba.

Bien. El dónde ya lo conoce.

Pero ¿y el cuándo?

De noche, eso parece obvio. Por los postigos que dan al jardín interior no se cuela ni una ranura de luz. La escasa iluminación, apenas un grado por encima de la oscuridad absoluta, procede de los rescoldos rojizos del brasero.

Se incorpora en la cama.

Algo de lo que se arrepiente al instante.

Se deja caer sobre la almohada.

Si pudiera ver las vigas de madera del techo, le darían vueltas como un firmamento desenfrenado.

No puede decir que esté todavía resacoso.

Sigue borracho.

¿Cuándo?, vuelve a preguntarse.

Según el calendario oficial, la fecha cambia con la séptima hora de la noche.

Cepión lleva su propio cómputo de la hora y de los días. Él es el gnomon de su reloj de sol privado. Para él, mientras está en la cama sigue siendo «hoy» y «mañana» es cuando se levanta.

Tal como se encuentra —un clavo incrustado en la órbita del ojo izquierdo, la sensación de esparto untado en brea de la boca, las tripas dando vueltas como bataneros pisoteando mantos en sus cubas—, es preferible que ese mañana llegue cuanto más tarde mejor.

El caso es que tiene la perturbadora sensación de haber olvidado algo importante. De haber descuidado algo que tenía que hacer.

Una tarea, una responsabilidad.

Esa sensación se une al malestar físico y hace que se encuentre en las mismas condiciones que el excremento pisoteado de un perro sarnoso.

Al que hubiera atropellado una cuadriga en el Circo Máximo.

En un día de lluvia.

Maldita sea, no debería beber tanto en esas fiestas.

Cuándo, se vuelve a preguntar.

A ver. Ayer fue diez de enero. Así pues, hoy, o cuando se levante, será once de enero.

Todo está en orden. La asamblea popular está convocada para el trece, los idus.

Dispone de dos días enteros para descansar y recuperarse.

¿Dos días? ¿Seguro?

No, no. La fiesta ha durado una noche y parte del día siguiente.

Así que ahora debe de ser la noche del doce al once...

No. Del once al doce. Tiene la cabeza tan embotada que no es capaz ni de contar por orden.

Da igual. Un día para descansar. Lo justo para presentarse en el Foro en perfecto estado de revista.

Es la primera vez que asistirá a una asamblea ejerciendo honores públicos.

Más le vale no repetir su lamentable actuación de hace un mes ante el templo de Saturno, cuando los cuestores salientes entregaron las llaves del erario a los entrantes. Entre los que se hallaba él.

Después de llevar de fiesta dos días con sus noches por la boda del mimo Publilio.

Recordar aquella vomitona hace que a Cepión le suba un reflujo ácido a la garganta. Se incorpora de nuevo y al instante tiene que tumbarse. Los vértigos son peores que el reflujo.

En la ceremonia del templo de Saturno no había demasiada concurrencia.

Si uno es optimista y considera que quinientos curiosos no llegan a sumar un gentío.

La asamblea de los idus, sin embargo, congregará a decenas de miles de ciudadanos. El Foro repleto desde la curia Hostilia hasta el templo de Cástor.

Cepión no tiene que subir a la Rostra para hablar ni oficiar ningún sacrificio. Pero, ahora que desempeña tres cargos, muchos ojos estarán clavados en él.

Desde hace algo más de un mes es cuestor. Al entrar en esa magistratura, ha ingresado de forma automática en el Senado.

Cuestor, senador. No es que su padre resplandezca de orgullo por ello.

—Tienes treinta años y eres un Servilio Cepión —le dijo—. Es lo mínimo que se puede esperar de un hijo mío.

Sin embargo, él ha alcanzado algo que lo diferencia de su padre. A finales de diciembre, pocos días antes de que entraran al cargo los nuevos cónsules, consiguió que lo cooptaran para cubrir la vacante que había quedado en el colegio de decenviros tras el fallecimiento de Gayo Lelio.

Tampoco eso le ha ganado los parabienes de su padre.

—¿Qué es el colegio de decenviros comparado con el de pontífices? —le preguntó, dejando flotar en el aire el final de la frase, «al que yo pertenezco»—. Además, si has conseguido ese puesto ha sido gracias a mí.

¡Viejo miserable! La influencia sin sobornos para ganarse los votos no es nada. Y fue él, Cepión hijo, quien tuvo que encargarse de untar las manos de seis de los nueve decenviros. Dos tercios de ellos, por no dejar nada al azar. Todo pagado de su propio peculio.

Lo que significa que el monto de sus deudas sigue ascendiendo. Forman ya una escalera con más peldaños que la cuesta Capitolina.

El viejo puede presumir de que el colegio de pontífices supera en dignidad al de decenviros. Pero son estos quienes gozan del privilegio exclusivo de bajar a los sótanos del templo de Júpiter Capitolino y consultar los volúmenes más sagrados y secretos de la ciudad.

Los *Libros Sibilinos.*

Al pensar en ellos, le invade un irritante cosquilleo en las sienes.

«Ahora que eres decenviro tú puedes...».

¿Quién dijo eso?

¿Qué es lo que tiene o tenía que hacer relacionado con los *Libros Sibilinos*?

Los pensamientos y los recuerdos tratan de brotar en la cabeza de Cepión como peces que saltan fuera del agua. Pero solo es un instante. Enseguida vuelven a hundirse en unas profundidades negras.

Espesas.

Insondables.

En cualquier caso, lo que importa es que en la asamblea de los idus de enero los romanos contemplarán a Quinto Servilio Cepión hijo como cuestor, senador y decenviro.

Todo en uno.

Un honor, pero también una responsabilidad.

Si ahora mismo tuviera que mantenerse quieto, digno, casi hierático ante la multitud, ataviado con la toga y con la cabeza cubierta en su función sacerdotal, lo pasaría realmente mal.

De hecho, no sería capaz ni de mantenerse en pie.

Menos mal que le quedan un día y una noche enteros para reposar.

Se promete que hasta el momento de la asamblea solo beberá agua.

Bueno, y miel, para aclararse la voz. Le duele mucho la garganta por culpa de los gritos, las risas, los cantos, el humo de los hachones y los pebeteros.

Por descontado, nada de catar el vino.

Solo de pensar en él le entran ganas de vomitar hasta la leche que mamó en su día lustral.

Pero se conoce bien y sabe que esas bascas se le pasarán en un día.

«Cada vez aguanto menos», se dice.

La fiesta empezó algo antes de mediodía del día diez y debió de durar como mucho hasta la tercera hora de esta noche, la del once. ¿Un día y diez horas de francachela? ¿Qué es eso para Quinto Servilio Cepión?

Con todo, hay algo que no acaba de cuadrar. Una flauta desafinada que suena en un rincón de su cabeza.

Tiene la confusa, la inasible impresión de que ha pasado más tiempo. Más invitados, más conversaciones que apenas recuerda. Bailes, pantomimas. Incluso un breve —o no tan breve— mutis para hacer alguna gestión mientras los convidados se quedaban festejando en su casa.

Demasiados acontecimientos para un día y medio. Aunque a veces, cuando uno se divierte, el tiempo transcurre de maneras misteriosas.

Sobre todo, si hay vino, opio y otras drogas de por medio.

Lo peor es la comezón interior, el desasosiego de haber olvidado algo crucial.

Trata de hacer memoria.

La fiesta ha sido a cuenta de su elección como cuestor.

Cuando Cepión entró en el cargo en diciembre, lo celebró de manera formal con su familia, sus allegados, sus clientes. Estaban presentes su padre, su esposa Metela Tercia —conocida simplemente como Tercia para distinguirla de sus dos hermanas mayores— y su suegro Cecilio Metelo.

Perdón. El *gran* Quinto Cecilio Metelo Macedónico.

¡Cuánta grandeza en ese linaje!

Basta con enumerar a los asistentes —«No haré más preguntas al testigo, noble tribunal»— para comprender que malamente pudo llamarse fiesta a una reunión que en realidad resultó más plomiza y aburrida que una tragedia de Esquilo.

Por eso, hace unos días, aprovechando que su mujer y su hijo estaban de viaje en Ancio, en una de las villas que posee su suegro, el flamante cuestor decidió organizar una fiesta como mandan los cánones.

Al menos, como mandan los cánones de Servilio Cepión hijo.

***

Al festejo asistieron muchos amigos suyos de la nobleza romana. La mayoría eran de su edad o más jóvenes. Pero los había también bien entrados en la treintena e incluso cuarentones. Tan solo tenían que cumplir un requisito para ser admitidos.

Estar dispuestos a no poner brida alguna a la diversión.

Lo más jugoso del asunto es que acudieron miembros de esos círculos sociales que hacen que tanto su padre como su suegro arruguen la nariz como si entraran en una letrina pública.

Músicos, actores y mimos de ambos sexos, gladiadores retirados y no retirados, luchadores, pugilistas, libertos, saltimbanquis.

Las prostitutas más cotizadas.

Chicas flautistas, un eufemismo para otras mujeres que también son prostitutas, pero de menos prestigio y tarifas más bajas.

¡Una pena que no acudiera esa preciosa rubia norteña que se llama como una de las musas!

¿Cómo era el nombre? Le viene el recuerdo de esos pechos blancos y más erguidos de lo que parecería posible siendo tan voluptuosos, de los pezones sonrosados que se erizan de una forma tan deliciosa bajo la lengua, del encantador hoyuelo justo en el centro de su barbilla. Rasgo este último en el que, curiosamente, coincide con el propio Cepión.

Pero no se acuerda de cómo se llamaba la chica.

A ver. Tiene que ver con el dios al que castraron.

¿Saturno? ¿Neptuno?

No, no, no. El dios es Urano.

Y ella se llama Urania.

La última vez que Cepión visitó el burdel de lujo conocido como los Jardines de Eros y Psique, pidió que se la enviaran junto con una nubia. Por curiosidad cromática, más que por pura lujuria. Un experimento estético, por así decirlo. Ébano y marfil, y él en medio.

—Lo siento mucho, noble Cepión —le dijo Areté, la meretriz que regenta aquel lupanar con ínfulas—. Esa muchacha ya no está con nosotras.

—¿Qué me dices? ¿Está enferma, muerta...?

—Retirada.

—¿Cómo que retirada? Pero ¡si aquí tienes putas aún más viejas que tú y siguen trabajando!

—Ya no es esclava mía. La han comprado.

—¿Y quién demonios la ha comprado?

Areté sacudió la cabeza. Al hacerlo, sus enormes pendientes se movieron como los tintinábulos de bronce que colgaban a la entrada del lupanar para alejar a los malos espíritus.

La meretriz debía de creer que esas joyas la embellecían. Lo cierto era que el peso le estaba descolgando unos lóbulos que años atrás Cepión había mordisqueado con cierto gusto.

Ahora no se le ocurriría.

—No te lo puedo decir, noble Cepión. Lo que ocurre en los Jardines queda en los Jardines.

—Observo una contradicción lógica en tu argumento.

—¿Qué quieres decir?

—Que mal puedes afirmar eso, cuando esa hermosa muchacha estaba en los Jardines y, sin embargo, no se ha quedado en ellos.

—No entiendo de lógica, noble Cepión. Esas son cosas de hombres.

—Esta conversación está durando demasiado. ¿Quién la ha comprado?

—Señor, deberías estar satisfecho de mi discreción, ya que tú mismo te beneficias de ella.

Cepión se limitó a hacer una castañeta con la mano izquierda. Nuntiusmortis, que estaba detrás de él, se adelantó un par de pasos.

Con eso bastó para que los dos matones que flanqueaban a Areté se apartaran.

Y para que la meretriz le acabara dando la información solicitada.

Al salir del burdel, Nuntiusmortis se quejó con su áspero latín mesetario:

—No hace falta que me chasquees los dedos como a un perro. Entiendo el lenguaje humano.

—Mi querido amigo, de esa manera das más miedo. Que es lo que pretendemos, ¿verdad?

De modo que a Urania, la mejor puta de los Jardines, la había comprado aquel escritorzuelo larguirucho y pálido de Éfeso, Artemidoro. Cepión se acordaba bien de él.

Era el mismo que se había atrevido a presentar un litigio contra Aquilio. Algo que, por pura solidaridad, había ofendido mucho a Cepión, ya que él estaba en Éfeso como parte del séquito del gobernador en la época de los presuntos abusos y extorsiones.

Alguien como ese sodomita griego no tenía derecho a poseer en exclusiva a una belleza como esa muchacha.

¿Cómo que en exclusiva? ¡Ni tan siquiera compartiéndola!

Cepión los había invitado a ambos a la fiesta. En ella pensaba demostrarle a esa especie de lombriz pedante lo que un hombre de verdad como él podía hacer con una mujer como Urania.

A ver qué cara se le ponía al tal Artemidoro cuando lo viera a él, a Cepión, apretar las nalgas para embestir entre las piernas de su amante.

A ver si se atrevía a ponerle pegas, como había hecho en aquel banquete en Éfeso.

—Noble Cepión, las usanzas son distintas en cada lugar. Entre nosotros, los griegos, no es costumbre que las mujeres tomen parte en los banquetes de los varones.

«Las usanzas son distintas, las usanzas son distintas». Pero ¿quiénes os habéis creído vosotros, los griegos, para decirles a los amos del mundo cuáles deben ser las usanzas?

El caso es que Artemidoro debió de olerse el guiso, porque había rechazado la invitación.

No importa. Habrá más ocasiones.

Ahora, lo que de verdad quiere recordar Cepión no son viejas ofensas, sino qué demonios tenía que hacer antes de la asamblea y ha olvidado.

Los libros. Unos libros.

«La piel de zapa. No olvides la piel de zapa...».

¿Quién le dijo eso? ¿Qué tenía que ver con los libros?

¿Qué libros?

¿De contabilidad?

Ay, mejor no pensar en esos.

Los peces del recuerdo siguen saltando y burlándose delante de él.

TORRE MAMILIA

Al mismo tiempo que a Cepión le atormenta lo que quiere recordar y se le escapa, a Artemidoro le reconcomen las dudas por lo que sabe y quizá los demás deberían ignorar.

¿Debe seguir escribiendo y revelar dónde están todos esos miles de talentos de oro y plata? ¿O es mejor que busque alguna manera de rectificar lo que ha insinuado?

«... las indagaciones que hemos realizado en persona».

Una cosa es que él ahora sea un apestado al que ya no reciben en los salones de la alta sociedad.

Otra cosa es lo que ocurra con sus libros.

Lo que plasme ahora en tinta tarde o temprano llegará a muchos ojos y oídos. No solo a los de Gayo Sempronio Graco.

Artemidoro ha alcanzado una gran celebridad en los círculos intelectuales griegos y romanos a raíz de la publicación de los once libros de su *Geografía*.

El hecho de que la obra tenga ese título no quiere decir que él mismo se considere un geógrafo a secas.

Para Artemidoro, una auténtica descripción de la Tierra ha de comprenderlo todo.

En cierto modo, una geografía exhaustiva debería ser tan extensa y rica en pormenores como la realidad que describe. Pero Artemidoro es un hombre lo bastante razonable como para comprender que ese es un ideal inalcanzable. Antes que buscar plasmado en un escrito el equivalente del monte Olimpo piedra por piedra, un hombre sensato irá a visitar el original.

O en otras palabras.

Si el mapa es tan extenso y detallado como el territorio que representa, ¿no lo ocupará por entero? ¿Dónde podrá desplegarse? ¿No hará falta un segundo mapa para navegar por él?

(El muchacho que va a nacer dentro de unas horas, Quinto Sertorio, sufrirá de otra manera diferente de lo que podríamos llamar «angustia por la riqueza inabarcable de la realidad»).

Pese a conocer esas limitaciones, los abundantes detalles con los que Artemidoro salpimienta su obra son el resultado de su curiosidad omnívora, que devora todo lo que encuentra, lo tritura y lo regurgita convertido en innumerables columnas de letras.

Astronomía, botánica, zoología, etnografía.

Posee asimismo nociones de medicina en general y de obstetricia en particular.

Empezó a adquirirlas de su padre, Apolonio, uno de los médicos más acreditados de Éfeso. Pero a la larga fue de su madre, Zósima, de quien más aprendió. Ella tenía más paciencia para enseñar y, sobre todo, una curiosidad casi enfermiza que le dejó como herencia a Artemidoro, el menor de sus hijos.

El resto del legado familiar —dos casas en Éfeso con todos los muebles y el ajuar, más las fincas a orillas del Caístro y los viñedos de Samos, sumados a las rentas que rinden— se lo ha quedado su hermano mellizo, que no gemelo, Eudoxo. Ni las migajas le ha dejado. Para conseguirlo, aprovechando que Artemidoro estaba lejos de Éfeso, ha sobornado a los jueces «devoradores de regalos», que diría el poeta Hesíodo —desposeído asimismo por un hermano codicioso—. Como eso no le ha bastado, también se ha dedicado a destruir la reputación de Artemidoro en su ciudad natal.

(Aunque tal vez en esto último haya colaborado él mismo, dejándose llevar por el amor de una cortesana. Que es otra forma de decir por el amor de una prostituta).

Volviendo a su madre y a lo que Artemidoro todavía no ha perdido.

Su herencia intelectual.

Zósima había empezado como partera. No lo hizo por ganarse la vida como la madre de Sócrates —la célebre Fenáreta, que lo era por la fama de su hijo—, puesto que no lo necesitaba, sino empujada, precisamente, por esa curiosidad y por un temperamento inquieto y activo como el azogue.

Aunque la medicina la apasionaba desde muy joven, en aquel oficio de varones Zósima tuvo que limitarse, al principio, a atender a otras mujeres. Primero lo hizo como comadrona, pero poco a poco amplió su terreno a otras afecciones específicas del sexo femenino y después a todo tipo de enfermedades.

Su prestigio fue creciendo tanto que más de un hombre, con el pretexto de llamarla a su casa para que atendiera a una esposa o una hija, acababa abriéndose la túnica y le pedía que le examinara algún ganglio del cuello o la axila o que le palpara el hígado y le diera su opinión. Eso cuando no la hacía contemplar sus heces o meter el índice en la bacinilla para degustar su orina y valorar si sabía demasiado dulce.

Finalmente, todo el mundo en Éfeso aceptó que Zósima, como su esposo Apolonio, era médico, y no solo comadrona.

Quizá a quien más le costó asimilarlo fue al propio Apolonio, que al principio regruñía por una mezcla de celos conyugales y profesionales.

Sin embargo, en las últimas visitas de Artemidoro a Éfeso, cuando todavía estaban vivos ambos progenitores, había comprobado que su padre consultaba a su madre su opinión sobre los casos de algunos de sus pacientes. Y lo hacía escuchando en silencio y asintiendo con un respeto que en épocas pasadas había distado de mostrar.

Pese al ejemplo de sus padres, Artemidoro nunca ha querido ceñirse al estudio de la medicina, que le parece demasiado absorbente cuando en el inmenso cosmos hay tantas maravillas que contemplar, tantos misterios que desentrañar.

Siempre le ha fascinado todo lo que le rodea.

Urania a veces se divierte pinchándolo por esa obsesión de conocerlo todo.

Artemidoro recuerda bien la primera vez que lo hizo. La joven todavía estaba en los Jardines de Eros y Psique.

Un nombre de lo más pretencioso y melifluo para un prostíbulo.

Se decía que era el más caro de Roma. Extremo que Artemidoro no había confirmado, pero consideraba verosímil. Por pasar la noche entera con Urania, pagaba quinientos sestercios. Más de un año del sueldo de un legionario para evitar que otras manos y otros labios profanaran la piel que él había acariciado y besado.

Acababan de hacer el amor.

O de follar, como le gustaba y le gusta decir a Urania. El puro hecho de oír esa palabra procaz en los labios de la joven hace que el miembro de Artemidoro se hinche.

Artemidoro se había girado hacia la pared que tenía a su izquierda, pegada al lecho, en un esfuerzo consciente por apartar la mirada del cuerpo de Urania. Temeroso de que ella se diera cuenta del poder que poseía sobre él.

Ingenuo. Ella ya lo sabía.

En esa pared había un fresco que representaba a Odiseo y Calipso haciendo el amor —follando— en la isla de Ogigia. En la parte derecha de la pintura, un sátiro y varias ninfas los espiaban entre la vegetación, masturbándose mutuamente. A la izquierda, junto a la cabecera de la cama, se veía una laguna. Una criatura acuática parecida a Proteo, que tampoco quería perderse la escena, asomaba su torso semihumano. Por detrás, las ondulaciones de su cola serpentina surgían del agua como arcos cada vez más pequeños.

Tal vez porque acababa de eyacular, Artemidoro se sentía momentáneamente ahíto de sexo. En lugar de llamarle la atención las formas desnudas de la pareja de amantes —representadas con una extraña y casi tierna combinación de delicadeza en las miradas y crudeza pornográfica en los detalles de los genitales—, se fijó en el color del agua. Era tan vivo, tan fresco que le hizo desear zambullirse en esa laguna.

Con Urania, claro.

Estiró los dedos y rozó la pintura.

—¿Qué miras? —le preguntó Urania, acurrucándose contra su espalda.

Por muy saciado que estuviera Artemidoro, era imposible no sentir en sus paletillas la presión y el calor de los pechos de la joven. Un escalofrío, como las diminutas patitas de un ejército de hormigas desfilando sobre su piel, recorrió todo su cuerpo.

Tuvo que disciplinarse para no darse la vuelta al momento y seguir observando el fresco.

—El color —respondió—. Está muy conseguido. Diría que es azul egipcio, lo que los romanos llaman cerúleo.

Hablaban en griego, idioma que Areté había obligado a aprender a Urania para acrecentar tanto su atractivo como su tarifa.

—Los egipcios lo llaman —Artemidoro carraspeó y pronunció con cierta dificultad— *khesbedz iryt.*

—¿Sabes egipcio?

—Lo justo para que los guías no me engañen tanto como hacían con el pobre Heródoto.

—¿Qué significa lo que has dicho? Para ellos, todo será egipcio. No creo que anden diciendo «rojo egipcio», «pan egipcio», «aire egipcio»...

«Qué perspicaz eres», estuvo a punto de decir él. Pero ya se había dado cuenta de que a ella no le hacían gracia halagos como aquel, que podían sonar condescendientes.

—*Khesbedz iryt* significa «lapislázuli artificial». Se elabora con mineral de cobre, arena de cuarzo, cal y una pizca de natrón. De ahí se obtienen unos cristales azules que se pulverizan y a los que se añade agua para después...

El soplido de la risita apenas disimulada de Urania le hizo cosquillas en la nuca.

Esta vez el escalofrío fue a la vez delicioso e insoportable, y tuvo que rascarse allí donde el aliento de la joven le había erizado la piel.

Se dio la vuelta y la miró a los ojos.

Aquello sí era lapislázuli natural. Artemidoro dio gracias a los dioses en los que no creía por haber creado esa maravilla.

—Soy un pedante insoportable, ¿verdad?

—Nooo.

—Por eso te ríes de mí.

—Nunca me reiría de ti. Areté me hace azotar cuando incomodo a un cliente.

—¿Azotarte y estropear tu piel? Me cuesta creerlo.

Ella tomó la mano de él y la puso sobre su nalga derecha. La curva tersa y sedosa encajaba a la perfección en el cuenco que formaban la palma y los dedos de Artemidoro.

Aunque no era ya un joven de veinte años capaz de recargar el arco con la rapidez de un jinete escita, él sintió que cierta parte de su anatomía amenazaba con despertar.

Sobre todo, cuando ella apretó los glúteos bajo sus dedos.

Por los dioses, ni Afrodita podía tener unas nalgas tan tersas.

—Lo hace aquí —respondió Urania—. No me deja marcas, pero escuece.

—Pues ahora te has reído de un cliente.

Urania sonrió.

—Te he mentido. Tú no eres un cliente. Así que sí puedo reírme un poco de ti.

—¿No soy un cliente? ¿Qué soy, entonces? ¿Un amigo?

—Eres... otra cosa.

Ya en su juventud en Éfeso, un amigo más avezado en cuestiones de burdeles le había advertido para que no creyera en las palabras de una prostituta. «Si una te dice que dos y dos son cuatro, ponlo en duda y piensa que pueden ser cinco. Las putas no dicen la verdad ni por descuido».

Pero Urania era distinta. Al menos con él.

En otras cortesanas, la sinceridad es un maquillaje, una mano de albayalde que, al aplicar la esponja, deja al descubierto la fea superficie de la mentira, que por necesidad y costumbre se ha convertido para esas mujeres en una segunda piel imposible de despegar.

En Urania ocurre al contrario. El fingimiento en ella es una finísima capa que se cuartea y desprende con facilidad. Esa cualidad —o defecto— le ha costado más de un golpe desde niña: la franqueza y la esclavitud se compadecen mal.

El tiempo ha demostrado que Artemidoro era «otra cosa». Que la joven era sincera.

Por eso ahora duermen juntos.

Por eso ahora ella lleva en su seno al hijo de Artemidoro.

Un Artemidoro que sigue recordando aquella conversación.

—El caso es que te has burlado de mí —dijo entonces con severidad impostada.

—No era una burla. Es que me llama la atención. Siempre lo observas todo como si quisieras devorar el mundo.

Durante unos momentos, él devoró realmente una parte del mundo. Dos, a decir verdad, en forma de gloriosas semiesferas.

Ella lo apartó.

Quería seguir hablando. Lo quería de verdad. No era por entretenerlo ni por dar descanso a la entrepierna, como hacen otras prostitutas.

—¿Por qué eres así?

—¿Que por qué soy así? ¿Me lo estás echando en cara?

—No es eso. Es curiosidad.

—¡Curiosidad! Has dado en el clavo. ¿Sabes lo que me decía mi madre?

Una tristeza momentánea, como un soplo solitario de aire que mueve la hoja de un olivo y por un instante deja ver el envés, más opaco y mortecino, pareció aplanar los rasgos de Urania.

¿Por la madre que no recordaba?

Fue apenas medio latido, y la hoja volvió a mostrar sus colores más vivos.

—¿Qué te decía?

—«Eres tan curioso que quieres conocer hasta el día treinta del Hades».

—¿Y eso qué quiere decir?

—Eso es lo que le pregunté. Y me dio un capón y me dijo: «¿Ves? Eso es justo lo que quiero decir». Y no me lo explicó.

—A lo mejor ella no lo sabía.

—Eso es lo que sospecho yo.

***

En una obra de Terencio a cuya representación asistió Artemidoro —gracias a la invitación de Gayo Graco, pudo sentarse en los bancos de la primera fila—, escuchó una frase que se grabó en su memoria.

Homo sum, humani nihil a me alienum puto.

«Soy hombre y no considero ajeno nada de lo humano».

Si bien el personaje de la comedia en cuestión, un tal Cremes, la pronunciaba para justificar su vicio de entrometerse y cotillear en los asuntos ajenos, a Artemidoro le llamó la atención como expresión de un ideal más amplio y elevado. En aquel mismo momento pensó que esa frase describía su propia actitud ante la vida.

Aunque en su caso tendría que añadirle la coda *et nihil naturae*, «y tampoco nada de la naturaleza».

Artemidoro no es como Sócrates, el filósofo que declaró: «Nada me enseñan los árboles ni las piedras en el campo, solo los hombres en la ciudad».

Él procura aprender de todo.

De los mitos, las historias y las costumbres de los diversos pueblos que habitan la ecúmene.

Pero también de las rocas, las aguas, la vegetación, los animales, los paisajes que se componen de la combinación de todos esos elementos.

Todos esos intereses los está volcando ahora en sus *Historias*, que son algo más que una imitación o paráfrasis de las que escribió y publicó su compatriota Polibio no hace muchos años.

Lo cual explica que, cuando acaba de empezar el vigésimo noveno volumen de su obra, a Artemidoro todavía le quede material pendiente para al menos treinta libros más si, como tiene planeado, ha de llegar hasta la destrucción de Numancia.

Por el momento, la circulación de esta obra inacabada es limitada. Pero sabe que en los círculos intelectuales de Roma ya empiezan a preguntar por ella.

Eso se debe a que su obra anterior, la *Geografía*, ha alcanzado una gran difusión. Es conocida, utilizada y discutida en Atenas y Pérgamo, y por supuesto en su Éfeso natal. También la consultan en la biblioteca de Alejandría, donde Artemidoro ha impartido conferencias.

Incluso hay un buen número de romanos instruidos en las letras griegas que han leído su *Geografía*, o al menos fragmentos de ella, gracias a las copias que se siguen haciendo en el taller de su editor del Argileto, a no mucha distancia de la ínsula donde vive Artemidoro.

Aunque él mismo no se da cuenta, cuando piensa en la fama que le deparan sus libros —sobre todo, cuando recuerda su *akmé*, el momento culminante en que peroró en la sala Berenice de la Gran Biblioteca ante más de cien asistentes entre profesores y estudiantes del Museo—, se le enderezan los hombros huesudos, que, como tantos tipos altos y delgados, suele llevar encorvados. También le invade un dulce calor que irradia del estómago. Una sensación que en una noche tan fría como esta resulta doblemente agradable.

Pero tanto el calor como la pose erguida le duran poco. Lo que tarda en volver a ser consciente de que esa fama no le sirve para ganar dinero suficiente y vivir con más dignidad.

Se vuelve a encorvar sobre la mesa. Sin que él se percate, la postura hace que sus pulmones admitan menos aire y que la angustia insidiosa que lo roe por dentro desde hace tiempo vuelva a hincarle los colmillos.

Artemidoro se cambia el cálamo de mano y se echa el aliento en los dedos. Pese a que escribe con unos mitones de lana que dejan libre solo la última falange y a que el manto da dos vueltas bien prietas alrededor de su cuerpo, tiene las manos tan heladas como los pies. Y eso que los tiene bien envueltos en bandas de lana enrolladas desde las rodillas hasta los talones, y que en lugar de cómodas zapatillas de estar en casa lleva puestas las mismas botas con las que recorre las calles en invierno.

La leña y el carbón para el brasero son caros.

Sí. Él ya lo sabe. Se lo repite mil veces cada noche.

***

Ha pasado algo más de medio año desde que su hermano —«¡Maldito sea tu nombre, Eudoxo!», masculla— consiguió que los jueces locales le entregaran a él toda la herencia familiar. Para añadir ensañamiento a la infamia, Eudoxo convenció a los consejeros de la Bulé de que dejaran de enviarle a Artemidoro los fondos anuales que tenía asignados como representante de Éfeso ante el pueblo romano.

Cuando a Artemidoro le llegaron aquellas noticias, al principio tardó en reaccionar. Después echó cuentas —la aritmética tampoco esconde secretos para él— y comprendió que no podía seguir viviendo como lo había hecho hasta entonces. En el mes de sextil, en plena canícula, él y Urania se vieron obligados a mudarse.

Al menos, no se trasladaron demasiado lejos. Hasta ese momento habían vivido en la planta baja de la Torre Mamilia, entre el Argileto y la calle del Erizo. Ahora se alojan en el segundo piso de ese mismo edificio.

La tarea más fastidiosa fue desmontar el escritorio y volver a ensamblarlo en el nuevo apartamento. Por más vueltas que los mozos de cuerda le dieron, no encontraron la manera de hacerlo de una pieza. Ni el propio Euclides habría podido resolver el problema geométrico de hacer girar aquel aparatoso mueble por una escalera tan angosta.

Ellos lo expresaron con menos erudición. «¡No hay dios que suba esta puta mesa!» fue de lo más suave que dijeron, derramando maldiciones excrementicias sobre un surtido de espíritus y diosecillos de cuya existencia Artemidoro no tenía constancia hasta entonces.

El trajín extra le costó a Artemidoro un suplemento de cuatro sestercios, uno por mozo. Calderilla hasta hacía unos meses. Ahora, dinero suficiente para comprar la comida de media nundina, siempre que no se hagan demasiados dispendios.

Su vivienda anterior, por la que Artemidoro pagaba diez veces más, no era una mansión comparable a las suntuosas domus de la élite romana. Pero tenía los techos altos, lo que significaba que no se manchaban tanto con el hollín y la carbonilla de los braseros, y estaba rodeada por paredes gruesas que protegían del frío en invierno y del calor en verano. Además, esos muros amortiguaban los ruidos y brindaban cierta intimidad y tranquilidad para trabajar.

Entre otras comodidades, aquella vivienda disponía de varias estancias para ellos y para la servidumbre. Agua corriente, sin necesidad de salir de casa para ir a buscarla a la fuente. Dos letrinas con sendas fosas sépticas.

(Algunos caseros ofrecen retretes conectados a las cloacas, pero lo que parece una buena idea en teoría no lo es tanto en la práctica. Por esas letrinas se cuelan no solo los malos olores y las emanaciones mefíticas de las alcantarillas, sino también cucarachas, ratas y otras sabandijas. Algunos relatos populares a los que Artemidoro no otorga demasiado crédito aseguran que en algunas viviendas han llegado a entrar desde las cloacas pulpos gigantes y cocodrilos del Nilo).

El nuevo apartamento carece de todos esos lujos. Además, las paredes son tan finas y las ventanas ajustan tan mal que, aunque se encuentren dos pisos por encima del nivel de la calle, parece como si vivieran en ella, mezclados con el tráfago cotidiano.

Artemidoro tiene la impresión de que es imposible que en ningún otro rincón de Roma haya más vendedores pregonando sus mercancías, más afiladores ni caldereros ofreciendo sus servicios, más albañiles aporreando paredes, más carpinteros aserrando tablones, más vecinas gritándose de un lado a otro de la calle, más niños jugando y pegándose, más burros rebuznando ni más perros ladrando.

Todo eso de día.

De noche se oye a cada poco rato el traquetear de los carros y los mugidos de los bueyes que tiran de ellos. Lo peor son los juramentos de los arrieros, que en Roma deben de ser los más soeces y vocingleros del orbe. Por más que uno se asome y los amenace con denunciarlos a los *tresviri capitales*, lo único que consigue con ello es que suban el volumen de sus voces y respondan con un florilegio de insultos que demuestran un ingenio insospechado en gente iletrada. Total, deben de pensar, ya que a ellos les toca trabajar de noche, que se joda y desvele el resto de la humanidad.

Eso, cuando no desfila una alegre comitiva de juerguistas que regresan de un banquete, una taberna o un burdel y que no son conscientes de que lo que a ellos les hace tanta gracia despierta y saca de quicio a los vecinos.

A veces, ya que en este piso sin letrina Artemidoro tiene que recurrir a la bacinilla, siente la tentación de aguardar a que los borrachos jaraneros o los arrieros malhablados pasen exactamente bajo su ventana para arrojar sobre sus cabezas el contenido del orinal.

No sería el primero ni el último que recurre a esa escatológica forma de venganza.

Pero, pese a su caída social, conserva demasiada urbanidad para actuar así.

Al menos la noche, salvando el silbido del viento, lleva un rato siendo silenciosa.

Artemidoro se vuelve de medio lado sobre el asiento. La cama está tan cerca que le basta con estirar la pierna para alcanzarla. En ella, pegada al tabique, duerme plácidamente Urania.

La joven está arrebujada bajo el cobertor de lana y su propio manto. A pesar de provenir del lejano norte, desde que está embarazada alterna momentos en que suda sin motivo aparente con otros en que tirita de frío.

A juzgar por cómo se acurruca sobre sí misma, ahora debe estar sufriendo uno de esos momentos de gelidez.

Encogida de ese modo disimula la tripa, pero ya se le nota mucho.

Está de siete meses.

Su cuerpo ha cambiado, pero su rostro parece transfigurado. Pese al frío, su gesto es plácido. A Artemidoro le da la impresión de que por debajo de la piel arde una luz interior más cálida que la de las velas.

Sin que se lo tenga que recordar su Diógenes interior, no deja de ser consciente de que es más que posible que ese resplandor casi mágico lo pongan sus ojos. Que vuelven a quedar hechizados, incapaces de despegarse del rostro de su amada.

***

Cuando Artemidoro convirtió a Urania en su amante, pagando un precio muy elevado para emanciparla de la tutela de su proxeneta —esa suma de dinero y las que había gastado ya antes por visitarla en los Jardines de Eros y Psique son, en gran parte, responsables de su actual penuria—, disfrutaron de unos meses deliciosos en el espacioso apartamento de abajo. El mismo que ahora ocupa la actriz Antiodemis.

Durante ese tiempo paradisíaco, una edad de oro digna del reinado de Cronos, hacían el amor casi todos los días. Si se saltaban alguno, lo compensaban en cuanto podían repitiendo sus sesiones de sexo por la tarde o por la noche.

Entonces disfrutaban de unos revolcones casi épicos en una cama que merecía tal nombre, sobre un colchón relleno de esponjosa lana de Mileto y entre almohadones de plumas de ganso. Al terminar, ya exhaustos, se tapaban con una gruesa manta de alegres colores que, según el dueño que les arrendaba la vivienda, había sido bordada en la mismísima Sardes, no muy lejos de la ciudad natal de Artemidoro, Éfeso. Entre la manta y los braseros, él sentía a veces calor, incluso en lo más áspero del invierno, y tenía que sacar un pie fuera para refrescarse un poco.

¡Calor en enero, solo un año antes! Ahora esa sensación le resulta tan inconcebible y lejana como el mundo de las ideas para los habitantes de la caverna de Platón.

La cama en sí tenía una sólida armazón de madera de roble y pesadas patas de bronce en forma de garras de león. Cuando hacían el amor, por muy impetuosa que se pusiera Urania al cabalgar sobre él, no se movía del suelo ni rechinaba.

El catre de este apartamento, en cambio, cruje cada vez que uno de los dos se mueve, e incluso cuando tosen. Ahora que Urania se acaba de girar en la cama, el conjunto entero la ha regañado con una cacofonía de chasquidos de madera seca y rechinar de clavos oxidados.

Es evidente que, cada vez que Urania y él se dedican a las tareas de Afrodita, tanto los vecinos de abajo como los de los apartamentos de los lados se enteran de sus actividades.

Algo que desconcentra a Artemidoro.

O lo desconcentraba.

—No seas tímido. ¿Qué más te da que sepan lo que hacemos? —le dijo Urania en una de esas ocasiones—. ¿Es que no recuerdas dónde me conociste?

¿Cómo no lo iba a recordar?

—Todo el mundo sabía perfectamente a qué ibas y a quién veías. ¿Ahora te da vergüenza que follemos aquí, en nuestra casa?

—No es lo mismo —respondía Artemidoro, sin saber explicar muy bien por qué.

Ahora sí que no es lo mismo.

Llevan más de un mes sin hacer el amor, así que no hay ruidos delatores.

No es porque Urania no quiera.

Es Artemidoro quien la ha convencido de que, por el bien del futuro bebé, es mejor que se abstengan del sexo.

También le ha dicho que debe moverse lo menos posible.

Como ya no se pueden permitir tener esclavos, Artemidoro paga a unos vecinos para que la madre cocine raciones extra para ellos y la hija los ayude a limpiar el pequeño apartamento.

De subir los baldes de agua se encarga él mismo, como pueden certificar sus manos.

Esas manos siempre han sido delicadas, de dedos largos y finos, más mañosas que fuertes, más apropiadas para manejar una pluma o un estilo que para empuñar una azada, un remo o una lanza. Cuando Artemidoro entrenaba en la palestra con los demás jóvenes de Éfeso y se colgaba de una barra para hacer dominadas y le salían callos, su madre se burlaba de él mientras le untaba pomada en ellos y se los frotaba con piedra pómez. «Unas manos tan suaves como las tuyas solo se consiguen con cinco generaciones apartadas de la tierra».

Ahora es Urania quien le echa ungüento y le masajea los dedos doloridos. «Debería ser yo quien subiera el agua», le dice, a sabiendas de que él, con el embarazo, no se lo va a permitir.

Al principio Artemidoro traía el agua de un pozo excavado en el patio de luces. Pero le olía un poco rara, y su desconfianza se confirmó unos días después cuando ambos sufrieron problemas intestinales. Algo mucho más engorroso en un piso sin letrinas. Ahora solo usan el pozo para fregar, mientras que, para beber, Artemidoro se da un paseo hasta la fuente de Belona, que ha comprobado que es la que da mejor agua de las inmediaciones.

En cualquier caso, lo importante es que Urania no tenga que hacer ningún esfuerzo.

Durante un tiempo, Artemidoro, buscando dónde ahorrar gastos, incluso fabricó velas con grasa de carnero, que calentaba en agua salada y después filtraba de forma meticulosa con un trapo para quitarle los trozos de carne y ternilla.

Aquello no resultó una gran idea. Las velas de sebo sueltan un humo negro y maloliente y dejan manchas de grasa difíciles de limpiar. Además, la mecha no arde bien y al cabo de un par de horas hay que pelarla de nuevo con un cuchillo. Tarea que solía desconcentrar y exasperar a Artemidoro.

Pero lo peor era que el hedor a gordura de carnero hacía vomitar a Urania.

Y ya le preocupan bastante a Artemidoro las hemorragias de la joven como para agravarle las molestias con más náuseas de las necesarias. Así que ha vuelto a comprar velas de cera, a pesar del gasto extra que supone consumir un par de cirios cada dos noches.

Las hemorragias...

Precisamente esas pérdidas de sangre que Urania ha sufrido en un par de ocasiones son el motivo de la abstinencia sexual y del exagerado reposo de la joven.

Las lecciones que Artemidoro aprendió de su madre, y que él consideraba un añadido puramente teórico a su formación intelectual, le han resultado útiles durante estos últimos meses en Roma. Ahora que el dinero escasea, ofrecer sus servicios como médico en general y obstetra en particular les permite a Urania y a él subsistir mal que bien.

Entre las enseñanzas que le impartió Zósima, una de las primeras fue que, en caso de hemorragias, por leves que fueran, la embarazada debía guardar el mayor reposo posible si no quería sufrir un aborto.

Y, por descontado, tenía que renunciar al sexo.

Una renuncia que a ambos les cuesta un esfuerzo de voluntad titánico.

A Urania porque el embarazo, que provoca efectos caprichosos y distintos en cada mujer, aumenta su excitación. Cuentan que, en el reino animal, solo las yeguas, debido a su naturaleza lujuriosa, admiten la cópula cuando están preñadas. Artemidoro está convencido de que existen más excepciones.

Una de ellas es, sin duda, Urania. «Me tienes más caliente que una estufa», insiste la joven. Y no se refiere a la temperatura.

Para Artemidoro, la abstinencia es más cruel que el suplicio de Tántalo en el Hades. Nunca había sentido tanto deseo por una mujer como el que despierta en él Urania. A sus cuarenta años ha descubierto en su cuerpo un vigor sexual y en su mente una pasión que ni él mismo sospechaba.

Esa pasión es lo que le compensa en parte por la forma en que han empeorado sus condiciones de vida.

En parte. Pero no del todo.

Trata de convencerse a sí mismo de que cualquier cuchitril es un palacio siempre que lo comparta con Urania.

Lo cierto, sin embargo, es que acostumbrarse a las penurias no resulta fácil a sus años.

Por ejemplo, a la incomodidad de limitarse a escribir con dos velas, cuando en el piso de abajo tenía el escritorio rodeado de candeleros cuyas luces apenas dejaban en sombra una pulgada de la mesa.

A esos fastidios se suma algo peor.

El temor, no tan larvado como él querría, de que la bella Urania, acostumbrada a los regalos de sus amantes y la vida lujosa, primero en los Jardines de Eros y Psique y después en la antigua vivienda, se desengañe y se acabe yendo con otro hombre.

Ella trata de tranquilizarlo. En sus primeros años, cuando aquellos mercaderes vénetos la trajeron del remoto norte, vivió en condiciones peores.

Eso le dice.

Pero él no está del todo seguro.

No es que no confíe en ella.

O sí.

Lo malo de entregar el corazón a otra persona es que uno se convierte en esclavo de ella.

En el caso de Artemidoro, de quien había sido su esclava legalmente, ya que se la había comprado a la meretriz Areté. («Virtud», vaya nombre para una proxeneta).

Y, por bien que un amo trate a su esclavo, el alma de este siempre se rebela.

La de Artemidoro se subleva a veces contra la pasión que siente por Urania. Contra la percepción de que su humor depende más de los estados de ánimo y salud de la joven que de los suyos propios. Contra la premonición, agazapada en la boca de su estómago, de que esa felicidad es fugaz, de que se le va a escapar entre los dedos de un momento a otro.

¿Cómo lo dijo Píndaro?

Esta vida es el paso de una sombra.

Tratando de alejar esos pensamientos, Artemidoro vuelve la mirada a la mesa.

Sus ojos van del papiro a las tablillas de cera y de las tablillas al papiro.

¿Debe seguir con su relato? ¿Revelar o tan siquiera insinuar el lugar donde se encuentra el tesoro supuestamente maldito de Delfos?

Indeciso, vuelve la mirada al lecho.

¿Y si, por una noche, lo olvida todo y se arrebuja bajo la manta buscando el calor de Urania?

***

Es curioso. Está escribiendo sobre un saqueo cuando fue un saqueo de otra índole lo que lo trajo a Roma por segunda vez hace cinco años.

La primera ocasión fue hace una década.

Acababa de cumplir treinta años cuando viajó a Roma comisionado por su ciudad. Su misión era denunciar a las sociedades de publicanos que habían arrebatado a los sacerdotes del templo de Ártemis los ingresos que recibían por la explotación de las marismas cercanas a Éfeso.

El tribunal romano que juzgó el caso, formado por senadores, falló contra los publicanos, que pertenecían al orden ecuestre.

Senadores y caballeros del orden ecuestre rivalizan por el poder, por lo que el veredicto no fue de extrañar.

Agradecidos por la gestión de Artemidoro, los efesios le consagraron en el ágora una estatua de bronce.

Tiempo después le encomendaron una misión mucho más complicada.

Denunciar el pillaje sistemático que la ciudad había sufrido a manos de Manio Aquilio, gobernador de la provincia de Asia.

Aquello era caza mayor.

Un gobernador de rango consular.

La élite de la élite romana.

En este caso, era más dudoso que los senadores del tribunal se avinieran a condenar a uno de los suyos.

«Perro no come perro», suele decir Graco refiriéndose a cómo los senadores cierran filas igual que hoplitas espartanos ante todo lo que consideren ataques de enemigos de fuera de su orden.

Si Brenno saqueó Delfos y los alrededores a sangre y fuego, el expolio de Manio Aquilio había sido más subrepticio.

Pero su fundamento se basaba en lo mismo.

En la fuerza de las armas.

En el caso de Aquilio, en la amenaza de lo que podía hacer recurriendo a esa fuerza.

Aquel extorsionador no se limitó a robar dinero a los ciudadanos de Éfeso.

Como les ocurría a tantos romanos de la élite, Aquilio era un filoheleno.

O pretendía serlo.

Su presunto amor por la cultura griega en abstracto se traducía en atropellos contra ciudadanos griegos concretos. Cada vez que una estatua o cualquier otra obra de arte le entraba por los ojos, obligaba a su dueño a vendérsela por un precio ridículo o, directamente, se la requisaba en nombre de la República.

Requisar. Un eufemismo para lo que era latrocinio puro.

El gobernador había llegado al extremo de hacer que sus hombres arrancasen paredes enteras para llevarse mosaicos y pinturas al fresco. En el proceso, aquellos torpes brutos habían destrozado obras maestras, como una *Hécuba y Andrómaca* de Antífilo el egipcio y una *Muerte de Áyax* de Eupompo.

Aquilio también se había apoderado de una preciosa imagen de la diosa Ártemis, obra de Timarete, una de las pocas pintoras de cuya obra tenía constancia Artemidoro.

Al menos, aquella tabla se seguía conservando intacta. Pero el insensible de Aquilio la tenía expuesta en la arcada de un patio de su casa. Allí le daba el sol al menos dos horas al día.

Según le habían contado a Artemidoro —obviamente, él no era bienvenido en la *domus Aquilii*—, los vivos tonos rojos plasmados por Timarete se estaban degradando en ocres cada vez más mustios. Con el tiempo la pintura quedaría tan descolorida que acabaría por borrarse del todo.

Los notables de Éfeso habían descubierto, a su pesar, que invitar al gobernador a cenar a sus casas era permitir que la zorra entrase en el gallinero. Al final del banquete, Aquilio no solo se iba con el estómago bien lleno. Era más que probable que en su carro transportase la cubertería de plata de su anfitrión, más las vajillas de oro o de vidrio de Sidón, los candelabros de plata, los trípodes e incluso los pebeteros de bronce. A veces no perdonaba ni los cobertores de triclinios y camas.

Para empeorar las cosas, Aquilio no era el único que robaba. En el séquito del gobernador viajaban unos cuantos contubernales. Aquel término se aplicaba en puridad a los legionarios de un mismo pelotón que compartían tienda de campaña. Pero, por costumbre aceptada, se extendía asimismo a jóvenes aristócratas que, sin tener mando oficial, formaban parte de la comitiva de los generales.

Se suponía que era una forma de que aquellos cachorros de conquistador romano fueran aprendiendo las maneras de gobierno para cuando les llegara el turno.

El turno de robar.

Y entre los contubernales de Aquilio se encontraba un discípulo más que aventajado.

Quinto Servilio Cepión.

Fue en esa época cuando Artemidoro tuvo el dudoso placer de conocerlo.

Al pensar en él, Artemidoro pronuncia entre dientes un ensalmo, una especie de jerigonza con la que los niños de su barrio se maldecían unos a otros, «Forforba Forborba Semesilán». Es casi un tic inconsciente que le sale cada vez que piensa en ese execrable personaje.

Arrogante, corrupto, violento. Despilfarrador, lujurioso, borracho. Cepión representa lo peor de Roma.

Por desgracia, no es un espécimen poco frecuente en aquella ciudad.

Si alguien como Cepión se enterase del paradero del oro de Delfos, ¿qué crímenes no estaría dispuesto a cometer por apoderarse de esa fortuna?

Artemidoro no tardará demasiadas horas en descubrirlo.

DOMUS DE QUINTO SERVILIO CEPIÓN

Mientras Artemidoro pronuncia aquella maldición infantil contra Cepión, este sigue buceando entre los difusos recuerdos de las horas anteriores.

Una de las grandes frustraciones de la fiesta había sido no ver a Urania y, sobre todo, no disfrutar de sus encantos. Incluso se había hecho fantasías de compartirla con Antiodemis.

La otra fue que tampoco se salió con la suya en su plan de traer al mejor gladiador del momento, Stígmata, y enfrentarlo con Nuntiusmortis. Quien, precisamente, había sido el único que logró vencer a Stígmata hacía algo más de un año.

Cuando le propuso la idea, Nuntiusmortis se negó a ello.

—Ya no soy gladiador. No peleo con gladiadores.

—¿Qué puede pasar? Ya derrotaste a ese tipo una vez.

—Si lo derroto de nuevo, ¿qué gano?

—¿Mucho dinero?

—¿Más del que me pagas? ¿A quién se lo vas a pedir prestado? —preguntó el celtíbero con una sonrisa torcida que descubrió el brillo de un diente de oro.

Tras soltar esta impertinencia, Nuntiusmortis se dio la vuelta y se marchó sin esperar a que Cepión le diese la venia.

Hay algunos hombres, muy pocos, a los que se les pueden permitir ciertas insolencias.

Nuntiusmortis es uno de ellos.

—¿No te da miedo tener siempre cerca a ese hombre?

Unos meses atrás, Antiodemis le había hecho esta pregunta mientras presenciaban unos juegos en el Foro Boario. En esa jornada de *munera* combatía, precisamente, Stígmata.

Nuntiusmortis, ya retirado, estaba sentado a la izquierda de Cepión. A la derecha se encontraba Antiodemis. Ambos atraían las miradas de los espectadores. La joven, por su belleza y su reputación como actriz. Nuntiusmortis, por su fama como gladiador y su siniestra fealdad.

Todo ello llenaba de satisfacción a Cepión.

«Me rodeo siempre de lo mejor», pensaba.

La actriz más atractiva. El gladiador más mortífero. Los caballos de carreras más veloces. Los perros de caza con mejor olfato. Las cosechas de vino más exquisitas. Las togas más elegantes, adornadas con la más cara púrpura de Tiro. Los mejores cocineros.

—No. No me da ningún miedo —había respondido Cepión a la pregunta de la actriz.

Aunque estaban usando el griego, idioma que Nuntiusmortis desconocía, Antiodemis se acercó tanto al oído de Cepión que su susurro le hizo cosquillas y le provocó un delicioso estremecimiento.

—A mí me produce escalofríos —murmuró—. Es como si ese hombre tuviera los ojos muertos.

No son solo los ojos, a decir verdad. Nuntiusmortis tiene la piel muy blanca, pero ningún poeta la habría comparado con el marfil ni con la nieve. Se trata de una palidez extraña, enfermiza, como la tripa de un pez boca arriba en un cajón del mercado. Uno casi puede escuchar las moscas zumbando a su alrededor.

Lo cierto es que Nuntiusmortis, el Mensajero de la Muerte, se antoja un apodo más que apropiado para aquel hombre.

—Le pago lo bastante bien como para que sepa que le conviene conservarme sano y salvo —respondió Cepión palmeando el muslo de Antiodemis y aprovechando la ocasión para magreárselo un poco—. Siempre hay que pagar bien a aquellos de quienes depende tu vida. ¡Tu guardaespaldas y tu barbero!

(Esa lección debería aprenderla el iluso de Gayo Graco. Que ignora que su propio barbero, el viejo Ulpio, informa a Cepión de todo lo que ocurre en casa de su amo. De *todo*. Incluso de que el extribuno comparte más veces el lecho con su secretario Filócrates que con su esposa Licinia).

Cepión considera que el dinero que emplea en pagar a Nuntiusmortis —con cincuenta mil sestercios al año, cobra más que un centurión primipilo de la I Legión— está mejor que bien gastado.

Cuando, gracias a Cepión, se retiró de la arena, el celtíbero no había perdido un solo combate.

Curiosamente, en sus primeras peleas el público no solía apostar por él.

Nuntiusmortis es un hombre grande, casi más ancho que alto, pero carece de líneas definidas. Sin estar obeso, su forma es la de un gran barril. La cabeza, rodeada por dos trapecios masivos, parece surgir directamente del torso. El morrillo recuerda al caparazón de una tortuga. Incluso en su dureza. En una de las juergas nocturnas que Cepión suele correrse por los barrios bajos, ha visto cómo rompían un taburete de madera de roble en la nuca de Nuntiusmortis sin que él se inmutara.

Un auténtico mazacote de hombre que pesa más de cuatrocientas cincuenta libras.[3]

Mantener ese corpachón requiere más combustible que los hornos de la fragua de Vulcano.

Curiosamente, Nuntiusmortis hace una sola comida al día. Cuantiosa, pero no plantea ningún quebradero de cabeza a los cocineros: un guiso con tres libras de garbanzos, dos de tocino y cinco de jamón de cerdo o morcillo de ternera, junto con un repollo entero.

Es mejor no acercarse mucho a su *agmen extremum* mientras lo digiere.

Desde luego, no da el tipo de gladiador atlético como Stígmata, ni el de luchador ágil y escurridizo como Ustorio, apodado el Comadreja por los espectadores.

Nuntiusmortis no parece moverse rápido. Pero es una sensación engañosa.

¿O no lo es?

Resulta difícil juzgarlo. Sin ser un hombre torpe, y menos considerando el volumen que desplaza, tampoco puede decirse que se mueva con la celeridad de Mercurio.

Cepión sospecha que la verdadera clave de su éxito radica en que lo

---

[3] La libra romana pesaba algo menos de 330 gramos, por lo que, redondeando, se puede considerar que cada tres libras equivalen a un kilo.

protege la diosa Fortuna. O bien su equivalente en el panteón de los bárbaros celtíberos.

Mientras combatió en la arena, los contrincantes de Nuntiusmortis comentaban entre la extrañeza y el temor supersticioso que, fuera por la razón que fuese, parecía imposible herirlo. Era como si su madre lo hubiera sumergido en las aguas de la Estigia.

Así que Nuntiusmortis es una especie de Aquiles.

Un Aquiles feo, tosco. Sin gracia. En lugar de los bellos rizos rubios del héroe mirmidón, su cabeza está erizada de cabellos ásperos y negros como las cerdas de un cepillo de calafateador.

Pero es tan invencible como el hijo de Peleo y Temis.

(Es Tetis, en realidad. En la formación de Cepión hay pequeñas lagunas culturales).

Las únicas cicatrices que se advierten en el cuerpo de Nuntiusmortis son obra suya. Heridas grabadas a cuchillo por su propia mano.

El celtíbero tiene los antebrazos surcados de muescas.

Una por cada vida que se ha cobrado, en grupos de cuatro incisiones atravesadas por una raya oblicua que marca el número cinco. Trazadas con desmaña, tan feas como todo en su persona.

En el antebrazo izquierdo ostenta tres series de cicatrices. Los quince hombres a los que dio muerte en la arena.

Cifras de matarife más que de gladiador.

Los gladiadores procuran no herir de muerte a sus adversarios. No es bueno ni para ellos —«Hoy por ti, mañana por mí»— ni para los lanistas, que ven cómo una estocada en la yugular o el muslo puede echar por tierra varios años de dinero invertido.

Pero a Nuntiusmortis eso le daba igual. Si los espectadores y el presidente de los juegos llegaban a tiempo con su petición de clemencia antes de que él degollara a sus adversarios, mejor para estos. De lo contrario, el celtíbero se empleaba a fondo con su espada, una hoja enorme y negra con los filos mellados.

En su brazo derecho se ven menos marcas. Trece. Diez antiguas, de cuando era un joven guerrero que luchaba en Hispania primero contra las tribus vecinas y después contra las legiones de Escipión Emiliano.

Las otras tres, más recientes, las ha grabado en su carne al servicio de Cepión.

Al servicio de Cepión. Que no significa exactamente a sus órdenes.

Los hombres como Nuntiusmortis, fuerzas oscuras de la naturaleza, no obedecen del todo a ningún amo.

Cepión lo sabe. Por eso le permitió la insolencia de negarse a pelear con Stígmata y por eso aguanta ciertos comentarios como el que le hizo a la salida de aquel burdel. «Entiendo el lenguaje humano».

Si ha de ser sincero, aunque Cepión le diga lo contrario a Antiodemis, ese hombre sí que le da un poco de miedo.

Incluso en lo relativo al sexo hay algo de siniestro en el celtíbero.

Desde que era gladiador, Nuntiusmortis acude cada noche de luna llena al Palacio de Hécate. Un prostíbulo subterráneo que debe de ser la antítesis de los Jardines de Eros y Psique. De ese lugar se cuentan cosas entre escalofriantes y repugnantes. Por el momento, Cepión no ha tenido tentaciones de visitarlo.

Se dice que a las mujeres con las que se acuesta Nuntiusmortis —aunque Cepión se lo imagina más poseyéndolas de pie y por detrás contra la pared mohosa de alguna especie de mazmorra— no se las vuelve a ver.

No es asunto que incomode ni preocupe a Cepión, pero no le extrañaría que fuese verdad.

***

El combate entre el celtíbero y Stígmata, que habría supuesto una atracción memorable para su fiesta, tampoco se habría podido librar por la parte del segundo contendiente.

En este caso fue porque el lanista de Stígmata, Aulo Vitelio Septimuleyo, se negó a ello.

—Si no me invitas a la fiesta porque tienes planes para mí, entonces yo también tengo planes para Stígmata —le dijo, como un crío enfurruñado.

—Te pagaré el doble de la tarifa habitual.

—Y si le pasa algo, ¿quién se hará cargo de lo de…?

El nombre en cuestión se pierde en un glugluglú. ¿Casio? ¿Cantio? ¿Calavio?

Aquella escoria de los bajos fondos que se hace llamar el *imperator* del Aventino se había ofendido con él por no haberlo incluido en su lista de invitados. Pero Cepión, por muy tolerante que sea con la condición social de sus compañías a la hora de la diversión, no tiene tantas tragaderas como para introducir a ese individuo en su propia morada.

Pensar en Septimuleyo hace que le asalten de nuevo las arcadas. Ese vértigo espeso que empieza en su cabeza, como si tuviera un paño hinchado de agua sucia presionando dentro de los huesos del cráneo.

Debe de ser porque el lugar en que lo visita, ese almacén junto al Tíber que huele a cieno y a juncos podridos, es un antro indigno.

O porque la cercanía del propio Septimuleyo, feo como el híbrido de un cerdo y una cabra, le provoca náuseas.

Pero el caso es que hay algo que falta allí. ¿Cuándo fue a verlo?

¿No fue ese el recado que hizo que se ausentara por unas horas de su propia fiesta?

¿Y para qué fue a entrevistarse con él? ¿Para pedirle que dejara combatir a Stígmata en su mansión?

No, no. Hay algo más. Fue algo mucho más importante.

Relacionado con su conversación con, con…

Estrabón. Estratega. Estrepsíades.

«La cinta de seda. La piel de zapa».

No, ninguno de ellos.

El pez vuelve a saltar y, cuando ya lo tiene entre los dedos, se escurre y se hunde en las negras aguas.

«Ya me acordaré», se dice. Necesita dormir unas horas más. Entonces le vendrá todo a la memoria y llevará a cabo las tareas que tiene pendientes.

Es curioso. Le acuden más imágenes de la fiesta, del jolgorio, de las risas y los chistes que de las conversaciones importantes incrustadas en esas horas.

En realidad, la fiesta también era importante. Y ha sido un éxito.

Para sustituir el duelo de titanes entre Nuntiusmortis y Stígmata, Cepión hizo combatir a dos parejas de gladiadores enanos. Provocaron tales carcajadas entre los asistentes que uno de ellos, Lucio Memio, se meó encima.

Literalmente.

«Tal vez se me fue un poco de las manos», piensa ahora Cepión, en la oscuridad del dormitorio, tratando de ordenar los recuerdos.

***

Con esas palabras exactas se lo había dicho su administrador personal, Nicómaco.

—Tal vez la fiesta se nos está yendo un poco de las manos, amo.

—¿Qué quieres decir?

—Quizá deberías ir despidiendo a las flautistas, las bailarinas, los malabaristas, los enanos.

—Tomo nota, tomo nota —respondió Cepión, que a esas alturas ya estaba gloriosamente ebrio—. ¿A alguien más?

—Si me lo permites, yo sugeriría que a todos los invitados.

Cepión le había pellizcado la mejilla. Con suavidad, pero el gesto hizo que el esclavo griego frunciera el ceño.

—Nicómaco, Nicómaco. Qué aguafiestas eres. ¿No ves que estamos en lo mejor?

El administrador miró a su alrededor.

—Señor, si consideras que lo mejor es que tus invitados anden fornicando no ya por los cubículos, sino directamente en los triclinios o contra las columnas del atrio, y que los vómitos apenas dejen ver los mosaicos del suelo…

—¡Roma debe reproducirse! —exclamó Cepión, levantando los brazos—. ¿Qué hay mejor que el amor para celebrar la vuelta de la primavera?

—Señor, todavía quedan más de dos meses para la primavera y me temo, además, que la mayoría de los copuladores no son ciudadanos romanos.

Nicómaco es un individuo peculiar. Cepión le transige que responda con tanta sinceridad porque sabe que es incapaz de tomarse las cosas de otra manera que no sea literal.

Por otra parte, el desorden en cualquiera de sus encarnaciones pone sumamente nervioso a Nicómaco. En el caso de la fiesta, al contemplar aquel jolgorio y escuchar cada vez más ruidosos los cánticos y el estrépito de las vajillas y los muebles rotos, empezó a darse tirones de las cejas mientras meneaba la cabeza a ambos lados.

Un obsesivo del orden. ¡El esclavo perfecto para un caos andante como Cepión!

Quizá por eso Cepión lo aguanta. Porque le divierte escandalizarlo. Porque, pese a sus críticas, Nicómaco le es fiel y jamás les cuenta nada ni a su padre ni a su esposa.

Y, sobre todo, porque dentro de su cabeza guarda un ábaco cuyas cuentas se mueven a tal velocidad como si las manejaran las manos del mismísimo Mercurio. Nicómaco es capaz de convertir talentos a denarios, sestercios, ases, dracmas, cuadrantes o incluso a los obsoletos quincunces en menos tiempo que se tarda en chasquear los dedos, y si le mencionas un principal y una tasa de interés, casi antes de que hayas terminado de pronunciar tus números te responderá a cuánto ascienden las anualidades que hay que devolver.

Ahora, en la cama, Cepión trata de hacer memoria. ¿A qué hora fue esa conversación con Nicómaco?

Ufff. Si no recuerda mal, los primeros rayos de sol se colaban por el compluvio. Eso significa que estaban en el atrio.

Y sí. Su ecónomo llevaba razón. Era cierto que allí mismo había un grupo de gente fornicando. Cepión no tiene la mente ni medianamente lúcida como para acordarse ni de quiénes ni de cuántos eran. Se le aparece una imagen confusa de combinaciones variadas, una especie de monstruo multiforme del que surgen cabezas y miembros variados, tal como aparece la diosa Hécate en algunas pinturas. Sobre todo, se ven en esa imagen pechos, nalgas, manos, bocas y genitales engarfiados unos con otros como abalorios en un gran collar de carne desnuda.

Mientras aquella masa palpitante de gente se entregaba a la lujuria, Nicómaco seguía con sus tirones de cejas, acompañándolos con un bisbiseo en su griego natal.

—¿Qué estás salmodiando, Nicómaco?

—Son unos versos de Eubulo, señor.

—¿Cómo siguen? Tradúcemelos, no tengo ganas de pensar en griego.

—Esos versos los pronuncia el mismo Dioniso.

—¡Entonces son palabra del dios supremo! ¿Qué dicen?

—Que los hombres sensatos solo mezclan tres cráteras de vino en las fiestas. La primera, para la salud. La segunda, para el amor y el placer...

—¡Por Baco, de eso se está viendo mucho en esta fiesta! Placer y amor, lo tenemos ante nuestros ojos —dijo Cepión, señalando al grupo enfrascado en la orgía—. ¡Evohé!

—La tercera es para dormir —continuó Nicómaco—. Cuando se termina, los invitados sensatos se marchan a casa.

—Eso ni lo sueñes. ¡Pues no se vació hace rato la tercera crátera!

—Ese es el problema, señor. Dice Dioniso: «La cuarta crátera ya no es mía, sino de Hybris, la Insolencia. La quinta, de los gritos. La sexta, la de la juerga sin control. La séptima, la de los ojos morados. La octava, la de los arrestos. La novena, la de la cólera. La décima, la de la locura y los muebles arrojados por la ventana».

—¿Cuántas cráteras de vino hemos vaciado ya, Nicómaco?

El ecónomo, siempre meticuloso, le respondió con una cifra.

De la que Cepión no se acuerda. O, acaso, no quiere acordarse. Pero muy por encima de diez, desde luego.

Y de veinte, y de treinta.

Y las cráteras de su mansión no son cualquier cosa. Una sola le habría bastado a Ulises para tumbar al cíclope Polifemo.

La conversación con Nicómaco es su último recuerdo.

¿O no?

No, no, no. De pronto le viene a la memoria un diálogo que tal vez fue posterior.

O anterior.

Con un invitado.

La mayoría de sus conversaciones se han perdido entre las brumas del vino y el opio. Un olvido que, por experiencia, sabe que no tiene remedio.

Una lástima. Muchas de esas charlas debieron de ser muy divertidas.

Él sabe que, cuando está bebido, puede ser muy ocurrente. Realmente ingenioso. Y se entera de mucho más de lo que cualquiera podría creer.

El problema no es ese.

Es que cuando se va a dormir, es como si lo sumergieran en las aguas del río Leteo y le borraran nueve de cada diez recuerdos recientes.

Uno de los que se le ha quedado y ahora le vuelve a la cabeza, a modo de cadáver de ahogado que sale a flote días después, es el de su conversación con Tito Sertorio.

Sertorio es un tipo intrínsecamente aburrido. De ingenio y físico mediocres, procede de una familia que tal vez sea muy importante en su ciudad natal —cuál sea la ciudad en concreto, Cepión no lo recuerda, si es que alguna vez se ha molestado en saberlo—, pero que en Roma importa menos que una cagarruta de cabra vieja.

No obstante, hay que reconocerle un mérito a Sertorio. Ese hombre, de rasgos gordezuelos y blandos como un pulpo apaleado y de mentón tan huidizo como su mirada, está casado con Rea, una mujer muy atractiva de la *gens* Valeria que provoca en Cepión una fascinación morbosa.

Esa fascinación se debe en parte a que ella ha respondido a sus insinuaciones haciéndole entender que no va a abrir para él ni las puertas de su dormitorio ni, mucho menos, las piernas.

Brinda más gloria tomar con el ariete una ciudad que se resiste que entrar andando en otra que te entrega las llaves.

Que se lo pregunten al espíritu de Escipión Emiliano, destructor de Numancia y Cartago.

Nemo durior Scipionis pueris!

«No hay nadie más duro que los chicos de Escipión».

¿Por qué le ha venido a la memoria ese absurdo lema de su pasado y, en cambio, no logra recordar las cosas que importan?

Tito Sertorio.

Volviendo a Tito Sertorio, tiene algo más que una mujer guapa y de buena estirpe: un boyante negocio como prestamista.

Cepión es uno de sus acreedores.

Por cinco millones de sestercios.

Al cuatro por ciento anual.

«Es un interés muy moderado», le dijo Sertorio cuando firmaron el documento tomando como testigos a Gayo Sempronio Graco y a Publio Licinio Calvo.

Por aquel entonces, Calvo y Graco eran todavía amigos.

Esa amistad se rompió después. Incluso antes de que Graco mandara destrozar el graderío del Foro Boario por el que Calvo cobraba entradas a la plebe a través de Septimuleyo. O Septimuleyo a través de Calvo, Cepión no lo tenía demasiado claro.

«Es un interés muy moderado, te podría haber pedido el ocho o incluso el doce», le corroboró Nicómaco, que es quien lleva los cálculos del monto total al que asciende la deuda a estas alturas.

Por muy moderado que sea, cuatro años después los cinco millones se han convertido casi en seis.

Porque Cepión no ha sido capaz de amortizar ni un mísero sestercio.

De hecho, ha contraído otra deuda de cinco millones con el propio Graco. Quien, en nombre de su amistad —ambos compartieron tienda de campaña en el asedio de Numancia, *nemo durior Scipionis pueris!*—, se los ha prestado sin interés en una *mutui datio*.

¿Tomando como testigo a quién?

A Tito Sertorio. A esas alturas, Graco y Calvo ya no se dirigían la palabra.

—Entre tú y yo, no nos hacen falta más testigos —le dijo el todavía tribuno de la plebe.

Sin intereses, pero no dejan de ser otros cinco millones colgando sobre la cabeza de Cepión como la espada de Pericles.

O de Demóstenes. No recuerda muy bien quién coño era el tipo de la espada.

Su padre podría liquidar esa deuda sin que se le despeinara ese ridículo flequillo que cree que le tapa la calva. Si lo pusieras cabeza abajo, le caerían denarios de oro hasta de esas orejas carnosas y peludas que bien haría en depilarse.

Pero planteárselo al viejo es impensable.

Por otro lado, está la dote de Tercia. Nicómaco es reacio a tocarla, pero Cepión está convencido de que hay formas de hacerlo sin que su esposa se entere.

Por ejemplo, pignorar la lujosa villa de Ancio en la que Tercia está pasando unos días. Su suegro la ha puesto a nombre de ella. Pero seguro que un marido romano encuentra el modo de sortear ese obstáculo. ¿No dijo ella cuando se casaron *Ubi tu Gaius, ego Gaia*, «Donde estés tú, Gayo, estaré yo, Gaya»? Pues eso implica también las deudas que el marido contrae con vistas a su futuro político y el porvenir de la familia.

Ahora que lo piensa, ¿no habló con alguien en la fiesta que estaba dispuesto a prestarle cuatro millones con el respaldo de esa hipoteca y sin plazo de devolución?

Prestarle o incluso donarle.

Y no era por una hipoteca. Tenía que hacer algo.

Ya recordará qué.

«La piel de zapa…».

Puta piel de zapa. ¿Por qué le viene todo el rato a la memoria esa estupidez?

Cuatro millones sin intereses y sin plazo. ¿No es eso una donación?

Con esa suma casi podría solventar la deuda con Sertorio.

La de Graco corre menos prisa.

Además, Graco está acabado. Cuando… Cuando todo termine, que ocurrirá en breve…

Cepión siente un pinchazo en el pecho.

¿Porque sabe que ha traicionado a su amigo y acreedor o porque no recuerda bien los detalles de lo que habló con Septimuleyo a ese respecto?

En cualquier caso, cuando Graco no esté entre los vivos, dejará solo mujeres.

Una esposa.

Una hija. Que, por cierto, promete convertirse en una joven muy apetecible.

Un crío pequeño.

Y una madre. Cornelia.

La hija, no, la *hijísima* de Publio Cornelio Escipión Africano.

La dama Cornelia es de armas tomar. Es la única que puede poner en aprietos a Cepión si se empeña en cobrar la deuda que tiene con su hijo.

Pero no. Ni siquiera Cornelia la podrá cobrar.

Cepión recibió otra visita durante la fiesta. No era un invitado, sino una especie de emisario.

Un esclavo. Pese a ello, lo recibió en persona. No quería que nadie, ni siquiera Nicómaco, se enterara.

Ulpio. El barbero de Graco. Hecho un manojo de nervios.

Traía algo que había robado de casa de su amo.

«¿De verdad me lo ha traído o lo estoy imaginando?».

Podría ser lo segundo. Lo ve todo tan nebuloso... Las palabras de Ulpio le suenan distorsionadas, ininteligibles.

Debería levantarse para comprobarlo.

Verificar si es verdad que Ulpio le trajo la tablilla lacrada con el contrato del préstamo de Graco o está confundiendo su plan con un recuerdo.

Después, después. Cuando se encuentre un poco mejor.

Lo que quiere recordar ahora es quién le ofreció esos cuatro millones y por qué.

El nombre amaga con acudir a su mente, pero cada vez que está a punto de atraparlo huye de sus manos como una gallina alborotada.

Estrabón. Estratega. Estrepsíades.

Estra-algo...

En la oscuridad, Cepión se lleva las manos a la cabeza y se frota las sienes. Piensa, maldita sea, piensa.

Incluso ese movimiento hace que se levante una pequeña tempestad. Olas dentro de su cráneo y sargazos saliendo a flote hasta su garganta.

De nuevo, consigue detener el reflujo y no vomitar en la sábana.

Maldito vino.

Maldito opio.

Maldito soplo de Epiménides.

***

No, no, esto último no. Una pizca de soplo de Epiménides le vendría bien. Aspirar un poco es como encontrarse de pronto de pie en la cima de una cumbre de los Alpes, abrir los brazos y respirar de golpe toda la atmósfera vivificante de la montaña.

Lo hará. Pero ahora no. Ahora prefiere no moverse de la cama.

El diálogo con Sertorio vuelve a su cabeza. Como el zumbido de una mosca, porque así suena la voz de ese personaje.

Sertorio le comentó en cierto momento (¿de la víspera?, ¿en el jardín del pórtico interior?):

—Tal vez deberías, esto, presentarte voluntario como cuestor de Fabio Máximo para la campaña contra los galos.

—¿A cuenta de qué me dices eso?

—Bueno, ejem, sería una manera de que ganaras dinero.

Sertorio, como tantos équites, y más si provienen de fuera de Roma, se siente intimidado e incluso se aturulla cuando trata con la élite senatorial. Pero en la fiesta había bebido. Si no tanto como el que más, lo suficiente para desinhibirse y cobrar el valor momentáneo que brinda Baco a aquellos a quienes Marte no se lo otorgó por naturaleza.

—Estoy en el primer peldaño de mi carrera política —respondió Cepión.

—De lo cual me congratulo sinceramente, noble Cepión.

—No se trata de congratularte, sino de que lo entiendas. Que me hayan elegido cuestor significa que ahora es el momento de invertir dinero, no de ganarlo. *Invertir*, ¿lo entiendes? Quizá lo ignores, porque las magistraturas con imperio están fuera de tu alcance, pero el dinero se recupera y se *mulplitica* cuando uno se convierte en pretor.

El vino suele brindarle más locuacidad e incluso una gran precisión en los vocablos. Aunque a veces se le trabe un poco la lengua al pronunciarlos.

Si a Tito Sertorio le ofendió su comentario, no lo demostró.

—Ganar dinero nunca está de más —respondió—. Si, esto, si pagas a tus acreedores, lo fácil es que vuelvan a invertir en ti, incluso sumas más elevadas. Y con esas nuevas inversiones, te será, digo yo, te será más sencillo llegar a pretor. ¿No crees?

Qué falta de sutileza. Cómo se nota que ese Sertorio no es más que un paleto que huele todavía a paja de establo sabino.

—A ver si me he enterado bien. ¿Me has sugerido que le ofrezca mis servicios a Fabio? ¿A Fabio Máximo? Quieres decir... ¿A Fabio Máximo?

—Eeeeeh... Creo que eso he dicho, sí.

—¿Me sugieres en serio que sirva a las órdenes de Fabio? ¿De ese advenedizo? ¿Un Servilio Cepión a las órdenes de un Fabio? No, no, no, amigo Sertorio, eso no.

—Bueno, ejem, no soy quién para sugerirte lo que tienes que hacer, eso está claro, pero...

Cepión le rodeó los hombros con el brazo. Al hacerlo trastabilló y casi los derribó a ambos.

«Qué borracho estoy», pensó. No como crítica hacia sí mismo. Estaba en la gloria, en los mismísimos Campos Elíseos.

—No te preocupes, Sertorio. Sé que la gente como tú es de natural miedoso, pero no debes preocuparte.

Pero Sertorio estaba preocupado. Se le notaba.

No dejaba de mirar a su alrededor, como un ciervo antes de abrevar.

Al igual que Nicómaco, seguro que estaba calculando los gastos de la fiesta.

Cepión le agarró de las mejillas y se las apretó con fuerza para que dejara de girar la cabeza a todos los lados.

—Mírame. Mírame a mí, amigo Sertorio.

—Te estoy mirando.

—¿Me estás mirando?

—Te estoy mirando.

—¿Me escuchas?

—Te escucho, noble Cepión.

—No tienes que preocuparte.

—No tengo que preocuparme.

—No tienes que preocuparte.

—Lo entiendo, noble Cepión, pero, esto, lo que me inquieta, ejem, es...

—¡Calla y deja que te explique! No tienes que preocuparte porque...

Bla-bla-bla. El resto de su propia conversación se convierte en un balbuceo incoherente en el recuerdo de Cepión.

Es como si le hubieran sumergido la cabeza en un pilón y él siguiera hablando y hablando debajo del agua, y sus propias palabras llegaran a sus oídos convertidas en burbujas ininteligibles.

¿Por qué le dijo a Sertorio que no tiene que preocuparse?

***

Tranquilo, se dice ahora, en la cama. Tranquilo, se repite. Seguro que ha sido capaz de venderle la burra a Sertorio para que aguante un tiempo más la deuda.

¡Lo último que se le habrá ocurrido es prometer que le va a devolver el dinero!

Y, si no, está ese individuo, el tal Estratoloquesea. El que ha ofrecido condonar sus deudas a cambio de algo muy sencillo que a Cepión le costará apenas un rato de su tiempo.

Ya lo recordará.

«Ahora que eres *blablablá* puedes consultarlos *blablablá* los dos traidores *blablablá*...».

Traidores. ¿De qué traidores hablaron?

«La cinta de seda. La piel de zapa».

«La República te lo agradecerá *blablablá* y más *blablablá*».

¿La República se lo va a agradecer? Espera que sea con dinero. En este momento de su vida una condecoración le serviría tanto como al que tiene tos y se rasca los testículos.

«No soy quién para sugerirte, pero...».

Cabrón de Sertorio. Pues claro que lo ha sugerido. Advenedizo. Con ínfulas de nuevo rico, que ni siquiera lo es.

¿Y si le manda a Septimuleyo? Una visita de sus sicarios podría solucionar muchas cosas.

(¿Conseguirá recordar en algún momento Cepión que ese, precisamente, es uno de los asuntos que ha tratado en su visita al Hórreo de Laverna?).

Más peces saltando. Se cruzan en el aire, lo miran un instante con sus ojos sin párpados, se burlan de él y se vuelven a hundir en las aguas.

Del Leteo. El río del olvido.

Lo sigue acosando la angustiosa sensación de que algo no está bien. Y no se trata solo de sus deudas.

La fiesta. La fiesta.

Le vienen más imágenes. Mezcladas, confusas.

La llegada de las bailarinas de Gades con su maestro de danza.

Eso fue al anochecer.

Y después de eso amaneció, y siguió el día.

Y volvió a anochecer.

¡Por los pezones de las ménades!

La fiesta ha durado un día, una noche, otro día entero y…

¿Cuántas? ¿Cuántas horas?

Entre las últimas memorias de Cepión flota la de un *kômos*, una procesión de borrachos que brincaban y cantaban por el jardín interior de la casa. En diversos grados de desnudez, pese al frío de enero.

Por fin, el cuerpo de Cepión debió de rendirse —su mente ya se había extraviado en las brumas del vino y los vapores del opio muchas horas antes— y él o el mayordomo ordenaron a los invitados que se marcharan a sus casas.

¿Se habrán largado, o estarán durmiendo la borrachera por los rincones de la mansión?

El caso es que los idus no son mañana.

Los idus ya han empezado. ¡La asamblea es hoy mismo!

No, no, no. Las cuentas no le salen. La fiesta empezó cuatro días antes de los idus.[4] ¡No ha pasado tanto tiempo ni por asomo!

Da igual. Aún es de noche. Todavía puede dormir un rato. Es joven, fuerte. Seguro que se le pasa la borrachera y llega en condiciones a la asamblea.

Tiene el cuerpo empapado en sudor. Demasiadas horas bebiendo y comiendo.

---

[4] *Ante diem IV Idus Ianuarias.* Aunque haya tres días de separación entre el 10 y el 13 de enero, para la forma inclusiva de contar de griegos y romanos son cuatro días.

O es el sudor de la angustia. Las deudas. La asamblea. Las conversaciones olvidadas que tal vez lo comprometen.

Aparta la manta y saca los pies por debajo de la sábana para airearse.

Con cuidado de no moverse con brusquedad, se vuelve de costado. Necesita dormir unas horas más.

A su derecha intuye un bulto. Estira la mano, de nuevo desorientado.

Por un instante le invade el pánico. El sudor se congela sobre su piel.

¿Su esposa?

No, no puede ser.

Es una mujer. Desnuda, como él.

Le pasa la mano por el cuerpo y explora la curva, desde la estrecha cintura hasta la cadera.

Tercia no tiene esas formas. Las suyas siempre han sido más rotundas, y se han redondeado incluso más después de dar a luz. Su piel se hunde bajo el tacto y durante unos instantes se queda así hasta recuperar su forma. Es como un cojín relleno de una sustancia gelatinosa.

No es que Cepión la haya tocado mucho últimamente, pero recuerda ese tacto. Nunca ha sido una sensación agradable para él.

Ahora reconoce a la mujer que duerme a su lado. Ha compartido muchas veces la cama con ella. Desde que la ha convertido en su amante, incluso le paga un apartamento en la Torre Mamilia, una ínsula del Argileto.

Es Antiodemis, quién si no.

Pero es la primera vez que se acuesta con la actriz en su propia casa.

Gracias a los dioses, su esposa está a cuarenta millas de Roma.

Pese al calor y al sudor, el atractivo de ese cuerpo joven y flexible le puede. Se acurruca tras ella y, pese al mucho vino, nota cómo le crece una erección. Acomoda el miembro entre sus nalgas, más suaves que la misma sábana de seda.

Cepión se mueve un poco, pero ella no reacciona.

Mejor, se dice. Así puede dormir otro poco. Solo unas horas, para estar fresco y sereno por la mañana.

Unas horas nada más.

Con eso será suficiente…

Pero incluso al borde de la inconsciencia, le sigue atormentando el recuerdo que no acaba de aflorar.

Estra, estra…

Estratón.

«Como decenviro que eres, tú puedes… Los Libros… Los dos traidores…».

«Recuerda. La cinta de seda… La piel de zapa…».

Se acabó. Cepión se hunde de nuevo en las aguas del sueño.

En su caso, demasiado mezcladas con vino.

TORRE MAMILIA

En su pequeño apartamento, Artemidoro, que aún no se ha decidido a seguir escribiendo, acaricia la paleta de sicomoro. Tiene los dedos tan fríos que apenas nota en las yemas el relieve de las piedras embutidas.

Aquel objeto le hace pensar de nuevo en el rapaz Manio Aquilio. En los primeros meses de este como procónsul de Asia, Artemidoro se encontraba en Egipto, remontando el Nilo en una falúa para visitar los monumentos de Tebas. Fue entonces cuando adquirió la paleta de la que tanto se ha encariñado.

Mientras él investigaba para su *Geografía*, su madre no dejaba de escribirle desde casa largas cartas en las que pormenorizaba con escándalo los abusos de Aquilio.

No mucho después, Artemidoro regresó a Éfeso, donde planeaba pasar un mes antes de emprender un nuevo viaje, en esta ocasión a la Galia.

Apenas llevaba dos días en la ciudad cuando fue testigo de una de las infamias de las que le hablaba su madre.

Fue en una cena en casa de Calígenes, que a la sazón era magistrado epónimo de Éfeso.

En aquella ocasión no estaba presente el gobernador Aquilio, que se hallaba de viaje más al norte, en una gira de rapiña por Esmirna, Pérgamo y Mitilene.

A cambio, se presentó en su nombre Quinto Servilio Cepión.

Cuando el joven noble entró en el recibidor de la casa de Calígenes, la mirada que echó en derredor, como si estuviera tasando todo lo que había allí, no le auguró a Artemidoro nada nuevo.

Detrás del anfitrión, los invitados griegos —que habían tenido buen cuidado de llegar antes que Cepión y su séquito— formaban en dos filas, como una centuria pasando lista. Calígenes los fue presentando, mientras Cepión se limitaba a agachar ligeramente la barbilla delante de cada uno al escuchar su nombre.

Cuando pasó ante Artemidoro, este se sintió extrañamente disminuido ante aquel espécimen de conquistador romano.

Disminuido como varón. Como macho. Como si fuera un viejo carnero al que se le presenta en el rebaño un rival más joven y fuerte. Una sensación que hasta entonces no había experimentado —¿en qué terrenos podría o querría rivalizar él, un estudioso griego, con un aristócrata romano?—, pero que, con el tiempo, consideraría una especie de premonición.

Relacionada, a su pesar, con Urania.

Con su altura —Artemidoro mide seis pies y medio—, podía mirar a Cepión desde arriba. Pero ahí parecían acabar todas sus ventajas.

Sin ser precisamente bajo —seis pies le calculó Artemidoro, que para las medidas goza de un ojo más preciso que el de un carpintero—, Cepión era bastante más ancho de hombros que él. Además, caminaba tieso y orgulloso como el estandarte de un manípulo. Tanto que Artemidoro, que tendía a encorvarse, se irguió por imitación inconsciente en cuanto lo vio entrar en la mansión del arconte. Una postura que apenas le duró un rato.

(«Endereza la espalda, que te vas a quedar chepudo», le decía su madre cuando empezó a dar el estirón. Era como si, por más que su mente quisiera remontarse a las esferas celestes, su cabeza sufriera el vértigo de aquel crecimiento tan repentino y quisiera quedarse más cerca del suelo).

Como para dejar bien claro que no era un invitado sin más, sino un representante de la poderosa Roma, Cepión había venido ataviado con toga. Una de lana fina, confeccionada especialmente para verano, pero aparatosa, no obstante.

Hacía tanto calor que el joven contubernal no tardó en hacer una seña a dos de los esclavos que lo acompañaban para que se la quitaran.

Cuando su anfitrión, Calígenes, le sugirió que sus propios criados podían encargarse de esa tarea, Cepión se negó.

—Mi querido Calígenes, vosotros los griegos sois duchos en muchas artes, pero doblar una toga es una ciencia que solo aprende a dominar un sirviente nacido entre las siete colinas y amamantado con leche de loba.

Observando la delicadeza con que aquellos dos hombres lo despojaron de la prenda y el sumo esmero con que la plegaron, resiguiendo cada línea del drapeado como topógrafos trazando un acueducto, cualquiera habría podido creer la afirmación de Cepión. Siempre que se la podara de algún detalle mitológico.

La toga de Cepión, de un blanco que hacía guiñar los ojos cuando el sol se reflejaba en ella, no lucía adorno ninguno. A cambio, como miembro de un linaje patricio y nieto e hijo de cónsules, en la túnica que vestía debajo exhibía dos franjas de púrpura de cuatro dedos de ancho. No de la púrpura barata que se extrae de la raíz de la rubia o del liquen marino conocido como orchilla, sino de la auténtica de Tiro, la que se obtiene del múrice de Fenicia. La misma que apesta con su hedor a orines los barrios de los tintoreros y que se paga más cara que su peso en plata.

«Qué estúpidos humanos —murmura el mini Diógenes interior de Artemidoro, como si él no perteneciera a la misma especie—. Aprecian más la púrpura cuanto peor huele».

«Es una paradoja».

«No es una paradoja. Es una gilipollez».

Aquella túnica se ceñía al cuerpo de Cepión de una forma tan estudiada como el despliegue de una legión antes de pasar revista. Las bandas púrpura se pegaban a sus abultados pectorales para después caer sueltas sobre el abdomen, plano como una tabla, hasta el embolsamiento que él mismo se recolocaba con sumo cuidado sobre el cinturón. La prenda dejaba ver unos brazos y unos gemelos musculosos y depilados que conservaban todavía el brillo del aceite con que lo habían ungido antes de acudir al banquete.

Saltaba a la vista que Cepión se hallaba en una forma física excelente y que le gustaba exhibirla. Solo había que ver cómo aprovechaba cualquier movimiento para contraer o bien los bíceps o bien los tríceps —a veces incluso todos a la vez—, marcando las fibras que los separaban bajo la película de aceite, o cómo hinchaba los pectorales, que subían en dos marcadas diagonales desde las costillas hasta unirse con los abultados promontorios de los deltoides.

Más tarde, al observar cómo comía Cepión y, sobre todo, cómo trasegaba copa tras copa sin apenas dar tiempo a que las esclavas se las llenaran, Artemidoro se preguntó cuánto le durarían su apostura y su complexión atlética si seguía aplicándose al vino con tal desmesura. Con maliciosa satisfacción, imaginó cómo con los años se le hinchaban primero las bolsas debajo de los ojos, después se le inflaba el cuello bajo el orgulloso hoyuelo del mentón para convertirse en papada y la tripa le rellenaba el hueco bajo la túnica y la grasa le borraba las separaciones entre los músculos.

Por otra parte, aunque los rasgos atezados de Cepión no carecían de cierta belleza —tosca, en opinión de Artemidoro—, la ebriedad le iba estropeando paulatinamente el gesto y poco a poco le torcía el ojo izquierdo hacia dentro.

Los demás miembros del séquito del gobernador que acompañaban a Cepión eran mayores que él. No obstante, lo trataban con gran deferencia debido en parte a la influencia de su familia y en parte al dinero que manejaba.

Artemidoro no tardaría en averiguar que, más que dinero contante y sonante, lo que manejaba Cepión eran deudas.

A pesar de ello, quienes se adherían como ladillas a aquel manirroto sabían que a su lado nunca les iban a faltar diversiones, incluyendo los manjares más exquisitos, los vinos de las mejores cosechas y las cortesanas más caras.

Al principio, en aquella cena que se celebró en el patio de Calígenes, en lujosos divanes cubiertos por tapetes bordados y a la sombra de manzanos e higueras que perfumaban el aire con sus aromas, Cepión se había mostrado hasta cierto punto educado. O había fingido que lo intentaba.

Después, conforme la tarde se convirtió en crepúsculo y el vino hizo que se le encendieran las mejillas, el ojo le bizqueara y la lengua se le soltara y trabara simultáneamente —paradojas de Baco—, el romano no tardó en revelar su verdadera naturaleza.

—Tienes una mansión decorada con un gusto exquisito, arconte.

—Te agradezco el cumplido, noble Cepión —respondió Calígenes, en tono precavido.

—Me habían hablado de la elegancia de este patio, pero se han quedado cortos con los halagos. ¿Es verdad que ese *Apolo Sauróctono* es un original de Praxíteles?

Cepión hizo la pregunta señalando una estatua de bronce de tamaño natural que representaba al dios desnudo, con formas de efebo y un sensual escorzo de cintura, a punto de herir con una flecha a un lagarto que trepaba por un árbol. La escultura, rodeada por frondosos laureles, mostraba la delicada pátina, entre verde y azulada, propia de los bronces de Corinto, que se atribuía al hecho de templarlos en las aguas de la fuente Pirene.

El tono de Calígenes bajó aún más, así como su barbilla.

—Es una copia mucho menos antigua, noble Cepión. Obra de un artesano hábil, pero ni de lejos provisto de la genialidad del maestro Praxíteles.

—¡Qué modesto eres, mi querido Calígenes! A mí me parece una maravilla, como las náyades de esa fuente de mármol. Sin embargo...

Cepión hizo una pausa. Todo el mundo contuvo el aliento, temiéndose cuáles podrían ser sus siguientes palabras.

Que, no obstante, resultaron incluso peor de lo esperado.

—... sin embargo, me han dicho que ni ese Apolo ni las náyades pueden rivalizar —«rilavizar»— con la belleza de tu esposa.

—No tenía noticia de esa reputación.

La cautela de Calígenes se estaba convirtiendo en aprensión. Artemidoro empezó a pasarlo mal por él.

—Pues es así. La gente se hace lenguas de sus... encantos.

¿Había hecho Cepión esa pausa a propósito o se debía al vino y a que el griego no era su idioma materno?

—Mi esposa es una mujer discreta que, como cualquier otra esposa, solo quiere que se hable lo menos posible de ella —respondió Calígenes.

—Pues el caso es que hablan de ella. ¿Y a qué mujer no le agrada que los demás alaben su belleza?

—No sabría responderte, noble Cepión.

—Me gustaría formarme mi propia opinión. ¿Cómo no le dices a esa beldad que salga al patio a saludar a sus invitados?

Calígenes buscó ayuda con la mirada entre los demás comensales. De repente, todos parecían muy ocupados, absortos en universos que acabaran de crear como improvisados demiurgos. Algunos fingían estudiar las heces del vino en las copas a modo de posomantes y otros hurgaban en los platillos como si buscaran pepitas de oro entre las arenas del río Pactolo.

Artemidoro estaba indeciso cuando le increpó su Diógenes particular.

«¿A qué esperas para intervenir en ayuda de tu anfitrión?».

«¿Ahora te preocupan las normas de hospitalidad? ¿A ti, el Perro, que te pasabas por la entrepierna todas las convenciones sociales?».

«¿Qué te ocurre? ¿Te da miedo enfrentarte a ese jovenzuelo?».

«Ese jovenzuelo es hijo de un excónsul romano y él mismo se convertirá algún día en cónsul. No es miedo, es sensatez evitar enfrentarse a alguien tan poderoso».

«¿Acaso un cónsul romano es más poderoso de lo que era el gran Alejandro?».

El Diógenes interior no tuvo necesidad de completar su argumento. Si él, el humilde filósofo al que Platón había denominado «un Sócrates enloquecido», se había atrevido a hablar con franqueza, por no decir con insolencia, a Alejandro el conquistador de medio mundo —«Ya que me concedes un favor, apártate un poco, que me estás tapando el sol»—, lo menos que podía hacer ahora Artemidoro era demostrar a Servilio Cepión, un Alejandro de pacotilla, y a sus acompañantes que los griegos todavía conocían el significado de la *parrhesía*, la libertad de palabra que los romanos jamás comprenderían.

Tras un breve carraspeo, Artemidoro hinchó el pecho para tomar aliento y habló. Por dentro notaba un temblor que le contraía las entrañas y hacía que le zumbaran los oídos. Aun así, consiguió que su voz sonara alta y clara.

—Noble Cepión, las usanzas son distintas en cada lugar.

—No me digas. ¿Y tú eres…? —preguntó Cepión, entornando los ojos para fingir una desdeñosa miopía.

—Artemidoro, hijo de Apolonio.

Uno de los compañeros de diván de Cepión le susurró algo al oído.

Tras asentir un par de veces, el noble hizo un gesto con la mano, como diciéndole a su amigo: «Ya he oído bastante». Después se dirigió a Artemidoro.

—Me dicen que eres un estudioso.

—Así se me considera.

—Debería haberlo deducido.

Artemidoro tomó aire. Estaba logrando controlar aquel temblor interior.

—¿Por algún motivo especial?

—Esa piel tan pálida de encerrarte en un cuartucho oscuro, los hombros caídos de encorvarte sobre los libros.

Sin darse cuenta, Artemidoro se enderezó en el diván y trató de erguir los hombros para parecer más ancho.

Cepión no había terminado.

—Aunque no tengo un especial deseo de verte el trasero, apostaría a que tienes las nalgas tan planas como una baldosa de tenerlas horas y horas en la silla. Cuántos sacrificios se hacen en nombre del saber, ¿me equivoco?

Artemidoro se dijo que no estaba en su mano darse por ofendido ante aquel representante de los amos del mundo y respondió:

—No te equivocas, noble Cepión.

«Aunque paso mucho tiempo al aire libre indagando para mis libros». Considerando que era inútil añadir esa frase, se la calló.

—He oído que los eruditos sufrís de estreñimiento crónico por pasar tanto tiempo sentados. ¿Qué puedes decirnos sobre ese particular?

Los invitados romanos y algún que otro griego respondieron con carcajadas.

Calígenes no le rio la gracia. Era obvio que seguía dándole vueltas a la petición de Cepión de que hiciera comparecer a su mujer.

—Aquí no consideramos de buen gusto sacar a relucir temas intestinales durante la cena —respondió Artemidoro. Tratando de suavizar su censura con una pizca de humor, añadió—: Al menos hasta la tercera copa de vino.

—Pues creo que ya la hemos sobrepasado hace rato, ¿no, amigos? —dijo Cepión, buscando entre los demás una aprobación que a él no le escatimaron, como sí habían hecho con Calígenes. Cuando se acallaron las carcajadas, se dirigió de nuevo a Artemidoro—: Antes has hablado de vuestras usanzas. ¿Qué más cosas no consideráis de buen gusto, mi querido Aristodoro? ¿Te referías a lo que le he dicho hace un momento a nuestro amable anfitrión acerca de su esposa?

Artemidoro carraspeó.

—No pretendía criticar las conductas ajenas, noble Cepión. Me refería, simplemente, a que entre nosotros, los griegos, no es costumbre que las mujeres tomen parte en los banquetes de los varones.

Cepión dirigió una mirada un tanto desenfocada a Artemidoro —tal vez no afectaba miopía, sino que en verdad era corto de vista o se la estaba nublando el vino—, tras lo cual frunció el ceño y echó una ojeada en derredor.

Entre las mesas pasaban varias esclavas sirviendo bandejas y escanciando vino. La mayor no debía llegar a veinticinco años, y más de una debía de tener muy reciente la menarquia. A la luz danzante de las antorchas recién encendidas, sus ligeras túnicas de lino, abiertas por un lado, revelaban más que ocultaban. Era evidente que no llevaban nada debajo.

Artemidoro pensó que aquella insinuación de caderas y senos —una insinuación que, cuando las muchachas se agachaban, se convertía en exhibición involuntaria o no de pubis y pezones— y toda aquella abundancia de piel desnuda y teñida de suave oro por el resplandor de las llamas estaban destinadas a despertar y al mismo tiempo a saciar la lujuria de los invitados romanos. Que tiraran de las esclavas, con tal de que respetaran a las mujeres libres, debía de haber pensado Calígenes.

—Yo aquí veo mujeres —dijo Cepión.

Artemidoro se quedó un momento sin saber qué responder. En esta ocasión, Calígenes se defendió por sí solo.

—No es lo mismo, mi querido Cepión. Son criadas, no mujeres libres.

Era evidente que el arconte estaba indignado, pero también asustado por cómo podría reaccionar un joven mimado y borracho de una poderosa estirpe romana si se le contrariaba. Por su gesto y por la manera de hinchar los labios de cuando en cuando, daba la impresión de que el pobre hombre estaba regurgitando los ácidos de la comida.

Para reforzar los temores de Calígenes, Cepión y sus cinco acompañantes habían venido escoltados no solo por esclavos, sino también por un pelotón de legionarios. Los soldados permanecían un poco alejados de la fiesta, entre sombras que parecían cuajar alrededor de ellos. Sentados en los bancos de granito que rodeaban el patio, bebían vino y bromeaban con los criados y las esclavas que los atendían.

Parecían relajados. Pero todos llevaban cotas de malla que, cuando se movían, tintineaban como bolsas llenas de monedas, acariciaban como al descuido los pomos de sus espadas o jugueteaban con el mortífero *pilum*, y su aspecto era el de tipos duros que sabían usar esas armas y que no tendrían escrúpulos en hacerlo si se les ordenaba.

Aunque no hubiesen estado allí los soldados, ninguno de los griegos presentes en la cena ignoraba que atacar o simplemente ofender a un miembro de una de las familias más destacadas de Roma habría supuesto la ruina y la muerte para Calígenes e incluso para el resto de los comensales.

—Cuando en mi casa celebramos banquetes en honor de nuestros invitados griegos, mi madre y mis hermanas asisten —dijo Cepión, sacándose de entre los dientes un huesecillo de codorniz—. ¿Queréis decir, mi estimado Calígenes y tú, el erudito, que esas nobles mujeres de mi familia se comportan como esclavas?

El tono agresivo del joven era evidente. Para acentuarlo, se enderezó en el diván y se puso en pie. Con un ligero tambaleo, se arremangó la túnica, luciendo sus musculosos cuádriceps, que no desmerecían de su torso.

—¿O insinuáis, acaso, algo peor? —añadió mirando a ambos lados.

Hubo unos instantes de silencio, en los que se pudo escuchar perfectamente el tintineo metálico de los platillos y bandejas que los criados retiraban y cambiaban por otros.

Desde donde estaba, Artemidoro veía cómo la nuez del arconte se movía como una ardilla nerviosa que trepara y bajara una y otra vez por el tronco de un nogal.

Calígenes no había llegado a aquel puesto por su valor guerrero.

A decir verdad, el valor guerrero de los griegos que con tanto orgullo había celebrado Heródoto al rememorar las gestas de las Termópilas, Salamina y Platea era solo un recuerdo del pasado.

Los romanos les habían quebrado el espinazo moral una y otra vez. La última apenas unos años antes, cuando arrasaron hasta la última piedra de la próspera Corinto.

Artemidoro se preguntó si debía intervenir de nuevo. Viendo cómo había reaccionado Cepión a sus palabras anteriores, sospechaba que, dijera lo que dijese, solo iba a empeorar la situación.

Por fin, el arconte capituló.

—Nada más lejos de mi ánimo que ofenderos a ti o a tu ilustre familia, noble Cepión. Haré que mi esposa venga al menos a saludaros.

—Eso está mejor —respondió Cepión. Antes de recostarse de nuevo, levantó la copa con tal ímpetu que derramó la mitad del vino sobre el invitado griego más cercano y brindó—: ¡Por la hermandad entre nuestros pueblos!

Desde aquel momento, la situación no había hecho sino volverse más violenta.

Cuando la mujer de Calígenes bajó de la segunda planta de la casa, donde tenía sus aposentos, Artemidoro pudo comprobar con sus propios ojos que la fama de su belleza era merecida. Morena y de cintura estrecha, no le faltaba carne ni en los labios ni en ninguna de las otras zonas que atraen el deseo de los hombres.

Al verla, Cepión ensanchó sin disimulo ninguno las aletas de su nariz. Al hacerlo, parecía un depredador venteando el olor de una presa.

En realidad, era justo lo que estaba haciendo.

—Bellísima Hermíone —dijo, palmeando el diván—. Siéntate aquí a mi lado y deléitame con tu conversación. La de tu marido empieza a resultarme aburrida. ¡Tantos asuntos de gobierno!

Ella había mirado a su esposo con gesto de cervatilla asustada. Era muy joven, no debía de llegar a los veinte años, mientras que su marido frisaba los cincuenta.

Él asintió con gesto de resignación.

Hermíone se llamaba, pero Artemidoro pensó que podría haber sido perfectamente Ifigenia acudiendo al sacrificio.

***

Al recordar aquellos hechos, Artemidoro vuelve la mirada hacia la cama.

Urania debe de tener más calor, porque se ha estirado y ha sacado el brazo izquierdo fuera del manto.

¿Qué habría hecho él de encontrarse en la misma situación que Calígenes? ¿Se habría jugado la vida por el honor de Urania enfrentándose al musculoso Cepión y a su escolta, o habría agachado la cabeza para disimular su impotencia y su rubor?

«El honor de Urania», repite para sí. Una prostituta no tiene honor.

Pero Urania ya no lo es. Para Artemidoro, su amante, su mujer en la práctica, es tan sacrosanta como una vestal.

Lo cual lo lleva de regreso a la pregunta.

¿Qué habría hecho él?

Prefiere no verse jamás en esa tesitura.

Lo que sí sabe es lo que hizo en aquel momento.

Pretextando que llevaba demasiado líquido en el cuerpo y necesitaba visitar la letrina, abandonó el banquete sin despedirse.

Al día siguiente le confirmaron lo que se temía.

La situación no había hecho sino degenerar.

Las atenciones de Cepión con Hermíone habían llegado a tal punto que se la llevó fuera del patio para que le enseñara el telar que tenía en sus aposentos, pues decía haber escuchado que se trataba de una reliquia anterior a la guerra de Troya.

La joven, a la que el mismo Cepión había conseguido emborrachar a fuerza de obligarla a beber copa tras copa, apenas había encontrado fuerzas para resistirse. Cuando regresaron al banquete después de contemplar el supuesto telar, ambos venían arrebolados, y ella traía el pelo suelto y varias costuras de la túnica deshilachadas.

Los ultrajes de Cepión no habían quedado allí. Cuando ya estaba tan borracho que apenas podía sostenerse, decidió que había llegado el momento de irse, y ordenó a sus sirvientes que arramblaran con la vajilla, la cubertería y los manteles, mientras que los legionarios cargaban con la estatua de Apolo. Un peso más que considerable, fuera el original de Praxíteles o no.

Por si la humillación que habían sufrido el arconte y su esposa fuera poca, antes de salir de la casa Cepión tuvo una última ocurrencia e hizo que sus hombres desnudaran a Hermíone para llevarse su túnica de seda de Cos y su manto de muselina de Mileto.

—Un regalo para cada una de mis hermanas —se despidió—. Para que veáis que los romanos sabemos cómo honrar a nuestras mujeres.

La esposa de Calígenes, que tuvo que huir del patio desnuda como una dríade de los bosques, se sintió tan abochornada por lo ocurrido que se encerró en sus habitaciones desde aquel día, se negó a comer y no tardó en morir de consunción.

Cuando Aquilio regresó a Éfeso, el arconte le presentó una queja airada por la conducta de su contubernal y exigió que repararan su honor.

—Entiendo tu disgusto —le respondió el gobernador—, pero Cepión es todavía muy joven, y ya se sabe que uno a esa edad comete muchas gamberradas.

Sobre todo si es romano, se dice ahora Artemidoro.

«Gamberradas». Provocar la muerte de una mujer, desvalijar la casa de su marido, humillar a uno de los hombres más importantes de Éfeso delante de todo el mundo.

Gamberradas.

Así es como valoran los amos del mundo las vidas de los demás.

***

Desde que está en la urbe, Artemidoro ha coincidido en varias ocasiones con Servilio Cepión, que ha sido elegido cuestor en diciembre y que desde ese momento forma, por tanto, parte del Senado.

Al escrutar sus ojos oscuros, Artemidoro ha visto el mal.

Un mal indiferente, estúpido. Ciego.

El mal de quien hace daño casi sin darse cuenta de ello. Hasta tal punto se considera por encima de los demás.

Los romanos como Cepión son como dioses. Pero dioses ciegos, insensatos. Babeantes.

Por otra parte, la impresión que ha recibido Artemidoro al observarlo es que el noble romano no se acuerda de él.

Peor todavía. No cree que se acuerde de la infortunada Hermíone.

Pero lo cierto es que la desmemoria de Cepión en lo relativo a él es fingida. Lo ha comprobado poco después.

De hecho, parece que el joven noble ha hecho averiguaciones sobre su vida actual.

Su vida con Urania.

Hace cinco días, Artemidoro recibió una carta lacrada que contenía una invitación. Por la calidad del papiro, más fino aún que el que él utilizaba para sus *Historias*, dedujo que era hierático, el material que los egipcios reservan para sus textos sagrados.

Y que el ostentoso Servilio Cepión usaba para mandar las invitaciones a sus fiestas.

Esta, en concreto, se iba a celebrar el 10 de enero para festejar su ingreso en la cuestura y en el Senado.

La carta le llegó a Artemidoro a través de Procopio. Un esclavo que le había servido como mayordomo durante varios años, y del que tuvo que desprenderse del mismo modo que se desprendió de la vivienda de abajo y de tantas otras cosas, salvo los libros que tiene repartidos entre el escritorio y las cestas de mimbre.

Para Artemidoro, resultó humillante que su antiguo sirviente le entregara aquel boleto. Procopio ahora sirve a Antiodemis, la ocupante de su anterior casa. Y Antiodemis —se trata de un secreto a gritos en la Torre Mamilia— es amante de Cepión, que a su vez es quien le paga el alquiler.

Al menos, su antiguo esclavo se dirigió a él con respeto al darle la carta.

Procopio es griego, natural de Corinto. De niño lo vendieron en el mercado de Delos cuando el cónsul Lucio Mumio destruyó la ciudad, hizo ejecutar a los varones adultos y esclavizó a las mujeres y los niños. Parece mayor de los treinta años que tiene, porque es un tipo enjuto y de modales un tanto estirados.

—¿Qué tal con tu nueva señora? —le preguntó Artemidoro, entrecerrando la puerta de su apartamento para que el esclavo no pudiera ver lo pequeño que es.

—Es una actriz, señor.

Con eso parecía sugerir que era como si estuviera sirviendo a una prostituta. Precisamente lo que había hecho durante los meses en que Urania vivió con Artemidoro en la vivienda de la planta baja. Pero enseguida añadió:

—Y es muy joven. Pero no es mala ama. Sabe mirar antes de pisar.

Esa es una expresión muy típica de Procopio, que prefiere dueños previsibles, aunque sean duros.

Artemidoro abrió el lacre y leyó la invitación.

En ella también se mencionaba a Urania.

Lo cual hizo pensar a Artemidoro que Cepión sabía más sobre él de lo que habría deseado.

—Ya sé que no sirves al cuestor, Procopio, pero ¿podrías comunicarle que, lamentándolo mucho, nos va a ser imposible asistir a su fiesta? Por supuesto, rogamos a los dioses para que su magistratura sea lo más bienaventurada posible y para que en el futuro pueda celebrar no una cuestura, sino un triunfo como cónsul.

Contestar de forma oral a una invitación escrita no es de buena educación. Pero Artemidoro no estaba dispuesto a arrancar una plágula de los rollos de papiro que atesora para malgastarla de ese modo. Al fin y al cabo, ni albergaba ni alberga la mínima intención de amigar con Cepión.

Antes de que tanto sus finanzas como su reputación se arruinaran, recibía bastantes invitaciones para cenas más o menos privadas o para grandes banquetes. Como escritor y erudito griego, su presencia añadía lustre a las fiestas de la élite romana.

Las cosas han cambiado.

En los últimos tiempos apenas ha recibido invitaciones. Y esas pocas las ha declinado.

Sabe que incluso quienes fingen aceptarlo lo critican a sus espaldas por el hecho de que prácticamente viva en matrimonio con una mujer bella y joven, pero prostituta.

Bueno, exprostituta.

Pero los romanos tienen un refrán muy cruel para eso. «Puta una vez, puta hasta la muerte».

Hay otro motivo.

Ya no le queda ropa en condiciones para asistir a esas cenas lujosas. Podría hacer el papel de típico filósofo cínico vestido de andrajos, como esos que imitan a Diógenes o a su modelo, Sócrates, pero no va con él.

Él, que tiene que realizar las tareas menestrales que antes encomendaba a esclavos, que usa el manto como abrigo de día y como manta de noche, que se remienda sus propias túnicas y no se las lava en público por no pasar vergüenza, ¿cómo va a asistir a una de esas cenas con ropa ajada y descolorida? En la última que recuerda, el anfitrión presumió de haberse gastado tres millones de sestercios, dinero suficiente para pagar los salarios anuales de una legión.

Pero en el caso de la fiesta de Cepión —fiesta que, conociendo al personaje, probablemente continúe después de tres días—, Artemidoro tenía y tiene una razón más poderosa para no acudir.

Urania.

Es bien consciente de que la joven se ha acostado con otros hombres. Obviamente. ¿Cómo va a ignorarlo?

Pero para él se trata de un pensamiento abstracto, relativamente inocuo. Hombres sin cara, sombras como las que se entrevén en la caverna platónica.

En concreto, no quiere saber quién ha poseído su cuerpo, quién la ha...

Penetrado.

Esa imagen se le hace insoportable.

Sobre todo si es alguien como Cepión, que mancha todo lo que toca.

Cuando se despidió de Procopio y cerró la puerta, Urania, tumbada y aburrida en la cama, le preguntó qué pasaba.

—Nada. Nos han invitado a una fiesta en casa del cuestor Servilio Cepión. He dicho que no podemos asistir.

Al mencionar el nombre, vio pasar por los ojos azules de Urania una chispa de reconocimiento.

Esa chispa se ha convertido para él en una nube. Y no de las de verano, sino un nubarrón gris y pesado de invierno, como los que desde hace varios días cubren el cielo de Roma.

Artemidoro no quiso preguntar. Pero comprendió en aquel instante que ese hombre al que desprecia y que, sin embargo, es muchísimo más poderoso que él, había poseído el cuerpo desnudo de Urania.

Y mucho se teme que ese, y no el prestigio intelectual del propio Artemidoro, es el auténtico motivo de la invitación.

Ahora comprende por qué se sintió amenazado y disminuido como varón —como macho de la especie humana— cuando vio por primera vez a Cepión.

Sí, era una premonición.

Para calmarse y disipar esa nube, Artemidoro se recuerda una y otra vez lo que le dijo Urania en una ocasión:

—Mi alma solo ha tenido un amo. —Tras una pausa, la joven había añadido en tono enfático—: ¿Necesitas que te recuerde quién es el dueño de mi pecho, de mi alma, de mi mente?

—No —respondió él.

Qué gran mentira. Claro que lo necesita. Los celos y el miedo a perder al ser amado tienen más cabezas que la hidra de Lerna y una ponzoña aún más venenosa y duradera.

***

Artemidoro se da cuenta de que lleva un rato apretando tanto la mandíbula que le rechinan los dientes. «Se te van a desgastar», le dice Urania a veces. «Si sigues así te quedarás desdentado y tendré que darte purés como a nuestro bebé».

Cuando siente que le domina la ira, Artemidoro procura enderezar los hombros. Después respira hondo y repite en voz baja:

—No temas a los dioses. No te preocupes por la muerte. Lo que merece la pena es fácil de conseguir. No hay nada, por terrible que sea, que no podamos soportar. No temas a los dioses. No te preocupes por la muerte…

Consciente de que es un hombre pasional, se esfuerza por dominar las emociones más primarias e intensas y alcanzar el ideal de la ataraxia, el ánimo imperturbable que constituye el secreto de la felicidad. Cuando nota que sus humores internos se revuelven y afectan a su mente, trata de calmarse recordando los principios de Epicuro que él mismo ha resumido en las cuatro frases sencillas que denomina «el tetrafármaco».

—No temas a los dioses —repite de nuevo—. No te preocupes por la muerte. Lo que merece la pena es fácil de conseguir. No hay nada, por terrible que sea, que no podamos soportar…

Él mismo sigue algunos de esos principios en mayor medida, y otros no tanto.

A los dioses no los teme porque no cree en ellos.

Acepta que la muerte es un hecho de la vida. Pero eso no significa que no le dé pánico pensar en que Urania pueda no sobrevivir al parto.

«Lo que merece la pena es fácil de conseguir». Aunque trata de convencerse de ello, su temor es que lo que más aprecia, Urania, sea más fácil de perder que de conservar.

En cuanto a las penurias actuales —«No hay nada, por terrible que sea, que no podamos soportar»—, trata de aguantarlas de buen grado en aras del verdadero bien, que es tener a Urania a su lado. Aunque tenga que escribir enrollado en un manto y con unos guantes a los que les ha cortado la punta de los dedos. Aunque su dieta básica consista en coles y gachas por dejar la carne y el pescado para ella y para el bebé que está en camino.

Hay algo terrible, sin embargo, que no se ha acostumbrado a soportar.

La injusticia.

El abuso del fuerte.

En la *Guerra del Peloponeso* de Tucídides hay un pasaje tristemente revelador de la naturaleza humana, cuando los atenienses tratan de convencer a los habitantes de la humilde isla de Melos para que se rindan y se conviertan en sus súbditos: «En los asuntos humanos, la justicia y el derecho intervienen cuando existe igualdad de fuerzas. Si no, es el fuerte quien decide qué es lo posible y el débil el que lo acepta».

En el mundo en el que le ha tocado vivir a Artemidoro existe un fuerte mucho más poderoso, más implacable de lo que Tucídides el ateniense pudo llegar tan siquiera a concebir.

Roma.

Y Roma no solo decide ya qué es lo posible, sino que pretende también determinar qué es lo justo.

—No temas a los dioses… —repite una vez más.

De eso está convencido. La prueba definitiva de que no existen los dioses es que no hacen nada por castigar los abusos y la crueldad de los romanos.

Abre la boca, mueve las mandíbulas, se masajea las mejillas.

—... No hay nada, por terrible que sea, que no podamos soportar.

«Excepto la injusticia», le recuerda su Diógenes interior, asomando la cabeza, tan desaliñada como minúscula, desde su tonel.

***

La denuncia que llevó Artemidoro a Roma en representación de Éfeso no iba dirigida contra Cepión, sino contra la cabeza visible de los abusos, el ya exgobernador Manio Aquilio.

Como Artemidoro no era ciudadano romano, necesitaba a alguien que sí lo fuese para representarlo ante el tribunal.

No había demasiados romanos que estuvieran dispuestos a ejercer de abogados contra un hombre poderoso como Aquilio. Entre los que apoyaron la causa de los efesios estaba Gayo Graco, con quien Artemidoro entabló amistad desde entonces.

Pero quien se empleó con más energía en los discursos de acusación fue Gayo Mario.

Un hombre de palabra y ademanes tan rotundos como su físico. Alto y fuerte, aunque no a la manera musculosa y definida de un Cepión. Pese a que en la época del juicio no pasaba por mucho de la treintena, ya mostraba la solidez nudosa y severa de un olivo añoso capaz de resistir cien hachazos sin derrumbarse.

Mario se tomó el caso de los efesios con sumo interés. Presentó datos y pruebas irrefutables de la corrupción de Aquilio, y los expuso con claridad y contundencia. «Contundente» era tal vez la primera palabra que a uno le venía a la cabeza cuando lo veía gesticular cerrando en un puño aquella mano de dedos anchos como espátulas.

Por desgracia, Mario carecía de la red de influencias tan necesaria en Roma. Aunque era ciudadano y llevaba muchos años en la urbe, la élite senatorial lo miraba con desdén. Un advenedizo de la región del Arpino, decían de él. Que no era capaz de quitarse el olor a cagarruta de oveja de la toga, añadían, y que para colmo hablaba un griego atroz.

Artemidoro puede dar fe de que Mario no posee talento para los idiomas, pero en los escaños de la curia se sientan muchos senadores que hablan un griego mucho más pedestre que el suyo.

Durante el juicio, Artemidoro percibió que el estilo beligerante de Mario despertaba una hostilidad casi automática entre el jurado senatorial. No tanto en el auditorio de curiosos que se aglomeraba en esos procesos: como ocurría en los combates de gladiadores, lo que la gente quería era ver cómo salpicaba la sangre.

Pero quienes tenían que absolver o condenar a Aquilio eran los senadores que formaban el tribunal, no los ciudadanos humildes que jaleaban más a Mario cuanto más agresivo lo veían y de ese modo lo incitaban a mostrarse más combativo y mordaz.

Artemidoro trató de asesorar a Mario, sugiriéndole que recurriera a la retórica más florida y adornada que se estaba poniendo de moda en Roma por influjo de los oradores asiáticos.

—Lo que importa no es cómo digo lo que digo, sino lo que digo —respondió Mario con un intento de retruécano que supuso su mayor concesión al estilo ampuloso de otros oradores.

Mario era un hombre honrado y cabal, eso lo reconocía Artemidoro. Pero también resultaba muy testarudo y poco o nada proclive a dejarse aconsejar.

Y menos por un griego.

Si bien la relación entre ellos era respetuosa, Artemidoro no dejaba de observar en Mario una reserva, el distanciamiento de quien se cree superior tan propio de los romanos.

Qué curioso, que Gayo Mario cayera en el mismo prejuicio por el que quienes se consideraban romanos de muchas generaciones lo miraban a él levantando la barbilla y arrugando la nariz como si olieran una boñiga pinchada en un espetón.

En cualquier caso, Artemidoro está convencido de que los ciudadanos de Éfeso —y él, como su embajador en Roma— habrían perdido el caso aunque Mario hubiera exhibido tantos recursos retóricos como el mismísimo Demóstenes.

Porque el resultado fue el que cabía esperar en aquella ciudad en la que todo estaba a la venta.

Manio Aquilio fue absuelto de todos los cargos.

Y, mientras tanto, los colores de la bella *Ártemis* de Timarete siguen desvaneciéndose en el patio de aquel saqueador.

DOMUS DE GAYO SEMPRONIO GRACO

A veces los senadores reciben visitas de otros senadores entre el primer y el segundo sueño.

Normalmente, no son oficiales.

Esta tampoco lo es.

Al entrar al tablino, el recién llegado arrastra el frío de la noche pegado a su capote.

Filócrates, secretario, esclavo de confianza de Gayo Sempronio Graco, y algunas cosas más que no se dicen en voz alta, recoge el manto del visitante y se lo lleva para colgarlo.

—Lo pondré junto al fuego para que se seque, Gayo Mario —se ofrece el esclavo.

—¿Está lloviendo? —pregunta Graco.

—No, pero la noche es húmeda —responde Mario.

Graco, sentado ante su escritorio, le hace un gesto a su visitante para que ocupe el único diván que hay en la estancia. Mario niega con la cabeza, arrastra con el pie un escabel plegable y, cuando lo tiene a su alcance, se acomoda sobre el asiento de cuero resoplando entre los dientes.

—Y fría —añade, frotándose una pierna.

Gayo Mario, tribuno de la plebe desde hace un mes, viste una túnica de invierno larga y gruesa, por debajo de la cual asoma el cuello de otra túnica. Para sorpresa de Graco, lleva las pantorrillas cubiertas con bandas de lana. Por lo que recuerda del sitio de Numancia, Mario hacía gala de resistir el frío como el que más y sus piernas iban abrigadas únicamente hasta donde llegara el capote.

Mario repara en la mirada de Graco.

—Varices.

—¿No dicen que el frío es mejor que el calor para las varices?

—Eso me ha comentado algún matasanos. Yo te digo que ni el frío ni el calor les hacen bien. Lo que más alivia son estas bandas bien apretadas.

—He oído que hay un cirujano muy bueno en Bayas que las extirpa.

Mario tuerce la boca y suelta una carcajada seca. Su risa, carente de alegría, es tan retumbante como su voz. Graco tiene la impresión de que se transmite por el suelo y las paredes y hace vibrar sus costillas.

Quizá se deba a que este despacho es mucho más pequeño que el que tenía en la mansión del Palatino.

«¿De qué nos ha servido mudarnos aquí, a un barrio más humilde? Ni por esas te han votado para tribuno. La chusma es muy desagradecida».

La voz que escucha en su cabeza no es la suya, sino la de su esposa. ¿Cuántas veces le habrá repetido Licinia ese reproche?

Con variantes temporales. Antes de las elecciones fue: «¿De qué te servirá?» y «Ni por esas te van a votar…».

Lo malo es que su mujer llevaba y lleva razón.

Graco tiene constancia de que sus colegas de tribunado hicieron todo lo posible por amañar y falsificar votos en las últimas elecciones. Pero si él hubiera gozado de tanta popularidad como la que tuvo en las dos ocasiones anteriores, habría arrasado y de nada habrían servido las trampas de sus adversarios.

Ahora seguiría siendo tribuno de la plebe. Su persona no habría dejado de ser sacrosanta. Él continuaría gozando de inmunidad legal.

Y no tendría que andar en conciliábulos a horas extemporáneas para pedir favores a uno de los hombres que lo ha sucedido en el cargo.

Otro de sus sucesores, Minucio Rufo, ha convocado una asamblea que empezará dentro de unas horas en el Foro.

En esa *contio*, Minucio, que no es más que una marioneta del cónsul Opimio y de la facción más conservadora del Senado, tiene la intención de echar por tierra todas las reformas a las que Graco ha dedicado sus dos años como tribuno.

Algo que Graco quiere evitar como sea.

Por eso está reunido con Gayo Mario.

—Ninfodoro —responde Mario.

—¿Cómo?

El silencio de su visitante no ha sido largo, pero en los últimos días el pensamiento de Graco se dedica a vagar con mucha facilidad.

Demasiadas cosas en la cabeza.

—El cirujano de Bayas. Ya lo visité.

—¿Y qué tal?

—Un tipo serio. Limpio.

—Eso siempre es de agradecer cuando te van a clavar una cuchilla en el cuerpo.

Mario asiente.

—Y meticuloso. Mientras me operaba me estuvo describiendo con detalle todo lo que hacía.

—¡Además, amable! Sospecho que su tarifa no será la de un barbero.

—Sospechas bien. Doscientos sestercios.

Graco silba entre dientes.

—¿Cómo fue la operación?

—Primero me tumbó en una camilla, con una sábana más blanca que mi toga de candidato. Después tomó un escalpelo y me hizo una incisión a lo largo de la primera vena que iba a extirpar. De arriba abajo, con un pulso perfecto —dijo Mario, imitando el movimiento en el aire—. A continuación, apartó los labios de la herida con unos ganchos, levantó la variz con un retractor, la sajó para vaciarla, cortó los extremos con un flebótomo, extirpó la variz, restañó la sangre con un cauterio muy fino y después me cosió con aguja e hilo muy finos.

—Veo que te aprendiste bien los nombres de los instrumentos.

—¡Te los podría decir hasta en griego!

Graco se permite una leve sonrisa. Mario tiene que aguantar muchas bromas pesadas porque, presuntamente, su griego es atroz.

Nadie lo contrataría para impartir una conferencia sobre filosofía en el ágora de Atenas, pero muchos de los que lo critican son incapaces de usar ni un optativo ni una voz media de forma correcta.

La mano de Graco busca, distraída, la copa de vino. No la agarra bien y está a punto de volcarla.

Lo evita con buenos reflejos y cambia la copa a su lado izquierdo.

Tirar el vino habría sido un desastre. A la derecha tiene abierto el libro de Artemidoro, sujeto por pequeñas pesas para que no se enrolle.

Graco podría haberlo cerrado, pero lo ha dejado así, sobre su escritorio, porque le gusta ver esas columnas de letra apretada, meticulosa, recta.

Letra griega, precisamente.

Hace menos de un día, el mismo Artemidoro le estaba leyendo el final de ese volumen en ese mismo despacho.

Y estaban discutiendo sobre política en general y sobre el inmenso tesoro de Delfos, escondido en algún lugar de la Galia, cuando apareció su madre con aquellas palabras agoreras.

—El hombre de las cicatrices. El del cuchillo. Mañana, él te matará.

DOMUS DE GAYO SEMPRONIO GRACO

UNAS HORAS ANTES

—Mañana, él te matará.

Sobresaltado por la interrupción, Gayo Graco había abierto los ojos para mirar hacia la puerta.

Su madre había pasado al despacho sin hacerse anunciar. Algo que no suele permitirse ni siquiera su esposa.

Pero Licinia no es la formidable dama Cornelia.

Aunque la hija de Escipión Africano es delgada como un látigo y mide poco más de cinco pies de estatura, cuando entra en una estancia las losas parecen levantarse bajo sus pies como un pedestal móvil que la alza sobre los simples mortales.

Por detrás de ella, Filócrates le hizo un gesto a su amo pidiendo disculpas.

Graco no se enojó con él.

Ni ambos cónsules juntando sus veinticuatro lictores serían capaces de impedir que su madre ejerza su sacrosanta voluntad.

Cornelia se arrebujó en el grueso manto azul. Pese a los dos braseros de cobre que calentaban el despacho, traía consigo el frío del amanecer. Graco casi podía sentirlo, rodeándola como un aura húmeda y pesada.

Por detrás de su madre y de Filócrates, se vislumbraba de refilón la abertura del techo entre las columnas rojas del atrio, pero desde donde Gayo estaba sentado el ángulo no le permitía ver el cielo. Aun así, sabía que el día había amanecido encapotado porque las sombras mostraban perfiles emborronados, como letras trazadas por la mano de un escribano chapucero.

—Os dejaré solos —dijo Artemidoro—. De todos modos, ya no me quedaba más texto que leer.

—Cuando tengas el siguiente libro...

—Te lo traeré y serás el primero en conocer su contenido.

«¿Incluido el lugar exacto donde se oculta ese tesoro?», pensó Graco, convencido de que Artemidoro se arrepentía de haber sugerido que lo conocía.

Tras estas palabras, Artemidoro se marchó, haciendo una leve reverencia al pasar junto a Cornelia, a la que sacaba cabeza y media. El movimiento de barbilla de ella fue tan sutil que casi resultó imperceptible.

Para la madre de Graco seguía habiendo demasiada gente en el tablino. Con un gesto displicente, despachó a los dos pintores que seguían atareados rematando los detalles de su falso jardín. Los libertos recogieron sus pinceles y sus cuencos y se marcharon dedicando apenas una mirada de reojo a su pagador. Una vez que ambos hubieron salido, Filócrates cerró las hojas de roble de la puerta del despacho, quedándose fuera.

El libro de Artemidoro reposaba a medias abierto sobre la mesa. Una pesa de plomo sobre el *eskhatokóllion*, la última hoja, evitaba que se enrollara solo.

«... las averiguaciones que hemos hecho sobre el paradero del inmenso tesoro...».

Era una cuestión que, obviamente, despertaba la curiosidad de Graco.

¡Quince mil talentos de oro y once mil de plata!

No se trataba de una cifra baladí. Con ese dinero se podría costear otra guerra como la de Aníbal.

Pero las palabras de su madre borraron ese asunto de su mente. Su irrupción había terminado de turbar la escasa tranquilidad que le quedaba en esos días.

¿Qué era eso de que había visto cómo lo mataban con un cuchillo?

—Yo también te deseo buenos días, madre —la saludó por fin.

Inmune a la ironía, ella se quedó en el centro de la estancia apoyándose en el bastón. El puño, una cabeza de lechuza de marfil, parecía tallado a imagen de su dueña.

Pese a que camina erguida como una lanza, Cornelia cada vez necesita más de aquel adminículo. Siempre digna, solo deja traslucir en un rictus fugaz, cuando cree que nadie la mira, cuánto la mortifica la artrosis de la cadera derecha.

Conociendo a su madre, Graco no quiere imaginar cuán insidioso debe de ser ese dolor para que el gesto la traicione.

El gesto de una mujer que nunca derrama ni ha derramado lágrimas.

No lloró de dolor en ninguno de sus doce partos.

No lloró de pena al ver cómo nueve de sus hijos morían aún niños por fiebres y males diversos.

Tampoco lloró cuando le contaron cómo el décimo, su favorito, Tiberio, había sido asesinado en el Foro de la manera más vil. Apaleado con patas arrancadas de los bancos del Senado.

Tal vez lloró cuando murió su esposo. Pero nadie lo sabe a ciencia cierta. En aquella ocasión se encerró en la alcoba que ambos compartían y pasó tres días encerrada sin probar alimento ni bebida.

***

De tanto escuchar la historia sobre la muerte de su padre —aunque nunca de labios de su madre—, Gayo Graco ha llegado a adornarla con tantos detalles como si de veras la hubiera vivido.

Pero eso es imposible. Un niño de dos años no alberga recuerdos.

¿O sí?

Fue una mañana de octubre, muy temprano. Su madre se había levantado y estaba en la habitación contigua a la alcoba nupcial, viendo cómo la nodriza le daba de desayunar a él un puré de lentejas.

Su padre se había quedado en la cama, escribiendo y leyendo cartas a la luz de las velas, como solía hacer antes de levantarse. En cierto momento, notó un contacto frío y viscoso en el muslo. Al apartar la manta de golpe, descubrió que había dos serpientes en la cama. Sobresaltado, brincó fuera del lecho, vestido tan solo con la subúcula interior, salió del dormitorio y cerró la puerta.

—¡Que nadie entre aquí! —advirtió a los demás habitantes de la casa.

Después hizo venir a un adivino, un etrusco llamado Thefario, que se asomó a la alcoba y vio que las serpientes seguían en la cama, enroscándose una en la otra. Era como si el caduceo de Mercurio hubiese cobrado vida.

—Están copulando —dijo el adivino.

—¿Y eso qué significa? —preguntó el padre de Gayo.

—¿Hace falta que te explique lo que están haciendo?

—Sé muy bien lo que están haciendo. Lo que quiero saber es qué significa.

El anciano se volvió hacia él, con los ojos tan abiertos que se veían los iris rodeados de blanco, dos islas oscuras en un mar de leche.

Gayo conoce esos pormenores por su hermano, que a la sazón tenía doce años y se había acercado a curiosear pese a las órdenes de su madre. Tiberio se los contó con tanto realismo que Gayo todavía puede ver los ojos desorbitados y el rostro enteco del arúspice, como si él mismo hubiera presenciado la escena.

—Es un presagio de muerte —anunció con voz solemne Thefario.

—¿Muerte? ¿De quién? —preguntó Tiberio padre.

—Si dejas ir a la serpiente macho y matas a la hembra, tu esposa enfermará y fallecerá en breve. Pero si sueltas a la hembra y matas al macho, serás tú quien no tarde en morir.

Como todo el mundo sabe, las serpientes hembra son de mayor tamaño que los machos. Sin vacilar ni un momento, Tiberio padre entró en la estancia, armado con la espada con la que había servido en sus campañas en Hispania, y decapitó a la serpiente más pequeña sobre el mismo lecho, salpicando las sábanas con su sangre. La otra se escabulló y desapareció por el mismo agujero por el que debía de haberse colado.

Al examinar el cadáver, se comprobó que el ofidio muerto tenía dos semipenes en la base de la cola.

—¿Por qué has hecho eso? —preguntó el arúspice, extrañado de que Tiberio sacrificara su vida por la de una mujer, un ser menos valioso.

—Ella es más joven que yo y todavía puede darle hijos a Roma —respondió Tiberio padre.

—¿Más hijos todavía? —se asombró Thefario, pues Cornelia había alumbrado nada menos que doce.

Tiberio enfermó y murió menos de un mes después.

El recuerdo que tiene Gayo de su padre es el que ha construido a partir de la máscara que moldearon de su rostro después de muerto.

***

En una sola ocasión, cuando todavía se hallaba en esa edad ambigua entre niño y adolescente, se atrevió Gayo a preguntarle a su madre por la historia de las serpientes. La respuesta de Cornelia fue diferente de la oficial.

—Tu padre lo hizo porque me amaba —contestó su madre. La arruga de su ceño se borró por un instante, sus pupilas se dilataron y pareció que se transportaba a un lugar muy lejano en el tiempo. Pero enseguida su rostro recuperó su dureza habitual y, con voz más seca, añadió—: No quiero que se vuelva a hablar de este asunto.

Cornelia no volvió a hablar de ello, desde luego. Pero la historia de Graco padre y las dos serpientes se convertiría en un relato proverbial.

***

—Me alegro de que al menos no hayas despachado a Ulpio —dijo Graco, pasándose la mano por el mentón—. Prefiero no presentarme ante el pueblo con media barba.

—Él es de confianza —respondió su madre.

—Gracias, señora —dijo el barbero.

Ulpio es mayor que Cornelia. A sus casi setenta años, conserva todavía el pulso y la vista necesarios para seguir rasurando las mejillas de Gayo Graco, como en tiempos había hecho con su hermano y con su padre, los dos Tiberios.

Graco se enorgullece de cuidar a los suyos, sean ciudadanos, libertos o incluso esclavos. Cuando las manos de Ulpio tiemblen demasiado, le permitirá que se quede en la casa sin hacer nada hasta que las sombras del averno se lo lleven.

Él no es un miserable como Catón el Censor, que recomendaba vender a los esclavos ancianos y enfermos como si fueran herramientas viejas. O como otros que los manumiten y los abandonan con una mano delante y otra detrás para que mueran en el templo de Esculapio en la isla Tiberina.

Sus adversarios en el Senado consideran que esa es una debilidad suya, la de preocuparse tanto por los débiles.

Necios que no entienden nada.

(Ay, Gayo Graco, el necio eres tú, que no comprendes que para aquellos que por obligación se encuentran sometidos a otro, incluso el buen trato engendra resentimiento).

Tras un breve silencio, Graco añadió:

—Como puedes ver, madre, pese a ese hombre de las cicatrices al que has visto apuñalarme en sueños, sigo vivo.

—No te lo tomes a broma. He dicho «mañana». Y recuerda que mis visiones se cumplen.

En su momento, Cornelia soñó que su yerno, el *gran* Escipión Emiliano —cuando los Graco hablan de él, siempre pronuncian con retintín el adjetivo «grande»—, iba a morir. Así se lo contó al resto de la familia. Incluso al propio Emiliano, que se limitó a esbozar una sonrisa desdeñosa al escuchar a su suegra.

Tres días después, sin que mediara enfermedad ni síntoma ninguno, el destructor de Cartago y Numancia amaneció muerto en su lecho. Tenía cincuenta y seis años, estaba sano y se mantenía tan duro y nudoso como una higuera.

Y sano, duro y nudoso marchó a la tumba.

Las malas lenguas, de las que en Roma no hay cientos, sino miles, aseguraron que se trataba de una profecía autocumplida, ya que Emiliano habría sido envenenado por su suegra y por su propia esposa.

Graco sabe de sobra que no fue así. Por mal que se llevaran su descolorida hermana Sempronia y su pomposo marido, por más que Cornelia llamara a su yerno siempre «Emiliano» para recalcar que era un Escipión adoptado, ambas eran y son demasiado virtuosas para concebir tan siquiera la idea de un crimen.

Lo que significa que aquel sueño de su madre, fuese por azar o por cualquier otra causa, se cumplió.

¿Se cumpliría este también?

***

Cornelia le seguía mirando.

Los silencios de su madre.

Opresivos y densos como el sudario de nubes grumosas que cubría el cielo y que Graco, sin verlo, notaba en la nuca y las sienes.

Este silencio en particular era tan espeso que solo se oía el rik-rik-rik de la cuchilla de Ulpio pasando sobre los ásperos pelos que todavía se resistían en el cuello de Graco.

El extribuno suspiró.

—¿Eso es todo, madre? ¿El hombre de las cicatrices me asesinará y ya está?

Cornelia frunció el ceño.

Que ya estaba fruncido.

—Después de asesinarte, con el mismo cuchillo con que te ha apuñalado raja tu cadáver y saca de él un bebé embadurnado en tu sangre.

—Qué imagen tan tranquilizadora —murmuró Gayo.

Las palabras de Cornelia hicieron que las manos de Ulpio temblaran ligeramente. El movimiento se transmitió a la cuchilla. Fue un estremecimiento muy leve.

Mejor así. La hoja se hallaba justo encima de la pronunciada nuez de Graco.

Ulpio se detuvo un momento para afilar su herramienta en una piedra de Laminio.

Dicen que el asperón de esa ciudad hispana es el mejor del mundo, siempre que el barbero lo moje con saliva antes de sacar filo a la hoja.

Cornelia continuó explicando su sueño.

—El bebé tiene los ojos abiertos. Son verdes como esmeraldas y miran fijamente.

—¿Un recién nacido? ¿Mirando fijamente? —preguntó Gayo, escéptico.

Todo el mundo sabe que los bebés no enfocan la vista en sus primeros días y que, al nacer, el color de sus ojos es de un gris indefinido.

Su madre prosiguió, como si no lo hubiera escuchado.

—El hombre de las cicatrices levanta al bebé en el aire y dice: «Aquí tienes, Roma, a este niño, un nuevo Gayo Graco. Un revolucionario que, igual que hizo Graco, intentará convertirse en rey. Cuando sea hombre, tratará de crear una falsa Roma destruyendo la auténtica».

—¿Hay más?

—Eso es todo —dijo Cornelia, cerrándose más el manto. Ni la gruesa lana de Corinto ni las dos estufas donde ardían brasas de olivo conseguían que entrara en calor.

Gayo, que también había sentido un escalofrío, trató de espantar la imagen de su propio cadáver abierto en canal.

Se centró en las palabras.

En los argumentos.

—Yo no intento convertirme en rey, madre. Eso es lo que afirman mis enemigos. Pero no es más que una calumnia y lo sabes. Me duele que lo creas aunque sea en sueños.

¿Lo sabía ella, realmente? Por la mirada severa que clavó en él y por su silencio, podría pensarse que ponía en duda si la acusación vertida por los enemigos de su hijo era cierta.

Rik-rik-rik. La cuchilla seguía sonando con el persistente crujido del cobre contra el pelo. Ulpio suele decirle a su amo que la suya es una de las barbas más duras con las que se ha encontrado.

«Es como decía tu hermano que eran las guerras en Hispania, señor. Cuando parece que has arrasado todo, los dedos notan otro brote que raspa y que parece que ha salido de la nada».

Su madre respondió por fin.

—Cada vez que Opimio habla en público de ti, se refiere a ti como «un nuevo rey Tarquinio».

Gayo notó cómo se le subía la sangre a la cabeza.

—¡Qué se ha creído Opimio! ¿Compararme a mí, a mí, con Tarquinio? ¿Con aquel tirano?

Todo el mundo sabe que el último rey de Roma era un déspota cruel que obligaba a ciudadanos libres a excavar la Cloaca Máxima de sol a sol en plena canícula. Cuando alguno se suicidaba o caía reventado, lo crucificaba a la vista de los demás para que escarmentaran al ver cómo los cuervos picoteaban los ojos y las tripas del cadáver.

Si ha existido en Roma un enemigo del pueblo, ese ha sido Tarquinio el Soberbio.

—No te encrespes tanto, hijo. No tienes que convencerme a mí.

Las manos de Ulpio tiraron suaves, pero firmes, para reclinarlo otra vez en el asiento. «No querría cortarte, señor», susurró.

Graco respiró hondo.

—Es una comparación ofensiva. Y, sobre todo, injusta —dijo con voz más calmada—. Si hay algo que he buscado siempre es el bien del pueblo romano. De todo el pueblo romano.

Como su madre se limitaba a mirarlo, Graco siguió argumentando. ¿Acaso no demostraban su amor por el pueblo los grandes hórreos que había hecho construir a orillas del Tíber y que durante los últimos meses del año anterior se habían estado llenando de grano? ¿De trigo que después se vendía a los ciudadanos a seis ases el modio, apenas la mitad de su valor en el mercado?

—¿Habría hecho eso Tarquinio? ¿Lo harían los senadores que me critican, cuando muchos de ellos se han bañado en oro especulando con el grano sin importarles el hambre de las familias romanas?

—Ya veo que te debes al pueblo —dijo Cornelia, mirando hacia la pared a medio pintar y arrugando ligeramente su aristocrática y algo aguileña nariz ante el olor acre de los pigmentos.

Graco interpretó perfectamente el gesto de su madre.

Cuando se mudó a esta casa por ganar popularidad, Cornelia también arrugó la nariz, olisqueando la humedad que flotaba en el aire y que bofaba las paredes.

—He visto morir a cuatro de mis hijos de malaria, y eso viviendo en las alturas —le dijo en aquel momento—. ¿Quieres que les ocurra lo mismo a los tuyos?

Ahora, su madre dio un salto lógico, como si en lo que había durado el gesto de fruncir la nariz hubiera sostenido una breve discusión con su hijo.

Y la hubiese ganado, claro está.

—A tu hermano Tiberio lo empujaban el amor y la preocupación por Roma. Tú te mueves más por el afán de ser recordado.

—¿Acaso es eso malo, madre? ¿No es nuestra búsqueda de la gloria lo que ha hecho que Roma sea la ciudad más poderosa del mundo?

Gayo prefería no discrepar sobre su hermano. Siempre ha pensado que Tiberio era el favorito de su madre y que esta miraba todo lo que hacía a través de un velo de gasa.

—Lo que pretendía tu hermano era apuntalar el poder de Roma cuando amenazaba con desmoronarse. Eres demasiado joven para recordarlo, pero…

—Recuerdo perfectamente lo que ocurría en aquellos años, madre, no soy un adolescente.

Ella continuó sin prestarle atención.

Cuando Cornelia quiere decir algo, no deja que nada la interrumpa.

No es que se queje si la cortan. Se limita a seguir hablando. En el peor de los casos, si su interlocutor le hace perder el hilo, empieza de nuevo, como esos sacerdotes etruscos que, cuando se equivocan en una sola palabra del ritual, por largo que sea, lo repiten entero.

—… nuestros ejércitos no hacían más que sufrir humillaciones en Hispania. Y de no ser por tu hermano habría sido mucho peor.

***

Gayo asentía mientras escuchaba. Como acababa de decirle a su madre, recordaba muy bien todo aquello.

Él tenía entonces dieciséis años. Se había presentado en el Campo de Marte con la intención de alistarse en el ejército para servir en su primera campaña contra la rebelde Numancia.

Su propio hermano, que servía como cuestor en el ejército consular al mando de Hostilio Mancino, lo había arrastrado fuera de la fila cuando estaba a punto de llegar ante los tribunos que seleccionaban a los reclutas para cada una de las cuatro legiones.

—¿Estás loco? No eres más que un crío —le dijo Tiberio, tirándole del codo para sacarlo de la Villa Pública y alejarlo de los demás reclutas.

—¡No soy ningún crío! ¡Hace tiempo que dejé la bula! —respondió Gayo.

Algunos de los que aguardaban en las filas, arrebujados en sus mantos y expulsando nubecillas de vaho en aquella fría mañana de enero mientras pateaban el suelo para entrar en calor, contemplaban la escena con sonrisas burlonas. Otros, que no tenían el menor deseo de ser alistados, observaban a los hermanos Graco entre la envidia y la desaprobación.

—Debes quedarte en casa —insistió Tiberio—. ¿Qué sería de madre si los dos cayéramos allí lejos?

—A lo mejor, por dos hijos muertos llegaría a derramar una lágrima entera.

Aunque su hermano tenía fama de hombre mesurado, aquel comentario le costó a Gayo volver a casa con la mejilla ardiendo por una sonora bofetada.

En el regreso, al pasar ante la larguísima fila de ciudadanos que aguardaban su turno para ser examinados por los tribunos, Gayo vio un buen número de rostros tan lampiños como el suyo o más. Muchos tenían las miradas perdidas, se mordisqueaban los labios y no dejaban de retorcer entre los dedos los picos de sus mantos o capas.

«Les falta llamar a su madre», pensó Gayo.

En aquel momento, le pareció una situación absurda. Aquellos muchachos eran unos cobardes que no merecían formar en las gloriosas legiones, mientras que a él, que estaba deseando hacerlo, se le privaba de esa oportunidad. ¡Qué injusto!

Con el tiempo aprendió a ver las cosas de otra forma y comprendió que la verdadera injusticia era que a aquellos adolescentes que no tenían la suerte de pertenecer a la élite como él se los reclutara a la fuerza pese a no cumplir la edad mínima. Mientras que jóvenes adinerados como Tito Sertorio —se lo había confesado él mismo tiempo después— se las arreglaban para quedar fuera de las listas un año tras otro merced a los sobornos.

Se trataba de un abuso generalizado que él precisamente, Gayo, impediría tiempo después con una de las primeras leyes aprobadas durante su tribunado.

***

Si el Estado recurría a jóvenes casi imberbes que no tenían dinero ni influencias para librarse del reclutamiento, era porque en aquellos años no resultaba fácil encontrar voluntarios para el ejército.

En la memoria de los mayores estaban las gloriosas campañas en Oriente, cuando las legiones habían derrotado una y otra vez a las falanges griegas y macedonias.

Aquellos, lo recordaban los veteranos, eran buenos tiempos. Normalmente, no hacían falta más que un par de escaramuzas y una batalla campal multitudinaria que apenas duraba unas horas.

Tras la inevitable victoria romana, los gobernantes del enemigo se rendían.

Después, botín para los soldados y descanso en una tierra civilizada en la que se comía pan, se bebía buen vino y el sol calentaba. Y uno podía acostarse con una lugareña limpia y perfumada de ingles acogedoras y pechos mullidos, para después cerrar los ojos y roncar con las manos tras la nuca sin temor a que ella lo apuñalara durante el sueño.

Todo lo contrario de las guerras que se libraban en Hispania.

Allí no servía de nada derrotar a una tribu o incluso arrasar sus aldeas y prender fuego a sus sembrados. Las tribus vecinas no escarmentaban en cabeza ajena, e incluso las que parecían amansadas se levantaban una y otra vez.

El conflicto en Hispania era como un incendio en el monte que, cuando parece apagado, vuelve a reavivarse en cuanto el viento sopla y agita los rescoldos.

O, en el símil del bueno de Ulpio, como la barba del propio Gayo Graco.

Las batallas y las emboscadas eran incesantes. Ni la noche ni el invierno daban descanso a las legiones. La recompensa por aquellos sufrimientos para los soldados era casi nula. El mayor botín al que podían aspirar era un capote grasiento tejido con la lana de las ovejas que pastaban en aquella inhóspita meseta.

¡Ay de los que caían prisioneros! Lo mejor que podían esperar era ser decapitados. Hasta las mujeres de aquellos bárbaros eran peores que los lobos. A los cautivos les clavaban las fíbulas de sus mantos en los ojos y la lengua y les aplastaban los testículos con majas de mortero antes de cortárselos con esquiladoras oxidadas y arrojárselos a los perros, tan feroces como sus dueñas.

Ese era el destino que estuvo a punto de correr el ejército en el que servía como cuestor su hermano Tiberio y en el que, si este lo hubiese permitido, habría combatido el propio Gayo.

Cuando el cónsul Mancino y los veinte mil hombres que servían a sus órdenes se retiraban de Numancia, desesperados de tomarla, cayeron en una emboscada y quedaron encerrados en una enorme hondonada.

Si no acabaron regando con su sangre aquella tierra áspera y fría fue porque los numantinos guardaban un buen recuerdo del apellido Graco. Gracias a que su padre había sido el mejor gobernador de Hispania, conocido por su justicia y su moderación, los bárbaros celtíberos consintieron en que Tiberio negociara la rendición.

Cuando el ejército regresó a Roma, vencido, pero sin demasiadas bajas, muchos senadores se levantaron indignados en los bancos de la curia, agitando sus togas blancas orladas de púrpura y cacareando como gallinas en un corral.

Habrían preferido la aniquilación de aquellas legiones antes que el descrédito que había caído sobre Roma.

¿Qué era eso de entregar las armas y el bagaje? ¿La misma República que no se había rendido en los peores momentos ante Pirro ni Aníbal pactaba ahora una paz vergonzosa con aquellos piojosos celtíberos?

El Senado se negó a ratificar el acuerdo firmado por el cónsul Mancino. Este, deshonrado por quebrantar su palabra, volvió a Hispania y se hizo entregar, desnudo y atado a un poste, para que los numantinos lo torturaran y se expiara así el sacrilegio. Si salvó la vida fue porque los habitantes de la ciudad, por desconfianza o por magnanimidad, no aceptaron su sacrificio y lo dejaron en paz.

Gayo recordaba perfectamente a su hermano Tiberio de regreso en Roma. Demacrado tras la larga campaña y apenas recuperado de la neumonía que había contraído en aquellas tierras inhóspitas.

—Esos lobos pueden hablar muy bien de honor y de coraje desde sus asientos del Senado —decía mientras cenaba con la familia. Había adelgazado tanto que, al masticar, los músculos de las mandíbulas se le marcaban como cuerdas bajo la piel—. No, lobos no. ¡Buitres! Carroñeros que no dejan de acumular riquezas sobre pilas de cadáveres.

En su viaje a Hispania, Tiberio había recorrido las tierras al norte de Roma, y las había vuelto a contemplar durante el regreso. Allí, en lugar de pequeñas fincas cultivadas por propietarios libres, hombres orgullosos y con recursos suficientes para pagarse las armas y servir en las legiones, encontró sobre todo grandes latifundios trabajados por esclavos. Esclavos que afluían de los dominios cada vez más vastos de la República.

—Esclavos que no pueden ser reclutados —proseguía Tiberio—. Esclavos que desplazan de los campos a los ciudadanos.

Tiberio, de temperamento más calmoso y ecuánime que Gayo, se dejaba llevar entonces por la pasión. Su discurso brotaba como un torrente, interrumpido solo por accesos de la tos que no logró quitarse de encima hasta que llegó la canícula. Gayo lo contemplaba con la admiración del hermano pequeño, los ojos muy abiertos, llevándose la comida a la boca sin tan siquiera mirar el plato.

—Las bestias salvajes que campan por los bosques de Italia tienen sus propias cuevas y guaridas donde cobijarse. En cambio, ¿qué poseen los hombres que combaten y mueren por Roma? ¡Nada! No tienen techo, no tienen hogar, vagan errantes con sus familias.

—Menos mal que no está aquí Escipión —murmuró Sempronia, acurrucada en su triclinio, siempre encogida en sí misma. Todo el mundo sabía que su marido Emiliano estaba en contra de esas ideas casi subversivas.

—Calla y deja hablar a tu hermano —ordenó Cornelia.

Tiberio proseguía.

—Los generales como tu esposo, mi querida hermana, mienten cuando antes de las batallas arengan a sus soldados. «¡Venced al enemigo, defended vuestros templos, vuestras tumbas sagradas!». ¡Pero si la mayoría de los romanos no tienen ni altares familiares ni túmulos de sus antepasados, porque les han quitado las tierras donde estaban! Pelean y mueren para que quienes se enriquezcan sean esos carroñeros que después en el Senado se atreven a tachar de cobardes a soldados que aceptan una rendición honrosa para no ser aniquilados.

Aquel viaje, la campaña fracasada en Hispania y la negativa del Senado a aceptar el tratado que él había firmado volvieron definitivamente a Tiberio contra la élite que llevaba generaciones dominando la República.

El mismo año en que su cuñado Emiliano asediaba Numancia, Tiberio se convirtió en tribuno de la plebe. La ley agraria que hizo aprobar pretendía repartir fincas de tamaño moderado entre ciudadanos empobrecidos, con el fin de que estos prosperaran de nuevo y, con una renta mínima, pudieran convertirse en los legionarios que necesitaba la República.

El problema era que para entregar esas fincas había que expropiar a los grandes terratenientes que se habían adueñado de ellas en los últimos años. Muchos de ellos lo habían hecho con engaños o, directamente, con violencia.

Y la mayoría de esos terratenientes eran senadores.

Como el propio Tiberio Graco.

Gayo había presenciado cómo uno de aquellos senadores, Lucio Rufo, le decía a su hermano, señalándolo con el dedo junto al templo de Jano: «¡Perro no come perro!».

Rufo tenía las mejillas encendidas, los ojos desencajados y las comisuras de los labios blancas, como si él mismo fuera un perro rabioso.

Pero, al final, el que había muerto como un perro apaleado era su hermano.

Literalmente.

En una tumultuosa asamblea al pie del Capitolio, un colega tribuno llamado Satureyo le abrió la cabeza con la pata arrancada de un banco de la curia donde se reunían los senadores. Después, ya derribado y casi inconsciente, el obeso Lucio Rufo se ensañó a estacazos con él, una hazaña de la que luego alardearía.

Como tribuno de la plebe en el ejercicio de su cargo, Tiberio era inviolable, y ponerle la mano encima constituía un horrendo sacrilegio.

Si eso le hicieron a Tiberio, un sacrosanto tribuno, se pregunta Gayo Graco, ¿qué puede ocurrirle a él, que desde el mes de diciembre es ciudadano privado?

HÓRREO DE LAVERNA

AHORA

Tras escuchar lo que tenía que contarle Sierpe y ya vestido, Stígmata cierra la puerta de su alcoba tras de sí y sale a una alargada galería de madera provista de balaustrada. A ambos lados hay más cubículos parecidos al suyo que sirven como dormitorios, salas de prostitución improvisadas o timbas para partidas de dados, tabas y otros juegos.

Antes de dirigirse a la izquierda para bajar por la escalera, apoya las manos en la barandilla y estudia la situación.

Es una costumbre suya. Ser precavido. Por más que conozca un lugar, le gusta examinar su entorno.

Entradas. Salidas. Posibles amenazas.

Bajo la galería se abre la planta baja del almacén, un vasto recinto más alargado que ancho que por ambos lados se pierde entre las sombras. Hay altas columnas de madera repartidas a intervalos regulares que sustentan las vigas del techo y confieren cierta estructura a aquel espacio.

La izquierda de la nave se utiliza como zona de almacenaje en la que se encuentra un poco de todo. Hay cientos de ánforas que contienen aceite, vino, grano, miel, quesos, carnes y pescados en salazón y mil productos variados de los que llegan remontando el río desde el puerto de Ostia. También cajas con herramientas, sacos, trastos de todo tipo. Barcas boca abajo, redes de pesca, rollos de cuerda. Mil y un cachivaches de dudosa utilidad que nadie se decide a tirar, como un gran carromato con los ejes rotos que no se molestan en reparar ni desechar.

Cuanto más lejos del centro del almacén, más oscuridad hay y más inservibles son los enseres.

Por la parte derecha se aprecia más luz. Allí hay una fragua en la que siempre arden carbones. Recordando su pasado como herrero —maestro según él, aprendiz y esclavo según las malas lenguas—, a Septimuleyo le gusta forjar allí herramientas y armas.

Muchos de los puñales y espadas que portan sus sicarios los ha fabricado él.

Las armas de Stígmata, no.

Tanto sus dos espadas como el cuchillo y las dos dagas arrojadizas han salido de la fragua de un herrero celta llamado Indortes que tiene su taller en el monte Opio, asomado a la vía Sacra.

Stígmata considera que Indortes es el mejor.

Indortes tiene idéntica opinión de sí mismo, lo cual se refleja en sus precios.

—¿Es que las armas que salen de mis manos no te parecen dignas de ti? —le preguntó una vez Septimuleyo.

—Solo quiero tener lo mejor —respondió Stígmata, que añadió después de una pausa—: Para servirte de la mejor forma posible.

—¡Ni el puto Marcelo debió pagar tanto por unas putas armas!

Septimuleyo se refiere a Marco Claudio Marcelo, cinco veces cónsul, conquistador de Siracusa y conocido como la Espada de Roma después de derrotar en duelo singular al gigantesco rey galo Viridomaro. Gracias a ello se le concedió la más alta condecoración del Estado, los *spolia opima*. Un honor que, antes que él, solo habían alcanzado Rómulo y Aulo Cornelio Coso.

Stígmata recuerda bien sus lecciones de historia con Evágoras, que sería griego, pero se sabía al dedillo las tradiciones más antiguas de Roma.

Ante las protestas de Septimuleyo sobre lo que costaban las hojas que le forjaba Indortes, Stígmata le había contestado:

—Pago esas armas con mi dinero.

—Con el dinero que yo te doy.

—Por los premios que yo gano.

«Y que te dan a ti», implicaba la respuesta de Stígmata.

La condición social de Stígmata, como la de la mayoría de los gladiadores, flota entre dos aguas. No es técnicamente esclavo, pero tampoco un hombre libre.

A los dieciséis años, cuando los jóvenes romanos de condición libre dejan la toga pretexta para tomar la viril, Stígmata pasó otro ritual que, en lugar de iniciarlo e introducirlo en el seno de la comunidad de ciudadanos como a los demás, lo expulsó definitivamente de ella.

Se trataba de un juramento que lo convertía en alguien infame, de tan baja condición como una prostituta o un actor.

> *Auctoramentum iuro: uri, vinciri, verberari, ferroque necari et quidquid aliud Septimuleius iubeat.*

«Hago este juramento: dejarme quemar, atar, azotar, matar por el hierro o cualquier otra cosa que ordene Septimuleyo».

Por ese voto, Stígmata dejaba de ser dueño de su cuerpo.

En realidad, ¿cuándo lo había sido?

Hasta ese momento, no constaba en ningún archivo que fuera legalmente un esclavo, pero tampoco un hombre libre. El viejo Albucio no lo había inscrito en ningún registro, ni como siervo ni como hijo adoptivo.

La situación había cambiado al prestar el juramento. Stígmata se había convertido en un *auctoratus*, alguien que se había vendido a sí mismo y que debía pagar con su sudor y a veces con su sangre el alojamiento y la manutención que le ofrecía su lanista.

En teoría, podría liberarse de ese vínculo algún día, a condición de pagar a Septimuleyo lo que este se había gastado en él más un medio de esa cantidad.

Algo sumamente complicado. Septimuleyo se incauta de mucho más de la mitad de los premios que recibe por los combates de Stígmata. Se apropia, asimismo, de las gratificaciones que pagan por sus servicios sexuales damas de alta sociedad como Rea, la esposa de Tito Sertorio. En cuanto a los gastos, Septimuleyo hace que su administrador Polifrón falsee los libros de contabilidad hinchando las sumas que invierte en sus gladiadores.

Por eso Stígmata sabe que, si quiere convertirse en un hombre verdaderamente libre, tendrá que hacerlo a las bravas.

Podría escapar lejos de Roma. No es un esclavo con grilletes, tatuajes ni estigmas candentes que lo delaten.

Salvo las marcas de su rostro, claro. No lo identifican como siervo de nadie, pero lo hacen reconocible.

Aunque se afeita casi todos los días, tiene una barba cerrada que le brota casi a la altura de los pómulos, por encima de las cicatrices. Dejándosela crecer y arreglándosela con cuidado, seguramente podría tapar aquellas viejas heridas.

El problema no sería ese.

Si escapa, quiere hacerlo con dinero.

Con oro.

El oro es libertad.

En los últimos días ha prestado oídos a lo que se ha hablado cerca de él, fingiendo que pensaba en otra cosa, como acostumbra a hacer desde niño.

Palabras como las que Sierpe le escuchó a Cepión.

«Va a haber tumultos y ambos podemos sacar provecho».

Stígmata tiene muy claro que este día al que aún le quedan horas para amanecer, el de los idus de enero del año de los cónsules Opimio y Fabio Máximo, va a ser turbulento.

Incluso violento.

Dioses *beneviolentos*. Qué palabra tan curiosa ha nacido del error de Sierpe.

Puede que sea un día de revoluciones.

Cuando el Tíber se revuelve, los pescadores ganan.

Él espera pescar algo, de una manera o de otra.

Hay un lugar, una casa en concreto, donde sabe que existe un arcón lleno de dinero.

Stígmata tiene en su poder una copia de la llave que le abrirá la puerta a ese lugar.

Y confía en que, con su habilidad con las ganzúas, sea capaz de descerrajar ese arcón.

Aunque hace meses que la esposa de Tito Sertorio no lo hace acudir a su casa para fornicar con él, va siendo hora de que Stígmata le haga una visita no solicitada.

Para después desaparecer de Roma.

Lo que, por el momento, ignora es que Septimuleyo tiene pensado un segundo encargo para él, si es que logra cumplir con el primero.

Y ese encargo tiene que ver también con la caja de caudales de Tito Sertorio.

Con la diferencia de que Septimuleyo pretende que no quede nadie con vida en esa casa.

***

—¡Eh, Cicatrices! ¿Vas a bajar de una vez o piensas quedarte ahí arriba para soltarnos un discurso como si fueras el puto Graco?

El que lo ha llamado desde abajo es Mamerco.

Sigue aventajando en estatura a Stígmata. Pero ahora, en lugar de descollar varias cabezas por encima de él, la diferencia es de menos de medio palmo.

En cuanto al peso, Stígmata calcula que el otro le debe sacar treinta libras. Muchas de ellas, de músculos. Aunque el cuerpo de Mamerco no parezca una estatua como el suyo, no se puede decir de él que esté gordo.

En lugar de haberse convertido en gladiador como Stígmata, Mamerco aprovecha su fuerza física y sus indudables dotes para la violencia en otra especialidad.

El pancracio.

Teóricamente, los romanos miran con malos ojos ese estilo de lucha importado de Grecia en el que, salvo morder y sacar los ojos al contrincante, todo vale: puñetazos, patadas, llaves, estrangulamientos. Por eso no se practica en festivales oficiales.

Esa es la teoría. En la práctica, muchas noches se celebran combates clandestinos en almacenes junto al Tíber, como el Hórreo de Laverna, o al otro lado del río, en el Janículo. Los mismos que de día condenan la moda de los deportes extranjeros apuestan hasta la toga en esas veladas.

En el pancracio, Mamerco es más o menos el equivalente de Stígmata en los juegos de gladiadores. Ha vencido casi todas sus peleas.

Como sus modalidades de combate son distintas, nunca se han enfrentado físicamente.

«Nunca» quiere decir desde que Stígmata es adulto.

Antes, recibió más de una paliza de Mamerco.

Y no olvida que lo violó, imitando el ejemplo del viejo Albucio.

Mamerco Cuentas Pendientes.

Así lo conoce Stígmata en su fuero interno.

Aunque no lo expresa en voz alta ante nadie, da la impresión de que Mamerco sospecha que Stígmata tiene anotada en sus tablillas mentales una deuda contra él que se piensa cobrar en algún momento.

Por eso jamás le da la espalda. Para evitar que Stígmata se quede detrás de él, donde no pueda verlo, lleva a cabo las maniobras que sea. Rezagarse, sentarse contra la pared, cambiar de sitio, salir de la estancia.

Y, aunque entre ellos flota siempre una tensión que cuaja el aire como el frío congela el agua, Mamerco elude siempre el conflicto directo con Stígmata.

Acariciando la bula ahora, Stígmata murmura una maldición contra Mamerco.

Si los dioses son propicios, quizá salde sus cuentas con él antes de que terminen los idus.

***

Mamerco, el objeto de su imprecación, está con los demás en el espacio comunal que hay en el centro del hórreo, entre el almacén y la fragua.

Es el salón convivial de aquella hermandad.

No se ven allí veladores ni triclinios, refinamientos propios de los pisaverdes de la élite. Lo que hay son dos mesas de madera de pino muy alargadas, cada una de ellas flanqueada por dos bancos corridos. Tanto las mesas como los bancos están surcados por marcas de cuchillos, a veces en forma de mensajes obscenos, y plagados de quemaduras. Hay manchas que podrían llamarse indefinibles si Stígmata no supiera de sobra que son de sangre.

No es que falten restos de otros efluvios. Los Lavernos no son remilgados a la hora del sexo. Si la urgencia aprieta, se folla encima de la mesa y luego se pasa un paño.

Este último requisito no es imprescindible.

Entre las velas en diversos estados de consunción que modelan con sus goterones caprichosas esculturas, a modo de estalagmitas de cera, se ven platos y bandejas con restos de comida. Pocos. Los Lavernos son una plaga de langostas.

Y jarras y copas de vino. Eso nunca falta.

Los hombres han estado bebiendo, su ocupación favorita. Pero ahora se han levantado y forman en tres filas de diez, como una pequeña centuria. Esperando a que les pase revista su jefe, que todavía no ha llegado.

Stígmata baja por fin. Alto y musculoso, pesa más de doscientas setenta libras, pero se las arregla para que los peldaños no crujan bajo sus botas.

Fluido como un río. Silencioso como una montaña.

Eso dice Berenice.

Él también querría ser invisible como la bruma. O más bien como lo que se oculta dentro de la bruma.

Por eso, se planta en la última fila del grupo. Los demás ya conocen sus manías y le han dejado allí un hueco, al lado de Tambal.

En tiempos, el nubio era un gigante. Ahora, ambos tienen la misma estatura.

Al ver que Stígmata está casi detrás de él, Mamerco le cambia su puesto en la primera línea a Cilurno y se desplaza a la izquierda. Sigue más adelantado que el gladiador, pero en el extremo de la pequeña formación, bien alejado de él.

Sin darle la espalda nunca.

Por fin, llega Septimuleyo.

Como un orador en el Foro, se dirige a los suyos.

—¡Mis queridos Lavernos, hermanos, miembros de mi familia!

HÓRREO DE LAVERNA

EL PASADO

Los Lavernos. La familia Septimuleya.

Los principios del propio Stígmata en ella —ya han pasado quince años— no fueron demasiado prometedores.

Cuando él y Berenice fueron capturados tras su breve huida de la ínsula Pletoria, Mamerco y sus acompañantes los hicieron arrodillarse ante su nuevo patrón.

—¡Pero si es el salchichero! —había exclamado Neria al reconocerlo.

El aludido torció el gesto. Un rictus que no embellecía unas facciones de por sí grotescas.

En realidad, el oficio de salchichero con que lo habían conocido ambos niños no era más que un disfraz al que había recurrido Septimuleyo para inspeccionar el Aventino.

No solo esta profesión era una tapadera, sino que había sospechas fundadas de que su propio nombre, Aulo Vitelio Septimuleyo, era falso.

Él alardeaba de ser ciudadano de viejo linaje, oriundo de la ciudad latina de Anagnia, donde había poseído una herrería hasta que decidió cambiar de aires y emigrar a Roma. «¡La ciudad de las oportunidades!», explicaba a quienes escuchaban su historia.

A sus espaldas, sin embargo —siempre en susurros casi inaudibles—, algunos de sus propios hombres comentaban que en realidad Septimuleyo era de origen servil y natural de Capua, la próspera ciudad de Campania. No solo no era él el dueño de la fragua donde trabajaba, sino que servía como esclavo para el verdadero herrero. No obstante, mostraba tan poco respeto por su amo que se había acostado con su mujer y con su hija.

Si lo había hecho con ambas a la vez, era un detalle que aquella saga más bien bufa no mencionaba.

Lo que sí añadían los relatos era que Septimuleyo había asesinado a su dueño antes de huir de Capua.

Las versiones variaban.

En una de ellas, Septimuleyo clavaba a su amo de pies y manos en la puerta del taller con hierros al rojo y después incendiaba el edificio. En otra, le llenaba la boca de carbones ardientes y le cosía los labios. Había una tercera según la cual le había arrancado la lengua con unas tenazas y después le había vertido por la garganta plomo fundido.

Conociendo al personaje como lo conoce Stígmata, todas aquellas versiones le resultan verosímiles.

Fuera Septimuleyo su verdadero nombre o no, lo cierto era que el disfraz de salchichero le había resultado muy útil para explorar a fondo el Aventino.

Mientras empujaba su carrito, lo retenía en las cuestas abajo más pronunciadas o le echaba el freno para vender su mercancía a los clientes, no dejaba de observarlo todo. Se fijaba en dónde se situaban los mendigos y a quiénes rendían cuentas, y hacía lo mismo con las putas y sus proxenetas. También averiguó qué tiendas y tabernas pagaban protección a qué cofradías. Dentro de estas, se enteró de quiénes se sentían más descontentos con sus jefes —por más que se llamen «hermandades», en ellas siempre hay patrones— y, por lo tanto, eran más proclives a cambiar de aires.

Comparando sus observaciones con las que había hecho en otros distritos de Roma, Septimuleyo llegó a la conclusión de que el Aventino, situado cerca de los muelles y almacenes donde se reciben las mercancías que llegan remontando el Tíber, era el lugar donde más provecho podía obtener de sus actividades delictivas.

En los tres años que habían mediado entre el día de las cicatrices en que Stígmata tuvo su primer encuentro con Septimuleyo y la noche en que castró a Albucio y huyó de la ínsula Pletoria, el presunto salchichero ya se había convertido en el personaje más poderoso de los bajos fondos del Aventino oeste.

Para entonces, el propio Albucio le rendía pleitesía y le entregaba parte de sus ganancias.

Esto último debía de resultarle infinitamente doloroso y humillante a aquel viejo avaro que veneraba los ases de cobre como si fueran denarios de oro. Tal vez por eso, Albucio no trataba con Septimuleyo en persona, sino a través de Mamerco.

El mismo Mamerco que, al oír el comentario despectivo de Berenice —«¡Pero si es el salchichero!»—, le dio un capón a la niña y susurró:

—Llámalo dómine, patrón, jefe o amo. No vuelvas a faltarle al respeto si sabes lo que te conviene.

Septimuleyo estaba sentado en la cátedra que había pertenecido a Téano.

Téano.

De la vieja nunca volvieron a saber. Con el tiempo les llegaron comentarios de que Septimuleyo la había manumitido y después la había hecho abandonar a las puertas del templo de Esculapio, en la isla Tiberina.

No se trataba de ninguna muestra de clemencia. Así obraban los amos más crueles y mezquinos con los esclavos ancianos o enfermos a los que ya no encontraban utilidad ninguna y que por ese motivo deshauciaban.

Al actuar de ese modo no hacían sino seguir un ejemplo prestigioso en la tradición romana. En uno de sus tratados, el célebre Catón el Censor recomendaba vender todo aquello que estuviera en malas condiciones o que sobrara. Las ovejas y los bueyes viejos, las herramientas desgastadas.

Y también los esclavos ancianos y enfermos.

Al ver a aquel individuo en la cátedra, con las manos apoyadas no en los reposabrazos sino en el estómago, una bola prominente que prácticamente brotaba del esternón, la pulcra Neria —que se convirtió en Berenice en aquel entonces— no pudo evitar susurrar:

—Yo jamás me sentaría en el mismo lugar donde ha estado tanto tiempo el culo de Téano.

Septimuleyo, obviamente, no era hombre de tales escrúpulos.

Desde esa cátedra, el nuevo patrón de Stígmata y Berenice los observaba con el gesto y la pose que, en su propia y elevada opinión, debía de asemejarlo a un pretor presidiendo juicios en el Foro.

La lástima era que ya entonces la panza le impedía sentarse erguido y le obligaba a echar atrás la espalda. Por no hablar de la forma en que se despatarraba.

Al menos tenía la decencia de ponerse un subligar bajo la túnica, un detalle que les ahorraba el espectáculo de unos genitales velludos de los que —como comprobaría Stígmata más tarde— el miembro asomaba como una pálida lombriz sacando la cabeza del barro.

En cuanto a los matones que flanqueaban a Septimuleyo, para pasar por los lictores de un magistrado habrían tenido que aprender a mantener una postura hierática, sin rascarse los testículos cada poco rato o hurgarse la nariz. El único que ofrecía un aspecto algo más solemne era Tambal, el nubio que tanto había llamado la atención de Stígmata y que había pasado de portero de aquel cochambroso lupanar callejero a guardaespaldas de Septimuleyo.

Uno de los tipos más decentes —el listón no estaba demasiado alto— de aquel clan.

—¿Sabes lo que has hecho, muchacho?

Otro crío de siete años tal vez habría agachado la mirada y movido la cabeza a ambos lados, como suelen hacer los niños cuando se quieren librar de las consecuencias de una travesura.

Stígmata se quedó mirando fijamente a Septimuleyo.

Sin responder.

Para entonces, ya se había enterado de que Albucio había muerto.

Durante años todavía tendría pesadillas con él.

Por las cosas que el viejo le había hecho.

No por lo que él le había hecho al viejo.

De todas las muertes de las que ha sido responsable con los años, la de Albucio es la que menos remordimientos le provoca.

—¿Cómo lo vamos a considerar, muchacho? —preguntó Septimuleyo—. ¿Cómo vamos a llamar al crimen que has cometido?

Stígmata siguió sin contestar.

Con el tiempo, la esposa de Tito Sertorio le diría, pasándole las uñas por la cara, juguetona como si se hubiera convertido en su propio gato: «Yo creo que tienes los pómulos y las mandíbulas tan marcados de apretar los dientes para no dejar que se te escape una sola palabra».

—El bueno de Tiberio Albucio era tu patrón —prosiguió Septimuleyo—. ¡Tu señor! El benefactor que te alojaba, te vestía y te alimentaba.

—Y una mierda —susurró Berenice, en voz tan baja que solo Stígmata la oyó.

—Cuando un esclavo mata a su amo, se le crucifica —dijo Septimuleyo—. Lo bueno es que para crucificar a un renacuajo como tú nos bastaría con desmontar las tablas de una cama.

Esta vez, Stígmata fue incapaz de guardar silencio.

—¡No soy un renacuajo! Tengo siete años. Pero cuando crezca seré más alto que tú.

Hubo un momento de estupor, de silencio casi aterrorizado en el que incluso el vuelo de un mosquito habría levantado ecos.

Todas las miradas convergieron en Septimuleyo.

Por fin, este rompió en carcajadas. Solo entonces los demás lo imitaron.

—¡Vaya huevazos tienes, muchacho! Pero, ¿sabes?, hay suplicios peores que la crucifixión. Los que se reservan para quienes matan a su propio padre. ¿Y qué era Albucio para ti, sino un padre bondadoso que proveía a todas tus necesidades?

Esta vez Stígmata no contestó.

—Ese es el castigo que te vamos a aplicar, muchacho. El que sufren los parricidas. ¿Sabes cuál es?

Con el tiempo, Septimuleyo comprendería que era inútil hacer pausas retóricas con Stígmata, porque la mayoría de las veces obraba como si no existieran.

Lo cual no significaba que sus silencios casi desafiantes no lo sacaran de quicio.

Con un resoplido de frustración apenas disimulada, Septimuleyo procedió a explicarle al niño cómo sería el tormento.

—Primero te taparemos la cabeza con una capucha de piel de lobo, porque has demostrado ser tan salvaje como ese animal. Luego yo mismo te propinaré treinta azotes. Cuando haya terminado y tengas la carne de la espalda levantada a tiras, te pondremos unos zuecos de madera lastrados con plomo, te meteremos en un saco de piel de buey y te tiraremos al Tíber.

Septimuleyo hizo otra pausa para ver cómo reaccionaba Stígmata.

Pero no hubo reacción.

—Creo que se me ha olvidado algún detalle de la pena del saco —dijo Septimuleyo por fin, rascándose las prominentes crestas óseas que sombreaban sus ojos a modo de tejadillos—. Refréscame la memoria, Mamerco.

El aludido respondió con evidente placer:

—Antes de anudar el saco, meteremos dentro con él un gallo, una víbora y un perro rabioso.

Negar que Stígmata sintió tanto miedo que estuvo a punto de vaciar los intestinos allí mismo habría sido mentir.

Pero incluso de niño, sabía disimular sus temores de una manera instintiva.

Acaso no se trataba de lo que sabía, sino de lo que no sabía.

Demostrar emociones.

Todo dependía de la forma de verlo.

—Quitadle la túnica —ordenó Septimuleyo.

Fue Vulcano, el cojo que hasta unos días antes también había pertenecido a la familia Albucia, quien le cortó los cierres de la túnica.

Stígmata no llevaba subligar. La ropa interior era un lujo que en la ínsula Pletoria se consideraba prescindible.

Una persona a la que se desnuda por escarnio delante de otros que están vestidos siempre se sentirá expuesta, vulnerable. Por eso intentará taparse con las manos lo que considera sus vergüenzas. Los genitales, los pechos.

Ni entonces ni después se avergonzó Stígmata de su desnudez. Lo que en teoría más bochorno podría producirle lo llevaba en la cara, a ambos lados de su boca. Y ya se había acostumbrado a que los ojos de los demás echaran miradas constantes a sus cicatrices.

En lugar de taparse, agarró la bula con la zurda y acarició las letras grabadas en el plomo.

Septimuleyo se levantó del sillón y se acercó al niño, extendiendo la mano.

Al parecer, su intención era despojarlo también del colgante.

Eso sí lo habría dejado desnudo por completo. Desvalido, sin nombre siquiera.

Mamerco se acercó a Septimuleyo y le susurró algo al oído.

El hampón se detuvo a escuchar, frunciendo el ceño. La arruga que se le formaba entre las prominentes crestas ciliares, recta y profunda como la juntura entre las dovelas de un acueducto, ejercía —y ejerce todavía— una extraña fascinación en Stígmata.

Por fin, Septimuleyo asintió.

Al parecer, Mamerco le había contado lo de la quemadura en la mano de Albucio y la escara indeleble que le había quedado en ella. Porque Septimuleyo nunca más hizo ademán de tocar tan siquiera el amuleto.

Con un par de pasos más de aquellas piernas cortas y arqueadas, el jefe de los Lavernos se plantó ante Stígmata. Pellizcándole la mejilla izquierda justo donde tenía una de las cicatrices, tiró de su moflete y le obligó a levantar la mirada.

—Te lo repito. Vaya huevazos que tienes. ¿Cómo es que no caes de rodillas y me pides clemencia? ¿Es que estás convencido de que ese amuleto te va a salvar la vida?

Silencio.

—¡Contesta, renacuajo!

—No lo sé.

—No lo sé, *señor.*

—No lo sé, señor. Por eso no respondo.

Durante un momento, ambos se miraron a los ojos.

Fue Septimuleyo quien los apartó primero.

Incluso alguien como él, con un alma tan oscura que las sombras del infierno habrían parecido luminosas a su lado, vio algo inquietante en los ojos grises, casi incoloros, de aquel niño.

Era como asomarse al abismo del Tártaro.

Y sentir que, desde aquellas profundidades, una criatura antigua y letal, tan ajena a la naturaleza humana como un dragón primordial, le devolvía la mirada.

Fue ese el principio del duelo de voluntades y miradas que han mantenido hasta ahora.

Aquel día, Septimuleyo se dio la vuelta y regresó a su asiento para disimular cuánto le mortificaba no haber sido capaz de aguantarle los ojos a aquel niño.

Cruel, pero inteligente, comprendió ya entonces que un crío de siete años que no parpadeaba ante la mano que lo iba a golpear, que no se arrojaba al suelo a pedir clemencia y que tenía la sangre fría necesaria para actuar como lo había hecho con Albucio le sería más útil vivo que muerto.

No obstante, Stígmata no escapó sin castigo.

Mientras Vulcano lo sujetaba, Mamerco empezó a propinarle azotes con una verdasca de olivo.

Con muchas ganas. Cuando llevaba doce, el nubio Tambal le agarró la muñeca y dijo:

—Ya basta.

—El patrón ha mandado que sean treinta.

—Si le das treinta azotes a este niño, lo matarás.

Aunque Septimuleyo jamás ha llevado bien que contradigan sus órdenes, en aquella ocasión se dio cuenta de que Tambal llevaba razón. Por conveniencia, no por compasión, le dijo a Mamerco que lo dejara.

Las marcas de la espalda tardaron meses en borrarse.

Lo que no se ha borrado es la cuenta pendiente que Stígmata tiene con Mamerco. Aunque este le invite a vino, le palmee la espalda y lo llame «camarada».

Se resarcirá. De los azotes en el Hórreo de Laverna. De los golpes en la ínsula Pletoria.

Y, sobre todo, de la violación.

El viejo ya pagó.

A Mamerco le llegará su momento.

***

Desde que Stígmata, sin que se le permitiera opinión ni voto, entró a formar parte de los Lavernos, el clan dirigido por Septimuleyo no ha hecho sino crecer.

Ahora no solo extiende sus tentáculos por el Bajo Aventino entre las puertas Trigémina y Laverna l —*imperator Aventini*, se hace llamar en un alarde de megalomanía—, sino que controla buena parte de los muelles del Emporio y del Pórtico Emilio.

En ese clan hay niños y niñas que mendigan, se prostituyen, espían, roban e incluso, si llega la ocasión, asesinan como Sierpe.

Prostitutas jóvenes y ya no tan jóvenes. Algunas más baratas y otras caras.

Berenice es de las caras, pero con veinticinco años no es ni por asomo de las más jóvenes.

También hay expertos en reventar cerrojos o en horadar paredes.

Sicarios que ponen el músculo y se encargan de recaudar las deudas, sea en metálico o en carne. Son ellos, asimismo, quienes cobran un impuesto a los comerciantes del Aventino y el Emporio por brindarles protección contra su propia violencia. El negocio perfecto.

Entre los sicarios, los más dotados para la intimidación son los gladiadores. Septimuleyo gana mucho dinero con ellos.

Unas veces lo hace en los *munera*, los espectáculos de combate que cada vez son más populares y que se suelen celebrar en el Foro Boario, a apenas doscientos pasos de donde se encuentran ahora.

Otras, se lucra alquilando a sus gladiadores. A veces como guardaespaldas para proteger a los políticos, a veces como matones para amedrentar a los rivales de esos mismos políticos.

Hay ocasiones en que se enriquece ofreciendo a sus luchadores como prostitutos. Las damas de alta cuna como Rea sienten una atracción morbosa por los bajos fondos. Pagan auténticos dinerales por el placer de dejarse aplastar bajo los cuerpos sudorosos de los gladiadores, colmados de músculos y surcados de cicatrices.

Stígmata ha actuado en todos esos papeles.

Amante de alquiler. Guardaespaldas y asesino. Experto en candados. Gladiador.

Como gladiador, ha combatido en treinta y ocho ocasiones desde que prestó el voto infamante. A veces con una espada, a veces con dos. Lo que le ordene Septimuleyo por complacer al público o a los patrocinadores.

Zurdo por naturaleza, Stígmata ha procurado disimular ese defecto desde niño al ver la desconfianza con que lo miraban los demás. De esa manera ha aprendido a manejar la mano derecha tan bien como la izquierda.

Un esgrimista prácticamente ambidextro.

Se trata de una combinación letal para sus adversarios, que saben que tienen que vigilar sus dos flancos. Incluso cuando empuña una sola hoja, Stígmata es capaz de cambiársela de mano en menos tiempo que el rival emplea en pestañear.

Es él quien no parpadea cuando entra a fondo con la espada o cuando el golpe del adversario está a punto de alcanzar su rostro. Esa ventaja natural que ya observó Septimuleyo cuando se hacía pasar por salchichero se suma a que Stígmata es alto y tiene unos brazos incluso más largos de lo que correspondería a su estatura. Sumado a lo anterior, ya desde su infancia posee una coordinación de movimientos perfecta.

Debido a ello, sus estocadas son las más temidas por los contrincantes. También son las más aplaudidas por la concurrencia que se encarama a las gradas de madera que se montan en el Foro Boario cada vez que se celebran los *munera*.

De sus treinta y ocho combates, Stígmata ha vencido en treinta y cinco.

En dos, los espectadores han pedido el empate.

Solo ha sido derrotado en un duelo.

Pero ese duelo es el único que cuenta para él.

Nuntiusmortis.

Cada vez que piensa en el celtíbero, Stígmata aprieta aún más unas mandíbulas que de por sí siempre están tensas. El recuerdo le sigue rechinando como si le pasaran por entre los dientes una piedra de amolar.

Al mismo tiempo, le corretea por la espalda una escolopendra invisible. Para librarse de aquella sensación, tiene que sacudir la cabeza dos veces. Una a cada lado. En la primera sacudida, se desprende la cola. La escolopendra todavía queda prendida de las mandíbulas, y es la segunda sacudida la que consigue desprenderse de ella.

Aunque por dentro Stígmata lo siente como algo violento, se trata de una maniobra casi imperceptible. No obstante, Berenice se ha dado cuenta de que a veces lo hace y le ha preguntado por esa extraña convulsión doble.

Stígmata nunca le ha dicho a qué se debe.

Cada noche, cuando se tumba en el colchón mirando al techo, Stígmata reconstruye el combate con Nuntiusmortis, pasa revista a sus errores y piensa en cómo podría vencerlo.

Mientras es él quien controla las imágenes de su mente, encuentra formas de burlar su guardia y asestarle una estocada en la ingle, o en el muslo o en ese vientre abultado, o clavarle un tajo lateral en el cuello casi inexistente.

Pero cuando sus párpados se cierran, cuando el sueño empieza a apoderarse de él y el flujo de su mente se convierte en un caos que él ya no domina, lo que se repite como una pesadilla es el duelo que realmente vivió.

***

En cada recreación del combate, Stígmata empieza confiado en su victoria. Aunque Nuntiusmortis pertenece a la familia gladiatoria de Gayo Aurelio Escauro, que tiene su escuela en Capua, lo ha visto combatir un par de veces y sabe que, comparado con él, es tan lento como aquel carretón del que se cayeron los bloques de piedra que mataron al viejo mendigo del perro.

Lento y todo, el celtíbero venció en los duelos presenciados por Stígmata.

En uno de ellos, evisceró a su rival y agitó sus intestinos en la punta de su espada como si fuera Septimuleyo exhibiendo su mercancía en sus tiempos de salchichero.

En el otro, después de desarmar y derribar a su adversario, le pisoteó ambas manos hasta romperle los huesos. Si no lo degolló fue porque los asistentes pidieron clemencia justo a tiempo.

Stígmata presenció aquel combate tan de cerca que pudo oír perfectamente el crujido de los dedos al romperse bajo los pies de Nuntiusmortis.

Aquello no le gustó nada.

Como no le puede gustar a ningún gladiador.

Aunque los luchadores que se enfrentan pertenezcan a *ludi* distintos, entre ellos existe un pacto tácito de no emplear más violencia de la estrictamente necesaria.

Hoy por ti, mañana por mí.

A no ser que haya instrucciones claras en sentido contrario.

Como le ocurrió a Stígmata con Mirtilo, un gladiador de la tribu gala de los vocontios, compañero de la misma escuela.

Mirtilo había incurrido en el enojo de Septimuleyo por un par de chistes inoportunos. Las borracheras colectivas en la sala convivial del hórreo tienen ese inconveniente. A veces se habla de más.

Para empeorar las cosas, era un glotón que no dejaba de engordar. Cuando se movía al combatir, sus pechos carnosos y puntiagudos y los rodillos de grasa de su cintura se agitaban de una forma gelatinosa. A Stígmata le provocaba repeluznos, porque le recordaba la perturbadora visión de las carnes ondulantes de la vieja Téano las escasas veces en que se lavaba sin el menor pudor delante de los niños.

Mirtilo tampoco le caía bien al público. Lo llamaban Cabestro, Capón, Eunuco de Sebo y otras lindezas, y cada vez que acometía a un adversario se burlaban de él imitando mugidos de buey y gruñidos de cerdo.

—Lo quiero muerto —le dijo Septimuleyo a Stígmata después de amañar un sorteo para que Mirtilo se enfrentara a él.

Fue hace dos años, en unos juegos pagados por Opimio, que pretendía ganar popularidad y votos para el consulado.

Stígmata no tenía nada en particular ni a favor ni en contra de Mirtilo. Era y es hombre de pocos amigos. O de ninguno, si se aplican criterios más o menos estrictos para definir la amistad.

Tampoco le gustaba ni le gusta obedecer las órdenes de Septimuleyo y actuar más como verdugo que como gladiador.

Si bien no dijo nada, el patrón debió de apreciar alguna reticencia en su mirada, porque añadió:

—De vez en cuando, los espectadores quieren saber que peleáis en serio y que lo vuestro no es una pantomima. Además, Opimio ha dicho que hoy quiere por lo menos dos muertos. Y él es el que paga.

A Stígmata no le extrañó. *Fregellarum Carnifex.* El Carnicero de Fregelas. Así era y es conocido el sanguinario Opimio por la matanza que desató en aquella ciudad rebelde de la que solo quedan escombros y cenizas.

Por petición expresa del mismo Opimio, en su duelo con el obeso Mirtilo, Stígmata combatió como *dimachaerus*, con dos espadas en lugar de con espada y escudo.

Hay algunos otros gladiadores que lo hacen ocasionalmente, pero siempre son más torpes con la mano izquierda o, de ser zurdos, con la derecha. Lo de las dos espadas es una concesión al espectáculo, más teatro y pantomima que combate real.

No sucede así en el caso de Stígmata. Él sabe hacer buen uso de ambas hojas.

Apenas empezó el combate, tras unas cuantas fintas y quiebros, buscó con la zurda la ingle de Mirtilo.

El público aplaudió a rabiar al ver cómo el obeso gladiador se desplomaba de rodillas en la arena, y cómo un surtidor de sangre brotaba de su muslo a impulsos, como cuando los niños se llenan la boca con buches de agua y juegan a apretarse los mofletes para expulsarla a chorritos.

Ya que se le obligaba a oficiar de matarife, Stígmata procuró ser rápido. Tras apoyar el pie en el pecho de Mirtilo y empujar para terminar de derribarlo, le hincó la espada de la diestra en la yugular. Con dos hemorragias a la vez en puntos vitales, el obeso gladiador no tardó en morir.

Los aplausos continuaron un buen rato. A regañadientes, Stígmata tuvo que dar una vuelta a la arena saludando a la concurrencia.

Sin embargo, aquellos juegos no sirvieron para que Opimio ganara las elecciones. Tuvo que presentarse de nuevo al año siguiente.

Algo que no contribuyó a mejorar su carácter amargado.

***

El duelo de Stígmata con Nuntiusmortis no pudo ser más diferente.

No puede.

Para Stígmata es un presente continuo y obsesivo que no sale de su cabeza.

Ya no es enero. Vuelve a ser octubre. Otoño de hace algo más de un año.

Esta vez, los juegos los patrocina Cepión. Aunque no ha contratado demasiadas parejas de combatientes, se ha empeñado en que luchen los mejores.

Cepión recurre al habitual pretexto de rendir un homenaje fúnebre a un pariente. En este caso, a un tío suyo, Gneo Servilio Cepión, que pocos años antes fue censor.

En realidad, lo que busca el joven es ganar popularidad y votos para las elecciones a cuestor que se celebrarán meses después.

A él la jugada le saldrá mejor que a Opimio. Bien es cierto que para cónsul solo hay dos vacantes, mientras que para cuestor son doce.

Antes de los combates, Cepión pronuncia un discurso en honor del finado, elogiando como mayor logro de su carrera que durante su censorado ordenó y dirigió la construcción del Aqua Tépula.

Para enojo del futuro cuestor, se despierta cierta rechifla entre el público. Aquel acueducto tiene poco caudal y su agua deja un regusto a azufre en la boca tan fuerte que al final solo se utiliza para regar y lavar. No es una obra como para sentirse demasiado orgulloso.

Pero los silbidos y carcajadas se tornan aplausos cuando Stígmata y Nuntiusmortis salen a la arena.

Las gradas, levantadas por carpinteros a las órdenes de Septimuleyo, están tan repletas que parece milagroso que no se vengan abajo con el peso de los espectadores.

No sería la primera vez que ocurre y que el resultado es un buen puñado de heridos o incluso de muertos. Pero eso no disuade a la gente, que debe de pensar que, al fin y al cabo, más riesgo corren los gladiadores.

En este duelo, Stígmata no combate con dos espadas. Esta vez recurre a un armamento más tradicional. El gladio en la mano izquierda y en la derecha la parma, un escudo circular de roble de unos tres palmos de diámetro.

Ese escudo en particular es un trofeo heredado del primer gladiador al que venció y mató, Escílax el cario. La cubierta de cuero muestra una imagen de Hércules y Apolo disputándose el trípode de Delfos, y bajo ellos una cierva que representa a Diana, la hermana de Apolo.

La pintura está tan baqueteada y descolorida que prácticamente solo se reconoce a la cierva, de orejas puntiagudas y ojos de un verde malaquita que parecen conservar el brillo del primer día.

A veces Stígmata sueña con esa cierva. El animal aparece de entre las brumas que brotan de la linde de un bosque y se detiene entre los árboles. Silueteada contra los vapores, se queda mirándolo con aquellos ojos enormes que brillan como luciérnagas. Y le dice algo en un idioma que él no puede entender.

En la extraña lógica de los sueños, Stígmata está seguro de que ese animal es la madre a la que nunca ha conocido.

La llama.

La cierva nunca contesta. Las imágenes fluctúan en el tremedal del mundo onírico. El animal se convierte en otra cosa —un árbol, un perro, una niña, una piedra, una mujer—. O, simplemente, desaparece.

En cualquier caso, Stígmata está convencido de que esa cierva pintada lo protegerá. Por eso no ha querido cambiar de escudo, aunque podría haber cobrado otros como trofeo de sus victorias.

El escudo de Nuntiusmortis, también redondo, no está decorado con cuero pintado, sino con relieves de plata y bronce. El umbo central representa la amenazante cabeza de una gorgona, rodeada por serpientes que forman dos anillos concéntricos.

Ambos llevan grebas. Son un fastidio, pero la prudencia manda ponérselas. Todos los gladiadores conocen trucos sucios y, si la cosa se pone fea, recurren a ellos. El más sencillo, uno que usaba ya de niño Stígmata en las peleas, aunque en aquel entonces fuese a puntapiés, es atacar las espinillas. Un combatiente cojo no tarda mucho en convertirse en un combatiente derribado.

Stígmata usa también yelmo. Abierto, más parecido al de los legionarios que al casco cerrado y con rejilla que lleva la mayoría de los gladiadores. Lo que se gana en protección con este se pierde en ángulo de visión y libertad de movimientos. Además, esa pieza de entre diez y quince libras de peso acaba provocando contracturas en el cuello y los trapecios.

Por otra parte, Stígmata prefiere que los adversarios vean su mirada y sus cicatrices. Cuando va a combatir, deja de afeitarse durante dos o tres días. Sin llegar a tapar las marcas que le dejó Albucio, la barba bajo sus pómulos afilados le confiere un aspecto más feral. Como un lobo hambriento.

También se tizna de hollín el contorno de los ojos. Aunque sabe que eso lo hace parecer más amenazante, no es ese el motivo, sino protegerse de los reflejos del sol. La luz excesiva siempre le ha incomodado.

Berenice suele burlarse de él. «Eres un lémur, un habitante de las sombras», le dice.

Nuntiusmortis ni siquiera se molesta en llevar casco. Exhibe sin protección ninguna una cara tan redonda, grotesca y fea como la gorgona de su escudo.

Debe de pensar que no le hace falta yelmo.

El muy estúpido, piensa Stígmata. Ya le enseñará él.

Amén del escudo, las grebas y el casco, Stígmata lleva como protección las *manicae*, unas mangas de fieltro y lana rodeadas por tiras de cuero. Las de otros gladiadores llegan prácticamente hasta las axilas, pero las suyas no pasan del codo. De nuevo, prefiere sacrificar algo de seguridad a cambio de conservar la flexibilidad de la articulación.

Nuntiusmortis tampoco usa *manicae*. Sus antebrazos, gruesos como jamones, muestran unas cicatrices gruesas y rosadas que parecen lombrices reptando por su piel blancuzca.

Por lo que le han contado a Stígmata, esas heridas se las ha hecho él mismo. Cada una de ellas por un enemigo muerto. Pero no son marcas sin más. Es como si el celtíbero se hubiera ensañado con su propia carne.

El combate empieza. En el recuerdo de Stígmata. En su imaginación. En su sueño.

En el mundo real.

Todo se confunde de una forma que provoca desorientación y náuseas en su mente.

Cuando se acerca a Nuntiusmortis, Stígmata da un par de golpes con la espada en el escudo a modo de saludo, clang-clang.

El celtíbero se limita a escupir a un lado y murmura en su áspero idioma «*Merkas kru namantom*» o algo parecido.

Stígmata no entiende una sola palabra. El tono y la cadencia sugieren que se trata de una plegaria a sus dioses salvajes.

Tal vez sea una maldición.

O un encantamiento.

«Reza o invoca lo que quieras, que de poco te va a valer», se anima Stígmata.

No lo dice en voz alta. Otros gladiadores son muy dados a soltar bravatas antes de cruzar las espadas, o incluso durante el duelo.

Stígmata prefiere que sus golpes se expresen por él.

Sus primeros movimientos son los típicos de exploración. Fintas, amagos. Sin arriesgar, sin buscar todavía herir al adversario.

Para su sorpresa, Nuntiusmortis levanta aquella espada negra como la noche, más de cuatro palmos de hoja mellada, avanza con un paso engañosamente lento, levanta el brazo y descarga un tajo que, de haber alcanzado su objetivo, habría partido en dos a Stígmata desde la clavícula.

—Conque esas tenemos —masculla él, esta vez en voz alta.

Da igual que el celtíbero pertenezca a otro *ludus*. Acaba de romper el pacto. A no ser que los lanistas o patrocinadores ordenen un duelo a muerte, los combates siguen una gradación de violencia que casi parece una danza. Poco a poco los golpes van siendo más profundos, más certeros, buscando desarmar o herir al adversario sin exponerse demasiado.

En cambio, ahora, a la primera ocasión que ha tenido, Nuntiusmortis ha embestido como un elefante en un mercado de loza.

Al hacerlo, ha olvidado mantener su propia guardia. Si Stígmata no ha aprovechado para herirlo en aquel cuello de toro es porque se ha quedado sorprendido.

Pero no le va a volver a ocurrir.

Baja un poco su propia guardia. Cita al celtíbero. Se pone un momento de puntillas, adelanta las caderas. Le hace un gesto con la barbilla, como diciendo: «Vuelve a entrar así, si tienes pelotas».

Nuntiusmortis lo hace. Exactamente el mismo golpe.

Stígmata se desliza a la derecha, lejos del alcance de la espada enemiga. Por ahí está el escudo del celtíbero, pero da igual.

Nuntiusmortis lo ha dejado bajo y atrás, un gesto casi inevitable para equilibrar el impulso del tremendo tajo que ha lanzado contra Stígmata.

Su cuello está tan expuesto como el de un carnero antes del sacrificio.

Pero cuando el filo de la espada de Stígmata se dirige hacia esa carne pálida, se apodera de su brazo la extraña laxitud de los sueños.

Es como si el hierro de su gladio se convirtiera en mantequilla.

Como si sus mismos músculos se derritieran.

El golpe no llega tan siquiera a rozar a su adversario.

Stígmata retrocede, desconcertado.

***

Realidad. Sueños. Memoria.

En cualquiera de los tres reinos se adueña de él una descorazonadora sensación de fatalidad.

Cuando comprueba que es imposible alcanzar a Nuntiusmortis, mientras que este sigue lanzándole tajos capaces de decapitar a un toro, Stígmata abandona toda precaución.

Se emplea sin reservas. Tira sus estocadas a fondo por encima del cinturón de cuero de su rival, tan grueso que más parece una faja.

Quiere pincharle, hundirle la hoja hasta la empuñadura. Ensartarle las tripas y sacárselas.

Pero cada vez que la punta de su espada está a punto de clavarse en aquel estómago redondo y tirante como un tambor, vuelve a sentir esa extraña debilidad que empieza en su hombro y en su codo, como cuando duerme demasiado tiempo encima de un brazo.

Lo peor es que aquella mareante blandura se transmite a la hoja de acero.

Es imposible. Pero ocurre.

Es como si se doblara antes de tocar la carne del celtíbero.

Él no ve que se doble, pero lo siente.

Imposible.

¿Lo soñó? ¿Es ahora cuando lo sueña, cada vez que lo recuerda?

Antes del combate no se había preocupado de hablar con los adversarios de Nuntiusmortis que habían sobrevivido.

Estaba seguro de que era mejor que todos ellos y que derrotaría al celtíbero sin dificultades.

Después sí conversó con algunos. Aquellos a los que Nuntiusmortis no había enviado al averno.

Pocos seguían siendo gladiadores. La mayoría de ellos habían terminado malheridos o mutilados, inútiles para el combate. Los que sobrevivieron con heridas leves habían quedado castrados de espíritu.

Todos contaban lo mismo.

Era como si un manto invisible protegiera al celtíbero. Una especie de égida impenetrable que enlentecía los golpes y cuyo hechizo se transmitía por el brazo del adversario, entumeciéndolo como si antes de combatir le hubieran aporreado los nervios del codo con una barra de hierro.

Justo lo que le había ocurrido a Stígmata.

Si a él le resultaba imposible herir a Nuntiusmortis, a Nuntiusmortis no le resultó imposible herir a Stígmata.

***

Lo peor no es la herida en el costado, que al final solo le ha dejado una cicatriz más.

Lo peor es el recuerdo de la bota de su vencedor plantada sobre su pecho, la punta de aquella espada negra que parece forjada en el mismísimo infierno apoyada en la escotadura entre las clavículas.

Lo peor fue y sigue siendo la sensación de impotencia. Es como si volviera a tener cuatro años y el viejo Albucio lo inmovilizara de nuevo para marcarle las mejillas.

Después del duelo se jura —se juró, se jurará— que eso no le ocurrirá nunca más. Que jamás volverá a estar a merced de otros hombres.

De *otros*, en plural.

Pues si todavía late y respira hoy no se debe a la voluntad de Nuntiusmortis, sino al capricho de los espectadores.

Por primera y única vez, Stígmata, al notar cómo la punta de la espada está a punto de rasgar su piel, se plantea levantar el dedo índice de la mano izquierda para pedir clemencia a la gente que salta y ruge en las gradas.

No lo hace. Cuando va a mover el brazo, los labios de su adversario se abren, enseñando un incisivo de oro que hace más desdeñosa su sonrisa.

«No te daré el placer de suplicar por mi vida», piensa Stígmata entonces.

***

Seguramente eso le salvó. El público romano siente más compasión por aquellos que no la piden que por quienes la imploran. Y los espectadores no querían perderse el placer de ver pelear a uno de sus mejores gladiadores en festivales venideros, así que exigieron y consiguieron que Nuntiusmortis no lo rematara.

Cada noche desde entonces, Stígmata reconstruye aquel combate. Pasa revista a sus errores. Cavila en cómo podría derrotar a su adversario.

¿Arena en los ojos? ¿Una zancadilla?

Pero, una vez más, cuando sus ojos se cierran y el argumento de sus propios pensamientos escapa de su control, el celtíbero vuelve a derrotarlo.

Es aún peor.

Cuando Stígmata mira al graderío, los espectadores, lejos de mostrarse clementes como ocurrió aquel día, se levantan con gestos desencajados de odio y se señalan sus propios cuellos con el pulgar mientras rugen: «*Iugula! Iugula!*», «¡Degüella! ¡Degüella!».

De niño, a menudo le ocurría que, cuando estaba a punto de hundirse en el lago del sueño, tenía la impresión de que caía de repente de un árbol o de la ventana de la ínsula, y se despertaba jadeando y asustado.

Desde el combate con Nuntiusmortis la alucinación hipnagógica que sufre en el tránsito entre la vigilia y el sueño ha cambiado.

Ahora no es él cayendo.

Ahora es el público moviéndose en oleadas y pidiendo su muerte.

Iugula!

Y la espada de Nuntiusmortis hundiéndose en su cuello.

Cuando ocurre, se incorpora de golpe en su yacija, con el corazón batiendo como los cascos de un caballo en estampida.

Él, que desde que era niño no ha vuelto a temer a nadie.

***

—Los animales reaccionan de tres maneras cuando sienten la amenaza de un enemigo —repite el maestro Evágoras—. El ciervo huye. La tortuga se esconde en su caparazón. ¿Y quién ataca?

—¡El león!
—¿Por qué lo hace?
—Porque puede.
—¿Qué eres tú, hijo mío?
—¡Yo soy un león!

***

Hace tiempo que Stígmata perdió la sensación física de miedo.

Eso no quiere decir que sea temerario.

Nunca corre riesgos innecesarios.

No lo hace luchando en la arena. Septimuleyo se lo echa en cara a veces. «Eres demasiado conservador, no atacas hasta que tienes claro que vas a pinchar, y eso a la gente que asiste a los juegos no le gusta».

Es mentira, el público lo adora.

Tampoco se arriesga de más cuando le ordenan algún trabajo en los callejones. No tiene sentido morir por estúpido.

Pero ahora se pregunta si la sensación que le despierta Nuntiusmortis no se parece demasiado al miedo.

«No, no puede ser».

«¡Un león!».

Lo cierto es que, aparte de odio, el celtíbero le provoca esos escalofríos que le recorren la espalda y en los que ha reparado Berenice.

La escolopendra invisible.

Lo peor —o lo mejor, quién sabe— es que ya no tendrá ocasión de revancha. Nuntiusmortis se ha retirado.

Además de en las visitas de incógnito que hace con Servilio Cepión al Hórreo de Laverna, Stígmata ha vuelto a ver al enorme celtíbero un par de veces en los juegos.

El exgladiador no estaba en la arena, sino entre los asistentes. En primera fila, sentado a la izquierda de su nuevo patrón.

En las dos ocasiones, ambos han cruzado sus miradas desde la distancia. Stígmata, que tiene una vista excelente, ha observado en el rostro del celtíbero una sonrisa de menosprecio. Incluso el destello del diente de oro.

Lo que más lo mortifica es saber que, en esos dos combates presenciados por Nuntiusmortis, él ha luchado peor que nunca.

Cierto es que venció en ambos. Pero, enfurecido por el desdén de

Nuntiusmortis, lo hizo dejándose llevar por la ira en lugar de dominar la pelea con la cabeza fría.

Como si quisiera…

Qué demonios, *queriendo* demostrar a Nuntiusmortis que él es el mejor.

Pero la sonrisa del bárbaro le recuerda: «Eres el mejor porque no estoy yo».

HÓRREO DE LAVERNA

AHORA

Stígmata está de regreso del viaje a su propia memoria. Octubre ha vuelto a ser enero y la arena del Foro Boario se ha convertido en la gran sala del Hórreo de Laverna.

Ante su pequeño ejército de treinta hombres, Aulo Vitelio Septimuleyo, *imperator* del Aventino, ha empezado su arenga.

—¡Mis queridos hijos, mis hermanos, miembros de mi familia, compañeros, quírites!

Una pausa.

—¡Os he convocado hoy, a esta séptima hora de la noche que inaugura los idus de enero, porque han sido de mi conocimiento sucesos extraordinarios y graves que quiero compartir con vosotros!

En los últimos tiempos, Septimuleyo se ha aficionado a recurrir a la retórica como si fuera un orador del Foro.

En aras de la precisión, hay que decir que, más que recurrir a ella, la perpetra.

Sierpe, con esas orejitas que lo recogen todo, dice que ha oído al patrón explicarle a Mamerco que quiere que lo admitan en el orden *egüestre.* Al parecer, Septimuleyo anhela que el Estado lo ascienda a caballero y lo reconozca como un honorable miembro de aquella clase que se halla tan solo un peldaño por debajo de los senadores.

Puestos a ambicionar, se pregunta Stígmata, ¿por qué no aspira a convertirse en senador? ¿Cuántos de los linajes más egregios de Roma, como el de Cepión o el de Gayo Graco, no descenderán de malhechores como Septimuleyo? La diferencia es que los nobles no organizan sus fechorías desde tabernas ni oscuros almacenes a orillas del Tíber, sino desde el mismo Foro.

Sí, el deseo cada vez menos secreto de Septimuleyo es pertenecer a la élite que vive en lujosas domus en las alturas del Celio, el Capitolio o el Quirinal, donde huele menos a humo y a mierda y donde los mosquitos no pican tanto en verano.

Su aspecto físico no le va a ayudar a ello. Todo en él resulta innoble, tabernario.

Su rostro podría ser el de un fauno. Únicamente le faltan los cuernecillos. Tiene la nariz corta, gruesa y chata, con narinas que más parecen ollares de vaca, y sobre ella dos cejas protuberantes que se unen en una especie de cresta ósea. Cuando frunce el ceño recuerda a un carnero a punto de embestir.

Ya que los dioses no fueron generosos otorgando belleza a sus facciones, podrían, al menos, haberle repartido cierta armonía entre sus miembros.

Tampoco lo hicieron.

Sus piernas son cortas y estevadas. Ahora, al desfilar ante su reducida tropa, aunque intenta mantener cierta dignidad, se bambolea como un tentetieso. Tiene los hombros caídos y redondeados y una panza que, por más que él se empeñe en jugar con los pliegues de su túnica, tensa la tela como un timbal.

Podría alegarse en contra de la crítica a los dioses que sus brazos muestran cierta armonía con sus piernas, ya que también son cortos. Pero no por ello parecen más proporcionados, ya que se notan demasiado reducidos en comparación con el torso. Tanto que uno de sus hombres hizo la broma de que el jefe siempre estaba de mal humor porque aquellos bracitos no le alcanzaban para masturbarse.

Ese hombre ya no pertenece al clan de los Lavernos.

Ni al mundo de los vivos.

Era Mirtilo, el gladiador obeso al que despachó Stígmata por orden del patrón.

Con él se cumplió el proverbio de «Más le cuesta a un gracioso apagar un carbón encendido dentro de su boca que guardarse un chiste».

Podría haber sido peor para él. Septimuleyo podría haberle hecho apagar literalmente carbones encendidos en la boca. No habría sido la primera vez.

***

Disfrutando de la pausa dramática que él mismo ha abierto, Septimuleyo desfila ante la reata a la que acaba de referirse como «mi familia». Lleva las manos entrelazadas a la espalda. Un gesto que exagera más la protuberancia de su estómago.

Detalle en el que todos reparan, pero que nadie está dispuesto a comentar.

Para mirar a la cara a sus hombres, Septimuleyo tiene que levantar el mentón.

Muchos de los que se han congregado allí son altos y fuertes, auténticos jayanes. Y no hay ninguno entre ellos que no haya derramado sangre ajena, quebrado huesos o arrancado dientes a golpes.

Pero todos permanecen firmes y callados ante aquel individuo que apenas levanta cinco pies. Como legionarios formados ante su general.

O como cree Stígmata que deben de formar los legionarios.

Dada su condición de gladiador infame, él no puede servir en el ejército. Solo ha contemplado una vez el desfile de las legiones. Fue en el segundo triunfo de Escipión Emiliano, cuando el gran general destruyó Numancia.

(Allí vio por primera vez a Nuntiusmortis, que todavía no había recibido ese nombre. Caminaba aparte de los demás cautivos, encadenado tras el caballo de un tribuno militar, como si fuera su trofeo personal. Ya entonces le llamó la atención a Stígmata el aura de amenaza que irradiaba. Parecía más una fiera de las que traen de Numidia y Mauritania que un ser humano. Quién le iba a decir que ambos se encontrarían de nuevo pisando la arena de combate).

A la gente le encantan los triunfos. Salir a las calles y apretujarse codo con codo como piojos en costura para ver pasar a los legionarios, escuchar la fanfarria metálica, el repiqueteo de las botas claveteadas sobre las losas, los cantos obscenos de los soldados. El brillo del botín en los carromatos.

Pero de lo que más disfruta la plebe es del cortejo de prisioneros, con sus ropajes exóticos y sus miradas de odio y miedo. Cuando los cautivos muestran un porte desafiante como Nuntiusmortis los insultan, les escupen, les arrojan coles y manzanas podridas que revientan contra sus espaldas o, cuando el agresor tiene más puntería, contra sus rostros, logro que siempre redobla los aplausos. Si son mujeres que marchan con sus niños en brazos, a veces lloran y se compadecen de ellas. Como si no fueran ellos, los ciudadanos romanos, los culpables y beneficiarios de la desgracia de esas madres y de sus hijos.

A Stígmata le da igual todo eso. No se le eriza el vello de los antebrazos ni con el clangor de las trompetas levantando ecos en las paredes de las ínsulas ni con el ondear de los estandartes rojos y dorados. Cuando llegan esas ocasiones, si puede, se queda sesteando en su cubículo o bebiendo en alguna taberna, con la condición de que se halle lo más apartada posible del desfile.

Visto un triunfo, vistos todos.

—¿Habéis oído hablar de los *Libros Sibilinos*, hijos míos? —pregunta, por fin, Septimuleyo.

Los *Libros Sibilinos.*

Algunos, unos pocos, saben a qué se refiere. La mayoría, no. La cultura, tradiciones patrias incluidas, es un bien escaso entre los Lavernos.

Stígmata sí conoce su historia.

Como tantas otras, se la contó el maestro Evágoras. Al que llamaba así, «maestro», aunque nunca hubiera asistido como alumno a las clases de gramática, aritmética y retórica básica que impartía en un destartalado local junto a la plaza del Armilustrio.

Pero Evágoras le había tomado cariño y, mientras se emborrachaba sorbito a sorbito con una jarra de vino en la taberna de Vibio, compartía con él sus relatos.

Leyendas, mitos, historia.

Poemas.

Era un venero que nunca se agotaba.

***

—Hace muucho tiempo —al maestro le gustaba alargar esa «u» al principio de sus narraciones—, cuando todavía reinaba Tarquinio el Soberbio, el tirano de infausto nombre, una anciana llamada Amaltea le pidió audiencia. Aquella mujer se jactaba de ser una profetisa tan clarividente como la Pitia de Delfos o la Sibila de Cumas.

Cuando escuchó por primera vez aquel relato y oyó la palabra «Pitia», Stígmata, que tenía diez años, no pudo evitar acariciar el fino relieve de la bula de plomo, donde se leía en caracteres griegos *Pythikós.*

Su supuesto nombre.

Que lo relacionaba, de algún modo, con el oráculo de Delfos.

Es comprensible, así pues, que abriera bien los oídos para quedarse con los detalles de aquella historia de profetisas y vaticinios.

—La vieja traía con ella nueve libros. ¿Sabes lo que contenían?

—No, maestro.

—Oráculos que en el futuro podrían salvar a Roma si la cólera de los dioses recaía sobre la ciudad. Amaltea no estaba dispuesta a regalárselos a Tarquinio, de modo que le pidió por ellos nueve talentos de plata, uno por cada libro. ¿Sabes cuánto es eso?

—¿Mucho dinero?

—Doscientos dieciséis mil sestercios. ¡Imagínate! —Con su afán de precisión rayano en la pedantería, el maestro añadió—: Te lo digo para que te hagas una idea, pero has de saber que en aquella época todavía no se acuñaban sestercios.

Stígmata asintió con la barbilla.

—Tarquinio quería ver qué contenían los libros antes de pagar, pero la vieja se negó. El rey empezó a burlarse de ella y le dijo que, como mucho, pagaría medio talento por los libros. ¿Adivinas lo que hizo la anciana?

Stígmata meneó la cabeza.

—Ante la mirada atónita de Tarquinio, arrojó tres de los libros al hogar que ardía en el atrio del palacio y dejó que se quemaran. Cuando solo quedaron pavesas flotando en el aire, le dijo al rey: «Nueve talentos por los seis libros que quedan». «Ahora veo que estás loca, vieja», respondió él, que no tenía respeto por la edad ni por nada de lo que se considera venerable o sagrado.

»Sin arredrarse, la anciana echó a las llamas otros tres libros. ¿Cuántos le quedaban, pues?

El pequeño Stígmata mostró abiertos el índice, el corazón y el anular.

—¡Tres nada más, ciertamente! Pues, por ellos, la anciana exigió la misma cantidad. ¡Nueve talentos por tres libros! Cuanto más se resistía el rey, más caro salía cada volumen. Impresionado por el aplomo de la Sibila, Tarquinio empezó a preguntarse si no estaría dejando que se destruyera un conocimiento valiosísimo.

—¿Y qué hizo entonces?

—Muy a regañadientes, aceptó pagar a la mujer los nueve talentos por los tres volúmenes que quedaban. Si hubiera cedido desde el principio, habría conseguido tener nueve libros, pero el orgullo lo cegó. ¡No en vano lo llamaban el Soberbio!

—¿Qué había en los libros perdidos?

Nada más formular la pregunta, Stígmata se dio cuenta de que había dicho una tontería. Si se habían perdido, ¿cómo iba nadie a conocer su contenido?

—Es imposible saberlo. Ni siquiera te puedo decir lo que hay en los tres libros que pagó Tarquinio.

—¿Por qué?

—Desde que el rey los compró, permanecen a buen recaudo en un gran arcón de piedra en los sótanos del templo de Zeus Capitolino. Solo los consultan los decenviros cuando Roma se encuentra en grave peligro.

—¿Esos libros cuentan lo que va a ocurrir? —preguntó Stígmata, porque tenía entendido que las profetisas y los adivinos predecían el futuro.

—No exactamente. Lo que dicen es lo que hay que hacer para que los dioses estén contentos. Rituales nuevos, consagración de templos. —Tras una pausa, Evágoras abrió mucho los ojos y añadió—: ¡Incluso sacrificios humanos!

—¿Dicen los libros que hay que matar gente?

Stígmata lo preguntó por curiosidad, no porque estuviera escandalizado. A los diez años ya había presenciado su buena ración de muertes.

Alguna, responsabilidad suya. Y no solo la de Albucio.

—A veces —respondió Evágoras—. Por ejemplo, cuando Aníbal estaba masacrando a los romanos, los libros aconsejaron sacrificar en el Foro a dos galos y dos griegos de ambos sexos. —Tocando la madera de la mesa y al mismo tiempo mojando los dedos en la copa y asperjando unas gotas de vino a su espalda, Evágoras añadió—: Espero que nunca vuelvan a recomendar algo así.

—¿Por qué, maestro?

—¿Que por qué? Celta no soy, hijo mío, pero recuerda que hablo el idioma de Homero…

***

—¿Recordáis que hace unos días al atardecer el sol se convirtió en tres soles? —pregunta Septimuleyo.

Gestos y murmullos de asentimiento.

—Todos comprendimos que podía ser un presagio de grandes males para nuestra amada ciudad —continúa el *imperator* del Aventino.

—Pero si ni siquiera eres de aquí —masculla Morfeo.

El veterano de la guerra lusitana ha hablado entre sus dientes torcidos, en voz muy baja. Stígmata, que está a su lado en la última fila, goza de un oído finísimo y lo oye.

Por suerte para Morfeo, quien no ha reparado en su comentario es Septimuleyo.

—Por eso, el cónsul Opimio, a quien los dioses guarden, ha ordenado que se consulten los *Libros Sibilinos.* Gracias a la amistad que me une con uno de los decenviros, he tenido el privilegio de mirar uno de esos libros. ¡He visto el futuro, hijos míos!

Mentira, piensa Stígmata. Está seguro de que ningún sacerdote permitiría a alguien de la calaña de Septimuleyo acercarse a los libros.

Además, el castigo por mostrar esos volúmenes a quien no está autorizado es la pena del saco. La que sufren los parricidas, el mismo tormento con el que Septimuleyo amenazó a Stígmata cuando este tenía siete años. Ser arrojado al Tíber en un saco con un gallo, una víbora y un perro rabioso. Una de las muertes más crueles que el ingenio romano ha inventado. Aunque, al menos, es más rápida que la crucifixión.

Otra cosa es que a Cepión —«la amistad que me une con uno de los decenviros» es una forma muy edulcorada de describir la relación de corrupción e interés entre ambos— se le hayan escapado más palabras de la cuenta delante de Septimuleyo por culpa del vino. O porque le haya interesado filtrar esa información.

—Esto es algo que comparto nada más con vosotros —prosigue Septimuleyo—. No debéis contárselo a nadie. ¿Sabéis lo que dicen los libros sobre los tres soles?

Pausa.

Nadie contesta.

Durante unos instantes solo se escucha el silbido del viento fuera del almacén, los chasquidos de los postigos, los crujidos de las puertas. De vez en cuando, el soplido del fuelle que aviva el fuego cercano a la fragua.

Septimuleyo levanta ambas manos con los dedos curvados como garras y declama en tono grandilocuente:

—¡Que la ira del cielo caerá sobre nuestras cabezas a no ser que ofrezcamos dos de ellas en sacrificio!

Tras este siniestro augurio, Septimuleyo hace una nueva pausa y frunce el ceño.

Mamerco, sea porque lo ha ensayado con el jefe o porque intuye que es el momento para intervenir, pregunta:

—¿Qué dos cabezas son esas, patrón?

—Las de los traidores que quieren convertirse en reyes.

Ahora, Septimuleyo ha bajado la voz y, siseando como una cobra, prácticamente ha escupido la palabra «reyes» entre los dientes.

—¡Muerte a los reyes! —grita Mamerco.

Los demás lo corean. Como si de verdad supieran de qué están hablando.

—Esos dos traidores no son otros que Fulvio Flaco y, sobre todo, su compinche —prosigue Septimuleyo—, Gayo Sempronio Graco. ¡El mismo que destrozó nuestro estrado y agredió a nuestros hombres!

—Fue a traición, jefe —dice Cíclope, con la voz pastosa de vino.

Entre los demás se oyen algunas risitas disimuladas. Eran Cíclope y Cilurno quienes vigilaban las gradas de madera que los hombres de Graco redujeron a astillas. Decir que los agredieron a traición, cuando la realidad es que ambos estaban borrachos y entregados al fornicio, se antoja un argumento un tanto torticero.

Septimuleyo lo mira de soslayo un instante. A Cíclope y Cilurno les ha tocado barrer y fregar los suelos de esa misma sala durante cinco meses, como si fueran vulgares esclavos. Eso no significa que el enojo del patrón quedara satisfecho con ese castigo, y los ha tenido todo ese tiempo comiendo pan de cebada mientras los demás disfrutaban de doradas y crujientes hogazas de trigo recién horneadas.

Por otra parte, el rencor que Septimuleyo siente contra Gayo Graco no se limita al asunto de las gradas. Ya albergaba motivos de resentimiento anteriores contra el tribuno revolucionario.

En los últimos tiempos, él y sus valedores en la nobleza senatorial —Cepión y Opimio, entre otros— habían ganado muchos miles de sestercios especulando con el trigo y con el hambre.

Por supuesto, siempre pagando la correspondiente mordida a los magistrados e inspectores del mercado con el fin de que miraran a otra parte.

Pero la ley sobre el reparto de trigo y la construcción de un gran granero público, medidas auspiciadas por Graco, han hecho que Septimuleyo pierda mucho más dinero que con las gradas del Foro. Durante todo ese tiempo, casi dos años, el *imperator* del Aventino ha estado profiriendo todo tipo de amenazas y maldiciones contra Graco.

Para su gran rabia y frustración, Graco estaba fuera de su alcance.

En primer lugar, mientras desempeñaba el cargo su persona era inviolable. Sacrosanta.

Quienquiera que ponga sus manos en un tribuno es reo de sacrilegio. Si algún impío se atreve a hacerlo, cualquier ciudadano puede darle muerte sin tener que rendir cuentas ante los pretores.

No puede decirse que eso suponga una garantía total en los tiempos convulsos que vive la República. El hermano de Gayo, Tiberio, fue asesinado cuando todavía desempeñaba el cargo de tribuno. Y el que le asestó el estacazo letal no fue otro que uno de sus colegas de tribunado.

Por eso Gayo Graco, que no parece dispuesto a correr la misma suerte que su hermano, procura ir siempre bien rodeado. Partidarios y clientes no le faltan, ya que es nieto del gran Escipión Africano y miembro de la *gens* Sempronia, una de las más ilustres de Roma.

Tampoco es de los que se arriesgan en la noche, como esos nobles crápulas —Cepión, sin ir más lejos— que se disfrazan de esclavos y proletarios para recorrer los barrios bajos. Graco es un hombre virtuoso, fiel a su esposa, al que no se verá en garitos, timbas ni burdeles, lugares donde podría ser vulnerable.

Septimuleyo sigue hablando.

—Nuestro bienamado cónsul Lucio Opimio, que lleva noches sin dormir pensando en el bien de Roma, va a ofrecer una recompensa por ellos en nombre de la República. ¿Y quién se va a llevar ese premio, hijos míos, queridos miembros de mi familia?

Si no es fácil liquidar a Graco usando un estilete como hizo Sierpe con Estertinio, sus enemigos sí pueden recurrir a las enmarañadas leyes de la República para acabar con él, mezclándolas con augurios y profecías.

Por poco que Stígmata se informe sobre la política, sabe, como todo hijo de vecino, que poco después de amanecer empezará una asamblea en el Foro.

El orden del día: derogar las medidas tomadas en los dos años de tribunado por Gayo Graco.

El mismo supuesto traidor por el que el cónsul Opimio va a ofrecer esa recompensa.

Es importante el matiz en las palabras que ha pronunciado Septimuleyo.

«Va a ofrecer».

No «ha ofrecido».

Todavía no hay motivos oficiales para declarar a Graco enemigo de la patria y condenarlo a muerte por traición.

Pero Stígmata comprende que los va a haber.

Parece evidente que todo está orquestado ya contra el extribuno.

Las palabras de Servilio Cepión que Sierpe escuchó mientras les servía vino a él y a Septimuleyo adquieren ahora más significado.

«Va a haber tumultos».

«Yo conseguiré que los dioses sean benevolentes».

¿Cómo lo va a hacer Cepión? ¿Interpretando a su antojo lo que digan los *Libros Sibilinos*?

Podría ser.

—¿De quién va a ser ese premio? —insiste Septimuleyo.

Por fin, uno de los miembros del clan exclama:

—¡Tuyo, patrón!

—¡Buena respuesta, Búfalo! ¡Los que dicen que tienes el cerebro de un asno metido en ese cuerpo de buey no saben distinguir su cara de su propio culo!

Parece que Septimuleyo está agotado del esfuerzo de vocalizar el latín del Foro y usar palabras rebuscadas. Casi sin darse cuenta, ha vuelto al lenguaje tabernario que se estila en el Hórreo de Laverna.

Acercándose a Búfalo, Septimuleyo le pellizca las orondas mejillas con aire paternal, para lo cual casi tiene que ponerse de puntillas.

El matón, que efectivamente tiene un corpachón que podría competir con el de un buey, sonríe y enseña más encías que dientes.

Gajes de dedicarse al pugilato.

Como el de quedar tan sonado que quizá deberían ser los asnos quienes se sintieran ofendidos por la comparación.

Pese a sus limitaciones intelectuales, Búfalo posee un talento indudable.

No hay nadie que adule al jefe con más sinceridad que él.

Ni siquiera Mamerco. Lo cual es decir mucho.

Gracias a ello, a Búfalo le va muy bien en el clan de los Lavernos.

***

Septimuleyo se calla de nuevo y mira al suelo. Es evidente que algo pasa por su cabeza.

Lo cual no puede ser nada bueno.

Durante unos momentos se queda pensativo, acariciándose el mentón, donde luce una barba no muy bien arreglada. Es de suponer que, si llega a ingresar en el orden *ecüestre* —Sierpe *dixit*—, se afeitará. En los últimos tiempos, entre la élite romana está en boga rasurarse las mejillas. Una moda que, según cuentan, introdujo Escipión Africano.

De pronto gira la mirada hacia sus hombres.

—¿Cuánto creéis que pesa una cara?

La pregunta puede parecer extraña.

Tratándose de él, no lo es.

Stígmata ha sido testigo de muchos actos de crueldad desde que era niño. Empezar viviendo entre la escoria de la ínsula Pletoria supone una dura iniciación a la existencia.

Pese a ello, nunca ha conocido a nadie que disfrute tanto con la sangre y, especialmente, con el dolor de sus víctimas como Aulo Vitelio Septimuleyo. Ni siquiera el repugnante Albucio que se dedicaba a mutilar, desfigurar y violar a sus pupilos.

Violar.

Para Albucio el sexo tenía que ser, por fuerza, violento.

Para Septimuleyo, en cambio, la violencia es sexual.

Una diferencia significativa.

Más de una vez Stígmata ha visto cómo, por debajo de la abultada tripa de Septimuleyo, la túnica se le levanta cuando ve cómo la cuchilla empuñada por un sicario o por él mismo desuella el pecho de algún incauto que se ha atrevido a plantarle cara en sus dominios.

Eso sí, el incauto en cuestión siempre estará bien inmovilizado antes de que Septimuleyo se atreva a acercarse a él. Entre las muchas virtudes que no lo adornan se encuentra el valor físico.

Pero cuando más se hincha de sangre el miembro de Septimuleyo es cuando, mientras su víctima todavía respira, él mismo le practica un largo corte horizontal por debajo del cuero cabelludo y tira de este para arrancarle la cara poco a poco.

Si le sale bien, la erección está garantizada.

Otras veces, la piel se rasga conforme tira de ella y los restos quedan colgando del cuello como siniestros pétalos alrededor de una flor sangrienta. Entonces Septimuleyo se enfada mucho, y ni siquiera concede a su prisionero la gracia de una muerte rápida.

A decir verdad, cuando el desuello sale a su gusto tampoco muestra demasiada clemencia. Pero en tales casos sonríe satisfecho y se queda con el rostro de su víctima a modo de trofeo.

—¿Quién dice que los plebeyos no tienen derecho a guardar imágenes? —suele ufanarse.

En los atrios de sus mansiones, los nobles romanos ponen grandes armarios en los que guardan máscaras de sus antepasados, vaciadas a partir de moldes de cera. Cuando llegan los funerales de la familia, contratan a actores para que se disfracen con esas máscaras y representen así a sus ancestros en el cortejo mortuorio.

Septimuleyo posee sus propias máscaras.

Los rostros de enemigos a los que ha torturado.

En lugar de ponérselas en los funerales, lo hace cuando llegan fiestas como las Saturnalias o las Lemurias. En estas últimas arroja habas negras a su espalda a modo de sembrador, en la creencia de que los espíritus de los muertos a los que ha atormentado los dejarán en paz a él y a su descendencia.

Algunos de sus sicarios aseguran que ponerse la piel curtida de un muerto sobre el rostro no empeora su fealdad.

Ninguno se lo dirá a la cara, claro está. Nadie quiere que la piel de su propio rostro amplíe la siniestra colección.

—Vamos, responded. ¿Cuánto creéis que pesa una cara?

Septimuleyo pasa delante de ellos y va preguntando.

—Dime, Cíclope, ¿cuánto puede pesar?

—No sé, jefe. ¿Una onza?

—¿Tú qué crees, Burrieno?

—¿Tres onzas?

—¿Qué opinas tú, Búfalo?

—¡Veinte libras, patrón!

Se escuchan unas cuantas carcajadas. ¡Veinte libras! Hay lechones que pesan menos. Pero es que Búfalo se pierde haciendo cuentas en cuanto tiene que cambiar de mano.

—¿Y cuánto crees tú que pesa, Vulcano?

El interpelado está en primera fila, un poco a la derecha de Stígmata.

Es un viejo conocido suyo.

El muchacho al que Albucio le cortó los tendones de la pierna izquierda, y que luego se escapaba por las noches con Mamerco.

El mismo que le arrancó la ropa a Stígmata para que Mamerco lo azotara delante de Septimuleyo y sus matones.

—¿Yo? ¿Cómo voy a saberlo, patrón? —responde Vulcano—. Como mucho, podría calcular cuánto pesa una cabeza.

—Ya. Pero si a la cabeza le quitamos la cara, ¿cuánto peso se pierde?

Vulcano traga saliva. Algo ha cambiado en el tono de Septimuleyo.

Se han acabado las bromas.

Vulcano tiene a un lado a su viejo amigo Mamerco y al otro a Búfalo. Ambos le plantan las manazas en los hombros.

—No sé por qué me preguntas eso, patrón.

—Solo quiero saber si merece la pena.

—Si merece la pena ¿qué?

A un gesto de Septimuleyo, los dos fornidos sicarios levantan a Vulcano por las axilas, lo llevan en volandas hasta un banco y lo sientan allí con tanta violencia que sus posaderas hacen retemblar la madera.

La formación se rompe. Algunos de los demás sicarios se acercan, otros se apartan. Se forma una especie de corro ovalado.

Septimuleyo se vuelve hacia Stígmata, que no se ha movido de donde se encontraba.

—Vulcano es viejo conocido tuyo.

La orden parece implícita. «Ven a ayudarnos».

Stígmata no se da por aludido.

Vulcano trata de levantarse. Protesta, argumenta.

—Por favor, jefe, me estás asustando. Búfalo, tú eres amigo mío, ¿verdad?

—Mamón, me acuerdo de lo de la escalera.

Vulcano había hecho víctima a Búfalo de una vieja broma, al darle una escalera de mano y decirle que comprobara si el carpintero la había fabricado bien, porque parecía que tenía más peldaños de subida que de bajada.

Por supuesto, Búfalo los había contado hacia arriba primero y después hacia abajo.

Por tres veces.

Hasta que las carcajadas de todos le hicieron saber que Vulcano le estaba tomando el pelo.

De modo que Búfalo tiene memoria suficiente al menos como para guardar rencor, se dice Stígmata. Como cuentan que ocurre con los elefantes.

La comparación le cuadra, ciertamente.

Vulcano lo intenta con Mamerco.

—Mamerco, tú sí que eres mi amigo. ¿Verdad que lo eres? ¡Somos casi hermanos! Nos hemos criado juntos...

Para demostrar lo amigos y hermanos que son, Mamerco retuerce el brazo de Vulcano por detrás de su espalda, le pone la mano derecha sobre la mesa con el dorso hacia abajo y, con un cuchillo de trinchar, se la clava a la mesa con un violento golpe que suena a ternilla triturada.

Sin necesidad de que Septimuleyo lo ordene, otro de los matones hace lo mismo con la mano izquierda de Vulcano.

Mientras, los brazos enormes y velludos de Búfalo lo mantienen inmovilizado.

Empiezan los gritos.

Y las carcajadas.

Que se hacen más estentóreas cuando un chorro de orina resbala por la pantorrilla de Vulcano.

—Es porque Vulcano le contó a Estorninio que el cónsul va a pagar en oro lo que pesen no sé qué cabezas.

Al oír la vocecilla de Sierpe, Stígmata está a punto de dar un respingo. La niña parece haberse materializado de entre las sombras. Está agazapada a su espalda, a medias asomada tras una de las columnas de madera que sustentan el techo.

Estorninio es como llama Sierpe a Estertinio. ¿Quiere decir eso que Vulcano ha estado en tratos con el mayor rival de Septimuleyo, el jefe de la banda de los Suburanos?

No es en absoluto inverosímil. Vulcano siempre ha sido una sabandija, carente incluso del escaso honor que hay en aquel clan de delincuentes.

—¿Cuándo te has enterado de eso?

—Ahora.

—¿Ahora? ¿Después de hablar conmigo?

—Sí. Fui a decirle al patrón que te he dicho lo que me ha dicho que te digo.

A veces, Sierpe se embrolla con las frases complicadas.

—¿Y te ha contado a ti eso, que Vulcano le ha traicionado con Estertinio?

—¡Noooo! No me lo ha contado. Se lo ha contado a Mamerco.

—¿Y cómo te has enterado?

Ella se encoge de hombros.

—No sé. Lo he oído sin querer.

—¿Sin querer?

No hay peligro de que nadie escuche su breve conversación con la niña. Es casi imposible oír otra cosa que los gritos de Vulcano y las risotadas de los demás.

Stígmata no acaba de entender por qué se ríen tanto.

Puede que crean que Vulcano los ha traicionado, o puede que no.

En cualquier caso, ninguno de ellos está a salvo de incurrir en el enojo de Septimuleyo. Aunque sea por cualquier otro motivo mucho menos grave que venderse a un rival, pueden sufrir un destino parecido.

De modo que no hay fundamentos para tanto jolgorio.

Crueldad y veleidad. Agua y cal viva mezcladas.

«Tengo que salir de este lugar», se repite Stígmata.

Aunque parezca imposible, los gritos de Vulcano no dejan de subir de volumen y tono. Septimuleyo se ha inclinado sobre él, le ha clavado la cuchilla por encima de la frente para dar el primer corte y está trabajando a conciencia.

El cuerpo del patrón tapa la visión de Stígmata. Mejor así. Contemplar cómo se mueven su culo y su espalda mientras ejerce de desollador resulta desagradable. Pero peor sería observar el proceso en todos sus truculentos detalles.

Sierpe sale de detrás de la columna y trata de acercarse para curiosear.

Stígmata la agarra de la muñeca con fuerza.

—¡Aaaaaayyy! —se queja ella, y trata de zafarse—. ¡Quiero mirar!

—No. No quieres mirar. Vete a acostar ahora mismo.

Stígmata afloja la presión de los dedos. La niña se suelta, recula, y un instante después se ha fundido con las sombras.

Que sea para acostarse en su camastro como le ha ordenado él es otra cuestión.

Pasado un largo rato, Septimuleyo se endereza, resollando por el esfuerzo, y se gira hacia Stígmata.

En las manos tiene un colgajo de piel con restos de carne pegada.

Lo que antes era el rostro de Vulcano.

Septimuleyo sonríe, enseñando el enorme hueco que separa sus incisivos, un diastema donde cabría otro diente igual de grande.

Alba, una de las prostitutas del clan, ha traído una balanza. Septimuleyo deposita su trofeo en ella para pesarla.

Mientras tanto, Vulcano sigue sentado, gritando. Las manos clavadas en la mesa. Lo que antes era su rostro se ha convertido en un amasijo rojo, apenas reconocible.

Sus aullidos son un tormento para los oídos. Si por él fuera, Stígmata les pondría fin cortándole el cuello.

Pero lo más probable es que Septimuleyo se lo tome a mal.

Y Vulcano, aunque tal vez no merezca un final tan atroz, no es más que una sabandija, como ya quedó dicho.

Entre alarido y alarido, se oye a Septimuleyo pedir otra pesa de una onza. Cuando por fin equilibra la balanza, hay cuatro pesas en el platillo.

—Cuatro onzas, patrón —informa Búfalo, demostrando que, al menos, sabe contar hasta esa cifra.

Finalmente es el propio Septimuleyo, que debe de estar aburrido de oír chillidos, quien rebana el cuello de Vulcano con el mismo cuchillo curvo de curtidor que ha usado para despellejarlo. Apretando con fuerza, desde debajo de la oreja izquierda, pasando por debajo de la nuez y hasta la clavícula derecha.

Los gritos se convierten en gorgoteos.

Y, por fin, en silencio.

—Se acabó la diversión, muchachos —dice Septimuleyo, remetiéndose el rostro despellejado entre el cinturón y la tripa y dejándose en la túnica manchurrones de sangre—. Ahora, cada mochuelo a su olivo. Nada de vino ni de fornicio.

Mamerco, el mamporrero jefe de Septimuleyo, da un par de palmadas y exclama:

—¡Ya lo habéis oído! ¡A primera hora, todo el mundo aquí, sobrio y descansado! ¡Vamos!

Mientras los sicarios se dispersan entre murmullos, unas esclavas empiezan a recoger en silencio los platos y las copas que quedan sobre las mesas.

El cuerpo de Vulcano sigue donde estaba, sentado en el banco, el torso inclinado hacia delante y los brazos detrás. No ha llegado a caerse porque sigue clavado a la mesa. ¿Cuánto aguantarán el peso los tendones y la carne antes de reblandecerse y ceder?

Mucho se teme Stígmata que lo van a averiguar. Que nadie se va a llevar de allí el cadáver de Vulcano, al menos en unos cuantos días.

Septimuleyo se acerca a él con su paso anadeante.

—Si le arranco la cara a ese malnacido, perderé cuatro onzas de oro. ¿Crees que merecerá la pena?

No hace falta que Stígmata pregunte quién es el malnacido.

Graco.

Así que, incluso antes de que se le declare enemigo público, Opimio tiene decidida la recompensa por matar al extribuno.

El peso en oro de su cabeza.

Menos cuatro onzas si le arrancan la piel de la cara.

Claro que, si Septimuleyo despelleja el rostro de Graco, ¿cómo va a demostrar al cónsul que la cabeza que le lleve es suya?

Stígmata se encoge de hombros en su diálogo mudo.

Eso no es asunto suyo.

¿O sí?

Mucho se teme que se va a ver involucrado.

Pero, por ahora, Septimuleyo tiene otros planes para él.

—Tú no te vas a descansar. Tú tienes trabajo.

Mamerco, Búfalo y Tambal siguen en la gran sala. El patrón nunca se queda del todo a solas con Stígmata. Incluso cuando le da órdenes en privado, como ahora, procura que algunos de sus otros sicarios estén a una distancia prudencial.

Stígmata asiente.

Su mirada se desvía un instante hacia el cinturón de su patrón y lo que hay en él.

Esa especie de colgajos hinchados eran los labios de Vulcano.

—El edil. Ha llegado el momento. Ven a mi despacho y te explicaré.

Stígmata vuelve a asentir.

En realidad, se trata de un exedil.

Publio Licinio Calvo.

Aunque ya no sea magistrado, es la presa de mayor tamaño que Stígmata ha tenido que cazar hasta ahora.

***

De nuevo, todo tiene que ver con Graco.

Entre los negocios que controla Septimuleyo está el de las tribunas de madera que se levantan en el Foro Boario para los espectáculos de gladiadores.

(De las gradas para las representaciones teatrales en las que el auditorio babea por la bella Antiodemis y otras actrices se encarga el clan del Velabrum, por acuerdo entre su patrón y Septimuleyo. Este, sin embargo, ambiciona quedarse algún día también con esta concesión extraoficial).

Septimuleyo cobra un dinero a los que se sientan en las tribunas. De ese dinero paga su parte correspondiente a uno de los dos ediles curules, el que quede encargado de la organización de los espectáculos en el Foro Boario. Durante el año pasado, la mordida se la entregó a Licinio Calvo mientras este desempeñaba el cargo.

En realidad, solo se cobra entrada a los que ocupan las tribunas más altas, los ciudadanos más humildes. Los que se sientan en las primeras filas, senadores y caballeros, gozan del privilegio de contemplar gratis las peleas de gladiadores.

El maestro Evágoras tenía una opinión para ese tipo de paradojas.

—Eso es lo que dan los dioses a los hombres. Es la forma en que Zeus reparte justicia. A los ricos más riqueza, y a los pobres más pobreza.

Conforme se iba embriagando, sus comentarios se hacían más subversivos y la palabra «pobreza» se convertía en «mierda» y otras lindezas semejantes.

Pues Evágoras tenía un punto de revolucionario. Había sido admirador del primer Graco, al que mataron a estacazos junto con un buen puñado de seguidores.

El asesinato de Tiberio Graco hundió un ánimo que ya estaba de por sí deprimido, por culpa de las cataratas que habían ido velando sus ojos hasta que no pudo leer más —«El único placer que me quedaba a mis años»—. Rumiando y rumiando sus lóbregos pensamientos, comiendo cada vez menos y bebiendo cada vez más, se fue marchitando. Hasta que un día de noviembre abrió la ventana de su triste cubículo y se arrojó de cabeza por ella. No eran más que dos pisos, pero el impacto con el pretil de la fuente que había debajo bastó para romperle el cuello y, por suerte, matarlo en el acto.

Volviendo al asunto de las gradas. Ese que Septimuleyo tiene clavado como un golondrino en su peludo sobaco.

Meses atrás, cuando Gayo Graco todavía era tribuno, reunió a una cuadrilla de seguidores. Con ellos, al cobijo de la noche, desmanteló el anfiteatro de madera que los hombres de Septimuleyo habían levantado la víspera en el Foro Boario.

Dos de los Lavernos habían quedado encargados de la vigilancia. Cíclope, al que solo se le espabilará la borrachera cuando lleve un día entero muerto, y Cilurno. Este, casi tan alto y corpulento como Mamerco, es un galo que, después de diez años en Roma, todavía no sabe declinar ni la palabra *mentula*.

Y no será porque no la haya oído. De labios de Stígmata, sin ir más lejos.

Fue en verano, hace año y medio. Estaban en la taberna de Vibio, junto al Tíber, otro de los lugares habituales de los Lavernos. Sierpe, que no debía de haber cumplido ni los seis, jugaba a servir vino por las mesas entre las carcajadas de Víbula, la hija del dueño, que ejercía de maestra.

Cuando Sierpe se acercó a la mesa donde se sentaban Cilurno, Cíclope y otros alegres bebedores, el galo metió la mano por debajo de su tuniquilla y le magreó las nalgas, a la vez que la besaba en la mejilla una y otra vez como un pájaro carpintero. Al hacerlo, le clavaba los enormes bigotes rubios, manchados de vino y de migas de pan.

La niña trató de apartarse.

—¡Aaaayyy, pinchas!

Cilurno la soltó con una carcajada. Pero, antes de apartar la mano, todavía hurgó y apretó más entre los muslos de la cría con sus dedazos sucios de salsa de caracoles.

—¡Qué guapa habrás sido, niña!

—¡Se dice «vas a ser», palurdo! —le corrigió Cíclope.[5]

Stígmata estaba bebiendo de su jarra de vino, apartado de los demás. En su sitio habitual de la taberna, un rincón frente a la puerta desde el que puede ver todo lo que ocurre en el local. Con la espalda contra la pared, el codo en una mesita y los pies en un escabel.

No dijo nada.

Después, Cilurno salió a orinar entre las cañas que crecen junto al río.

---

[5] Cilurno ha dicho *fueris* en lugar de *eris*.

Cuando se quiso dar cuenta, el galo tenía en el pescuezo una mano de Stígmata. Y la punta de un cuchillo apoyada en la base del pene, donde se une al escroto.

«Apoyada» es un eufemismo. Algunas gotas de sangre brotaron.

—Limítate a las mujeres a las que les hayan salido las tetas —dijo Stígmata en voz muy baja.

—¿Es asunto tuyo lo que hago con mi verga?

Mentulam, dijo el ignorante, en lugar de *mentulā*.

—Es asunto tuyo decidir si quieres seguir teniendo verga.

Desde entonces, nadie ha intentado propasarse con Sierpe, al menos delante de Stígmata.

A estas alturas, bien seguro está de que es más por temor al cuchillo de la cría que al suyo.

***

La noche en que ocurrió lo del estrado, los inseparables Cíclope y Cilurno estaban tan confiados en la impunidad de la que gozaban tanto su patrón como ellos que Graco y los suyos los sorprendieron con las túnicas arremangadas y los subligares por los tobillos, fornicando sobre las gradas con un par de putas.

—Era para comprobar que resistían el peso, jefe —se justificó Cíclope al día siguiente.

—Mamones, ¿y para eso teníais que estar borrachos como samnitas?

Si Septimuleyo no abofeteó en aquel momento a sus dos matones fue porque tenían la cara tan hinchada y ensangrentada de la paliza que se habían llevado a manos de los graquianos que no quedaba dónde ponerles la mano sin mancharse. Con todo, su negligencia no quedó impune. Tras recibir quince latigazos en la espalda, ambos tuvieron que servir cinco meses como limpiadores y, al igual que ocurre con los legionarios culpables de cobardía, sufrieron la humillación adicional de comer pan de cebada durante ese tiempo.

Graco y los suyos no se limitaron a desmontar los asientos. Con parte de ellos levantaron una tarima elevada para los combates del día siguiente. Después destrozaron a hachazos el resto y se llevaron las tablas rotas para usarlas como leña en sus casas.

De ese modo, el entonces tribuno consiguió lo que quería.

Al día siguiente, los ciudadanos más pobres pudieron ver los combates sin pagar.

A Stígmata, que luchó en aquella jornada, le resultó un tanto desconcertante.

En lugar de pelear rodeado por un círculo de cabezas que se elevaban sobre la suya, lo hizo por encima de los espectadores. Como si, subido a aquel estrado, fuera un pretor presidiendo un juicio en el Foro y no un gladiador.

Su extrañeza duró apenas un par de latidos, los que tardó el presidente de los juegos, el propio Licinio Calvo, en dar la señal para que empezara el combate.

Después, una vez que sus pies se adaptaron a aquella superficie que se combaba ligeramente y a los crujidos de la madera, no tardó en dar buena cuenta de su adversario desarmándolo.

Para él, la jornada de juegos terminó como cualquier otra.

No así para Septimuleyo.

Cuando finalizaron los combates, el edil Licinio Calvo se presentó en los muelles aledaños al Hórreo de Laverna, donde Septimuleyo observaba cómo los estibadores descargaban un barco que traía ánforas de aceite de Turdetania.

Licinio venía ataviado con las insignias de su cargo y acompañado por sus dos lictores, más un buen número de clientes y esclavos. A pocos pasos lo seguían un tío suyo y también su suegro, ambos senadores de rango consular, con sus respectivos cortejos.

Stígmata presenció la escena porque, aunque estaba recibiendo el habitual masaje posterior al combate, Sierpe vino a buscarle de parte de Septimuleyo y le dijo que el patrón requería su presencia. «Por si acaso hay problemas con *Lucinio*», le explicó.

El edil había iniciado la conversación en un tono exageradamente sarcástico.

—Muy interesante tu nueva forma de organizar el espectáculo.

—No he sido yo, noble Licinio—respondió Septimuleyo—. No era mi intención que se desmontaran las gradas.

Cuando trata con senadores, el *imperator* del Aventino procura controlar su natural soberbia. Pero Stígmata, que lo conoce bien, se dio cuenta de que aquella forma de parpadear tan despacio escondía la rabia que le hervía por dentro.

—La gente parecía contenta —dijo Licinio.

—Si la gente está contenta, eso será bueno cuando te presentes a las elecciones a pretor.

—No me interrumpas, ciudadano. La gente parecía contenta... hasta que hicieron correr pasquines como este.

Licinio le tendió una tablilla enyesada, escrita con grandes letras. La arruga frontal de Septimuleyo se convirtió en un surco cuando frunció el ceño fingiendo que leía.

Para convertirse en miembro de la clase ecuestre, no le vendría mal aprenderse al menos las veintiuna letras del abecedario.

—De cerca veo borroso. —Pasándole el pasquín a su contable, un griego de Masalia llamado Polifrón, le mandó—: Lee tú.

Polifrón es bastante miope, por lo que prácticamente pega la cara a las tablillas cuando lee o escribe. Sus asientos de contabilidad parecen una cohorte de hormigas diminutas que solo él es capaz de descifrar. Lo cual es una de las razones por las que a Stígmata y los demás gladiadores les resulta imposible demostrar las trampas aritméticas que hace obedeciendo órdenes de Septimuleyo.

Con voz engolada, el contable leyó:

—*El edil L. Calvo quiere que los juegos los pague el pueblo y que los disfruten gratis quienes lo tienen todo. A partir de ahora, en cambio, gracias al tribuno G. Sempronio Graco, será el pueblo quien los disfrute sin pagar. Con Graco, pan y juegos para quienes los necesitan, no para quienes ya los tienen.*

Licinio arrebató el libelo de las manos de Polifrón y lo agitó ante el rostro de Septimuleyo.

—¡Cientos como estos corrían de mano en mano!

Durante su combate, Stígmata había sido consciente de que se oían abucheos entre el público. Por un instante había creído que iban contra él, por el motivo que fuese, pero había intentado hacer oídos sordos. No hay nada peor que distraerte cuando frente a ti tienes la punta de una espada. Por muy superior que seas a tu adversario.

Poco después, los abucheos se habían convertido en aclamaciones. «¡Graco, Graco, Graco!».

Ahora lo entendía.

—Precisamente Graco es el culpable de esto, noble Licinio —se disculpó Septimuleyo.

—¡Cinco días van a durar estos juegos! ¡Cinco!

—Bien lo sé, noble Licinio. Más me duelen las pérdidas a mí que a ti.

—Lo que a ti te duela, sean las pérdidas, las muelas o los huevos, me trae sin cuidado.

Septimuleyo resopló. Tras mirar a ambos lados, dio un paso hacia el edil para hablar con más discreción.

Uno de los lictores le puso las fasces en el pecho.

—Mantén las distancias, ciudadano.

La mirada que le dirigió Septimuleyo habría convertido en piedra a las mismas gorgonas. Pero el hampón tragó saliva y dijo, sin subir la voz:

—Soy yo quien ha invertido el dinero. Pero te descontaré de lo mío la parte convenida.

Como no quería entrar en detalles delante de tantos testigos, Septimuleyo se refería con «lo mío» a lo que debía cobrar él como lanista, ya que era Licinio quien sufragaba los juegos con el fin de hacerse propaganda y presentarse a las elecciones de pretor del año siguiente. En cuanto a «la parte convenida», era el porcentaje de la recaudación de las gradas que Septimuleyo pagaba al edil de turno.

Que, en este caso, también era Licinio Calvo.

El edil chasqueó la lengua varias veces, de una forma exagerada e irritante.

—No, no, no, mi querido Septimuleyo. Ni mucho menos. Estás muy equivocado. Tú me pagarás lo que me debes, pero yo a ti no. Has incumplido el contrato.

—¿Que he incumplido el contrato?

—Las gradas no estaban. El espectáculo ha perdido todo su lustre. ¡Qué vergüenza, los senadores y caballeros contemplando los combates de pie, al mismo nivel que esa chusma!

—Pero mis gladiadores han peleado. Ese era nuestro contrato, noble Licinio. Las gradas son una cosa. ¡Mis chicos son otra muy distinta!

El edil hizo el gesto de limpiarse de saliva un ojo. Su lictor hizo presión con las fasces y obligó a Septimuleyo a retroceder.

Stígmata estaba lo bastante cerca como para ver que Septimuleyo no había soltado ningún escupitajo al hablar.

No es que no lo haga a menudo, y más de una vez adrede, aprovechando el hueco que tiene entre los incisivos.

Pero con Licinio no había sido así.

—No me levantes la voz, o mi lictor hará algo más que apartarte. Mañana, a primera hora, quiero el dinero.

—Pero eso... ¡Eso es extorsión!

A Stígmata no dejó de llamarle la atención que alguien como Septimuleyo mencionara la extorsión, cuando esta era la principal fuente nutricia de su prosperidad.

Aparta, que me tiznas, le dijo la sartén al cazo.

El edil respondió con el mismo gesto que acostumbra a usar el propio Septimuleyo con sus inferiores. Tres bofetaditas suaves en la cara que fingían ser cariñosas cuando solo buscaban humillar.

—Mi queridísimo amigo, así la próxima vez protegerás mejor tus gradas. —Tras una pausa, el tono exageradamente melifluo se convirtió en cortante y agresivo—. Jódete y págame lo que me debes, hijo de esclavos.

Estaba claro que aquel edil se sentía muy poderoso en aquel momento. A plena luz del día, protegido por sus dos lictores, por su séquito y, sobre todo, por el hecho de ser un senador.

Septimuleyo agachó la cabeza, retrocedió y asintió.

—Tendrás lo que te corresponde, noble Licinio.

Al día siguiente, Stígmata y Búfalo acudieron a casa del edil con un cofre de monedas. Elegir a Stígmata no fue casual. Septimuleyo quería que estudiara la disposición de su domus.

Fue el portero quien recogió el cofre a través del postigo de la puerta principal. Sin hacerlos pasar.

Al regresar, Stígmata informó a su patrón.

—Es una pequeña fortaleza.

Septimuleyo asintió.

—Ya dejará de ser edil. Y ya saldrá de su casa.

Si el magistrado creía que su desprecio iba a quedar impune, estaba muy equivocado.

Y esta noche ha llegado la hora de cobrarse la deuda.

TORRE MAMILIA

—¿Qué te ocurre, Regalo de Diana? ¿Clío dejó de inspirarte?

Artemidoro se vuelve hacia la cama. Urania se ha despertado, ha sacado un brazo fuera de la manta y le hace gestos para que se acerque a ella.

Por nacimiento, ella es una bárbara del norte. Según los traficantes que se la vendieron a Areté, la meretriz que regenta el Jardín de Eros y Psique, es natural de la tribu de los reudignos.

Pese a ello, la joven posee cierta cultura. Primero la adquirió en el burdel, ya que las cortesanas de alto precio deben seducir no solo con el cuerpo y la mirada, sino también manejando el arte de la conversación. Después la ha ido completando con el propio Artemidoro, que disfruta al compartir con ella todo tipo de conocimientos.

Cuando hablan en latín, la joven a veces traduce por juego el nombre de él, Artemidoro, convirtiéndolo en Donum Dianae, «Regalo de Diana». Conoce, asimismo, los nombres de las nueve musas, no solo el suyo o el de Clío, la patrona de la historia a la que acaba de mencionar.

Con su curiosidad insaciable, Artemidoro ha intentado muchas veces excavar en los recuerdos de la joven para averiguar algo más sobre su origen y sobre los reudignos, ese pueblo del que solo conoce el nombre, ya que aparece mencionado en el relato de Píteas sobre su viaje al norte.

Esos recuerdos son demasiado vagos, por desgracia.

O acaso por fortuna, si en ellos se ocultan hechos demasiado dolorosos.

Algunas noches, a Urania se le escapan en sueños algunas palabras en lo que Artemidoro supone que debe de ser su idioma natal. Una vez despierta, ni ella misma se acuerda de lo que ha dicho.

Una de esas palabras es *mōder*. Artemidoro cree entender que significa «madre». Le recuerda al *mēter* de su propio idioma, al *māter* del latín y al *mātir* de las lenguas celtas que conoce. Además, en la forma en que la pronuncia Urania, se nota una calidez especial que hace pensar en un recuerdo materno.

Otra es *yustas*. Urania se relame cuando la dice en voz alta, lo que hace a Artemidoro conjeturar que se trata de algún alimento.

Pero la palabra que más se repite en sus pesadillas, la que hace que se le frunza el ceño y a veces se despierte con el corazón desbocado o incluso llorando, es *khymbrōs*.

Cimbrios.

Le pica la garganta. Vuelve a toser.

No puede decirse que sea un ataque fuerte, pero resulta fastidioso. Y sospecha que puede ser eso lo que ha despertado a Urania.

—No se te acaba de quitar la tos.

—No es nada.

—Anda, ven aquí conmigo, que estarás más calentito —dice la joven en tono zalamero.

Él no puede sino obedecer. Pero prefiere no tumbarse. Tendido en horizontal le resulta aún más difícil resistirse al deseo. Se sienta en la cama, con la espalda apoyada contra el tabique. Urania se acurruca contra él. Le rodea la cintura, algo fácil para ella, ya que Artemidoro es delgado, y apoya la cabeza en su regazo.

—¿Por qué no te tumbas y te duermes? —sugiere la joven.

«Porque es ahora cuando mejor puedo escribir», piensa él. Robándole tiempo a Hipnos y a Morfeo.

Y, de vez en cuando, aspirando un poco del polvillo conocido como soplo de Epiménides, pues se cuenta que es la misma droga que las ninfas entregaron al sabio cretense y que le permitía pasar meses enteros sin comer ni dormir.

Artemidoro no sabe si se trata de la misma fórmula. Epiménides la ingería, mientras que el producto que le prepara y vende la vieja Camila, siempre siguiendo las instrucciones del propio Artemidoro, está molido y se inhala por la nariz. En cualquier caso, el llamado «soplo» le ayuda a aguantar en estado de alerta y con la mente acelerada durante más horas de lo que permitiría su propia naturaleza.

Escribir por las noches forma parte de la esclavitud de no tener dinero. O tierras. O ganado, la riqueza de los bárbaros escitas y quién sabe si de los desconocidos reudignos.

Se frota los ojos. Lo ha hecho demasiadas veces esta noche, tanto que nota los lagrimales duros e hinchados como pequeñas cuentas de cristal.

Qué cansancio, se dice.

Pero en voz alta responde:

—Quiero avanzar un poco más.

—Pero si ya no sabías qué más escribir.

—¿Ah, no? ¿Por qué dices eso?

—Llevo un rato observándote.

—¿Estabas despierta y no me habías dicho nada?

Ella sonríe. Se le forman dos hoyuelos en las mejillas, hermanos del que habita siempre en su mentón.

Por los dioses, piensa el ateo Artemidoro, no puede ser sano querer así a alguien.

Más que amor, es arrobamiento. Adoración.

«Claro que no es sano —dice su mini Diógenes—. Te estás quedando en los huesos. Y lo triste es que no es de tanto fornicar».

—A veces me gusta observarte cuando no te das cuenta —explica Urania.

—Espero no haber hecho ningún gesto indigno de mí —dice Artemidoro medio en broma medio en serio.

—Nooo. Simplemente estabas con la vista perdida a lo lejos.

Los ojos de Artemidoro se vuelven hacia la ventana. Por ahí no podía estar mirando, ya que los postigos están cerrados. No lo bastante bien como para evitar que el aire se cuele por las rendijas. Es lo malo de tener un apartamento orientado a la calle del Erizo, en la cara norte de la Torre Mamilia. Allí no solo hace más frío, sino que las viviendas están peor construidas.

La única ventana del apartamento no acaba de encajar bien y es exageradamente grande, de manera que por ella entra frío en invierno, calor en verano y ruido en todas las estaciones. Si Artemidoro escribiera de día, como hacía cuando tenía más dinero, la luz que se cuela por ella le vendría bien. Ahora no le sirve de mucho. Además, está tan baja que, cada vez que ve a Urania asomándose por ella, le da miedo que con el centro de su peso cambiado por el embarazo se vuelque sin querer sobre el alféizar y caiga a la calle. A veces Artemidoro bromea diciendo que, si alguna vez lo reclaman para atender un parto con urgencia, siempre puede correr hacia la ventana y tirarse por ella como los reclutas que entrenan saltando obstáculos en el Campo de Marte.

Por ahora, el viento, lejos de amainar, hace que las contraventanas se sacudan y amenacen con abrirse a pesar de la falleba.

En su imaginación, Artemidoro ve a un ejército de sitiadores batiendo con el ariete los portones de la ciudad. Esa falleba es la última defensa contra los bárbaros que aúllan en la oscuridad exterior.

Sin saber muy bien por qué, le viene a la cabeza la palabra que atormenta las pesadillas de Urania.

Cimbrios…

—Estaba mirando a lo lejos, sí.

—¿Adónde?

—A un lago, en la Galia. No muy lejos de Tolosa…

—¿El lugar del tesoro?

—Sí. Es justo lo que acabo de escribir.

«En la tablilla», añade para sí.

¿Debe pasarlo al papiro?

Sigue indeciso.

—Entonces, ¿te habías quedado así porque has terminado el libro? ¿Te pone triste terminarlo?

Artemidoro no puede evitar que se le escape una carcajada.

Para Urania, todo es personal.

Incluso la relación de un autor con su libro.

Quizá esa sea la forma más certera de verlo.

—¡Qué ocurrencias tienes! Me queda mucho para acabar. Lo que estoy relatando ahora mismo sucedió dos años después de la 125.ª Olimpiada.

—¿Eso fue hace mucho?

—Ciento cincuenta y ocho años. Ocho generaciones humanas. —Su afán de precisión habitual, que algunos, quizá con razón, confunden con pedantería, le hace añadir—: Siempre que consideremos que una generación dura dos décadas.

Al pronunciar la palabra «generación» su mano derecha recorre la abultada curva del vientre de Urania.

—¿Quieres llegar hasta ahora? ¿Hasta hoy?

—No. La situación política está muy revuelta aquí desde que mataron al hermano de Gayo Graco. Quiero quedarme justo en ese año, pero sin contar lo que ocurrió en Roma.

—Por no meterte en líos con los magistrados, ¿no?

Urania está al tanto de la política romana. En el burdel de lujo donde trabajaba, recibían muchas visitas de senadores. «Los hombres os ponéis muy comunicativos después del primer polvo cuando queréis ganar tiempo y reponeros para echar otro», le explicó la joven un día, con la desinhibición con la que suele hablar de sexo.

—Así es. Mi intención es terminar con la destrucción de Numancia. Eso sucedió hace doce años. O sea, que me quedan por escribir los sucesos de ciento cuarenta y seis años.

«Incluyendo las guerra contra Cartago, la conquista de Grecia...», piensa, y de nuevo le invade un inmenso cansancio. Como si fuera Sísifo empujando su roca y, al levantar la mirada, descubriera que le queda por ascender más de la mitad de la ladera.

Y todo ¿para qué? Polibio ya ha escrito sobre ese periodo. De hecho, es la fuente más fiable a la que recurre Artemidoro. ¿Seguro que su obra está mejorando la de su compatriota?

A veces, cuando está cansado, le invade el desánimo. Lee sus propias palabras y le resultan confusas, embarulladas.

Sobre todo, inútiles. ¿De qué sirve que escriba?

Podría cerrar los ojos y dormirse ahora. Pero Urania no parece dispuesta a dejarle.

—¿No es un final muy deprimente para un libro?

—¿A qué te refieres?

—Terminar con la destrucción de una ciudad. Tus lectores se quedarán tristes al acabar.

—No si son romanos. A ellos los complace leer y recordar cómo destruyen países enteros.

—Aun así, no sé. Podrías terminar con un final que haga sonreír o llorar de alegría.

—¿Como en la obra de teatro que fuimos a ver hace poco?

A Artemidoro no le gustó *Las aventuras de Euxine y Alción*, una mezcla de mimo y comedia nueva, plagada de casualidades asombrosas. Al final, se descubría que la esclava a la que todo el mundo maltrataba a lo largo de la obra era, en realidad, la hija de un noble de Siracusa raptada por piratas. Una vez revelada su identidad, su matrimonio con el también noble Alción, el joven protagonista, dejaba de ser una quimera inalcanzable.

Lo único que a Artemidoro le llamó la atención de la obra fueron las bellas formas de la actriz Antiodemis, más que entrevistas a través de velos transparentes.

Pese al frío que hacía, lo cual se notaba incluso de lejos en la forma en que se erizaban sus pechos, la joven mímula se había entregado a su papel con generosidad, y fue de largo quien cosechó más aplausos al final de la obra.

Entre quienes aplaudían con más entusiasmo estaba Urania. Con los ojos arrasados de lágrimas.

Artemidoro podía entenderlo. Una esclava procedente del lejano norte, que no recordaba a su madre pero soñaba con ella, ¿cómo no iba a identificarse y a experimentar una catarsis en aquella comedia, aunque al maestro Aristóteles seguramente le habría hecho fruncir el ceño por su vulgaridad?

Como si el hilo de los pensamientos de Urania discurriera en paralelo al suyo, la joven dice:

—Tú eres mi Alción.

—¡Qué más quisiera! Yo soy mucho más viejo.

Sobre todo, más pobre. Haber liberado a Urania de un burdel de lujo para hacerla vivir en aquel apartamento pequeño, ruidoso y frío ¿era de verdad una liberación? ¿Un final feliz?

Pero ¿y si…?

—¿Y si qué?

—¿Lo he dicho en voz alta?

Ella tuerce el cuello hacia arriba y junta los labios, formando con ellos un diminuto corazón para pedir un beso.

A eso no se puede negar Artemidoro. Bastante doloroso le está resultando negarse a otras cosas.

«¿Y si regreso al lugar donde está sepultado el tesoro de Delfos?».

Cuando lo encontró, en la época en que andaba holgado de fondos, su búsqueda era una curiosidad arqueológica.

Ahora será algo más.

No necesita sacar mucho del agua. Lo suficiente para comprar una finca.

En el sur de Galia, ¿por qué no? Mejor en tierras ya controladas por los romanos y medianamente pacificadas. Ya que está resignado a que al final Roma se apodere del orbe entero, así se ahorrará el tiempo de violencia que, de forma inexorable, acompaña a la conquista.

Podría cultivar viñedos. La tierra de la costa meridional de Galia es buena para eso. Y los celtas se mueren por el vino.

Cuando nazca el niño, se dice. Cuando llegue el buen tiempo.

Se comerá su orgullo y pedirá un préstamo para organizar el viaje.

Tito Sertorio se dedica a ello, piensa.

¿Y si se lo pide a él?

***

Al principio, Sertorio era reacio a que Artemidoro atendiera a su esposa durante el embarazo. ¡Un hombre y, además, amancebado con una ramera! No llegó a decirlo delante de él, pero Artemidoro se enteró por boca de otros.

Fue Rea quien insistió en contratarlo. Ya perdió otro niño antes, y no quiere que vuelva a ocurrir.

Artemidoro anticipa que el parto puede ser complicado. Rea es una mujer delgada, de caderas más bien estrechas. Según le han contado, su primer hijo tardó demasiado en asomar la cabeza. Cuando la comadrona logró sacarlo por fin, tenía el rostro azulado y no rompía a llorar.

A los tres días murió.

Rea está convencida de que el bebé que nazca esta vez será otro varón. Pero se niega a ponerle el nombre de su padre, Tito.

Sertorio ha discutido sobre ese asunto con ella más de una vez, incluso delante de Artemidoro.

—¡Pero si es mi primogénito! Tiene que llevar mi nombre, como yo llevo el de mi padre.

—¡Yo ya he tenido un primogénito! Me niego a que el bebé lleve el nombre de un muerto.

—¡Pero si no llegó vivo al día lustral! ¡No le pusimos nombre!

—Yo le llamaba Tito. No pienso llamar Tito a otro. ¡Es de mal agüero!

Al final, han decidido que el niño, si es varón, se llamará Quinto, otro de los nombres tradicionales en la —poco ilustre— *gens* Sertoria.

Usar la tercera persona del plural es una forma de hablar. La decisión, como la de recurrir a Artemidoro, ha sido de Rea.

Una mujer de armas tomar. Inteligente, decidida. Sin pelos en la lengua. En algunos aspectos, a Artemidoro le recuerda a su madre.

¡Pero solo en algunos, por los dioses que no existen! La esposa de Sertorio es una mujer muy atractiva. Hay algo en su olor, en su mirada, en sus pupilas que destila sexo. En los últimos meses Artemidoro ha soñado a veces que Urania se transformaba en Rea y copulaba con él a horcajadas, o que era él quien montaba entre las piernas de Rea, que no tardaba en metamorfosearse en Urania. Y Artemidoro no es de los que sueña que se acuesta con su madre, un asunto favorito en los tratados de los oniromantes.

Está claro que lleva demasiados días de abstinencia. Para aumentar la frustración de Artemidoro, sus sueños eróticos son muy insatisfactorios, porque siempre se interrumpen en los momentos más dulces o se convierten en escenas de otro tipo, a menudo vergonzosas y ridículas, como encontrarse dando una conferencia desnudo en el Museo de Alejandría.

Sea como sea, si el parto de Rea va bien y tiene un varón sano, su marido, aunque tenga que resignarse con el nombre de Quinto, estará contento con los servicios de Artemidoro. Quizá le preste dinero a un interés de amigo, un cinco por ciento anual.

Tal vez incluso le gratifique con una pequeña recompensa, amén del pago estipulado. (Un pago que, dicho sea de paso, es bastante escaso considerando el poder adquisitivo de Tito Sertorio, miembro acomodado del orden ecuestre).

Con ese dinero Urania y él podrán viajar al sur de la Galia.

Y a ese lugar entre Tolosa y Carcasona.

Donde se encuentra el oro de Delfos.

***

Ahora se arrepiente de las últimas palabras que ha transcrito en el papiro. *A continuación hablaremos del emplazamiento de ese tesoro, conforme a las indagaciones que hemos realizado en persona...*

Raspar la tinta es inútil. Siempre se nota lo que ha quedado escrito.

Y él se lo tendrá que llevar a Gayo Graco cuando acabe el 29.º libro.

Lo dejará como está, pero a continuación puede escribir algo de este estilo:

Las mencionadas pesquisas nos han llevado a la convicción de que nadie recuerda ni conoce el paradero del oro de Delfos. Buscarlo, como dijo Eratóstenes, «es igual que tratar de encontrar al talabartero que cosió el odre de los vientos de Eolo».

Perfecto. Citar a un autor de la categoría de Eratóstenes siempre añade verosimilitud a las propias palabras.

Lo que tiene que hacer, por si acaso, es borrar lo que ha escrito en el políptico. Ahora mismo lo haría, si el brazo le llegara hasta el escritorio.

—¿Por qué tienes que borrar las tablillas?

De nuevo ha pensado en voz alta.

—¿Es que no te gusta el estilo? —añade Urania, antes de que responda.

Artemidoro vacila un momento.

Es una buena salida.

—Sí, es por eso. Seguro que mañana lo puedo redactar todo mejor. Con la cabeza más clara.

—Eso es una buena idea. Ahora deja descansar tu cuerpo y tu alma.

—De acuerdo —dice Artemidoro, amagando con incorporarse—. Voy a apagar la luz y borrar la cera.

Urania le aprieta más fuerte y al mismo tiempo deja muerto su peso, como un cachorro remolón que no quiere que el amo lo levante de las baldosas calientes cerca del hogar.

—Ahora no te muevas. Me das calor, y estoy tan a gusto…

Artemidoro piensa que las velas se están gastando tontamente sobre la mesa. Pero cuando Urania le pide las cosas en ese tono meloso, le resulta imposible resistirse a ella.

Ya lo borrará al día siguiente. O más tarde, cuando se quede sin sitio en las tablillas. ¿Qué importancia tiene? Mientras no pase el texto al papiro, todo quedará entre él y el políptico.

***

Ciertamente, un relato detallado y sincero de las pesquisas de Artemidoro en busca del tesoro de Delfos habría parecido más un poema de aventuras o un relato de taberna de marineros que una obra que pretenda combinar la riqueza de detalles de Heródoto con la objetividad y precisión de Tucídides.

Encontrar el tesoro había supuesto para él su propia Odisea.

Tres años antes, después de su fracaso en el juicio contra Aquilio, Artemidoro había viajado por las comarcas que se extienden entre los Alpes y los Pirineos, la región que los romanos llaman Galia Transalpina y que están empezando a conquistar «por proteger a sus aliados», como suelen decir.

Aunque durante la composición de su *Geografía* ya había recorrido la costa entre Masalia y los Pirineos, ahora quería internarse en los territorios más alejados del mar.

De paso, satisfaría su curiosidad sobre el paradero del tesoro expoliado por Brenno y su tribu.

Su conocimiento de los dialectos celtas y su propio aspecto —espigado, rubio, con los ojos de un azul tan claro que al sol parecen transparentes— le habían permitido hacerse pasar por un galo más. Algo que le había sido muy útil en Tolosa y sus alrededores, donde se dedicó a sonsacar a fuerza de vino a muchos ancianos.

Y también ancianas: había comprobado que las mujeres guardaban mejor que los hombres la memoria de las tradiciones orales.

Lo primero que descubrió fue que, en lugar de consagrar aquellas riquezas malditas en templos o santuarios construidos a tal fin, los volcas tectósages las habían arrojado al fondo de un lago, cerca de Tolosa. Pues los celtas sienten una gran veneración por las aguas dulces.

El druida que les ordenó hacerlo así les advirtió:

—Veo el brillo de la codicia en vuestros ojos. ¡No penséis que podéis consagrar ese oro execrable y, cuando los dioses aparten de nosotros esta pestilencia, volver a sacarlo a la luz! Si no queréis que la maldición caiga de nuevo sobre estas tierras, el oro debe permanecer apartado de la luz del sol al menos por diez generaciones de hombres.

La duración de las generaciones no estaba tan clara. Algunos contaban con que cada una estaba separada de la siguiente por treinta años, otros por veinticinco y algunos más por veinte.

En cualquier caso, el plazo no se había cumplido, de modo que la maldición seguía pesando sobre aquel tesoro.

—Todo aquel que ha decidido burlar la maldición y tocar ese tesoro ha sufrido males terribles —le contó una panadera en una aldea cercana a Tolosa—. Pues aquella sacerdotisa de Belenos así se lo dijo a

Brenno: «Quien toque el oro saqueado al dios, perecerá de una muerte cruel y miserable».

En los textos relativos al saqueo de Delfos, Artemidoro no había encontrado ninguna referencia a una maldición pronunciada por la Pitia. Eso le hizo pensar que la tradición había nacido ya entre los propios volcas.

Con su racionalismo epicureísta —es decir, ateo—, Artemidoro estaba convencido de que el origen de aquella creencia podía explicarse por una simple coincidencia de hechos que no tenían nada de sobrenaturales.

Primero se habría producido la muerte de Brenno.

Que un individuo muera es de lo más normal.

Diez de cada diez humanos mueren. Lo extraordinario habría sido lo contrario.

Que después de unos años, con los volcas ya instalados en Tolosa, se hubiera declarado entre ellos una pestilencia maligna tampoco era un hecho que requiriese de una explicación divina. Por más que eso echara por tierra el argumento del sublime *Edipo* de Sófocles.

La misma Roma, donde ahora habita Artemidoro, sufre brotes constantes de malaria por culpa de las miasmas que emanan de las aguas estancadas en las hondonadas que separan las colinas.

Esos brotes los sufren en mayor medida los ciudadanos más humildes. Los ricos, que tienen sus casas en las alturas del Palatino, el Quirinal o el Celio, respiran aires más sanos. Pero incluso ellos, cuando llega el calor y las epidemias se agravan, abandonan Roma para refugiarse en sus fincas y villas de recreo junto al mar o en las colinas Albanas. Mientras tanto, cada verano en la urbe los más humildes caen como los mosquitos que los atormentan con sus picotazos.

(Pensando en ello, Artemidoro se dice una vez más que Urania, el niño y él deben salir de Roma como muy tarde en mayo. Seguir otro verano en aquella ciudad cada vez más abarrotada es jugar a los dados con la salud).

Los hombres ignorantes, que son la mayoría, cuando desconocen la causa de algún fenómeno natural tienden a atribuírsela a la voluntad de los dioses. Artemidoro puede entenderlo e incluso disculparlo: con los dioses se puede chalanear, mientras que la naturaleza o el azar son entidades remotas e implacables.

Como fuere, aquella pestilencia, aunque no guardara relación alguna con la supuesta maldición pronunciada por una mujer delirante —como delirantes eran todas las Pitias—, debió de resultar tan devastadora que los volcas tectósages decidieron renunciar a aquellas inmensas riquezas.

Quince mil talentos de oro y once mil de plata.

Lo suficiente para pagar ¿cuánto? ¿Los sueldos de mil legiones durante un año? ¿Mantener veinte legiones durante cincuenta años?

¿Dónde estaba esa inmensa suma?

No era la codicia, sino la pura curiosidad intelectual lo que motivaba a Artemidoro a averiguar su paradero. ¿Cómo era posible que un tesoro de tal magnitud hubiera desaparecido sin dejar rastro?

Uno de los informantes de Artemidoro, un carpintero de la aldea de Badera, a poco más de siete millas de Tolosa, le explicó la razón: los que habían ocultado el oro habían sido ellos mismos sacrificados y arrojados a las aguas. El último hombre que quedó vivo se internó en el lago y, una vez que vio que el agua le llegaba a la barbilla, se degolló con su propio cuchillo. De esta forma, la localización del oro de Delfos quedaba a buen recaudo.

—Pues los muertos rara vez se van de la lengua —sentenció en tono filosófico el carpintero.

La historia le resultaba a Artemidoro casi tan inverosímil —si nadie había sobrevivido, ¿quién la había contado?— como truculenta.

En cualquier caso, solo parecía haber una pista fiable.

Debía buscar en un lago en las inmediaciones de Tolosa.

Pero ¿a qué se consideraba «las inmediaciones de Tolosa»? ¿A un lugar a media jornada de viaje? ¿Una, dos, tres?

Artemidoro tenía buenos pulmones —aquello era antes de que la penuria actual pareciera encogérselos— y era un excelente nadador. Decidido a encontrar la verdad de aquel asunto, se dedicó a bucear en los lagos que rodeaban Tolosa en busca de pistas del tesoro.

Algunos eran demasiado someros para esconder nada. Otros, tan profundos que no alcanzaba a ver el lecho y menos a tocarlo con las manos. También los había con aguas tan turbias que era imposible distinguir nada en ellas.

Terminaba ya el mes de septiembre y Artemidoro estaba harto de sumergirse en aguas cada vez más frías.

Pero, cuando ya casi había renunciado a seguir con sus pesquisas, presenció un fenómeno muy extraño junto a un lago apartado y tan poco frecuentado que, si alguna vez tuvo nombre, los habitantes de la región lo habían olvidado.

El lago se hallaba al pie de una estribación montañosa, casi más cerca de Carcasona que de Tolosa. Las aguas ocupaban una hondonada, alrededor de la cual el terreno se levantaba en un relieve peculiar que hacía que el lago fuera invisible prácticamente hasta que uno coronaba una cresta y se encontraba sus orillas a apenas veinte pasos de distancia.

Habían llegado allí ya casi de noche, por lo que Artemidoro decidió que dejaría la inmersión para el día siguiente. «Será la última», se prometió, como si fuera un adicto a los dados diciéndose a sí mismo que era hora de abandonar la mesa de juego.

Vivaquearon al amparo de una roca que sobresalía del suelo como un gran diente y ofrecía protección del viento y de la vista.

Viajaba acompañado por dos esclavos, Pigres y Femio, pero este último había enfermado y Artemidoro había tenido que dejarlo en Tolosa. A cambio, había contratado a dos guías locales, un padre y su hijo llamados respectivamente Dagodurno y Dagomaro. Eran dos tipos alegres, borrachines, holgazanes y, según ellos, excelentes guerreros con la lanza.

Lo cual en teoría venía bien, ya que, también según ellos, aquellos parajes no eran seguros.

Artemidoro no se fiaba ni siquiera de los guías, por mucho que sonrieran y le palmearan la espalda diciendo constantemente *Amice, amice.* Por eso ordenó a Pigres que hiciese la primera guardia y que lo despertase a él para la segunda.

—En ningún caso debemos dormir los dos a la vez —le susurró. Aunque hablaban en griego, idioma que ambos galos aseguraban desconocer, tampoco se creía que aquello fuera verdad del todo.

Cuando Pigres lo despertó, padre e hijo dormían con sonoros ronquidos que no parecían fingidos. Para que su sueño fuera profundo, ya se encargaba Artemidoro de pagarles un suministro de vino más que generoso en el que mezclaba de forma subrepticia una pequeña dosis de opio.

Era la primera noche tras el novilunio. La fina rodaja de la luna no saldría hasta el amanecer. El cielo se veía repujado de estrellas que de vez en cuando quedaban tapadas por nubes que en aquella oscuridad solo se intuían como retazos de cielo aún más negro.

El viento se había calmado. No hacía frío. Artemidoro había dejado que la hoguera se fuese apagando, de modo que apenas quedaban unos rescoldos cada vez más tenues.

En aquella oscuridad, percibió con el rabillo del ojo una especie de resplandor. Sobresaltado, echó mano al cayado y se levantó, pensando que tal vez era una ilusión, un engaño de su mente.

Pero no lo era.

Al volver la mirada al lago comprobó que la luz provenía de las mismas aguas, como si en sus profundidades se hubiera encendido un fuego.

Eso era imposible. Además, ninguna llama que Artemidoro conociera ardía con ese color.

En realidad, el tinte espectral de aquella luminosidad no hacía pensar tanto en llamas como en que una colonia de animales parecidos a las luciérnagas anidara en las aguas del lago.

En sus viajes, Artemidoro había presenciado en dos o tres ocasiones el fenómeno que los marinos llamaban «fantasmas de mar», un vago resplandor que acompaña a la estela de los barcos cuando atraviesan ciertos bancos de algas.

Pero la luz de las algas era azul y se encendía en la superficie del mar. En cambio, la que estaba contemplando provenía del fondo y mostraba un color inquietante, una especie de verde indescriptible que a ratos parecía cárdeno y en otros momentos de un extraño amarillo. Por alguna razón, a Artemidoro le hizo pensar en una herida infectada y supurante.

¿Verde? ¿Azulada? No, más bien púrpura. Amarilla…

Descubrió que, si intentaba fijar el color en su mente, lo único que conseguía era sentir un extraño mareo que empezaba en su nuca y amenazaba con hacerlo vomitar.

Sumergirse en aquellas aguas no parecía recomendable, y menos en una noche tan oscura. Mejor esperar.

La excitación le permitió aguantar el resto de la noche sin dar tan siquiera una cabezada.

Con cierta ayuda del soplo de Epiménides.

Cuando las primeras luces del alba asomaron al este, la curiosidad venció a la aprensión, como tantas veces le ocurría. De hecho, ese afán inquisitivo lo llevaba en ocasiones a vencer temores a los que hombres dotados de más valor físico no se habrían atrevido a enfrentarse.

Tras nadar hasta la zona donde recordaba haber visto el resplandor, Artemidoro tomó aire y se sumergió. A riesgo de sus pulmones, aguantó la respiración hasta que la masa confusa del fondo cobró algo de forma.

Allí no había solo piedras o cieno. El lecho del lago estaba poblado de sombras con formas geométricas que no parecían naturales.

Subió a la superficie y tomó aliento boqueando casi como un pez moribundo. Le dolían los oídos por la presión y el pecho por la falta de aire. Pero, tras inhalar unas cuantas veces más, se sumergió de nuevo.

Cansado por la inmersión anterior, le dio la impresión de que esta vez el fondo se hallaba más lejos. Aun así, se negaba a rendirse sin antes averiguar qué ocultaba aquel lago.

Con los oídos pitando por culpa de la presión, se esforzó por bracear más rápido.

No se había engañado. Aquellas formas que había intuido no eran naturales.

El fondo, hasta donde le alcanzaba la vista, estaba sembrado de ánforas y cajas.

Una de aquellas tinajas estaba volcada y parecía tener un boquete. Luchando contra el empuje del agua que quería llevarlo de vuelta a la superficie, expulsó el aire que le quedaba en los pulmones para hundirse con más facilidad. Sabía que, al hacerlo, corría el peligro de que, si perdía el sentido por la falta de aliento, su cuerpo se quedara sumergido.

Eso supondría su muerte.

Su madre le solía decir: «Eres tan curioso que quieres conocer hasta el día treinta del Hades», un proverbio cuyo significado ni ella misma le sabía explicar.

Lo cierto era que la curiosidad venció a la prudencia de nuevo.

Seguramente la euforia producida por el soplo de Epiménides ayudó a decantar el duelo.

Con los pulmones a punto de reventar, estiró la mano hacia el ánfora, se aferró al borde roto con una mano y tanteó dentro con la otra.

Sus dedos palparon.

Girándose sobre sí mismo, empujó con los pies contra la tinaja para darse impulso hacia arriba.

Cuando emergió, su propio gemido en busca de aire le sonó como el de un asmático moribundo. Decidió que bucear de nuevo era demasiado peligroso y nadó hasta la orilla.

—¿Qué has encontrado, señor? —le preguntó Dagomaro, el hijo.

—Lo de siempre. Nada —jadeó Artemidoro.

—¡Lo de siempre! ¡Nada! —repitió el joven celta como si fuera un chiste muy gracioso, atusándose las puntas de aquel bigote que parecía una cornamenta de cabestro invertida.

Mientras chapoteaba para salir del lago, Artemidoro había tenido la precaución de esconderse el objeto metálico en el taparrabos. Estaba convencido de que, si los guías sospechaban que bajo el agua había algo de valor, los matarían tanto a él como a su esclavo.

—Nos rendimos, Pigres —declaró, tratando de disimular la excitación que sentía—. Volvemos a Tolosa a buscar a Femio. Allí pagaremos a estos dos buenos hombres lo que les debemos.

De regreso en la ciudad de los volcas, Artemidoro se encontró con que su esclavo no había podido superar la disentería y ya estaba enterrado.

También lo aguardaba una carta de Éfeso. Era de su madre, que le comunicaba que su padre estaba muy enfermo.

Salvando el parentesco y las distancias geográficas, con su padre le ocurrió lo mismo que con el esclavo. Al arribar a Éfeso, solo llegó a tiempo de visitar su tumba.

***

Artemidoro no ha vuelto a visitar aquella región.

Pero ha llegado el momento.

El cónsul Fabio Máximo está reclutando legiones para lanzar una campaña militar en las tierras de los alóbroges, remontando la corriente del Ródano. El motivo, lo que los romanos se empeñan en justificar como *casus belli*, es tan peregrino como todos los que aducen siempre, y Artemidoro ni se ha tomado el trabajo de almacenarlo en su memoria.

En principio, esa campaña debe librarse a más de trescientas millas de Tolosa.

El territorio de los volcas tectósages sigue siendo independiente, pero ¿por cuánto tiempo? Los romanos están decididos a construir una calzada que discurra por la costa sur de la Galia y que permita a sus ejércitos viajar con la mayor ligereza y seguridad posibles de Italia a Hispania.

Una vez que terminen la calzada, tendrán que «proteger» los territorios limítrofes. Para ello establecerán pactos de amistad —en realidad, vasallaje— con las tribus de la zona. Para «proteger» a estas se internarán más tierra adentro, entrarán en contacto con pueblos que considerarán hostiles, los someterán, los convertirán en sus aliados, se verán obligados a protegerlos...

Y así hasta el infinito. Hasta llegar a los confines de la Tierra, si es que existen.

Sabiendo que las legiones alcanzarán Tolosa más temprano que tarde y se apoderarán de toda esa región, conviene que Artemidoro llegue al lago sin nombre antes que ellos.

Conviene, no. Como dicen en griego, *deî*, «es necesario».

Hasta ahora, su indagación sobre el oro y la plata de Delfos había tenido un interés puramente académico.

Ahora es diferente.

Una cuestión de subsistencia.

Al menos, de lo que él considera una subsistencia digna.

Un par de cajas, un par de ánforas.

Con eso les bastará a Urania y a él.

Esta vez contratará a gente de auténtica confianza, no a dos bárbaros borrachos y de aspecto patibulario.

La suave respiración de Urania contra su cuerpo revela que ya se ha dormido.

Él mismo se adormila ensoñando el futuro en esa finca imaginaria, paseando con su hijo.

O su hija.

Una vecina le ha ofrecido averiguar el sexo del bebé recurriendo a una supuesta sabiduría egipcia: regar con orina de Urania granos de cebada y trigo. Si germina primero la cebada, será varón. Si el trigo, será hembra.

¿Y por qué no al revés?, se preguntó Artemidoro. De joven, se habría burlado de aquella superstición. Pero ahora prefiere sonreír, dar las gracias y decirle a esa vecina que está dispuesto a esperar lo que los dioses les envíen.

Si es un niño, se llamará Artemón, como su abuelo. Si niña, ha pensado que Clío, la musa de la historia, será un nombre apropiado para la hija de otra musa como Urania.

Sea niño o niña, Artemidoro paseará con Artemón o con Clío de la mano a lo largo de unos viñedos verdes que dibujarán perfectas paralelas euclídeas bajo un cielo azul.

Con los ojos entrecerrados, palpa bajo la túnica. Pegado al pecho tiene el colgante que se fabricó con la moneda que sacó del lago.

Sus dedos notan el tenue relieve, erosionado por el tiempo.

En un lado, una incisión oblonga cuyo significado desconoce.

En la otra cara, el relieve representa a un arquero tocado con una corona y arrodillado para disparar su flecha.

Es un darico. Una moneda de oro del antiguo Imperio persa, mucho antes de que Alejandro lo conquistara. Quién sabe, pensó Artemidoro: tal vez el rey representado en el anverso fuera el mismo Darío que dio nombre a aquellas monedas, el padre del soberbio Jerjes.

Evocando los fastuosos palacios de Persépolis, Babilonia y Ecbatana, que algún día espera visitar con Urania y su hijo, Artemidoro se queda, por fin, dormido.

DOMUS DE QUINTO SERVILIO CEPIÓN

Antiodemis despierta.

Desorientada.

¿Dónde está?

Tirita, encogida de frío.

No es extraño. Está destapada de caderas para arriba.

Tira de la sábana. Se le resbala de los dedos.

Vuelve a pellizcarla.

Seda de Amorgos. No hay tejido más suave, salvo, dicen, otro que llega de oriente, más allá del país donde nace el sol. Si es que es posible que exista un lugar tan lejano, algo de lo que Antiodemis duda.

Ella misma proviene de una isla situada muy al este de Roma.

Chipre, donde Afrodita tocó por primera vez tierra firme después de surgir de entre las olas.

La diosa del amor y el sexo es la divina patrona a la que Antiodemis le dedica una plegaria cada vez que abre los ojos. Como hace ahora, aunque, por la impresión que tiene, siga siendo de noche.

Inmortal Afrodita, la del trono pintado,
hija de Urano[6] *y tejedora de engaños, te suplico.*

---

[6] En la versión más conocida del poema de Safo, Afrodita aparece como hija de Zeus. Pero no es la que Antiodemis ha aprendido en Chipre.

No atormentes mi alma, señora,
con penas ni angustias.

La joven tiene los dedos más dormidos aún que el resto del cuerpo. La sábana huye de su débil pellizco por segunda vez y se vuelve a escurrir.

Esa es la desventaja de las sábanas de seda.

Resbalan.

A veces las ha visto deslizarse solas por la cama con vida propia. Como la espuma que se retira sobre la arena de la playa siguiendo a la ola que la ha creado.

Pero ¡qué sensación al rozar la piel!

A Antiodemis le gusta dormir desnuda. Sobre todo, si las sábanas son tan suaves como estas. Cuando se mueve debajo de ellas, es como si se acariciara a sí misma.

Cosa que hace ahora de forma más literal. Al tirar del embozo púrpura, lo pasa a la altura justa sobre sus pechos, pequeños y duros como manzanas, de tal modo que la seda los roza apenas. El cosquilleo provoca que sus pezones se ericen y transmitan una corriente de calor que baja por su vientre.

No le viene mal ese calor. Hace frío, pese a que cerca de la cama hay un brasero de hierro y bronce por cuyas rendijas asoma el resplandor de las ascuas de encina. Se ve de un rojo intenso: algún esclavo debe de haber entrado en la alcoba para remover las cenizas que las cubren y avivar las brasas soplando.

Ese brasero no es el mismo del dormitorio de Antiodemis. Es más grande, y el entramado metálico por el que se cuela la luz tiene un dibujo diferente que proyecta filigranas rojizas en las paredes. Tampoco la sábana es la misma, aunque la de su cama también sea de seda. Sus dedos han percibido la diferencia en el bordado del embozo.

Esa diferencia es mayor incluso cuando busca la manta, la encuentra bajo sus rodillas y tira de ella. El tacto que nota en las yemas no es de lana. Es un pelo denso y suave.

Piel.

Ahora que se ha tapado hasta los hombros, se siente más a gusto.

Solucionada su primera necesidad, abrigarse, sus ojos recorren la penumbra que la rodea.

¿Qué habitación es esta?

No es la de su apartamento en la Torre Mamilia.

La cama es más ancha y el dormitorio mucho más espacioso. Será por eso por lo que cuesta más caldearlo y está más frío.

Poco a poco se sitúa. Rueda un poco a la izquierda, hacia el cuerpo que intuye a su lado por el calor que desprende y por la depresión que forma en el colchón.

Un hombre. También desnudo. De costado, casi boca abajo.

Duerme profundamente. A veces resopla, a veces ronca.

Como para no estar tan dormido como Polifemo.

Ahora que Antiodemis empieza a situarse y recordar —todavía de forma vaga—, tiene la impresión de que el tipo que comparte la cama con ella ha debido de trasegarse en las últimas horas o días la mitad de los viñedos de Campania.

Ella, a pesar de que solo ha bebido una de cada cuatro veces que se llevaba la copa a los labios, también nota en la boca la sequedad y el sabor pastoso que quedan cuando se abusa del vino.

Cuando estaba en Chipre, el poeta Antípatro, su primer mentor y el mejor amante que ha tenido hasta ahora —a los diecinueve años, Antiodemis ya ha corrido lo suyo—, le recomendó no abusar de la bebida.

—Tú comparte el vino con tus amigos, porque a los hombres no les agrada beber solos. Pero mójate los labios, sin más, o toma de vez en cuando un sorbito por cada cuatro tragos que den ellos. No es que la embriaguez mejore demasiado a un hombre. Pero es que a una mujer le roba todo el misterio y el encanto. Una cosa es que un poco del jugo de Dioniso tiña con un toque de arrebol tus mejillas y encienda una chispa en tus ojos. Otra, que te trabe la lengua y te ponga bizca.

Es un consejo que Antiodemis trata de seguir. Hasta ahora le ha ido bien. Le gusta disfrutar del dulce calorcillo del vino sin perder el control de sus actos.

Pero mucho se teme que la fiesta de los últimos días —y noches— se ha debido de desmadrar.

El brasero está demasiado lejos. La espalda del hombre irradia más calor que los mismos rescoldos, así que Antiodemis se acerca un poco más a él. Sin llegar a tocarlo.

Aquel tipo no le acaba de gustar.

No es porque sea viejo, gordo, calvo o feo.

Quinto Servilio Cepión tiene treinta años. Once más que ella.

Una diferencia razonable. En sus primeros tiempos como actriz, Antiodemis tuvo que compartir cama con algunos hombres que la triplicaban o incluso cuadruplicaban en edad y que transpiraban ese indefinible olor a decrepitud, una mezcla de grasa rancia y ropa encarcelada en un arcón.

Cepión es un hombre pulcro que huele a sano —aunque ahora incluso su sudor se mezcla con vapores de vino—. Tiene un cuerpo musculoso, bien formado. Coqueto, se hace rizar y aclarar el pelo para que el castaño parezca rubio. También se depila el vello del pecho y la espalda.

Solo viste ropa de la mejor calidad, túnicas y togas que se hace confeccionar para que realcen las virtudes de su figura y le hagan parecer un auténtico Hércules.

Y luego está el hoyuelo de su barbilla.

Él cree que ese hoyuelo es el detalle magistral, la clave de arco que lo convierte en un galán seductor e irresistible.

No es así, pero hay que reconocer que le brinda cierto encanto.

Su trato y su plática, sin embargo, aburren a Antiodemis.

Cepión tiene un tema favorito de conversación.

Él mismo.

Y sus posesiones.

Sus mesas de madera de alerce africano. Sus veladores de mármol de Numidia. Sus estatuas originales de Policleto o Praxíteles —eso dice él, ejem—. Sus togas confeccionadas por Damasio el tarentino, sus túnicas cosidas por Bardesano el sirio y sus zapatos fabricados por Itúbal el gaditano —al parecer, no debe de haber buenos artesanos en Roma—. Sus caballos de carreras, sus perros de caza, su panoplia, su...

¿Su actriz de mimo?

¿Es ella una posesión más?

Cuando le escucha, Antiodemis recita en voz casi inaudible las formas con las que Antípatro le enseñó el pronombre «yo» en latín: *ego, me, mei, mihi, mecum*. Ha llegado a tal punto que incluso le ha puesto un apodo privado.

Egomeméi.

Hay algo todavía peor.

Se aburre con él.

Por supuesto, se cuida mucho de demostrarlo.

También se aburre acostándose con él.

Cuando terminan de follar y Cepión se deja caer a un lado, jadeando y sudoroso como si hubiera asaltado él solo las murallas de Cartago, Antiodemis siente una extraña tristeza. El anhelo de la peregrina que se queda ante las puertas cerradas de un santuario cuyo interior solo ha llegado a intuir.

Esa es la forma poética que tiene de expresárselo a sí misma.

Hay otra más prosaica.

Cuando Cepión termina, ella todavía podría correrse al menos diez veces más.

Eso no se lo ha dicho a él, por supuesto.

A una chica no le conviene socavar la estima —¿será eso a lo que los romanos se refieren como *dignitas*?— del hombre que le sufraga el apartamento, la ropa y las joyas.

(No es que ella carezca de ingresos propios. Con su dinero se paga, entre otros gastos, los cuatro porteadores y la litera en la que de vez en cuando pasea por las inmediaciones del Foro para que la gente la vea tras las cortinas abiertas y recuerde quién es la actriz más admirada del momento).

Por no rebajar la alta consideración que Cepión tiene de sí mismo, Antiodemis ha renunciado a ponerse encima de él para controlar la cópula y obtener más placer. Tiene comprobado que eso lo intimida un poco. Ante la posibilidad de que en uno de los vaivenes de la cabalgada ella se salga y caiga sobre su miembro, este se retrae.

Hablando de esa región de la anatomía...

Cepión será más alto, más joven y más apuesto que Antípatro. Pero en la zona meridional de su cuerpo, el noble romano pierde de forma clara en la comparación. Por habilidad, por resistencia.

Y por otros motivos.

Además, Antípatro era —no tiene más remedio que pensar en él en pasado, porque el poeta se quedó en Chipre, a medio mundo de distancia— un amante mucho más dedicado.

Devoto, sería la palabra.

Cuando Antípatro quedaba exhausto y comprobaba que el cuerpo de ella todavía pedía más, utilizaba todos los recursos que fueran menester. Sin avergonzarse, no como estos romanos que consideran pervertidas ciertas prácticas. «Adorar», lo llamaba Antípatro, demostrando que su lengua de jilguero no solo servía para componer y recitar versos.

Y cuando por fin Antípatro no podía más, cuando incluso ella, con el sexo escocido y las piernas temblorosas, se rendía, él la seguía halagando, haciéndole el amor con palabras.

Palabras que a veces tejía en poemas y a veces ensartaba en relatos.

—Contigo se cumple lo que se dice de Tiresias, ¡oh, mi dulce Antiodemis!

—¿Y qué se dice de él?

Antiodemis conocía de sobra esa historia.

Antípatro se la había contado muchas veces.

Él la educaba en el canto y la poesía, mientras la veterana Casandra, actriz ya retirada, la instruía en las artes de la danza y el mimo.

Y también en las de la seducción.

Una parte importante de esas artes consistía en fingir ignorancia ante los hombres.

—Nunca debes dejar que piensen que lo que te están contando te aburre, o que se repiten y te lo sabes de memoria —era el consejo de Casandra.

Por eso, y porque la voz de Antípatro era agradable, y porque mientras hablaba no dejaba de acariciarla, Antiodemis dejaba que el poeta le relatara la historia de Tiresias todas las veces que le viniese en gana.

***

—Tiresias era un joven pastor tebano. Un día, paseando por las laderas frondosas del monte Citerón, se encontró con dos serpientes enroscadas la una en la otra, copulando furiosamente. Como el espectáculo lo asqueaba, en lugar de dejarlas tranquilas las separó a bastonazos. Tan mala suerte tuvo que, al hacerlo, mató a la más grande, que era la hembra.

Con pequeñas variantes en cada iteración, el relato de Antípatro proseguía explicando que, «como cualquier persona instruida sabe», las serpientes son el animal sagrado de Gea. Debido al sacrilegio cometido contra ellas, la diosa castigó a Tiresias convirtiéndolo en mujer.

Así pasó siete años. Tiempo que, según contaría él mismo después, consagró al servicio de la diosa Hera como sacerdotisa. En realidad, a lo que se dedicó Tiresias mientras tuvo cuerpo y naturaleza de mujer fue a la prostitución. Con tanta aplicación y entusiasmo que ganó fama y fortuna en el Peloponeso y en el resto de Grecia.

Al octavo año, recorriendo el mismo paraje se encontró con otras dos serpientes enfrascadas en idéntico fornicio. En esta ocasión, Tiresias golpeó con el báculo al ejemplar de menor tamaño y le aplastó la cabeza.

Tal como suponía, era el macho. Por la extraña lógica que poseen los hechos de la magia, Tiresias al momento recobró el cuerpo, los ademanes y la psique de un hombre.

—¡Incauto Tiresias! —proseguía Antípatro, mientras deslizaba sus uñas por la espalda y las nalgas de Antiodemis, que, tumbada boca abajo, ronroneaba con la piel erizada de placer—. Mucho mejor habría sido que siguiera siendo mujer, pues son innumerables las ventajas de las que goza vuestro sexo.

—¿En serio? ¿Y cuáles son?

—¿Te parece poca ventaja no tener que empuñar la lanza ni el escudo?

«Prefiero tres veces plantarme firme con un escudo que parir una sola vez», se decía Antiodemis, recordando los versos de *Medea*.

Versos que conocía, pero no porque los hubiese recitado en el escenario.

Las mujeres como ella pueden cantar, bailar, hacer pantomimas, desnudarse o —no ha sido su caso hasta ahora— incluso imitar o realizar el acto sexual ante los espectadores en obras claramente pornográficas. Sin embargo, tienen prohibido representar papeles de tragedia, que están reservados a histriones.

Eso es lo que se considera auténticamente obsceno.

Antiodemis, sin embargo, sueña con actuar algún día en una tragedia de verdad. Por eso ha memorizado por su cuenta los parlamentos de Medea en la obra de Eurípides.

Como este:

Una mujer ha de ser profetisa para saber cómo comportarse con su compañero de cama. En cambio, un hombre, cuando no quiere ya vivir con los suyos, puede marcharse de casa para librarse de su aburrimiento con sus amigos. Pero nosotras por fuerza tenemos que contentarnos con verle siempre la cara a la misma persona.

A menudo le acuden al pensamiento esos versos, viendo la cara, la espalda o incluso el trasero desnudo de Cepión.

Y le seguirán acudiendo en años venideros.

***

—Hay algo más en lo que las hembras sois privilegiadas —continuaba Antípatro, que llegaba ya al meollo de la historia—. De ello dio testimonio Tiresias. Fue en una disputa entre Hera y su esposo Zeus. Cada uno de ellos sostenía que era el otro sexo el que más gozaba en la cama. «Tú disfrutas más —decía Zeus—, de modo que cuando copulamos soy yo quien te hace un favor». «Eso es mentira —porfiaba Hera—. Es justo lo contrario».

—¿Es que se pueden comparar esas cosas? —preguntaba Antiodemis. Con ello no hacía más que dar pie a la réplica de Antípatro, que ya conocía de sobra.

—Ahí has dado en el clavo —decía su amante—. ¿A quién le duele más una herida o un golpe, a quién le sabe más dulce una manzana? ¿A ti o a mí? ¿A un chipriota o a un cretense? ¿Ve igual de rojo el atardecer un griego que un romano o que un celta?

—Seguro que yo lo veo de un rojo más intenso que tú —respondía Antiodemis con cierta malicia.

Tenía comprobado que su amante era más bien corto de vista y que, además, a la hora de captar las sutiles distinciones entre los colores de la ropa le fallaban las palabras —cosa extraña en él— o más bien la finura de la vista.

Antípatro se limitaba a castigar su interrupción clavándole las uñas con un poco más de fuerza, lo que provocaba una queja fingida de Antiodemis. Después, el poeta proseguía con su disertación.

—¿Es peor, como dicen, la estangurria que parir? ¿Un dolor de oídos que uno de muelas? Eso únicamente lo puede juzgar quien experimenta las dos sensaciones.

»Así que Zeus y Hera recurrieron a quien había sido sucesivamente varón, hembra y de nuevo varón. Alguien que había disfrutado del fornicio desde ambos puntos de vista.

—Y ese no podía ser otro que Tiresias.

—¡Así es! Nuestro personaje sabía de sobra, como también lo supo Paris cuando tuvo que elegir cuál era más bella entre las tres diosas, que ejercer de juez en asuntos divinos solo le podía acarrear inconvenientes, cuando no directamente desgracias. En cualquier caso, decidió que lo mejor era decir la verdad, por lo que respondió: «Si el placer carnal se divide en diez porciones, una la disfruta el varón, mientras que las otras nueve las goza la mujer».

—¡Nooo! ¿Eso dijo? —fingía sorprenderse Antiodemis, de una forma tan exagerada que provocaba la carcajada de Antípatro.

—¡Eso mismo! ¿Y qué ocurrió? Hera, como mujer que es a la par que diosa, es rencorosa y de mal perder. Como venganza por quitarle la razón, le arrebató la vista a Tiresias. Zeus, a cambio, le concedió la segunda visión, que suele ir unida a la ceguera, y también vivir durante siete generaciones de mortales, una por cada uno de los años que había pasado siendo mujer.

***

«De diez porciones, nueve las goza la mujer», recuerda ahora Antiodemis, que se ha arrebujado bien bajo la manta de piel para no tener que arrimarse más a Cepión.

La piel, lo acaba de recordar ahora, es de reno. Una especie de extraño ciervo de enorme cornamenta y pelaje muy suave que vive en los profundos bosques del norte remoto.

No es que ella lo sepa por estudios de zoología ni por ciencia infusa. Se lo ha contado Egomeméi Cepión, que tiene tanta fijación con el dinero como su padre, aunque de manera diferente. Mientras que el viejo, como lo llama él, se mesa los escasos cabellos y derrama lágrimas cada vez que tiene que gastar un mísero cobre de más, la obsesión del hijo consiste en sacar a relucir de forma constante y pormenorizada cuántos sestercios o incluso talentos le cuesta cada uno de los lujos que adquiere.

Lujos entre los que se encuentra contabilizada la propia Antiodemis. Bien lo sabe, porque se le ha escapado más de una vez a Nicómaco, el tenedor de libros de Cepión.

Diez porciones. Nueve para la mujer, se repite.

Tal vez sea verdad, al menos en su caso. Su capacidad para llegar al clímax una y otra vez es un don de Afrodita.

Lo malo es que para aprovechar ese don tendría que encontrar un amante adecuado.

Antípatro lo era por devoción, aunque acaso le faltara resistencia.

Por otra parte, aunque el recuerdo que atesora del poeta es dulce, Antiodemis no llegó nunca a sentir por él ese intenso enamoramiento que hace que el corazón se acelere y las piernas tiemblen.

Antípatro era un amigo, un buen amigo que, además, le daba placer.

Pero Antiodemis no se quedaba despierta por la noche mirando al techo y pensando en él. Ni se le paraba el pecho en el corazón, ni se le trababa la lengua ni le zumbaban los oídos, ni su cuerpo temblaba con un sudor frío. Ninguno de los síntomas que describía Safo en sus poemas.

Cuando le habló a Casandra de aquello, su mentora le propinó un papirotazo.

—Pero ¿es que estás tonta?

La actriz retirada sabía cuánto era capaz de disfrutar la muchacha en la cama, ya que la había espiado por una celosía. Aparte de que los tabiques de la casa donde moraban ella y sus demás pupilas eran finos.

En varias ocasiones le había dicho que más le convendría ser frígida.

—Ya que es evidente que no lo eres, por lo menos, no se te ocurra enamorarte nunca.

—¿Qué tiene de malo enamorarse?

—¿No has oído decir que el amor es ciego?

—Lo he oído. Pero yo no creo que sea así. El amor entra por los ojos, ¿no? ¿Cómo va a ser ciego entonces?

—¿Por los ojos? ¡Qué ingenua y qué joven eres!

Antiodemis se picaba.

—No soy ni tan joven ni tan ingenua. ¡Acabo de cumplir dieciséis!

—Cierto, ya tienes edad de ir aprendiendo la verdad de las cosas. El amor, mi dulce e insaciable Antiodemis, entra por lo que tú, yo y todo el mundo tenemos un palmo por debajo del ombligo. ¡Ingenua! Lo demás es solo palabrería.

—¿Las poesías de amor que me has obligado a aprender son palabrería?

Casandra soltaba la carcajada.

—¡Y una sarta de mentiras! Atiende bien. El amor no solo es ciego, sino también sordo y estúpido. Por no tener, no tiene ni olfato. El amor es una locura que vuelve a las mujeres imprudentes y a los hombres más necios de lo que ya lo son de por sí.

Casandra intentaba imbuirle a Antiodemis la convicción de que poseía un poder único, un magnetismo especial sobre los hombres. Según ella, se trataba de una combinación de su belleza —«No soy tan guapa», «Lo eres a tu manera, y eso te hace distinta y atractiva»—, con el hechizo que irradiaba como actriz y el poder de su sexualidad.

—¿Ser inteligente no sirve de nada?

—Sí que sirve. Para saber cuándo tienes que fingir que eres tonta. Los hombres consideran que una mujer inteligente es aquella que aprecia y comprende sus ideas y sus chistes. Nunca la que los critica.

Casandra insistía en que, en la cama, no debía dejarse arrastrar por la pasión.

—El miembro de un hombre es como el ronzal de un buey o las riendas de un caballo. Puedes usarlo para tirar, aflojar, frenarlo o excitarlo. Con él podrás manejarlo y llevarlo adonde quieras. Por eso, cuando forniques debes mantenerte fría. Debe ser como cuando actúas en el escenario: salir de ti misma, contemplarte desde fuera como una espectadora.

Antiodemis no lo veía así. Y sigue sin verlo.

Cuando actúa en el escenario, ella se entrega totalmente al papel, y se transforma en las mujeres y criaturas a las que imita con su voz y, sobre todo, con los movimientos de su cuerpo. Más que mímesis, el proceso que sufre en el escenario es una metamorfosis completa.

Casandra no actuaba así. Lo suyo era fingir, hacer creer a los demás que era otra persona.

Lo hacía bien, y Antiodemis había aprendido mucho de ella.

Pero le faltaba algo.

«Por eso yo ahora estoy en Roma y ella se quedó para siempre en Chipre», piensa ahora, entre la maliciosa satisfacción por sentirse superior y la añoranza de su maestra y amiga.

Si en la cama su entrega no es tan absoluta, si el trance no llega a convertirla del todo en otra, es porque no ha encontrado al amante adecuado.

Tal vez, en el fondo, Casandra tenía razón.

El hecho de que sus relaciones con Cepión sean únicamente carnales y no haya en ellas ni pizca del amor que cantaba Safo le permite mantener cierto punto de control.

Pero...

Sigue sintiendo que le falta algo.

Hay una pareja que vive en el mismo edificio que ella. Ambos ocuparon el mismo apartamento en el que se aloja Antiodemis hasta que no pudieron seguir pagando el alquiler —Oscio, portero de la Torre Mamilia y encargado de cobrar los arriendos, es muy indiscreto y se lo ha contado— y tuvieron que mudarse un par de pisos más arriba.

Los dos son altos, rubios y pálidos. Al principio, Antiodemis creyó que eran celtas. La mujer, al parecer, lo es. O celta o de algún pueblo bárbaro del brumoso norte. Él, en cambio, es natural de Éfeso. De vez en cuando coinciden al entrar o salir y conversan en koiné.

Antiodemis domina el griego común, como también los antiguos dialectos jónico y dórico que se usan en las tragedias que ha aprendido por su cuenta. Pero a veces se le escapa el habla chipriota, que los demás griegos consideran tan rústica y primitiva como la que se utiliza en la montañosa Arcadia.

Sin embargo, Artemidoro —así se llama— escucha con interés la forma de hablar de Antiodemis e incluso le pide que le explique algunas variaciones del chipriota. Lo hace con una cortesía natural. Sin el desdén con que alguna gente la trata por ser actriz —«Una golfa que se prostituye con mil hombres a la vez en lugar de con uno solo», le oyó comentar a una dama de la alta sociedad senatorial—. Sin la lujuria apenas disimulada de tantos varones que deben de creer que por mostrar su cuerpo en el escenario está a disposición no solo de sus ojos, sino también de sus manos.

Manos.

Precisamente es lo que a Antiodemis le llama la atención de esa pareja.

No pueden quitarse las manos de encima. No se magrean de forma obscena ni hacen nada que atente contra el decoro, pero se rozan constantemente. Se buscan con los dedos, con las rodillas, con las caderas. Con las miradas.

Los ojos de él son incluso más azules que los de la chica.

Hay una cala en la costa noroeste de Chipre, cerca de la ciudad de Arsínoe, en la que Antiodemis se bañaba de niña. A mediodía, las aguas, limpias y someras, se transparentan, dejando ver la arena blanca del fondo.

Los iris de Artemidoro se ven así cuando les da el sol.

Y, sobre todo, cuando miran a su amante.

Algún día, Antiodemis quiere mirar y sentirse mirada de ese modo.

***

Ay, las miradas.

De todas las que Antiodemis ha recibido en su no tan larga vida, que son miles, hay una que la tiene obsesionada.

Fue hace unos meses, en el Foro Boario. Ella estaba sentada en la primera fila de gradas, a la derecha de Cepión, que la había convencido para que asistiera, por una vez, a un espectáculo de gladiadores.

En el centro del círculo, dos arenarios ayudaban a retirarse a un gladiador herido en una pierna, mientras otro se llevaba el escudo del vencedor. Este giraba en derredor sobre los talones, levantando los brazos para saludar al público con cierta desgana.

—A ese lo tumbaste tú —comentó Cepión mirando a su izquierda.

Allí estaba su inquietante guardaespaldas, Nuntiusmortis, que se limitó a responder con un gruñido.

Tras presenciar cómo había combatido aquel hombre, la rapidez y precisión de sus movimientos, su elegancia, y compararlos con la tosquedad y con la aparente parsimonia del celtíbero, a Antiodemis le resultaba difícil creer lo que decía Cepión. Pero era algo de todos conocido que Nuntiusmortis se había retirado invicto y que aquel otro gladiador, Stígmata, había perdido con él el único combate en su carrera.

Stígmata.

El hombre de las cicatrices.

Mientras daba la vuelta completa a la arena, pasó tan cerca de Antiodemis que ella pudo ver perfectamente las marcas que surcaban sus mejillas. No lo embellecían, desde luego, pero tampoco lo hacían repulsivo.

Y entonces, las miradas de ambos se encontraron.

Fue un instante.

Tal vez Antiodemis se engañó. Quizá fue una ilusión óptica. Pero le pareció que los ojos de aquel hombre estaban muertos.

Y que volvían un instante a la vida al cruzar la mirada con ella.

Pero ¡qué vida!

Por unos instantes, aquellos ojos la miraron con tanta intensidad como si la devorasen. No a la manera en que lo hacían otros hombres —y mujeres—. Era como si la envolvieran en una llamarada que era al mismo tiempo un refugio de hielo.

Como si le dijeran: «Solo yo te conozco, solo yo te conoceré».

¡Imposible!

Los labios de él no se habían movido un ápice. Mas, por alguna razón, Antiodemis tuvo la impresión de que estaban sonriendo.

Con la mano izquierda todavía en alto, empuñando la espada manchada de sangre, Stígmata se llevó la otra al pecho y acarició el colgante gris que llevaba al cuello.

Antiodemis, inconscientemente, imitó su gesto para tocar la gruesa esmeralda de su propio collar.

Y ella sí que sonrió.

Él mantuvo su mirada un par de latidos más. Después, fue como si un velo opaco cubriera de nuevo sus ojos, y volvió la cabeza hacia otro lado para proseguir su paseo antes de abandonar la arena.

Eso fue todo.

Pero ese momento se le ha quedado grabado. Antiodemis no sabe si significa algo. En realidad, no se entiende a sí misma. ¿Un gladiador? Alguien infame, como ella, pero seguramente con menos futuro. Un bruto, un carnicero.

El caso es que Antiodemis no deja de recordar esa mirada.

Una mirada que tal vez ni siquiera fue como ella la recuerda. Una mirada que quizá imaginó y ha ido embelleciendo cada vez que evoca ese momento.

«Pero ¿es que estás tonta?», repite la voz de Casandra en su cabeza.

***

Hablando con Antípatro sobre sus conversaciones con Casandra acerca de los peligros del amor, el poeta le dijo:

—Casandra tiene razón. Con el cuerpo y la cara que tienes, más tu piel, la voz y esa forma de moverte, puedes tener a todos los hombres que quieras. Es mejor que no dejes que ninguno te posea a ti por entero.

Lo decía con una tristeza que Antiodemis, pese a su juventud, interpretaba perfectamente.

Antípatro sabía que ella crecía, que alzaba el vuelo cada vez más y que la ciudad de Pafos y la misma isla de Chipre se le quedaban pequeñas.

Y también sabía que él, por mucho cariño que ella le tuviera, no era el hombre que podría retenerla a su lado.

Otras mujeres con sus dotes buscan reconocimiento, admiración, lujos, joyas y vestidos que puedan lucir. Por supuesto, la seguridad de no sufrir privaciones.

Pero ella quería algo más.

Quería ser lo que Medea únicamente consiguió al final, y al precio más terrible de todos.

Libre.

No depender de la buena o mala voluntad, de los arbitrios ni caprichos de nadie.

No pretendía envenenar ni descuartizar a nadie como Medea, ni matar a los hijos que, por el momento, ni siquiera pensaba en tener.

Pero si tenía que recurrir a su propia magia, a sus propios encantamientos, por supuesto que lo haría.

En realidad, lo estaba haciendo ya.

«A todos los hombres que quieras», le había dicho Casandra.

¿Dónde estaban los hombres más ricos y poderosos del orbe?

No en Chipre, desde luego. Los potentados locales bebían los vientos por ella, pero aquella isla, que tan grande le había parecido de niña, ya se le quedaba pequeña.

Esos hombres tampoco estaban en las ciudades de la Grecia continental. A Antiodemis le hacía ilusión visitar Atenas, la patria de Eurípides, y representar su *Medea* en el teatro de Dioniso, al pie de la Acrópolis. Pero aquel era su único interés por poner el pie en aquella ciudad decadente. Además, sabía que era un sueño imposible. ¡Una mujer haciendo de mujer en una tragedia! ¡Qué escándalo, qué sacrilegio!

Casandra le hablaba siempre de Alejandría. De sus anchas avenidas, de la luminaria que se alzaba hasta el cielo en la isla de Faros, de sus templos. Y de sus teatros.

Pero Alejandría, por espléndida y bella que se la describiesen, era más pasado que presente.

Roma es presente y futuro.

En Chipre había conocido a Gayo Cicerio, un caballero romano que pertenecía al séquito del gobernador de Asia y que visitó la isla para supervisar la recaudación de impuestos. Cicerio la «descubrió» —esas fueron sus palabras— en una representación en Pafos.

Cicerio era un amante aceptable. No tan devoto como Antípatro, pero más joven y guapo.

Y con una bolsa más cargada de plata.

Mientras bebían vino de Quíos en la lujosa posada donde se hospedaba él y comían ostras con una salsa de apio, yema de huevo, pimienta y *garum*, Cicerio le dijo:

—¿Por qué no te vienes conmigo a Roma? Si aquí eres famosa, en la urbe la gente te adorará.

«La urbe». Por antonomasia. ¡Qué presuntuosos los romanos!

Pero tienen sus motivos para serlo.

—¿Contigo significa «contigo»? —había preguntado Antiodemis.

—Conmigo significa en el mismo barco que yo. Después podrás instalarte en uno de mis apartamentos.

Ella fingió resistirse, aunque el corazón se le había acelerado pensando en el horizonte que se le abría.

—Con un pequeño empujón, podrás hacerte rica. Tengo amigos entre los empresarios teatrales y me llevo bien con Afranio, con Ticinio y con Quincio Ata.

—¿Y esos quiénes son?

A Antiodemis le sonaban un par de nombres, pero prefirió fingir ignorancia y dejar que Cicerio la ilustrara.

—Son autores de mucho éxito. Cuando te conozcan se enamorarán de ti. —Con una sonrisa traviesa, Cicerio añadió—: Como yo.

—¿Exactamente como tú?

—Exactamente como yo.

—¿No te pondrás celoso por ello?

El joven se había encogido de hombros. Aunque, según sus propias palabras, estaba loco por ella, no podía convertirse en su único sustento. Con el realismo propio de quien se dedicaba al negocio bancario, el joven équite le explicó:

—Mi renta no me permite llegar a senador. Además, cuando vuelva a Roma tendré que casarme con mi prometida, pagar los gastos de una casa, de los hijos que vayan naciendo...

La conclusión a la que llegaba Cicerio era que Antiodemis necesitaba más amigos como él. No demasiados, de modo que esos amigos pudieran sentirse exclusivos, pero sí los suficientes para ir amasando un patrimonio.

Tras dar cuenta de otra ostra, Cicerio se relamió, dio un trago de vino y añadió:

—Así, cuando llegue el momento, tendrás dinero suficiente.

—¿A qué momento te refieres?

—A todo el mundo le llega el momento. Y a las mujeres os llega antes incluso.

—No te entiendo —respondió Antiodemis porque no quería entender, no porque no lo hiciera en realidad.

—La juventud se pasa así. —Cicerio chasqueó los dedos en el aire. Como los tenía untados de salsa pegajosa, el sonido de la castañeta no resultó satisfactorio. Tras chupárselos, repitió el gesto, que ahora sonó más nítido, y añadió—: Dicen los poetas que hay que disfrutar el día, pero yo añado que, si mientras disfrutas, siembras el futuro, mucho mejor. Así, cuando tengas veinticinco años y tu belleza empiece a ajarse, no tendrás que depender tanto de ricos benefactores.

—¿Con veinticinco años voy a ser una vieja? —preguntó Antiodemis.

Todavía le faltaban seis y medio, lo que para una chica de su edad parecía mucho tiempo. Aun así, el comentario de Cicerio la horrorizó.

Luego comprendería que Cicerio, tal vez por dedicarse a la banca, era de natural pesimista y agorero y solía ver y esperar lo peor de las personas.

Una vez en Roma, Antiodemis había comprobado que Cicerio no era realmente rico según los cánones romanos. De hecho, la Torre Mamilia en la que se alojaba no le pertenecía a él, sino a un tío del que, como no tenía hijos varones, esperaba heredar un buen pellizco algún día. Aun así, cumplió con su palabra de darle un empujón —en más de un sentido— y la mantuvo durante las primeras semanas.

***

Aunque Antiodemis le agradece a Cicerio que la convenciera para viajar con él a la urbe, a menudo añora Chipre. Aquí en Roma, y más en este invierno tan extraño, los colores se difuminan, como si las personas no se acabaran de separar del fondo, como si los actores y el escenario se fundieran. En Chipre la luz es al mismo tiempo el cincel de un escultor y la paleta de un pintor de frescos. Todo se ve nítido, limpio.

Qué decir de ese mar, de un azul tan puro como no hay otro en el mundo, digan lo que digan en Atenas o en Lesbos.

¡Y los olores! Las orquídeas, los campos de azafrán. Las sombras de los plátanos que no pierden la hoja en todo el año. El dulce sabor del fruto de la palmera.

Roma, en cambio, es una ciudad sucia, un laberinto de calles caóticas, humeantes, una enorme fábrica de basura y malos olores que mil tiendas y puestos de perfumistas no logran disimular. Muchos templos, pero poco brillo, ya que hay mucho más adobe y terracota en ellos que mármol y bronce.

Pero Grecia es el pasado y, como ya quedó dicho, este monstruo urbano que no deja de crecer, y en el que las sierras, las barrenas, los martillos y los cinceles suenan por doquier, es el presente y el futuro.

La plebe que pulula por las plazas y calles de Roma es vocinglera, a menudo maleducada e incluso violenta. Pero en el teatro se muestra calurosa y entregada. Sus aplausos y jaleos levantan en volandas a Antiodemis, que a menudo, aunque las obras que represente sean de lo más mundano, se siente levitar sobre el escenario.

En cuanto a la nobleza, en la que no ha tardado en encontrar protectores, se parece a la aristocracia de Chipre y a la de cualquier otro lugar, pero con prejuicios y fijaciones mucho más exacerbados.

La mayor obsesión de esa pléyade de linajes es tener claro cuál está por encima de cuál. Para ello, establecen comparaciones inacabables entre la sangre y los logros de los antepasados remotos e inmediatos, y discuten y se ofenden si alguien toma a A por cliente de B cuando en realidad lo es de C, si bien C puede serlo a su vez de D, que está vinculado con B por matrimonio o adopción, lo cual lleva a...

A Antiodemis le interesa tanto todo aquello como aprenderse de memoria los tratados de lógica de Aristóteles o, lo que sería aún peor, la *Alejandra* de Licofrón. Pero no le queda más remedio que informarse de aquellos matices o, al menos, fingir que pone cierto empeño en discernirlos.

Cuando Antiodemis llegó a Roma, los varones de la alta sociedad no tardaron en orbitar a su alrededor como moscones. A decir verdad, los de las clases inferiores también lo intentaron, pero a ella no le interesan esas compañías. Una chica tiene que mirar por su porvenir, se dice Antiodemis encogiendo los hombros con cierta resignación cuando aparta de sí a un joven humilde que podría haber sido buen amante.

Otra cosa bien distinta, eso sí, sería si se encontrara con el hombre de las cicatrices. Cada vez que se acuerda de él, nota un calor líquido que...

No, es mejor no pensar en él.

En cuanto a las mujeres de la aristocracia romana, la observaban y la siguen observando con curiosidad, recelo, envidia disimulada y ostentoso desdén.

Hay una excepción.

Rea es la única mujer de clase alta que ha admitido a Antiodemis en su compañía con toda naturalidad. La joven la conoció a través de Cicerio, pues el esposo de Rea, Tito Sertorio, se dedica a las finanzas como él y ambos tienen negocios a medias.

Por lo que ha observado Antiodemis, aquella mujer —que ha convertido su patronímico Valeria en Rea, el nombre de la madre de Zeus— está fuera de los círculos femeninos de la élite. Sin llegar a ser legalmente infame, como lo es Antiodemis por su profesión de actriz, en el fondo las demás la miran así.

Para disgusto de su marido. Que no tiene otro remedio que aguantarse, pues Rea posee más carácter en una uña que Tito Sertorio en toda su persona.

En una de sus últimas visitas a Rea, Antiodemis le habló precisamente de su ya antiguo amante Cicerio y su agorero comentario sobre lo efímero de la juventud y el atractivo. Rea levantó una ceja —un gesto muy suyo— antes de responder:

—¿Que con veinticinco años se aja la belleza? Esos son los años que tengo yo. ¿Acaso me ves ajada?

—¡Para nada! ¿Cómo te mantienes tan guapa? —le preguntó.

Ambas estaban paseando por la Semita Alta, la calle más elevada del monte Quirinal. Con unas vistas espléndidas de Roma. Si esta las mereciera.

Al menos, Antiodemis puede concederle una cosa a esa ciudad.

Es...

Muy grande.

Quizá algún día se podrá incluso afirmar de ella que es grandiosa.

Rea suele salir a caminar a esa hora porque Artemidoro, el griego que atiende su embarazo —sí, el mismo que vivió en el apartamento que ahora ocupa Antiodemis, el hombre con los ojos de un azul imposible: a veces la enorme Roma parece una aldea minúscula—, le ha dicho que para una mujer gestante lo mejor es pasear justo cuando se va a poner el sol, ya que es entonces cuando su luz resulta menos dañina y más saludable.

—Tengo una norma —respondió Rea al cabo de un rato.

—¿Y cuál es?

—No siempre puedo hacer lo que quiero. Pero nunca nunca hago nada que no quiera hacer.

—Me parece una norma magnífica —repuso Antiodemis—. Ojalá yo pudiera hacer lo mismo.

Rea se acarició la barriga y su mirada pareció perderse en algún lugar interior.

—Al menos, hasta ahora había sido así. Ya no voy a estar yo sola.

Para Rea, su marido es poco más que un añadido, una estancia más de la domus donde vive. Es como si viviera sola.

Hasta que nazca el bebé, claro.

***

Fue unos meses antes de esa conversación, tomando un refrigerio en casa de Rea, que todavía no estaba embarazada, cuando Antiodemis conoció a Cepión.

El joven noble se había presentado aquella tarde para hablar con Tito Sertorio. Quien, ¡oh, qué contrariedad!, no se encontraba en Roma, sino en su ciudad natal de Nursia para inspeccionar unas fincas familiares.

Por entretenerlo y no despacharlo sin más, Rea llevó a Cepión a una estancia que tiene reservada para su propio uso como biblioteca. Allí toca también la lira y tiene una mesita reservada para jugar a los *latrunculi*, otra de sus aficiones.

A cambio, en su casa no hay sala de costura. Una más de sus excentricidades.

Dispuesto a quedar bien con su anfitriona, Cepión fingía estar examinando con sumo interés una copia del libro tercero de las *Argonáuticas* mientras bebía la copa de vino que le había servido una joven esclava.

Aprovechando ese momento, Rea se llevó a Antiodemis para hacer un aparte. Tras sentarla a su lado en el pretil de piedra que rodeaba el peristilo, le dijo:

—Es verdad que Cepión comparte negocios con mi marido, pero no es casualidad que haya venido a verlo cuando él no está.

—¿Qué quieres decir?

—Que sabía perfectamente que Tito está de viaje.

—Entonces ¿ha venido por…?

—Porque pretende acostarse conmigo. Cepión tiene una gran afición por las esposas ajenas.

Para entonces, ambas mujeres habían alcanzado suficiente confianza como para compartir intimidades de alcoba.

—Bueno, Antiodemis, dime. ¿Qué te parece Cepión?

Desde donde se hallaban se veía la ventana de la biblioteca. Era un día de primeros de abril muy agradable y tanto los postigos como la celosía estaban abiertos. La actriz miró de reojo al visitante, evaluándolo.

—Es alto, fuerte.

—Guapo, ¿no crees? Y todavía no se le cae el pelo.

Antiodemis asintió y añadió:

—Parece aseado. Me gusta esta costumbre de vuestros hombres de afeitarse. Da mucha más impresión de limpieza.

—A veces es engañosa. Pero diría que en este caso no.

Cepión debió de darse cuenta de que lo miraban, porque volvió la vista hacia ellas, alzó la copa en su dirección y sonrió. Después volvió a simular que se enfrascaba en el examen del manuscrito desplegado en la mesa.

Del que, ahora lo sabe Antiodemis, debía de estar entendiendo como mucho la mitad de los versos.

—Parece un poco engreído.

—Todos nuestros nobles están muy pagados de sí mismos. Algunos incluso más. Dejaré que descubras en qué grupo se encuentra él.

—¿Está casado?

—Lo está. Lo cual siempre es mejor.

—¿Mejor? ¿Por qué?

—Un amante casado siempre tiene menos tiempo para visitarte. Lo último que quiere una mujer es tener a un hombre pegado todo el tiempo como una rémora.

—Pero… ¿Tú estás pensando en…?

—¡Noooo! Tengo tanto interés en acostarme con ese hombre como en aprender a tejer tapices persas. Cuando quiero pasar un buen rato en la cama, me busco por mi cuenta a alguien que me dé placer sin complicaciones. Lo último que quiero es tener un lío con un miembro de una de las familias más poderosas de Roma.

Antiodemis se tapó la boca, solo a medias escandalizada. Rea ya le había confesado antes que su esposo y ella cumplían lo justo en el tálamo. O menos incluso. Lo cual, añadía, no significaba que ella no tuviera sus propios deseos y necesidades.

—¿Quieres decir que te buscas…?

En lugar de contestar a su pregunta, Rea le acarició el antebrazo y dijo:

—Pero eso no quiere decir que tú no aproveches tus bazas con Cepión, querida.

Aunque se hallaban lo bastante lejos como para que las conversaciones a media voz no se oyeran, Cepión volvió a mirar hacia ellas.

—Le has gustado. Mucho. Pero eso no es noticia. ¿A quién puedes no gustarle? —Rea jugueteó con los largos bucles con los que se había peinado Antiodemis esa tarde.

—No sé. ¿No está por encima de mi alcance?

—¡Ni se te ocurra pensar eso! Procura que no se te suba mucho a la cabeza, o por lo menos que no se te note, pero ahora mismo eres el sueño de media Roma. ¡Qué digo media! De Roma entera. Las mujeres se dividen entre las que te envidian y las que te desean.

Viendo la manera en que Rea la tocaba y enredaba con sus cabellos, Antiodemis se preguntó en qué grupo entraba ella. Un pensamiento que hizo que la sangre subiera a sus mejillas.

Por suerte, como actriz que es, no le cuesta demasiado controlar el rubor.

Como si quisiera confirmar sus sospechas, Rea tiró de ella para levantarla del pretil agarrándola de la cintura unos segundos más de lo necesario.

—Ven, vamos a dejar que te admire un poco más de cerca.

Cuando Antiodemis puso algunas pegas con no mucha convicción, Rea argumentó:

—Tú lo has dicho. Es alto, guapo. Además, le gusta gastar dinero. Le gusta *mucho*. Para mí, ese hombre podría ser un problema. Pero ¿qué complicación puedes tener tú?

***

«¿Qué complicación puedo tener yo?», se ha repetido Antiodemis desde entonces.

Aprovecha el momento, disfruta de tu amante rico. Ya pensarás en los poemas de Safo más adelante.

Si quiere seguir la máxima de Rea, la de hacer al menos una parte de las cosas que desea y ninguna de las que no desea, primero tiene que sacrificarse, aguantar las autoalabanzas de Egomeméi y regalarle los oídos con otras de su propia cosecha.

Su intención es asegurarse una buena hacienda en el menor tiempo posible.

Si algo ha comprobado es que en esta ciudad todo está a la venta. Incluso la libertad.

Y para comprar lo que más se valora, que en su caso es precisamente la libertad, hace falta dinero.

A ser posible, mucho.

Así que Antiodemis, que conoce la fábula de la cigarra y las hormigas, aunque canta y baila como la primera, trabaja y acapara como las segundas para cuando llegue el invierno de su vida.

No deja de ser una mentalidad peculiar para una joven de diecinueve años. Pero quienes tienen que acostumbrarse a sobrevivir desde niñas aprenden rápido.

«¿Qué complicación puedo tener yo?».

Arrullada por esa cantinela, Antiodemis, acercándose lo justo a Cepión para aprovechar su calor sin rozar su piel, se empieza a hundir en las aguas del sueño.

Entonces, cuando menos se lo espera, llegan las complicaciones.

En plena noche, aparece en casa la esposa de Cepión y empiezan los portazos y los gritos.

DOMUS DE GAYO SEMPRONIO GRACO

«El hombre de las cicatrices. El del cuchillo. Mañana, él te matará».

Con un escalofrío, Gayo Graco vuelve al presente del que se había evadido por unos instantes mientras Mario le hablaba de cuchillos, garfios, escalpelos y varices. Educadamente, le pregunta:

—¿Fuiste capaz de mirar mientras el cirujano te hacía todas esas jugarretas?

—Miré. Sin gritar. Me ofreció un mordedor de esponja mojado con un poco de opio, pero lo rechacé. Ya sabes lo que decíamos en Numancia...

—¡No hay nadie más duro que los chicos de Escipión!

Nemo durior Scipionis pueris.

En realidad, aquel lema del que se ufanaban los tribunos y contubernales que rodeaban a Escipión Emiliano no se cumplía con todos.

Con Cepión, por ejemplo, que era contubernal de Graco en el sentido literal, ya que ambos compartían tienda como decuriones de la III Legión. Excelente jinete, complexión atlética, un gran manejo de las armas. Todo eso era cierto, pero también que, cuando dejaba de sentir sobre su persona el ojo vigilante de Emiliano, Cepión volvía a su natural sibarita y se permitía ciertas molicies que el general habría censurado, como encargar comida a un cocinero gaditano que de paso le surtía de chicas, poner un colchón de plumas sobre la yacija o hacer que le calentaran el agua para lavarse.

Por su parte, Graco había aguantado todas las penalidades de aquel asedio y del severo régimen disciplinario impuesto por Emiliano sin rechistar ni hacer trampas. En su caso, era bien consciente de que lo hacía no tanto por su físico ni por su temperamento, sino porque cargaba encima con el peso de su apellido. Y quería demostrarle a su cuñado, que no era otro que el propio Emiliano —en la familia siempre lo llamaban así, aunque a él no le hacía gracia, por diferenciarlo del abuelo de Graco, el auténtico Escipión—, que los Sempronios, aunque la suya fuera una *gens* plebeya y no patricia como la Cornelia, eran capaces de resistir cualquier cosa.

«No hay nada, por terrible que sea, que no podamos soportar».

Pensando en ello, ha vuelto a recordar el cuarto principio del tetrafármaco de Artemidoro.

Que, a su vez, le hace repetir el lema de los contubernales.

Nemo durior Scipionis pueris.

Dentro de ese grupo, quienes habían demostrado ser en verdad duros como raíces de olivo eran Yugurta, el príncipe númida al que su padre adoptivo, el rey Micipsa, había enviado a Numancia con elefantes y un destacamento de jinetes norteafricanos y, sobre todo, Gayo Mario.

—Pero, dime, Mario, ¿te dolió mucho la cirugía?

—¿Que si dolía? ¡Preferiría que me hubiera dado por culo el elefante de Nobílior!

Ha sido recordar el lema con el que brindaban los tribunos militares en el asedio de Numancia, y Mario ha olvidado que se trataba de una supuesta conversación entre senadores para volver de golpe al lenguaje cuartelario y a las bromas obscenas acerca del elefante de aquel cónsul, el primero que se estrelló contra las murallas de Numancia veinte años antes de que ellos combatieran en ese mismo lugar.

Pensar en los viejos tiempos de Hispania hace que Graco se acuerde de Cepión.

—Al venir, habrás pasado junto a la mansión de nuestro amigo Servilio Cepión, ¿no?

Mario asiente.

—¿Había terminado ya la fiesta?

Mario vuelve a asentir y añade:

—Estaba en silencio. ¡Por fin! ¿Puedes creerlo? Después de tres días seguidos. Si celebra de esa forma que lo nombran cuestor, ¿qué dejará para cuando llegue a cónsul?

—¿No te invitó?

—No. Yo ya había estado en la celebración anterior. Con su padre, su suegro y otros próceres.

—Creo que él mismo anduvo después contando que esa fiesta había sido más aburrida y fúnebre que las Lemurias. ¿Lo fue?

Mario se encoge de hombros.

—No soy muy amigo de fiestas, sean del tipo que sean.

—El hecho de que te invitara a esa es buena señal.

—¿Por qué?

—Tú mismo lo has dicho, en ella estaban los próceres. Si contó contigo, es porque te considera a ti también un prócer, o al menos un futuro prócer.

—O porque piensa que soy aburrido y fúnebre.

Graco suelta una carcajada.

—También es posible. ¿Sabes que a mí sí me invitó a esa fiesta que, según me cuentas, ha terminado por fin?

—¿Y no has asistido?

Graco menea la cabeza.

—Lo último que me hace falta ahora es compartir la fama de calavera y crápula que tienen casi todos los que recibieron invitaciones para esa celebración. Actores, mímulas, gladiadores, gente endeudada hasta las cejas…

Como el mismo anfitrión, añade para sí Graco. Que está en deuda con él, sin ir más lejos. Por la nada despreciable cantidad de cinco millones de sestercios.

Por comentarios que le han llegado, Cepión debe de haberse gastado una cifra equivalente en su fiesta.

Que los jóvenes miembros de la nobleza inviertan dinero con el fin de conseguir popularidad para avanzar en su carrera política no está mal visto, aunque tengan créditos pendientes. Si lo que hacen es ofrecer festejos para la plebe. O entradas gratis al teatro o a los juegos de gladiadores. O consagraciones de templos, reparaciones de pórticos y jardines públicos.

Dilapidar una fortuna en orgías privadas cuando le adeudas tanto dinero a un amigo es algo muy diferente.

A Graco no le hace ninguna gracia. Han pasado bastantes días desde su última conversación larga con Cepión. Pero, cuando se lo encuentre, piensa sacar ese asunto a colación, con mayor o menor diplomacia.

—Cepión y tú erais buenos amigos, ¿no? —pregunta Mario, como si le hubiera leído la mente.

Graco asiente.

—Compartíamos tienda. Contubernales una vez...

—... contubernales para siempre. Eso dicen.

—Eso dicen, sí.

—Pues te diré algo sobre Cepión, si no te molesta que te dé mi opinión.

—Adelante.

—Nunca me he fiado de él. Si estuviera colgado de un precipicio y tuviera que elegir para no caer al vacío entre la mano de Cepión y una rama podrida y seca, me agarraría a la rama sin vacilar.

A ese comentario, Graco no sabe qué contestar. ¿Debe defender a su amigo cuando, en el fondo, piensa algo parecido?

En ese momento de incómodo silencio entra Filócrates. Trae una jarra y dos copas, todo labrado en plata. Las deposita sobre un velador de mármol, llena ambas copas con vino caliente mezclado con miel y las sirve. Primero al invitado y después a su amo. Cuando se inclina sobre el escritorio para hacerlo, aprovechando que está de espaldas a Mario, sonríe.

Graco le corresponde.

Si tuviera que colgar de un barranco agarrado a una sola mano, desde luego no sería de la de Quinto Servilio Cepión, sino de la del guapo y leal Filócrates.

Antes de retirarse, Filócrates se acerca a los braseros para comprobarlos. Después hace un gesto con la mano. Otro esclavo entra a la estancia y remueve los carbones con la badila de hierro. Una vez que lo ha hecho, ambos se retiran.

***

Graco, que no quiere seguir hablando de Cepión, dice:

—Perdona, Mario. Antes cambié de tema cuando me estabas hablando de tu operación. ¿Cómo terminó?

—¿Que cómo terminó? Le dije al cirujano que me vendara la pierna y que se olvidara del resto de las varices. No merece la pena un dolor tan sobrehumano.

Graco tabalea sobre su escritorio un par de veces.

—Tocaré madera para que no me broten varices.

—O para que te ocurra tarde, no como a mí. ¡Malditas varices! A mi padre también le salieron antes de los cuarenta años.

Graco no recuerda cuál es la edad exacta de Mario, o tal vez nunca lo ha sabido. Es algo mayor que él, que tiene treinta y tres. Eso seguro.

¿Cuántos puede tener? ¿Treinta y seis, treinta y siete?

Desde Numancia han pasado casi doce años. Mario debe de haber servido en diversas campañas diez de ellos.

Si hay alguien entre los senadores nuevos que cumple el requisito de las diez campañas militares, ese es Gayo Mario.

En cualquier caso, su visitante parece mayor de lo que es. No porque esté avejentado. Pese a las molestias que le puedan ocasionar las varices, se mueve con soltura. Quizá incluso con más brío que antes, como alguien que estuviera siempre impaciente por llegar a algún sitio y, una vez en él, por marcharse enseguida a otro lugar distinto.

Mario es un hombre de estatura más que mediana, de hombros anchos, de antebrazos fibrosos y surcados de tendones y venas, y de dedos anchos como espátulas.

Huesudo.

No flaco.

Huesudo.

Quiere decir que, por debajo de los músculos y la piel, incluso de la ropa, salta a la vista que su cuerpo está sustentado por una estructura de huesos sólidos, recios como vigas de roble, que asoman por doquier en cualquier ángulo.

Lo que lo hace parecer mayor es su rostro. De por sí sus rasgos son duros, y el sol y el aire los han curtido como la ladera de un monte barrida por el viento y desnudada por la erosión. Sus facciones parecen todavía más severas bajo dos cejas pobladas y rebeldes que, cuando se fruncen, le recuerdan a Graco aquellos versos de Homero que describen cómo Zeus

> *Asintió frunciendo las oscuras cejas,*
> *y su inmortal cabellera ondeó*
> *desde su inmortal cabeza,*
> *y el inmenso Olimpo se sacudió.*

Si bien, en el caso de Mario no hay cabellera que pueda ondear. Las entradas que mostraba ya de joven sobrepasan su frente y se convierten en dos ensenadas que ganan terreno sobre su cráneo.

—¿Sería de mala educación preguntarte tu edad, Mario? Sé que eres mayor que yo, pero no recuerdo por cuántos años.

—¿Cuántos tienes tú?

—Treinta y tres cumpliré en abril, si los dioses lo permiten.

—Treinta y seis cumpliré yo en septiembre.

Mario no ha añadido la coletilla de los dioses. Graco se ríe suavemente y da un sorbo de su copa.

—¿De qué te ríes?

—Me has recordado al chiste del samnita y Mercurio.

—Cuéntalo en voz alta…

—… y así nos reímos todos.

Es otra vieja broma. La disciplina con Escipión Emiliano era muy estricta. Cuando se reunía con sus tribunos y centuriones había que permanecer tiesos como estacas y en silencio. Bastaba con que alguno se inclinara hacia el compañero más cercano y bisbiseara algo para que Emiliano se interrumpiera y soltara el consabido: «Cuéntalo en voz alta…».

Graco cuenta el chiste.

—Este es un samnita que se licencia después de cinco años y vuelve a su pueblo, a Boviano. En una encrucijada junto a una charca, se le aparece el dios Mercurio disfrazado de caminante y le pregunta: «¿Adónde vas, buen hombre?». «A Boviano», responde él. «Será si los dioses quieren». «Me da igual que quieran o no. Llevo mucho tiempo fuera y voy a Boviano se pongan como se pongan». Enojado por su soberbia, Mercurio le toca con su caduceo en la cabeza y lo convierte en rana.

—Ajá.

—Después de pasar un año en la charca, el samnita recupera su forma natural y se dispone a seguir su camino. El dios Mercurio se le vuelve a aparecer y le pregunta: «¿Adónde vas, buen hombre?». «A Boviano». «Será si los dioses quieren». «Quieran o no, yo voy a Boviano».

—Mercurio lo convierte en rana otra vez, supongo.

—Supones bien. El samnita pasa otro año nadando en la charca. Cuando de nuevo recobra su naturaleza, se le vuelve a aparecer Mercurio y le pregunta: «¿Adónde vas, buen hombre?». Y el samnita responde: «¡A Boviano o al charco!».

Mario se queda un momento esperando algo más. Después se da cuenta de que el chiste ha terminado y suelta un par de carcajadas.

Nunca ha sido hombre de mucho reírse.

—¿Por qué te he recordado ese chiste? ¿Es solo porque no he dicho «Si los dioses lo permiten» como tú?

—Noooo —miente Graco—. Es porque tengo muy claro que no conozco a ningún otro hombre con una voluntad tan férrea como la tuya.

—En otras palabras, que soy cabezota como un samnita.

—En otras palabras, tal vez.

—Es posible que lo sea. Supongo que por eso estoy en el Senado.

Aunque es más joven que Mario, Graco ingresó antes en el Senado. Fue hace ya cinco años, gracias a que resultó elegido cuestor en las primeras elecciones a las que se presentó.

Mario parte con la desventaja de no pertenecer a una estirpe ilustre y de haber nacido en Arpino, a setenta y cinco millas de Roma. En realidad, ni siquiera en esa ciudad, sino en Cereatas, una aldea minúscula situada en sus inmediaciones.

Los habitantes de Arpino gozan desde hace tiempo de la ciudadanía romana. El tópico sobre Mario, sin embargo, asegura que es un extranjero, un advenedizo, un palurdo del campo que proviene de una humilde familia de campesinos, un destripaterrones venido a más.

En realidad, su linaje es de los más importantes de Arpino, ni a él ni a sus parientes les faltan tierras ni dinero, y sus antepasados llevan generaciones desempeñando magistraturas en esa ciudad.

Pero ser magistrado en una ciudad de Italia, sea cual sea, no es lo mismo que serlo en Roma. El ombligo del mundo. ¡Aquí es donde debería haber caído esa piedra de Júpiter que los griegos aseguran que está en Delfos!

O ya no está allí, si el libro de Artemidoro que Graco tiene abierto en la mesa dice la verdad.

Como sea, para abrirse paso en la urbe hay que enfrentarse a los prejuicios y la maledicencia.

Lo cual requiere enormes dosis de voluntad.

O de obstinación. Todo depende de cómo se quiera ver.

Mario posee un abundante caudal tanto de la una como de la otra.

En sus primeras elecciones a cuestor quedó el decimoquinto para doce puestos. No por ello se descorazonó. Volvió a presentarse al año siguiente.

Fue decimosegundo.

El último de la lista.

En cualquier caso, Mario se convirtió en cuestor e ingresó en el Senado.

Hace dos años se presentó a tribuno de la plebe. Fue en las mismas elecciones en las que Graco ganó su segundo tribunado.

Mario volvió a caer derrotado.

Tampoco entonces se desanimó. Se presentó de nuevo. Terco como un samnita, por más que Arpino esté en el Lacio y no en el Samnio.

Las elecciones se celebraron el pasado mes de septiembre. Mario quedó undécimo, lo cual lo dejaba fuera por segunda vez. Pero antes de que el heraldo proclamara los resultados, se descubrió que Marco Metilio, el candidato que había quedado en quinto lugar, había sobornado y amenazado a muchos votantes en los mismos pasillos de votación.

¡Cómo sería de palmaria y escandalosa aquella corrupción para que se invalidara su elección! El tal Metilio tuvo que salir por piernas del Foro, perseguido por una pequeña multitud que le arrojaba frutas podridas y alguna que otra piedra. Desde entonces no se le ha vuelto a ver en público.

Aquella irregularidad permitió que Mario sea ahora tribuno de la plebe.

Como si le leyera la mente a Graco, Mario dice:

—Me da igual ser el último de los tribunos. Te aseguro que no voy a ser una marioneta como el resto de la tropa. Opimio y los demás van a tener que acostumbrarse a oír mi voz.

—Y yo me alegro de que así sea, Mario. Me encantó ver la cara de indigestión que se le puso a Opimio cuando saliste elegido. Pese a todo lo que ocurrió aquel día.

—Siento que a ti te dejaran fuera, Graco. Fue una vergüenza cómo se confabularon contra ti.

Como ambos comparten el mismo nombre, Gayo, suelen llamarse por los apellidos.

—Una de las medidas que voy a presentar durante mi mandato es cambiar los pasillos de voto —continúa Mario.

Graco está deseando traer a colación el motivo de haber citado a Mario, pero este no deja de sacar otros asuntos de conversación.

—¿Cambiarlos? ¿Cómo?

—Hacerlos más estrechos para que solo quepa un votante y nadie se pueda poner a su lado para presionarlo.

El procedimiento consiste en que cada ciudadano, cuando le toca el turno de votar con su tribu, camina por un largo pasillo rodeado por barandillas de madera, se detiene un momento, recoge la tablilla que le entrega un funcionario, escribe en ella, da un par de pasos más y la introduce en la urna. Esta es una cesta de mimbre alta y con la boca estrecha para evitar que nadie pueda meter la mano en ella durante la votación.

Pero las irregularidades se cometen antes de que el ciudadano grabe su voto en la tablilla, ya que es imposible evitar las aglomeraciones. Mientras uno camina entre las barandillas puede ocurrir y ocurre de todo. Argumentos, halagos, promesas, amenazas, dinero. Algún puñetazo, incluso. Las colas de mujeres que se organizan en el Foro Piscario para comprar salmonetes o anguilas son más disciplinadas que las que se ven en las elecciones para cualquiera de los cargos públicos.

—¿De qué sirve estrechar los pasillos? La gente puede seguir agarrándote desde fuera, por encima de las barandillas.

—Pondré esos pasillos en alto.

—No te entiendo.

—Muy sencillo. Coloco la urna sobre un estrado, a tres o cuatro pies del suelo. El pasillo se convierte en una rampa, bien asegurada y en cuesta muy suave para que incluso los más ancianos puedan subir sin problemas. El votante sube y, cuando está arriba, el *rogator* le tiende la tablilla desde abajo. El ciudadano escribe su voto arriba él solo, sin que nadie esté a su altura y a la vista de todo el mundo.

—Ajá.

—Así nadie puede agarrarlo por los hombros, decirle nada al oído o meterle dinero bajo la toga.

—Se vería demasiado, cierto.

—Eso es. Después da un par de pasos más, a la vista de todo el mundo y, sin que nadie haya manipulado su tablilla, la echa en la urna, baja por otra rampa igual que la de subida y asunto concluido.

Graco asiente.

—Lo veo, lo veo. Puede funcionar.

—Todo lo que yo hago funciona.

—Por eso mismo vas a organizar un revuelo de mil demonios.

—Lo sé.

—Tanto como se ha organizado con cada ley que ha intentado evitar que se amañen los votos.

—Sé perfectamente que se me van a oponer casi todos en el Senado. Los dos cónsules, los pretores…

—Conociendo a la recua de tribunos de este año, tus colegas también se te echarán encima.

—Me da igual. Si es necesario, presentaré la ley directamente ante la asamblea, sin discutirla en el Senado.

—No te lo recomiendo. Es legal, pero significa ponerte en contra a casi todos los senadores.

—Tu hermano lo hizo con su reforma agraria.

—Y mira cómo acabó mi hermano.

Hay un momento de silencio. Después, Mario levanta la mano derecha y primero abre los dedos, duros y fuertes como palancas de hierro, para después cerrar el puño hasta que los nudillos se le ponen blancos.

—Quien quiera atacarme con estacas, mejor será que lo haga por la espalda o cuando yo esté dormido. No les tengo miedo. Ya puede venir Opimio si quiere con sus lictores, los de Fabio Máximo y los de la puta que lo parió, que no me va a hacer mover los pies de donde los plante.

En otro, piensa Graco, tales palabras podrían ser baladronadas tan vacías como las vejigas de cerdo infladas que se usan para jugar a la pelota.

En Gayo Mario, no.

Podrían preguntárselo a aquel guerrero celtíbero, fuerte y corpulento como un toro, que durante el asedio de Numancia salió de la muralla preguntando en un latín tosco como un subligar de esparto quién de todo el ejército romano tenía cojones para enfrentarse a él en combate singular.

En el desfile triunfal de Emiliano, ese mismo guerrero marchaba con las manos atadas al caballo de Gayo Mario.

—Es una lástima que no hayas sido compañero mío de tribunado, Mario. Si esa ley tuya estuviera ya aprobada…

—Tú seguirías siendo tribuno.

Graco asiente.

—El problema es que hoy, en la asamblea, volverá a ocurrir lo mismo cuando llegue el momento de votar contra mis leyes. Habrá pagos, amenazas.

—Incluso cambiazos con las tablillas, que es lo que pretendo evitar con mi proyecto.

Graco vuelve a asentir.

—Si mis enemigos se las arreglaron para que yo no consiguiera mi tercer tribunado, ahora lo van a tener incluso más fácil. Van a confundirlo todo y pedirán que se anulen leyes que ya fueron aprobadas, mezclándolas con aquellas que no conseguí sacar adelante.

—Cuando pediste extender la ciudadanía para los aliados itálicos cometiste un error.

—¿Es que no estás de acuerdo?

—Es demasiado pronto. La gente es muy celosa de sus privilegios. Sobre todo los que han nacido aquí, en la ciudad. Te lo dice uno de Arpino que tiene que soportar pullas todos los días.

—Lo único que yo quiero es hacer más grande a Roma.

—No lo dudo, Graco. No lo dudo. Esa es también mi intención.

Graco se queda mirando a Mario. Se pregunta si realmente busca la grandeza de Roma o la suya propia. Mario es un hombre de enormes ambiciones. Todo el que haya pasado tiempo suficiente con él sabe que está empeñado en convertirse en el primer cónsul de su familia, y también en el primero que celebre un triunfo por las calles de Roma.

Y no un triunfo cualquiera. Mario es uno de esos elegidos de Marte, como Escipión —el de verdad, el abuelo de Graco, y no el de mentira, su cuñado—, o como el mismísimo Aníbal, que han nacido para la conquista y la guerra.

Tal vez no sea justo hacerse esa pregunta, recapacita Graco. Como él mismo le dijo a su madre por la mañana, ambas cosas, la grandeza personal y la de la ciudad, no tienen por qué ser incompatibles.

Tal vez no sea justo, no.

Pero la vida no suele serlo.

Por eso, porque la vida no es justa, el mismo pueblo romano al que Graco garantizó pan barato y espectáculos gratis —recurriendo incluso a la fuerza, como cuando mandó reducir a astillas las gradas del Foro Boario— se revolvió contra él por no compartir esos logros, que ya consideraba privilegios exclusivos.

Lo que más le duele a Graco es que los ciudadanos hayan picado en el anzuelo de demagogos como sus colegas de tribunado del año anterior, marionetas de la facción más retrógrada del Senado. Que hayan creído las mentiras propaladas en aquella terrible campaña de desprestigio contra él. «¡Os van a quitar lo que es vuestro! ¡No habrá trigo suficiente! ¡Os quedaréis sin sitio en los juegos y en el teatro!».

—Tu vino es magnífico y en tu despacho se está caliente —dice

Mario, sacándolo de su momentáneo ensimismamiento—. Pero todavía tengo otro asunto pendiente que debería resolver mucho antes de que cante el gallo. Y, si puede ser, dormir un par de horas más.

Graco reprime una carcajada. Mario, el mismo que ha estado sacando temas de conversación, quiere ir ahora al grano.

La sutileza nunca ha sido su punto fuerte.

—Así que quieres saber qué voy a pedirte, ¿no?

—En realidad, ya lo sé.

—¿Lo sabes?

—¿Qué puede pedirle un tribuno del año anterior que no quiere ver sus leyes derogadas a otro tribuno en ejercicio de su magistratura?

Graco sonríe, mientras sus dedos juguetean con el fuste de la copa haciéndola girar primero en un sentido y luego en otro.

—¿Lo harás?

Mario se levanta. Graco hace sonar la campanilla para llamar a Filócrates.

Su visitante le tiende la mano. Graco se levanta, rodea el escritorio y se la estrecha.

A sabiendas de que le va a doler.

Mario es de los que aprieta de verdad. No da la impresión de que lo haga a propósito, por exhibir su fuerza. Es, simplemente, que no está en su naturaleza ser blando o delicado.

Entre los dedos de Mario, los de Graco, tan pequeños, tan finos, parecen los de un niño al que su padre agarra de la mano.

—Cuando más pueda sacar de quicio a Opimio, cuando se esté regodeando con su triunfo, lo haré.

—Es mejor que lo hagas antes de que se celebre la votación. No es igual que un tribuno obstruya la acción de un magistrado a que se oponga a la voluntad del pueblo.

—Lo sé.

—Gracias, Mario. Sabes que se va a organizar un buen escándalo, y tal vez algo más.

—Estaré preparado.

—A cambio, puedes contar con que mi gente apoyará tu proyecto de las pasarelas. Y cualquier otra ley que presentes durante tu mandato.

—Siempre que no vaya contra los intereses del pueblo romano.

—Siempre que no vaya contra los intereses del pueblo romano —repite Graco.

Por fin, Mario le suelta la mano. Si Graco tuviera que escribir una carta ahora, la letra le saldría tan tortuosa e ilegible como la de un anciano moribundo garabateando sus últimas voluntades.

La puerta del despacho se abre y entra Filócrates con el manto de Mario. Él mismo le ayuda a ponérselo.

—Qué agradable es ponérselo así, caliente —dice Mario.

—Me temo que, con el frío que hace fuera, no durará demasiado, señor —responde Filócrates.

—Aun así, se agradece.

Tras una leve inclinación de cabeza para despedirse de Graco, Mario sale del despacho.

Poco después, Filócrates vuelve al despacho.

—¿Necesitas algo más, señor?

Desde su sillón, Graco extiende la mano izquierda, la que no le ha triturado Mario. Filócrates toma los dedos entre los suyos con ternura. No es la forma habitual en que un esclavo agarraría la mano de su dueño.

—Nada más, mi querido amigo. Por esta noche puedes retirarte.

—¿A mis aposentos?

Graco asiente.

—Mañana, que ya es hoy, será un día muy complicado. Debemos estar descansados.

Antes de irse, Filócrates se da la vuelta.

—¿Sabes que Gayo Mario ha llegado solo y se ha ido también solo? En una noche como esta y…

El esclavo griego deja las palabras flotando.

«En un barrio como este. La Subura».

—No lo sabía, pero no me sorprende. Si hay alguien que puede atreverse a cruzar Roma sin escolta desde la puerta Quirinal a la puerta Capena en plena noche, ese no es otro que Gayo Mario.

Filócrates asiente y se marcha. Antes de cerrar la puerta del tablino, hace una última reverencia, acompañada de una sonrisa. A medias de ánimo, a medias triste.

Ya a solas, Graco suspira, aliviado.

No las tenía todas consigo.

Ahora sí.

Siempre ha sabido que Mario es un tipo valiente. A veces incluso imprudente en su valentía, como demuestra el hecho de que se aventure en la noche romana sin escolta.

La incertidumbre que acuciaba a Graco era saber si su agenda coincidiría con los planes de Mario para su propio futuro político.

Ahora ya sabe que puede contar con él. Mario es un hombre de palabra.

Graco sonríe, imaginando la cara que se le va a quedar a Opimio cuando esté convencido de su triunfo y entonces, en el momento más inoportuno para él, Gayo Mario levante ese vozarrón que tiene y pronuncie la única palabra que tiene más poder que cualquier conjuro o encantamiento.

—*Veto!*

DOMUS DE QUINTO SERVILIO CEPIÓN

El primer golpe lo dan los batientes de la puerta al abrirse hacia dentro con violencia y estrellarse contra las paredes del dormitorio.

Cepión se levanta de un salto.

El corazón le ha dado un vuelco, pero eso no es lo peor.

La habitación, ¡no!, el mundo entero da tumbos como en un terremoto.

Desnudo, tira de la piel de reno con una mano para taparse al menos la entrepierna. Con la otra se agarra al cabecero de la cama, gracias a lo cual consigue no caerse contra la pared.

En el hueco de la puerta, recortada contra las antorchas que sujetan los criados, está la penúltima persona a la que querría ver en este mundo.

Su esposa Tercia.

Suponiendo que la última persona fuese la mismísima muerte.

Cambia de opinión. Con el dolor de cabeza que tiene, la muerte sería más bienvenida.

Los siguientes golpes llegan en forma de preguntas.

A gritos.

Bam-bam-bam, una tras otra. Ráfagas de artillería, escorpiones y balistas batiendo las murallas de Numancia en que se han convertido los huesos de su cabeza.

—¿Qué ha ocurrido aquí? ¿Cómo has podido? ¿Quiénes son todos esos borrachos que hay tirados por la casa? ¿Cómo has podido? ¿En qué estabas pensando? ¿Cómo has…?

La voz de su esposa siempre ha tenido una cualidad desagradable. Es una aspereza que se muestra en cada sílaba, como si cada vocal fuera un estropajo que entrara frotando por los oídos, krrrjjj, krrrjjj, y después perforara los tímpanos.

Cuando profiere gritos, como ahora, el estropajo sigue ahí, pero dentro lleva envuelta la cabeza de un martillo.

—¿Quién es esa zorra que está en tu cama?

¿Esa zorra?

Por los dioses, es verdad.

Con un esfuerzo que hace que el mundo entero parezca volcarse hacia la derecha, Cepión gira el cuello.

Al otro lado de la cama, Antiodemis se ha levantado, tan sobresaltada como él. La ventaja para ella —si es que se puede encontrar alguna ventaja en esta situación tan bufa como los mimos que representa— es que su experiencia en el teatro, cambiándose de atavío entre escena y escena, la ayuda ahora a recoger las ropas que dejó tiradas de cualquier manera sobre el arcón y a vestirse a tal velocidad que, solo de observarlo, Cepión siente náuseas.

Todo esto lo hace Antiodemis sin volver la mirada hacia la puerta, ofreciendo el espectáculo de su espalda y sus nalgas desnudas durante unos instantes. Se ve que prefiere eso por no afrontar la mirada de la esposa desairada.

Es una hermosa aunque fugaz exhibición, sin duda, embellecida por la pátina dorada que derrama sobre su piel la luz de las antorchas que se cuela desde la puerta. Pero Cepión no se encuentra en condiciones de apreciarla.

—¿Quién es esa, madre?

El hijo de Cepión, que se llama Quinto como él y tiene siete años, intenta colarse en la habitación. Lleva los ojos muy abiertos y las manos extendidas, como si quisiera saltar sobre la cama y abalanzarse encima de Antiodemis.

Digno hijo de su padre.

Tercia lo agarra del pelo y tira de él.

—¡Ay, madre, me haces daño!

—¡Quieto aquí, a mi lado! Si quieres quejarte de que te hacen daño, díselo al sinvergüenza de tu padre, que se trae putas a casa.

Antiodemis, con la túnica y una estola puestas a la rebatiña, coge los zapatos con una mano, abre los postigos y la celosía de la ventana que da al patio y salta por allí. Es como un rayo de luna que, en lugar de colarse en la alcoba, se escapara de ella.

Mejor así, piensa Cepión. Prefiere que la ira de Tercia se descargue solo en él. No por altruismo, sino por evitar más voces. ¿Cómo puede haber tantos ecos entre las paredes de una alcoba? Ni que fuera la curia donde se reúne el Senado.

—¡Ya me avisó mi hermana Metela! ¡No quería creerlo, pero ya me lo dijo! Que estabas celebrando una..., una... ¡Una repugnante orgía en nuestra casa!

Cepión se sienta en la cama, haciendo un gurruño con la piel de reno sobre los muslos para seguir cubriéndose las vergüenzas.

Tercia sigue en la puerta, arrugando la nariz de forma ostentosa, como si estuviera aspirando los vapores hediondos de una tintorería de Gades.

Si el olor a vino, a sudor y tal vez a sexo que inunda la habitación sirve para que Tercia se quede en el umbral, bienvenido sea.

—¿Por eso has venido a estas horas? —pregunta Cepión, frotándose las sienes—. ¿Has viajado de noche desde Ancio para ver... esto?

—Vine ayer, de día, a la casa de Antemnas.

—Entiendo. Para estar más cerca y venir de noche y pillarme.

La hermana mayor de Tercia, que nunca ha tragado a Cepión —este se malicia que ella se siente despechada porque nunca ha intentado llevársela a la cama, pero es que es la más fea de las tres Metelas—, tiene una finca en Antemnas. Está a las afueras, a apenas tres millas de Roma.

El niño interviene.

—¿Madre, puedo ir a la sala del triclinio y ver qué hace esa...?

Tercia le da un capón.

—No, no puedes ir a mirar a todas esas golfas medio desnudas que roncan como vacas. ¿Quieres convertirte en un puerco como tu padre? —Dirigiéndose a este, añade—: Sí, he venido a pillarte.

—¿Es que un hombre no puede tener un poco de esparcimiento de vez en cuando?

—¿Esparcimiento? ¿En nuestra propia casa? ¿Llenándola de..., de..., de gentuza? ¿Es que no hay tabernas ni prostíbulos en toda Roma para que tengas que venir a profanar tu hogar?

—Oh, vamos, Tercia...

—¡Ni Tercia ni Tercio! ¿Has visto cómo están los muebles, y los suelos? Hace falta una barca para cruzar entre tanto vómito y tantos orines y..., y... ¡Y entre otras cosas que no quiero ni pensar!

—Si hubieras llegado cuando tenías que llegar y no antes de tiempo, estaría todo limpio como…

Cepión está a punto de decir «como el coño de una vestal», pero se da cuenta a tiempo de que no es la expresión más adecuada en las circunstancias presentes.

Pero en este momento es incapaz de encontrar otra.

—¿Y qué me dices de meter una puta en la cama donde engendramos a nuestro hijo? ¿Es que no te queda ni la menor pizca de vergüenza? —pregunta Tercia, tapando las orejas del muchacho, como si con eso pudiera evitar que oiga sus gritos.

A Cepión se le ocurren varias réplicas.

No es una puta, es una actriz.

Con eso no va a arreglar mucho las cosas.

Soy el paterfamilias y en esta casa se hace lo que yo diga.

En estos momentos, lo último que parece él es un digno paterfamilias romano.

Ya es hora de que en esta cama se disfrute un poco.

Tampoco parece lo más oportuno.

Así que se calla.

La que no se calla es Tercia. Cepión pierde la cuenta de los improperios que salen de su boca. Algunos muy poco apropiados para una dama de familia noble.

Él sigue sentado en la cama. Parece que los cimientos del mundo se han asentado un poco. Todavía nota una especie de trapo mojado dentro de la cabeza, pero empiezan a acudir a ella recuerdos más nítidos de las últimas horas.

Desde su visita al Hórreo de Laverna.

La entrevista con Estratón, primero.

«Encontrarás en los *Libros Sibilinos* lo que necesitamos para acabar con Graco y los demás subversivos. En el libro etiquetado con la cinta larga de seda y el pasaje marcado con la piel de zapa rugosa…».

¡Así que eso era lo de la puñetera piel de zapa que lo tenía obsesionado!

Después, la conversación con Septimuleyo.

«Así que quieres que provoque un altercado del que se pueda culpar a Graco…».

También con Sertorio.

«Irá a verte uno de mis clientes. Un hombre de confianza».

«Se llama Mamerco».

¿Cuántas cosas tenía que organizar y, peor, llevar a cabo y ha dejado pendientes por seguir con su maldita fiesta?

Cepión menea la cabeza, furioso consigo mismo por su falta de responsabilidad.

Girar el cuello de ese modo tampoco es una buena idea. Dentro de sus oídos se agitan las olas de un mar en miniatura. Le sube un reflujo ácido que está a punto de convertirse en vómito.

Consigue retenerlo y deglutirlo de nuevo, a costa de abrasarse la garganta y el esófago.

Lo último que quiere es arrojar por la boca un chorro de vino y de restos de comida mal digeridos delante de Tercia.

«Por Jano, que solo haya pasado un día», ruega.

—¡... y la dote!

Cepión levanta la mirada. Tercia ha avanzado un par de pasos, decidiéndose a cruzar esa especie de frontera que durante un rato ha parecido tan sagrada como el surco que trazó Rómulo.

¿Por qué no hacer como este hizo con Remo y abrirle la cabeza allí mismo?

—¿Qué has dicho de la dote?

—¿No hablo lo bastante claro? ¿Quieres que lo diga más alto?

—Por el miembro de Pólux, más alto no —ruega Cepión, tapándose los oídos.

Como ya le ha enseñado la experiencia, su petición no le sirve de nada.

—Te he dicho que quiero el divorcio. ¡Y mi dote hasta el último as!, ¿me has entendido?

Cepión se levanta. La piel de reno se le resbala. El gesto traiciona a Tercia, que durante un instante se queda contemplándole los genitales. Pero enseguida devuelve la mirada a su cara.

Los ojos saltones, furiosos. Parecen vibrar, como si de un instante a otro fuesen a saltar de las órbitas o a reventar como huevos que han hervido demasiado tiempo.

Maldita sea, piensa Cepión. La gorgona del escudo de Nuntiusmortis tiene un gesto más amable que su esposa.

Y casi podría decirse que es más guapa.

—No te atrevas a acercarte a mí. Ni a ponerme encima esas manos que... dónde habrán estado.

—Créeme, lo último que querría ahora es tocarte —responde Cepión, agachándose para recoger la manta de piel. Esta vez se envuelve mejor en ella, casi como si fuera una toga.

Tercia le pone la mano en la espalda al niño, que no deja de mirar de uno a otra y de otra a uno como si estuviera presenciando un juego de pelota, y lo empuja para que se dé la vuelta.

—¡Vamos! Volvemos a casa de mi hermana. Pero antes hablaré con mi padre. ¡Y se lo contaré todo, incluido lo de esa puta que ha salido desnuda por la ventana!

—Ya no estaba desnuda, madre —interviene el muchacho, con gesto de pena. Su comentario le hace ganarse un nuevo pescozón.

—Pero si todavía es de noche —objeta Cepión.

—¿Sabes al menos qué noche es?

Ella se regodea con una sonrisa que rezuma ponzoña de hidra.

—¿Cómo no lo voy a saber? —responde Cepión, rezando por equivocarse.

—¡Los idus de enero! ¡Tu gran fecha, esposo!

Dioses, ¿por qué desear que no ocurra algo no es suficiente para evitarlo?

—¡Tu presentación ante el pueblo de Roma! Mírate, todo un cuestor, envuelto en una piel como si fueras... ¡un sátiro en una bacanal! O desnudo, ¿qué más da? Nunca has tenido vergüenza. Ya me lo decía mi padre...

Las últimas voces de Tercia se pierden rebotando entre las paredes de la gran sala, junto con el rabioso taconeo de sus zapatos sobre las baldosas.

Cepión se asoma a la puerta, apoyándose en el marco, y contempla cómo su todavía esposa se dirige hacia el atrio con su comitiva de criados y antorchas.

A ambos lados, agazapados tras columnas o muebles, algunos esclavos del propio Cepión observan, sin atreverse a intervenir todavía.

Por el suelo se ven bultos envueltos en ropas arrugadas, algunas de ellas sucias de vómitos.

Deben de ser invitados que no han acertado tan siquiera a encontrar la puerta de salida de la casa.

Cepión vuelve a la cama. Por él se tumbaría y se volvería a dormir.

¿Qué tal hasta los idus de enero del año siguiente, cuando ya no sea cuestor?

***

El miedo, más que la responsabilidad, lo puede. Se sienta en el borde del lecho y, con los codos en las rodillas y la cabeza en las manos, trata de pensar.

¿De verdad se va a divorciar Tercia de él? ¿De un Servilio Cepión?

Alegar que se ha acostado con otra, aunque sea una actriz, parece poco motivo. Una fruslería. ¡Claro que un hombre tiene derecho a esparcimiento! ¿Cómo, si no, se puede sobrellevar el matrimonio con una mujer que ya era una venerable y aburrida matrona cuando nació?

Lo malo es haberlo hecho en la casa que comparte con ella. Eso está peor visto. La gente puede señalar a Tercia con el dedo, cuchichear, reírse a sus espaldas.

O, peor incluso, reírse de ella mirándola a la cara.

«Siempre hay que prepararse ante la peor situación posible», les decía el pomposo de Escipión Emiliano en Numancia, cuando los convocaba a esas interminables reuniones en la tienda de mando.

Algo de razón tenía.

Supongamos que ella habla con su padre. El *gran* Metelo no va a interceder por Cepión. Nunca ha soportado a su yerno.

La antipatía es mutua.

Así que él apoyará la decisión de su hija de divorciarse. ¿Qué apoyar? La animará. Al fin y al cabo, en estos tiempos el divorcio es de lo más común entre la aristocracia.

Ocurre incluso cuando no hay motivos aparentes de desavenencia. Todo el mundo conoce la anécdota de Emilio Paulo, vencedor de las falanges macedónicas en Pidna. Cuando se divorció de su esposa y los amigos se lo afearon, ya que ella era de excelente familia y conducta intachable, él se quitó una bota y les preguntó: «¿Os parece que está nueva?». «Sí, lo está». «¿Le veis algún defecto, os parece que está mal fabricada?». «En absoluto, se ve de mucha calidad». «Tanta calidad como mi esposa. ¿A que ninguno de vosotros sería capaz de decirme dónde me aprieta?». «No, claro». «Entonces, ¿cómo vais a saber dónde me hace llagas vivir con mi mujer?».

Ni el más optimista consideraría que Tercia es una bota de buena calidad. Más bien de las que tienen las suelas desgastadas y aprietan por el empeine y levantan ampollas en el talón.

Por eso, divorciarse de ella no le preocuparía tanto. Incluso supondría un alivio semejante al que sentía en el ejército cuando se quitaba las caligas después de una marcha de treinta millas y metía los pies en agua caliente…

… salvo por la cuestión de la dote.

Que no es precisamente una nimiedad.

Una dote que le tendrá que devolver íntegra a Tercia.

Con la dificultad añadida de que esa integridad dejó de existir hace tiempo. Cepión ha dado buenos bocados, o más bien dentelladas a los fondos de su mujer que, teóricamente, no debía tocar.

¿A quién podrá recurrir si ella lo lleva a juicio con el fin de recuperarlos?

Desde luego, no a Cepión sénior.

Por si fuera poco haber soportado la voz de Tercia, ahora le parece escuchar la de su padre.

«Cuando quieras correrte una juerga, hazlo en casa ajena. En mi casa, o en la tuya cuando la tengas, debes celebrar solo cenas decentes y con gente decente. ¡No te pongas en vergüenza ni me pongas en vergüenza a mí!».

Cuentan que su padre fue un buen tarambana en su juventud, algo que a Cepión le resulta difícil de creer. Para correrse juergas hay que ser pródigo con el dinero.

De todos modos, ¡cualquiera se lo recuerda!

A la fortuna de su padre no puede recurrir. Ya está avisado de ello. Por él mismo.

«Aprende bien a mirar el cobre. Así cuidarás la plata y el oro acabará llegando por sí solo a tus arcas».

Maldito viejo avaro. ¿Cómo se puede alcanzar la grandeza partiendo de unos principios tan mezquinos?

Su padre no comprende que los tiempos han cambiado. Los moralistas se llenan la boca hablando de las virtudes tradicionales de Roma. Pero hoy día, si uno quiere ganar reputación y llegar lejos en la política, tiene que desatar los cordones de la bolsa y volcarla en las manos adecuadas hasta que no quede dentro un solo denario.

—Señor…

Cepión levanta la mirada. Dos esclavas han entrado en la habitación. Una de ellas es la joven y esbelta Cimeris, la de los pechos vibrátiles, que le trae la cajita de plata con el soplo de Epiménides.

Antes de aspirarlo, se inclina sobre la jofaina que le acerca la otra criada, una de cuyo nombre no se acuerda. La palangana es de plata, labrada con relieves que representan a Hércules combatiendo contra las amazonas en el puerto de Temiscira. Una pieza de un refinamiento exquisito, pero que ahora solo sirve para recibir los vómitos de Cepión. Y ni siquiera todos, porque parte de ellos, que brotan de su boca como los gases eruptivos del Etna, acaban en el suelo y encima de sus pies.

Una vez que Cimeris se los limpia con toda delicadeza, Cepión aspira una buena dosis del soplo de Epiménides.

El efecto es inmediato.

Para bien y para mal.

Por fin, es capaz de hilar tres o cuatro pensamientos seguidos, y buena parte de los recuerdos de la fiesta y de las conversaciones mantenidas durante ese tiempo —sobre todo las importantes— se colocan en orden cronológico.

Lo malo es que eso lo hace ser más dolorosamente consciente de lo irresponsable que ha sido dejándose llevar por el espíritu y, sobre todo, por el fruto de Baco.

Y del enorme peso que amenaza con derrumbarse sobre su cabeza y aplastarlo.

Miles de libras, de hecho.

Los que representan los millones de sestercios de sus deudas y de la dote que ha gastado y cuya devolución le va a exigir Tercia.

—Haced que venga Nuntiusmortis.

Las esclavas se miran, sin saber qué decir. Después vuelven la mirada hacia la puerta, donde aguarda Epio, el veterano criado que, entre otros papeles, ejerce de nomenclátor para su amo.

—Señor, Nuntiusmortis todavía no ha regresado.

—¿Cómo que no ha regresado? ¿Es que se ha ido? ¿Se puede saber dónde…?

Él mismo interrumpe su pregunta, porque ya conoce la respuesta antes de que Epio la diga.

—Es noche de luna llena, señor.

En el Palacio de Hécate. Allí puede estar ese celtíbero feo y bastardo.

—Pues reúneme diez hombres. ¡No, que sean doce! No voy a tener yo menos escolta que un cónsul. Los quiero listos para salir ahora mismo.

Epio inclina la cabeza. Antes de marcharse para cumplir la orden, sin embargo, dice:

—¿Puedo preguntarte adónde vamos, señor? Si me permites que yo también te acompañe…

—Al templo de Júpiter.

«Tenemos un oráculo que encontrar en los *Libros Sibilinos*», añade para sí.

HÓRREO DE LAVERNA

Antes de salir del Hórreo de Laverna para encargarse del exedil Licinio Calvo, Stígmata acude a la estancia que su patrón pretende que equivalga al tablino de los aristócratas romanos.

Será por sus funciones. No por su decoración.

Una vez que todos están reunidos en aquella parodia zafia de un despacho de la nobleza, Septimuleyo acomoda sus nalgas en el único asiento de la sala. El viejo sillón de Téano.

Stígmata no quiere pensar en qué efluvios corporales habrán quedado incrustados entre las vetas de la madera.

En cualquier caso, el jefe del clan Laverno es un digno heredero para el trono de aquella vieja arpía.

A esa especie de consejo de guerra asisten también Mamerco, Tambal y Búfalo. Este último, dada la escasa contribución intelectual que se suele esperar de él, está poco más que para hacer bulto. Tarea que, con aquel corpachón de paquidermo que ocupa el espacio de dos como Stígmata, cumple con creces.

Por hacerse un poco más útil, Búfalo se apresura a colocarle un escañuelo a Septimuleyo para que se siente sin que le cuelguen los pies.

Como ocurre con tantos jefes, Septimuleyo considera que dar explicaciones es rebajar su autoridad. Por eso, deja que sea Mamerco quien lo haga por él.

De las palabras de Mamerco, Stígmata deduce que a Licinio Calvo no le preocupa gran cosa la asamblea que empezará dentro de unas horas. Como tantos otros enemigos de Gayo Graco, debe de estar bien seguro de que esa sesión va a significar su final político. Se colige del hecho de que, para celebrar con antelación la caída del extribuno, haya decidido pasar la noche en uno de los prostíbulos más exclusivos de la ciudad.

El Palacio de Hécate.

Es en ese lugar donde, según las órdenes de Septimuleyo, Stígmata debe «presentarle sus respetos».

—Esta noche se puede pillar a Licinio a solas —informa Mamerco, mientras dibuja unas líneas en una tablilla de cera para representar las calles principales de la Subura y marcar dónde se encuentra la entrada del Palacio de Hécate, al norte del Argileto.

Lo hace casi pegado a la pared de los frescos pornográficos. Evitando, como siempre, darle la espalda a Stígmata.

—Se puede —repite Stígmata.

«Se puede». Como si aquella tarea se fuera a realizar sola, por arte de magia. Como si no fuese él, Stígmata, a quien se le está encomendando.

Si Mamerco pilla la ironía del comentario, no lo demuestra.

Eso no quiere decir que no la haya captado. No es un Búfalo cualquiera.

—Sabemos que está allí sin guardaespaldas ni criados —responde—. Prácticamente indefenso.

Ahora ya no es «se puede». Ahora es «sabemos», enfatizando con orgullo la primera persona del plural. Como si Mamerco fuera socio y aliado de Septimuleyo y no un subordinado más.

—¿Y cómo lo *sabemos*?

—Tenemos un espía en su casa —responde Mamerco—. Un esclavo que vino a informarnos de que Licinio Calvo iba a visitar esta noche el Palacio de Hécate.

Un esclavo.

No es de extrañar.

El hecho de que los esclavos se compren, se vendan y se alquilen como cualquier otra posesión hace que sus dueños los consideren poco más que parte del mobiliario de la casa. ¿A quién le preocupa que un baúl o una mesa escuchen sus conversaciones más privadas o que un armario lo vea vestido, desnudo o incluso fornicando? Todo eso lo hacen muchos amos sin el menor rebozo delante de sus criados. Un comportamiento cotidiano que se acentúa cuanto más ricos y poderosos son.

Pero resulta que los sirvientes tienen ojos y oídos.

Y, peor que eso, boca.

Se da por supuesto que los esclavos son tan fieles a sus amos que, cuando se quiere conseguir que testifiquen contra ellos en algún juicio, se los somete a los tormentos más crueles.

En realidad, a menudo basta con un puñado de monedas para que suelten la lengua y revelen las intimidades de sus dueños.

Hay ocasiones en las que ni siquiera hace falta el señuelo del dinero. La inquina contra los amos o el puro amor por el chismorreo pueden obrar milagros.

—¿Licinio ha ido solo? ¿En plena noche? —se extraña Stígmata.

—Ha ido acompañado. Pero después se ha quedado solo.

—Explícate.

—Dentro del Palacio no pueden entrar más que los clientes que van a pagar por sus servicios. De uno en uno. Así que estará él nada más. —Con una carcajada lasciva, como si compartiera con Stígmata una broma graciosa, Mamerco añade—: En plena función y con el culo al aire.

Cuando más vulnerable es un hombre.

No es la primera vez que Stígmata asalta a un individuo enfrascado en pleno fornicio y le rompe unos cuantos huesos, o incluso lo acuchilla o lo estrangula con un cordel.

Pero siempre ha sido en lugares en los que podía entrar y salir con cierta facilidad.

Algo que, mucho se teme, no va a ocurrir esta noche.

Lo poco que conoce del Palacio de Hécate no sugiere que sea el lugar más accesible de la ciudad.

—Con todo lo que sabes, ¿por qué no te encargas tú directamente? —pregunta Stígmata.

Mamerco sonríe. Se ve que tenía ganas de escuchar esa pregunta.

—Si tuviéramos a Nuntiusmortis, ten por seguro que lo mandaríamos a él. Pero como no lo tenemos, tú eres el mejor.

—¿Desde cuándo los pancraciastas no servís para ese tipo de encargos?

—Hay trabajos para atletas como yo... y hay trabajos para matarifes.

«Todos sabemos que tú siempre arreglas las cosas con buenas palabras», está a punto de contestar Stígmata. Como si Mamerco no hubiera roto huesos, cortado dedos o arrancado dientes perfectamente sanos.

Y, por supuesto, asesinado.

Pero, como ocurre nueve de cada diez veces, Stígmata se guarda su respuesta.

Cuando llegue el momento, Mamerco le dará la espalda o se quedará a solas con él. Y entonces no le quedará opción de réplica.

Septimuleyo, que sigue sentado en su sillón al lado del brasero y se dedica a beber vino mientras parece pensar en otra cosa, interviene por fin.

—Basta de tonterías. Vas a ir tú, Stígmata, porque es mi decisión, ¿comprendido? ¿O es que tengo que repetir mis órdenes?

Stígmata le aguanta la mirada un instante. Después la baja y asiente.

El rostro despellejado de Vulcano, todavía prendido en el cinturón de Septimuleyo, y las manchas de sangre de la túnica le recuerdan que tal vez no es una ocasión oportuna para uno de sus pequeños duelos de voluntades con su patrón.

En ese momento, por segunda vez en esa noche, la bula se calienta.

Pero esta vez pilla a Stígmata completamente despierto.

Cuando nota el zumbido ya familiar que le cosquillea el esternón y las costillas, intenta no demostrar ninguna reacción. Ni siquiera un parpadeo.

Es difícil cuando esa voz gélida que parece agitar el aire como una cortina invisible habla junto a su oído.

«Dame una muerte rápida, como me merezco. No dejes que los enemigos del pueblo me torturen».

—¿Has dicho algo? —pregunta Septimuleyo.

Stígmata levanta los ojos.

El ceño fruncido de su patrón. Esa grieta que separa los dos adoquines que forman su frente.

En su fealdad, nunca deja de fascinarlo.

Es imposible que Septimuleyo haya oído esas palabras. La voz del amuleto solo habla para él.

Stígmata niega lentamente con la cabeza. Si puede decir «No» en lugar de dar explicaciones, lo hace.

Si puede negar con un gesto en lugar de decir «No», también lo hace.

Si puede limitarse a no hacer nada, es lo que hace.

Aunque sepa que eso crispa a su patrón.

La voz invocada por el amuleto lo ha desconcertado. Hasta ahora, las palabras que anuncia junto a los oídos de Stígmata siempre han vuelto a ser pronunciadas por otras voces.

¿Quién va a pronunciar estas?

¿Licinio Calvo?

¿Van a torturarlo los enemigos del pueblo? ¿A él?

Por lo que sabe, Licinio pertenece a la facción más antipopular del Senado. No acaba de entender.

Con una leve sacudida de cabeza para ahuyentar estos pensamientos, Stígmata trata de concentrarse de nuevo en el asunto del que estaban hablando.

El Palacio de Hécate.

Ya cavilará sobre la profecía de su amuleto más adelante.

—¿Cómo voy a entrar?

Septimuleyo le hace un gesto a Tambal. El nubio deposita una bolsa de cuero en la mesa.

Suena a metal.

Stígmata la coge y la sopesa en la palma de la mano izquierda. Libra y media, calcula.

Desata el cordel que cierra la bolsa.

Denarios de plata.

Mete los dedos y revuelve el contenido. No lo puede evitar, siempre le ha gustado el tacto de las monedas.

Pero…

—¿Es que vas a contarlo?

—No. Patrón.

No puede evitarlo. Siempre hace esas pausas, resistiéndose a usar el vocativo de respeto con Septimuleyo. Pese a que sabe que eso también lo saca de quicio.

Cierra la bolsa y se la ata al cinturón. Ha comprendido que Septimuleyo no se disgustará demasiado si no regresa vivo de aquel trabajo.

Debajo de los denarios de plata, la bolsa está llena de discos de plomo.

***

La mayoría de los lupanares de Roma son locales baratos que recorren los diversos grados de una gama entre lo sórdido y lo infecto.

Si uno se empeña, es posible, incluso, descender más en esa gradación. Por debajo de los cubículos callejeros sin puerta y con cortina como los que conoció Stígmata de niño, uno todavía puede acudir a las rameras que copulan de pie contra las paredes de los callejones o a las bustuarias que ofrecen sus nalgas entre las lápidas de los cementerios.

Es normal que los clientes de los prostíbulos sean gente de condición humilde. Los ricos, en teoría, no tienen necesidad de recurrir a los servicios de las rameras. Pueden comprar esclavas —y esclavos— con los que satisfacer sus deseos.

En teoría. Para todo hay excepciones.

Están, por ejemplo, los Jardines de Eros y Psique, un prostíbulo de postín situado en la parte alta del Aventino cuya tarifa mínima es de doscientos sestercios.

Tarifa máxima no tiene.

Stígmata conoce bien ese lugar.

No porque haya concurrido a él como cliente de pago. La dueña, Areté, se encaprichó de él y le ofreció un trato a Septimuleyo. Este podría acostarse a la vez con dos de sus beldades a cambio de que ella gozara de los favores del gladiador.

Lógicamente, el jefe de los Lavernos aceptó. Para él era una ocasión óptima para disfrutar de aquel elíseo del sexo en el que no podía meter la cuchara debido a la distinguida alcurnia de sus clientes y a que estaba situado en el Alto Aventino, una zona de la colina que apenas rozaban las puntas de sus tentáculos criminales.

Gracias a aquel cambalache, Stígmata también ha tenido ocasión de visitar los Jardines en varias ocasiones.

El burdel es una antigua mansión, propiedad de un linaje patricio depauperado que no tuvo más remedio que venderla. Como indica su nombre, dispone de varios jardines interiores. Uno muy amplio y tres más reducidos. Todos ellos sombreados con cipreses y plátanos en los que cantan jilgueros y ruiseñores, y decorados con frutales, vides, lotos y otras plantas exóticas entre las que pasean pavos reales, luciendo en sus amplias colas los ojos multicolores de Argos Panoptes.

En los Jardines también hay fuentes, bañeras y letrinas. Incluso una piscina tan larga que uno puede darse el capricho de nadar en ella mientras contempla las escenas eróticas representadas en los mosaicos del fondo. Toda esa abundancia hídrica se consigue a cuenta de conexiones ilegales con la Fuente de Hércules,[7] un ramal del Aqua Marcia, por las que Areté paga una contribución anual al edil que en cada momento se encargue de la gestión de los acueductos. Soborno al que se añade el privilegio de acostarse gratis con las chicas. Considerando el dinero que Areté deja de ingresar, esta gabela le resulta más onerosa que el propio pago en metálico.

El agua, obviamente, es muy importante en un prostíbulo que pretende ser lo más limpio y elegante posible. Por eso cada una de las pupilas de Areté dispone de su propio palanganero. Pero también hay peluqueros y maquilladores que aderezan a las prostitutas entre servicio y servicio, si es que tienen que hacer más de uno al día. Y cocineros para preparar platos apetitosos y supuestamente afrodisíacos. Más camareros y músicos de ambos sexos, siempre jóvenes, de hermosos cuerpos que exhiben a través de vestidos translúcidos. Cuando los llevan, claro está.

Areté, que entre polvo y polvo con Stígmata rellenaba los habituales silencios de este con confidencias de burdel, le contó que algunos clientes se aficionaban tanto a sus chicas que intentaban comprarlas. Ella rara vez vendía alguna, ya que le rendían más réditos alquilándolas noche tras noche. Además, la mayoría no eran esclavas. Infames, sí, como lo es el propio Stígmata por su condición de gladiador.

Un caso excepcional fue el de una muchacha alta, de largos cabellos rubios, piel tan blanca y limpia que parecía nieve recién caída en la montaña y unos pechos que, pese a su volumen, se mantenían erguidos merced a algún milagro de la naturaleza que habría merecido aparecer en el tablón de portentos que el pontífice máximo expone fuera de la Domus Pública.

Erguidos, aunque con un leve bamboleo en cada pisada —un temblor apenas perceptible, breve como la onda que se aprecia en una copa de agua al ponerla sobre la mesa, pero intensamente erótico— que hacía que, cuando ella pasaba, todas las miradas, masculinas y femeninas por igual, se giraran hacia aquellas turgencias de forma tan instintiva y coordinada como una bandada de estorninos maniobrando en el aire.

El nombre de la joven era Urania. Una bárbara de algún lejano país del norte.

---

[7] El Rivus Herculaneus.

Bárbara, pero ya querrían muchas mujeres del civilizado mar Interior tener aquellas formas y aquellos andares.

Stígmata la había visto de lejos en uno de los peristilos, ataviada —era un decir— con una túnica de lino tan transparente que la hacía parecer más desnuda que las imágenes de Afrodita que decoraban el lugar.

Más que una contemplación había sido un avistamiento. Pero le había bastado para que sus ojos cayeran presos del hechizo de la joven y la siguieran como un pájaro más de la bandada.

Al lado de Urania, incluso la bella Berenice se volvía pálida y tenue como el reflejo de la luna en un charco.

Un griego llamado Artemidoro se había aficionado tanto a aquella muchacha que había empezado a visitarla a diario. Como un amante amartelado, pagaba por pasar con ella la noche entera de modo que Urania no tuviera que acostarse con nadie más.

—Se supone que era un erudito, un hombre muy sabio —dijo Areté refiriéndose a aquel enamorado.

—¿Se supone?

Cuando no quiere que su natural taciturno parezca grosería, Stígmata tiende a repetir algunas palabras de sus interlocutores. De ese modo, da la impresión de que se esfuerza por mantener un diálogo.

—Hasta los sabios se convierten en el tonto del pueblo cuando dejan que ese mamoncete les clave sus fechas —explicó Areté, señalando a una lámpara de bronce en la que se representaba a un Cupido alado tensando su arco.

El tal Artemidoro, siguió contando la meretriz, debió de pensar que le traía más cuenta desembolsar de golpe una gran suma en lugar de dejar que el monedero se le desangrara noche tras noche. Por eso decidió comprar a Urania, y tanto porfió que terminó saliéndose con la suya.

Lo que Areté no le reveló a Stígmata fue cuánto dinero había pagado el griego por aquella joven. Sin duda, no se trató de una cifra baladí. Pero la dueña del prostíbulo, que tiene que abonar diversas tasas oficiales aparte de los sobornos por el agua, no quiere que nadie conozca sus verdaderos ingresos.

—En ese burdel tiene que haber tanto dinero como en el templo de Saturno —suele decir Septimuleyo.

Areté estaba convencida de que había hecho buen negocio vendiendo a Urania. Aquella muchacha tendía a ser rebelde. Cuando un cliente no la trataba como ella consideraba que se merecía, era capaz de echarlo a patadas de la habitación. Patadas vigorosas, dicho sea de paso, porque la muchacha no era ningún alfeñique.

Debido a ello, Areté había tenido que disciplinarla más de una vez. No con latigazos, ya que no quería estropear su piel con cicatrices, pero sus nalgas se habían enrojecido más de un día por los azotes del silenciario.

***

De buena gana, Stígmata cumpliría en los Jardines de Eros y Psique el trabajo que le ha encomendado Septimuleyo. No por deseos de acostarse con Areté o alguna de sus pupilas, sino porque, al menos, sabe cómo entrar y cómo salir de allí.

Probablemente, una vez que llevara a cabo su encargo ya no volvería a ser bien recibido en los Jardines. Pero eso no tiene importancia. No pretende permanecer en Roma mucho más tiempo.

En cualquier caso, el prostíbulo exclusivo al que Stígmata dirige sus pasos en la octava hora de la noche para «presentar sus respetos» a Licinio Calvo es otro.

El Palacio de Hécate.

Un lugar que, como los Jardines, se encuentra fuera de las posibilidades del común de los mortales.

Lo que distingue a ese lupanar de otros es que en él se ofrecen servicios especiales para clientes cuyos gustos eróticos se salen de la norma.

No es que pidan, por ejemplo, sexo oral. Una práctica que en público se tilda de nefanda y repugnante, pero que en privado resulta de lo más habitual. Tampoco consiste en acostarse con dos mujeres a la vez o sodomizar a muchachos imberbes de condición servil.

Ninguno de esos servicios tiene nada de particular. Se pueden conseguir prácticamente en cualquier casa de lenocinio.

Los caprichos que se satisfacen en el Palacio de Hécate, según se rumorea, son más imaginativos.

De salir a la luz, muchos de ellos arruinarían las reputaciones de los senadores y caballeros que acuden allí para colmar sus deseos.

Si hay algo de lo que presume la élite romana es de su moral.

Rigurosa. Elevada. Exigente. Intachable. Los adjetivos elogiosos podrían seguir acumulándose.

En sus discursos, los oradores exaltan las virtudes y costumbres de los antepasados que hicieron grande a la ciudad. Frugalidad, sobriedad, templanza, sinceridad, valor, castidad.

A Stígmata todo eso le suena a blablablá, o *bar-bar-bar*, que diría un griego.

Todos y cada uno de los políticos aseguran poseer esas virtudes y orientar su vida según el modelo de los ancestros. Son los rivales de cada momento —los Gracos si hablan los Opimios, los Opimios si hablan los Gracos—, nunca ellos mismos, quienes, por codicia, lascivia, gula, vanidad o amor por el lujo, caen en los vicios que están corrompiendo Roma.

Unos vicios que, suele añadirse, provienen de Oriente.

Los pueblos que habitan las tierras al norte y al oeste de Roma son brutos, toscos e incivilizados. Incluso sucios y malolientes. Pero, a su favor, se puede decir que conservan cierta ruda nobleza de costumbres.

Son los orientales, tanto griegos como egipcios, persas, sirios y demás, quienes han ido cayendo en una blanda decadencia y se han entregado por pereza y cobardía a los peores vicios.

«¡Como si los romanos no se agarraran a todos los vicios con tanto gusto como un lactante a la teta de su madre!», decía Evágoras, ofendido por la parte que, como griego, le correspondía de aquellos tópicos.

Era bien sabido el amor que profesaba el maestro por los chicos jóvenes y guapos a los que daba clase. Pero, si mantenía relaciones con alguno, lo hacía con tanta discreción que nadie llegó a enterarse. Había escarmentado en el pellejo de otros y sabía que en Roma el sexo con muchachos libres se considera una aberración y se castiga con dureza.

Otra cosa es hacerlo con esclavos o con chicos de condición infame, como los prostitutos a los que tenía que recurrir el propio Evágoras para saciar, al menos, sus deseos carnales, ya que con esos jóvenes no acababa de colmar sus anhelos espirituales.

Stígmata sospecha que uno de los servicios que se ofrecen en el Palacio de Hécate es fornicar con amantes del mismo sexo y de condición libre. Más que un pecado, un auténtico crimen.

Pero, por lo que ha escuchado, hay otras prácticas más retorcidas que se llevan a cabo allí de forma subterránea.

El adjetivo «subterráneo» es literal en este caso. Las salas de aquel lupanar están excavadas en el subsuelo de la Subura.

Hay algo más en lo que el Palacio de Hécate se distingue de los Jardines de Eros y Psique.

Mientras que estos son conocidos en toda Roma y buena parte de las poblaciones vecinas —otra cosa es que resulten asequibles—, para mucha gente la existencia del Palacio es poco más que un rumor, casi un mito. Salvando las distancias, es como si las perversiones que se llevan a cabo en sus túneles y cavernas fueran rituales al estilo de los misterios de Eleusis, cuya divulgación está castigada con la muerte para los iniciados que revelen lo que en ellos ocurre.

Aunque quizá sería más acertado compararlos con los ritos dionisíacos tal como se celebraban a la antigua usanza —bailes y orgías sexuales, banquetes de carne cruda, borracheras colectivas, drogas—, antes de que el Senado los regulara con uno de sus decretos hace más de sesenta años.

A diferencia de lo que ocurre con Areté, nadie conoce la identidad de Hécate, la misteriosa mujer enmascarada que regenta aquel prostíbulo subterráneo.

No se trata de un tema de conversación frecuente. Se dice que Hécate, como la diosa de la que toma el nombre, posee poderes mágicos y es capaz de contagiar enfermedades a quienes hablen demasiado de ella. Otros, sin entrar en el territorio de lo sobrenatural, aseguran que tiene una red de espías que escuchan todo lo que se dice de ella, y que quienes hablan de más sobre su nefando negocio acaban envenenados o sufren extraños accidentes.

Pese a tanto velo y tanto secreto, a Stígmata le han llegado algunos comentarios. Los más maliciosos dicen que Hécate no es otra que Sempronia, viuda de Escipión Emiliano y hermana de Graco, o incluso su madre Cornelia.

Obviamente, Stígmata no cree esos rumores.

Por otra parte, le daría igual. Las historias ejemplares de las matronas romanas como paradigma de todas las virtudes le resultan tan creíbles y verosímiles como las fábulas donde los ratones, las ranas y los elefantes hablan.

No es una simple opinión, sino algo que ha constatado personalmente. Más de una de esas honestas matronas le ha abierto las piernas o se ha puesto a cuatro patas para él. No solo la rebelde Rea, que se ríe la primera de esos modelos de conducta, sino también alguna que otra dama de prosapia aún más elevada que después levanta la nariz con frialdad aristocrática cuando pasea por el Foro.

Ha habido incluso una ocasión en que una vestal, arquetipo de la castidad, solicitó sus servicios en el lecho.

Aunque Stígmata sentía cierta curiosidad por vivir aquella experiencia, rehusó acostarse con aquella mujer. Su negativa suscitó un enfrentamiento con Septimuleyo. «Algún día te juro que te haré crucificar». «De acuerdo, pero al menos no me ejecutarán a latigazos por pillarme en la cama con una vestal».

Mientras Stígmata piensa en ella, Emilia, que así se llama la vestal, encamina sus pasos al mismo lugar que él. El Palacio de Hécate. Y no precisamente para purificarlo con el fuego de la diosa a la que ha consagrado su vida.

TORRE MAMILIA

Los golpes en la puerta son tan violentos que incluso en pleno día sobresaltarían a Artemidoro y a cualquier otro vecino de la ínsula.

Mucho más cuando están sonando en plena noche.

Cada porrazo es como un martillazo en el pecho de Artemidoro. Parece que el corazón se le quisiera salir por la boca.

Los golpes continúan. Perentorios. Groseros, incluso.

Los golpes de quien se cree que tiene todo el derecho del mundo a que se le abran las puertas.

Incluso antes de llamar.

Como si el hecho de llegar y no encontrarlas abiertas fuese una ofensa.

Solo un romano puede llamar así.

Urania despierta sobre el regazo de Artemidoro, tan asustada como él. Intenta incorporarse rápido, pero la barriga se lo impide.

—¿Qué ocurre? ¿Qué se ha caído? —pregunta.

Al menos, no están a oscuras. Artemidoro se quedó traspuesto sin llegar a apagar las velas.

Por la longitud que se ha consumido de ellas —desde que es pobre, se ha acostumbrado a medir esas cosas—, calcula que no ha dormido más de media hora. Es lo peor, que a uno lo saquen del primer sueño de esa manera, como si lo arrojaran por la borda a un mar de aguas heladas.

Los golpes siguen.

—¿Quién es? —pregunta Urania, que ha comprendido que no se ha caído nada en el inmueble. Algo que ocurre a menudo con los vecinos de arriba, una gente muy ruidosa.

—¿Cómo voy a saberlo? —responde Artemidoro en un tono irritado del que se arrepiente enseguida.

La ayuda a incorporarse. Urania se queda sentada en el borde del colchón, mientras que él, con ciertas dificultades, ya que estaba entre la joven y la pared, se desliza hasta los pies de la cama.

Se levanta, palpándose el pecho donde siente las punzadas. Hay gente que cae fulminada por sustos así. Espera que no sea su caso.

Está casi más avergonzado que asustado. Lo que quiere es que dejen de sonar esos porrazos estridentes. ¡Qué forma de llamar la atención de toda la ínsula sobre su persona!

Sin saber muy bien por qué, al pensar en Antiodemis, la actriz que ahora ocupa su antiguo apartamento, le sube la sangre al rostro. ¡Qué bochorno!

«No seas tonto, no eres tú quien arma este escándalo», protesta débilmente el mini Diógenes.

Arrancado del sueño de esa manera tan brusca, Artemidoro no se encuentra demasiado lúcido. Lo cual explica que abra la puerta sin tan siquiera preguntar quién llama a esas horas.

Algo de lo que se arrepiente al momento.

En el rellano hay cuatro hombres.

El aspecto de cada uno, por separado, sería amenazante.

Verlos a los cuatro juntos hace que las tripas de Artemidoro se contraigan en un doloroso retortijón y que el escroto se le encoja como si sus testículos quisieran esconderse desentendiéndose del destino de su propietario.

Los dos individuos que están en segundo plano, y que por la ropa parecen sirvientes, traen sendas antorchas. Unas teas con llamas tan altas que casi crepitan, o eso le parece oír a Artemidoro en el repentino silencio que sigue al violento golpeteo en la puerta. Tal vez ese crepitar sea el sonido de su propia sangre zumbándole en los oídos.

En cualquier caso, no parece demasiado prudente entrar con esas antorchas y sostenerlas tan cerca del techo del pasillo, que no es precisamente elevado.

¿Cuánto habrán tenido que pagar al portero de la ínsula para que los deje entrar de noche con esas piras ambulantes que llevan en las manos? Oscio no es el tipo más amable del mundo, hasta que uno dulcifica su temperamento enseñándole el brillo del cobre o, mejor, de la plata.

Al fijarse más en los dos hombres que se han plantado delante de los antorcheros, Artemidoro se da cuenta de que seguramente el portero les ha franqueado el paso sin rechistar y sin tender la mano para llevarse su pequeña mordida.

Ambos son tipos altos. No tanto como él, pero le aventajan con mucho en anchura de hombros.

El que aporreaba la puerta apenas unos segundos antes lo estaba haciendo con un grueso haz de varas de madera atadas con correas rojas.

Las fasces.

Esa es la clave.

Son lictores.

Los guardaespaldas que escoltan a los magistrados que poseen *imperium.*

Imperium. Uno de esos conceptos que los romanos rodean de cierta mística, casi de un aura mágica, pero que, en esencia, se reduce a: «Si no haces lo que te digo, mis matones te abrirán la cabeza con sus fasces».

Podría ser peor. Si estuvieran fuera del pomerio, el recinto sagrado de la ciudad, podrían llevar cabezas de hacha entre las varas.

En realidad, el hacha no añadiría demasiada amenaza a la que emana de esos dos tipos. Un porrazo apenas más fuerte de los que el lictor estaba propinando a la puerta con las fasces bastaría a buen seguro para romperle el cráneo a Artemidoro y enviarlo a la otra orilla del Aqueronte.

Artemidoro tiene la costumbre de querer responderse cuanto antes a sus propias preguntas. Una suerte de impaciencia intelectual.

Su mente, de la que ya casi se han despejado los últimos jirones de la bruma del sueño, corre al compás de los latidos vertiginosos de su corazón.

¿Cuáles son los magistrados que tienen derecho a una escolta de lictores?

Es algo sobre lo que él mismo ha escrito en los primeros libros de sus *Historias.* Para que los lectores comprendan qué clase de gobierno dirige al pueblo que se ha convertido en amo y señor del orbe.

Los cuestores, desde luego, no.

De los ediles, solo la mitad tienen asignados lictores. Los llamados «curules», los que hacen que les lleven a todas partes esa silla plegable en la que acomodan sus traseros, tan orgullosos y prepotentes como si fueran el Gran Rey Jerjes en su trono imperial.

¿Qué cuentas puede tener con Artemidoro un edil? Él no es propietario del inmueble, ni posee puestos de venta en el mercado.

Entre otras competencias, los ediles controlan los burdeles. Pero Urania ya no tiene nada que ver con los Jardines de Eros y Psique. De hecho, es una mujer libre: ya se ha cuidado él de manumitirla.

¿Un pretor? ¿El pretor peregrino, que se ocupa de los pleitos entre extranjeros afincados en Roma, como es su caso?

«Alguien me ha denunciado», piensa, invadido por el pánico. Pero ¿quién? Además, aunque así fuese, en ese caso vendría un esclavo público con la requisitoria, no los lictores.

Y menos en plena noche.

Todos esos interrogantes pasan por su cabeza como relámpagos, dejando apenas un rastro de luz.

Ni siquiera le da tiempo a preguntar a estos visitantes extemporáneos quiénes son ni qué los ha traído hasta su puerta.

—¿Eres tú Artemidoro de Éfeso? —pregunta el mismo que ha estado llamando con las fasces.

—Ese es mi nombre. ¿Qué se os ofrece a estas horas?

—Vístete y...

El lictor se interrumpe. Aunque mide medio palmo menos que él, se permite mirarlo de arriba abajo. Su gesto de desdén y superioridad es patente. Artemidoro casi puede leerle la mente. Alguien que duerme en su propia casa con el manto puesto no es más que un pobre hombre.

—Acompáñanos.

—¿Quién lo ordena?

El lictor levanta las fasces. Tiene toda la pinta de disponerse a golpear a Artemidoro por la insolencia de atreverse a preguntar.

¡A él, a un funcionario romano!

El otro le agarra por la muñeca.

—Déjalo, Antilio.

El tal Antilio suelta un gruñido y baja las fasces.

El segundo lictor, de facciones más rellenas y mirada un poco menos agresiva, añade dirigiéndose a Artemidoro:

—Debes venir con nosotros por orden del cónsul Opimio.

Artemidoro se queda de piedra.

¡Un cónsul, nada menos! Y no cualquiera, sino Opimio, que quedó primero en las elecciones y preside todo lo presidible en este mes de enero.

Opimio es algo más que eso.

El enemigo acérrimo de Graco. La mano apenas disimulada que maneja al tribuno de la plebe que ha convocado la inminente asamblea donde intentarán derribar todas las reformas de Graco.

¿Será por eso? ¿Porque él es amigo del extribuno al que Opimio tilda de revolucionario y traidor a la patria?

Pero eso es absurdo. Artemidoro no es nadie en la política romana. Tan solo un extranjero, un erudito que, para colmo, ha perdido la escasa influencia que alguna vez pudo tener entre la élite.

Sea como sea, que el mismo cónsul al que llaman el Carnicero de Fregelas por la matanza que ordenó en aquella ciudad mande a sus lictores a aprehenderlo en mitad de la noche no puede presagiar nada bueno.

Artemidoro nota el contacto de unas manos en sus hombros. En su estado de nervios, no puede evitar un respingo.

Es Urania, claro está.

Antilio suelta una carcajada. El bote que ha dado Artemidoro debe de haberle parecido muy gracioso.

«Seguramente no serías tan valiente si fuese a ti a quien cuatro desconocidos sacasen de la cama», piensa Artemidoro.

—¿Qué ocurre? —pregunta Urania.

Artemidoro se da la vuelta. Al hacerlo, es inevitable que las manos de la joven interrumpan el contacto. Por alguna razón, él siente como si lo hubieran despojado de su ropa y además hubieran arrancado el techo sobre su cabeza.

Ahora es él quien agarra los hombros de ella. Los aprieta, tratando de que sus dedos transmitan confianza.

Duda mucho de que así sea. Las manos le tiemblan un poco. Una mezcla de temor y de furia contenida.

Contenida porque no le queda otro remedio.

Vuelve a su cabeza el diálogo de los melios y los atenienses en la obra de Tucídides.

«La justicia y el derecho intervienen cuando hay igualdad de fuerzas. Si no, es el fuerte quien decide qué es lo posible y el débil el que lo acepta».

—No pasa nada, Urania —dice en griego—. Tengo que acompañar a estos hombres.

Algo golpea en su espalda dos veces. Las fasces. Sin tanta violencia como cuando Antilio las usó para aporrear la puerta, pero con la fuerza justa para que Artemidoro note el dolor en el omóplato.

Desventajas de tener tan poca carne encima de los huesos.

—Abrevia, que no tenemos toda la noche.

Artemidoro se gira a medias hacia el lictor y se señala los pies.

—¿Podré, al menos, calzarme?

No recuerda en qué momento exacto, pero mientras estaba sentado en la cama con Urania, quedándose dormido, se ha quitado las botas.

—Date prisa —responde Antilio—. El cónsul no es un hombre tan paciente como yo.

La luz de las antorchas, más intensa que la de las velas, rodea de un nimbo la cabeza del lictor. Su rostro, de rasgos toscos, se ve aún más duro tallado por las sombras.

En otras circunstancias, Artemidoro, picado por el travieso mini Diógenes, habría respondido algo como: «Salta a la vista por tus exquisitos modales que la paciencia es la virtud que más te adorna».

Pero está demasiado atemorizado para recurrir a la ironía. Incluso el Diógenes interior permanece agazapado dentro del tonel como una tortuga asustada, sin atreverse a asomar la cabeza.

Artemidoro se sienta en el borde de la cama para calzarse las *embades*, unas botas de cuero al estilo beocio, forradas de fieltro por dentro. Por más que las unta de grasa de oveja, de tanto ponérselas y patearse las calles con ellas están agrietadas. Por comparación, las de los lictores se ven tan nuevas como si acabaran de salir de manos del zapatero.

¿Por qué se tiene que avergonzar de eso? Las botas de los lictores salen del dinero que Roma rapiña a los demás pueblos. Al de Artemidoro, entre otros.

Pero el caso es que la vergüenza sigue ahí.

Artemidoro tiene comprobado que la vergüenza suele ser compañera del miedo.

Urania se sienta a su derecha, poniéndolo como reparo entre ella y los cuatro hombres. Sin aguardar invitación, han entrado los cuatro, y uno de los sirvientes ha empujado la puerta hasta dejarla entornada.

Con tanta gente, el apartamento se ve tan atestado como lo estaban las inmediaciones del templo de Cástor el día del juicio de Manio Aquilio.

Urania se ha arrebujado en el manto y mira hacia la ventana, tratando de ignorar la presencia de los intrusos. Estos se dedican a cruzar miradas de soslayo y cuchicheos.

—¿Cuánto crees que me cobraría? —pregunta el lictor que detuvo el golpe de Antilio. En susurros, pero no tan bajo que no se escuche.

Si Artemidoro había sentido algo de simpatía por aquel tipo —la simpatía del débil que busca cualquier destello de amabilidad en el fuerte, como hace el chucho que agradece el mendrugo arrojado por la misma mano que antes lo golpeó—, se esfuma de golpe.

Urania frunce el ceño. Artemidoro suelta por un momento los cordones y le aprieta la mano.

—No les hagas caso —susurra.

—¡Vamos, marchando!

Artemidoro se pone en pie. Los antorcheros abren la puerta y salen de nuevo al pasillo. Se oyen voces que provienen de otros apartamentos. Quejas, preguntas, no todas en latín, ni siquiera en griego.

Cuando está a punto de salir, Urania tira de su manto. Él se gira de nuevo hacia ella.

Ahora que los criados de las teas están fuera y las velas quedan tapadas por la propia espalda de Urania, las pupilas de la joven se ven tan dilatadas que sus iris son dos estrechos anillos de zafiro.

—No te preocupes —murmura ella—. Te lleven adonde te lleven, tengo amigos poderosos.

«Amantes», piensa él. Pero añade para sí: «Los tenías».

No dice nada. Le conmueve la mirada de la joven, el temor que ve en sus ojos. La preocupación por él.

¿Qué puede hacer la pobre Urania? Cuando estaba en el burdel poseía influencia. En aquella época, esos amigos poderosos que ha mencionado estaban dispuestos a lo que fuese por arrancarle una sonrisa o al menos una mirada. Por no hablar de un beso o una caricia.

Pero al amancebarse con él, al renunciar al resto de los hombres, Urania ha renunciado también a esa influencia.

En el proceso, el propio Artemidoro, que, si no tenía poder, al menos gozaba de cierto predicamento y contactos con algunos miembros de la élite, los ha perdido.

Ahora, ambos son insignificantes. Si esos hombres decidieran apalizarlo y violar a Urania delante de sus ojos, Artemidoro solo podría morderse los labios y la lengua hasta hacerse sangre.

Por un momento, piensa en lo inútil y pretencioso del lema de Terencio («Nada de lo humano me es ajeno»). Ahora mismo olvidaría todos sus conocimientos y borraría los libros que ha escrito a cambio de la musculatura y la pericia asesina de ese gladiador que domina los combates en el Foro Boario, Stígmata.

Urania sonríe débilmente y le acaricia la mejilla.

—Recuerda, amor. «No hay nada, por terrible que sea...».

—«... que no podamos soportar».

Inclina el rostro hacia ella para besarla —aunque Urania es alta, Artemidoro le saca sus buenos diez dedos—. Cuando los labios de ambos están a punto de rozarse, una mano tira de su manto.

—¡Se acabó mi paciencia! ¡Ven de una puta vez o bajas rodando la escalera!

«Cierra bien la puerta», vocaliza Artemidoro mientras se lo llevan. Su última visión de Urania es la de un ojo, entre la jamba y la propia puerta, y por debajo la sombra del hoyuelo.

Se pregunta si lo volverá ver. Si lo volverá a besar.

«No hay nada, por terrible que sea, que no podamos soportar».

LA SUBURA

Un hecho que no dejaba de asombrar al maestro Evágoras era que en muchos barrios de Roma se podía cambiar de estrato social e incluso de nación en poco más de veinte pasos. En Alejandría, decía él, las cosas eran muy distintas. Los distritos estaban claramente separados. Griegos y macedonios, egipcios y judíos se mezclaban lo menos posible.

Al menos, así lo aseguraba Evágoras. Stígmata tiene sus reservas. No está tan seguro de que el maestro hubiese llegado a visitar realmente aquella ciudad que pintaba con destellos dorados y tintes fabulosos.

En cuanto a lo que Evágoras decía sobre Roma, no ocurre en todas partes de la ciudad. En las partes altas del Palatino, del Celio o del Quirinal no se encuentran tugurios ni chabolas. Ni siquiera bloques de apartamentos.

Pero es cierto que hay otras zonas donde las ínsulas más populares prácticamente se estrechan la mano sobre los tejados de lujosas domus habitadas por familias acomodadas, y donde romanos de pura cepa conviven en abigarrada promiscuidad con ciudadanos recientes y con extranjeros procedentes de todas las orillas del Mediterráneo, e incluso de países más lejanos como Arabia, la India o las islas del océano que se extiende más allá de los Pilares de Hércules.

Una de esas zonas de mezcolanza de clases y razas es el Argileto, la parte oeste de la Subura.

Stígmata lo comprueba al pasar por delante de la Torre Mamilia, la más alta de la zona. La ínsula donde, según la información que le ha dado Sierpe, vive esa actriz tan joven y ya tan famosa, Antiodemis.

En la cara sur de la torre, la que asoma a la avenida del Argileto, las tabernas que dan a la calle exhiben carteles recién pintados. El ladrillo de la fachada se encuentra en perfectas condiciones, los postigos de las ventanas encajan al cerrar e incluso la calle se ve bastante limpia, ya que los propios vecinos se encargan de adecentarla.

Pero, en cuanto Stígmata toma la travesía lateral, sube una cuesta y llega a la parte trasera del edificio, el panorama se transforma de forma tan radical como si se hubiera transportado por arte de magia a otra ciudad.

El drástico cambio se observa incluso en la propia Torre Mamilia. Es como acercarse por detrás a una dama de lustrosa melena, calzada con botines de calidad y vestida con un elegante manto y, cuando uno le toca el hombro esperanzado para llamar su atención y ella se da la vuelta, descubrir que se trata de una anciana desdentada y surcada de arrugas que se ha puesto una peluca para disimular la edad.

La cara norte del edificio es como el verdadero rostro de esa anciana. Descuidada, con las paredes bofadas y llenas de desconchones, toda una fachada de acné mal curado. Las contraventanas están torcidas y desvencijadas y golpetean una y otra vez al capricho de los hostigos del viento. Los cierres de las tabernas aparecen plagados de pintadas obscenas. En una de ellas se acuerdan de Gayo Graco en letras negras: *Pedicabo te Gracche Cinaede*, «Te voy a encular, Graco maricón», mientras que otra pintada contraataca a la derecha y en rojo: *Et ego irrumabo te et liberos tuos Opimie*, «Y tú y tus hijos me la vais a chupar, Opimio».

En la calle, las baldosas están levantadas y entre ellas se acumula la basura o crecen malas hierbas. Eso, allí donde no las han arrancado.

Las baldosas, no las malas hierbas.

Como el propio edificio tapa la luz del sol durante la mayor parte del día, los charcos de las últimas lluvias no se han secado.

Si es que son de lluvia.

El olor que emana de ellos sugiere que en buena parte proceden de los orinales que los vecinos vacían desde las ventanas.

Junto a la puerta norte de la Torre Mamilia se ve a un pequeño grupo de gente. Cuatro hombres, dos de ellos con antorchas. Aguardan en silencio y sin apenas moverse, arrebujados en sus mantos, mientras el viento agita las llamas de las teas y arranca chispas que vuelan como luciérnagas doradas.

Stígmata se oculta como puede tras el fino tronco de un membrillo solitario, confiando en que, lejos del círculo de luz de las antorchas, él sea solo una sombra indistinguible en la oscuridad.

Estando en la Subura, territorio de la banda de Estertinio —el mismo hampón a cuyo hijo asesinó Sierpe—, Stígmata prefiere que no lo vea nadie.

Al cabo de un rato, por la puerta del edificio salen otros dos hombres con antorchas y dos lictores.

Evidentemente, no pueden ser esbirros de Estertinio. Pero Stígmata ha hecho bien en esconderse. Siempre procura evitar a ese tipo de funcionarios públicos.

¿Qué demonios pintan allí?

Entre los cuatro recién llegados viene un hombre muy alto. Antes de que se ponga la capucha, Stígmata puede ver que su cabello y su barba son muy rubios. Podría tratarse de un celta. Lo sea o no, no parece muy feliz por que lo escolten en plena noche unos guardaespaldas oficiales.

La pequeña comitiva se pone en marcha, rodeando el edificio hacia el Argileto. Stígmata espera a que se pierdan de vista y reemprende su camino.

A partir de ese punto, mientras sigue internándose en la Subura en busca de la dirección que le han indicado, todo se va volviendo más mísero, más cochambroso. Entre las ínsulas hay casas de uno o dos pisos, pero no merecen el nombre de domus. Son más bien chamizos, barracas decrépitas donde se hacinan varias generaciones de suburanos, muchos de ellos inmigrantes recién llegados a la ciudad que pagan alquileres por los que en sus pueblos de origen podrían vivir incluso con cierta dignidad.

En el cielo se entrevé el resplandor de la luna, que pasada la medianoche empieza a descender hacia el oeste. A ratos, cuando el velo de nubes se espesa y se convierte en mortaja, el astro prácticamente desaparece y las tinieblas se apoderan de las calles.

Si el cielo se despejara por unos instantes, la luna mostraría su rostro maquillado de albayalde en toda su plenitud.

Que los idus coincidan con la luna llena es lo que manda la religión desde los tiempos del segundo rey, Numa Pompilio, del mismo modo que el primer día de cada mes, las calendas, debería caer en novilunio.

Pero una cosa es lo que las normas proponen y otra lo que los cielos disponen. La coincidencia que se da esta noche no es tan frecuente.

Ajustar el calendario de las estaciones, que obedecen al sol, con las fases de la luna no resulta tarea fácil. El colegio de pontífices hace apaños cada cierto tiempo. Como el tabernero que incrusta una cuña de madera entre el suelo y la pata de una mesa coja para calzarla, los sacerdotes intercalan de cuando en cuando un mes entre febrero y marzo con el fin de que todo retorne al orden natural de las cosas.

Como sea, y pese a la luna llena, las nubes hacen que la noche sea a ratos oscura y a ratos tenebrosa.

En todo momento, desapacible.

Inquietante.

En parte es por el viento que cuela sus dedos helados en los oídos y que se clava en los ojos arrancándoles lágrimas, y en parte por el aura de amenaza que lo impregna todo y que Stígmata no ha dejado de percibir desde aquella tarde en que el sol se dividió en tres. La sensación se ha enquistado hasta convertirse en una emanación flotante que parece brotar del mismo suelo y latir entre las paredes a un ritmo todavía lento, bummmm, bummmm, bummmm, pero que avisa con desbocarse.

Es la violencia que anida en miles de corazones y que, Stígmata está tan seguro de ello como de que el sol sale por el este —o eso espera que ocurra al amanecer—, no tardará muchas horas en estallar.

«Va a haber *tubultos*».

Pese al frío y a los augurios ominosos que flotan en el aire, por las calles aún se perciben restos de actividad. En algunas tabernas, aunque están cerradas, se vislumbra luz a través de los resquicios de puertas y ventanas y se entreoyen voces. Señal de que, pese a que ya está bien entrada la segunda parte de la noche, todavía hay bebedores recalcitrantes atrincherados en el interior para apurar una penúltima jarra de vino, reproduciendo una batalla entre cantineros y clientes tan vieja como la civilización.

En las vías más anchas, Stígmata se encuentra con algunos carros. De la parte trasera de uno de ellos, que lleva las compuertas abiertas, sobresalen dos pares de pies sucios que, pese a la rigidez de la muerte, se sacuden en un último baile con el traqueteo de aquella barcaza de Caronte provista de ruedas que los lleva al Esquilino.

En contraste con aquel fúnebre espectáculo, Stígmata también se cruza con un grupo de jaraneros tardíos y ruidosos que vuelven a sus casas, alumbrados por antorchas. Oscilan más ellos por culpa del vino que las llamas de sus teas agitadas por el viento. Uno de ellos, al que el aire le ha arrancado el gorro de lana, corre detrás de él, se trastabilla con un adoquín levantado y da con las narices en el suelo, entre las carcajadas de sus compañeros de parranda.

Stígmata procura que no lo vean y, cuando puede, se oculta en el hueco de una puerta, detrás de una esquina o del pretil de una fuente. No deja de ser un intruso en la Subura, barrio que no está bajo el control de Septimuleyo. De todos modos, por si alguien repara en él, se ha tiznado las mejillas para disimular las cicatrices. Y cada vez que hay gente cerca, se cubre con la capucha, aunque eso reduzca su campo de visión.

Por fin, Stígmata llega a una plazoleta de forma trapezoidal.

Si las indicaciones de Mamerco en la tablilla eran correctas, ese tiene que ser el lugar.

En el centro de la plaza hay una grada triangular de losas sobre la que se levanta una fuente coronada por la estatua de un fauno que lleva un cabrito al hombro. Al lado de la fuente hay un grupo de tres árboles que tienen pinta de llevar allí desde antes de la invasión de los galos.

En la parte sur de la plaza, que forma el lado ancho del trapecio, confluyen dos calles. La de la derecha es la cuesta por la que Stígmata ha subido hasta aquí desde la Torre Mamilia. El lado estrecho, al norte, lo dibujan dos ínsulas cuyas paredes se van aproximando. Su abrazo final se ve frustrado, ya que se interpone entre ellas un muro perpendicular a ambas, una pared de aspecto destartalado en la que se abre un hueco del que alguien robó la puerta hace tiempo.

Bajo la luz mortecina y difusa que logra abrirse paso a través de las nubes, el lugar se ve más solitario aún que las calles que ha atravesado hasta ahora. Hay un perro callejero que bebe de un charco junto a la fuente con lengüetazos furtivos, lap-lap-lap. Al notar que Stígmata se acerca, agacha el rabo y sale huyendo. Un cerdo, que seguramente se habrá escapado de su cochiquera, hoza entre un montón de basura. Las sombras que corretean furtivas cerca de él deben de ser ratas.

La única presencia humana es la de un hombre envuelto en un capote. Está recostado contra uno de los pilares de un desvencijado pórtico que brota de la pared de una de las dos ínsulas del lado norte. El pilar, torcido y agrietado, apenas parece capaz de soportar el peso del colgadizo que sustenta.

Al hombre no parece incomodarle que aquel frágil armadijo pueda desmoronarse sobre él. Da la impresión de estar dormitando. O puede que, con lo fría que es la noche, esté muerto, como los dos o tres mendigos que Stígmata ha visto tendidos en el suelo en su caminata desde el Hórreo de Laverna hasta acá.

En cualquier caso, no piensa comprobarlo.

Atraviesa la plaza y, cuando llega al muro que separa las dos ínsulas, cruza el vano de la puerta inexistente.

Al otro lado de la pared se abre un solar.

Más que un solar, un vertedero. Está sembrado de cachivaches variopintos abandonados en diversos estados de herrumbre o descomposición. Azadas, una reja de arado, herramientas que tal vez sean de construcción. Sillas rotas, tablones rajados. Colchones podridos. Vigas carcomidas. Cántaros agujereados. Cascotes. Basura inclasificable.

Hay algo extraño en todo ello. Como si esa sinfonía del abandono no fuera del todo espontánea. Como si alguien hubiera dispuesto el conjunto para convencer a los transeúntes accidentales de que lo único que hay allí es un solar tan solitario y ruinoso como la casucha que lo cierra por la parte norte, comprimida entre las dos ínsulas adyacentes como un enano jorobado entre dos robustos guerreros celtas.

Si la información que le han dado a Stígmata es fidedigna, lo cierto es que, en efecto, alguien ha organizado así esa especie de decorado caótico para disimular la entrada al Palacio de Hécate.

De hecho, entre la basura se abre una especie de sendero angosto que, tras un par de meandros, lleva hasta la puerta de la casucha.

Una puerta que, desmintiendo el aspecto mugriento de todo lo que la rodea, incluidas las paredes del tugurio, parece tan robusta y maciza como la de cualquier mansión nobiliaria. Peinazos de hierro y bollones de bronce reforzando los cuarterones.

Nadie dejaría una puerta así en un edificio abandonado.

Y, si la hubiera dejado, a esas alturas los saqueadores ya se la habrían llevado para aprovecharla en otra parte.

Antes de intentar nada, Stígmata decide esperar un poco. Si en verdad esa puerta cerrada y silenciosa es la de un lupanar, tarde o temprano tendrá que aparecer alguien. Un prostíbulo sin clientes habría dejado de existir hace tiempo por inanición.

Se aparta de aquella estrecha vereda y, levantando bien las rodillas en cada paso para no engancharse con chatarras ni cascotes, se arrima a la pared que le queda a mano izquierda.

Una vez allí, busca dónde esconderse.

Hay una tarima rota bastante grande. La pone de pie y la apoya contra la pared con ángulo suficiente para que no resbale y, de paso, le deje un hueco que le sirva de refugio.

El escondrijo no es espacioso ni cómodo, pero una vez que se acuclilla detrás se halla a buen recaudo de otras miradas —o en eso confía—, mientras que los huecos entre las tablas le permiten vigilar la puerta.

La espera se hace tediosa. Al menos, pegado al muro del solar, que a su vez está adosado a la pared de una de las ínsulas, se encuentra a resguardo del viento. Lo cual no impide que note los pies helados. Para evitar que le ocurra lo mismo con las manos, se las mete bajo sus propias corvas. En algún momento tendrá que empuñar la espada o los cuchillos. No quiere hacerlo con los dedos rígidos de frío.

Pasado un rato, se da cuenta de que se está adormilando y sacude la cabeza para espabilarse. Por un momento lo había vuelto a asaltar la ilusión hipnagógica de Nuntiusmortis, blandiendo su espada negra y luciendo el diente de oro en su sonrisa.

Se oyen voces y pasos. Después se atisban luces que proyectan a través de la entrada del solar sombras alargadas, anunciando a modo de heraldos la inmediata llegada de sus dueños.

Una pequeña comitiva cruza esa entrada. Siete personas, tres antorchas. El aire trae a Stígmata el olor a resina ardiendo. Se agradece, porque el resto de los estímulos que llegan a su nariz en aquel muladar no son precisamente perfumes de Arabia.

Para pasar entre los desechos sin tropezar con ellos, los recién llegados tienen que estirarse en fila de a uno.

Gracias a la luz que proyectan las teas, Stígmata observa que delante de la puerta de la casucha se abre un espacio más amplio y despejado en el que la comitiva puede reagruparse. Lo cual corrobora su suposición de que el desorden y abandono del resto del solar no son más que artificio.

Una de las personas del grupo, un tipo alto y corpulento, golpea la puerta usando un báculo. Después retrocede.

En la puerta hay un postigo a la altura de la cara de un hombre. Cuando se abre, lo hace sin rechinar.

Los goznes están aceitados. Una puerta usada y bien atendida.

Se adelanta otra persona del grupo. Por la complexión y la forma de moverse, Stígmata deduce que se trata de una mujer. Como los demás, lleva un manto con capucha.

Hay una breve conversación entre la mujer y alguien al otro lado de la puerta. Murmullos graves, bisbiseos más agudos. Desde donde se encuentra, Stígmata no logra enterarse de lo que dicen. La mujer busca algo debajo de su ropa y se lo entrega a quien está al otro lado del cuarterón.

Todo indica que los otros seis encapuchados son criados de la mujer. Es curioso que ninguno de ellos le haya entregado el objeto en cuestión —monedas, un salvoconducto, lo que sea—, sino que ella lo tuviera encima. Los amos no suelen molestarse en cargar con nada si se lo pueden colocar a sus esclavos. Si los dioses o la naturaleza lo permitieran, los siervos llevarían en sus intestinos la mierda de sus dueños.

El postigo se cierra. Un instante después, la puerta se abre. También lo hace sin chirriar.

La mujer se vuelve hacia los criados y les dice algo.

A la luz de la antorcha, Stígmata reconoce su rostro.

La sorpresa hace que se le acelere el corazón un instante.

Es la vestal Emilia.

Una cosa es que una virgen vestal, que obviamente ha perdido la primera parte de ese nombre, pretenda acostarse con un gladiador como él con cierta discreción. Otra muy diferente que acuda escoltada por sirvientes a la puerta de un prostíbulo. Donde no solo se fornica, sino que además se hace de maneras nefandas.

Es posible que los moralistas que se rasgan las vestiduras lamentando la corrupción que se ha apoderado de Roma lleven razón. Cuando una vestal se atreve a saltarse los votos con tal impudicia, a sabiendas de que el castigo por hacerlo es ser enterrada viva, es que las costumbres tradicionales de las que tanto se ufanan los senadores en sus discursos son solo un recuerdo del pasado.

***

La vestal entra en aquel lugar que no puede ser más opuesto al templo de la pureza en el que sirve desde niña.

Una vez que la puerta se cierra tras ella, los sirvientes se marchan.

Stígmata recuerda las palabras de Mamerco.

«Dentro del Palacio no pueden entrar más que los clientes que van a pagar por sus servicios».

El solar vuelve a quedarse a oscuras y en silencio. Salvo por el aire que silba en las alturas y hace zangolotear las contraventanas de las ínsulas con ritmos entre sincopados y anárquicos.

Stígmata cierra los ojos y espera a que la vista se le vuelva a acostumbrar a la oscuridad.

Cuando juzga que ha pasado un tiempo prudencial y que los criados de la vestal no están ni siquiera en la plaza aledaña al solar, Stígmata sale de su guarida improvisada.

Con los pies casi juntos, contonea las rodillas sin apenas mover las caderas. Un par de satisfactorios chasquidos indican que las articulaciones encasquilladas vuelven a su sitio.

Se acerca a la puerta.

No le apetece golpearla con los nudillos fríos. Tampoco con los pomos de sus armas, que cuida como un ebanista mima sus punzones y sus gubias. Su norma es que, si se rompen, que sea en acto de servicio, no por usarlas con negligencia. Así que recoge una piedra del suelo y la usa a modo de aldaba para llamar.

Al cabo de un rato, el postigo se abre hacia dentro. El hueco está atravesado por dos barras de hierro que se cruzan en perpendicular y lo dividen en cuatro. Por allí puede caber una mano para entregar algo —una moneda, una joya, incluso la bolsa que lleva él atada al cinturón—, pero las rejas no permiten juego suficiente como para manejar un arma o agarrar por el cuello o el pelo a quien se asome.

En cualquier caso, lo del pelo sería difícil. El rostro que aparece al otro lado es el de un tipo calvo. Y, a juzgar por la posición del cuello, que parece tener inclinado, tan alto como Stígmata.

—¿Qué quieres?

El portero tiene la nariz aplastada, como Búfalo. Otro pugilista, probablemente. En la mano izquierda sostiene un candelero de bronce con una gruesa bujía de cera.

La mano derecha no se le ve. Stígmata da por supuesto que empuña un arma.

Siempre conviene ponerse en lo peor.

—¿Qué puedo querer?

—Eso no lo sé —responde el portero—. No soy adivino.

—Lo que quiere cualquiera al entrar en un prostíbulo.

—No seas irrespetuoso. Esto no es un prostíbulo.

—Me habrán informado mal. ¿Qué es, entonces?

—Un santuario.

—Claro. Del culto a Venus y a Príapo, no lo dudo.

—No blasfemes. En este lugar sagrado solo pueden entrar los iniciados.

—¿Y cómo sabes tú que yo no soy un iniciado?

—Si lo fueras, me habrías dado ya el salvoconducto.

De modo que lo que esa mujer le ha entregado al portero no era dinero sin más, sino una especie de credencial.

—Puede que lleve encima ese salvoconducto y que no te lo quiera enseñar hasta que me abras la puerta.

—Puede que yo tenga una polla de dos palmos de largo y tú un culo tan ancho y sucio como la Cloaca Máxima.

—No sé cómo será tu polla, pero mi madre me enseñó a limpiarme bien cuando voy a la letrina.

—Me alegro. Así no me mancharé.

—¿Qué tengo que hacer para conseguir el salvoconducto?

—Por lo menos, saber la contraseña.

—¿Y para aprender la contraseña?

El portero suelta un bufido que pretende ser una carcajada.

—Si la diosa te quisiera aquí dentro, ya la sabrías y no me harías preguntas.

Stígmata entiende que la diosa es Hécate, la meretriz enmascarada. Y que, para conseguir un pase o una contraseña, hay que negociar con sus intermediarios.

Con antelación. No en la puerta.

«Gracias por enviarme a este trabajo con tan excelente información, Mamerco», se dice.

—Me gusta preguntar.

—Ya veo. Y hablar más de la cuenta.

—Eso es lo que me dicen todos mis amigos.

«Como si los tuviera», añade Stígmata para sí.

Se da cuenta de que no está conduciendo la conversación demasiado bien.

Lo suyo nunca ha sido negociar.

Le faltan paciencia y labia. Más de una vez, comprando en un comercio o tenderete y harto de regatear, ha echado mano al pescuezo del vendedor.

Expediente al que ahora no puede recurrir. Los barrotes se lo impiden.

Y también la prudencia más elemental. Por lo que sabe del Palacio de Hécate, no cree que el único músculo del que dispone la dueña en el interior sea el del púgil de la puerta.

El caso es que el tipo todavía no ha cerrado el postigo. Quizá se aburra.

El de portero es uno de los trabajos más descansados que puede tener un esclavo.

Pero también de los más tediosos.

—¿Y si te digo que te he estado engañando?

—¿Ah, sí? ¿Eres una puta en lugar de un cliente? Pues te has equivocado de entrada.

—¿No hemos quedado en que esto es un santuario?

—Me has pillado, amigo. Qué astuto eres.

Una información interesante.

Hay otra entrada. Para las prostitutas.

Y, es de suponer, también para los prostitutos.

Lo malo es que Stígmata ignora dónde puede estar ese otro acceso. Si el portero se niega a dejarle entrar, lo cual parece, más que probable, inevitable, no tendrá más remedio que fingir que se marcha, aguardar a que llegue algún otro cliente —o clienta— y, cuando vea que entra, abrirse paso a la fuerza antes de que cierren la puerta.

Aunque no es remiso a usar la violencia, prefiere hacerlo controlando el entorno y las reglas. Una circunstancia que aquí no se da.

—Te he engañado porque traigo un salvoconducto.

—Qué ingenuo soy, me has hecho picar.

Hay que reconocer que, pese a que el portero se parezca a Búfalo en la nariz aplastada, muestra algo más de agudeza que él. Incluso cierta capacidad para la ironía.

Stígmata busca debajo del capote. Allí lleva un talego de cuero con objetos varios en el que, a su vez, ha metido la bolsa de monedas que le entregó Tambal.

Saca la bolsa, la acerca al postigo y la sacude en el aire.

El tintineo hace sonreír al portero.

—Eso ya suena mejor, amigo —dice, en voz más alta que hasta ese momento. Casi estridente, podría decirse—. ¿Cuánto hay ahí?

—¿A cuánto te suena a ti?

—Ya te he dicho que no soy adivino.

—Ciento veinte denarios.

—¿Crees que con eso puedes entrar?

—Creo que es una buena entrada para empezar. Una vez dentro, si he de pagar más por algún servicio..., por algún ritual especial, ya veremos.

—Estoy de acuerdo contigo, amigo. Dame la bolsa y te abro.

—Mejor me abres y te doy la bolsa.

Siguen con el tira y afloja durante un rato.

Ciento veinte denarios son —serían— una cifra respetable. Es lo que cobra un legionario al año. O cobraría, si los generales no le descontaran dinero por los gastos, como hace Septimuleyo con sus gladiadores.

Stígmata se siente como un estúpido regateando, pero está claro que la codicia del portero no llega a la imprudencia de abrirle sin recibir antes el dinero. Debe de estar muy bien adiestrado.

Empieza a sospechar que no es que aquel fulano se aburra, sino que lo está entreteniendo.

Por algún motivo.

En ese momento, las pupilas del portero se desvían un momento del rostro de Stígmata y se fijan en algo que está más allá de él.

A ambos lados.

En ángulos similares.

Hay alguien detrás de él.

Al menos dos personas.

Por eso el portero estaba hablando tan alto.

Para que Stígmata no oyera que se le acercaba gente.

***

Antes, fuera ya del Hórreo de Laverna y lejos de la mirada de Septimuleyo, Stígmata contó las monedas. Había veinte denarios, colocados en la parte superior para engañar a quien abra la bolsa. El resto, como ya había observado tras su rápido vistazo, eran discos de plomo.

Lo importante es que el conjunto es una masa dura y sólida que pesa libra y media. El cuero de la bolsa es resistente, como también lo es el largo cordón que la cierra.

Un arma adecuada para improvisar.

Stígmata suelta cordel, echa el brazo hacia su izquierda para tomar impulso y después se gira a la derecha con el apoyo de caderas y hombros, haciendo ondear la bolsa al extremo de dos palmos de cuerda.

Simultáneamente, verifica lo que los ojos del portero y su propio instinto le habían dicho.

Detrás de él y a su derecha —que se convierte en su izquierda al girarse— hay un individuo.

¿Hostil?

Siempre hay que darlo por supuesto.

Lo que importa ahora es la rapidez.

Para decidir.

Y para llevar a la práctica lo que se decide.

La pelea callejera es muy diferente al combate en la arena gladiatoria.

En esta última existen reglas. Los rivales se estudian, se tantean. Cada uno permite, incluso, que el antagonista se luzca un poco ante el graderío. Se trata de un espectáculo que acerca la violencia del campo de batalla a la ciudad para diversión del populacho. Hay sangre, heridas, cierta proporción de muertes.

Cuando se pelea en las calles no existe regla ninguna, salvo esta:

Quien golpea antes y de forma más devastadora sobrevive.

Antes incluso de saber quiénes estaban detrás de él, Stígmata los ha considerado una amenaza.

Si se equivoca y no lo son, peor para ellos.

Si cometiera la imprudencia de aguardar a ver cómo actúan y finalmente fuesen una amenaza, sería peor para él.

No se trata de una decisión que requiera demasiado análisis.

Ninguno, de hecho. Porque el análisis ya lo llevó a cabo hace muchos años.

¿Peor para ellos, peor para él?

Para ellos.

Por eso, al mismo tiempo que asimila la situación, ya está actuando.

Stígmata mueve el brazo con violencia, pero, sobre todo, con habilidad.

Ya de niño comprobó que, para lanzar objetos lo más lejos posible, la clave no está solo en la fuerza física, sino en la coordinación de movimientos.

Lo que está haciendo ahora es una especie de lanzamiento. Con la diferencia de que no va a soltar la cuerda a cuyo extremo oscila la bolsa.

Una bolsa cargada con libra y media de metal.

El proyectil improvisado silba un instante en el aire.

Por suerte para Stígmata, aquel individuo no se ha subido la capucha.

No hay lana que amortigüe el golpe.

Ni siquiera pelo. Tiene tanto el rostro como el cráneo afeitados.

El silbido se convierte en un sonido sordo, a medias un tintineo de metal breve y apagado y a medias un chof de carne macerada cuando la bolsa impacta en el lado derecho de la cara del desconocido.

Todo eso lo capta Stígmata sin detenerse a pensarlo. Pero con la conciencia física —a través de la calidad de los sonidos y de la resistencia que se transmite a su propia mano— de que el impacto ha sido plenamente satisfactorio.

No se concede tiempo para regodearse en ello. Al girarse mientras lanzaba el golpe, ha visto con el rabillo del ojo lo que ya había intuido en el fugaz movimiento de pupilas del portero.

Que hay una segunda amenaza detrás de él.

«La naturaleza busca la armonía —le decía Evágoras—. No hay mayor armonía que la de la geometría perfecta. El hombre es parte de la naturaleza. Es, por tanto, inevitable que tienda a la geometría».

Stígmata no está de acuerdo. No cree que en la naturaleza haya ni armonía ni geometría, sino disonancia y desproporción, ruido y caos.

Pero sí es cierto que los humanos tienden a cierta geometría intuitiva.

Por eso el segundo atacante, que también tiene la cabeza afeitada, se ha situado detrás de Stígmata en una posición simétrica con la del primero, de tal manera que ambos forman con su presunta víctima los vértices de un triángulo isósceles.

Algo que facilita los cálculos intuitivos de Stígmata.

Tras golpear al primer individuo, lleva la bolsa hacia abajo, a la altura de sus rodillas, flexiona estas, describe un giro sobre sus talones como un discóbolo, en sentido inverso al primer golpe, y lanza otro con la bolsa. Esta vez desde abajo y hacia la izquierda.

Es como un gancho de pugilato. Solo que el puño es una masa de metal y la longitud del cordel incrementa el alcance e impulso del brazo de Stígmata.

El golpe impacta en la barbilla y la boca del segundo tipo. Se oye un crujido. ¿Huesos, dientes rotos?

Probablemente, ambas cosas.

El desconocido se desploma como si sus miembros se hubieran convertido en gelatina hervida. Los ganchos en el mentón suelen tener ese efecto. Stígmata no es pugilista profesional como Búfalo, pero ha practicado todo tipo de técnicas de combate y conoce sus secretos.

Entretanto, el primer individuo está gruñendo y blasfemando, con las manos palpando su propio rostro para verificar los daños o quizá para protegerse.

Esas mismas manos reciben un nuevo impacto de la bolsa.

Y después otro y otro. Tan fuertes que le destrozan los dedos y, a través de estos, transmiten el daño a la cara ya machacada del desconocido.

Stígmata no llega a ensañarse propinándole un cuarto golpe. No por piedad ni moderación, sino porque, al tiempo que realiza esas violentas maniobras, se ha dado cuenta de que el triángulo isósceles no era tal, sino un rombo.

Hay un tercer hombre.

Con la cabeza calva, cómo no.

Está un poco más retrasado, en el vértice inferior del rombo.

Al ver lo que les ha ocurrido a sus compañeros, recula un par de pasos.

Ese hecho, el de retroceder en lugar de abalanzarse sobre él, podría hacerle pensar que la intención de los tres desconocidos no era hostil.

Si Stígmata se hubiera detenido a pensar.

Puesto que han decidido ponerse tan cerca de él y a su espalda, en una noche oscura y un solar abandonado, es responsabilidad suya. Que arrostren las consecuencias.

Si no traían malas intenciones, que hubieran avisado de su presencia antes de aproximarse.

En cualquier caso, para disipar las posibles dudas, el tercer hombre se abre el capote a un lado y se lleva la mano a la empuñadura de lo que parece una espada y no una simple daga.

Antes de que Stígmata llegue a desenvainar la espada que lleva a la izquierda, el tercer tipo profiere un grito de dolor.

Ese grito se intensifica un instante después.

Por experiencia, Stígmata sabe lo que significa eso.

Dos alaridos.

Dos heridas.

El tipo cae de rodillas. No ha tenido oportunidad de desenvainar su arma.

Stígmata no es muy partidario de recurrir a los pies. Ha visto lo que ocurre a veces en las peleas clandestinas de pancracio. A menudo, el luchador al que le lanzan una patada la bloquea con los brazos, barre la pierna de apoyo de su adversario y, una vez que lo tiene en el suelo, lo machaca.

Así suele actuar Mamerco, al que le encanta cebarse pateando los rostros de los rivales derribados en el polvo.

Pero, al hincarse de hinojos, aquel tipo se lo ha puesto tan fácil a Stígmata como Pasífae se lo puso al toro.

Stígmata da una larga zancada, toma impulso como si quisiera derribar una puerta y clava la bota en los testículos del tipo. Si de verdad fueran huevos, las yemas habrían salpicado hasta el Capitolio. Cuando el hombre se arruga de dolor, Stígmata le propina otro golpe en la cabeza con la bolsa, en una trayectoria fulgurante de arriba abajo.

El chasquido es inconfundible.

Fractura de cráneo.

Sin apenas tiempo para respirar, Stígmata se prepara para afrontar una nueva amenaza.

Un atacante invisible ha herido a aquel hombre y ha hecho que caiga de rodillas. Podría ser un aliado, pero nunca se sabe.

Stígmata no tarda en descubrir de quién se trata.

Cuando el tercer desconocido cae de bruces, sin emitir ningún sonido más, la figura que se ocultaba a su espalda queda al descubierto.

Es más bien una figurita. Realmente diminuta.

—¡Sierpe!

Incluso en la oscuridad, Stígmata reconoce el objeto que empuña la niña.

Una daga.

Vespa.

La misma que usó para asesinar a Estertinio, su primera víctima, en el Circo Máximo.

Stígmata ha visto cómo Sierpe practicaba clavándolo en cuartos de cerdo y de ternera colgados en el Hórreo de Laverna.

Ahora lo ha usado para apuñalar a aquel hombre por dos veces. Una en cada muslo.

Sin plantearse todavía qué diantres hace allí la niña, Stígmata se da la vuelta hacia la entrada del burdel.

El portero lo ha presenciado todo. Su mirada se cruza un instante con la de Stígmata. Después, cierra el postigo con fuerza.

Se oyen sus pasos alejándose al otro lado de la puerta.

Todo sugiere que va a buscar ayuda.

Es mejor marcharse cuanto antes. Lo que parece evidente es que por allí no va a conseguir entrar al prostíbulo.

Si se abre esa puerta será, como mucho, para dejar paso a nuevos atacantes.

Stígmata devuelve su atención a Sierpe. Señalando hacia la salida del solar, le ordena:

—¡Rápido! ¡Sal de aquí!

—¡No! Yo me quedo contigo.

La niña debe de sospechar lo que va a hacer Stígmata.

Por muy habilidosa que sea como asesina, no tiene por qué verlo.

—¡Vamos, espérame allí, detrás de la tapia!

Sierpe, por fin, obedece.

Cuando recorre el pasillo que se abre entre los desechos, no tarda en desaparecer como una sombra más.

***

Stígmata se concentra ahora en los tres enemigos.

En cierta manera, la situación se asemeja al duelo que, en tiempos del rey Tulo Hostilio, se libró entre los tres hermanos Horacios de Roma y los tres Curiacios de Alba Longa.

Cuando, después del primer enfrentamiento, solo quedaba un Horacio vivo contra los tres Curiacios, cada uno de ellos con heridas de diferente gravedad.

Del mismo modo que hizo el Horacio superviviente, Stígmata se dispone a acabar con sus tres Curiacios particulares de uno en uno.

En su caso, más que de enfrentarse a ellos se trata de rematarlos.

Es lo que prefiere que Sierpe no vea.

El tercero de los agresores tiene todo el aspecto de estar muerto. Si no lo está, no durará mucho en el mundo de los vivos. El sonido a hueso astillado que hizo su cabeza bajo la bolsa llena de monedas y plomo se antoja inequívoco.

El segundo, el que recibió el golpe de gancho, se encuentra fuera de combate. Solo mueve levemente la cabeza a los lados y emite unos gemidos babeantes y casi inaudibles.

El primero de los desconocidos también está en el suelo, encogido sobre sí mismo. Es el que más ruido hace y el que más se mueve.

El más sano de los Curiacios.

Así que es el primero del que se encarga Stígmata.

Lo gira un poco, le planta una rodilla en el pecho, le sujeta la mandíbula con la diestra y con la izquierda le apoya la punta del puñal en el cuello.

Sobre la oreja derecha tiene una marca. Un tatuaje, en forma de dos antorchas cruzadas.

El hombre murmura algo.

—... por piedad...

Así que es capaz de articular palabras.

Stígmata decide que todavía le puede resultar útil.

—Si no quieres que te degüelle, dime la consigna.

—¿Qué consigna?

—La que me preguntó el portero. La contraseña que usáis en vuestro prostíbulo.

—No sé. No conozco ninguna consigna.

Stígmata aprieta con la daga hasta que la piel de aquel tipo se rasga y empieza a brotar la sangre. No satisfecho con ello, le presiona bajo el ojo con el pulgar derecho y nota cómo el globo ocular se desplaza dentro de la órbita.

—Antes de matarte, te sacaré el ojo, te lo meteré entre los dientes y te apretaré la mandíbula para que tú mismo lo revientes y te ahogues con él. ¿Sabes lo que hay dentro de un ojo humano?

—¡Noooo!

—Lo vas a averiguar.

Stígmata no es como Septimuleyo, como Mamerco o como la mayoría de los Lavernos.

No obtiene ningún placer con esas cosas.

Eso no quiere decir que no las haya hecho.

—Si te lo digo, me vas a matar igual.

—Te juro por la tumba de mi padre y por la salud de mi madre que te dejaré vivir.

—¿Me lo juras?

—Eso te he dicho. ¡Rápido, si quieres vivir!

El tipo recita rápido algo que a Stígmata le suena a griego mal pronunciado.

—Repite.

—*Andri paidó thyrso, thyrso andri paidó.*

—¿Es eso? Si me has mentido, volveré a por ti y desearás estás muerto.

—Te lo juro por los manes, los novensiles y los indigetes. ¡Déjame marchar!

Stígmata se convence de que aquel hombre no miente. No se habría inventado unas palabras tan absurdas.

Le clava el puñal junto a la nuez. Después, tira hacia fuera con fuerza para cortar tanto la carótida como la yugular sin tropezar con la tráquea.

Durante unos instantes, tapa la boca del hombre para ahogar sus gorgoteos.

Que no duran demasiado.

—Nunca he sabido dónde está la tumba de mi padre —susurra Stígmata.

Tampoco sabe si su madre, por cuya salud ha jurado no matar a aquel hombre, continúa en el mundo de los vivos.

Si por él fuera, que los desentierren y arrojen sus huesos a los perros, igual que ellos lo arrojaron a él al mundo.

«¿Y si no te abandonaron? ¿Y si fuiste robado de tu hogar?».

No es la primera vez que se hace esta pregunta. En las comedias, es un argumento típico. Alguien como él mismo, un esclavo, un cautivo o alguien infame que lleva una vida miserable, acaba encontrando a sus verdaderos padres, que invariablemente son gente acomodada, lo que hace que su situación mejore de forma sustancial. ¿Por qué no podría pasarle a él?

Hace tiempo que desechó esas fantasías. Pero hace unos días, en el Foro Holitorio, pasó junto a la Columna Lactaria, el lugar donde lo encontró la vieja Téano. Le llamó la atención un pasquín clavado a ella y se acercó a leerlo. Un tal Tito Ruscio Galo ofrecía una recompensa de quinientos sestercios para quien supiera darle noticia del paradero de sus dos hijos, Ruscia y Lucio, de cuatro y dos años de edad respectivamente, que habían desaparecido.

Aquello le hizo preguntarse de nuevo cómo había llegado él a ese mismo lugar.

¿Y si alguien había puesto un pasquín en algún lugar preguntando por el bebé desaparecido Lucio Pítico?

—No seas iluso. Nadie te va a reclamar —masculla para sí, mientras la vida abandona el cuerpo de su atacante.

Después de degollar a aquel hombre, repite la faena con los otros dos.

Con la precisión de un matarife.

A veces quiere pensar que no lo es. Pero ¿a quién va a engañar?

Podría no haber dado muerte a esos tipos. No constituían una amenaza inmediata.

No obstante, cuando se trata de la precaución y de conservar su propia vida, Stígmata prefiere errar por exceso que por defecto.

Una vez, hace años, dejó vivos a unos individuos con los que había tenido una reyerta en una taberna. También eran tres. Después de propinarles una paliza más que respetable, pensó que, en lo sucesivo, serían lo bastante sensatos como para alejarse de él.

No fue así.

Un par de noches después lo buscaron, en compañía de otros dos amigos. Con intenciones evidentes de acabar con él.

Si Stígmata salió vivo de aquello con apenas unos rasguños y una costilla dolorida fue porque Tambal, que no andaba muy lejos, acudió en su ayuda.

Quienes no sobrevivieron fueron los cinco agresores.

Desde entonces, Stígmata sigue la filosofía —le gusta utilizar esa palabra, influencia del maestro Evágoras— de tener los menos enemigos posibles.

Es un objetivo que se alcanza de dos maneras.

No buscándolos sin necesidad.

Y, si uno no tiene otro remedio que granjearse enemigos, no dejándolos con vida.

Tras limpiar su cuchillo en el manto del último hombre al que ha rematado, Stígmata los registra a los tres a toda prisa. Todos tienen el mismo tatuaje sobre la oreja, las dos antorchas cruzadas.

No le interesan sus armas. Por valiosas que puedan ser, no quiere cargar con ellas.

Busca sus bolsas.

Solo uno de ellos lleva escarcela. El tercero. Stígmata corta el cordón que la ata al cinturón. La sacude.

Suena bien. Tintineo de plata. Diría que un cuarto de libra. Seguro que no lleva dentro discos de plomo. Aunque ha de reconocer que el peso de estos le ha venido muy bien para imitar, a su manera, a un hondero balear.

También le quita un anillo que parece de oro, aunque no resulta fácil juzgarlo en la oscuridad, y lo guarda con las monedas en la escarcela que acaba de confiscar.

Tendrá que esconderle ese botín a Septimuleyo.

A tal fin, cuenta con su propio banquero.

Sierpe.

La niña es como las ardillas que entierran semillas y nueces en sitios dispersos para comérselas durante el invierno. Siempre anda cogiendo y almacenando cosas, cualquiera diría que por puro afán acaparador.

Stígmata le va entregando monedas para que se las guarde, aunque ignora cuáles son sus escondrijos. En cualquier caso, confía más en ella que en Septimuleyo. Si la cría le roba, qué remedio. Prefiere que sea ella y no él.

Ya no puede perder más tiempo. Dejando allí los tres cadáveres, atraviesa los escombros y desperdicios y sale de aquel falso muladar.

Lo primero que buscan sus ojos es al individuo al que vio al entrar en la plazuela, el que estaba recostado contra un pilar.

Ya no lo ve. Evidentemente, no estaba muerto.

Aunque quizá lo esté ahora. Porque Stígmata sospecha, aunque no tiene modo de verificarlo, que es uno de los tres atacantes a los que acaba de dar muerte. Un falso mendigo sentado allí para vigilar las entradas y salidas del solar que da acceso al burdel.

Una preocupación menos, en cualquier caso.

—¿Dónde estás, Sierpe?

La niña brota de entre las sombras como un conjuro, a la izquierda de la entrada del solar.

Lleva un capotillo corto, que apenas baja de las rodillas. Al verle las canillas tan flacas, Stígmata piensa que debe de estar pasando frío. Pero es una niña dura y no se queja.

—Diablo de criatura. ¿Cómo me has seguido sin que me entere?

Sierpe sonríe. Aunque tiene los dientes muy blancos, se los ha tiznado para que no se le vean en la noche. De ese modo tampoco se aprecia el hueco del incisivo que se le cayó hace poco.

—¿A que lo he hecho muy bien?

—Lo has hecho muy bien, pero no has hecho bien.

—No entiendo.

—Sí que me entiendes.

Ahora que sus pulsaciones se han enlentecido, Stígmata comprende que aquel lugar prohibido debe de tener otra entrada por la que han salido los tres atacantes.

¿Será la que usan las prostitutas para entrar y no cruzarse con los clientes?

Ese supuesto acceso no puede encontrarse muy lejos. Cuando han aparecido los tres hombres, él no llevaba demasiado rato discutiendo con el portero.

Como este ha presenciado la pelea y, sin duda, ha avisado de su desenlace, es más que probable que por esa segunda puerta salgan, a no mucho tardar, más hombres.

Esta vez más numerosos, mejor pertrechados y con las armas ya desenvainadas.

—Tenemos que escondernos, Sierpe. ¡Deprisa!

Lo de ocultarse se le da de maravilla a la niña, así que Stígmata deja que sea ella quien busque un lugar.

Con el correteo a saltitos propio de los niños, con la pierna izquierda siempre por delante como si aquello fuera un juego, Sierpe se dirige hacia los árboles que hay junto a la fuente del fauno.

A primera vista, a Stígmata no le convence el sitio. Parece demasiado obvio.

Enseguida descubre que, dentro de lo que ofrece el lugar, la elección no es mala. Uno de los árboles es un algarrobo. Por el lado que da hacia el solar parece intacto, simplemente un ejemplar viejo y nudoso y surcado de estrías. Pero por la parte en que crece casi pegado a una higuera, si uno consigue introducirse entre los dos árboles, hay una amplia abertura por la que se ha colado la niña, ya que por dentro el algarrobo está prácticamente tan hueco como la cabeza de Búfalo.

Stígmata tiene que agacharse y poner los hombros de lado, pero consigue deslizarse junto a Sierpe sin dejar demasiados jirones del capote.

Una vez acurrucados, la niña se abraza a él. Ahora sí resopla y tirita de frío como un cachorrillo abandonado. Lo bueno es que en el interior de aquel minúsculo refugio no llega el hostigo del viento y cada uno puede aprovechar el calor del cuerpo del otro.

Qué bien le habría venido encontrar un escondrijo así cuando era niño. Para agazaparse con Neria y evadirse de tanta miseria como vivieron los dos.

—Qué a gustito se está aquí —dice Sierpe, como si le hubiera leído el pensamiento.

—Sí, pero, ahora, silencio.

Al cabo de unos instantes se oyen pasos precipitados, carreras, voces. Stígmata cierra los ojos y se concentra en escuchar.

Las voces, que al principio suenan muy agrupadas, se separan unas de otras. Eso significa que quienes sean se han dividido para buscarlos en las inmediaciones.

Si se acercan demasiado, tendrá que salir para hacerles frente. Encogido como está dentro del árbol, pueden pincharlo desde fuera con una espada o un chuzo sin que sea capaz de defenderse.

Ni defender a Sierpe.

Por las voces, diría que son cuatro hombres. Es posible que haya más. No todo el mundo se cree en la obligación de hablar en todo momento. En ese grupo puede haber gente como él mismo, que prefiere mantener la boca cerrada.

Alguien llama a gritos.

—¡Aquí están!

«Nosotros, no», comprende Stígmata.

Los tres cadáveres.

Sierpe se abraza a él aún más fuerte.

Las pisadas vuelven a converger. Suenan de nuevo voces y discusiones, pero se oyen más apagadas.

Es porque están al otro lado del muro que separa el solar de la plaza.

Mejor que sigan allí.

Golpes en una puerta. Debe de ser la del burdel.

Más voces.

Stígmata supone que están metiendo los cuerpos dentro.

Después, la puerta vuelve a cerrarse. Más que por el golpazo, Stígmata se da cuenta porque las voces quedan súbitamente amortiguadas.

Poco después, dejan de oírse por completo.

—Vamos a esperar un poco —dice Stígmata.

La cría se aprieta contra él, metiendo los bracitos por debajo de su capa. Aunque no llega a abarcarlo, por la fuerza con que lo estruja cualquiera diría que lo intenta.

—Aquí se está muy bien —vuelve a decir.

Dejan pasar un largo rato. Por temperamento natural, Stígmata es inquieto. Pero de niño, en las larguísimas horas que pasó mendigando sin moverse del sitio, hiciera frío o calor, no le quedó más remedio que resignarse a la paciencia. Para él no es una virtud. Solo un mal menor.

***

Por fin, Stígmata dice en voz baja:

—Ahora vas a volver a casa.

—No —responde ella de la forma no demasiado silenciosa en que susurran los niños, más un soplo exagerado y acezante que un murmullo.

Salen del escondrijo. O la bóveda de nubes ha perdido algo de grosor, o la luz de la luna ha ganado fuerza, o es que los ojos de Stígmata se han acostumbrado a la oscuridad como los del gato con el que lo compara Rea. Lo cierto es que ve los alrededores con más claridad.

Por si acaso, se mantienen todavía detrás de los árboles.

No se advierte un alma en la plazuela. La parte que da al solar y el solar mismo se han quedado en silencio.

—Vamos, vete —insiste Stígmata—. Ya te dije antes que te acostaras. Y ha pasado más de una hora desde entonces.

Un padre jamás dejaría que su hija de siete años volviera sola de la Subura al Aventino en mitad de la noche.

Pero ni Stígmata es el padre de Sierpe ni esta es como las demás niñas de siete años.

—Es que yo quiero ayudarte.

—No recuerdo que nuestro patrón te haya dado orden de que me ayudes.

—No me lo ha encargado. —La niña usa más el término «encargar» que «ordenar»—. Pero yo quiero hacerlo. Por favor, deja que te ayude.

Cualquiera que la viera ahora, abriendo en gesto suplicante aquellos ojos que parecen dos lunas llenas en su rostro, pensaría: «¡Qué niña más rica! ¡Qué dulce criatura!».

Si no fuera porque lleva escondido bajo el capotillo ese delgado puñal que no tiene el menor reparo en clavar en un cuerpo humano.

«¿Yo era así de niño?», se pregunta, una vez más, Stígmata.

—¿Y cómo se supone que puedes ayudarme?

—Ya te he ayudado, ¿no lo has visto?

—No me hacía falta tu ayuda. Y no me gusta que…

Stígmata se interrumpe. ¿Qué estaba a punto de decir? ¿Que no le gusta que Sierpe ande sola por la noche por las calles de Roma, cuando lleva haciéndolo desde que tenía cuatro años? ¿Que le clave el cuchillo a la gente, cuando ya ha matado —que sepa él— a dos hombres?

—Puedo ayudarte mejor —responde ella, muy seria.

—¿Mejor? ¿A qué vas a ayudarme?

—A rendirle *repuestos* a Lucinio Calvo.

—Pero ¿es que tienes que enterarte de todo? Por cierto, se llama Licinio.

Lo de los repuestos por respetos se lo calla.

La niña sonríe autosuficiente, con un gesto tan exagerado que casi parece una máscara teatral.

—Si me sigues, vas a ver cómo te ayudo —insiste.

Stígmata menea la cabeza. En una noche como esta y con una misión tan siniestra, seguir a una cría de siete años parece una insensatez, el acto de un loco.

Pero está claro que por la puerta del solar no va a abrirse paso. No puede echarla abajo. Necesitaría un ariete. Aunque lo tuviese, a esas alturas habrá un buen puñado de matones parapetados en la entrada.

Aguardándolo a él.

Lo mismo cabe esperar de la otra entrada, por la que han salido los atacantes y los compañeros que han ido a buscarlos después.

Además, Stígmata ignora dónde se encuentra ese segundo acceso.

Así que se encoge de hombros y decide seguir a la niña.

Se alejan de la plazoleta.

Bastante.

Callejean, doblan esquinas, suben y bajan rampas y pequeños tramos de escaleras. Atraviesan incluso el solar lleno de escombros renegridos donde un mes antes se levantaba un estrecho edificio que se derrumbó pasto de un incendio.

Provocado, como tantos otros, por especuladores deseosos de construir más alto y más barato y aumentar sus ganancias.

Cuando han puesto más de cien pasos de distancia entre ellos y la entrada del Palacio de Hécate, llegan a una callejuela entre una ínsula y el muro de lo que, a juzgar por los balidos de cabra que suenan al otro lado, debe de ser un corral. El pasaje es tan angosto que, abriendo los brazos, Stígmata puede tocar ambas paredes a la vez.

Todavía se estrecha más conforme avanzan, hasta morir al final en un absurdo ángulo agudo en el que confluyen el edificio y el muro del corral.

—¿Dónde me has traído?

A la izquierda, en la pared de la ínsula, hay una portezuela desvencijada que no llega a cerrar del todo ni por arriba ni por abajo.

La niña empuja. La puerta se abre hacia dentro. Si lo hiciese hacia fuera, pegaría con la pared del otro lado del angostillo.

La puerta da acceso a un cuartucho.

No es más que el típico prostíbulo individual y barato.

Como los que había en la calle del Aventino donde Stígmata y Neria mendigaban. Los mismos que vigilaba Tambal antes de acabar entrando en el clan de los Lavernos.

El cuchitril está vacío. No hay nada sobre el lecho de albañilería. Todo se ve lleno de basura. Y huele a...

A mierda.

Por lo menos, no demasiado reciente. Algo es algo.

Al parecer, la gente usa más aquel chiribitil como letrina improvisada que como lupanar. Stígmata no cree que ni las putas más baratas de la Subura ni los clientes menos exigentes estén dispuestos a fornicar allí.

Aunque nunca se sabe. Quizá es que él es muy remilgado. Hay gente para todo, como los que follan entre las tumbas del Esquilino con las bustuarias, las putas de cementerio.

En el suelo hay una rejilla.

En la oscuridad, Stígmata piensa que es de metal.

Pero no es así. Se trata de una celosía de madera. Sierpe tira de ella, gruñendo un poco por el esfuerzo, y, como no pesa demasiado, consigue apartarla.

—¿Por aquí se baja a...?

—Sí.

«Al prostíbulo más infame y peligroso de Roma», completa mentalmente Stígmata.

—¿Estás segura?

—Yo he bajado.

—¿Que has bajado? ¿Has estado en el Palacio de Hécate, donde no dejan entrar ni a nuestro patrón?

—Es que yo casi nunca pido permiso.

—¿Casi?

—Cuando voy a entrar en tu cuarto, llamo primero.

Lo hace desde que entró sin pegar con los nudillos en la puerta y pilló a Berenice desnuda cabalgándolo a él como una impetuosa amazona.

Stígmata le habría dado unos buenos azotes. Pero, cuando consiguió pillar a aquella escurridiza lagartija, ya se le había pasado el enfado, y se limitó a advertirla.

Es justo reconocer que, desde entonces, Sierpe llama.

Aunque casi nunca espera a que le den permiso antes de entrar.

Stígmata se acerca al agujero y, tras limpiar someramente el suelo barriéndolo con las botas, se apoya con ambas manos en el borde y se asoma.

No parece un pozo de alcantarilla. Sube un olor rancio, a humedad, a moho. Pero no a excrementos ni a cadáveres descomponiéndose.

Si es verdad que el Palacio de Hécate consiste en un laberinto de túneles, para excavarlos habrán tenido que horadar también pozos verticales.

Hace un tiempo, Stígmata estuvo en el lago Nemorense. No de visita, como los ricos que disfrutan de aquel pintoresco paraje, sino para combatir en unos juegos en honor de la Diana del Bosque.

Disfrutó, no obstante, de algo de tiempo libre, por lo que pudo recorrer el túnel de más de una milla que atraviesa la montaña desde el cráter donde se encuentra el lago hasta la ladera exterior. Fue una expedición sorprendente a través de las profundidades de la tierra. Cuando salió al otro lado, le hizo sentirse como un nuevo Orfeo saliendo del Hades.

Con la diferencia de que la Eurídice que llevaba detrás, una dama de la nobleza que aprovechó el viaje para gozar de los favores de Stígmata y otros dos gladiadores, no se desvaneció como una sombra cuando él miró atrás.

No le habría importado que se hubiese esfumado. Aquella mujer, Aquilia, esposa de Opimio —este se había quedado en Roma preparando su primera campaña a cónsul—, no era precisamente la más atractiva de sus clientas.

El guía que los acompañaba, un ingeniero militar, les mostró dos profundos pozos que partían del techo del túnel y subían hasta la superficie. Les explicó que en los tramos subterráneos de los acueductos también se abrían pozos verticales que servían de respiraderos, para que los equipos de excavación bajasen y subiesen, y para extraer el escombro excavado de los túneles.

De modo que el agujero que tienen a sus pies debe de ser uno de esos pozos.

Un acceso a otro Hades.

Uno de verdad, en el que reina la meretriz Hécate.

No es que la perspectiva de bajar por allí entusiasme a Stígmata.

¿Qué profundidad tendrá el pozo?

Es de suponer que no demasiada si Sierpe se ha colado por allí. Stígmata coge una esquirla de ladrillo y la deja caer.

El golpe con el suelo se escucha enseguida. Un latido, poco más. Stígmata cree, o quiere creer, que como mucho el pozo tendrá una profundidad equivalente a dos pisos.

Se pone en pie y se sacude el manto, como si eso fuera a servir de algo.

—¿Voy a caber por ese agujero?

—Yo creo que sí —responde Sierpe.

—¿Crees?

La niña abre los bracitos para medir la boca del pozo y después se pone de puntillas para hacer lo mismo con la espalda de Stígmata.

—Sí cabes.

—¿Y cómo pretendes que baje?

Stígmata vuelve a agacharse y toca las paredes del pozo. Se notan rugosas y secas, no resbaladizas. Si tuviera más diámetro, podría poner la espalda en una pared y los pies en la otra y bajar poco a poco manteniendo la presión con las piernas.

No es así. El agujero es demasiado angosto para colocar las piernas con el ángulo necesario para hacer fuerza.

Pero resulta que Sierpe ha pensado en todo.

Se levanta el capote.

Cuando se abrazaron dentro del árbol, Stígmata notó algo raro por debajo del capote de la niña y le preguntó.

—Es Pulcra.

La niña asesina de los Lavernos tiene su corazoncito. Pulcra es una muñeca de trapo, con un vestido rojo y un absurdo pelo de lana azul. Sierpe va con ella a todas partes.

Pero, además de la muñeca, Stígmata comprueba ahora que la niña lleva una soga enrollada alrededor de su esbelto cuerpecillo.

—Empiezo a pensar que el patrón debería haberte encargado la misión a ti y no a mí.

Ella se ríe.

—¿Dónde atamos la cuerda? —se pregunta Stígmata.

Pegado a la pared está el lecho de mampostería, donde putas y clientes fornican con escasa intimidad. O fornicaban.

Es macizo. No hay donde enganchar el cabo.

Sierpe se encarama al lecho. Trastea con algo en la pared.

Se oye un chirrido de madera y metal oxidado.

Es un postigo que se queja por lo poco que se abren sus goznes. Así que hay una ventana en el tabuco.

Por ella entra una pizca de luz. Debe de haber un patio al otro lado, o al menos un respiradero vertical.

Lo que importa es que esa luz permite ver que en la ventana hay una reja. Tres barrotes verticales, uno horizontal.

Sierpe se ha desenrollado la cuerda y se la da a Stígmata. Este la ata a los barrotes y tira con fuerza.

—Espero que aguante.

—Es buena. Se la cogí a Tito el cordelero.

—Y seguro que la pagaste.

Ella no responde.

Diablo de criatura, repite para sí Stígmata.

—Lo que me preocupa no es la cuerda, sino la reja.

Al tocar los barrotes, se desprenden escamas de orín.

¿Cuánto tiempo lleva allí la reja? ¿Aguantará el metal oxidado? ¿Resistirán los anclajes de la propia pared?

Solo hay una forma de comprobarlo.

Stígmata vuelve junto al pozo y suelta la cuerda. El extremo del cabo se pierde en la oscuridad.

—Quédate aquí —le ordena a Sierpe.

—¿Ya no quieres que vuelva a casa?

A casa. Como si para gente como ellos dos existiera algo así.

—Eso querría, sí. Pero sé que no vas a hacerlo. Así que espérame aquí mismo.

—Puedo bajar y ayudarte.

—No debes bajar a un lugar como este.

—¿Por qué?

—No sabes cómo es.

—Yo sí sé cómo es. Tú no. Yo he estado. ¿A que tú no?

Una lógica apabullante.

—Me da igual. Te quedas aquí arriba.
—¿Por qué?
—Porque lo digo yo.
La niña se cruza de brazos y se sienta en un trozo de viga reseca que los dioses saben cómo habrá llegado allí.
—Vale.
—Eso digo yo.
Cuando Stígmata se dispone a descolgarse, Sierpe le dice:
—¡Espera! No bajes todavía.
—Ya sé que no te quieres quedar sola, pero ahí abajo correrías más peligro.
—No es eso. Es que…
—Dime.
—Tengo que contarte algo.
Stígmata entrecierra los ojos.
—¿Te ha pasado algo?
—No es eso. —La niña titubea—. He oído más cosas.
—¿Además de lo de Licinio Calvo?
—Sí, sí. De otros.
—¿De quién?
—El patrón le ha dicho a Mamerco algo de uno que se llama Sardorio.
—¿Sardorio? ¿No será Sertorio?
—¡Eso es!
—¿Es importante?
La niña se encoge de hombros. Tal vez sea mucho pedirle que juzgue la mayor o menor importancia de lo que escucha.
Solo tiene siete años.
Si es que los tiene.
—De acuerdo. Cuéntame, rápido. La noche avanza.
Sierpe lo hace.

PALACIO DE HÉCATE I

Pasada la medianoche y entradas ya las primeras horas de los idus de enero, Tito Sertorio está a punto de despertar.

Lejos de su alcoba conyugal.

En un cubículo excavado en la roca volcánica que sustenta la ciudad de Roma. A cincuenta pies bajo tierra.

Las paredes de la estancia están talladas a pico. Sin desbastar apenas, salvo la que queda frente a los pies de la cama, que es lisa y está decorada con pinturas desde el suelo hasta el techo. A la luz de las llamas —hay dos candeleros con lámparas de aceite y quince o veinte velas que arden en pequeñas hornacinas excavadas en la roca—, las escenas donde personajes mitológicos, algunos de ellos con rasgos animales, se dedican a todo tipo de prácticas sexuales tienen algo de ominoso, de infernal.

Algo que no resulta inapropiado para un burdel conocido como Palacio de Hécate.

Entre la cama y la pared hay dos braseros que caldean la estancia. Sin embargo, lo que más calor desprende allí es el cuerpo de la ocupante habitual del lecho.

Un lecho que no es de madera, ni siquiera de ladrillo. Está cincelado en piedra, en forma de un gran saliente que brota de la misma pared.

Si lo hubieran fabricado de otra forma, difícilmente podría sustentar el peso de la mujer que duerme con Tito Sertorio.

Este despierta.

Lo hace porque le cuesta respirar.

No es extraño, considerando que tiene la cabeza enterrada entre dos masas blandas, mullidas, tibias.

No son almohadones de plumas como aquellos de los que tanto le gusta rodearse en su propio lecho.

Son dos senos. Pechos, tetas. Ubres, incluso.

De un tamaño desmesurado.

El nombre de guerra de esta mujer es Hipólita.

Quien la apodó así lo hizo con una buena dosis de sorna.

Hipólita era la reina de las amazonas. Aquella raza de belicosas mujeres que, según la leyenda, cauterizaban el pecho derecho a sus niñas para que de mayores no las estorbara a la hora de disparar el arco o la jabalina. (¿Realmente incomodaría tanto?).

La Hipólita del Palacio de Hécate es una mujer rotunda, más pesada incluso que Tito Sertorio. A pesar de que este ha engordado en los últimos años cerca de cien libras.

A Hipólita no le falta carne en ningún lugar. Sus muslos, que forman rollitos como los de los bebés gordezuelos, pero a escala de paquidermo, se rozan de tal manera que resulta imposible acceder a lo que hay entre ellos si no se hace primero un gran esfuerzo para apartar la grasa. Es casi más sencillo separar con ambos brazos las gruesas puertas que cierran el templo de Saturno que abrirle las piernas. Cuando Tito lo consigue, a veces encuentra entre los pliegues migas de pan y queso, hebras de pollo asado o huesecillos de aceituna.

Restos que, entre la vergüenza y la fascinación por comprobar hasta dónde es capaz de llegar él mismo, Tito se ha llevado a la boca y se ha comido en más de una ocasión.

Pero las gorduras mantecosas de sus muslos no son su tajada favorita de aquel cuerpo. Lo que le fascina de Hipólita son aquellos pechos desmesurados, cada uno de ellos el doble de voluminoso que su cabeza. Ellos son su almohada, su refugio.

Esos pechos son incluso la vagina donde a veces descarga su simiente.

¿Qué puede hacer Tito Sertorio, un respetable ciudadano y miembro del orden ecuestre, en una noche desapacible como esta, tan lejos de su casa y sumergido entre los pechos de una prostituta de carnes de hipopótamo en un antro excavado bajo el suelo de la Subura?

Podría decirse que tiene algo que celebrar.

Y algo de lo que desahogarse.

***

Primero, la celebración.

A decir verdad, Tito Sertorio lleva varios días de fiesta. Pero hasta casi el final no puede decirse que haya sido para él motivo de alegría.

La fiesta era en casa de Servilio Cepión.

En este momento, el noble es su mayor acreedor.

Cinco millones de sestercios de principal y ochocientos cincuenta mil sestercios de intereses.

La fiesta ha sido larga.

O lo está siendo.

Tito ignora si ha terminado.

Los primeros invitados llegaron a mediodía del 10. Ayer, víspera de los idus, cuando Tito se marchó por fin de casa de Cepión a eso de la hora sexta o séptima, el jolgorio aún no había amainado.

La fiesta fue espléndida, grandiosa, como para aparecer en las crónicas. Si es que hubiera cronistas dedicados a dejar constancia de banquetes y orgías, como otros lo hacen con los portentos o con los desfiles triunfales.

Al principio Tito no solo no disfrutó del festejo, sino que empezó sintiendo preocupación ante todo lo que veía. Una preocupación que pronto se convirtió en zozobra y alarma.

¿Cómo no, contemplando el número de invitados y la cabalgata de manjares que les servía el anfitrión, todos y cada uno de ellos pregonados por un maestresala?

Salmonetes rojos como el cobre ahogados en un *garum* que hacía lagrimear los ojos. Gambas de un palmo chapoteando en salsa de comino. Percebes feos como uñas de bruja, tan caros como exquisitos. Mújoles bañados en pegajosa salsa de ostras. Escaros de la isla de Cárpatos, pescados usando como cebo a hembras que los atraen hasta que ellos mismos, víctimas de su lujuria, se introducen en el garlito. Langostas a la brasa con pimienta y cilantro. Dátiles de mar nadando en una cocción de miel y hojas de nardo. Huevos de gallina, de pavo, de codorniz y de vaya uno a saber cuántas criaturas ovíparas más.

Por supuesto, terneras, corderos, cochinillos, pollos y perdices rellenos de todas las maneras posibles. Matrices de cerda de segunda camada, que son las más jugosas. Ubres de marrana a punto de parir. Incluso se ofrecían minúsculas rarezas que, de creer al locuaz maestresala, eran sesos de ruiseñor y lenguas de flamenco servidas en bandejas de plata labrada.

Por los dioses, ¿a quién se le ocurre algo así? ¿Quién puede concebir la idea de arrancarles la lengua a los pobres flamencos —eso para empezar— y después tomarse la trabajera de llevarla a la práctica?

¿Y qué decir de tener un esclavo cuyo único encargo era moler pimienta e irla espolvoreando en los platos de los comensales? Por no hablar de la forma en que alardeaba Cepión de que cada tarde hacía regar las lechugas de su huerto con miel y con vino para recogerlas más suculentas al día siguiente.

Hablando de vino, manaba en tal abundancia como si Cepión hubiera instalado en su casa una fuente de tres caños. Bellos camareros de ambos sexos escanciaban los mejores caldos del orbe, anunciados todos ellos por un segundo maestresala. ¡Otro criado nada más para cantar los nombres de los vinos!

Un gaurano de las fértiles tierras volcánicas de alrededor de Puteoli que robaba los sentidos..., en todos los sentidos de la palabra. (Ah, las tierras volcánicas. Al pensar en ellas, a Tito se le llenaron los ojos de lágrimas). Un másico que hacía levitar de placer. Había, asimismo, vinos traídos de Grecia. Un ariusio blanco, el mejor entre los caldos de la isla de Quíos, ya de por sí excelentes. Un pepareto que, según le susurró a Tito el mismo enóforo que se lo sirvió, solo empezaba a apreciarse a partir del noveno año, «Y no del sexto, como dice el ignorante del maestresala». Un maroneo tinto de la misma uva con la que Odiseo embriagó al cíclope Polifemo. Un *mulsum* preparado con Falerno y con miel del Himeto.

La lista continuaba, larga como un ritual etrusco.

No es que Tito le haga ascos a un buen vino, sobre todo si lo bebe en casa ajena. Pero con la borrachera colectiva en que estaba degenerando la fiesta, Cepión podría haber servido la infame posca, esa mezcla de vinagre y agua que se reparte a los legionarios. Nadie habría notado la diferencia y todo habría salido mucho más barato.

Todo esto se sumaba a los espectáculos varios que amenizaban el festejo en los jardines y las salas de la mansión. Mimos, actrices, malabaristas, gladiadores, tragafuegos.

Una de las atracciones consistía en contemplar cómo Sópolis, el pintor más célebre del momento, trabajaba en un fresco en el tablino de

Cepión mientras la actriz Antiodemis posaba para él ataviada como una Diana cazadora. La joven llevaba un pecho fuera, mientras el resto del cuerpo iba tapado —era un decir— por una túnica corta y plisada, tan transparente como si estuviera tejida en las aguas de un arroyo de montaña.

Cuando la actriz, cansada de mantenerse inmóvil fingiendo tender el arco, se puso un fino manto y se marchó del despacho, el pintor se dedicó a otros elementos de la escena. Para ello posaron ante él otra actriz y un joven mimo, no tan populares como Antiodemis, pero también muy cotizados. Completamente desnudos, ambos representaban con sus retorcidas posturas ser víctimas de las flechas de Diana. Los hijos de una tal Níobe, le explicaron a Tito.

A toda aquella gente había que pagarla, y seguramente también querría llenarse la andorga.

Caso aparte era el de la tal Antiodemis.

Todo el mundo sabía que estaba allí como amante de Cepión.

Lo cual significaba que no cobraba un sueldo como los demás..., pero, a cambio, salía mucho más cara.

—Cepión le está pagando un apartamento que ocupa toda la planta baja de la Torre Mamilia —le contó a Tito una invitada con gesto de falso escándalo.

Quien se escandalizó fue él. ¡Toda la planta baja de ese edificio! No se tranquilizó un poco hasta averiguar que, en realidad, el apartamento ocupaba «únicamente» un tercio de esa superficie. Pero, al precio de los alquileres en Roma, eso seguía suponiendo otro buen pellizco que pagaba Cepión...

... a costa del dinero de Tito Sertorio.

Entre los dispendios de la fiesta, tampoco había que desdeñar el gasto en braseros, pebeteros y antorchas. No solo en el tablino donde los modelos posaban desnudos, sino también en el resto de la casa. Hacía tanto calor allí dentro que, con los sudores, resultaba fácil olvidar que estaban en pleno invierno, uno de los más crudos de los últimos años. En cuanto a las velas que ardían en palmatorias y candelabros, debía de haber tantas como soldados en una cohorte o incluso en una legión. Con aquel derroche de luz, apenas quedaban rincones en sombras. Lo cual no era óbice para que, conforme transcurría la fiesta, los asistentes se fueran entregando cada vez más a prácticas que, estando serenos, se suelen reservar para la oscuridad del dormitorio.

Tito Sertorio no hacía más que echar cuentas.

—Maldita sea mi estirpe, ¿cómo se me ocurriría hacerle un préstamo, si ya me habían avisado? —repetía para sí, meneando la cabeza—. Ese manirroto no me va a devolver el dinero en la vida.

No poca inquietud le causaban, asimismo, las muecas que hacía Nicómaco, el administrador de Cepión. Un tipo cabal y, sobre todo, ahorrativo. Mientras recorría las estancias de la mansión, Nicómaco no dejaba de torcer el gesto y darse tales tirones de las cejas que parecía mentira que le quedara un solo pelo en ellas. Indudablemente, los gastos debían de estar saliéndose de madre.

En cierto momento, el nomenclátor de Cepión anunció la llegada de Estratón, un liberto del cónsul Opimio que sirve de enlace entre este y la Sociedad Feroniana, una de las compañías de publicanos más importantes de Roma. El nomenclátor tuvo que pronunciar su nombre en tres ocasiones, cada vez más alto, hasta que acabó a gritos. Si lo hizo no fue por la misma razón que Ulises, que nombraba tres veces a los compañeros que perdía en el camino con el fin de evitar que sus almas vagaran fuera del Hades, sino porque con tanta algarabía no había forma de hacerse oír si no era desgañitándose.

A esas alturas, llevaban unas nueve horas de fiesta. Las suficientes como para que la mayoría de los invitados estuviesen bastante borrachos.

Todavía quedaban horas, ¡qué horas!, días por delante.

Al parecer, Estratón no venía como invitado, sino para tratar de negocios. De hecho, él y Cepión se reunieron en el despacho de este cerca de una hora.

Durante todo ese tiempo, Tito se las arregló para permanecer en las inmediaciones del tablino de la casa, sumándose a diversos corrillos y tratando de participar en las conversaciones, pero sin perder de vista en ningún momento la puerta de la estancia donde estaban encerrados el anfitrión y su visitante.

«Tengo que abordar a Cepión, tengo que abordar a Cepión», se repetía por dentro.

Por fin, terminó la reunión. Cepión salió de ella eufórico. Sin dejar de charlar con Estratón —«¡La cinta de seda y la piel de zapa!», repetía, seguramente el final de algún chiste que Sertorio no conocía—, lo acompañó en persona hasta la puerta de la mansión y allí se despidió de él entre abrazos y sonoro tamborileo de palmadas en ambas espaldas, pam-pam-pam-pam. Unos gestos de familiaridad inusitados en un noble de su categoría considerando que su interlocutor no dejaba de ser un antiguo esclavo.

Borracho y excitado. O excitado y borracho. Así se veía a Cepión.

Una combinación que agudizó el nerviosismo de Tito Sertorio. Con un anfitrión tan enardecido, era muy probable que los gastos de la fiesta se hincharan todavía más.

No es que el propio Tito no se encontrara afectado por la bebida. Pero el estado de Cepión era muy distinto, más allá de la borrachera. Parecía fuera de sí. Tenía las pupilas dilatadas como si se hubiera echado belladona y no dejaba de sorber y toquetearse las aletas de la nariz.

Uno de los invitados, un mimo llamado Macario, se acercó a Tito y, batiendo unas pestañas largas y cadenciosas como las plumas de un flabelo, le susurró en tono de informador clandestino:

—¿Ves cómo está nuestro anfitrión? Es el soplo de Epiménides.

—¿El soplo de quién?

—De Epiménides. Lo que ha aspirado nuestro anfitrión. —Haciendo honor a su profesión, Macario imitó con aspavientos el gesto de espolvorearse algo en la palma de la mano y después inhalarlo ruidosamente por ambas fosas nasales—. ¿No lo has probado nunca?

—Ni siquiera había oído hablar de ese soplo.

—Pues te lo recomiendo. Te sientes capaz de cualquier cosa. ¡Es como si te pusieran en las botas las alas de Mercurio!

Observando las pupilas agrandadas de Macario, Tito dedujo que su interlocutor también había aspirado esa droga milagrosa de la que hablaba.

Conque el soplo de Epiménides.

«Te sientes capaz de cualquier cosa».

¿Debería probarlo él también para perder sus temores y atreverse a abordar a Cepión?

Tito Sertorio, miembro del orden ecuestre y nacido fuera de Roma, suele sentirse intimidado ante la nobleza del Senado, aunque haga negocios con muchos de sus integrantes.

Dentro de esa nobleza, la familia de Servilio Cepión se encuentra en la cima o, como poco, en el risco que sobresale de la ladera justo antes de la cima.

Pero a esas alturas de la fiesta, por muy encumbrado que estuviera su anfitrión, Tito había resuelto que no podía irse sin hablar de aquel asunto tan embarazoso y, al mismo tiempo, tan perentorio para él.

El dinero.

Su dinero.

No es que pretendiera que el noble fuera a devolverle el préstamo entero ya. Eso habría sido muy ingenuo por su parte. Pero necesitaba liquidez, pues él mismo acababa de perder una suma más que considerable.

La culpa, de la misma montaña de fuego que le había hecho ganar dinero durante un tiempo. Dos años atrás, Sertorio había comprado unos viñedos y una bodega en las fértiles tierras entre el Etna y Catania, y también había pagado el arrendamiento de las naves que transportaban a Roma aquel vino, cada vez más apreciado.

Los hados, enojados con él por alguna razón, decidieron que el volcán despertara en noviembre. No fue una simple indigestión telúrica con penachos de humo y algún que otro regüeldo subterráneo de los que hacen temblar el suelo, como había ocurrido en anteriores ocasiones, sino una erupción devastadora que causó miles de muertos.

Erupción que, aunque eso lo ignoren tanto Tito Sertorio como todos los afectados, es la que ha provocado el invierno durísimo que están viviendo en miles de millas a la redonda.

Ahora, tanto los viñedos como la finca donde se encuentra la bodega están sepultados bajo espesas coladas de lava que siguen humeando. Tal vez los tataranietos de Tito podrán volver a plantar vides en aquel terreno, pero él ha perdido todo el dinero invertido allí. Para colmo, la lluvia de rocas ardientes prendió numerosos incendios en Catania, que se extendieron a los muelles donde Tito tenía almacenado el cargamento de vino que debía embarcar hacia Roma cuando el mar se abriera de nuevo a la navegación comercial.

En suma, más de dos millones de sestercios de pérdidas.

Y lo peor es que uno de esos dos millones tiene que devolverlo a su propio prestamista. En febrero, según lo estipulado.

No es que Sertorio no pueda afrontar el pago, pero su situación empieza a ser preocupante.

Más preocupante aún porque nada de lo que estaba viendo en la fiesta le daba la impresión de que Cepión fuese a reembolsarle tan siquiera parte del préstamo.

***

Su primera intentona de hablar con Cepión resultó fallida. Poco después de despedir a Estratón, el anfitrión de la fiesta se puso un manto para salir.

«Ahora o nunca», pensó Tito, que lo abordó ya al lado de la puerta, mientras el esclavo que la vigilaba descorría la gruesa tranca para que saliera su amo.

—Mi querido Cepión. ¿Podría, ejem, podría hablar contigo un momento? No te robaré, eh, no te robaré mucho tiempo.

Cepión se volvió hacia él y entrecerró los ojos. Tenía todo el aspecto de estar intentando acordarse de quién era Tito.

«¿Te presto cinco millones y te sirvo de testigo para firmar otros cinco y no te acuerdas de mí?».

Evidentemente, no lo dijo en voz alta.

—Después, mi querido… Sertorio. Cuando vuelva. Tú disfruta de la fiesta.

Sin más, Cepión salió a la calle, seguido por su guardaespaldas, el bárbaro hispano que había sido gladiador. Era ya de noche muy cerrada.

¿Adónde iría a esas horas?

De haber sabido que Cepión se dirigía al Hórreo de Laverna para encontrarse con Septimuleyo, jefe del hampa del Aventino, y, en particular, que el nombre de Sertorio y el dinero que le debía Cepión iban a salir a relucir en la conversación, se habría sentido mucho más intranquilo.

Ignorante de todo ello, decidió que, mientras esperaba a que regresara el anfitrión, lo mejor era disfrutar el momento y que los dioses decidieran.

Además de aplicarse a la comida y la bebida sin reparos, en cierto momento incluso se animó a participar en una pequeña orgía en un dormitorio.

Por desgracia, su papel no resultó demasiado lucido. El vino y la carne revolviéndose juntos en su estómago no suelen garantizarle un buen rendimiento de la cintura para abajo, y aquella no fue una excepción. Ni siquiera las excitantes visiones y sensaciones de la reducida bacanal consiguieron que mantuviera enhiesto el estandarte el tiempo suficiente como para clavarlo en territorio enemigo, fuera una entrepierna femenina o unas nalgas de cualquier sexo. No le quedó otro remedio que ordenar retirada a sus tropas de un modo un tanto ignominioso.

Cepión regresó unas tres horas más tarde. Después de encerrarse un rato en su despacho con su guardaespaldas, salió con una túnica recién planchada, oliendo a perfume y con renovados bríos para unirse a la fiesta.

Tras apurar otra copa, Tito decidió que se hallaba en el punto justo de embriaguez. No tan beodo como para caer de bruces o vomitarse en la túnica, pero sí lo bastante achispado para cobrar el coraje suficiente y dirigirse a su acreedor.

Los dos primeros intentos fracasaron, como había fracasado su acercamiento en la puerta de la casa. Siempre parecía haber alguien que se le adelantaba y secuestraba a Cepión dentro de algún corrillo.

A la tercera, por fin, lo consiguió.

El arranque de la conversación, que se desarrolló en la galería que rodeaba el jardín, no fue prometedor. En cuanto Tito sugirió al joven noble que tal vez —solo, ejem, solo tal vez— le convendría ofrecer sus servicios como cuestor al cónsul Fabio Máximo, la forma en que Cepión arrugó la frente le hizo comprender que había metido la pata hasta el menudillo.

—¿Que sirva a las órdenes de Fabio? ¿A las órdenes de Fabio, me has dicho? ¿De ese advenedizo?

Para los nobles ensoberbecidos como Cepión, no solo son advenedizos los équites nacidos fuera de Roma, como el propio Tito Sertorio. Cualquiera que, en su opinión, no iguale los logros de su *gens* puede ser tildado con ese adjetivo. Por muy cónsul e hijo de cónsul que sea, como es el caso de Fabio Máximo.

Después de aquellos torpes prolegómenos, el diálogo amenazó con descarriarse. Incluso con despeñarse. Cepión, al que parecía habérsele subido de golpe el alcohol ingerido, empezó a trabucar palabras y repetir frases, al tiempo que se tambaleaba y amenazaba con arrastrar a Sertorio en su caída.

Por suerte para Tito, una esclava que, pese al fresco que hacía junto al jardín, llevaba un pecho fuera le trajo a su amo una cajita de plata que contenía un polvillo machacado.

—Gracias, Cimeris —dijo Cepión.

Cepión tomó una pizca de aquel polvo entre los dedos y lo aspiró primero por una narina y después por la otra, tal como lo había representado Macario. Al instante sacudió la cabeza y resopló, abriendo unos ojos como platos.

—Prueba esto —le dijo a Sertorio, ofreciéndole la cajita—. Es gloria bendita. ¡El soplo de Parménides!

Pensando que debía de ser el estupefaciente al que el mimo se había referido como «soplo de Epiménides», Sertorio tomó un pellizco minúsculo y se lo acercó a la nariz con recelo. Lo que fuera, estaba aromatizado con cilantro.

Aprovechando que Cepión se había distraído pellizcando el pezón desnudo de la joven («¡Por Rumina, lo tienes duro como una cuenta de cristal, pero no tan duro como me la estás poniendo a mí!»), Sertorio dejó resbalar el polvillo entre los dedos. Prefería no añadir más drogas al vino que ya tenía en el cuerpo y al opio que a ratos respiraba sin querer.

El soplo de Epiménides, Parménides, las Euménides o como demonios se llamara, pareció espabilar algo a Cepión. Sus pupilas se dilataron de nuevo, recluyendo sus iris pardos dentro de un anillo casi invisible.

—Como te decía, no tienes que preocuparte. Ninguna preocupación. Ni la menor. —¡Hip!—. Preocupación.

—¿Por qué no tengo que preocuparme, noble Cepión?

Su anfitrión tiró de su brazo —de nuevo, casi lo derribó—, y le hizo bajar al jardín. Aunque en él también ardían algunos braseros, la diferencia de temperatura era apreciable. Con eso y con el rumor de la fuente en la que unas náyades de mármol danzaban en corro, Sertorio empezó a notar unas ganas imperiosas de orinar.

Que era lo que estaba haciendo otro invitado en el mismo jardín, al pie de una estatua de bronce que representaba a un joven desnudo, tal vez un dios, a punto de clavarle un dardo a una lagartija.

Pero no parecía lo más recomendable ponerse a hacer aguas allí, delante de su anfitrión, cuando lo que pretendía era hablar de negocios.

Mientras tanto, entre rodeos y vacilaciones, Cepión le explicó que, gracias a la reunión que había mantenido con el liberto Estratón, podía darle buenas noticias. Lo único que debía hacer él, Cepión, era ir al templo de Júpiter —«Cosa que haré hoy mismo, ahora, dentro de un rato. Bueno, en cuanto despache a los invitados, solo una ronda más de vino»—, para consultar los *Libros Sibilinos*. Gracias a eso tendría garantizada una generosa suma de dinero.

¿Generosa, había dicho? ¡Generosísima!

(En realidad, dijo algo más parecido a «genesorísima»).

A Sertorio eso volvió a incomodarlo.

Siempre ha preferido no mezclarse en la política ni en los asuntos religiosos.

Sobre todo, cuando sospecha que hay algo turbio por medio.

En la conversación, a cuenta de lo que Cepión debía consultar en los *Libros Sibilinos*, salió a colación el nombre de Graco. Y no para bien. Tito meneó la cabeza casi sin darse cuenta, como si no quisiera oírlo.

Graco y él eran —son— amigos. No desea que le ocurra nada malo.

Aunque hay que reconocer que el extribuno se lo lleva buscando desde hace tiempo. No se pueden pisar los callos de tantos senadores poderosos sin afrontar las consecuencias.

En los últimos tiempos, sea por sus errores o por la propaganda de sus adversarios, Graco ha perdido popularidad incluso entre la plebe que antes lo adoraba. En la fiesta, Tito escuchó comentarios diversos y presenció discusiones entre quienes defendían al extribuno y quienes aseguraban que había traicionado al pueblo romano con sus planes de extender la ciudadanía a media Italia.

Alguna de ellas había terminado a puñetazos y con estrépito de vajilla rota, para desesperación de Nicómaco.

Un anticipo, mucho se teme Tito al recordarlo, de lo que puede ocurrir en la asamblea de los idus.

Por si acaso, él no piensa aparecer por el Foro. Por mucho que sea su deber como ciudadano participar en la asamblea.

En los disturbios que siguieron al asesinato de Tiberio, el hermano mayor de Gayo Graco, hubo decenas de muertos que no participaron en ninguna refriega, pero que perecieron aplastados en avalanchas de gente, por caída de cascotes o porque los alcanzaron proyectiles que no estaban destinados a ellos.

Con lo mal que lo miran los dioses últimamente —Tito considera que el verdadero objetivo de su ira al hacer estallar el Etna no fueron las decenas de miles de muertos en Sicilia, sino él, que perdió sus viñedos—, lo mejor es que no les dé ocasión para cebarse con él.

***

—El fin de su carrera política es casi el menor de los males que puede esperar Gayo —dijo Cepión, todavía en el jardín—. Yo se lo he dicho muchas veces. Muchas veces le he dicho que tiene que echar el freno al caballo.

Aunque Cepión usaba todo el tiempo el nombre de pila de Graco para recalcar su amistad con él, a Tito cada vez le resultaba menos convincente el supuesto afecto que los unía.

—¿El menor de los males?

—Bueno, bueno, es una forma de hablar. No quería decir nada en particular. Yo solo le deseo todos los bienes del mundo a mi contubernal del alma —respondió Cepión, alzando la copa en un brindis.

Después, con la veleidad típica de los borrachos, dio un bandazo en la conversación.

—Voy a darte una alegría. Una alegría, mi apreciado...

—Sertorio —completó él.

—Eso. Verás, en los idus, después de la asamblea, recibirás una visita en tu casa. Los idus. Eso es... dentro de tres días.

—En realidad, ejem, los idus son pasado mañana —le corrigió Tito. Estaban en las últimas horas de la noche, que ya pertenecían al día once, no al diez. Incluso se había oído cantar algún gallo anunciando la alborada.

Una alborada que prometía ser tan desvaída y gris como todos los días de este mes de enero lúgubre y frío.

—Mañana. Pasado. Al otro. Da igual, en los idus. Una visita que te va a encantar, te lo aseguro.

—¿Vas a honrar con tu presencia mi, ejem, mi humilde morada?

La mansión de Tito no es tan humilde. Por añadidura, está situada en un emplazamiento, la colina de la Salud, que cada vez se cotiza más. Pero no es ni tan grande ni tan lujosa como la de su anfitrión.

—Hummmmm, no creo —respondió Cepión—. Lo intentaré, pero ya sabes, mis deberes como cuestor, como decenviro. Como cuestor... Pero no te preocupes, mi querido Sardonio.

«Sertorio», murmuró el aludido con voz casi inaudible.

¿Cuántas veces le habría dicho Cepión «no te preocupes» durante el último rato?

—No te preocupes, porque irá a verte uno de mis clientes. Un hombre de confianza.

—¿Puedo preguntarte su nombre?

—Puedes, puedes. Se llama Mamerco.

—¿Mamerco qué más?

Cepión se quedó pensando un instante.

—Mamerco... Serviliano, claro.

Se lo dijo casi colgándose de su hombro, tan pegado a su rostro que Tito notó las gotitas de saliva en su mejilla.

El olor a vino, no. Él mismo llevaba demasiado dentro del cuerpo como para captarlo.

—En los idus. No el mes que viene ni dentro de un año. En los idus.

—¿Qué va a ocurrir en los idus, noble Cepión?

—Lo que te decía. Irá a verte mi cliente Mamerco, con un par de criados más. Ah, y mi administrador, por supuesto. ¡El bueno de Nicómaco!

—¿Para qué?

—Te voy a pagar.

El gesto de asombro y de alegría contenida de Tito debió de ser muy patente, porque Cepión le agarró del hombro y le sacudió suavemente.

—Chsssss, no todo, no todo. Te voy a pagar lo que estipulamos. Más adelante..., los intereses.

—¿Cinco millones en metálico? ¿Me vas a pagar cinco millones?

Tito notó cómo se le erizaba el vello de los antebrazos, y no por el frío del jardín. ¿Sería eso posible?

Con ciertas dificultades de sintaxis y vocalización, Cepión le explicó que una décima parte iba a ser en metálico, en sacos que Mamerco llevaría en un carro, y parte mediante una carta de pago que podría hacer efectiva en la Sociedad Feroniana, la compañía de publicanos a la que pertenecía el propio Estratón.

—Además, mi querido Pistorio...

—Sertorio.

Esta vez, Tito corrigió a Cepión en un tono algo más elevado.

—Eso. Además, si quieres, si en lugar de cobrar todo el dinero aportas una parte, podrás convertirte en miembro de esa sociedad. Tú ten preparada la documentación y todo se arreglará rápidamente.

Al escuchar eso, las pupilas que se debieron de dilatar fueron las de Tito Sertorio. Un extremo que, obviamente, él mismo no pudo comprobar.

Si Cepión le hubiera prometido pagarle dentro de dos meses, o de cinco, o de un año, no se lo habría creído. Pero el plazo era tan inmediato que no podía ser mentira.

Por otra parte, Tito estaba informado de los manejos de la sociedad para la que llevaba las cuentas Estratón, y confiaba más en ellos que en Cepión.

¡Y convertirse en uno de los socios! Ya le parecía escuchar el tintineo del oro y la plata vertiéndose en cascada dentro de sus arcas.

***

En este punto, su anfitrión dio por terminada la conversación. Parecía que todo había quedado dicho.

Tito podría haberse marchado entonces a casa. Habría llegado menos borracho, sin duda. Además, todavía era de día, las calles estaban concurridas y el mayor peligro era que algún ratero deslizara una cuchilla bajo su manto y le cortara los cordones de la bolsa.

Pero descubrió que la combinación de manjares, salsas y vino, más la relajación de saber que Cepión le iba a pagar, había aflojado sus intestinos. No le quedó más remedio que visitar la letrina.

En ella echó una cabezada. O tal vez un largo sueño, no sabría decirlo.

Culpa del anfitrión. Sertorio ignoraba qué sistema había utilizado Cepión, pero el hecho era que se las había arreglado para que el asiento de piedra tuviera calefacción.

Cuando se sentó en la letrina y pensó en el gasto que debía suponer caldearla, se inquietó ante este nuevo despilfarro. Pero pudieron más la agradable tibieza que se extendía por sus posaderas y el calor de la promesa de Cepión —«Te voy a pagar lo que estipulamos»—, de modo que se quedó traspuesto un rato. Hasta que otro invitado que apareció por allí a evacuar le dirigió la palabra y lo arrancó de su sueño.

Una vez despierto, en lugar de regresar a casa, al descubrir que se había vuelto a hacer de noche —una noche fría, ventosa—, decidió esperar a que se hiciera de día en aquella mansión tan acogedora.

Entre copas de vino, bocados, conversaciones con otros invitados —ahora que estaba más relajado sabiendo que Cepión le iba a pagar, Tito se sentía mucho más expansivo y elocuente—, alguna que otra cabezada más y un nuevo intento fracasado de alistarse a una sesión de sexo en grupo, las horas pasaron volando, aún más fugaces que las precedentes.

Contagiado de la euforia del ambiente, Tito empezaba a pensar que, cuando Cepión le demostrara que se podía confiar en él, estaría dispuesto incluso a prestarle más dinero.

Le convenía llevarse bien con él. Si el todavía joven noble no moría antes de una monumental borrachera, ya fuera por intoxicación o por partirse la crisma en un traspié, sin duda llegaría a cónsul, como habían hecho su padre y su abuelo.

Y, con sus influencias, a buen seguro obtendría una de las provincias más codiciables.

A la que él, Tito Sertorio, podría acompañarlo para hacer negocios lucrativos.

¡No con un mando militar, por todos los dioses! A Tito, que a fuerza de sobornos ha conseguido eludir siempre el alistamiento, le salen sarpullidos solo de pensar en empuñar una espada. Tampoco le interesa la política. Aunque, por sus ingresos, podría optar a un puesto en el Senado, no quiere saber nada de responsabilidades administrativas ni protagonismo personal. Para colmo, antes de convertirse en senador tendría que servir al menos en diez campañas. ¡*Vade retro*, Marte!

Curiosamente, el tema que salió a colación en su siguiente conversación con Cepión, aún más influida que las otras por los vapores de Baco y otras drogas, fue el de las provincias.

Fue después de que su anfitrión recibiera una nueva visita. Ya de día. Otra más entre decenas.

A Tito le despertó la curiosidad por dos motivos.

Uno era que el visitante no había entrado por la puerta principal. Debió de hacerlo por la de servicio, como los recaderos, esclavos y proveedores. Tito lo vio de lejos, apartado en una esquina de la galería que rodeaba el jardín principal, con la mirada baja y retorciendo un gorro de lana entre las manos. Una postura típica de esclavos.

Lo propio en ese hombre, porque tal era su condición.

Esclavo de Gayo Graco, por más señas. Por eso Tito se había fijado en él.

Era Ulpio, el barbero de la familia.

¿Qué demonios hacía aquel viejo en casa de Cepión? Este tenía a su servicio sus propios barberos, peluqueros y depiladoras, personal especializado en cada vellosidad de su cuerpo. No le hacía ninguna falta Ulpio.

«El fin de su carrera política es casi el menor de los males que puede esperar Gayo», había dicho Cepión refiriéndose a Graco.

¿Tendría algo que ver? ¿Había venido Ulpio con un mensaje de parte de su amo para pedir la ayuda de Cepión? ¿O el aire furtivo que parecía envolverlo como un sudario se debía a que lo que traía era información contra Graco?

En cualquier caso, debía de tratarse de algo importante. Igual que había hecho antes con el liberto de Opimio, Cepión se encerró ahora con el esclavo de Graco.

Desde ningún punto de vista podría describirse a Tito Sertorio como un hombre audaz. Pero la mezcla de curiosidad y alcohol lo impulsó a acercarse a la ventana del tablino que daba al claustro del jardín y quedarse allí con aire disimulado tratando de husmear.

El disimulo no debió de resultar demasiado convincente. No tardó en aparecer un fornido esclavo que le sugirió:

—¿No estarás mejor dentro con el resto de los invitados, señor? Aquí hace mucho frío.

Pese a que el criado le tendió una copa de vino con una sonrisa forzada, su mirada expresaba a las claras que aquel no era un buen lugar para estar.

Tito tomó la copa y se apartó de la ventana. Pero no antes de captar algunas palabras.

Las suficientes para entender que Ulpio le había traído al anfitrión de la fiesta las tablillas selladas donde se estipulaban las condiciones del préstamo de cinco millones que Graco le había hecho a Cepión.

¿Qué significaba eso? ¿Que Cepión no pensaba devolver ese dinero? De ser así, no le iba a resultar tan fácil salirse con la suya. Si Graco denunciaba el robo o el extravío del contrato, demandaba a Cepión y recurría a Tito como testigo de la firma para demostrar la existencia del empréstito, los jueces probablemente fallarían a favor de Graco.

La pregunta era: ¿testificaría Tito a favor de Graco? Con los aires que soplaban en Roma, quizá no fuera lo más conveniente para él.

Además, si Cepión no tuviera que pagar a Graco los cinco millones…

¿No sería de ahí de donde iban a salir los que ha prometido devolverle a él después de los idus?

En ese caso…

Como si fuera una vaca rumiando un bolo de hierba, Tito no dejaba de darle vueltas a las palabras de Cepión. «El fin de su carrera política es casi el menor de los males que puede esperar Gayo».

Para su sorpresa, poco después fue Cepión quien lo abordó a él. Se tambaleaba más que antes y tenía las pupilas más dilatadas que nunca.

La mezcla de embriaguez y excitación llevada al extremo. Tito pensó que, si su anfitrión iba una pulgada más allá con el vino o las drogas, se desplomaría muerto allí mismo.

Pero no ocurrió.

Una naturaleza admirable, la de Servilio Cepión.

—Escucha lo que te digo, Servilio.

«Servilio eres tú, yo soy Sertorio», estuvo a punto de decirle. Pero prefirió no corregir más al hombre que le iba a devolver en breve cinco millones de sestercios y que había prometido convertirlo en socio de la Sociedad Feroniana.

—El territorio del futuro es la Galia.

—¿La Galia Cisalpina?

—¡No, no, no! La de más allá. Toda la Galia. Toda ella, incluso la de los melenudos. En cuanto pueda, haré que me den un mando militar allí.

—Esto, ejem, yo te había sugerido por eso que con Fabio…

—¡Ni me lo menciones! He dicho un mando, ¿me entiendes?, un mando. Para dirigir tropas. Yo. Lo llevo en la sangre. ¡Mi padre derrotó a Viriato!

Recurriendo a la traición, como todo el mundo sabía. Pero tampoco era una apostilla que conviniera hacerle al hombre que quería que le devolviera cinco millones.

Más los intereses. En algún momento.

Por otra parte, los comentarios que soltaba Cepión sobre su padre no hacían pensar que sintiera ni cariño ni respeto por él. Pero a esas alturas, era complicado exigirle coherencia en su discurso.

—Y tú me acompañarás cuando vaya a la Galia, Sertorio.

Loados fueran los dioses, había acertado con su nombre.

—Por mi parte, yo, ejem, no tengo demasiado, ejem, demasiado interés en una carrera militar, noble Cepión.

—¿Quién ha dicho que necesites una carrera militar? Deja que de eso me encargue yo. Lo llevo en la sangre. ¿Quién derrotó a Viriato? ¡Un Servilio Cepión!

Entre reiteraciones y meandros, Cepión le explicó algo que Tito ya sabía. Que en el sur de la Galia se estaban construyendo calzadas, posadas y puentes para unir de forma segura Italia con Hispania, y que se construirían muchos más. Eso significaba concesiones y mucho dinero para quien supiera aprovechar las ocasiones que se presentaran.

Pero, añadió, había formas de ganar dinero más rápido.

La conquista, el saqueo. La venta de prisioneros.

Lo cierto era que Tito prefería la primera parte, las concesiones en tierras ya conquistadas.

En su propia casa tienen un esclavo norteño, un joven rubio llamado Dagulfo. Él dice que no es celta, que es teutón. Para Tito todos esos bárbaros de más allá de los Alpes son iguales.

Dagulfo mide siete pies y tiene unas espaldas que no caben por muchas puertas. Tito le ha visto levantar de un lado un carro cargado de sacos de harina para que el conductor pudiera encajar la rueda.

Con una sola mano.

No quiere imaginarse frente a una fila de salvajes tan grandes y fuertes como Dagulfo y, además, armados hasta los dientes. Solo de pensarlo se le contraen los intestinos.

—Dicen que, ejem, los celtas de la Galia son aún más altos y más fieros que los de Hispania —argumentó ante su invitado—. Y nuestros ejércitos en Hispania ya sufren bastantes apu…

Cepión le puso un dedo en los labios para silenciarlo. Por si le pareciera poco, después se los apretó entre el pulgar y el índice, como si sus dedos fueran la argolla que se clava en los ollares de un buey.

—Chsss, chsss, chssss. Escucha, mi querido Pistorio. Esos salvajes con sus trencitas y sus pantalones de cuadros pueden parecer formidables, pero ya te digo yo que no. Ya te digo yo que no lo son. No son más que una pandilla de borrachos. Se ponen hasta las trancas de cerveza y de hidromiel antes de la batalla, porque sin eso no tienen huevos para combatir. Son unos borrachuzos, te lo digo yo.

Al mismo tiempo que criticaba la afición al alcohol de los galos, Cepión, inmune a las paradojas, le tendía la copa a otra esclava —que en este caso llevaba ambos pechos al aire— para que se la llenara de vino.

Después de un largo trago, Cepión se volvió hacia Tito y le dio dos bofetaditas en la cara.

—¿Sabes qué te digo, amigo Sulpicio? Que te voy a dar una alegría. Una alegría enorme.

—Ya me has causado una gran alegría, esto, noble Cepión.

—Puedes llamarme Quinto. Somos prácticamente socios y amigos. ¡Es una pena que no pueda emparentar contigo casándome con tu mujer!

—Claro que no puedes, ejem. Está casada conmigo.

Para redondear el efecto de las dos bofetadas, Cepión pellizcó la mejilla de Tito.

Este era consciente de que, más que de mejilla, merecía el nombre de moflete.

No obstante, ni le hacía ni le hace gracia que nadie le pellizque esa zona cada vez más carnosa de su anatomía.

Y, no obstante también, sabía que no le quedaba más remedio que aguantarlo si aquel gesto humillante provenía de un noble patricio.

Con aire misterioso, mirando a ambos lados y bajando la voz antes de regarlo de nuevo con saliva impregnada en vino, Cepión le dijo:

—Recuerda, querido amigo. La Galia. El futuro.

—Ya me lo has dicho —respondió Tito. Pensando que podía interpretarse como una contestación insolente, se apresuró a añadir—: Estoy convencido de que tienes toda la razón.

—Sí, la tengo. No es solo por los tesoros que muestra, sino por los que se ocultan en la Galia. Ocultos, ¿me entiendes?

—Quisiera entenderte, pero me temo que, ejem…

—Tesoros arrebatados a los dioses y escondidos hace mucho tiempo, pero que pronto saldrán de nuevo a la luz. En la Galia. Lo sé de buena tinta. Me lo ha contado alguien de fiar.

¿Alguien de fiar? ¿Se referiría a Ulpio? ¿Qué iba a saber un esclavo que llevaba toda su vida en Roma de tesoros escondidos en la Galia?

Cepión insistía.

—Muchos más tesoros de los que alguien como tú pueda soñar. En la Galia. —Hipido—. Pero que alguien audaz como yo…

De pronto se interrumpió y, tras sacudir la cabeza a la manera de quien despierta de un trance, se quedó mirando a Sertorio como si no lo conociera.

O como si de pronto se hubiera vuelto a dar cuenta de quién era.

—¿Qué quieres decir? —preguntó Tito.

—Esta última conversación no debía tenerla contigo. No, no era contigo.

—Yo… no…

Tras darle unas cuantas palmadas más, esta vez en el hombro, Cepión se despidió de él.

—No te preocupes. Disfruta de la fiesta, querido… Sertorio. Y recuerda. Los idus. Mamerco.

—Los idus. Mamerco.

Esa fue la última conversación que tuvo Tito con su anfitrión. Pasado un rato, a la pregunta que de vez en cuando le hacía su esposa y que tanto lo irritaba, «¿No crees que ya has bebido suficiente?», por una vez se respondió a sí mismo afirmativamente y decidió que era el momento de volver a su casa.

***

Obviando las pequeñas vejaciones como las bofetadas y pellizcos de Cepión, confundir su nombre o no volver a hacerle caso, Tito Sertorio está convencido de que pronto sus finanzas mejorarán de forma sustanciosa.

Parece que los sacrificios que hizo en el templo de Saturno han surtido efecto. Los mismos dioses que estaban tan enfadados con él y que hicieron despertar al Etna le han sonreído ahora.

Eso es lo que celebra en el Palacio de Hécate.

O de ello se quiere convencer.

Si está enterrado entre las carnes palpitantes de Hipólita es también, como ya quedó dicho, porque tiene algo que olvidar.

La última discusión con su mujer.

—Es una zorra —le dice ahora a Hipólita—. ¡Una zorra soberbia y pretenciosa!

—Pobre mi bebé —murmura la prostituta, que le besuquea la nuca y lo arrulla entre sus pechos. Es como estar en una cuna gigante, toda rellena de plumas.

Sertorio cierra los ojos y se adormila.

Cuanto más tiempo pase aquí abajo, más le cobrará la meretriz que se hace llamar Hécate. Pero puede permitirse ese gasto.

Pronto tendrá de vuelta sus cinco millones. Y la perspectiva de mucho dinero más en el futuro gracias a la Sociedad Feroniana.

Lo último que escucha en su mente antes de hundirse en la negrura del sueño es aquella enigmática frase de Cepión.

«Tesoros arrebatados a los dioses y escondidos hace mucho tiempo, pero que pronto saldrán de nuevo a la luz».

«En la Galia…».

PALACIO DE HÉCATE II

Cuando Stígmata termina de descolgarse y sus pies tocan el suelo del túnel, la oscuridad que lo rodea es tan espesa como si se lo hubiera tragado el Ceto de Etiopía, aquel enorme monstruo marino que Poseidón envió para devorar a la infortunada Andrómeda.

Solo se atisba un poco de luz en la parte superior del pozo por el que acaba de descender. La sombra más oscura que se recorta contra el círculo gris debe de ser Sierpe. Con dificultad, Stígmata consigue distinguir el perfil de su cabecita y un movimiento que parece ser el de su mano saludándolo.

Se lleva el dedo a los labios para ordenarle silencio, aunque de momento Sierpe no ha dicho nada.

Y aunque el gesto es inútil, ya que es imposible que la niña pueda estarlo viendo a él.

Stígmata no había anticipado que tendría que bajar por un pozo y, previsiblemente, utilizarlo después para subir como vía de escape. Ha de reconocer que ha sido una suerte que apareciera Sierpe con esa soga.

Lo que sí sospechaba era que en cierto momento tendría que iluminarse por sus medios recurriendo a algo más manejable y discreto que una antorcha. En la bolsa de cuero lleva una vela y una cajita de latón con yesca, pedernal y un eslabón de hierro.

Hace mucho tiempo que no los usa para prender lumbre. Lo más normal es que siempre tenga a mano alguna llama cercana.

No es que la falta de práctica le preocupe demasiado. Desde niño posee una destreza innata en todo tipo de menesteres manuales. Ahora, tras unos cuantos golpes entre eslabón y pedernal, no tarda en conseguir que las chispas, aventadas por sus soplidos, prendan la mezcla desmenuzada de cardos y hongos secos.

Una vez encendida la vela, apaga el fuego de la yesca y vuelve a guardar la cajita.

Aunque la bujía no brinda más que una triste llama, el contraste con la oscuridad total supone una mejora apreciable.

Levantando la vela ante él y girando sobre sus propios talones, Stígmata comprueba que se encuentra en un túnel algo más alto que él. De pared a pared mide unos seis pies. No es tan ancho como la Cloaca Máxima —la ha recorrido alguna que otra vez para llevar a cabo encargos que bien pueden definirse como «trabajos de alcantarilla»—, pero lo suficiente para que no resulte demasiado opresivo.

Ahora, ¿adónde dirigirse?

Cierra los ojos. Se queda quieto. En silencio. Respira despacio y trata de abstraerse incluso de los latidos de su corazón.

Pasados unos momentos intuye, más que escucha, voces lejanas.

Las voces se callan. Tal vez ni siquiera han llegado a sonar. Acaso las ha imaginado.

Mueve la cabeza a ambos lados, como si sus orejas fueran manos ahuecadas en un arroyo para recoger la corriente de agua.

Voces. De nuevo.

Son tan tenues que resulta difícil juzgar de qué dirección provienen. Casi podrían estar sonando dentro de su cabeza, susurros de espíritus en el limbo, más débiles incluso que la voz del medallón.

Con todo, si tuviera que apostar, diría que proceden de su izquierda.

Emprende el camino en esa dirección.

Si bien no podría asegurarlo, tomando en cuenta dónde estaba el callejón al que lo ha guiado Sierpe y sus movimientos posteriores, su conjetura es que el pasadizo se dirige hacia el nordeste.

Siempre ha gozado de un buen sentido de la orientación.

En una de sus muchas historias, Evágoras le contó cómo, al principio de los tiempos, los hermanos Epimeteo y Prometeo repartieron dones a las diversas especies animales. Velocidad a la liebre, vista penetrante al águila, trompa y colmillos al elefante, garras al león, caparazón a la tortuga.

Si eso es cierto, cuando le llegó el turno a Stígmata debieron de otorgarle juntas, extrayéndolas de un mismo saco, la orientación, la coordinación física y la extraña intuición que le ayuda a no parpadear y a prever los movimientos de sus adversarios.

Todos ellos son atributos que resultan muy útiles para un gladiador. Pero...

Pero a veces piensa que no habría estado mal que los dos titanes le hubiesen privado de esas cualidades a cambio de entregarle otro don más valioso.

Hacerlo nacer en una familia que no lo abandonara de bebé.

Puestos a pedir a los dioses, que esa familia fuera, además, rica.

Si no tanto como la de un senador, al menos como la del marido de Rea.

A veces, retozando con ella en esa cama tan limpia y confortable, Stígmata llegaba a pensar que podría acostumbrarse a una vida así. En especial cuando, aprovechando ausencias más largas de su esposo, ella le dejaba quedarse a dormir hasta el alba y hacía que su gigantesco esclavo norteño, Dagulfo, les trajera vino blanco, ostras y gambas recién braseadas. Entonces Stígmata se relajaba, se estiraba en aquel colchón tan mullido como lo deben de ser las nubes del Olimpo y se dejaba acariciar por su amante y pagadora, mientras ella se reía y le decía que no solo se parecía a su gato Thot en lo silencioso, sino en lo perezoso.

En el caso de Stígmata, esa pereza se da únicamente cuando se lo puede permitir. El gato de Rea, en cambio, disfrutaba de su indolencia cuando le venía en gana, del mismo modo que invadía la cama de su dueña a su arbitrio, con total indiferencia al hecho de que ella, por ejemplo, estuviera en aquel momento cabalgando al gladiador o dejándose cabalgar por él.

Poniéndose filosófico al estilo de Evágoras, Stígmata a veces piensa que, en la pirámide social, la cúspide más alta no la ocupan los ricos, sino los gatos de los ricos.

Él, por ahora, se conformaría con la vida de Rea, no con la de Thot, aquella mascota elegante, silenciosa, flexible y egoísta.

«Tendrás esa vida», trata de animarse. Sí, la tendrá. Fuera de Roma. Lejos de Septimuleyo, de Mamerco, de los Lavernos.

Lejos de los aplausos del público, de las miradas que lo persiguen cuando pasea por la calle a cara descubierta.

Puede prescindir de todo eso. A decir verdad, *quiere* prescindir de todo eso.

«Fluido como un río. Silencioso como una montaña».

Palabras de Berenice.

¿La echará de menos a ella?

Un poco.

No, un poco, no. Ahora que nadie escucha sus pensamientos y puede sincerarse a solas como no se sinceraría ni siquiera con ella, debe reconocer que la añorará de una forma dolorosa.

Pero no puede llevarla consigo. Bastante tendrá con ocultarse a sí mismo cuando Septimuleyo lo busque como si fuera un esclavo fugitivo. Algo en lo que se convertirá a efectos prácticos, porque no habrá cumplido su contrato como *auctoratus*.

También echará de menos a Sierpe.

Sacude la cabeza y se ordena a sí mismo: «Deja de pensar tonterías. Concéntrate en lo que estás haciendo».

Especular sobre el porvenir lejano es un lujo cuando hay riesgos que acechan en el futuro inmediato.

Las voces llegan algo más claras, aunque todavía no alcanza a distinguir palabras concretas.

Eso le indica que en la dirección que sigue hay gente.

Parece una buena pista.

Stígmata continúa avanzando. En el suelo hay tierrecilla suelta y, a veces, guijarros. Procura pisar como aprendió a hacer ya de niño, con el mayor sigilo posible. A veces, no obstante, los crujidos resultan inevitables. Al menos, para un oído tan agudo como el suyo.

Hasta entonces, su camino no ha tenido pérdida. Se trata tan solo de una galería excavada en la roca, que desciende en una pendiente casi imperceptible y, con la misma suavidad, se va curvando hacia la izquierda. Si Stígmata no se ha desorientado, eso significa que se dirige hacia el norte. Calcula que por encima de su cabeza debe de alzarse la ladera del Viminal.

Poco después, llega a la primera bifurcación.

Dos caminos.

¿Cuál es el bueno? ¿O lo son los dos? ¿Desembocarán ambos en la guarida subterránea de Hécate?

Le viene a la cabeza otro de los relatos de Evágoras.

La decisión de Hércules.

O de Heracles, en la versión siempre helenizada del maestro.

En su juventud, el hijo de Zeus y Alcmena, que todavía no había llevado a cabo sus hazañas más famosas —si no se contaba como tal arrojarle la lira a la cabeza a su maestro de música, Lino, y matarlo del porrazo—, se encontró en una encrucijada.

En cada una de las bifurcaciones lo aguardaba una joven.

Ambas eran hermosas. Cada una a su manera.

La doncella del camino de la derecha vestía una túnica de color blanco, una prenda de lo más púdico que no revelaba nada. Sus rasgos eran armoniosos, no exentos de cierta dureza, y el gris de sus ojos se adivinaba frío como un banco de metal cuando uno planta el trasero en él tras una noche de helada. La piel de su cara estaba lavada, sin más, y sus cabellos recogidos y cubiertos por un velo.

La senda que aquella mujer le sugería a Heracles subía en una empinada cuesta, rodeada de espinos, zarzas y pedregales, para perderse en las alturas entre riscos afilados como colmillos de tigre.

La muchacha de la izquierda tenía un cuerpo voluptuoso. Labios carnosos y pintados, colorete en las mejillas, melena suelta sobre los hombros. Unas pestañas largas y rizadas rodeaban unos ojos oscuros y brillantes que, por la forma en que miraban a Heracles, parecían dos bocas hambrientas deseando devorarlo. Su vestido transparente brindaba poco estímulo a la imaginación y mucho a los instintos más bajos.

El camino al que invitaba a Heracles descendía entre verdes prados y árboles frondosos para ir a morir junto a una laguna cuyas aguas prometían ser limpias y refrescantes.

—¿Quiénes eran esas dos mujeres, maestro?

—La primera, la de los ojos fríos, era Areté, la Virtud —le explicó Evágoras—. La segunda se hacía llamar a sí misma Eudamonía, Felicidad. Pero ese no era su verdadero nombre.

—¿Y cómo se llamaba?

—Kakía.

—¿Kakía?

—Maldad.

—¿Qué camino tomó Heracles, maestro? —preguntó Stígmata, que aun siendo todavía un crío barbilampiño, que apenas se asomaba a la adolescencia, se sentía excitado imaginando las transparencias de la tal Kakía.

—¿Cuál iba a tomar, hijo? El camino difícil. El que deben tomar los héroes. El de la virtud.

«Qué mierda», pensó Stígmata, pero se guardó mucho de expresarlo en voz alta.

—Tú posees grandes capacidades, hijo. Por tu físico y por tu valor, podrías convertirte en un auténtico Heracles romano o en un Teseo redivivo. ¿Qué camino escogerás?

En aquel momento, el jovencísimo Stígmata respondió que él siempre elegiría el mismo sendero que Hércules.

Aunque no dejaba de pensar que, si podía convencer a Kakía de que lo acompañara por aquel camino y gozar al mismo tiempo de las ventajas de ambas opciones...

Posteriormente, la experiencia de la vida le fue contando otro relato bien distinto. Si Evágoras siguiera vivo y le volviera a preguntar ahora: «¿Qué camino escogerás?», Stígmata le contestaría que para la gente como él no hay encrucijadas.

No existe la posibilidad de elegir. Ese es un lujo que solo se pueden permitir los hombres libres.

Para la gente como Stígmata no hay más que un sendero.

El de Ananque, la Necesidad.

Que es tan áspero y duro como el de Areté, la Virtud. Pero que comporta tantas miserias y vilezas como el de Kakía, la Maldad.

Las desventajas de ambos caminos. Justo lo contrario de lo que pensó de niño.

***

En la encrucijada en que se encuentra ahora no hay doncellas. Ni austeras ni voluptuosas. Stígmata duda mucho de que más adelante encuentre a ninguna mujer a la que se pueda describir como doncella.

Los dos túneles se ven igual de rocosos, ásperos como el sendero de la Virtud.

¿Por dónde tomar?

La galería de la izquierda parece descender en un ángulo más inclinado. Las voces también suenan ligeramente más nítidas. Además, la zurda, aunque la gente la considere de mal agüero, es la mano favorita de Stígmata. Así que decide seguir por allí.

Pero debe tener cuidado. Según le han dicho, el Palacio de Hécate es un laberinto dentro de otro laberinto, el que dibujan los túneles excavados bajo las calles de Roma.

«Un Teseo redivivo», le había dicho Evágoras.

Se parezca al héroe ateniense o no, Stígmata no tiene a una Ariadna esperándolo a la salida.

Está la pequeña Sierpe.

Pero la cría no sujeta el otro extremo de un hilo mágico. En cualquier caso, más que mágico tendría que ser larguísimo e irrompible para estar seguro de que Stígmata no iba a quedarse con un hilo roto en la mano y cara de pasmarote.

(Stígmata tenía la costumbre de ponerles pegas a los relatos que le contaba Evágoras. Pero, normalmente, se las guardaba para sí).

A cambio del hilo mágico que no tiene y de la cuerda que no cayó en la cuenta de coger, lo que sí ha traído es un carboncillo de rama de sauce, el mismo con el que se tiznó la cara antes de salir del hórreo.

Con él, dibuja dos flechas. Una en la pared izquierda del túnel por el que ha venido y otra en la de la galería que va a seguir. Ambas tienen la punta dirigida en sentido contrario al de su marcha.

Así sabrá por dónde tiene que regresar.

O eso espera.

De vez en cuando, por si acaso, vuelve a trazar una flecha, aunque no llegue a ningún cruce.

No tarda demasiado en llegar a la segunda bifurcación. Le parece vislumbrar un resplandor, esta vez a la derecha. Más que un resplandor, la sensación de que ese túnel es vagamente más luminoso.

Pone la mano a modo de copa sobre la llama de la vela y trata de percibir si hay diferencias entre las dos oscuridades que se le ofrecen.

Sí, el túnel de la derecha es distinto. Incluso en las tinieblas se pueden captar matices cuando lleva uno tiempo suficiente sumergido en ellas.

Tras un rato de silencio, ahora vuelve a escuchar voces. Ecos que rebotan en las paredes y se mezclan con sus propias reverberaciones. Engañosos.

¿Existen los sonidos fatuos, como los fuegos?

La impresión de encontrarse en el mismísimo Hades se hace cada vez más intensa.

Aquí no hay demonios ni dioses infernales, se dice Stígmata. Solo gente.

Acariciando el pomo de una de sus espadas, se recuerda que a la gente se la puede herir y matar.

A casi toda.

Cuando piensa en Nuntiusmortis, vuelve a sentir el correteo de la escolopendra invisible sobre su piel.

Esta vez las mandíbulas de la sabandija se agarran con más fuerza a su nuca. Tiene que sacudir la cabeza hasta cuatro veces para librarse del escalofrío.

¿Cómo era la contraseña que le reveló aquel tipo antes de morir?

(Antes de que él lo matara).

—*Andri paidó thyrso, thyrso andri paidó* —repite entre dientes para evitar que se le olvide—. *Andri paidó thyrso, thyrso andri paidó.*

Va a cabeza descubierta. Cuando lo estime necesario, ya se volverá a encapuchar. Por ahora, prefiere tener los oídos y los ojos bien abiertos y poder mirar a ambos lados.

Se pasa la mano por las mejillas y, a la luz de la vela, estudia las manchas de hollín que se le han quedado en los dedos.

Quizá el camuflaje que lleva no sea suficiente. Ser el gladiador más célebre del momento tiene sus inconvenientes. Al menos para él. A otros, como Ustorio el Comadreja, les encanta que la gente los señale y aplauda por la calle.

Usa el carboncillo para tiznarse de nuevo, esta vez a conciencia. No solo se tapa las cicatrices, sino que también se pintorrea los rasgos más salientes. La nariz, la barbilla, las orejas, la frente. Con trazos quebrados que rompan las líneas horizontales de los ojos y la boca y la vertical de la nariz y el entrecejo. Es un truco que ha observado en los rivales del clan de Estertinio, solo que ellos lo aplican mal. Se pintan de tal manera que, más que disimular los rasgos, los recalcan.

Sigue avanzando.

Tras una curva, por fin se encuentra en una galería distinta.

Más ancha. Más alta.

Y más iluminada. En las paredes hay pequeñas hornacinas donde arden gruesas velas de cera. El olor le resulta agradable. Tapa un poco el que había percibido hasta entonces. No es el hedor a miasmas que lo envolvía durante su trabajo en la Cloaca Máxima, sino un aroma difícil de definir, desasosegante de una forma vaga. Un olor que le habla de profundidades que se hunden no solo en el espacio, sino en el tiempo, en abismos de una antigüedad insondable.

Si hay cirios ardiendo, alguien tiene que haberlos encendido. Y alguien tiene que mantenerlos.

A ambos lados de la galería se ven puertas, y también pequeñas ventanas a la altura de la cabeza de alguien más bajo que él.

Al parecer, ha conseguido llegar al Palacio de Hécate.

—*Andri paidó thyrso, thyrso andri paidó* —vuelve a repetir. De alguna manera, la consigna suena como una plegaria en honor de la diosa infernal que gobierna aquel reino subterráneo.

PALACIO DE HÉCATE III

Sierpe se ha perdido en aquel laberinto de galerías, arcos y escaleras.

¿Culpa suya?

No.

De aquella mujer. La que tenía tantos nombres. La del rombo pintado en la frente.

Sí, ha sido culpa de ella.

Si hay algo que se les da bien a los críos es cargar el muerto a otros.

En eso, Sierpe es como otra niña cualquiera.

¿Podrá convencer a Stígmata de que la culpa ha sido de la mujer del rombo?

Si ni siquiera le ha hablado de ella...

«Te quedas aquí arriba», le dijo Stígmata.

«¿Por qué?».

«Porque lo he dicho yo».

Sierpe se quedó, obedeciendo la orden.

Pero solo durante un rato.

Muy breve.

Primero esperó a que Stígmata diera tres tirones seguidos a la soga para indicarle que ya había llegado hasta el suelo.

Después, todavía aguardó un poco más. Durante ese intervalo, oyó el chasquido del hierro chocando con el pedernal. Varias veces. Chac. Chac. Más y más rápido. Chac-chac-chac. Chac-chac-chac.

Después, los soplidos de Stígmata. Pfffff. Pfffff. Pfffff.

Y luego vio la luz de la vela.

Una luz que no tardó en alejarse.

Era el momento de bajar.

Porque Sierpe no tenía la menor intención de quedarse sola allí arriba.

Tampoco quería aventurarse en el túnel completamente a oscuras.

Pese a lo que le había asegurado a Stígmata —una mentirijilla más—, nunca había bajado por aquel pozo. Si bien sabía que por allí se podía entrar a ese palacio del que hablaban, no tenía ni idea de cómo orientarse una vez en su interior.

Además, aunque había tenido la precaución de traerse la cuerda, ella no llevaba velas ni una cajita de yesca como Stígmata. En cualquier caso, no le habrían servido demasiado, ya que todavía le costaba mucho trabajo encender fuego. Una sola vez había logrado prender una llamita. A cambio, se había roto la uña de un dedo y había acabado con una ampolla en otro.

Lo mejor era que siguiera a Stígmata antes de perderlo de vista del todo.

Así que, sin pensárselo, se descolgó por la cuerda. Fácilmente.

Quizá demasiado. Al final iba tan rápido que se quemó un poco la palma de las manos.

Pero no se quejó. No quería que Stígmata la oyera.

Además, es una niña muy dura.

Stígmata nunca se queja. Ella quiere ser como Stígmata.

Sin cicatrices. Él la convenció.

Suelen decirle que tiene una cara bonita. Y ya ha visto lo que consigue una mujer con una cara bonita, como Berenice.

Bueno, y con un buen par de tetas. Pero ya le saldrán.

Piensa ser como Stígmata y como Berenice a la vez. Así lo conseguirá todo.

***

Al llegar al suelo del túnel, se había apresurado a seguir la luz de la vela que se alejaba. Después había refrenado un poco el paso, para mantener la distancia.

Si hay algo que a Sierpe se le da bien es seguir a la gente en silencio.

Aunque incluso ella, a veces, pierde a la presa a la que sigue.

¿Por qué le ha tenido que ocurrir precisamente ahora, en un laberinto como este?

Las calles de Roma también son un laberinto. Pero se trata de un laberinto a cielo abierto, lo cual siempre ayuda. Además, hay edificios y templos muy característicos que se levantan sobre los demás. Sierpe ha aprendido a reconocerlos, de modo que le sirven de referencia. Al final, de un modo o de otro siempre se las arregla para regresar al Hórreo de Laverna.

(No es que sea un gran sitio al que volver, pero es el único que tiene).

Aquí, bajo tierra, no hay hitos por los que orientarse y todo es desconocido.

Los túneles. Las bifurcaciones. Las columnas. Las escaleras que bajan y poco después, en el mismo pasillo y tras doblar a un lado, suben de nuevo, no se sabe por qué ni para qué.

¿A quién se le ocurre construir un lugar así? ¿Es que lo han hecho a propósito para despistar a una niña?

Porque Sierpe, no hay que engañarse, por muy pocos escrúpulos que tenga en usar a Vespa lo mismo para cortar monederos que tendones, sabe que es una cría en un mundo de gigantes que casi siempre son una amenaza y que fabrican las cosas para gigantes como ellos y no para alguien como ella que apenas levanta tres pies y medio del suelo.

—La culpa es de esa bruja —murmura, por oír su voz, aunque sea en susurros.

Sí, fue ella. Esa bruja, la mujer del rombo, la engañó.

Antes, Stígmata no le llegó a preguntar cómo sabía que ese pozo bajaba a los túneles del Palacio de Hécate.

Es cierto que Sierpe es muy avispada y que sabe encontrar todo tipo de sitios, escondrijos y recovecos para buscarse la vida.

Sin embargo, por propia iniciativa no habría descubierto jamás un agujero en el suelo de un cuartucho cerrado en un callejón sin salida. De hecho, ni siquiera se habría metido en ese callejón.

Culpa de la mujer.

Ocurrió hace unos meses.

Sierpe estaba correteando por la calle…

No, correteando, no. Hay que ser precisos.

Corría de verdad, como un conejo cazado por lebreles, como si la persiguieran todos los espíritus del Mundus Cereris.

Llevaba bajo el brazo un melón. Acababa de robarlo en un puesto de fruta, en la plazuela de los tres árboles. La misma donde se han escondido antes ella y Stígmata después de la pelea contra los tres hombres.

Sierpe se estaba arrepintiendo de aquel robo. La codicia o el hambre la habían hecho abalanzarse sobre el melón más gordo, un ejemplar que destacaba entre sus compañeros expuestos en el tenderete como Búfalo destaca entre los demás Lavernos.

¡Cómo pesaba el condenado! Además, no podía abarcarlo bien entre el brazo y el costado, de modo que se le resbalaba y tenía que ayudarse de la otra mano para encajarlo de nuevo.

Gajes de ser pequeña.

Detrás de ella oía los gritos y los pasos de su perseguidora. La hija del frutero, una chica bastante mayor que Sierpe a la que su padre había encomendado la misión de capturar a la ratera.

Algunos transeúntes trataban de detener a Sierpe, pero la niña siempre conseguía escabullirse como una anguila entre los brazos y las piernas de la gente.

Pero tantos culebreos tuvieron como contrapartida que, al final, el melón se le escurrió entre el codo y el cuerpo, cayó al suelo y rodó por el resbaladero en el que acababa de meterse.

Aunque tenía mucha hambre y se le hacía la boca agua pensando en abrir y devorar su presa, Sierpe decidió que no le quedaba otro remedio que renunciar a ese melón al que ya le había puesto nombre y todo. (Búfalo, ¿cuál si no?).

Pero su perseguidora, que apenas se detuvo un instante para cazar el melón según rodaba por la cuesta, no renunció a dar caza a Sierpe y siguió tras ella sin dejar de gritar: «¡A la ladrona, a la ladrona!».

Por rápida que fuera Sierpe, la otra chica tenía las piernas el doble de largas que ella y fuelle de sobra en los pulmones. ¿Tendría que dejarse coger y clavarle a Vespa?

En ese momento, por la esquina de una estrecha bocacalle apareció una mujer que le hizo señales con la mano.

—¡Por aquí, niña! ¡Por aquí!

En otras circunstancias, Sierpe no le habría hecho caso. ¿Una desconocida tratando de llevársela a quién sabía dónde? Ni de broma.

Pero aquel día tenía que elegir entre un peligro imaginario y otro real que prácticamente le pisaba los talones.

La mujer la agarró de la mano y la llevó por aquel callejón desierto que no dejaba de estrecharse hasta cerrarse del todo. Sierpe miró atrás un instante y, casi de reojo, vio cómo la hija del frutero pasaba de largo. ¿Cómo no se había percatado de que ella había entrado en la bocacalle? No le llevaba tanta ventaja.

Después pensaría que había algo de brujería allí. En aquel momento, simplemente se sintió aliviada por haber despistado a su perseguidora y por no tener que correr más.

La desconocida siguió guiándola hasta la misma puerta desvencijada y el cuchitril que ella le enseñaría después a Stígmata.

Allí se escondieron las dos. Sierpe jadeando por la carrera, con el corazón latiendo a toda velocidad y un picante sabor a sangre en el paladar.

Como era de día y la puerta tenía tantas grietas y agujeros, se colaba luz suficiente para que Sierpe se fijara bien en la mujer.

No podía decirse que fuera una vieja, pero joven tampoco era. (Aunque Sierpe, como suele ocurrirles a los niños, no es buena juez de los matices de edad entre los adultos).

Vestía normal. Ni los harapos de una mendiga ni las joyas y la ropa lujosa de una mujer rica.

A Sierpe le pareció guapa. Los cabellos largos, ondulados y negrísimos. Su nariz era quizá demasiado aguileña, pero tenía la barbilla recta, los pómulos altos, las mejillas tersas y unos ojos rasgados que, pese a ser oscuros, parecían destellar entre las sombras.

Entre los ojos, un poco por encima del entrecejo, una marca roja en forma de rombo. Pintado o tatuado, Sierpe no lo sabía.

La mujer, que no había soltado a Sierpe, le giró la mano para ponerle la palma hacia arriba y la acercó a uno de los haces de luz que se colaban por los huecos de la puerta.

Aunque la mujer no apretó los dedos y no parecía hacer fuerza, Sierpe descubrió que le resultaba imposible zafarse. En realidad, ni siquiera lo intentó. Sí que lo pensó, pero el pensamiento se perdió en algún punto entre su cabeza y su muñeca.

La mujer entornó los ojos, que se convirtieron prácticamente en dos rendijas.

—¿Sabes leer las manos? —preguntó Sierpe.

—¿Tú sabes leer las letras?

—Yo no. Nadie me ha enseñado.

—¿Te gustaría saber leerlas?

Sierpe encogió el hombro izquierdo. El derecho le obedecía tan poco como el resto del brazo.

—No sé.

—¿No sabes si te gustaría saber?

Otro encogimiento de hombro.

—Pues el caso es que yo sí sé leer las manos —dijo la desconocida.

—¿Y qué pone en la mía?

—Que esta mano es muy rápida para robar cosas y para clavar esa daga que llevas escondida. ¡Demasiado rápida! Debes tener cuidado si quieres llegar viva a la edad de tener hijos.

Sierpe se sorprendió. Lo de robar era fácil, porque la hija del frutero no dejaba de gritar «¡A la ladrona, a la ladrona!», pero ¿cómo sabía que llevaba a Vespa debajo de la ropa?

—Yo ya tengo una hija. Se llama Pulcra —dijo Sierpe, palpando a través de la ropa el bulto de la muñeca.

—Me refiero a hijos de carne y hueso, no a una muñeca de trapo.

—¿Cómo sabes que es una muñeca?

La mujer se rio.

—Sé muchas cosas. Las que no sé, las adivino —dijo, tocándose el rombo de la frente—. Por ejemplo, que las niñas de tu edad no suelen dar a luz.

—¿De mi edad?

—Siete años.

—¿Estás segura de que tengo siete años? —preguntó Sierpe, que no lo tenía tan claro.

—Segurísima.

—¿Y qué más te dice mi mano?

—Que te gusta mucho un hombre alto. Con cicatrices.

Sierpe notó que le subía calor a las mejillas.

Se estaba sonrojando. Por suerte, en la penumbra del cuartucho casi no se notaba.

—No es verdad. No me gusta.

—¿No?

—Me cae bien. Es mi amigo.

—¡Aaaaah, ya entiendo! Es tu amigo.

La mujer se inclinó sobre la mano de Sierpe y estrechó aún más los párpados. ¿Cómo podía ver si tenía los ojos casi cerrados?

—Tu mano me cuenta más cosas. Cuando seas un poco mayor, conocerás a un hombre de mirada rara.

—¿Mirada rara? ¿Eso qué es?

—Tendrá los ojos como luciérnagas. Tú llegarás a quererlo, y él se aprovechará de ti.

—¿Se aprovechará de mí?

Sierpe se preguntó qué quería decir la mujer con eso. Había oído usar ese verbo entre los Lavernos, «aprovecharse». Y mucho se temía que se aplicaba, por ejemplo, a lo que unos días antes Mamerco la había obligado a hacer con la mano.

Obligar, obligar, no del todo. De alguna manera la había engatusado. Pero Sierpe conoce la fuerza que tiene Mamerco y sabe que le gusta hacer daño a la gente.

«Si alguien intenta abusar de ti, me lo dices, ¿de acuerdo?».

Eso le ha dicho Stígmata más de una vez. Ella misma le dio un pinchazo con su estilete a Vulcano cuando él le pellizcó el culo. Sabe defenderse.

Pero esta vez Mamerco la pilló a solas y la arrinconó, y Sierpe, aunque no lo reconocería en voz alta, le tiene miedo. Es tan grande y fuerte…

Y tan malo.

A lo mejor no es tan malo como Septimuleyo, que disfruta arrancando caras. Pero, por alguna razón, el patrón se porta casi, casi bien con Sierpe. Con ella no demuestra ser el bastardo cruel que todos los Lavernos saben que es. Aunque no lo digan en voz alta por la cuenta que les trae.

En cuanto a Mamerco, Sierpe podría haberle clavado a Vespa, pero ¿y después? Aunque se hubiera desangrado, el patrón se habría enfadado mucho de perder a su lugarteniente.

Y si no se hubiera desangrado, mucho peor. Mamerco se habría vengado de ella.

Así que Sierpe, al contrario de lo que había hecho en otros casos, no se resistió.

A cambio, había apartado la mirada para no ver lo que hacía su mano izquierda y había hecho cruces con los dedos de la derecha para deshacer lo que hacía su compañera.

Ahora le da vergüenza contarle a Stígmata lo que pasó, porque tiene la impresión de que ha hecho algo malo y de que él se va a enfadar con ella.

—Quizá no he elegido bien mis palabras —dijo la mujer, sacándola de ese feo recuerdo—. A veces me equivoco con el latín. No es la lengua con la que me crie.

—¿Y con qué lengua te criaste, señora?

Sonrisa enigmática.

—Depende de cómo lo veas. Podría decirte que me crie hablando arameo, la lengua que se hablaba en Palmira, donde nació este cuerpo que ves.

—Sí, lo veo.

—Pero tengo memorias de lenguas más antiguas, algunas perdidas para siempre. De los tiempos en que los nombres eran verdaderos, cuando no se habían desgastado por el uso y poseían poder sobre las cosas. Y sobre los hombres. Y también recuerdo otras lenguas que no se han inventado todavía y que, dependiendo del curso que escoja el río del tiempo, tal vez nunca se inventarán.

—No entiendo qué me quieres decir, señora.

Ella volvió a reírse.

—Me he dejado llevar. Te estaba hablando del hombre de los ojos de esmeralda. Con «aprovecharse» quería decir que aprenderá de ti. Que tú le enseñarás cosas.

—¿Yo? ¿Voy a ser su maestra?

—En algunas cosas, sí. Serás su maestra.

—¿Es más pequeño que yo?

—Lo será, porque todavía no ha nacido. Pero basta ya de lecturas. Tampoco es bueno que una niña tan pequeña como tú sepa demasiado del futuro.

La mujer le cerró la mano.

—¿Cómo te llamas, pequeña?

—Me llamo Sierpe.

—¿Eso es un nombre?

Ella se encogió de hombros.

—No sé. Me llamo así.

—Parece más un apodo.

Ella se volvió a encoger de hombros. Después preguntó:

—Y tú ¿cómo te llamas?

—Yo tengo muchos nombres. ¿Cuál prefieres?

Sierpe soltó una risita.

—No sé. ¿Cómo voy a preferir uno si no me sé ninguno?

—¿Te gusta Marta?

—¿Marcia?[8]

—No, Marta. Mar-ta.

Sierpe volvió a encogerse de hombros. Ella misma exageraba cada vez más el gesto, porque veía que a la mujer le hacía gracia.

—No está mal. ¿Tienes más nombres?

—Me han llamado Adrastea. ¿Qué tal?

—Es más bonito.

Tal vez lo dijo porque le sonaba más largo y más raro.

—También me llamarán Hadwiga.

—Ese me gusta menos.

—¿Por qué te gusta menos?

Nuevo encogimiento de hombros.

—Suena raro.

—¿Y qué te parece este?

—¿Cuál?

La mujer abrió mucho los ojos, curvó la mano delante de su cara como si fuera una garra y, redondeando la boca y agravando la voz, dijo:

—¡Hécate!

Sierpe se asustó un instante. Después, al ver que la mujer se reía, ella también se rio.

—Pero ¡si Hécate es una diosa!

—¿Y es una diosa buena o mala?

—Ah, no sé. Los dioses no son malos, ¿no?

—¿Son buenos, entonces?

—No sé. Son… dioses.

La mujer volvió a reírse.

—A veces los mortales tienen nombres de dioses y a veces los dioses tienen nombres de mortales. Entonces, ¿te gusta Hécate?

—Vale.

—¿Sabes que tengo un palacio?

—¡Hala! ¿Dónde?

Soltándole por fin la mano, la mujer se incorporó y se acercó al pozo tapado con la reja de madera.

—Mira. Esta es una de las entradas.

---

[8] En latín, Martia.

—¿Tu palacio está bajo tierra?

—Claro. ¿No ves que soy Hécate?

A Sierpe le cuentan pocas historias de dioses. Quien más lo hace es Stígmata, pero suele prescindir de las que tienen que ver con divinidades infernales por no asustarla. De Hécate le suena el nombre y poco más.

No sabía si creerse lo que le contaba la mujer. Empezaba a pensar que, se llamara como se llamara, estaba un poco loca.

Y que iba siendo hora de marcharse de allí.

—Veo que estás nerviosa y te quieres ir.

—Es que mi padre me va a regañar.

La mujer estuvo a punto de revolverle el pelo. Menos mal que no lo hizo, porque a Sierpe la molesta mucho.

El único que puede revolverle el cabello cuando quiera es Stígmata.

—Qué mentirosilla eres.

—¿Por qué lo dices?

—Tú lo sabes bien. Anda, vete ya, pequeña Sierpe.

Cuando la niña abrió la puerta y se disponía a marcharse —corriendo, por supuesto, como suele ir a todas partes—, la mujer le dijo:

—¡Espera!

Con medio cuerpo fuera ya de la puerta, Sierpe se detuvo y, agarrándose al marco, tan astillado que más parecía un espinar, asomó la cabeza.

No pensaba entrar de nuevo. La mujer la había ayudado a salvarse de la persecución, pero no quería que volviera a retenerla cogiéndole la mano.

—Si en algún momento necesitas entrar a mi palacio o alguien te pregunta dónde está la puerta, recuerda que es aquí.

—Vale —respondió Sierpe, casi por seguirle la corriente.

—¿Te acordarás? Mi palacio. El Palacio de Hécate.

—Sí.

—Venga, vete.

Y Sierpe se fue, por fin. Por supuesto, volvió al Hórreo de Laverna por otro camino. Para no encontrarse con el frutero.

Ni, sobre todo, con su hija.

Era una lástima haber perdido aquel melón. Con el hambre que tenía…

Pero ¡qué curiosa aventura acababa de vivir!

PALACIO DE HÉCATE IV

Stígmata está recorriendo una zona muy diferente del primer túnel en el que se encontró al bajar del pozo. Aquí, aunque las galerías siguen excavadas en la roca, las paredes se ven mucho más pulidas, sin aquellos golpes de pico que parecían dentelladas, y las galerías son más anchas. En algunos pasajes hay arcos de ladrillo, columnas que sustentan el techo y escaleras talladas en el mismo suelo.

Hace rato que Stígmata apagó la vela y la guardó. En las hornacinas de las paredes arden cirios más que suficientes para avanzar sin tropezarse en una penumbra punteada por círculos de resplandor anaranjado. No es mucha luz, pero para Stígmata, a quien le gusta pasar inadvertido, resulta tranquilizador.

Lo que no contribuye a serenarlo es que va pasando el tiempo. No deja de preguntarse cómo demonios va a encontrar a Licinio Calvo. ¿Por qué aquel maldito senador no podía ir de putas a un burdel normal, como la gente decente?

Los cubículos de este lupanar son celdas excavadas en la roca, en los laterales de las galerías. Encima de cada puerta, grabados en la piedra, se ven caracteres griegos. En grupos de dos. A veces, ambas son consonantes, lo que hace impronunciable la posible sílaba.

¿Se tratará de abreviaturas?

Al reparar en que detrás de los caracteres grabados han cincelado una comilla, Stígmata cae en la cuenta de que los griegos usan como números sus propias letras, añadiéndoles ese signo para recordarse a sí mismos que lo que están viendo es una cifra.

Aunque a Stígmata le cuesta mucho leer en griego y apenas lo chapurrea, cuando era un chaval aprendió de memoria tanto el alfabeto como los rudimentos de la numeración. «En algún momento te resultará útil, ya lo verás», le decía Evágoras.

Es posible que así sea. Siempre que logre entender qué sistema siguen los números de las celdas, porque no lo tiene demasiado claro.

Y, sobre todo, siempre que acabe averiguando cuál es el número del cubículo que corresponde a Licinio Calvo. Una información que, por el momento, parece harto improbable que llegue a sus manos.

Todas las celdas tienen ventanas. Cuadradas, de un palmo de lado. Stígmata supone que su función es ventilar. Antes entró en la primera que encontró, ya que la puerta estaba abierta y no había nadie en su interior. Incluso a oscuras —las velas de dentro estaban apagadas—, con la tenue luz que se colaba desde la galería le bastó para comprobar que en el techo no había respiraderos. Lo que le hace suponer que aquellos ventanucos sirven para comunicar con los túneles. Estos, por su parte, se airean merced a los pozos de ventilación abiertos en el techo a intervalos más o menos regulares.

Las voces siguen llegando de diversos sitios, rebotando entre las paredes de los túneles, mezclándose unas con otras como ecos de ecos de ecos.

La impresión de irrealidad que embarga a Stígmata es cada vez más intensa. Además, nota cierta pesadez en la cabeza, un incómodo embotamiento. ¿Será cansancio o habrá alguna sustancia extraña mezclada con la cera de las velas?

Tanto el lugar como su propia situación en él tienen algo de onírico.

Stígmata se recuerda a sí mismo que debe precaverse contra esa sensación.

No está en el país de los sueños. En este, cuando uno se enfrenta con alguna terrible amenaza, despierta sobresaltado en el peor de los casos. Pero vivo. Y los sueños, incluso las pesadillas más espantosas, no tardan en disiparse del recuerdo como nubecillas de aliento en una mañana de enero.

En cambio, lo que ocurra aquí, por fantasmagórico que parezca este lugar, acarreará consecuencias.

Vuelven a oírse voces. Más cercanas. Y también pasos. Mucho menos cuidadosos que los suyos.

Esto último se antoja comprensible. Es él quien tiene que ocultarse, no los otros.

Se esconde tras una columna. Las voces hablan en susurros ininteligibles. Después se oye una más alta.

—Aquí es, señora.

Stígmata se arriesga a asomarse un instante.

Ante una puerta que queda en el lado izquierdo de la galería se ha detenido una pequeña comitiva. Dos hombres vestidos con mantos, las capuchas bajadas. Sus cabezas se ven tan rasuradas como las de los tres tipos a los que Stígmata liquidó en el solar.

Sirvientes del lupanar, sin duda. Uno de ellos lleva una antorcha, que se refleja en la piel lisa y brillante de su cráneo. El otro está empujando la puerta, que se abre sin un solo chirrido. Alguien habrá aceitado las bisagras. El lugar puede ser lóbrego, incluso sórdido, pero parece estar bien mantenido.

Su buen dinero debe de cobrar Hécate a los clientes para ello.

La mujer a la que se han dirigido los dos sirvientes se baja la capucha. Lleva los ojos tapados con una venda. Uno de ellos se la quita.

Por lo que se ve, a los clientes de este peculiar burdel los llevan a ciegas hasta el cubículo que les corresponde.

Ya con los ojos descubiertos, la mujer se abre el manto. Debajo va casi desnuda. O desnuda, si no se considera ropa las cadenas que le rodean la cintura, le ciñen los pechos y las ingles depiladas.

¿Es una clienta o una prostituta?

La han llamado «señora». Es de suponer que se trata de lo primero.

Una vez que la mujer, que parece haberse abierto la ropa por puro afán de exhibirse, entra en la celda, los dos tipos cierran la puerta. No candan la cerradura.

Está bien saber que no echan la llave. Para cuando Stígmata encuentre de una vez a Licinio Calvo. En la misma bolsa donde guarda la yesca tiene un juego de alambres y ganzúas, pero prefiere no tener que entretenerse con cerraduras.

Por lo que le ha contado Sierpe justo antes de que él descendiera por el pozo, lo más probable es que la próxima noche sea cuando tenga que recurrir a las habilidades de cerrajería que empezó a practicar en la ínsula Pletoria, cuando su patrón era todavía el viejo Albucio.

Él ya lo tenía pensado. Exactamente en el mismo sitio, la mansión de Tito Sertorio.

Lo que no había planeado era tener compañía. Para colmo, la de Mamerco. Algo que lo complicará todo.

¿Le habrán leído las intenciones?

Ya solucionará ese problema cuando surja. Antes tiene que sobrevivir a esta noche y a lo que pueda encontrar en el Palacio de Hécate.

***

Los dos tipos se alejan. Cuando doblan un recodo y se pierde la luz de la antorcha, el pasaje vuelve a quedar sumido en la penumbra.

Stígmata se acerca a la puerta y vacila un momento.

Sobre ella se lee *λβ΄*.

Stígmata recita «Alfa, beta, gamma, delta…», mientras va contando con los dedos.

Si no se equivoca, esta celda es la número treinta y dos.

¡Treinta y dos!

No cree que haya tantos cubículos ni siquiera en los Jardines de Eros y Psique, el lupanar más grande que ha conocido hasta ahora.

¿Estará dentro Licinio Calvo? Stígmata ignora cuáles son los gustos especiales que traen al exedil a este lugar.

Abrir y entrar en la celda sin saber quién hay en ella parece demasiado arriesgado. Es más prudente asomarse primero a una de las ventanas.

Por tapar más espacio y que no lo vean desde el interior, se pone la capucha y la abre un poco con las manos. De ese modo cubre todo el hueco del ventanuco.

La celda se parece a la primera que examinó, con la diferencia de que las velas y las lámparas de aceite están encendidas y dan luz más que suficiente para captar los detalles y alumbrar todos los rincones.

Dentro hay un hombre y una mujer. Desnudos, jóvenes, de cuerpos bien formados.

La mujer que acaba de entrar se ha quitado el manto. Las cadenas, situadas en zonas estratégicas, llaman más la atención sobre su desnudez de lo que la cubren. Tiene la piel muy blanca, unos glúteos generosos y unos pechos relativamente pequeños en comparación con el resto de sus formas, que de no ser por ellos se podrían calificar de voluptuosas.

La mujer ofrece las muñecas a la pareja, con las manos hacia arriba. Ellos se las rodean con sendas argollas unidas a una cadena de gruesos eslabones que sube hasta el techo y, tras pasar por una gruesa anilla de hierro, vuelve a bajar.

Una vez que la han engrillado de esa manera, el hombre tira de la cadena sin contemplaciones, lleva el extremo a una anilla encastrada en una de las paredes y la sujeta allí.

La mujer se queda con los brazos estirados sobre la cabeza y los pies prácticamente de puntillas. Todo el cuerpo en tensión, los pechos erectos por la postura. Debe de resultar doloroso.

La pareja toma de una mesa cercana unos instrumentos de metal que parecen de cirujano. Hay cuchillas, pinzas, punzones. Con ellos empiezan a pinchar y pellizcar a la mujer. Esta reacciona con gemidos guturales que delatan una mezcla de placer y dolor. La sangre no tarda en brotar de varios puntos de su cuerpo. Los costados, los muslos. Incluso los pechos.

Hay gente para todo, se dice Stígmata. Quién sabe si la encadenada obtiene el gozo del hecho de que los sirvientes del prostíbulo la torturen, o si es ella la prostituta y el hombre y la mujer desnudos son los clientes y disfrutan haciéndole daño.

¿Y si todos ellos son usuarios del burdel y se han reunido para complementar sus aficiones?

Stígmata ignora en qué terminará toda aquella práctica sexual. Si quedará en dolor con cierta efusión de sangre, o si degenerará en mutilaciones e incluso en la muerte de la mujer encadenada.

Le da igual. Ya ha visto suficiente. Allí no está Licinio Calvo.

Hay que seguir buscando.

Sigue recorriendo los pasillos. Casi todos están desiertos. Parece que los que trabajan en aquel lupanar tienen órdenes de dejar en paz a los clientes una vez que los han acompañado hasta sus celdas.

Mejor para Stígmata.

Aunque empieza a temerse que tal vez no le quede más remedio que abordar —por decirlo suavemente— a alguno de esos sirvientes y obligarlo a que lo lleve hasta su presa.

Sigue marcando flechas en las paredes y tratando de memorizar el recorrido. Recodos, subidas, escaleras toscamente talladas que a veces suben y a veces bajan.

El desgaste de los escalones, incluso de los nichos donde arden las velas, sugiere que los pasadizos son mucho más antiguos que el propio burdel.

Evágoras —¿quién si no?— le había hablado del Túnel de los Galos, que bajaba desde el Capitolio hasta el Foro. Se llamaba así porque, cuando casi trescientos años antes los galos saquearon Roma, las vestales que se habían refugiado en el Capitolio con el resto de la guarnición defensora huyeron por aquella galería junto con otros sacerdotes para evitar que los objetos más sagrados de la ciudad cayeran en manos de los invasores.

—¿Se llevaron también los *Libros Sibilinos*? —preguntó Stígmata. Desde que Evágoras le contara la historia de Tarquinio y la anciana que le vendió aquellos libros, siempre había sentido curiosidad por ellos.

—Eso es lo que tengo entendido, hijo. Cuando los galos se marcharon de Roma y Camilo los derrotó, volvieron a traer todos esos objetos sagrados. En esta ocasión lo hicieron por las escaleras del Capitolio y a la vista de todos, no en secreto.

Según Evágoras, el Túnel de los Galos formaba parte de una vasta red que se ramificaba en el subsuelo de Roma.

Lo que debe de haber hecho la misteriosa meretriz conocida como Hécate es apropiarse de parte de esos pasajes subterráneos para su sórdido negocio.

Mientras prosigue su propia catábasis infernal, Stígmata se va asomando a las ventanas, escuche sonidos o no. Hay ocasiones en que alguno de los ocupantes de las celdas parece reparar en su presencia. Pero no da la impresión de que a nadie le importe demasiado.

Hay hombres que se dejan penetrar por otros, o por mujeres que usan arneses de cuero provistos de olisbos, enormes falos de cuero. No es nada que no se vea en burdeles más convencionales. Incluso fuera de ellos. ¿Acaso no le hicieron lo mismo a él Albucio primero y Mamerco después?

La diferencia, lo que hace vergonzosa a esa práctica, es que un hombre adulto, un ciudadano libre, no puede dejar que se lo hagan *a él*.

Mucho menos si ese ciudadano es un senador.

Que es el caso de uno de los clientes a los que Stígmata reconoce. No recuerda su nombre, pero lo ha visto más de una vez sentado en la primera fila de gradas para presenciar sus combates. Ahora está a cuatro patas, sin los atributos de un senador. Ni toga purpurada ni anillo de oro ni botas adornadas con una luna creciente. Está tan desnudo como un esclavo expuesto en el mercado, dejándose penetrar.

¡Un honorable padre convertido en *cinaedus*, qué vergüenza!

Stígmata —al que, en realidad, le importa bien poco lo que ve— recuerda un dicho que se aplica a lo que está haciendo ese senador: «Dejarse usar por otro en un esclavo es una obligación y en un liberto un favor. Pero en un hombre libre es un crimen».

En otro cubículo, un hombre y una mujer le hacen a un pequeño pollino cosas que podrían calificarse de inenarrables de no ser porque resultaría bastante fácil —aunque nauseabundo— narrarlas. Ante esa escena de bestialismo, Stígmata no puede dejar de acordarse de las teorías del galo Cilurno sobre la refinada y exquisita experiencia que supone copular con una gallina.

Todo es superable.

Hay una celda en la que un hombre se dedica a hacerle cosas a una mujer encadenada.

La diferencia con lo que vio en el primer cubículo es que la mujer está muerta.

El hombre la tiene colgada del techo y tira de la cadena para que la boca o la entrepierna de ella queden a la altura que él necesita. A juzgar por el color de su piel y la laxitud de sus miembros, la mujer debe llevar más de dos días siendo cadáver.

Puede que sea impresión de Stígmata, pero juraría que por la ventana sale un olor a putrefacción que se sobrepone al olor de las velas que arden en la galería.

Stígmata se aparta asqueado.

Más adelante, en otro cubículo numerado como κα΄, veintiuno, presencia algo que no solo no le parece estrambótico ni repugnante, sino que, pese a que está concentrado en su misión, le provoca un amago de excitación.

Como práctica sexual, lo que está ocurriendo en esa cámara no ofrece nada de particular. Sin embargo, si se divulgara ante el pueblo romano, a su protagonista le costaría una muerte horrenda.

La mujer que cabalga sobre un joven musculoso, cuya piel brilla de aceite y sudor, no es otra que Emilia.

La —¿virgen?— vestal.

Es la misma mujer a la que Stígmata vio entrar un rato antes al Palacio de Hécate por aquella puerta disimulada en el solar de los escombros.

Si la reconoce, igual que ha reconocido a aquel senador cuyo nombre no recuerda, es porque en una ocasión la vio bien de cerca. Fue después de un combate, al acercarse a saludar a la zona del estrado donde se sentaba la élite de la élite.

Allí estaba Emilia con una de sus compañeras.

En el colegio de Vesta siempre hay seis mujeres. Dos aprendizas que son poco más que niñas, dos sacerdotisas jóvenes y dos maestras ya maduras. Se van renovando cuando una muere o cuando cumple los treinta años de servicio.

Emilia es de las vestales que se encuentran en la posición intermedia, como lo era la vestal que la acompañaba el día de los juegos.

Ambas llevaban el atavío propio de su sacerdocio. Una diadema de lana blanca y púrpura enrollada cuatro veces sobre la frente —que se reducirán a tres vueltas cuando lleguen a superioras— y unas cintas de lana colgando desde dicha diadema sobre sus hombros. Sobre la túnica vestían una estola blanca muy holgada, mientras que un sutil velo de lino cubría sus rostros.

Aunque la estola de Emilia ocultaba sus formas, ni siquiera el velo pudo disimular la mirada de pura lascivia animal con que recorrió arriba y abajo el cuerpo depilado de Stígmata al verlo sudoroso y medio desnudo sobre la arena.

Fue precisamente ella la vestal que quiso acostarse con Stígmata. Si no llegó a hacerlo fue porque él, previendo posibles consecuencias, se negó, pese a que ello le hiciera incurrir en el enojo de Septimuleyo.

Aunque Stígmata se alegra de haberse resistido a la voluntad de su patrón, ahora que contempla a Emilia desnuda no puede negar que tiene un cuerpo más que deseable. La forma en que sus caderas se agitan sobre las del garañón al que monta y sus pechos se bambolean con cada vaivén resulta turbadora.

Cuando se da cuenta de que lleva un rato ensimismado con el espectáculo, se aparta de la ventana.

Varias celdas más adelante, después de presenciar alguna que otra práctica entre grotesca e inmunda, vuelve a encontrarse con alguien conocido.

Una mujer.

Resulta difícil creer que pueda estar atendiendo a tantos hombres a la vez.

Sean sirvientes del burdel o clientes aquellos cinco tipos, la mujer sin duda es una usuaria de los servicios que se ofrecen allí abajo. Stígmata lo sabe bien, porque con ella sí que se ha acostado.

Es Aquilia, la noble esposa del no menos noble cónsul Lucio Opimio.

La mujer se queda mirando a la ventana y sonríe.

Stígmata piensa que la sonrisa ha de deberse a que se ha sentido observada y eso la excita más, no a que haya reconocido a Stígmata. Lo único que puede ver en la ventana, si acaso, son unos ojos en un rostro tiznado.

¿Conocerá el cónsul las necesidades y deseos sexuales de su mujer?

Si se divulgara lo que está haciendo, Opimio tendría que divorciarse de ella, obviamente. Pero nadie lo libraría del ridículo más devastador y de verse señalado por miles de dedos en las calles de Roma.

Cuando deja atrás la celda de Aquilia, Stígmata escucha algo diferente.

Cánticos.

Atraído por ellos, llega a un lugar de geometría muy diferente a lo que ha visto hasta ahora.

Tras doblar un recodo y subir una escalera, se encuentra en una cámara muy amplia en forma de anillo que rodea un foso circular de unos seis pasos de diámetro.

Los cánticos proceden de ese foso.

La abertura está rodeada por un pretil, tallado en la propia roca madre de la caverna. De él se proyectan siete columnas, distanciadas a intervalos idénticos, que ascienden hasta el techo.

Es como si esa galería estuviera dispuesta así para que haya espectadores que puedan contemplar lo que ocurre abajo.

Stígmata se acerca con sumo cuidado, se oculta detrás de una columna y se asoma lo justo para ver qué hay en el foso.

Este es, en realidad, otra cámara redonda, alumbrada por antorchas clavadas a las paredes con abrazaderas y por siete braseros, dispuestos de forma simétrica.

La pared circular que delimita aquel espacio está cubierta de pinturas. Tienen algo de primitivo, de feral. Líneas muy marcadas, nerviosas, como trazadas a mordiscos en lugar de pinceladas. Las imágenes no parecen obscenas, como las que se suelen ver en los burdeles o en el despacho de Septimuleyo. Pero sí violentas, grotescas. A la luz oscilante de las llamas, dan la impresión de agitarse en movimientos convulsos.

En el centro de la cámara, un reborde de piedra de poco más de un pie de altura dibuja otro círculo interior.

A un lado de ese círculo, a la izquierda desde el punto de observación de Stígmata, hay tres mujeres vestidas con largas túnicas negras.

Son ellas quienes entonan la cantinela cuyos ecos han despertado su curiosidad.

Las tres se cimbrean al son de su propio canto. Lo hacen con tal armonía y están tan pegadas entre ellas que crean la ilusión de compartir una sola cintura, como si sus cuerpos formaran una gavilla de mieses ondeando bajo el viento.

Sea porque los túneles que confluyen allí abajo crean corrientes de viento o por alguna extraña magia, las llamas de las teas y las estufas parecen danzar y retorcerse asimismo al compás de la salmodia.

A la derecha del círculo interior hay otra mujer, también vestida de negro.

En la diestra sostiene una antorcha. De su muñeca cuelga un manojo de llaves, enganchadas a un aro que lleva a modo de ajorca.

Lo que se enrosca en su otro brazo no es un brazalete, sino una serpiente.

Viva, de escamas rojizas que reflejan los juegos cambiantes de las llamas como un entramado de joyas.

La mujer lleva un tocado alto, una especie de mitra de la que cuelga un velo oscuro que no permite distinguir sus rasgos.

Stígmata piensa que no puede ser otra que Hécate.

La señora de las encrucijadas. La triple diosa, que en las imágenes aparece también sosteniendo una antorcha, una llave y una serpiente.

Los ojos de Stígmata pasan de refilón por el círculo interior de la cámara. Una especie de impluvio, el estanque que recoge la lluvia en las mansiones de los ricos, pero redondo en vez de rectangular.

En el centro de esa pequeña piscina hay un bulto que reconoce y que provoca que un escalofrío le recorra la nuca y la espalda.

Pero sus ojos no se detienen allí todavía. No puede evitar dirigirlos hacia arriba, remontando el curso de la oscura lluvia que está cayendo sobre el impluvio.

Clavada en el techo de la cámara, que está a unos diez pies de altura sobre la cabeza de Stígmata, hay una gran argolla.

De esa argolla pende una cadena.

Un extremo de la cadena lo tienen agarrado dos sirvientes. Ambos llevan la cabeza afeitada. Visten unas túnicas muy cortas, arremangadas en las ingles. Enseñarían los genitales, de no ser porque están castrados. Stígmata sospecha que llevan las túnicas tan subidas para demostrarlo.

Los eunucos mueven la cadena, tirando y soltando, de modo que lo que cuelga en el otro extremo se mueve arriba y abajo y, al mismo tiempo, oscila dibujando pequeños círculos. Es como si agitaran un incensario para sahumar la sala.

Pero no se trata de ningún incensario, sino de una mujer desnuda.

Parece joven. Su cuerpo es hermoso, más voluptuoso que esbelto.

La cadena de la que está colgada se bifurca en dos por encima de su cabeza, y cada extremo está rematado por un garfio.

Los garfios se hunden en las axilas de la mujer. Eso hace que tenga los hombros levantados en una postura innatural.

De las heridas abiertas por los ganchos sale sangre que chorrea por su cuerpo, resbala por la parte exterior de sus muslos y llega hasta los pies.

Allí se junta con la sangre que brota del interior de sus piernas, de dos largas rajas que van desde las ingles hasta las pantorrillas y que deben de haber seccionado venas y arterias.

Esos dos manantiales rojos que confluyen en los pies caen sobre el pequeño estanque circular.

Si la muchacha está viva, seguramente la han drogado, porque no se mueve ni gime mientras su cuerpo se va vaciando de sangre.

Los ojos de Stígmata han barrido todos esos detalles a saltos.

Ahora vuelven abajo.

A lo que le ha hecho estremecerse

Dentro del círculo central hay un hombre arrodillado.

Desnudo y pálido como la mujer, pero sus formas distan mucho de ser tan bellas y proporcionadas.

El hombre levanta las manos para recibir la lluvia de sangre. Se la extiende por el rostro y el cuerpo. Incluso se la bebe. Saca la lengua y saborea la que le mancha los labios y las mejillas.

Es Nuntiusmortis.

Las mujeres repiten una y otra vez la misma cantinela.

—*Merkas kru, namantom gaysus kladiwuskwe awa kwennu krifi uta awa garribis doubis mi age. Merkas kru…*

Merkas kru.

Stígmata no entiende nada. Pero esas dos palabras son lo bastante sonoras como para que las recuerde.

Cuando iba a combatir contra él, Nuntiusmortis las pronunció antes de escupir en el suelo con desprecio en lugar de saludarlo.

Es evidente que se trata de un hechizo.

De la magia más oscura posible. Una brujería que requiere un sacrificio humano.

Evocando de nuevo los relatos de Evágoras, Stígmata deduce que aquello no es sino una especie de versión sangrienta del encantamiento con el que Tetis intentó volver invulnerable a su hijo Aquiles.

Es un espectáculo repulsivo y extrañamente fascinante.

Las sacerdotisas cimbreándose al son de su ensalmo.

Los eunucos manejando en el aire el cuerpo desnudo de la joven, agitándolo para ver si consiguen vaciarlo hasta de la última gota de sangre.

Nuntiusmortis untándose la piel blancuzca con esa sangre.

Hécate observándolo y dirigiéndolo todo.

—*Merkas kru, namantom gaysus kladiwuskwe awa kwennu krifi uta awa garribis doubis mi age.*

Pero Stígmata no puede entretenerse allí por más tiempo.

Si lo descubren, su vida correrá peligro.

Si está en su mano, prefiere no enfrentarse físicamente a nadie más esta noche.

Mucho se teme que no podrá evitarlo.

Pero, desde luego, lo último que quiere es encontrarse de nuevo con el celtíbero.

Especialmente ahora, cuando ha comprendido que son las mismísimas potencias infernales las que lo protegen.

Puede que su orgullo quede a salvo. Pero eso no le servirá de nada si el celtíbero lo atraviesa de parte a parte con su espada.

PALACIO DE HÉCATE V

Sierpe sigue perdida.

No deja de preguntarse por qué habrá desobedecido a Stígmata bajando por el pozo.

Haberlo seguido desde el Hórreo de Laverna tenía que hacerlo, eso sí.

Hace unas horas, que a ella se le antojan una eternidad, estaba agazapada en el escondrijo del doble techo en el que suele colarse para escuchar las conversaciones de Septimuleyo a las que no es invitada. Allí oyó que el tipo aquel —Lucilio, Licinio o como se llamara, pero Calvo seguro, con eso sí que se había quedado— iba a visitar esta noche el Palacio de Hécate.

También oyó que el patrón le ordenaba a Stígmata que fuera a ese lugar para encargarse de él.

En ese momento, las palabras de la misteriosa mujer del rombo en la frente volvieron a su memoria.

«Si alguien te pregunta dónde está la puerta…».

«Mi palacio. El Palacio de Hécate».

Solo con eso le habría bastado para seguir a Stígmata y tratar de ayudarle diciéndole cómo podía entrar a ese lugar secreto.

Pero es que no era lo único que había escuchado Sierpe.

Cuando el gladiador salió del despacho, y detrás de él lo hicieron Tambal y Búfalo, el patrón retuvo a Mamerco agarrándolo del codo y le dijo:

—Tú quédate. Quiero decirte algo sobre…

Septimuleyo hizo un par de gestos en su propia cara. Desde arriba, Sierpe lo vio. Dos curvas en las mejillas, como si dibujara en ellas sendas cicatrices.

Sierpe pudo observarlo porque ese escondite que se ha buscado es tan bueno que también le permite ver. Entre las vigas hay rendijas muy finas por las que se cuelan las voces, pero una de ellas es, además, lo bastante ancha para asomar por ella un ojo. Solo uno, pero le basta para controlar casi medio despacho.

Y, de paso, para comprobar que tanto el patrón como Mamerco se están quedando cada vez más calvos por arriba. ¡Jajaja, qué ridículos se los ve desde el techo!

Stígmata no. Stígmata tiene una cabellera negra muy espesa, una media melena que le suele tapar las orejas y que le llega casi hasta los hombros.

Ella quiere ayudarle porque le cae bien.

«Te gusta mucho un hombre alto. Con cicatrices».

Eso dijo la mujer. Marta. O Hécate.

Pero no es eso. ¿Gustarle? Nooooo…

O tal vez sí.

Sierpe se imagina cómo será ella cuando crezca. Cuando le salgan tetas, como a Berenice. Se dejará el pelo largo, como ella.

Entonces será ella quien esté con Stígmata, porque, como habrá crecido, a él le gustará. Y Berenice ya será vieja y tendrá arrugas y dejará de gustarle.

¡Menos mal que al final Stígmata entró en la habitación y no dejó que ella se clavara la navaja en la cara! A él le quedan bien las cicatrices. No puede decirse que lo hagan más guapo, pero son…

Lo que Sierpe piensa al verlas, sin saber expresarlo todavía en palabras, es que le confieren personalidad. Un atractivo turbio y misterioso, como si a Stígmata lo envolviera a modo de capa una historia de enigmas y oscuridades enraizada en un tiempo fuera del tiempo.

¡Lo que pueden dar de sí unas cicatrices, si se combinan con unos ojos como los de ese hombre!

Pero en la cara de una mujer no quedarían igual. Sierpe no ha visto a ninguna mujer con cicatrices que le haya parecido guapa.

El caso es que el patrón y Mamerco se quedaron un rato más conversando. Lo malo es que Septimuleyo se empeñaba a ratos en hablar muy cerca del oído de Mamerco, aunque este se tuviera que agachar y él que ponerse de puntillas.

Lo que hizo que Sierpe escuchara algunas partes y otras no.

Hablaron de una caja muy grande, en la que se guardan dinero y otras cosas tan importantes como el dinero o más. Esa caja está en casa de un tal Sardorio. (Luego Stígmata la ha corregido y le ha dicho que el dueño de la casa se llama Sertorio).

La cosa más importante que hay en esa caja, una tablilla con firmas, cordeles y sellos de cera, pertenece a Cepión. El hombre guapo del hoyuelo en la barbilla al que Sierpe le sirvió vino la otra noche. Pero como está en casa de Sertorio, Cepión no se la quiere pedir. ¡Un lío!

La noche siguiente —no esta, sino la siguiente, eso lo escuchó muy clarito Sierpe—, Mamerco y Stígmata tendrán que entrar en esa casa para llevarse esas tablillas que son de Cepión.

—Coge todo lo que puedas cargar, pero sobre todo las tablillas.

Parece ser que habrá cerrojos y candados por medio. Y Stígmata va a tener que forzarlos.

(Sierpe ya se las apaña para abrir algunas cerraduras sencillas. Se le da mejor que encender fuego. Pero todavía le queda mucho que aprender. Si no, a lo mejor el patrón le podía haber encargado a ella ese trabajo).

—En cuanto él abra la caja, tú le das…

Lo que fuera que Mamerco tenía que darle a Stígmata, Septimuleyo se lo dijo en voz muy baja y muy pegado al oído, de modo que Sierpe no llegó a escucharlo.

Sumando aquello que había escuchado a lo que le había dicho la mujer del rombo en la frente, («Si alguien te pregunta dónde está la puerta…»), ¿cómo no iba a correr detrás de Stígmata para contárselo?

Ella ha ayudado a Stígmata a encontrar la entrada de esos túneles y después le ha contado lo de la caja en casa de Sertorio. Hasta ahí todo ha ido bien.

Pero después ha desobedecido sus instrucciones. Y el problema es que ahora está metida en un buen lío.

¿Cómo va a salir de este laberinto?

Si no vuelve a tiempo al Hórreo de Laverna, se la va a cargar. Pero bien cargada. Porque antes de todo eso, cuando el patrón la mandó a despertar a Stígmata, le dijo otra cosa. Que, en cuanto se hiciera de día, fuera a verlo. Porque tenía que hacerle un encargo.

—Muy importante.

—¿Tan importante como las otras veces?

—Sí.

—¿Usando a Vespa?

—Usando a Vespa, sí. Pero no digas más. ¡Largo de aquí, corre!

No hay encargos más importantes que esos en los que usa a Vespa. ¡Son tan importantes como los que el patrón le manda a Stígmata!

Pero Sierpe no va a poder llevarlo a cabo. Porque se va a hacer de día y, allí abajo, ella ni siquiera se va a enterar de que amanece y va a seguir dando vueltas y vueltas, subiendo y bajando escaleras y doblando esquinas que llevan a otros pasadizos y otras esquinas.

El patrón se enfada con la gente con mucha facilidad, pero hasta ahora nunca le ha pasado con ella.

Ahora sí que se va a poner furioso.

—Me la voy a cargar, me la voy a cargar —murmura Sierpe.

Dejando aparte el castigo que le va a caer encima, hay que reconocer que este sitio da un poco de miedo.

***

Hace rato que Sierpe empezó a ver gente. Cada vez que se encuentra con alguien, se esconde como puede.

Eso siempre se le ha dado bien.

Hay, sobre todo, hombres calvos que llevan antorchas y mantos negros, con tatuajes raros en la cabeza. Van de dos en dos, a veces ellos solos y a veces con otra persona que ni es calva ni viste como ellos. Como esa persona, la que sea en cada momento, lleva los ojos vendados, la van guiando y la acompañan, a veces para entrar en las celdas que hay a los lados de los túneles y a veces cuando sale de ellas.

Esos hombres calvos de los tatuajes no le dan buena espina.

En realidad, quitando a Stígmata, a Sierpe no le da buena espina nadie. Es lo que ocurre cuando una se cría entre la calle y un sitio como el Hórreo de Laverna, que tiene que andar con tanto cuidado que le crecen una especie de antenas como a los saltamontes. (Como a las cucarachas no, que le dan mucho asco).

La reacción natural de Sierpe es siempre esconderse primero. Después escuchar y, si puede, mirar.

Es exactamente lo mismo que hace ahora.

Debe de ser la cuarta vez que se tiene que ocultar para que no la vean.

Lo hace agazapándose detrás de una columna de piedra. Las columnas de este sitio le llaman mucho la atención. No son como los pilares de madera del Hórreo de Laverna, que por abajo están apoyados en el suelo, que es de piedra, y luego tienen encima vigas que también son de madera, pero distinta.

En cambio, estas columnas forman parte del suelo y del techo, todo tallado en la misma roca, que es rugosa y está llena de agujeritos y hace cosquillas en la palma de la mano si se roza sin apretar mucho. ¡Qué cosa más curiosa! En su imaginación, Sierpe ve como si del suelo empezara a brotar una especie de joroba que fuera subiendo, subiendo como una burbuja de piedra y haciéndose más fina hasta juntarse con el techo y fundirse con él. Es parecido a lo que ocurre con el bronce líquido cuando Septimuleyo lo echa en un molde en la fragua y el metal caliente resbala, resbala hasta otra pieza y se une con ella.

(Normalmente, la cosa acaba con que el patrón, al ver que Sierpe anda asomando la nariz, le da un manotazo para espantarla y la regaña: «¡Quita de aquí, niña, que te vas a quemar!»).

Después de esconderse detrás de una de esas columnas, Sierpe oye algo que llama su atención.

—Aquí tienes, noble Licinio. Pajaritos tiernos para tu paladar.

—¡No digas mi nombre en voz alta, necio!

—Perdona, señor. Pero no te preocupes. Lo que pasa en el Palacio de Hécate, queda en el Palacio de Hécate.

¿Licinio? Así se llama el hombre al que Stígmata tiene que rendir repuestos o respetos, o lo que sea. Que es una forma de decir que tiene que darle una buena lección.

Sierpe sabe bien quién es Licinio Calvo. Fue el hombre que enfadó tanto al patrón aquel día, en el embarcadero. Ella lo vio todo. Si cualquier otro llega a tocarle la cara como lo hizo ese Licinio, lo mínimo que hace Septimuleyo es ordenar que lo azoten.

Eso, lo mínimo.

Lo que pasa es que a lo mejor es otro hombre que se llama igual.

Hay mucha gente en Roma que se llama igual. Cada persona debería tener un nombre diferente, ¿verdad? Por ejemplo, ella no ha visto a ningún otro Stígmata, ni conoce a ninguna niña que se llame Sierpe como ella. Pero ¿cuántos Lucios, Marcos, Gayos hay? Y también Licinios, Livinios, Lucienos, y Suetonios, Sertorios, Sempronios… ¿Cómo no se va a confundir? Ella y cualquiera.

Sierpe tiene que verle la cara. Es la forma de saber si se trata del mismo hombre.

Claro, que después tendrá que encontrar a Stígmata, cosa que no va a resultar fácil. Ir gritando por los túneles «¡Stígmata, Stígmata!, ¿dónde estás?» no parece la mejor idea del mundo.

Pero a lo mejor —¿por qué se dice «a lo mejor» cuando en casos como este habría que decir «a lo peor»?— no le va a quedar más remedio que hacerlo. Si no, ¿cómo va a encontrar a su amigo?

Sierpe espera a que se vayan los dos hombres, los calvos del tatuaje, que, aunque se parezcan todos, no son los mismos. (Sierpe es muy buena con las caras, porque con ellas no pasa como con los nombres: siempre son distintas). Solo entonces se asoma.

El otro hombre, el que se ha enfadado porque han dicho que se llama Licinio, acaba de entrar en una de las habitaciones y ha cerrado la puerta.

Sierpe aguarda otro poco.

Las habitaciones de ese lugar tienen ventanas.

Si quiere mirar dentro para comprobar si se trata del hombre al que busca Stígmata, tiene que asomarse.

Y hacerlo por la ventana, porque en estos techos de piedra no hay rendijas, bovedillas ni cielos rasos como en el Hórreo de Laverna o en la mayoría de las casas.

Vale, se dice a sí misma Sierpe, se va a asomar con mucho cuidado. Mucho mucho cuidado.

Lo malo es que la ventana está alta para su estatura, porque Sierpe es menuda incluso para su edad. Tendrá que saltar y encaramarse como pueda.

Lo intenta. En vano. Brincando con todas sus fuerzas, lo más que consigue es agarrar la repisa con la punta de los dedos, pero después se resbala y vuelve a caer al suelo.

Tiene que saltar más alto, a ver si logra apoyar los codos. Si lo hace, ya podrá aguantar su peso. Pero si se agarra únicamente con las manos, le es imposible izarse a pulso.

Qué rabia no tener todavía tanta fuerza como Stígmata. Seguro que cuando crezca podrá hacer esas cosas, pero por ahora es demasiado pequeña.

Mira a su alrededor.

No viene nadie por el pasillo.

Se va hasta el otro lado y toma carrerilla —lo cual no es decir mucho, porque el túnel no es demasiado ancho—, corre, pone los pies en la pared e intenta trepar como una salamanquesa.

Nada. Otra vez resbala y cae.

Prueba dos, tres veces más.

Va a intentarlo por cuarta vez. La última y se rendirá. Qué remedio.

—¿Quién eres tú? ¿Qué haces aquí?

Su maniobra no ha sido tan discreta como esperaba. El ocupante de la celda debe de haberla oído y ha abierto la puerta mientras Sierpe pataleaba en vano contra la pared.

La mala suerte quiere que, además, Sierpe se haya caído de culo. Si hubiera caído de pie, habría salido corriendo tan rápido como el día del melón. Pero primero tiene que levantarse y, antes de que lo haga, el hombre la agarra por el brazo.

Muy fuerte. No como la agarra Stígmata a veces para que no entre en algún sitio o no se vaya. Con firmeza, pero sin hacerle daño, aunque ella a veces finja que le duele y se queje, «Ayyyy».

A este hombre le da igual hacerle daño. ¡Aprieta tanto que le clava los dedos hasta el hueso!

Y sí, es el Licinio con el que el patrón se enfadó tanto aquel día. El mismo al que busca Stígmata.

El hombre tira de ella y la mete a la celda. Una vez dentro, le da un empujón muy fuerte, que la lanza contra el borde de una cama. Aunque esta tiene mantas, por debajo es de ladrillo y Sierpe se pega un buen porrazo en la espalda.

Licinio lleva puesta solo una túnica interior. Muy fina. A la luz de las velas, se le transparentan los pelos del pecho y de la barriga, que no es tan redonda como la del patrón, pero no le anda muy lejos.

El resto de su ropa está sobre un arcón que hay al lado de la puerta.

Junto al arcón hay una mesa. En ella hay una jarra, dos vasos. Y herramientas. Cuchillos, hoces pequeñas, otras cosas que Sierpe ni sabe lo que son.

—Te he hecho una pregunta. ¿Qué haces aquí?

Sierpe oye un lamento quedo. Vuelve la mirada hacia la derecha.

En un rincón de la celda hay dos niños. No, un niño y una niña. Están acurrucados en el suelo. Amordazados. Desnudos, salvo por los amuletos que llevan colgados al cuello. Como Stígmata. O como los niños ricos.

Los dos son más pequeños que ella. El crío no debe ni saber hablar bien todavía. ¿Qué tendrá, dos años?

Están lloriqueando, pero casi sin fuerzas. Se los ve como atontados.

Como si les pasara algo. Les habrán dado algo raro de beber, piensa Sierpe. Los mayores hacen esas cosas.

Stígmata le dice siempre que ella no lo haga. Por lo menos, todavía. Que no pruebe el vino, pero tampoco el opio, las setas raras —«Mejor no probar ninguna seta, por si acaso»—, ni el soplo de Epaminondas o algo parecido.

—¿Me vas a contestar?

Sierpe comprende que allí dentro nada bueno le puede pasar. Para eso no hace falta ser una adivina como Marta-Hécate.

Cuando Licinio se acerca a ella, Sierpe le pega una patada en la espinilla y se abalanza hacia la puerta.

Tira de ella con una mano. Pero es muy pesada, así que tiene que usar las dos. Y, mientras pierde tiempo así, Licinio la agarra por el pelo.

¡Dioses, eso no lo soporta!

Licinio le da un tirón fuerte, muy muy fuerte, a la vez que cierra la puerta de una patada.

Después, le propina un puñetazo a Sierpe en la sien.

Un puñetazo *de verdad.*

No como los que se dan entre sí los niños, ni como los azotes que ella recibe a veces.

Este es un puñetazo como los que se atizan los mayores entre sí en los combates de pugilato o cuando se quieren hacer mucho, mucho daño. Sin ninguna consideración por que ella sea una niña que pesa poco más de cincuenta libras. Un puñetazo propinado con fuerza y con saña.

Es como si se le hubiera caído el techo encima.

A la vez que recibe el impacto, Sierpe oye cómo le crujen las vértebras, porque el puñetazo le hace girar la cabeza y es milagroso que no le dé la vuelta entera y se quede mirando para atrás. Todo se vuelve de un extraño color dorado, con lucecitas más brillantes, y un pitido insoportable que no deja que escuche la voz del hombre.

Sierpe cae al suelo y durante un rato se queda flotando en una nada entre el mundo real y otro que no sabe cuál es.

Mejor. Porque, de ese modo, apenas repara en los llantos de los niños.

DOMUS DE LUCIO OPIMIO, EN EL PALATINO

En la calle hace frío. Más incluso que dentro del apartamento de la Torre Mamilia, y eso no es decir poco. Lo peor es el aire, que se arregla para colarse entre los huecos de la ropa como una horda de ladronzuelos de dedos gélidos rebuscando bajo el manto de Artemidoro para robarle la bolsa.

El único calor es el escaso que irradian las llamas de las antorchas. No obstante, Artemidoro prefiere dejar cierta distancia con los sirvientes que abren camino con ellas. Los golpes de viento agitan y alargan las llamas, y a veces les arrancan chispas que no quiere que prendan en su ropa.

El grupo que acompaña a Artemidoro se ha duplicado en número, ya que en la puerta de la ínsula los aguardaban dos esclavos más y dos individuos ataviados con capotes militares y no menos corpulentos que los lictores, pero sin fasces.

Por los andares y alguna que otra cicatriz en el rostro, Artemidoro diría que los dos últimos son soldados veteranos. Quizá incluso centuriones.

Esos oficiales son los militares que sirven en más campañas y los que más destacan por su agresividad y sus dotes para el combate. Cuando no están bajo la disciplina de los estandartes o cuando, por fin, se licencian —no todos alcanzan el retiro, pues, en proporción a su número, sufren bastantes más bajas que los soldados rasos—, muchos de ellos son contratados como guardaespaldas por los nobles. Aunque los centuriones suelen proceder de familias medianamente acomodadas, un dinero extra nunca viene mal.

Los nueve caminan a buen paso, una pequeña comitiva en cuyo centro forma Artemidoro. No puede evitar imaginarse a sí mismo como a un prisionero en el desfile triunfal de un general. Al menos, no va cargado de pesadas cadenas y sus largas piernas le permiten mantener el paso.

Pese al comentario ofensivo que el otro lictor hizo sobre Urania —«¿Cuánto creéis que me cobrará?»—, Artemidoro decide que es preferible interrogarlo a él y no al huraño y agresivo Antilio.

—¿Qué quiere de mí el cónsul?

—Lo que sea, te lo dirá él —contesta el lictor—. Nuestro trabajo es llevarte a su presencia, no responder preguntas.

A Antilio incluso esta breve respuesta le parece demasiado y chista a su compañero para que se calle.

No hay intentos ulteriores de conversación.

El único sonido que compite con el silbido del viento y los golpetazos de decenas de contraventanas mal encajadas es el eco rítmico de sus pisadas.

En su camino por el Argileto, desfilan ante la librería de Lucio Cornelio Higino. Un liberto de la *gens* Cornelia de origen griego, emparentado con la madre de Graco, que anuncia su nombre con orgullo en un gran cartel.

En un día normal, suele haber hojas de papiro sueltas clavadas a ambos lados de la puerta y también en los dos pilares de madera que sostienen el tejadillo de la galería sobre el comercio. En ellas se pueden leer poesías completas o fragmentos de las obras en prosa que se venden en el interior. Durante mucho tiempo, el librero exhibió entre esas muestras un pasaje de la *Geografía* del que Artemidoro se siente particularmente orgulloso, su entrada en el puerto de Alejandría y la emoción que despertó en él contemplar por primera vez la gran luminaria de la isla de Faros.

Higino retiró esa hoja hace un par de meses. «No es que tenga nada contra ti, Artemidoro, es que tengo que anunciar también otros libros».

Él sabe bien que el verdadero motivo es el mismo por el que dejaron de invitarlo a la mayoría de las mansiones de la aristocracia.

Urania.

Esta noche no se ven ni poemas ni capítulos en prosa expuestos para posibles lectores. Higino ha recogido todos los papiros e incluso ha reforzado la puerta de su local cruzando por delante gruesos tablones clavados a los lados. Es obvio que teme lo que pueda suceder mañana y quiere evitar los saqueos o, peor, las antorchas de los exaltados. Si hay algo susceptible al hambre del fuego es una librería.

Caminan por el centro de la calzada para no tener que avanzar en fila de a dos o incluso de a uno. Las aceras son estrechas y en muchos puntos hay andamios, escombros y cachivaches rotos que quienes llevan a cabo las obras traen de otros callejones y abandonan frente a puertas ajenas para evitarse multas por arrojar desperdicios a la calle. También se ven mostradores desmontables de madera que los dueños de las tiendas aledañas no se han molestado en recoger. Tinajas o cajones con mercancías que han dejado los carreteros y que los comerciantes más madrugadores o sus esclavos van metiendo en sus locales.

No faltan los mendigos envueltos en mantas y dormidos en las aceras, algunos de ellos en el sueño eterno. Por alguna razón, observa Artemidoro, en ese *collegium* de los que no tienen techo donde cobijarse siempre hay más varones que mujeres.

En ocasiones no les queda más remedio que subirse a los bordillos y dejar la calzada libre para dejar que pase un carro que, después de haber descargado sus mercancías, se dirige a la puerta Fontinal o cualquier otra para salir de Roma antes de que se haga de día. Otras veces, sin embargo, se encaraman a la acera para adelantar a esos vehículos, tirados por cachazudos bueyes que progresan más despacio que ellos. Los arrieros los saludan, algunos incluso hacen chistes, pero no obtienen respuesta de aquel grupo tan taciturno que casi parece una procesión de almas conducidas al Hades por Hermes Psicopompos.

Por fin, la calle del Argileto desemboca en el Foro. Allí están montadas ya las pasarelas de votación para el día siguiente, debajo de la tribuna de los oradores. Unos cuantos sirvientes públicos hacen como que las vigilan, sentados en el suelo alrededor de una fogata y pasándose un odre de vino. No puede decirse que sea disciplina castrense. Al ver pasar al grupo de Artemidoro, sin embargo, se levantan. La visión de las fasces sobre los hombros de Antilio y su compañero lictor tiene ese efecto.

Artemidoro sigue sin tener idea de adónde lo llevan. Hay muchos edificios oficiales donde podría estar el cónsul. La curia Hostilia, cualquiera de las basílicas, el templo de Cástor o el del mismísimo Júpiter Óptimo Máximo subiendo al Capitolio.

Para desconcierto de Artemidoro, atraviesan el Foro sin detenerse, se desvían hacia la izquierda y dejan atrás el templo de Vesta y la Domus Pública, hasta llegar a la cuesta Palatina. Una vez allí, emprenden la ascensión. Sin acortar las zancadas, lo que hace que los gemelos de Artemidoro, que está muy cansado, se resientan. Pero lo último que quiere es que sus escoltas —sus captores— tengan que aminorar su paso y darles así otro motivo más de desdén.

Si Fidípides pudo marchar en una sola etapa de Atenas a Esparta, otro griego como él puede al menos subir una colina sin pararse a descansar.

El hecho de ascender al Palatino implica que se dirigen a la morada del cónsul. Artemidoro desconoce la situación exacta de su casa, pero ha oído que, como tantos otros miembros de la élite, vive en esa colina, la predilecta de nobles y ricos desde tiempos ancestrales.

¿Cómo interpretar que lo lleven al domicilio privado del cónsul y no a un edificio oficial?

¿Es bueno o malo?

Querría pensar lo primero, pero es posible que Opimio haya pensado que su casa es el mejor lugar para asesinarlo o torturarlo.

Ahora bien, ¿por qué iba a querer hacerlo?

¿Tiene alguna relación Opimio con el antiguo gobernador de Asia, Aquilio, contra el que Artemidoro presentó una demanda en nombre de los efesios? En cualquier caso, aunque ambos sean amigos o parientes políticos, ¿por qué iban a vengarse de aquella denuncia, que además no prosperó, tantos años después? Y, sobre todo, con un don nadie como él.

Por un instante, Artemidoro se acuerda de lo que ha escrito al final de su último libro.

> *... explicaremos las averiguaciones que hemos hecho sobre el paradero del inmenso tesoro expoliado de Delfos...*

¿Acaso se han enterado de que él sabe dónde está?

Pero ¿cómo? Únicamente ha hablado de ese tesoro con Graco, y ha sido hace unas horas, esa misma mañana. Apenas ha habido tiempo para que el extribuno, que tiene otras preocupaciones, haya divulgado esa información.

Por otra parte, Graco y Opimio se detestan. Es imposible que el cónsul se haya enterado de algo así por boca de su adversario más aborrecido.

***

Liado en la madeja de sus propios temores y conjeturas, cuando Artemidoro se quiere dar cuenta ya está ante la domus de Opimio.

Según se cuenta de él, es un hombre seco y taciturno. Como se corresponde con su carácter cerrado, su mansión es una pequeña fortaleza. Las puertas están blindadas con chapas de bronce y los muros que la rodean son más altos que los de las casas aledañas y están coronados por pinchos de metal, como si toda la tapia fuera una larga dentadura.

Por dentro, la domus no es de las más grandes y lujosas de Roma, pero tampoco de las más modestas. Por lo que sabe Artemidoro, Opimio pertenece a una *gens* acomodada, si bien no excesivamente rica. Su padre fue el primer cónsul de su familia y él, segundo en alcanzar ese honor, está dispuesto a dejar huella inolvidable de su mandato.

Aunque sea demoliendo la obra de Graco.

Destruir siempre es más fácil que construir.

En el atrio de la morada, plantado ante la puerta del despacho de Opimio cónsul, aguarda un hombre al que Artemidoro sabe que conoce, aunque no recuerda su nombre.

De mediana estatura y formas rectas, como un conjunto de cubos ensamblados de la cabeza a los pies, también tiene aspecto de centurión.

En este caso, a Artemidoro le consta que lo es. Al menos, lo era cuando trató con él. En algún momento bastante reciente del pasado.

Al ver a Artemidoro, el centurión llama a la puerta del tablino. Cuando esta se entreabre, introduce medio cuerpo por ella y conversa unos momentos con alguien de dentro.

Durante un instante, Artemidoro distingue el perfil del cónsul. También parece haber más gente en el interior. Sentados, no reclinados.

No es una cena cuya sobremesa se haya alargado.

A estas horas tan intempestivas, da toda la impresión de tratarse de un consejo de guerra.

Parece obvio quién es el enemigo contra el que están planeando estrategias.

Gayo Graco.

Pero ¿qué pinta Artemidoro en todo esto?

¿Por qué le han hecho venir?

Él tiene buena relación con Graco. Podría afirmarse sin exagerar demasiado que son amigos. La influencia política de Artemidoro, sin embargo, es nula. ¿Pretenden utilizarlo de alguna manera contra el ex-tribuno?

El centurión termina su breve conversación con el cónsul y cierra la puerta. Después se acerca a Artemidoro y lo agarra del codo.

—Ya me encargo yo —les dice a los que lo han arrastrado hasta aquí.

Sin ser tan brusco como el lictor, el centurión no es precisamente suave ni cordial. Sin mayores miramientos, conduce a Artemidoro hasta el peristilo y desde ahí, rodeando el jardín interior, a la zona interior de la casa.

—¿Adónde me llevas?

—Lo vas a saber enseguida.

—Yo te conozco.

—Sí. —En un alarde de locuacidad, el centurión añade—: Lucio Balonio.

El nombre hace que, por fin, suene un tañido de campanas en la memoria de Artemidoro.

Lo conoció en otoño. Era centurión, en efecto. Un veterano de treinta y tantos años que se acababa de licenciar, tras una campaña en las Baleares que culminó con un desfile triunfal por las calles de Roma y el título de Baleárico para el general victorioso, uno de los Cecilios Metelos.

Artemidoro atendió en el parto a la mujer que vivía con Balonio, de la que no llegó a saber si era su esposa legítima o su concubina. Fue en la Subura, en un apartamento al pie del monte Cispio, que no era ni tan lujoso como el primero que el propio Artemidoro ocupó en la Torre Mamilia ni tan sórdido como el segundo.

La mujer era bastante más joven que Balonio y primeriza. El problema era que el bebé venía de nalgas y que las dos comadronas a las que llamaron no eran capaces de hacer que se diera la vuelta, por más que apretaban la tripa de la madre mientras acompañaban sus maniobras con plegarias a la diosa Postverta.

A Artemidoro tampoco le resultó fácil, pero lo consiguió. Aunque la mayéutica, en el sentido estricto y no filosófico, nunca fue su vocación principal, por alguna razón tiene más habilidad que otros médicos y comadronas para ayudar a las parturientas.

La mujer dio a luz una niña, que finalmente asomó primero la cabeza y no el trasero ni los brazos. Balonio pagó el dinero que habían estipulado. Ni un as más, ni un as menos.

No le dio las gracias.

—¿Cómo está la niña? —pregunta Artemidoro.

—Murió.

—¿Y la madre?

El centurión se limita a responder con un levísimo encogimiento de hombros.

Artemidoro prefiere no seguir interrogándolo.

Llegan ante la puerta de una habitación. Está entreabierta. A través de ella se oyen murmullos, lo que parece una mezcla de rezos y cánticos.

En ellos se menciona el nombre de Postverta.

Lo que hace suponer a Artemidoro que se va a encontrar con una situación parecida a la que lo llevó a conocer a Balonio.

—Es Opimia. La hija del cónsul —le informa el centurión.

—¿Qué le ocurre?

—Lo mismo que a Velia.

¡Qué derroche de información!

Velia. Sí, ese era el hombre de la madre.

Era una joven bastante guapa.

¿Por qué Balonio no quiere hablar de ella? ¿Habrá muerto, lo habrá abandonado por otro hombre?

—¿Has sido tú quien le ha dicho al cónsul que me haga llamar? —pregunta Artemidoro.

El centurión no le contesta. Se limita a hacerle pasar a la estancia, mientras que él se queda fuera.

La alcoba no es pequeña. Más amplia, de hecho, que todo el apartamento de Artemidoro y Urania, lo cual tampoco es demasiado decir.

Sin embargo, Artemidoro, que viene del frío de la calle, nota nada más entrar una sensación de agobio y empieza a sudar.

Demasiados braseros ardiendo, más pebeteros con todo tipo de hierbas aromáticas. Artemidoro se marea un poco al respirar esa mezcla de olores dulzones.

Lo primero que hace es quitarse el manto y entregárselo a una de las criadas. Al menos, la mujer lo trata con un respeto que Artemidoro no ha recibido desde que lo sacaron de la cama aporreando la puerta.

Lo segundo que hace es despejar la estancia, ordenando que salgan todas las esclavas menos dos. No necesita más, y quiere espacio para moverse y aire para respirar. Pese al frío del exterior, manda que abran al menos uno de los dos postigos de la ventana y que se dejen ya de sahumerios.

Las dos esclavas que se quedan tienen aspecto celta. Una con el cabello pajizo, que tendrá unos cuarenta años, y otra mucho más joven, con una lustrosa melena de color cobre. Podría ser la hija de la primera. O no.

Artemidoro no tarda en verificar que no solo parecen celtas, sino que lo son. Al ver el color de los ojos y del pelo de Artemidoro deben de pensar que es uno de los suyos, porque le preguntan:

—¿Eres de la Galia, señor?

—No. Soy griego.

Ambas asienten con gesto neutro. Después cuchichean en su lengua.

—Fíjate —dice la rubia—. Parecía un hombre de verdad y es un mariquita griego.

—Es una pena, porque es casi guapo —responde la más joven.

Artemidoro consigue reprimir una sonrisa al oír este último elogio. O casi elogio.

Les ha dicho que no es galo, no que no entienda su idioma. Lo domina casi tan bien como el latín. Las dos mujeres hablan un dialecto celta de la región del Ródano. Por su acento, pueden ser cávaras, helvias o vocontias. Incluso alóbroges, aunque Artemidoro cree recordar que los miembros de esta tribu pronuncian más enfáticas las pes y las tes.

Es mejor reservarse esta información, por si son ellas las que, al charlar entre sí, se muestran menos reservadas.

—Bah —contesta la mayor—. Está muy flaco, tiene los hombros encorvados y el pecho hundido.

Ahora lo que tiene que disimular Artemidoro no es una sonrisa, sino el gesto instintivo de levantar los hombros para demostrar que ese comentario está equivocado.

Sin perder ripio de lo que hablan las esclavas, examina a su paciente de esta noche, la hija del cónsul. Es una chica muy joven, catorce o quince años como mucho, y bastante menuda. Se la ve muy pálida, con el pelo oscuro pegado a la frente en bucles formados por el sudor. Tiene los ojos grandes, aunque ahora se vean entrecerrados casi todo el tiempo, y la frente muy amplia, mucho más ancha que las mandíbulas. Eso hace que su rostro parezca un triángulo, como el de su padre.

Sin ser fea, no puede decirse que resulte atractiva.

Observando lo angostas que son sus caderas y lo joven que es, Artemidoro piensa que en circunstancias normales ya tendría problemas para dar a luz.

Si el niño viene al revés, las dificultades aumentan.

Palpa la tripa de la muchacha, que se queja débilmente. Se ve que le han suministrado alguna droga.

Al lado de la cama hay una mesilla con una jarra y una copa.

—¿Qué le habéis dado? —pregunta Artemidoro.

—Es leche con granos de cebada y jugo de adormidera —contesta la esclava rubia.

Bien. Hasta ahí, no es nada que no recomienden los tratados hipocráticos o que desaconsejaría la madre de Artemidoro.

Mientras sea la chica la que bebe esa droga, no el médico quien la respira. Parte del olor que estaba mareando a Artemidoro era de un quemador donde ardía una mezcla de opio, mirra, pétalos de rosa y aceite de almendras. Lo último que le hace falta, con lo cansado que está y lo poco que ha dormido, es aspirar esos vapores. Necesita tener la mente despejada.

Por las pocas contemplaciones con que lo han llevado allí y por la reputación de Opimio, Artemidoro es consciente de que más cuenta le trae que todo salga bien. Por su bienestar físico y quién sabe si por su vida.

Mientras manipula la tripa de la joven y comprueba que el bebé está encajado en la pelvis —mal asunto, claro está—, les hace varias preguntas. Las mujeres le dan algunas respuestas, otras se las callan. Pero cuando hablan entre sí, convencidas de que él no se entera de nada, le van soltando perlas de información.

—¿Quién es el padre del bebé? —pregunta Artemidoro.

—Su marido —contesta la rubia.

Luego vuelven a cuchichear.

Por retales de la conversación que mantienen entre ellas, Artemidoro se va enterando de que Opimia está prometida en esponsales, pero no casada, y de que ni siquiera ha tenido contacto físico con su novio, un tal Sexto Afranio.

¿Quién es el verdadero padre, entonces?

La idea del cónsul, por lo que se ve, es que la muchacha dé a luz en secreto para después ocultar al bebé recién nacido y, a no tardar, casarla con Afranio. Cuando haya transcurrido más o menos un año y Opimia, supuestamente, haya pasado el embarazo y el parto, la criatura será presentada en sociedad.

El novio parece estar de acuerdo con la farsa. Del motivo por el que pueda estar dispuesto a criar a un niño ajeno, las mujeres no dicen nada. Artemidoro imagina que quiere emparentar con el cónsul por una cuestión de dinero, de influencia política o de ambos factores mezclados.

Como ocurre con los esclavos cuando hablan de sus amos creyendo que nadie los escucha, las criadas hacen comentarios bastante más irreverentes que en público.

—¿Y cómo se piensa el amo que va a engañar a la gente cuando vean en un carrito a un bebé recién nacido que quiere ponerse de pie o escaparse para gatear? —pregunta la pelirroja.

—¿Vas a ser tú quien se lo diga? —responde la rubia.

—¡Noooo!

Artemidoro empieza a sospechar que hay algo turbio. Como quien no quiere la cosa —o como quien no se está enterando de nada—, pregunta a las esclavas por la mujer de Opimio.

—Es raro que la madre no esté aquí, junto a su hija.

—No es su madre, señor —contesta la pelirroja—. La señora Aquilia es la segunda esposa del amo Opimio.

—Y más puta que la serpiente de Sirona —añade en galo la rubia.

—Aun así, es extraño que no venga a interesarse por su hijastra —comenta Artemidoro.

—Estará follando en cualquier lupanar o debajo de un puente —insiste, por su parte, la esclava rubia.

—Su padre la quiere mucho —dice la pelirroja, esta vez en latín.

Por las explicaciones que recibe en un idioma y las que capta en otro, Artemidoro descubre que la madre de la joven falleció al darla a luz. Opimio, que estaba loco por su esposa, se convenció desde entonces de que el espíritu de ella había pasado a la hija.

Cada vez más turbio, piensa Artemidoro.

Pero lo importante es ayudar a esa muchacha, que es poco más que una niña, y a su bebé.

En la puerta se ha quedado el centurión, vigilante. Artemidoro echa un vistazo alrededor. Al no encontrar lo que busca en la habitación, se da la vuelta y dice:

—Necesito dos macetas del mismo tamaño.

Balonio no se digna contestarle, pero al menos da unas cuantas órdenes. No tardan en aparecer un esclavo y una esclava, cada uno con un tiesto en la mano.

Artemidoro debería haber precisado que solo las quería con tierra. Por no perder más tiempo, arranca las plantas de las macetas sin molestarse en ver de qué variedad son. Después pide a las criadas que le ayuden a calzar las patas situadas al pie del lecho. Ellas protestan un poco, porque es una tarea para hombres, dicen, pero Artemidoro agarra el listón horizontal de la armazón y levanta él solo la cama. Incluso con la muchacha acostada, no pesa tanto como para suponer un esfuerzo digno de Atlas.

—Poned las macetas, vamos.

Después de calzar así la cama, Artemidoro le quita la almohada a Opimia, que se queja débilmente en su semitrance inducido por el opio, y se la pone debajo de los muslos y las caderas.

Con los pies de la joven más altos que su cabeza, Artemidoro espera que el propio peso del bebé lo lleve a caer hacia el interior del útero, desenganchándose de la pelvis.

Por supuesto, no será tan sencillo como eso. Solo hay que observar la protuberancia de la tripa, que aún no ha cambiado.

Artemidoro se frota las manos. Una especie de tic que también lleva a cabo cuando se enfrenta a la escritura de un fragmento particularmente complicado.

—Ahora, veamos si conseguimos darle la vuelta a ese bebé...

***

Mientras Artemidoro atiende a la joven Opimia en su alcoba, otro visitante llega a la mansión del cónsul.

Este no ha sido convocado ni invitado.

Quinto Servilio Cepión.

Acompañado por una escolta de doce esclavos. Si no fuera porque no llevan togas cortas ni fasces al hombro, cualquiera podría creer que son lictores y que él no es un simple cuestor, sino el mismísimo cónsul.

Al ver una comitiva tan nutrida, el portero de la domus se niega a dejarlos pasar. Ni siquiera al zaguán. Únicamente permite la entrada a Cepión. A regañadientes. A estas horas, dice, solo hace una salvedad por ser quien es.

Un motivo más para empeorar el estado de ánimo de Cepión.

Que se suma a su resaca, término que dicho así no parece gran cosa, tan solo tres sílabas, pero que abarca un lacerante dolor de cabeza, acidez en la boca del estómago, retortijones que de momento ha logrado controlar y dolores de origen no identificado en casi todos los músculos de su cuerpo. También se suma a la bronca con su esposa —así califica en su fuero interno su último encuentro, como si fuera una discusión sin mayor motivo y ella no lo hubiera pillado en la cama con otra mujer—. Y al enojo consigo mismo por todo lo que ha olvidado y descuidado para recordarlo de repente cuando ya es tarde.

Pero lo que más alterado lo tiene es lo ocurrido ante el templo de Júpiter Óptimo Máximo hace como mucho media hora.

***

Después de subir la larga escalera Capitolina y llegar arriba casi sin resuello —culpa de los abusos de la fiesta, que le cobran a su cuerpo sus propias facturas de acreedor—, se encontró con las puertas del templo cerradas.

—Debe de ser lo normal —les dijo a sus acompañantes, puesto que nunca había intentado entrar a este santuario de noche.

Dálmata, un esclavo al que llaman así por su nación de origen sin complicarse en buscarle otro nombre, golpeó la gran aldaba de bronce una y otra vez para ahorrarle ese esfuerzo a su amo. Al principio, lo único que consiguió fue espantar a una bandada de ruidosos estorninos que anidaban en los fresnos y plátanos del Asilo, el bosquecillo que crece entre las cimas mellizas del Capitolio y el Arx.

Pasado un intervalo que a Cepión se le hizo eterno, se abrió un postigo en una de las grandes hojas de roble abollonado. Sin que las bisagras rechinaran lo más mínimo, algo que había que reconocer a favor de los operarios que se ocupan del mantenimiento del templo.

Un individuo de aspecto somnoliento, con la cabeza cubierta por un gorro frigio y una palmatoria en la mano, asomó apenas medio cuerpo por la abertura.

Era el administrador del templo, al servicio del colegio de pontífices.

—¿Qué se os ofrece a estas altas, altísimas horas de la noche, ciudadanos?

Detrás de él ardían más luces. Sirvientes con velas y uno con una tea. Tras ellos, en la penumbra se entreveían las columnas del interior, alzándose como severos gigantes cuyas cabezas se perdieran en la oscuridad del alto techo.

—¿Sabes a quién te estás dirigiendo como «ciudadano»? —respondió Epio, el nomenclátor de Cepión, con tanta solemnidad como si fuera un heraldo o un lictor.

—No estoy seguro, pero tengo la impresión de que tú me lo vas a recordar.

—Estás hablando con el ilustre Quinto Servilio Cepión, cuestor y senador, miembro del colegio de decenviros, hijo de Quinto Servilio Cepión, vencedor del bárbaro Viriato, senador de rango consular y miembro del colegio de pontífices.

Para reforzar el efecto de las palabras del nomenclátor, Cepión se bajó la capucha y se acercó un poco más a la antorcha que sostenía Dálmata de modo que se le viera bien la cara.

El administrador no se dejó impresionar por la retahíla de títulos ni le franqueó el paso. Ni siquiera se molestó en entreabrir un par de dedos más el postigo.

Alguien como él está acostumbrado a ver desfilar año tras año cónsules, pretores, ediles. A veces, censores.

Los cuestores son caza menor.

El muy bastardo, pensó Cepión. Conocía perfectamente a su padre, miembro del colegio de pontífices desde hace más de veinte años. Ya podía mostrarle un mínimo de respeto a él.

—Comprendo —respondió el administrador en un tono que implicaba justo lo contrario. Falta de comprensión, sumada a una carencia total de interés—. ¿Y qué se te ofrece, ilustre Quinto Servilio Cepión?

—Como miembro del colegio de decenviros, el cónsul Lucio Opimio me ha encomendado consultar los *Libros Sibilinos* en nombre del Senado.

—¿Otra vez? ¿No ha quedado contento con la primera consulta?

El tipo parecía un cínico de tomo y lomo. Y no precisamente por seguir la filosofía de Diógenes.

Cepión se dio cuenta porque no hay nadie como un cínico para reconocer a otro.

—¿Qué quieres decir?

—Debe de hacer unas dos horas que ha venido aquí tu colega decenviro, el ilustre Lucio Perperna. Ya ha bajado al sótano, ha consultado los libros y se ha llevado escritos los consejos de los dioses para leerlos ante el Senado.

—¿Estás seguro de lo que dices?

—Tanto como que yo estaba con él y he sido yo quien ha abierto la llave del sagrado arcón.

Al ver la insinuación de sonrisa en el rostro del administrador del templo, Cepión sintió que la sangre le afluía a las mejillas. Por suerte, era de noche y la luz de las antorchas no bastaba para que se notara.

O eso quiso creer.

Dicen que el Capitolio es la roca más sólida de Roma.

Pero en ese momento sintió como si se hubiera convertido en lodo bajo sus pies.

***

A esas horas intempestivas, en lugar de dormir, el cónsul se encuentra en su despacho. En las ranuras entre el marco y la puerta se ven finas líneas de luz, y dentro se oyen voces. No dos ni tres, sino unas cuantas más.

Opimio no se digna a hacer pasar a Cepión para recibirlo en el tablino. Cuando uno de sus esclavos le anuncia su llegada, suelta un comentario en tono impaciente y enseguida añade en voz más alta:

—Esperad un momento, caballeros. No tardaré en estar con vosotros de nuevo.

El cónsul sale de la estancia colándose por la abertura de la puerta como una lagartija y cerrando tras de sí a toda prisa, como si quisiera ocultar quiénes están reunidos con él.

Así y todo, una breve ojeada le ha bastado a Cepión para entrever rostros conocidos.

No parece que se trate de una reunión social. No porque sea de madrugada —solo habría que haber visitado la mansión de Cepión a esas mismas horas en las noches previas—, sino por lo serios y estirados que se ve a los invitados de Opimio.

Están tramando algo, seguro. Y lo que sea es contra Graco, de eso no le cabe duda alguna.

¿Por qué Opimio no le hace pasar a él? ¿No se supone que está recurriendo a su ayuda para derribar al extribuno? Y no solo en su condición de decenviro, sino de…

¿En condición de qué, exactamente? ¿De tipo que no tiene escrúpulos en pringarse de barro hasta los corvejones relacionándose con escoria como Septimuleyo?

A fuer de sincero, la respuesta es afirmativa. Pero el problema que ve Cepión en sí mismo, y dadas las presentes circunstancias, no es el de la carencia de escrúpulos —los discursos moralistas le resbalan tanto como el agua por el plumaje de un pato—, sino que las cosas no están saliendo del modo en que las tenía previstas.

Y que su disposición a chapotear en los albañales por el bien de la República no le está ganando el respeto que merece entre quienes por nacimiento y condición son sus iguales, sino, al parecer, todo lo contrario.

—Quieres verme —dice Opimio, sin entonación. No es una afirmación, tampoco es una pregunta.

El cónsul es un hombre de estatura algo menos que mediana, lo que significa que Cepión le saca una cabeza entera. Está prácticamente calvo y tiene las mejillas flacas y hundidas, como si no dejara de chuparlas desde dentro.

Al hablar, apenas parpadea. El brillo de sus ojos es el de un fanático, el de una antorcha ardiendo siempre al máximo de su llama.

Por su mirada, se diría que siempre le está echando algo en cara a su interlocutor.

Ahora mismo, sin ir más lejos.

Con un gesto seco, Opimio indica a Cepión que lo siga hasta el peristilo. Es obvio que no quiere que escuche lo que se habla en su despacho.

«Como si yo no supiera lo que se está cocinando ahí dentro», piensa Cepión.

El cónsul no le invita a sentarse en uno de los bancos del claustro que rodea el jardín, ni siquiera a apoyarse en la balaustrada. Tampoco hace que le traigan vino caliente ni llama a un criado para que le quite el manto húmedo por el relente y lo extienda junto a un brasero.

Todo en su actitud indica que está deseando que Cepión se marche para proseguir con su reunión.

Por muy cónsul que sea Opimio, Cepión no piensa consentir esa mezcla de displicencia y arrogancia.

—¿Qué es eso de que Perperna ha consultado ya los *Libros Sibilinos*?

—Supongo que te refieres a Lucio Perperna, miembro del colegio de los decenviros.

—A ese mismo.

—Ya tienes tu respuesta.

—No, no la tengo.

—Un decenviro ha consultado esos libros cuando el Senado se lo ha requerido. ¿Hay algo más que quieras saber?

— ¡Me dijiste que ese honor sería mío!

—No recuerdo haberte dicho nada semejante, Publio Servilio.

—Me lo dijo Estratón. En tu nombre.

—¿Acaso soy yo Estratón? ¿Me estás confundiendo con un antiguo esclavo?

Opimio se pasa ambas manos por las bandas púrpura de la túnica como si quisiera alisarles las arrugas.

En opinión de Cepión, la gente normal —es decir, la gente con la que se relaciona él— no se pone en su propia casa prendas oficiales como esa túnica para demostrar que pertenece a la alta nobleza del Senado.

Pero este cónsul no es un tipo normal. Para Cepión es un apotegma —expresión que aprendió con un profesor de retórica y que suele utilizar cuando más bien querría decir «axioma»— que los personajes bajitos y poco agraciados como Opimio necesitan compensar sus lacras dándose ínfulas en otros aspectos.

Con el dolor de cabeza que tiene, Cepión no se siente de humor para aguantar que un miembro de una estirpe tan mediocre como la Opimia se dirija a él con ese tono.

—No te hagas la virgen ofendida conmigo, Opimio.

—Y tú háblame con el debido respeto, Quinto Servilio. Soy tu cónsul.

«Qué individuo», piensa Cepión. Es difícil encontrarse a alguien que siendo tan poca cosa se dé tanta importancia y se sienta ofendido con tanta facilidad.

Mientras está pensando en una réplica que sea mordaz, pero que no llegue al nivel de desacato —se le ha ocurrido «Vas a ser mi cónsul durante once meses más, y después yo seré tu futuro cónsul durante años», pero no le ha convencido—, un esclavo se acerca a Opimio y le dice algo al oído.

El cónsul escucha y asiente varias veces, mordiéndose las mejillas por dentro hasta que se le forman dos hoyos debajo de los pómulos. Con suerte, llegará un día en que se absorba a sí mismo hasta el punto de engullirse del todo y desaparecer.

Cuando el esclavo termina de dar su recado, Opimio se dirige a Cepión.

—Tengo algo importante que hacer. Mi criado te acompañará a la salida.

Para mayor mortificación de Cepión, el cónsul no regresa al despacho donde estaba reunido con otros senadores, sino que rodea el patio para dirigirse a los aposentos de las mujeres. Dejándolo allí a él, sin mayor explicación.

¿Algo importante? ¿En serio? ¿De veras tiene algo más importante que hacer que rendirle aclaraciones a él, Quinto Servilio Cepión?

—Señor, si tienes la bondad de... —empieza a decirle el esclavo, señalando con ambas manos hacia la salida de la casa.

Cepión lo fulmina con la mirada, se da media vuelta y se dirige hacia el atrio sin tener muy claras sus próximas maniobras.

Al ver la puerta del tablino cerrada, se para ante ella. El criado, que le sigue un par de pasos por detrás, con la cabeza agachada y retorciéndose los dedos de puro nerviosismo, está a punto de chocar con su espalda.

Dentro de la estancia están debatiendo a voces. El nombre de Graco sale a colación una y otra vez, acompañado a veces por el de Fulvio Flaco, su principal aliado político.

O sea, ¿que es él, Cepión, quien se aventura en los barrios bajos del Aventino para buscar una solución al problema de Graco y son los demás los que se reúnen para hablar de alta política, dejándolo a él fuera como si fuera un vulgar équite, un Tito Sertorio cualquiera?

Sin molestarse en llamar, Cepión empuja la puerta del tablino.

Primer error. Se abre hacia fuera.

En su segundo intento, tira del pomo y se asoma.

Dentro del despacho hay ocho senadores. Sentados en sillas plegables, ya que dentro del despacho no hay divanes. Todos con los pies separados, las manos sobre los muslos y las espaldas muy tiesas, pese a que muchos de ellos llevan años peinando canas o disimulando calvas. Si estuviera allí el pomposo de Escipión Emiliano y las paredes del tablino flamearan como lonas de una tienda de campaña, Cepión creería estar ante un consejo de guerra en el estado mayor de un general.

Para sorpresa de Cepión, entre esos hombres se encuentra el segundo cónsul, Fabio Máximo. No puede decirse que Opimio y él sean uña y carne, pero el interés mutuo debe de haber hecho que olviden temporalmente sus desavenencias.

Entre esos senadores hay dos pretores. Y un excónsul.

Es precisamente la presencia de este último la que hace palidecer a Cepión.

Ya que dicho excónsul es nada menos que el gran Quinto Cecilio Metelo Macedónico.

Su suegro.

—... y aprovecharemos para hacer una buena limpia en el Senado.

Quien está hablando así y se interrumpe para volver la mirada hacia Cepión es Minucio Rufo. El mismo que ha convocado la asamblea que empezará dentro de unas horas.

Un tribuno de la plebe, defensor en teoría del pueblo llano. Reunido con dos cónsules, dos pretores y otros tres senadores de las familias más poderosas de la ciudad. Individuos cuya única diferencia de opinión sobre la plebe es si deben referirse a ella como chusma, populacho o, sin más ambages, morralla.

Minucio, en suma, es un hipócrita que se ha presentado al puesto de tribuno no para amparar los derechos de sus votantes, sino para ganar puntos ante la facción más conservadora que domina el Senado.

Cepión no le pone objeciones a eso.

Lo que le irrita de Minucio Rufo es el gesto de superioridad con el que lo está mirando ahora mismo. Como si le dijera, ¡a él!, «Vete a jugar con los niños, esta es una reunión de mayores».

—Qué sorpresa, Quinto Servilio —dice Fabio Máximo—. ¿Terminó ya tu fiesta?

Ocho miradas confluyen en él.

La peor es la de su suegro Metelo. Su expresión lo dice todo.

Su hija debe de haberle contado ya que lo ha pillado desnudo en la cama con una actriz.

Que también estaba desnuda.

¡Le ha faltado tiempo a esa arpía de Tercia!

—Deberías retirarte a descansar, cuestor —dice su suegro—. No tienes buen aspecto. ¿Puedes cerrar la puerta al salir?

«Hijo de puta», piensa Cepión.

Pero cierra y se va. Obediente como un liberto recién manumitido. Sin tan siquiera la pequeña rebeldía de reafirmar su dignidad con un buen portazo.

Hablando de libertos, cuando se dispone a marcharse ve de reojo un rostro conocido en una de las estancias que dan al atrio.

Estratón.

***

Después de los dos desaires consecutivos que acaba de sufrir, la prudencia más básica aconsejaría no tentar más a la suerte. Pero Cepión está furioso.

Y preocupado.

Las deudas de las que suele hablar tan alegremente con su contable Nicómaco ahora parecen montañas que se ciernen sobre su cabeza y amenazan con aplastarlo.

Sin molestarse en anunciar su presencia, Cepión irrumpe en la salita. Es un triclinio pequeño, de los que se usan en familia o cuando se recibe a pocos invitados, estancias que a menudo se reutilizan para otras funciones. Ahora Estratón lo está empleando a modo de oficina, sentado ante una mesa en la que repasa tablillas de cuentas con un sirviente.

Cepión se planta ante él y da un puñetazo en el escritorio, con tanta fuerza que la copa de vino que tiene a su lado Estratón está a punto de volcarse. Unas cuantas gotas saltan fuera y salpican el dorso de la mano del liberto.

Estratón, un tipo de rasgos blandos y lampiños que pasarían inadvertidos en cualquier multitud, se limita a limpiárselas de un lengüetazo. Después despacha al esclavo con un gesto.

En ningún momento se toma la molestia de levantarse para atender a Cepión.

Este, por su parte, ni siquiera intenta tomar asiento.

—¿Se puede saber qué ha ocurrido, Estratón? ¡Teníamos un acuerdo!

—Lo teníamos, noble Cepión.

—Eso he dicho, me oigo perfectamente a mí mismo.

—En pasado, noble Cepión.

—Explícate —responde Cepión, aunque mucho se teme que conoce de sobra la explicación.

Estratón se agacha, coge un cofre que tiene junto a los pies y lo pone encima de la mesa.

Cepión lo reconoce. Es una especie de joyero labrado con relieves geométricos. El liberto lo trajo a su casa en el primer día de la fiesta.

De esa malhadada fiesta, comprende ahora.

¿No podía haber esperado a que pasaran los idus y la dichosa asamblea?

No. Tenía que celebrarla antes.

«Estúpido de mí».

En la caja que le enseñó Estratón había dos tablillas de cera, que ambos rellenaron, firmaron y sellaron.

Sin testigos.

Cada uno de esos dípticos suponía dos millones de sestercios en títulos de la Sociedad Feroniana.

Ahora el liberto le muestra uno de los dos, abierto. El cordel de cierre está cortado y los sellos de ambos firmantes rajados por la mitad. En la cera nuevamente aplanada apenas se distinguen un par de sílabas, *BYLLI*.

En esa tablilla ahora borrada tenían escrito el acuerdo para que Cepión consultara los *Libros Sibilinos*.

—¿Se puede saber qué has hecho?

—Lo que he tenido que hacer, noble Cepión.

—¿Lo que has tenido que hacer?

—Te comprometiste a consultar los libros el día en que te correspondía por el turno de decenviros.

—Eso te dije, sí. Me acuerdo perfectamente.

No tan perfectamente, a decir verdad. En su memoria todavía flotan bancos de niebla que difuminan los contornos de sus recuerdos.

—Cuando ese día ha pasado, hemos tenido que recurrir al siguiente decenviro, Lucio Perperna.

—Eso no es verdad. A mí me corresponde el derecho a la consulta en la víspera de los idus, que es hoy.

—Que fue *ayer*, noble Cepión. Oficialmente, los idus han empezado en la hora séptima de la noche. Como cualquier otra fecha. Te hemos esperado, pero no teníamos ninguna noticia tuya. El cónsul no podía aguardar más. No se trataba de una cuestión baladí, seguro que lo entiendes.

«El día empieza cuando yo me levanto», está a punto de responder Cepión. Pero la misma ocurrencia que tanta gracia les hace a sus compañeros de juerga cuando están en un banquete o en una taberna ahora ya no le parece oportuna o convincente ni tan siquiera a él mismo.

Todo por un par de horas. O tres, o las que hayan sido. No está del todo seguro. No lleva un reloj dentro de la cabeza.

¡Maldita Tercia! Ya que lo ha sacado de la cama dándole un susto de muerte, podría al menos haberlo hecho antes de la medianoche.

—Era muy sencillo, noble Cepión. Solo tenías que estar allí, en el templo de Júpiter, y sacar el rollo que estaba preparado.

Cuán poderoso no se sentirá ese maldito liberto, un antiguo esclavo, para permitirse el lujo de hablarle así.

Cepión recuerda ahora las instrucciones con más detalle. Las debería haber apuntado cuando todavía no estaba muy borracho. O haberlas compartido con algún criado de confianza, incluso con el cenizo de Nicómaco.

Hay tantos «deberías» en los últimos días…

«De los tres rollos, hay uno que tiene una etiqueta larga en el umbo, confeccionada en cinta de seda», le explicó en su momento Estratón. Todo sonrisas. Amigables, incluso serviciales. No de suficiencia como ahora.

«Las otras dos etiquetas son mucho más cortas, tiras de lana. Cuando encuentres el rollo de la cinta larga, lo abres sin mirar y lo vas desplegando entre los dedos hasta encontrar la señal. Es un trocito de piel de zapa pegado por dentro al papiro. Lo reconocerás porque es rugoso como piedra pómez».

—No se te pedía una heroicidad —insiste Estratón—. Tampoco una táctica brillante, ni una genialidad militar. Solo estar *allí*.

Cepión se da cuenta de que todo el mundo empieza a pensar que no es nadie, que está hundido.

Que nunca llegará a nada.

Es lo mismo que le lleva diciendo su padre desde antes de ponerse la toga viril. «Tú vas a ser la decadencia de esta familia».

«Os demostraré que no, cabrones».

Con Opimio ha contenido su ira. En parte, porque el cónsul lo ha dejado con la palabra en la boca.

En presencia de su suegro y de los demás senadores, tiene que reconocer que se ha sentido tan azarado que se ha quedado mudo.

Pero a este hijo de siervos no le piensa permitir una insolencia más.

—¿Me va a decir un esclavo lo que tengo que hacer? ¿Un puto esclavo?

—No he pretendido decir eso, noble Cepión. Solo he sugerido que...

—¿Cuántas veces le has puesto el culo a Opimio?

—No entiendo qué tiene eso que ver con lo que estamos hablando.

—¿Lo has hecho esta misma noche? Porque te noto como escocido. ¿Por eso no te levantas para hablar conmigo, hijo de esclavos? ¿Porque te han roto por detrás?

La sonrisa de Estratón está a punto de borrarse de su cara. Para evitarlo, toma la copa y da un sorbo de vino.

—Has dado en la diana, noble Cepión. Soy un antiguo esclavo, sí. Y quienes hemos sido esclavos no podemos permitirnos el lujo de ofendernos. Así que no hace falta que te molestes en intentarlo.

Por toda respuesta, Cepión da un manotazo a la copa, que sale volando y se estrella contra la pared, dejando un churretón de vino en el moldeado de estuco que imita piedra tallada.

Al ver cómo la copa de cobre rebota en el suelo y gira un par de veces sobre la base antes de quedarse inmóvil, Cepión repara por primera vez en los mosaicos que está pisando. Los dibujos de las teselas representan raspas de pescado, migas de pan, huesos de aceituna, restos de pollo, trozos de hojas de parra.

Se trata de una moda que, según dicen, ha introducido Soso de Pérgamo, autor también de varios de los mosaicos que adornan los suelos de los Jardines de Eros y Psique. Los del burdel, pese a que más que eróticos resultan pornográficos, exhiben más refinamiento que esto que tiene ahora Cepión bajo sus pies. Habrá quien lo considere gracioso, ¡incluso elegante!, pero a él le parece un basurero, un suelo sin barrer.

Muy propio de un advenedizo como Opimio.

Mientras Cepión contempla este homenaje al mal gusto, Estratón rasga con un cortaplumas el cordel que cierra la segunda tablilla.

En ella hay un segundo contrato. Como ocurre con el relativo a los *Libros Sibilinos,* no es un documento que se pueda exponer en público. Pese a ello, ambas partes lo han firmado porque ninguna de las dos confía en que la otra respete la palabra dada basándose en un simple apretón de manos.

En términos no del todo claros, pero que podrían resultar incriminatorios ante un tribunal, Cepión se compromete a organizar una acción que provocará un tumulto en la asamblea y cuya responsabilidad recaerá en GSG.

Gayo Sempronio Graco.

A cambio de orquestar aquello, Cepión deberá recibir otros dos millones en títulos de la Sociedad Feroniana.

—¿Qué haces? No pensarás romper también ese compromiso. Mi hombre ya está preparado —dice Cepión, sin sospechar que su «hombre», en puridad, no es tal.

Él no tiene por qué conocer la identidad del agitador al que va a recurrir Septimuleyo. Siempre que la intervención tenga éxito.

Demostrando que, en contra de sus propias palabras, sí es capaz de ofenderse, Estratón abre la tablilla sobre el escritorio y la gira de cara a Cepión para que este pueda leer bien el texto.

Después toma el estilo con el que estaba escribiendo hasta hace unos minutos, le da la vuelta y acerca la espátula del extremo opuesto a la llama de una de las velas que arden sobre la mesa.

Una vez que la espátula está caliente, la pasa sobre la tablilla y funde la cera. Las frases y los números del contrato desaparecen ante los ojos atónitos de Cepión. Las dos letras que representan el pago del acuerdo, $\overline{\text{MM}}$, se convierten en un borrón derretido y después en nada.

Dos millones de sestercios desaparecidos, evaporados de la existencia.

Estratón le tiende la tablilla.

—Aquí la tienes.

Cepión mantiene las manos apretadas contra los costados.

Si las separa, lo más probable es que le parta la mandíbula a ese insolente de un puñetazo.

—Voy a decirle a mi hombre que aborte la operación —masculla—. Dile al que te la mete por detrás que a ver si a estas horas encontráis a alguien que os haga el trabajo.

—Díselo tú si quieres —responde Estratón, encogiéndose de hombros con esa sonrisa inefable. O insoportable, ¿cómo definirla?—. Supongo que a ti te conviene que todo siga igual, ¿no?

—¿Qué quieres decir?

—Que tus amigos Graco y Sertorio sigan tranquilos en sus casas, con sus vidas, sus familias. Sus deudores.

Cepión se da cuenta de que Opimio y los suyos tienen controlados sus movimientos. Sus debilidades.

Sus deudas, sí.

No volverá a celebrar una fiesta. No volverá a probar el vino. No volverá a dejar que la bebida le suelte la lengua.

No volverá a contraer deudas.

Lo malo es que él mismo sabe que no va a cumplir sus propósitos.

Ninguno de ellos.

***

Al final, Cepión ha aceptado las tablillas recién borradas que le ofrecía Estratón.

Se ha dado el gustazo de partírselas en la frente antes de salir del triclinio.

Será un gesto pueril, pero sabe que Estratón no se va a atrever a denunciarlo a él, un Servilio Cepión. Y marcharse viendo cómo un reguero de sangre caía sobre el ojo del liberto y le obligaba a cerrar los párpados no tiene precio.

Miente. Claro que tiene precio.

Cuatro millones de sestercios que se han ido por la alcantarilla.

Pero eso ya había ocurrido antes de que le rompiera el díptico en la cabeza a ese antiguo esclavo infatuado.

Mientras cruza el atrio, ve que hay otro visitante al que están acompañando a la salida.

Cepión, que no se había llegado a quitar el manto, se cubre la cabeza con la capucha.

Ha reconocido a ese hombre y prefiere que no lo reconozca a él si en algún momento se le ocurre darse la vuelta.

Artemidoro.

¿Qué hará o qué habrá hecho a esas horas en casa de Opimio?

¿Es que nadie duerme en Roma esta noche?

Cepión confía en que no tenga nada que ver con la información que le ha traído Ulpio, el esclavo de Graco, junto con el contrato del préstamo que ha robado del tabulario de su amo.

El viejo barbero se tomó la molestia de memorizar bien lo que había escuchado mientras afeitaba a su amo. ¿Cómo decía el texto de Artemidoro? Algo así como «En el próximo libro hablaremos del paradero del inmenso tesoro expoliado de Delfos, quince mil talentos de oro y diez mil de plata».

¡Quince mil de oro y diez mil de plata!

Cepión no tiene la cabeza como para echar cuentas, pero eso son muchos millones de sestercios. Tantos como no han pasado jamás por las manos del más rico de los romanos. Ni el afamado Creso de Frigia —era de Lidia, lapsus de Cepión— debió de amasar tal fortuna.

De entrada, uno podría pensar que esa historia del tesoro saqueado en Delfos y enterrado en las cercanías de Tolosa no es más que una leyenda, una patraña inventada para ingenuos.

Pero Cepión, aunque no siente más que desprecio por ese griego paliducho que anda tirándose a una hembra que no se merece, ha indagado sobre él. Sabe que Artemidoro es un estudioso metódico y lo bastante escéptico como para no aceptar sin más las historias que cuenta el vulgo. Hay generales que incluso recurren a su *Geografía* como guía para orientarse en los territorios donde libran sus campañas. Fabio Máximo, sin ir más lejos, está estudiando los libros relativos a la Galia para su inminente campaña.

Por otra parte, pese a que Cepión no se lleve bien con su suegro, en algún momento ha tenido conversaciones casi interesantes con él. En una de ellas, Metelo, que sirvió como propretor en Macedonia y Grecia durante dos años, le habló del oro de Delfos.

—Es mejor que ese tesoro siga perdido —explicó el gran Metelo en tono sentencioso—. Según los sacerdotes del santuario, no ha acarreado más que males a todos los que han puesto sus manos sobre él.

Cepión no está de acuerdo con su suegro —raramente lo está—. Por su parte, no le importa arriesgarse a afrontar todas las maldiciones que quieran arrojar sobre él los dioses.

El día siguiente —o el día que ya ha empezado según le ha recordado con tanta insolencia Estratón— va a ser muy agitado. Unos idus turbulentos. Sangrientos, incluso.

Aprovechando ese río revuelto, piensa conseguir que ese griego blancuzco y larguirucho le revele dónde se encuentra el oro de Delfos.

Y, cuando lo haga, ya procurará Cepión que Artemidoro no escriba el próximo libro que ha prometido ni le cuente a nadie más el paradero de esa inmensa fortuna.

Si alguien ha de poner las manos en el tesoro supuestamente maldito que robaron aquellos salvajes, será él, Quinto Servilio Cepión, y nadie más.

***

Dar la vuelta al bebé de Opimia resulta más complicado de lo que fue llevar a cabo la misma operación con la mujer del centurión.

Una vez calzado el lecho para que la cabeza de la muchacha esté por debajo de sus pies, lo primero que intenta Artemidoro es que la musculatura de la matriz se relaje. Para ello, le suministra otra dosis de jugo de adormidera.

Después intenta manipular su matriz desde fuera, colocando las manos en la parte baja de la tripa, tanteando con los pulgares hasta notar las nalgas del bebé por debajo de la piel y los músculos de la madre, y empujando con ellos. Primero con suavidad, después con más fuerza.

—Duele… —se queja Opimia con voz feble.

No es extraño que le duela, porque Artemidoro está haciendo cada vez más presión y, sin embargo, no consigue nada.

Decide recurrir a otro expediente.

Siguiendo sus instrucciones, la joven esclava pelirroja —que no puede negar que le resulta bastante atractiva— le ha preparado cerato líquido, una mezcla de aceite y cera fundida.

Artemidoro se unta la mano izquierda con el cerato e introduce los dedos en la vagina de la muchacha. Con la mayor suavidad posible, pues no puede dejar de pensar que cualquier daño que le cause a ella, su padre se lo devolverá multiplicado.

Una vez que siente las nalgas del bebé, con el mismo cuidado las empuja mientras su mano derecha aprieta la tripa de Opimia por fuera.

Paulatinamente, incrementa la presión.

La joven se vuelve a quejar. Pero no grita. Parece que el dolor resulta soportable.

Por fin, Artemidoro nota un leve movimiento, que indica que el trasero del niño se ha desencajado un poco de entre los huesos.

Saca los dedos, se los seca para que no resbalen sobre la piel de Opimia y vuelve a manipular desde fuera.

Esta vez todo funciona mejor. Con más decisión ahora, continúa empujando hasta alejar al bebé de la pelvis. Después coloca una mano en la zona inferior de la tripa, donde están las nalgas, y empuja hacia la derecha. Mientras tanto, la otra mano, situada en la zona superior del abdomen de Opimia, lo hace hacia la izquierda. En este caso con más suavidad, para no dañar la delicada cabeza del bebé.

—¡Está girando! ¡Ahora sí! —exclama la esclava pelirroja, que sostiene uno de los brazos de su ama mientras le limpia el sudor de la frente con una gasa.

Desde fuera, es evidente cómo la forma de la tripa va cambiando, conforme el bebé se da la vuelta en el sentido contrario al movimiento que describe la sombra del gnomon en un reloj de sol.

Una vez que la cabeza está orientada hacia la pelvis, el resto del parto es mucho más sencillo. Aunque no exento de dolor para la joven, por culpa de la estrechez de sus caderas.

Por fin, con el bebé ya en brazos de la madre y antes de cortar el cordón umbilical, Artemidoro se vuelve hacia la puerta para pedir a Balonio o a quien sea que le comunique al cónsul que su nieto, un varón, ha nacido bien.

Opimio ya está allí. Debe de haber llegado tan sigiloso como un espectro.

¿Cuánto tiempo llevará observando en silencio desde la puerta?

***

Mientras termina de hacer las curas al bebé, una vez que ha cortado y anudado el cordón, Artemidoro observa de reojo al cónsul.

La forma en que acaricia la mano de su hija, cómo la mira.

Si antes ya barruntaba que allí había algo turbio, ahora se siente más que seguro.

Recuerda el comentario que hizo antes la esclava rubia, que servía ya en esa casa en la época en que Opimio enviudó.

«Está convencido de que el alma de su mujer entró en su hija».

Al examinar al bebé, Artemidoro ha comprobado que tiene los dedos índice y corazón de la mano izquierda pegados, unidos por la misma piel.

Su madre, Zósima, había observado a menudo esta pequeña malformación entre las tribus carias de las montañas del Messogis, al este de Éfeso.

En esas aldeas despobladas y míseras, la endogamia y el incesto son una práctica muy frecuente.

La peculiaridad de los dedos que presenta el bebé podría ser un indicio de que el misterioso padre no es otro que el mismísimo cónsul.

Cualquier incertidumbre que pudiera albergar Artemidoro se despeja cuando ve cómo Opimio besa a su hija.

En la boca. Un beso prolongado, que hace que el griego aparte la mirada, incómodo.

Sin duda, Opimio es un padre amantísimo.

Sin dejar de besar a la joven, el cónsul clava los ojos en Artemidoro. Este percibe la mirada, un contacto casi físico que quema en la piel, y no puede evitar devolverla.

«Sabe que lo sé», comprende Artemidoro.

Lo cierto es que Opimio no se ha molestado en disimularlo.

Sin embargo, es posible que su hija no sea tan amantísima como él. A juzgar por la forma en que se estremece mientras su padre la besa y la acaricia.

No da la sensación de que sea un estremecimiento provocado por el deseo.

No es extraño. Hay algo en ese hombre que provoca escalofríos.

Sus ojos, que no se apartan de Artemidoro —al menos, sus labios sí se han despegado por fin de la boca de su hija—, son los de un fanático.

Hay algo más en ellos, algo peor.

A Opimio lo llaman el Carnicero de Fregelas.

Se le atribuyen diez mil ejecuciones en aquella ciudad que prácticamente borró de la existencia.

¿Dejan los asesinatos una mancha en el alma, o es la oscuridad que ya existe previamente en ella la que provoca los asesinatos?

Artemidoro cree más en la segunda opción.

Los ojos de Opimio están teñidos de un mal puro, unas sombras que anidan en el fondo de su alma y que asoman a unas pupilas tan tenebrosas como pozos de corrupción.

Sí, el cónsul representa el mal. *Es* el mal.

En otra variedad distinta de la que encarna Cepión.

Este es un sibarita amante del placer, un narciso que todo lo centra en sí mismo, pero que puede engañar a los demás durante un tiempo —no a Artemidoro— haciéndose pasar por alguien divertido e ingenioso, un buen compañero de vinos.

Opimio, en cambio, no podría engañar a nadie. Su crueldad y su amargura son todo lo que hay en él. Nadie compartiría rondas con él en una taberna a no ser que se viera obligado con una espada en el cuello.

Sin apartar la mirada de Artemidoro, Opimio esboza un gesto inquietante que deforma sus mejillas chupadas y oscurece aún más sus ojos, opacos como cuentas de azabache.

Quizá el cónsul intenta que aquello parezca una sonrisa.

—Balonio —ordena—. Asegúrate de que este hombre regrese bien a su casa y reciba la paga que se ha ganado.

Artemidoro comprende que esa paga no va a consistir en monedas.

La única duda que tiene es si consistirá en un dogal en el cuello, un puñal en las tripas o un golpe de fasces en el cráneo.

PALACIO DE HÉCATE VI

—¿Qué haces tú aquí?

Como era de esperar, al final Stígmata se ha topado con unos sirvientes del burdel. Le ha ocurrido al bajar un tramo de escaleras que, justo antes de terminar, dobla en ángulo recto, de tal manera que es imposible ver lo que le aguarda en el siguiente pasadizo.

Ellos se han sorprendido más que él.

Tienen el cráneo rasurado y el mismo tatuaje que todos. Uno de ellos lleva una antorcha. El otro se palpa bajo el manto, seguramente buscando un arma, aunque no llega a mostrarla.

Por el momento, los tres, Stígmata y los dos sirvientes de glabras cabezas, se quedan a cierta distancia, lejos del alcance de puños, pies o cuchillos.

Aunque afirmar esto último en el caso de Stígmata no es del todo fiel a la verdad. Las dos dagas que lleva ocultas tras sus riñones no están hechas para clavarlas en combate cuerpo a cuerpo.

—Me he perdido —responde Stígmata, levantando los brazos y mostrando las manos abiertas para que vean que es inofensivo.

—¿Que te has perdido? —pregunta el que no lleva la antorcha.

—Iba con mi amigo y me he quedado rezagado.

—¿Tu amigo? ¿Quién es tu amigo?

Va a ser complicado zafarse de esta situación sin recurrir a la violencia. Stígmata se va preparando para ella. Respira despacio, llenando bien de aire los pulmones. Sus pulsaciones, que se habían acelerado por el encuentro inesperado, se ralentizan poco a poco.

Al mismo tiempo, estudia de arriba abajo a los dos tipos calculando cómo acabar con ellos de la manera más rápida y silenciosa posible.

Pero si antes de hacerlo puede sonsacarles información, tanto mejor.

—Es Licinio Calvo —responde—. Publio Licinio Calvo. He venido para disfrutar de lo mismo que él.

—¿Por qué no llevas los ojos vendados? —Esta vez el que ha preguntado es el de la antorcha.

—Me he asustado al ver que me había quedado solo y me he quitado la venda. No quería caer por una escalera o abrirme la cabeza contra una columna.

—¿Por qué llevas la cara pintada de negro?

—Son mis gustos.

—¿Qué gustos son esos?

—Cuando follo, me gusta fingir que soy un nubio —responde Stígmata, pensando en Tambal—. ¿No sabéis que los nubios tienen el rabo más largo?

—A mí eso me suena muy raro —dice el que no lleva antorcha.

—¿Hay algo en este lugar que no sea raro?

—Te voy a decir lo que me parece raro —interviene otra vez el de la tea, señalando a Stígmata con ella—. ¡Tú me pareces raro!

Sin pensárselo demasiado, Stígmata les suelta la consigna.

—*Andri paidó thyrso, thyrso andri paidó.*

Por la mirada entre perpleja y recelosa que cruzan los dos sirvientes, Stígmata comprende que han reconocido las palabras de esa extraña jerigonza, pero que él no debe de haberlas pronunciado en el contexto adecuado.

Vuelven a mirarlo a él.

—Aquí nadie viene acompañado —dice el que no lleva la antorcha—. Ni Licinio Calvo ni el cónsul Opimio ni Gayo Graco ni su puta madre. ¿Cómo has entrado?

—Tengo un salvoconducto.

—¿De verdad?

Stígmata busca debajo del capote, con cuidado de que no asome la empuñadura de la espada. Saca la bolsa llena de denarios y discos de plomo y la agita para que se oiga bien el tintineo.

—Toma —dice, arrojándosela al que no lleva la antorcha.

El hombre la coge al vuelo con cierta torpeza, pero consigue que no se le caiga. Después la sacude, con más vehemencia que Stígmata. Clin-

clin-clin-clin, cantan las monedas. El tipo desata los cordeles y se acerca a la luz que le brinda su compañero para estudiar mejor el contenido de la bolsa.

Por el brillo de su mirada y la forma en que se curvan sus labios, tan carnosos como los lóbulos de sus orejas, se puede leer lo que está pensando.

Que en ese saquito hay bastante dinero. Probablemente más del que suele pasar por sus manos.

El tipo se abre el manto y se ata la talega al grueso cinturón de cuero que le ciñe la túnica. En él lleva prendido otra bolsa, más grande y confeccionada en rugosa piel de zapa. Saca de ella un políptico. Lo abre, vuelve a acercarse a la antorcha y va leyendo la primera tablilla. Lo hace moviendo los labios y bisbiseando, mientras desliza el índice por la superficie de cera para ayudarse, como suele hacer la gente que apenas conoce los rudimentos de la lectura.

En esa tablilla no debe de encontrar nada, porque pasa a la segunda.

Allí, sí.

—Publio Licinio Calvo, aquí está. Pero no dice nada de que haya venido acompañado.

—Es porque nadie entra aquí acompañado —responde su socio, el que lleva la tea encendida.

Los dos vuelven a cruzar una mirada, arriman las cabezas y cuchichean entre sí. El de las tablillas asiente y se vuelve hacia Stígmata, que sigue con las manos en alto para que no olviden cuán inofensivo es.

—Está bien. Te dejaremos salir vivo por esto. —El hombre da un par de palmadas en la escarcela que cree llena de denarios de plata hasta el fondo—. Pero jamás vuelvas a acercarte por aquí.

—Podéis contar con ello.

—Ahora, date la vuelta para que te vendemos los ojos.

Stígmata menea la cabeza y chasquea la lengua.

—Me estáis poniendo en un brete.

—¿Qué quieres decir?

Evidentemente, no va a permitir que le tapen los ojos. Lo más probable es que, en el mismo momento en el que les dé la espalda tal como le han ordenado, intenten apuñalarlo.

Para complicar más la situación, en la bifurcación que hay detrás de los dos hombres se escuchan pisadas rápidas, casi a la carrera. Después se distingue un anillo de luz.

El anillo de luz se convierte en una antorcha. En la mano de otro sirviente del burdel. También tiene la cabeza rapada, pero es más alto y corpulento que los dos que están discutiendo con Stígmata.

El recién llegado viene solo y parece tener prisa, como si tuviera que llevar algún mensaje o cumplir un recado cuanto antes.

Al ver a Stígmata, se queda clavado en el sitio.

—¿Qué hacéis con este hombre?

El tipo de las tablillas vuelve a palmear la bolsa y la sacude, para que se oiga bien el campanilleo de las monedas chocando entre sí.

La implicación es evidente.

«No digas nada y compartimos esto contigo».

Pero el recién llegado tiene otros planes.

—¿No os habéis enterado de lo que ha pasado en la puerta?

Así que lleva un mensaje, como había imaginado Stígmata.

Un mensaje relacionado con él.

Y con los tres hombres a los que ha liquidado.

—¿Qué ha ocurrido? —pregunta el hombre de la antorcha.

—El grupo de Favonio ha…

Stígmata no espera un segundo más.

En cuanto ha visto llegar al tercer sirviente, que parece más peligroso que sus dos compañeros, ha bajado la mano izquierda para llevarla atrás, a su espalda.

Hacia una de las dos vainas que cuelgan del cinto, junto a sus riñones.

En ellas guarda dos armas que no se usan en los combates de gladiadores, pero que hace tiempo que aprendió a manejar en los callejones.

Dos cuchillos.

No unos cuchillos cualesquiera. Son dagas arrojadizas.

Ambas están moldeadas en una sola pieza de hierro, sin mango de madera ni de cuerno, con agujeros en la hoja repartidos de tal manera que el peso quede perfectamente equilibrado.

Stígmata coge la que tiene más a la izquierda y la lanza con la zurda, su mano más certera.

El tipo que acaba de llegar se encuentra a unos doce pies de él.

Es la mejor distancia para que, al agarrar la daga por la parte opuesta a la punta, describa una vuelta completa en el aire. Más cerca o más lejos, se quedaría a medias y golpearía con la empuñadura.

En esta ocasión no lo hace.

El giro es perfecto. Como lo es la precisión del disparo.

A Stígmata nunca le ha faltado puntería.

La daga se clava entre la nuez y el punto donde se juntan ambas clavículas.

Un golpe mortal de necesidad.

El hombre se lleva la mano al cuello, sin comprender lo que acaba de sucederle. Lo más que puede haber intuido es un destello metálico durante una fracción de latido.

Es lo que ocurre cuando un proyectil vuela en línea recta hacia los ojos. No hay forma de esquivar una trayectoria que no llega a verse.

Al mismo tiempo, Stígmata ya está desenvainando con la diestra la espada del lado izquierdo.

Primero ataca al hombre de las tablillas, que tiene la mano derecha ocupada con ellas y tendría que soltarlas para empuñar un arma. Stígmata da una larga zancada, doblando en ángulo recto la pierna adelantada y estirando la atrasada para ganar distancia, y tira una estocada canónica que se podría enseñar en las escuelas gladiatorias o en los campamentos de instrucción.

La hoja de acero penetra en el mismo lugar donde ha herido al otro hombre. El punto favorito de Stígmata. Según Evágoras, donde Aquiles hirió a Héctor para rematarlo.

Es un golpe fulgurante. Entrar y salir.

Sin solución de continuidad, Stígmata se pasa la espada a la mano izquierda y con ella lanza un tajo de revés al sirviente que lleva la antorcha.

El primer agredido, que ha caído de rodillas, se arranca el puñal y lo tira. Durante unos segundos se queda así, como si todavía intentara entender qué le ha ocurrido.

El segundo se desploma como un fardo y, ya en el suelo, se agita en violentas convulsiones.

El tercero es el que requiere más atención de Stígmata, pues el tajo no ha sido todo lo eficaz que hubiese deseado. Lo agarra del manto con la mano derecha, lo empuja para estamparlo contra la pared de la galería, le hunde la espada bajo la barbilla y escarba hacia arriba.

Cuando tiene claro que ese hombre no le va a dar más problemas, lo suelta y remata a los otros dos. Algo que no requiere un gran esfuerzo, pues ya tenían pie y medio en la otra orilla del Aqueronte.

Una vez que queda como único ser vivo en aquel pasaje de los túneles, Stígmata recoge la daga del suelo y comprueba que no se ha despuntado al caer, algo que le habría contrariado bastante.

Cualquier arma es valiosa. Pero estas lo son más. Se las fabricó el habilidoso —y caro— Indortes, el mismo que ha forjado sus espadas, después de tres intentos fallidos que no cumplían con las exigencias de Stígmata.

Tras limpiar la hoja en el manto de uno de los tres cadáveres, hace lo mismo con la espada y envaina ambas armas.

Después de recuperar la bolsa con el dinero —y los discos de plomo—, recoge del suelo las tablillas y una de las dos antorchas que, muertos sus portadores, han quedado ardiendo junto a ellos.

A la luz de la tea examina el políptico. Por dentro hay cuatro caras enceradas, con varias columnas de letras griegas y latinas. Los caracteres son pequeños, pero no tan diminutos como los que escribe Polifrón, el contable de Septimuleyo. Con cierto esfuerzo, se pueden distinguir.

En la columna de letras latinas se ven algunos nombres completos, como los de Emilia y Aquilia, pero también hay abreviaturas. Obviamente, se trata de apuntes de clientes del burdel.

Las letras griegas aparecen solas o en parejas.

Y con una comilla detrás.

Los números de las celdas.

Buscando entre las letras, encuentra las iniciales *P.Li.Cal.* Solo aparecen una vez. Tiene que ser —o eso espera— Publio Licinio Calvo. Al lado se lee *inf.II.*

Junto a otros clientes se lee *asin.*, tal vez «asno», o un inconfundible *cadav.*

¿Qué querrá decir *inf.II*?

Algo le dice que la respuesta no va a gustarle.

En cualquier caso, lo que más le interesa es el número del cubículo que corresponde a Licinio Calvo: κγ΄.

Cuenta con los dedos.

El 23.

Por si se ha equivocado, repasa la cuenta.

Sí, es el 23.

La última tablilla del políptico no está encerada. Sobre la superficie de madera hay un complicado esquema dibujado con tinta, una especie de mapa de este laberinto.

Con números.

Iactus Veneris!

Ya puedes prepararte, Licinio Calvo, se dice Stígmata.

Mientras se pone en marcha de nuevo, hay un pensamiento que se queda revoloteando en su mente, como esos mosquitos a los que uno oye zumbar en una noche de verano y, aunque no los vea, sabe que van a acabar picándole.

Abre las tablillas.

Debajo de *P.Li.Cal.* hay otra abreviatura.

T. Sertor. Hipol. κδ'.

¿Tito Sertorio? ¿Está allí, en la celda 24?

El sistema de numeración es confuso, no está seguro de que ese cubículo sea contiguo al de Licinio Calvo.

Se detiene bajo una hornacina en la que arde una vela —ha dejado las antorchas abandonadas junto a los tres cadáveres— y examina el mapa dibujado en tinta.

Así es. Las dos celdas están en el mismo pasillo, una frente a otra.

Una casualidad asombrosa. El trabajo de hoy junto al de mañana, si lo que le ha contado Sierpe es cierto —y no tiene motivos para dudarlo—.

¿Qué quieren decirle con eso los Hados?

Stígmata reemprende el camino.

PALACIO DE HÉCATE VII

Tito vuelve a despertar.

Hipólita, que por culpa de sus gorduras no tiene más remedio que dormir sentada, está roncando junto a él.

Con fuerza y a trompicones.

Es como si alguien pasara una sierra por un grueso leño, jjjjrrrrrrrr, y, al llegar al final de la hoja, en lugar de seguir aserrando en sentido contrario, extrajera la herramienta y se tomara un momento de respiro antes de volver a colocarla en la posición de partida.

Solo que el respiro es, en realidad, una falta de respiración. Cuando termina el largo ronquido, los labios de Hipólita se cierran. Durante unos instantes no se escucha nada. El pecho inmóvil, la boca sellada. Es como si estuviera muerta.

De pronto, resucita.

Un resoplido explosivo. Los gruesos labios vibran al unísono, el enorme pecho se agita y empieza otro largo ronquido, jjjjjrrrrrr.

A cualquier otro le parecería un ritmo angustioso, una agonía constante, pero Tito Sertorio se ha habituado a él. De una manera extraña, la apnea de Hipólita lo tranquiliza y lo arrulla.

Si por él fuera, cerraría los ojos y se dormiría otro rato, sumergido en ese blando colchón de carne. No tiene prisa ninguna por regresar a su casa. Pero, debido a la posición, se le ha acalambrado el brazo izquierdo y no siente ni el meñique ni el pulgar. Con cierta dificultad, se lleva los dedos a la boca y los chupa. Era su abuela quien le decía que la saliva tenía la cualidad de devolver la vida a los miembros dormidos.

El movimiento de Tito hace que Hipólita despierte.

Tiene unos ojos bonitos, piensa él. Grandes y claros como dos colgantes de ámbar. A su manera, es incluso guapa. Al menos, así se lo parece a él. La propia obesidad de Hipólita le infla el rostro de tal manera que borra cualquier amago de arruga y hace que la piel se vea lisa y tersa como un tambor.

Evidentemente, Tito jamás dejaría que lo vieran con una mujer así. Con el sentido del humor tan cruel que se estila en Roma —las comedias y los mimos cosechan más carcajadas cuanto más escarnio o, directamente, daño físico sufren sus protagonistas—, no pararían de señalarlo y reírse de él por estar en compañía de una monstruosidad como Hipólita.

Esa es una de las ventajas del Palacio de Hécate. Que uno puede hacer cosas de las que no quiere que los demás se enteren.

Cosas que prefiere mantener en secreto.

Tito no ignora que dicho secreto no es absoluto. La celda donde se encuentra tiene un par de ventanas que sirven para airearla, ya que, cuando se cierra la puerta, son la única comunicación con la galería del exterior. Como la iluminación de esta es más débil que la del cubículo, resulta difícil distinguir lo que hay al otro lado de esas aberturas. Aun así, a veces Tito cree notar ojos que se asoman y lo observan.

No es algo que le preocupe demasiado.

Hécate garantiza discreción total.

A cambio, también la exige.

Lo que pasa en su palacio queda en su palacio.

Es un arreglo que conviene a todos sus clientes. Quienes frecuentan sus subterráneos lo hacen porque tienen cosas que ocultar. Muchas de ellas son infinitamente peores que el capricho por el volumen y las grasas que trae aquí a Tito.

Al fin y al cabo, él no hace daño a nadie.

No se puede afirmar lo mismo de todos los clientes.

Es imposible no escuchar a veces ciertos ruidos, quejidos ahogados que penetran incluso a través de las paredes de roca.

—Antes de dormirte, me estabas explicando algo sobre tu mujercita —dice Hipólita, conteniendo un bostezo. Cuando habla, su enorme papada se agita en vibraciones que bajan desde la barbilla enterrada en grasa hasta su pecho—. ¿No quieres terminar de contármelo ahora, pastelito?

—¿Mi mujer? Es una zorra, una puta redomada —contesta él, ajeno a la incoherencia de utilizar esos términos como insultos cuando está en brazos de una prostituta.

Como se ha dicho, Tito vino aquí a celebrar algo, pero también a desahogarse.

Por culpa de su esposa.

***

Tito debió de llegar a casa poco después de mediodía de la víspera.

Lo que significa que había pasado dos días completos o casi completos en la fiesta de Cepión.

No había estado todo ese tiempo bebiendo.

Buena parte sí. Pero no *todo*.

No es tan insensato. O eso quiere creer de sí mismo.

Sobre todo, no tiene tanto aguante como Cepión o como los más dipsómanos de entre sus invitados. Durante la larga fiesta durmió varias siestas. Algunas adrede. Otras en forma de cabezadas involuntarias en los sitios más dispares y, a veces, insólitos.

Como la letrina con calefacción.

Hablando de dormir.

Eso fue lo que hizo al llegar a casa. Más que dormir, caer inconsciente, derrumbándose sobre el lecho sin tan siquiera quitarse las botas.

Cuando despertó ya hacía un rato que había anochecido.

Los criados lo habían descalzado y le habían quitado el cinturón, pero le habían dejado puesta la túnica por no incomodarlo más.

Para su sorpresa, y también para su regocijo, Tito descubrió que la prenda estaba levantada como una tienda de legionario. Remangándosela hasta el ombligo, se bajó un poco el subligar y miró cara a cara a aquel miembro traidor que le había fallado en su intento de orgía durante la fiesta y que ahora lo saludaba sin ningún remordimiento.

—A buenas horas, *tresviri capitales* —le recriminó.

Aunque tenía ganas de orinar, Tito decidió que el mejor plan de acción era aprovechar esa considerable erección y encaminarse a la alcoba de su esposa en lugar de pasar por la letrina para vaciar la vejiga. Además, su propia letrina carece de calefacción, con lo cual lo más probable era que el frío encogiera su miembro y diera con su gozo en un pozo.

«Tú y yo vamos a hacer grandes cosas, amigo», le había dicho Cepión poco antes de despedirse.

Para cosa grande, la que tenía entre las piernas.

Rea estaba en la cama, a medias incorporada entre cojines. Al ver que movía los labios, Tito creyó por un momento que estaba salmodiando alguna plegaria a Lucina o Egeria, protectoras de las mujeres preñadas. Pero no, tenía sobre las rodillas encogidas un papiro que estaba leyendo a la luz de las velas.

Rea siente una pasión por la lectura que a ratos desconcierta a Tito y a ratos le irrita.

Pero en aquel instante solo fue capaz de ver que, con aquella túnica tan abierta, se apreciaba entre sus senos hinchados por el embarazo un estrecho canal que hasta entonces nunca se había mostrado.

Al entrever aquellas inéditas turgencias, su erección, que empezaba a flaquear, cobró ánimos de nuevo y lo impulsó a prácticamente abalanzarse sobre ella para para introducir los dedos bajo su ropa y palparle los pechos.

Rea le agarró la muñeca para apartarlo con tanta rapidez y con tal gesto de repulsión que cualquiera habría dicho que lo que acababa de extraer de su escote era un alacrán y no una mano humana.

Enderezándose contra el cabecero de la cama, lo miró estupefacta.

—¿Tú estás de broma? ¿Qué se supone que pretendes?

—¿Que qué pretendo? ¿Que qué pretendo?

—¿Es que el vino te ha vuelto sordo?

—Pues ¿qué voy a pretender? ¡Acostarme con mi esposa!

—¿Y se te ocurre hacerlo ahora, cuando estoy a punto de parir? ¿Qué quieres, que el bebé se me salga por la boca?

—Puedo hacerlo con cuidado de no aplastarte.

Rea le miró a la tripa, que no abultaba mucho menos que la suya, y meneó la cabeza. Aquel gesto entre la crítica y la incredulidad le dolió mucho a Tito.

Y el comentario posterior de su esposa no lo arregló precisamente.

—Además, la ropa te apesta a humo, el cuerpo a sudor y el aliento a vino.

Su mujer puede ser tan meticulosa como certera cuando se trata de clavar dardos verbales.

Pensándolo luego, Tito debería haberse hecho el digno. Pero, después de todo lo que había visto en casa de Cepión, traía tantas ganas de follar que sentía que los testículos le iban a reventar si no lo hacía cuanto antes.

Y aquel canal entre los pechos de su esposa constituía una declaración de guerra.

Aunque no fueran las tetas de Hipólita, en aquel momento solo deseaba meter la cabeza entre ambas.

—Me puedo bañar.

—Que te bañe Titipor, y ya de paso te desahogas con él. Conmigo, ni lo sueñes.

Titipor es un esclavo personal de Sertorio, un muchacho de catorce años con el que, ciertamente, se desahoga a veces. Un chico dócil y leal que probablemente es el que se ha tomado la molestia de descalzarlo, quitarle el cinturón y arroparlo con una manta.

Pero no eran unas nalgas masculinas lo que buscaba Tito en aquel momento.

Tetas. Quería tetas.

—Eres mi mujer y te acostarás conmigo si así te lo ordeno.

—¿Qué pretendes, hacerme abortar después de llevar a mi hijo ya casi diez meses? ¿O simplemente quieres que vomite?

Tito, crecido por el vino y por la perspectiva de recuperar sus cinco millones más futuros beneficios, levantó la mano como si fuera a pegarla.

Para su sorpresa, fue Rea quien lo abofeteó, con un movimiento tan súbito como el de una mangosta que se adelanta al ataque de una cobra.

—Pero… ¿Cómo…? ¿Cómo te atreves? Me has… ¡Me has pegado!

***

—¿De verdad se ha atrevido a pegarte?

Tito Sertorio asiente.

Hipólita le retuerce una tetilla, traviesa. Sabe que eso le gusta. Pero ahora Tito, recordando su humillación, no encuentra el menor placer en ese gesto.

—¿Y tú no has hecho nada?

—¡Claro que he hecho algo! Se ha llevado su buen par de guantazos.

—¿Solo eso? ¿Después de que esa furcia se haya atrevido a pegarle a su marido?

—No he querido ensañarme más por el bebé, pero si no…

***

Lo que ocurrió de verdad, lo que Tito Sertorio no quiere reconocer ni siquiera delante de Hipólita, con quien en otras ocasiones se sincera, es que, después de llevarse la bofetada de su esposa, se quedó con la mano en alto como un pasmarote.

Los ojos de Rea brillaban más intensos que las velas del dormitorio. Rechinando los dientes —aquellos dientes perfectos blanqueados con una pasta fabricada con orina y leche de cabra—, su mujer le dijo:

—Ponme la mano encima y haré que Dagulfo te arranque el brazo de cuajo.

—Jamás le haría eso a su amo.

—Soy yo su ama, no tú.

Por más que exaspere a Tito oír eso, la frase es cierta, tanto en su afirmación como en su negación. Aquel muchachote rubio y pálido forma parte de la dote de Rea. Es uno de sus esclavos personales, como lo es la anciana etrusca, Tifilnia. Una mujer de la que Sertorio se habría desprendido ya hace un tiempo, porque está ciega y artrítica. No es que Tifilnia coma mucho, porque es pura mojama, pero lo poco que come, en su opinión, es un gasto que no produce retorno.

Como el matrimonio de ambos es *sine manu*, las propiedades de ella no están bajo el control de su esposo, sino que continúan bajo la administración de su padre, Lucio Valerio Tapón, que sigue siendo su tutor legal.

Todo ello en teoría. Valerio Tapón es un hombre de temperamento áspero y modales autoritarios, como bien saben los soldados que lo sufrieron como tribuno militar en la guerra contra los esclavos sublevados en Sicilia. Sin embargo, en el caso de su hija ha dado con un bocado muy duro de roer incluso para él. Desde bien pronto, comprendió que los castigos y los azotes servían de muy poco con ella.

Por suerte para Rea —y, en cierto modo, para Tito, a quien su suegro suele mortificar con sus pullas sobre su carencia de valores marciales—, Valerio Tapón, que enviudó hace cinco años, pasa la mayor parte del tiempo en su finca de Túsculo, a un día de camino de Roma. Así ella puede hacer prácticamente lo que le da la gana sin escuchar los reproches de su padre, y este se ahorra ser testigo de lo que considera la conducta disoluta de su hija.

Un reproche en el que, en opinión de Tito Sertorio, no le falta razón.

Pero si un déspota como Valerio no consiguió que su hija Rea entrara en vereda ni siquiera de niña —llegó a tenerla encerrada tres meses en su alcoba a dieta de pan de cebada, como si fuera miembro de una legión sometida a la *decimatio*—, ¿qué puede esperar alguien como Tito, que no es precisamente la reencarnación del severo Catón el Censor?

—Da igual que seas su ama. ¡Yo soy el paterfamilias!

Rea murmuró algo que Tito creyó entender como «A ver si es verdad».

—Si se le ocurre tocarme, lo crucificarán —prosiguió.

—Pero tú tendrás un brazo menos.

—Pero a él lo crucificarán.

Por alguna razón, Tito se empeñó en aquella discusión absurda. Como si refutar las palabras de su mujer le sirviera para mitigar su propia humillación.

En verdad, estaba casi seguro de que Dagulfo jamás le levantaría la mano. No por temor a la cruz o cualquier otro tormento, sino porque, pese a lo que pueda parecer a primera vista, es bonachón como un buey castrado.

Con siete pies de alto y cuatrocientas libras de peso, casi todas ellas de músculo, el joven esclavo teutón tiene una presencia imponente. Incluso en una mansión tan espaciosa como la de Sertorio tiene que agacharse en muchas puertas, y las más estrechas las tiene que trasponer de medio lado para no atorarse con los hombros en las jambas.

Con esa envergadura, más de un empresario del espectáculo lo ha querido comprar. En concreto, han hecho ofertas por él tanto Aurelio Escauro, propietario de un *ludus* en Capua y antiguo lanista del gladiador Nuntiusmortis, como Vitelio Septimuleyo, que ejerce esa misma profesión en el Aventino.

Escauro ofreció veinte mil sestercios. Septimuleyo subió la oferta en dos mil.

A Tito Sertorio las pupilas se le dilataron hasta convertirse en denarios de plata. Aunque veinte o veintidós mil sestercios no son nada comparados con los que mueve en su negocio de prestamista, aprendió de su abuelo que cobre a cobre crecen montañas de plata, y plata a plata montañas de oro. (Un adagio en el que, sin saberlo, coincide con el padre de Servilio Cepión).

Pero, cuando le dijo a Rea que iba a vender a Dagulfo, ella se negó.

El muchacho no tenía instinto asesino ni rapidez de movimientos, con lo cual no duraría mucho tiempo de gladiador, alegó Rea. ¡Ya supuso toda una novedad que argumentara algo en lugar de llevarle la contraria sin más!

—Es un buen muchacho, y será un magnífico criado para cuidar de nuestro hijo —dijo, tocándose la tripa todavía incipiente. Y, también entonces, añadió—: Además, recuerda a quién le pertenece.

Como tantas otras veces, fue su esposa quien impuso su santa voluntad. Tito no se lo reconoció a los posibles compradores. Se habría sentido humillado, así que dijo que era él quien había tomado la decisión de quedárselo.

En la última discusión, la de hace unas horas, Tito se empeñó en tener la última palabra.

—Dagulfo no va a ponerme la mano encima. Tú misma has dicho muchas veces que no le haría daño a una mosca.

—A una mosca no, pero te apuesto a que, a un sapo gordo y repugnante como tú, sí.

Incluso en ese empeño fracasó.

***

—Le habrás dejado la cara bien colorada —dice Hipólita.

No le va a confesar que, después de oír que Rea lo llamaba «sapo», él salió de la habitación llorando de rabia y llamando al mayordomo para que despertara rápidamente a los cinco criados que suelen acompañarlo cuando sale de casa por la noche.

—Oh, sí. Se lo pensará dos veces antes de levantarme la voz de nuevo —responde Tito.

Hablando de levantar la voz.

Hay voces fuera del cubículo. Más sonoras que antes.

Antes se habían estado oyendo gemidos, apagados por las gruesas paredes de piedra.

No es la primera vez que Tito los escucha. Siempre ha percibido en ellos algo que le hace sentirse incómodo. Como si fueran más de dolor que de placer.

Y como si las voces que los emiten fueran demasiado agudas para pertenecer a mujeres o a hombres. Ni tan siquiera a adolescentes.

Cada vez que llegan a sus oídos esos gimoteos, Tito se convence a sí mismo de que lo que pase fuera de esta alcoba no es asunto suyo.

Ahora, sin embargo, las voces se escuchan con mucha más potencia.

Y salen, claramente, de gargantas de hombres adultos.

Una de esas voces, la que suena más alta, grita con toda claridad: «¡Socorro!». Lo repite dos, tres veces, antes de convertirse en un gruñido ininteligible.

Después se interrumpe bruscamente.

—¿Qué está ocurriendo? —pregunta Tito, cada vez más intranquilo.

—No te preocupes, cariño —responde Hipólita, que no parece inmutarse. Una persona tan obesa como ella no puede tomarse las cosas sino con la cachaza de un rumiante—. Lo que ocurre en el palacio, queda en el palacio. Ven, apóyate aquí.

La prostituta agarra de los hombros a Tito, que se ha incorporado al oír esos ruidos, y trata de recostarlo de nuevo contra sus enormes pechos.

Él se quita de encima las manos de Hipólita, se deja caer del lecho tallado en la roca y busca sus ropas, repartidas entre una silla, la tapa de un baúl y un perchero.

—¿Qué prisa tienes? —pregunta Hipólita.

Aunque vuelve a reinar el silencio, Tito tiene un mal presentimiento.

Todavía no ha terminado de vestirse cuando la puerta se abre. Con tanto ímpetu que derriba el perchero y da con el manto de Tito en el suelo.

Alguien irrumpe en la alcoba.

Un hombre, un monstruo, un loco. Todo a la vez.

Una aparición infernal.

El desconocido, que es mucho más alto que Tito, se abalanza sobre él con un cuchillo en la mano. La hoja está goteando sangre.

En el rostro, pintado con rayas negras como si fuera un salvaje, también se ven manchas de sangre.

Tito se deja caer de rodillas y junta las manos.

—¡No me mates! ¡Por favor, no me mates, te lo suplico!

En vez de clavarle el puñal, el hombre agarra a Tito de la pechera de la túnica y tira de él para levantarlo.

Por la facilidad con que lo consigue, resulta evidente que tiene mucha fuerza.

Aunque no la tuviera, le bastaría para acabar con alguien como

Tito, cuya forma física supera, como mucho, a la de la prostituta recostada en la cama.

Hipólita está chillando, o algo parecido. De su garganta brotan unos gorgoritos de terror que apenas parecen humanos y que taladran los oídos.

—Cállate, mujer, o te callaré yo —dice el intruso.

Los gorgoritos se convierten en hipidos. Tito supone que Hipólita está llorando, pero no vuelve la mirada para comprobarlo.

No se atreve a apartar los ojos del intruso.

—Tú eres Tito Sertorio.

—¿Yo? No, te has equivocado, señor, solo soy un...

—Silencio.

El hombre de la cara pintada tiene una forma de no levantar la voz que consigue la paradoja de hacerse oír como si fuera un heraldo.

Tito obedece.

El desconocido le suelta. Limpia el cuchillo en un faldón de su capote y lo guarda en una funda.

Además del puñal, lleva una espada a cada lado del cinturón. Ese hombre parece un arsenal andante.

—No vengo a matarte, Tito Sertorio. Vengo a avisarte.

—¿De qué?

—De que debes irte.

—Por supuesto. ¡Ahora mismo! —responde Sertorio, agachándose para ponerse la bota que todavía no había tenido tiempo de calzarse. Como intenta hacerlo con prisas y a la pata coja, está a punto de caerse. El desconocido le agarra de un brazo para ayudarle a mantener el equilibrio.

Es evidente que tiene mucha fuerza. Sus dedos parecen de piedra al clavarse en los flácidos bíceps de Tito.

—No solo de este lugar. Debes irte de Roma.

—¿De Roma?

—Vuelve a tu casa, coge a los tuyos y márchate de la ciudad.

—¿Por qué? No entiendo nada.

—No tienes nada que entender. Solo hazlo. No esperes al amanecer.

—¿Por qué tengo que irme? ¿Qué delito he cometido para tener que desterrarme?

—Eres amigo de Gayo Graco.

—Lo soy —responde Tito. Para sus adentros, añade: «Más o menos».

Si fuera un amigo fiel, un amigo auténtico, habría ido a casa del extribuno a contarle que había visto a su esclavo Ulpio en casa de Servilio Cepión.

Pero los ojos se le han llenado de cuadrigas, las que aparecen en el anverso de los denarios de plata.

—No es buen momento para ser amigo de Graco —dice el desconocido—. No vayas a la asamblea. Ni siquiera estés en la ciudad cuando amanezca.

El hombre recoge el manto del suelo. Él mismo se lo echa a Tito por encima. Después le tira del brazo para sacarlo de la celda.

Tito echa una última mirada atrás antes de salir. Hipólita, tapada hasta el cuello con la manta, lo observa con la boca convertida en una «O» de espanto.

¿Volverá a verla?

Al otro lado del pasillo hay una celda. Tito siempre se ha encontrado con la puerta cerrada, pero ahora ha quedado abierta.

Delante de esa puerta, apoyada en la pared del túnel, hay una niña que lo mira fijamente. Tiene un ojo y un pómulo hinchados. Alguien debe de haberla golpeado.

Pero Tito apenas repara en ella.

El hueco de la puerta deja ver parte de la celda de enfrente.

Por la parte izquierda asoman unos pies descalzos. Son muy pequeños, de un crío o una cría. El resto no se ve, tapado por el marco de la puerta.

Hay otro cuerpo que sí se ve entero. Este es de un hombre adulto. Está tumbado con los pies apuntando hacia la puerta y la cabeza hacia el interior del cubículo.

Tito ignora quién es.

Si lo supiera, le resultaría difícil reconocerlo, dado el estado en que se encuentra.

El hombre está desnudo. Tiene el cuerpo acribillado a cuchilladas, con una raja enorme en un lado del abdomen por la que se le ha salido parte de los intestinos.

La cara es un amasijo de sangre. Los ojos han desaparecido.

Sertorio nunca ha contemplado un destrozo similar en el cuerpo de un ser humano, ni siquiera en los combates de gladiadores más cruentos.

El hombre de la cara pintada abre la mano de Sertorio y le pone algo en ella.

Lo que sea, es viscoso, húmedo, y está tibio.

Tito baja la mirada temiendo lo que se va a encontrar.

Son dos ojos arrancados de sus órbitas, con unos colgajos sangrientos pegados a los globos oculares.

—Si no quieres acabar como este hombre, huye de Roma —insiste aquel salvaje—. Coge a los tuyos. No te entretengas en hacer equipaje.

—Pero…

—No vuelvas hasta que los incendios dejen de humear.

Tito está paralizado.

El hombre coge en brazos a la niña, que parece tan atónita como el propio Sertorio. La cría se agarra al cuello de aquel tipo y esconde la cabeza contra su hombro. Apenas parpadea.

Después, tan de repente como irrumpió en la celda de Tito, el desconocido echa a correr y desaparece de su vista tras una esquina del túnel.

Sertorio, que a duras penas está conteniendo el vómito, deja caer al suelo los ojos del muerto y se aparta de ellos como si quemaran.

Aunque teme lo que se va a encontrar, un impulso morboso que no consigue controlar le hace acercarse a la puerta abierta y asomarse al interior de la celda.

Los pies eran de una niña. Tumbado a su lado hay otro crío, más pequeño que ella.

La carnicería que ha sufrido el hombre sin ojos parece poca si se compara con el estado en que se encuentran los cadáveres de esos dos niños.

Ahora comprende la naturaleza de los gemidos que escuchaba.

Tito sale a toda prisa de esa celda de los horrores.

«Lo que pasa en el Palacio se queda en el Palacio».

Esta vez no logra contener las bascas. Tito vomita vino, agua, restos de la cena que ha compartido con Hipólita y otros que deben de ser los últimos residuos de los manjares que probó en casa de Cepión.

Mientras sigue agachado, sufriendo una arcada tras otra, con los ojos llenos de lágrimas por el esfuerzo de vomitar y por el espanto de lo que ha visto, llegan unos sirvientes del burdel. Suelen ir en parejas, pero ahora vienen cuatro. Dos de ellos con antorchas y los otros dos con cuchillos desnudos en las manos.

—¿Qué ha ocurrido aquí? —pregunta uno de ellos.

Tito señala el cadáver y se tapa la boca. Aunque no debe de quedarle ni una mísera aceituna en el estómago, sigue sintiendo náuseas.

—¿Quién ha hecho esto?

—Un tipo con la cara pintada de negro.

—¿Por dónde se ha ido?

Tito vuelve a señalar, esta vez en la dirección por la que han huido el hombre y la niña.

Los sirvientes salen en su persecución sin decir nada más.

No tarda en aparecer otro individuo. No es un sirviente, no lleva la cabeza afeitada.

Sertorio lo reconoce.

Es Nuntiusmortis, el gladiador invencible que se retiró hace un tiempo. «El Aquiles feo», lo llamaba su mujer.

Huele a aceite aromático y a perfumes, como si se acabara de bañar.

Nuntiusmortis se asoma a la puerta de la celda, examina el cadáver del hombre y también los de los niños.

Lo que ve no le impresiona, aunque parece reconocer al muerto.

—Licinio Calvo —dice—. Ya ha caído uno.

Después se vuelve hacia Tito y sonríe. La luz de las velas se refleja en un diente de oro.

El exgladiador levanta una mano, extiende un dedo y después otro.

Sertorio cree entender lo que quiere decir.

Dos.

¿Va a ser él el segundo en caer?

No necesita más para salir corriendo de allí.

PALATINO – MUNDUS CERERIS

En el camino de ida a la mansión de Opimio, trajeron a Artemidoro por la cuesta Palatina. Se trata del acceso natural a la cima de la colina, una garganta ancha y casi recta, pavimentada desde tiempos inmemoriales.

El regreso es distinto.

La escolta de ocho se ha reducido a cuatro. Siguen estando Antilio y su compañero lictor, el mismo que invadió el apartamento de Artemidoro hace unas horas, que a él se le antojan una eternidad. Por comentarios entre ambos, ha averiguado que ese segundo lictor se llama Gelio.

Los otros dos miembros de la reducida comitiva son Lucio Balonio y un esclavo, tan fornido como el centurión y los lictores, que se encarga de llevar la única antorcha encendida.

La otra diferencia con la ida es que, en lugar de volver por la cuesta Palatina, toman unas escaleras que unen la cuesta de la Victoria con la vía Nova, una calle que pasa por el lado sur del Foro. A ambos lados hay casas de uno o dos pisos, construidas siguiendo el relieve de la ladera. En ellas reina el silencio, salvo por algunos perros que ladran al oírlos pasar junto a las moradas que guardan.

—No hemos venido por aquí —dice Artemidoro.

—No —responde Antilio.

Más expansivo que antes, algo que escama sobremanera a Artemidoro, muestra una bolsa de cuero que, por el sonido, está llena de monedas, y explica:

—El cónsul nos ha ordenado que te paguemos cincuenta sestercios de aquí, y que con el resto te invitemos a tomar unos vinos en la taberna de Vibio.

Lo último que desea Artemidoro es compartir un rato de esparcimiento con esos cuatro hombres.

—¿Dónde está eso?

—Al lado del río, pasada la puerta Trigémina.

—Yo vivo en la dirección opuesta.

—Sabemos dónde vives. Hemos ido a buscarte, ¿no te acuerdas? —pregunta Antilio, dándole un codazo de complicidad a Gelio, el otro lictor.

—No te preocupes, que te acompañaremos también a la vuelta —dice Gelio.

—A estas horas…

—La taberna de Vibio siempre está abierta.

Artemidoro se vuelve hacia Balonio.

El centurión rehúye su mirada.

Van a matarlo, comprende Artemidoro.

Al lado del Tíber. Sea verdad que existe esa taberna o no.

Opimio se ha dado cuenta de que él, a su vez, se ha dado cuenta de la verdad. De que su supuesto nieto es, en realidad, su hijo.

¿Cuánto tiempo llevará el cónsul acostándose con la joven? ¿Habrá esperado al menos a su primera menstruación?

Opimio no se ha molestado en disimular delante de él. Artemidoro es mucho más casto besando a Urania delante de otra gente de lo que lo ha sido el cónsul con su propia hija.

Eso significa que, desde el principio, desde el instante en que decidió sacar a Artemidoro de su casa para que atendiera al parto, Opimio tenía previsto desembarazarse de él. De ese modo se asegura de que no divulgará las abominaciones que suceden en su casa.

Artemidoro ignora cómo va a ser su final. ¿Estrangulado, apuñalado? ¿Con las vísceras reventadas a puñetazos y patadas?

Sea como sea, cuando terminen, sus asesinos arrojarán el cadáver al río y nunca se sabrá más de él.

Adiós a los sueños de los viñedos en la Galia. Adiós a sus paseos con Urania de una mano y Artemón o Clío de la otra.

No.

No puede rendirse tan fácilmente.

Al menos, tiene que intentar huir. Que sus asesinos suden un poco para ganarse las monedas que les ha dado el cónsul.

«En cuanto llegue al final de la escalera», se dice a sí mismo. Girará a la derecha en lugar de a la izquierda, como pretenden ellos, y correrá como si lo persiguieran las tres Erinias con sus antorchas y sus ojos incandescentes.

Artemidoro tiene las piernas largas, pero esos hombres son más jóvenes que él, todos ellos parecen en excelente forma física y seguramente están más descansados. Si ya estaba agotado antes, atender al parto de la hija del cónsul ha terminado de exprimir sus energías.

Aun así, tiene que intentarlo.

Se baja la capucha, pese al frío y al viento. La escalera es empinada y los peldaños tienen la huella estrecha. Quiere ver bien dónde pone los pies. Sería ridículo hacer planes para huir y justo antes caer rodando y partirse el cuello contra el borde de un escalón.

Además, necesita disponer del mayor campo de visión posible. Quién sabe si lo de la taberna no es un embuste para que relaje su vigilancia hasta que lleguen al río, de modo que lo puedan apuñalar impunemente ahora mismo y arrojarlo escaleras abajo. Al fin y al cabo, ¿qué más da que encuentren su cadáver al pie del Palatino o flotando en el Tíber? Él no es nadie.

Cuando apenas quedan tres peldaños para llegar al final de la escalera, ve que por la derecha, la ruta de una huida que cada vez se le antoja más quimérica, viene caminando un hombre por el centro de la vía Nova, entre las casas que se levantan en la acera sur y los comercios de lujo del pórtico Margaritario en la parte norte. Lleva una antorcha en la mano y viene sin compañía ninguna.

Hay que tener valor para aventurarse en solitario y bien pasada la medianoche por las calles de Roma.

El audaz paseante se quita la capucha, levanta la mano y le llama:

—¡Artemidoro! ¡Artemidoro de Éfeso!

A cabeza descubierta, el desconocido deja de serlo.

Es el hombre que los representó a él y a sus compatriotas en el juicio contra el gobernador Aquilio.

—¡Gayo Mario! —exclama Artemidoro.

Aprovechando un mínimo hueco entre los hombros de Antilio y Balonio, Artemidoro se cuela entre ellos y corre hacia Mario, agitando los brazos en alto para saludarlo.

No tiene ni idea de qué puede hacer ese hombre en la calle a horas tan intempestivas.

Pero es un conocido con el que tiene buena relación.

Además, ahora es tribuno de la plebe.

Lo más importante, no es ninguno de la amenazante escolta que lo acompaña.

Artemidoro se iría con el mismísimo Hades, si se apareciera ante él, con tal de apartarse de esos cuatro hombres.

Mario le tiende la mano, con esos dedos tan anchos que parecen de albañil o labriego más que de aristócrata romano, y se la estrecha con fuerza. Apenas sonríe, pero su gesto, no obstante, es amistoso.

—¡Qué alegría verte! —saluda Artemidoro. Después, en voz baja, vocalizando de forma exagerada para que Mario lo entienda, añade—: Ayúdame, por favor. Esos hombres me retienen a la fuerza.

Los cuatro hombres de Opimio se acercan a ellos, pero se detienen a una distancia entre prudencial y cortés.

—¿Puedo preguntarte qué negocios te traen por aquí a estas horas, ciudadano? —pregunta Antilio.

—Mis negocios son asunto mío. Ahora te pregunto yo a ti. ¿Qué asuntos os traéis con este hombre? Me acaba de decir que lo retenéis a la fuerza.

Artemidoro habría preferido que Mario no repitiera sus palabras con tanta literalidad. Pero la sutileza y el disimulo no son sus puntos fuertes.

—Hemos ido a buscarlo a su casa por orden del cónsul. Tenía que prestarle un servicio.

—¿Y ya se lo ha prestado?

Antilio y el centurión se miran. El segundo asiente, como diciéndole al lictor: «Habla tú».

—Se lo ha prestado, sí —responde Antilio.

—Puedes contestar tú, Lucio Balonio.

—Sí, se lo ha prestado, Gayo Mario —contesta el aludido.

Artemidoro se da cuenta de que ambos hombres se conocen.

Hay algo más. Mario tiene una pose relativamente relajada, tomando en cuenta que por su forma de ser tiende a la rigidez.

En cambio, el centurión se ha puesto firme en cuanto Mario se ha dirigido a él, como si le estuvieran pasando revista. De lo que deduce que ha servido a sus órdenes en alguna campaña.

Artemidoro ha oído comentar en varias ocasiones que Mario es uno de esos oficiales a los que les basta con enarcar una ceja para que todo el mundo en el campamento empiece a correr de un lado para otro.

El mismo Graco se lo contó en una ocasión. «Teníamos un dicho en Numancia, *Nemo durior Scipionis pueris*, "No hay nadie más duro que los chicos de Escipión". Pero el que de verdad era duro ya entonces era Gayo Mario. Con los años no se ha reblandecido, sino todo lo contrario».

—En ese caso —dice ahora Mario—, puesto que ha cumplido su trabajo para el cónsul, Artemidoro podrá regresar a su casa, ¿no es así?

Vuelven a mirarse. Antilio, al ver que el centurión duda, toma la palabra.

El lictor parece querer demostrar que a él no le impresiona Gayo Mario, como no le impresionarían los mismísimos Escipiones aunque subieran del averno ahora mismo.

—Tenemos órdenes del cónsul de escoltarlo.

—¿Hasta su casa?

—Me han dicho que me llevaban a la taberna de un tal Vibio —interviene Artemidoro, antes de que Antilio tenga ocasión de inventarse una mentira—. Junto al río.

—¿A ese antro? —se extraña Mario.

Al menos, piensa Artemidoro, la cantina existe.

No por ello se le despierta el menor deseo de visitarla.

—Le hemos dicho que le íbamos a invitar a un vino —interviene Gelio, el otro lictor. Como recompensa, se lleva una mirada furiosa de Antilio.

—¿A estas horas? ¿Tú tienes ganas de beber vino ahora con estos hombres, Artemidoro?

El interpelado se lo piensa bien antes de contestar, con el tono de voz más ecuánime posible:

—No diré que no sean buena compañía. Pero preferiría disfrutar de ella a otras horas más civilizadas.

—Ven conmigo, entonces. Si me acompañas a una visita que he de realizar, después iremos juntos de vuelta a tu casa.

A la vez que dice esto, Mario lo agarra del codo y tira de él, arrimándolo a su vera como una gallina que protege a un polluelo.

—El placer será mío, Gayo Mario —responde Artemidoro.

Antilio y Balonio siguen intercambiando miradas. Es obvio que se encuentran en una posición difícil.

Quien toma la palabra es el lictor.

—Ya te he dicho que tengo órdenes de escoltar a este hombre. Y vienen directamente del cónsul.

Los dedos de Mario en el codo de Artemidoro aprietan tanto que empiezan a hacerle daño.

—Pues ahora tienes otra orden. De Gayo Mario, tribuno de la plebe.

—¿Y qué orden es esa, si puede saberse?

—Deja en paz a este ciudadano.

—Estás extralimitándote en tus atribuciones.

—Mis atribuciones son la ciudad de Roma y sus ciudadanos. Artemidoro, ¿tú me has pedido auxilio?

Artemidoro no tiene muy claro adónde quiere ir a parar Mario, pero no tiene más remedio que seguirle la corriente.

—Te lo solicito ahora, Gayo Mario.

—Y yo, como tribuno legítimo del pueblo romano, te lo otorgo.

—Lo que te pida y lo que tú le otorgues es irrelevante —insiste Antilio—. Este hombre no es ciudadano romano.

—¿Ah, no lo es? ¿Te consta?

—Me consta. ¿No ves que es griego?

—Griego era también Polibio, y eso no impidió que se convirtiera en ciudadano romano, adoptado por los Escipiones.

—¿Quién coño era Polibio? —pregunta Antilio.

—No seas insolente —susurra a su lado Balonio, no tan bajo que no se escuche su comentario.

Artemidoro no tiene constancia de que Polibio, a quien conoció personalmente, recibiera en algún momento de su vida el privilegio de la ciudadanía romana. Pero ahora le conviene creerlo.

—Sigo sin creer que este hombre sea ciudadano —se emperra Antilio.

—¿Conoces acaso de memoria todos los registros de las tribus? —pregunta Mario.

—¿Es que alguien los conoce?

—Pues ve a consultar los archivos de la tribu Suburana. En ellos encontrarás a este hombre, inscrito como Gayo Artemidoro Mariano. Liberto mío, y también amigo —dice Mario, poniéndole una mano sobre el hombro.

Ser liberto de Mario supone que Artemidoro previamente ha sido esclavo suyo. Pero en aquel momento siente tanto alivio por la aparición de Mario y su decisión de protegerlo que no experimenta ni un asomo de humillación por esa presunta servidumbre.

—Ahora, *ciudadanos* —dice Mario, recalcando bien la palabra—, retiraos y dejad que sigamos nuestro camino.

El tono que utiliza Mario es tan imperioso que el mismo Artemidoro siente el impulso de cuadrarse ante él como un soldado sorprendido durante un descuido en su turno de guardia. No sabe cómo lo ha hecho, pero el tribuno ha conseguido que su voz resuene tan grave y retumbante dentro de su pecho que, de alguna manera extraña y casi mágica, la vibración se ha transmitido a Artemidoro a través del esternón.

Por los gestos de Antilio, el centurión Balonio y los otros dos hombres, salta a la vista que en ellos la voz de Mario ha provocado un efecto similar.

Nuevo intercambio de miradas.

Por lo que observa Artemidoro, el problema de esa reducida patrulla es que no queda claro quién ostenta la autoridad, si el centurión ya licenciado o el jefe de lictores.

En cualquier caso, ninguno de los dos encuentra en su interior resolución suficiente como para continuar llevándole la contraria a Gayo Mario.

Tras conferenciar brevemente en susurros, se dan la vuelta y emprenden la subida al Palatino por las mismas escaleras por las que acababan de bajar. No sin que antes el soberbio Antilio se dé la vuelta y, señalando a Artemidoro con el dedo, diga:

—Ay de ti, griego, como descubra que has falsificado documentos para hacerte pasar por ciudadano romano.

Mario no se molesta en señalarlo a él. Pero el tono de su respuesta no deja dudas de a quién se dirige.

—Ay de ti, lictor, como vuelvas a poner en duda la palabra de Gayo Mario, ahora que soy tribuno o cuando deje de serlo. No vuelvas a interponerte en mi camino, mirarme a la cara ni dirigirme la palabra. Así he hablado.

El lictor desobedece la segunda prohibición de Mario, lanzándole una mirada tan corrosiva que, a su lado, la de la gorgona Medusa parecería un gesto amoroso.

Pero no dice nada.

Balonio le agarra del codo, le hace girarse y tira de él.

Los cuatro hombres y la luz de su antorcha se van haciendo más y más pequeños, hasta que desaparecen de la vista al coronar la escalera.

Artemidoro se da cuenta de que le tiemblan las piernas. Tiene las rodillas tan flojas que, si por él fuera, se dejaría caer sobre el bordillo de la acera.

—Gracias, Gayo Mario. Tengo la sospecha o casi la certidumbre de que me acabas de salvar la vida.

—Eso mismo pienso yo.

—Ahora, no quisiera hacerte perder más tiempo.

Mario vuelve a agarrarlo del brazo.

—No creo que sea buena idea que regreses solo a tu casa, esté donde esté.

—En el Argileto.

—Con mayor motivo entonces.

—Pero tú mismo estás deambulando solo.

—Yo soy Gayo Mario. Además, no estoy deambulando. Mis pasos tienen un propósito. Acompáñame y lo averiguarás.

Mario se dispone a subir por la misma escalera por la que se han alejado los otros cuatro hombres. Al notar la reticencia de Artemidoro a seguir por allí, le dice:

—En cuanto pasemos el último peldaño, nuestro camino se separará del de esos tipos. No te preocupes, no era mi intención visitar esta noche a Lucio Opimio. El Carnicero de Fregelas y yo no somos amigos.

—¿Y adónde nos llevará nuestro camino, si puedo preguntártelo?

—A un lugar al que se supone que los vivos no entran. Al Mundus Cereris.

***

Pese a lo empinado de la escalera y a las varices, Mario asciende los peldaños a buen ritmo, sin perder el aliento. En un par de ocasiones se tiene que parar, porque nota que el griego sí que resuella.

Es asombroso que se haya topado con él, un hombre al que no veía hacía años. Sobre todo, es asombroso lo que decía la carta de esa mujer, Marta la siria.

«Vendrás tú solo a verme, pero no llegarás solo. Seréis tres hombres los que recibáis la visión».

De momento, son dos los que acuden al encuentro en el Mundus Cereris. Una cita que fue concertada hace más de año y medio.

Sin que el propio convocado, Mario, lo supiera.

¿Y si Marta no está allí? Podría haber muerto, incluso. Mario ha hecho algunas pesquisas. Parece que nadie ha vuelto a tener noticias de esa mujer en los últimos meses.

—¿Puedo preguntarte qué se te ha perdido en ese lugar, noble Mario?

—No me llames «noble» hasta que no me gane por mí mismo ese título. Soy Mario, sin más.

—De acuerdo. Mario, entonces.

—Es por una mujer.

—¿Por una mujer?

—No me malinterpretes. No es una cuestión de amantes. La conocí a través de mi difunta esposa, Cecilia.

—Ignoraba que habías enviudado, Mario. Lo siento mucho.

—Ya, gracias. —Tras despachar el pésame con sequedad, Mario prosigue explicando—: Mi esposa había asistido con otras mujeres a una especie de ritual mistérico. Allí conoció a una vidente siria llamada Marta.

—El nombre me suena de algo.

—Tenía cierta fama ya entonces. El caso es que Marta la dejó impresionada. Mi esposa le pidió que la acompañara a un combate de gladiadores.

Aquel duelo, continúa Mario, fue el más sonado del momento. Todavía se sigue hablando de él.

—Hasta ese momento, ninguno de los dos contendientes había sido derrotado. Habrás oído hablar de ellos, sin duda. Nuntiusmortis y Stígmata.

—No soy aficionado a ese tipo de espectáculos —responde Artemidoro—. Pero conozco los nombres.

—Coincido contigo en eso, Artemidoro. A mí tampoco me gustan.

En el caso de Mario, no se debe a que tenga melindres contra la sangre derramada, como les ocurre a algunas personas. Simplemente, ve en esos *munera* algo falso, teatral. Nada parecido a una auténtica batalla.

El teatro de verdad tampoco le gusta. No entiende las ficciones, sean del tipo que sean. Es un hombre práctico. Prosaico y aburrido, según su difunta esposa.

Él no lo ve así. ¿Por qué molestarse en prestar atención a historias inventadas que no tienen nada que ver con la vida real, cuando el mundo es de por sí tan vasto y complicado?

—A mi mujer le gustaban más. No tanto por los combates en sí, sino porque era muy aficionada a las apuestas. La vidente, Marta, le había dicho que apostara por Nuntiusmortis.

—Y ella lo hizo.

—Yo le dije que no se jugara el dinero así. Sabía que Nuntiusmortis era muy fuerte, pero también lento y mucho menos habilidoso que su rival, Stígmata.

—¿Cómo lo sabías, si no eres aficionado a esas cosas?

—Fui yo mismo quien vendió a Nuntiusmortis a su lanista, pero esa es otra historia. Mi mujer decidió confiar más en el criterio de Marta que en el mío y apostó cuatrocientos sestercios a que Nuntiusmortis derrotaba a Stígmata.

—Y ganó.

—Mil doscientos sestercios.

—Tres a uno.

—Eso pagaban. No era ninguna fortuna, pero lo cierto es que aquella mujer la dejó muy impresionada. Se empeñó en que yo la conociera y... Bueno, ella se reunió conmigo y me vaticinó otras cosas.

—¿Se cumplieron?

Mario está a punto de responder. Se lo piensa mejor y es él quien hace una pregunta.

—¿Crees en la adivinación?

Artemidoro se toma su tiempo antes de contestar.

—Creo que muchos de los fenómenos que consideramos sobrenaturales o mágicos tienen explicaciones que, sencillamente, no alcanzamos a entender. Acertar el resultado de un combate en el que se apostaba tres a uno... tampoco parece un portento inexplicable.

—En eso estoy de acuerdo contigo. Pero hice caso a mi mujer. Por no oírla, podía ser muy persistente. Hablé con Marta y...

***

—No es la última vez que tú y yo vamos a conversar, Gayo Mario.

A él no le agradaba la mujer. Era guapa. Más guapa que su esposa, había que reconocerlo. Pero le resultaba inquietante. Sus rasgos eran demasiado acusados y su mirada como carbones encendidos. Por no mirarla a los ojos, Mario no dejaba de enfocar los suyos en el rombo rojo que Marta tenía pintado en la frente.

—No tengo mucho interés en la adivinación —dijo él entonces.

Sus motivos eran distintos de los de Artemidoro. No era por racionalismo, o por no creer en los dioses, como sospecha que ocurre con el griego. (Entre los compatriotas de Artemidoro hay muchos ateos, otro síntoma de su decadencia).

En el caso de Mario, era porque estaba decidido a construir su propio destino. Un camino recto, asfaltado y pavimentado losa a losa por sus propias manos.

—Lo sé —respondió Marta.

—¿Y consideras que saber que no me interesa la adivinación me va a convencer de tus dotes como adivina?

Ella se rio de buena gana. Tenía unos dientes perfectos, tan rectos y blancos que parecían obra de artificio más que de la naturaleza.

—No, en absoluto. No quiero convencerte de nada. Simplemente, quiero entregarte esto.

Marta le puso en la mano unas tablillas lacradas. El sello mostraba dos antorchas cruzadas.

—Espera a abrirlo al último día del año venidero. No de este, del siguiente.

Para eso faltaban veinte meses.

—¿Tanto debo esperar?

—Tanto. Tú guárdalo bien. Ábrelo entonces, léelo y, si quieres, volveremos a hablar.

Así de breve fue su conversación. De regreso en su casa, Mario guardó las tablillas en el baúl blindado que tiene en el despacho. Durante unos días se acordó de ellas a menudo y le asaltó la tentación de romper el sello y leerlas, pero se contuvo.

Con el tiempo, se fue olvidando de ellas.

Durante ese plazo de veinte meses ocurrieron cosas. Pocas de ellas fueron buenas, aunque su destino sufrió un giro casi en el último momento.

Cuando llegó el último día de diciembre y, convertido ya en tribuno, se le convocó a la reunión del Senado que por primera vez presidiría Lucio Opimio como cónsul, recordó su conversación con Marta.

Abrió el arcón, rebuscó entre documentos diversos y encontró el díptico.

Rompió el sello, cortó el cordel que unía las tablillas y las abrió.

Conforme su dedo se deslizaba sobre las líneas escritas en cera, los pies se le fueron enfriando hasta convertirse en dos bloques de hielo.

Allí, guardada desde hacía veinte meses en el baúl y sellada, estaba la historia de lo que le había ocurrido en ese tiempo.

¿Era un truco? Aunque él tiene la única llave de esa caja, hay quienes saben forzar cerraduras. Pero cuando indagó entre sus esclavos, amenazando con recurrir al látigo para obtener respuestas, quedó convencido de que nadie había trampeado en su tabulario.

La tablilla le decía que su esposa Cecilia estaba embarazada, algo que ni ella misma ni Mario sabían cuando Marta le entregó aquella carta remitida al futuro. Añadía que estaba preñada de un niño, pero que ese niño no solo no heredaría el nombre de Mario, sino que al morir dentro del vientre de su madre le quitaría la vida a ella.

Como así ocurrió, en septiembre de ese año.

El médico que extrajo el feto, demasiado tarde para salvar a Cecilia, le dijo a Mario que habría sido un varón, pero que había muerto en el útero de su madre.

Mario se quedó más disgustado por perder a su heredero y por tener que buscar esposa de nuevo que por el afecto que pudiera sentir por Cecilia. Su relación con ella, sin ser mala, era tan pasional como la que pueden tener los socios de una compañía de publicanos.

Al mismo tiempo, perderás las elecciones a tribuno de la plebe a las que te habrás presentado, rezaban las tablillas.

Predicción que también se cumplió.

Como la siguiente.

Un año después te quedarás con la miel en los labios. Pero, cuando más frustrado te sientas, acabarás degustándola.

Quedó undécimo en las siguientes elecciones. Pero, al descubrirse la corrupción de Marco Metilio, los votos recibidos por este fueron anulados y Mario entró de rebote en el colegio tribunicio.

***

—¿Cómo no creer en la adivinación después de leer unas predicciones tan exactas sobre todo lo que me iba a suceder?

Artemidoro no sabe qué contestarle. «¿No te he dicho mil veces que tu raciocinio no puede explicarlo todo en esta vida?», le pregunta el mini Diógenes.

Hay una interpretación que, por improbable que le parezca a Mario, a Artemidoro le resulta mucho más verosímil que reconocer los increíbles poderes de presciencia de una mujer.

Esa explicación es que la tal Marta haya sobornado a algún criado de Mario para que abra el arcón y meta en él las tablillas con las profecías redactadas *a posteriori*.

Mario está convencido de que sus esclavos le son fieles. Pero eso debía de pensar también el héroe Diomedes de su mujer Egialea. Y, sin embargo, ella intentó asesinarlo cuando regresó de Troya.

De todos modos, Artemidoro lo ve tan convencido de la veracidad de su relato que prefiere no llevarle la contraria.

—Al final de las tablillas —prosigue Mario—, Marta me dejó escrito que, si quería conocer el resto de mi futuro y progresar en mi carrera política, debía venir aquí, al Mundus Cereris, en la noche de los idus de enero. De modo que aquí estamos.

Han llegado a un bosquecillo de cipreses, higueras y pinos de anchas copas que los hacen asemejarse a setas gigantes. Todos esos árboles, agitados por el viento, parecen dialogar entre sí, cada uno con un tono y un timbre diferentes dependiendo de la forma de su ramaje y el tamaño de sus hojas.

El lugar suele estar desierto incluso de día. Aunque el Mundus Cereris permanezca todo el año cerrado salvo en tres fechas concretas, hay gente que asegura que el resto del tiempo se pueden oír voces misteriosas que salen de su interior.

No hay personal fijo que atienda el santuario. En los días de sextil, octubre y noviembre en que se abre, se encargan de hacerlo las sacerdotisas y los sirvientes del cercano templo de la Gran Madre, cuya masa se vislumbra entre los árboles del bosquecillo.

—Hay algo más —añade Mario—. La última frase de esa carta.

—¿Qué dice?

—*Vendrás tú solo a verme, pero no llegarás solo. Seréis tres hombres los que recibáis la visión.*

—¿Por eso has venido sin tan siquiera un criado que te acompañe?

—Así es. Y, como ves, me he encontrado contigo.

Artemidoro se dice que esa predicción es más difícil de trucar. Los dos se han encontrado cuando Mario ya había leído la carta.

Pero para que se cumpla del todo…

Artemidoro mira en derredor.

—Nos falta un tercero. Aquí no hay nadie. ¿Debemos esperar?

—No. Vamos a entrar ya. Quien sea, estoy seguro de que aparecerá cuando los dioses lo tengan decidido.

***

En el centro de la arboleda se alza el santuario en sí, un pequeño edificio de piedra de planta redonda, sin decoración externa y sin ventanas, rodeado por una verja de hierro.

La reja tiene un candado de bronce. Artemidoro concibe la esperanza de que esté cerrado y de que su aventura nocturna termine en este punto.

Una esperanza efímera. El candado está abierto.

—¿Siempre está así? —pregunta Artemidoro.

—No lo sé. Nunca he venido aquí.

Alguien debe de haberlo dejado preparado para ellos.

¿Marta?

Pasada la cancela, bajan dos gradas circulares. Con cuidado de no caer, pues son bastante altas.

En el suelo que rodea el edificio quedan charcos de agua de lluvias anteriores. Los canales de drenaje se ven llenos de hojas y agujas de pino caídas. No deben de haberlos limpiado desde la última vez que se abrió el Mundus, en los primeros días de noviembre.

El siguiente acceso es una puerta de madera.

El candado también está abierto, pero la puerta se resiste un poco más que la cancela porque se ha hinchado a causa de la humedad. Mario tiene que empujar con el hombro por la parte superior y con la puntera de la bota por la inferior. Tras un par de intentos, consigue que se abra hacia dentro.

Los goznes se quejan con un chirrido tan prolongado que cualquiera que no fuera Artemidoro pensaría que son los espíritus de los muertos protestando por aquella intrusión.

«Cualquiera que no fueras tú —dice su Diógenes interior—. Pero lo cierto es que lo has pensado».

«Solo ha sido un tropo, una imagen poética».

«Ya».

El interior es una cámara circular de unos quince pies de diámetro. El techo, que por fuera parecía plano, por dentro es una cúpula que representa la bóveda del cielo nocturno.

Conforme Mario mueve la antorcha sobre su cabeza y gira en derredor, los cristales de cuarzo engastados en la piedra se van iluminando. Quienes construyeron el lugar hace siglos pretendieron imitar la disposición de algunas constelaciones.

Artemidoro señala con el dedo un diseño de cristales casi en el centro de la cúpula.

—La Osa Mayor.

—Y esa de abajo que parece una especie de «M» al revés es Casiopea —dice Mario.

El lugar está vacío. Lo único que llama la atención es una losa negra en el centro, con una gran argolla de hierro.

Artemidoro empieza a sentirse inquieto.

«No temas a los dioses», se repite él mismo.

«¿Ni aunque esos dioses sean espíritus de difuntos?», le reta Diógenes.

Mario señala la losa con la argolla.

—Esta es la piedra de los manes.

Artemidoro ha leído algo sobre esa piedra, el *lapis manalis*.

La supuesta entrada al inframundo.

O una de ellas.

El santuario está consagrado a Ceres, a la que los griegos conocen como Deméter. La diosa de la fertilidad tiene relación con los infiernos desde que su hija Perséfone fue raptada y llevada al reino de los muertos por su tío Hades.

Al parecer, los romanos creen que levantando esa piedra se puede descender a ese lóbrego reino.

O que los muertos pueden subir de él, como hace cada primavera Proserpina, la Perséfone de los romanos.

—¿Qué hacemos ahora? —pregunta Artemidoro—. ¿Se supone que es aquí donde vas a reunirte con esa vidente?

—Aquí no. Tenemos que entrar en el verdadero Mundus. Para eso, hay que levantar la piedra.

—¿Estás seguro?

Mario mira a Artemidoro.

—¿Tienes miedo?

—Digamos que la idea no me atrae.

—Los estudiosos como tú piensan que estas cosas no son más que supersticiones, ¿no es así?

Artemidoro no quiere contestar afirmativamente por no ofender a Mario, que parece un creyente convencido en la religión tradicional.

—La verdad es que no me preocupan tanto los muertos como los vivos. ¿Quién sabe qué podemos encontrar ahí abajo?

—No creo que nos topemos con vivos tan peligrosos como los que pretendían llevarte a esa taberna junto al río.

Dicho esto, Mario se agacha, agarra la argolla y tira de ella.

—¿Te ayudo? —pregunta Artemidoro al ver que el *lapis manalis* no se ha movido ni un ápice.

—No. Puedo yo solo.

La respuesta era previsible. Mario no es de los que piden ayuda.

Artemidoro, sí, y no se avergüenza de ello. Si no lo hubiera hecho hace media hora, cuando se encontró con Mario, probablemente ahora su cadáver estaría flotando boca abajo arrastrado por la corriente del Tíber.

Entre gruñidos y resoplidos, con las venas de la frente tan hinchadas que parece como si de un momento a otro fuera a saltar de ellas un chorro de sangre, Mario consigue levantar la piedra de un lado. El otro está sujeto al suelo con bisagras de bronce.

Una vez vencida la primera resistencia, el resto es más fácil. Con cuidado de no machacarse los dedos, Mario hace girar la trampilla hasta que la argolla queda apoyada en el suelo.

Cuando termina, tiene que recuperar el aliento durante unos segundos.

—A Boviano o al charco —jadea.

Artemidoro no pilla la referencia. Debe de tratarse de algún chiste típico de los romanos, que siempre hacen a los samnitas blanco de sus burlas.

La trampilla da paso a una escalera que se pierde en la oscuridad.

Mario no vacila lo más mínimo y empieza a bajar por ella.

Artemidoro echa una mirada al techo de la cámara. La luz de la antorcha se refleja en las falsas estrellas un instante, y después se pierde bajo tierra.

«Supongo que volveré a ver el cielo de verdad», se dice Artemidoro, y sigue a Mario.

***

La escalera, en sí, tiene una construcción muy particular. Los peldaños tallados en la roca viva dibujan una espiral cerrada que gira en el sentido de un gnomon solar mientras va ahondando en la tierra.

Artemidoro solo ha visto una escalera parecida a esta en Sicilia, en el templo de Selinunte. Pero no era tan larga ni por asomo, ni se internaba tanto en las profundidades.

Este diseño tan original permite tallar una escalera en un espacio muy reducido, un pozo de poco más de seis pies de ancho. A cambio, descender por estos peldaños alumbrados tan solo por una antorcha supone una experiencia entre mareante y claustrofóbica. Es como verse convertido en un diminuto insecto y caminar por los giros que describe la rosca de un barreno.

—¿A quién se le puede haber ocurrido construir una escalera así? —pregunta Mario, que debe de estar pensando algo parecido.

—¿Te había advertido de esto el mensaje de Marta?

—Decía: *Seguirás el camino del caracol.*

Evidentemente, debía de referirse a esta escalera. Si pudieran verla en perspectiva desde arriba, el dibujo recordaría al de la hélice de la concha de un caracol.

Después de un rato bajando, Artemidoro empieza a enumerar peldaños. Cuando va por cuarenta, más los que hayan descendido sin llevar la cuenta, la escalera llega a su fin.

¿A qué profundidad pueden estar?

Seguramente no tanta como cuando Artemidoro visitó las minas de plata de Cartago Nova.

La comparación no acaba de tranquilizarlo. Por una vez en su vida, esta noche podría prescindir de su insaciable curiosidad.

Del pie de la escalera parte un túnel que llega más allá de donde alcanza la luz de la antorcha.

En las paredes se ven signos grabados. Artemidoro le pide a Mario que se aproxime con la tea para examinarlos más de cerca.

—No tenemos toda la noche —dice Mario.

Como ya sabe Artemidoro, la paciencia no es la mayor de sus cualidades.

Los signos podrían interpretarse como letras, pero no le recuerdan a ningún signo de escritura que conozca. Si tuviera tiempo, que no lo tiene —ya está Mario para recordárselo—, copiaría al menos unos cuantos.

Siguen avanzando. Los glifos aparecen a intervalos, más o menos cada cinco pasos.

—¿Crees que este sigue siendo el camino del caracol? —pregunta Artemidoro.

—No, pero no hay otro camino que seguir.

«Así que tiene que ser por aquí», completa mentalmente Artemidoro.

Ciertamente, no hay bifurcaciones, curvas ni recodos que puedan despistarlos. El túnel sigue recto. Artemidoro ignora en qué dirección están caminando. ¿Sur, norte, este, oeste? Aunque al entrar al Mundus Cereris se hubiera preocupado de situarse en ese sentido, las decenas de vueltas que han descrito dentro de la escalera espiral lo habrían desorientado del todo.

Eso significa que pueden estar ahora mismo bajo el Palatino, bajo el Circo Máximo o tener sobre sus cabezas las baldosas del Foro o la masa rocosa del Capitolio.

Transcurrido un rato, la oscuridad que ven delante de ellos se vuelve diferente. Con una cualidad distinta en la negrura. Además, perciben una corriente de aire que trae aromas diversos. Notas dulzonas, pegajosas, que se imponen sobre el olor a piedra húmeda y vetusta que impregnaba hasta ahora el túnel.

—Vayamos con cuidado —dice Artemidoro, agarrando ligeramente el brazo de Mario.

Poco después, vislumbran ante ellos una especie de estructura de la que emana un tenue resplandor rojizo. Sea lo que sea, supone una variación comparada con las tinieblas que parecían extenderse hasta el infinito.

Cuando se acercan más, descubren que esa estructura que les ha llamado la atención es una balaustrada de unos tres pies de altura.

Se aproximan a ella.

Con precaución, como ha sugerido Artemidoro.

El túnel desemboca en una especie de terraza. Un mirador que se asoma a una sima cuyo fondo no llega a atisbarse y del que los separa ese pretil tallado en la roca.

Por alguna razón, Artemidoro piensa en el *khásma*, la grieta que la caída del Ónfalos abrió en la tierra y alrededor de la cual se construyó el santuario de Delfos.

Él ha visitado Delfos en tres ocasiones. El *khásma* es hoy poco más que una resquebrajadura en el suelo, pero los sacerdotes insisten en que en tiempos pretéritos era tan ancho que por él habría cabido un carromato.

La grieta que tienen ante ellos es, sin duda, más espectacular. Por ella podrían precipitarse ellos dos, un carromato e incluso una embarcación fluvial.

Tal vez el *khásma* fue así en sus orígenes.

La diferencia es que esta cavidad no se encuentra a cielo abierto, sino bajo tierra. Ninguna piedra caída del cielo puede haberla abierto.

Lo que sea que ha originado la grieta procede de las profundidades de Gea.

Artemidoro mira a ambos lados. Por la derecha, la terraza muere en la pared del mismo túnel que los ha conducido hasta aquí, sin salida.

Por la izquierda, girando en ángulo recto, lleva a la boca oscura de otra galería.

En la terraza, que tiene unos cinco pasos de longitud por algo menos de dos de ancho hasta el borde de la grieta, arden tres pebeteros espaciados a intervalos iguales. Tienen forma de cuenco y están tallados en piedra, como todo en ese lugar, incluida la balaustrada. No hay nada metálico en la gruta.

Tanto el débil resplandor como los aromas que habían captado proceden de esos pebeteros. En ellos arde una mezcla de hierbas y maderas que Artemidoro no identifica. El olor es más intenso, más dulzón que el que ha respirado hace poco en la alcoba de Opimia.

Y se sube a la cabeza mucho más rápido.

Artemidoro se arrepiente de no haber cogido el frasco donde guarda el soplo de Epiménides. Por experiencia sabe que esa droga contrarresta el efecto de otras como el opio, o el mismo vino, que embotan la mente.

Que es precisamente lo que le está ocurriendo ahora.

Del fondo de la grieta emana un resplandor rojizo en el que antes no había reparado.

—¿Has visto esa luz? —pregunta Mario, apoyando las manos en la balaustrada y asomándose hacia las profundidades.

—Ahora sí —responde Artemidoro.

En verdad, antes no había ningún resplandor.

¿Será cosa de los vapores?

Porque ahora son mucho más visibles. De los cuencos de piedra se levantan volutas de humo, espirales gruesas y vaporosas que se retuercen, se acoplan como serpientes copulando, se dividen, forman zarcillos y dedos que poco a poco ocupan toda la estancia, combinándose con otras humaredas que suben de la grieta.

Al poco rato, la cueva entera está sumida en una niebla luminiscente en cuyo interior ya no se distinguen ni las paredes ni el techo.

Artemidoro se pregunta si todo eso está ocurriendo en verdad o si se trata de visiones y sensaciones inducidas por las drogas que flotan en el aire y que no puede evitar respirar.

Por el túnel de la izquierda, aparece una figura.

Una mujer.

***

La mujer lleva en la mano derecha una antorcha cuyas llamas, filtradas por la extraña niebla y su luminosidad cambiante, parecen despedir chispas de azafrán que un instante después se convierten en bandadas de luciérnagas verdes. De su muñeca cuelga un manojo de llaves que tintinean siguiendo el compás de sus pasos. Su manera de caminar posee un ritmo interno que la hace parecer una danza.

En el brazo izquierdo, la mujer tiene enroscada una serpiente de escamas de color de sangre. La primera impresión de Artemidoro es que se trata de una especie de atrezo teatral. Después, el ofidio abre la boca y saca una lengua amarilla, imposiblemente larga. Su siseo se contagia a las culebras inmateriales de vapor que flotan en la atmósfera de la cueva y se convierte en ecos efervescentes que resuenan y rebotan entre las paredes ahora invisibles de esta fantasmagórica caverna.

«Lo que sea, está en el aire», piensa Artemidoro.

Uno puede dejar de beber vino, de comer setas alucinógenas o incluso de inhalar opio si se aparta del incensario donde lo están quemando.

Lo que no resulta factible es dejar de respirar.

—¿Esa mujer es Marta? —susurra Artemidoro.

—Creo que sí —responde Mario.

La mujer lleva una mitra de la que cuelga un velo negro que oculta sus facciones.

Mientras se acerca a ellos, lo aparta con la misma mano junto a la que se retuerce la serpiente.

—Sí, es ella —corrobora Mario.

Incluso difuminados por los vapores, los rasgos de la mujer se ven marcados y duros, como cincelados a buril. No exentos de belleza, sin embargo.

—Habéis venido dos. Pronto llegará el tercero —dice Marta. Su latín suena extranjero, con un acento distinto del que tienen los griegos que usan la lengua de Roma.

Puede ser siria, en verdad.

—¿A qué lugar me has hecho venir, mujer? —pregunta Mario.

El tribuno sacude la cabeza cada poco rato, como si así pudiera sacarse de dentro aquel humo que, si le ocurre como a Artemidoro, está obnubilando su pensamiento y alterando sus sentidos.

—Este es el ombligo del mundo. O podría serlo —dice la mujer.

—¿El Ónfalos? ¿Está aquí? —pregunta Artemidoro.

—No, Artemidoro, hijo de Zósima.

—¿Cómo es que conoces mi nombre?

Ella no contesta a la segunda pregunta. Pero sí a la primera.

—El Ónfalos no está aquí. Y tú lo sabes.

Es verdad, él lo sabe. Una noche vislumbró su resplandor inefable en el fondo de una laguna ignota.

La laguna donde yace escondido el tesoro que saquearon los celtas de Brenno.

—Hay muchos lugares en el orbe que podrían ser el ombligo del mundo —dice la mujer—. Tú has visto uno de esos lugares, pero perdió su poder cuando lo profanaron.

—Te refieres a Delfos.

Tras asentir, la mujer mueve la antorcha a izquierda y derecha.

Si no fuera porque los vapores no dejan ver a más de cinco pies de distancia, su gesto habría iluminado toda la cueva.

—Este es otro lugar donde el cielo y la tierra se comunican. El ombligo del mundo[9] de vuestras leyendas, Gayo Mario.

—No puede ser —responde Mario—. Rómulo excavó el ombligo en el Foro.

—No fue Rómulo, eso te lo aseguro. Pero es cierto que el sitio al

---

[9] *Umbilicus mundi.*

que te refieres como el Foro se encuentra ahora mismo sobre vuestras cabezas.

—Dices que hay más lugares como este —interviene Artemidoro.

—Los hay. Y tú conocerás aún más.

«En las ramas del gran fresno Yadhraselaz, donde colgarás nueve días y nueve noches», dice la mujer, hablando solo para Artemidoro.

¿Cómo ha podido escuchar su voz, si ella no ha movido los labios? Malditos vapores.

—¿Por qué nos has hecho venir aquí, Marta? —insiste Mario, agarrándose a la balaustrada como si temiera caer al abismo.

Artemidoro está a punto de advertirle que tenga cuidado, pues solo se ve la parte superior de la barandilla. La bruma ha borrado de la visión o de la existencia las columnas de piedra que la sustentan.

Entonces ve que alguien se acerca por el túnel de la izquierda.

Una sombra más oscura entre las sombras.

Es un hombre. Empuña una daga en la zurda y se acerca hacia Marta por la espalda.

El tercer hombre que debía unirse a ellos, según la predicción de la adivina.

Es evidente que ese tercer hombre pretende apuñalarla.

***

Stígmata tiene motivos para querer matar a esa mujer.

A Hécate.

Durante su peregrinación por los túneles del burdel ha visto algunas cosas excitantes. Otras nauseabundas. Unas cuantas que lo han dejado indiferente. Y no pocas que le han resultado inquietantes.

Hasta que llegó a la celda 23 y comprendió qué significaban las letras *inf.II* que aparecían al lado del nombre de Licinio Calvo.

Infantes duo.

Dos niños.

Desnudos y amordazados.

La cría debía de tener cuatro años y el crío dos. Si acaso.

Lo que Licinio había hecho con sus cuerpos, usando un repertorio de instrumentos que tenía desplegados sobre una toalla ensangrentada, hacía que por comparación Septimuleyo, con su afición por desollar rostros, pareciera un inocente aprendiz.

Después, Sierpe le contó que los niños parecían drogados.

Stígmata quiere pensar que esa droga era lo bastante fuerte como para anestesiar toda sensación.

La misma Sierpe, precoz asesina a las órdenes de Septimuleyo que esa misma noche había asestado dos puñaladas a un hombre, no se atrevió a mirar lo que hacía Licinio con sus víctimas.

Cuando Stígmata abrió de una patada la puerta del cubículo, recorrió la estancia con la mirada y captó la situación de un vistazo, sintió al mismo tiempo dos emociones opuestas.

Horror por lo que estaba haciendo Licinio Calvo.

Más un alivio infinito al comprobar que Sierpe seguía viva.

La niña estaba acurrucada en un rincón, junto a la única cama de la celda. Tenía las muñecas maniatadas con una soga que en el otro extremo estaba anudada a una argolla encastrada en la pared.

Los ojos cerrados. Apretados con fuerza.

Al oír la patada de Stígmata, la niña miró hacia la puerta.

Con el ojo derecho muy abierto en una mirada de asombro y esperanza, como si se le hubiera aparecido el mismísimo Hércules para sacarla del infierno.

El ojo izquierdo lo tenía medio cerrado, hinchado por un golpe.

Seguramente, propinado por Licinio.

Este, interrumpido en su tarea de separar con un cuchillo y unas pinzas los músculos del pecho del niño, se volvió hacia Stígmata con gesto de perplejidad.

—¿Quién co…?

No llegó a pronunciar más sílabas.

Stígmata no se ha ensañado jamás con nadie como se ensañó en ese momento con Licinio Calvo.

Un encarnizamiento vano, pues a la segunda puñalada ya lo había matado.

Pero tenía que desahogarse. No paró de acuchillar su cadáver hasta que comprendió que, si seguía allí, los sirvientes del burdel no tardarían en aparecer.

Después cortó las ligaduras de Sierpe, le ordenó que se tapara los ojos y la hizo salir al pasillo.

—Espérame aquí. Esta vez, obedéceme.

Ella asintió, sin decir nada. Stígmata se dio cuenta de que se había orinado encima.

Poco le parecía, considerando el terror que debía de haber experimentado mientras aguardaba su turno para la tortura.

Stígmata volvió a entrar a la celda y examinó los restos de los niños.

«Cuerpos» habría sido un término demasiado optimista.

Estaban muertos.

Si no lo hubiesen estado, les habría asestado el golpe de gracia.

Rezó a los dioses para que hubieran expirado en los primeros estadios del despedazamiento al que los había sometido aquel loco vesánico. ¿Con qué abominables prácticas sexuales los habría atormentado antes?

Licinio los había desnudado, pero no les había despojado de sus amuletos infantiles. El niño conservaba su bula de cobre y la niña su lúnula de plata.

Stígmata se los quitó con todo el cuidado que pudo, aunque le fue imposible no mancharse aún más de sangre y de otros restos al hacerlo.

Tenía un pálpito que confirmó al leer las inscripciones.

Lucio y Ruscia.

Los hijos desaparecidos de Tito Ruscio Galo, por los que su padre había ofrecido una recompensa de quinientos sestercios, anunciándola en la Columna Lactaria.

Stígmata habría deseado poder enterrar los restos, o al menos prender fuego a este lugar impío.

Pero no había tiempo para eso.

***

Del mismo modo que había irrumpido en la celda de Licinio Calvo, Stígmata abrió el cubículo de enfrente de una patada.

El hombre que estaba intentando vestirse a toda prisa, y que se quedó mirándolo de hito en hito como si se le hubieran aparecido a la vez a las tres Furias, era Tito Sertorio.

Stígmata no lo conocía en persona. En su momento había hecho algunas pesquisas sobre él, por la cuenta que le traía conocer al marido de la mujer con la que se acostaba. En más de una ocasión lo había visto de lejos en el Foro, junto a las mesas de los banqueros y cambistas.

Al irrumpir así en la celda, Stígmata no las tenía todas consigo. ¿Qué encontraría allí dentro?

Al parecer, la afición o perversión sexual privada de Tito Sertorio consistía en fornicar con mujeres gordas.

Extremadamente gordas.

No resultaba fácil de entender teniendo una esposa tan atractiva —aunque Stígmata sabe que Tito Sertorio obtiene los favores carnales de Rea en muy raras ocasiones—. Pero, en cualquier caso, Sertorio no le estaba haciendo daño a nadie.

No se podría afirmar lo mismo de muchos usuarios del Palacio de Hécate.

Después de meter el miedo en el cuerpo a Tito Sertorio para convencerlo de que debía irse de Roma cuanto antes, Stígmata cogió a Sierpe en brazos y emprendió el regreso por los túneles.

Más que regreso, fue una huida. Pues no tardó en escuchar gritos y sonidos de persecución a su espalda.

El instinto, su facilidad para orientarse o la voluntad de los dioses guiaron sus pasos por aquel laberinto de galerías sin tener que mirar las flechas que él mismo había ido trazando previamente.

Mientras tanto, Sierpe, agarrada a él como una lapa, le contó sus peripecias.

Unas peripecias que habían estado a punto de costarle una muerte horrenda.

Stígmata no tuvo corazón para regañarla. El miedo que había pasado la niña le serviría quizá —solo quizá— para ser más prudente en lo sucesivo.

Entre ir corriendo, llevar una dirección más clara y no asomarse a ninguna celda, la vuelta hasta el pozo de ventilación de donde colgaba la cuerda se le hizo mucho más breve que sus exploraciones anteriores.

En el camino, sabiendo que llegaría a una zona a oscuras, Stígmata había cogido una de las velas que ardían en los nichos horadados en las paredes. Ahora la dejó en el suelo y preguntó a Sierpe:

—¿Serás capaz de subir tú sola por la cuerda?

—No lo sé —respondió la niña.

No tardaron en descubrir que no. «Todavía soy pequeña», se excusó ella, al borde del llanto.

Stígmata se la cargó sobre los hombros y emprendió la subida.

Mientras trepaba, se dio cuenta de que empezaba a estar cansado.

Una noche muy larga y accidentada.

No obstante, siguió izándose a pulso con el peso adicional de la niña.

—¡Ya alcanzo el borde! —dijo Sierpe.

Haciendo un esfuerzo extra, Stígmata se quedó colgando solo del brazo derecho, con la soga bien apretada contra su pecho, y usó el izquierdo para empujar a la niña un poco más, hasta que ella fue capaz de salir del pozo ayudándose de los codos y las piernas.

En ese momento ocurrió lo que Stígmata había temido desde el momento en que ató la cuerda a aquella reja oxidada.

La soga aguantó, pero los barrotes no.

Fue casi instantáneo. Mientras se precipitaba por el pozo, Stígmata apenas tuvo tiempo de flexionar las rodillas para amortiguar la caída. Casi a la vez, temiendo que la reja de hierro le cayera encima de la cabeza arrastrada por la cuerda, levantó los brazos.

El golpe fue doloroso, pero peor habría sido recibirlo en el cráneo.

Tras rebotar en sus antebrazos, la reja cayó al suelo con estrépito, levantando ecos que parecían decir a sus perseguidores: «¡Estoy aquí, estoy aquí!».

Con un gruñido de frustración —otros habrían jurado y blasfemado hasta en etrusco—, Stígmata le dio una patada a la reja. Luego miró hacia lo alto.

Con la vela ardiendo en el suelo, era imposible distinguir nada arriba.

—¿Estás bien?

—¡Sííí! —contestó Sierpe desde las sombras.

Tras hacerle jurar que iba a volver directa al Hórreo de Laverna y que cada vez que se cruzara con alguien por la calle se escondería, Stígmata recogió la vela del suelo y examinó las tablillas requisadas a los sirvientes del burdel.

La zona en la que se encontraba no aparecía reflejada. Al parecer, se encontraba fuera de los límites del Palacio de Hécate.

Tendría que arreglárselas por su cuenta.

Se internó en el túnel, en dirección opuesta a su primera incursión.

Hacia lo desconocido.

Pues por la parte que conocía, las voces de sus perseguidores sonaban cada vez más cercanas.

Si su sentido de la orientación no lo engañaba, la nueva galería en la que se había aventurado conducía hacia el suroeste. A no ser que estuviera muy descaminado, eso significaba que iba en dirección al Foro.

Con suerte, la galería acabaría desembocando en la Cloaca Máxima o en alguna otra alcantarilla secundaria.

Aunque tal vez era pedir demasiado.

En cierto momento, cuando llevaba un rato sin oír ni pasos ni voces a sus espaldas, llegó a una estancia circular parecida a aquella donde Nuntiusmortis se estaba bañando en sangre humana.

Allí no había sacerdotisas, ni eunucos, ni exgladiadores con cuerpo de tonel.

Pero sí una luz. Que provenía de una de las tres galerías que partían de la sala.

La luz se alejaba. Parecía una antorcha.

No se escuchaban sonidos de conversación. Quien llevara esa tea, probablemente iba solo.

Si no era así, de todos modos tenía que arriesgarse a seguir el rastro de la antorcha. Era la única forma de salir de aquellos túneles.

Stígmata apagó su propia vela. Después, como si fuera una polilla, se acercó a la fuente del resplandor.

No tardó en comprobar que esa luz, tal como había sospechado, procedía de las llamas de una antorcha.

Antorcha que llevaba en la mano una mujer.

Su indumentaria era inconfundible. Se trataba de la misma sacerdotisa a la que Stígmata había visto en el ritual sangriento al que se estaba sometiendo Nuntiusmortis.

Sacerdotisa o proxeneta.

Hécate.

La dueña de este nefando lugar.

¿Adónde iba sola, sin ningún sirviente que la escoltara?

Stígmata decidió seguirla en silencio.

Al menos, durante un rato. Si no veía trazas de una salida, se abalanzaría sobre ella y le haría revelarle dónde había una.

Después, infringiendo su propio código de conducta, aunque fuera una mujer, la mataría.

No se le ocurría otra forma de evitar que siguieran ocurriendo horrores como el que había presenciado en la celda de Licinio Calvo.

***

Ahora.

Siguiendo a Hécate, Stígmata ha aparecido en un lugar extraño. Ignora si es un edificio, una gruta natural, una estancia excavada en la roca. En el aire flota una niebla que no permite ver los límites de aquel recinto.

No puede ser una niebla natural. Su textura espesa impide la visibilidad. Pero, al mismo tiempo, la sustancia que la forma, sea la que sea, emite su propia luz.

Stígmata decide que ha llegado el momento de actuar.

Como un felino antes de atacar, se prepara para saltar sobre Hécate, agarrarla del cuello y ponerle el puñal bajo la barbilla.

Antes de que pueda hacerlo, ella se da la vuelta y levanta una mano.

Es un simple gesto, un ademán mudo.

Stígmata descubre que no puede moverse.

La sensación de impotencia que experimenta es incluso más intensa y frustrante que cuando trató de herir a Nuntiusmortis en aquel aciago duelo.

A su pesar, comprende el motivo.

Esta mujer es la responsable del cruento sortilegio que impide que las armas toquen la piel del celtíbero.

Si es capaz de proteger a otros, con mayor razón será capaz de protegerse a sí misma.

Hécate se acerca a él, que sigue paralizado. Incluso para parpadear tiene que vencer una extraña resistencia.

Es como si la bruma luminiscente que flota en el aire tuviera la consistencia de la miel.

La mujer agarra la bula de Stígmata y acaricia las letras con la yema del pulgar. Su sonrisa es indescifrable.

Stígmata nota en el pecho cómo el metal vibra y se calienta.

Hécate, sin embargo, sostiene la bula en la palma sin sufrir quemaduras como las que nunca se le curaron a Albucio.

Con delicadeza, la mujer le pasa el amuleto por encima de la cabeza y se lo quita. Sin soltar la antorcha, usando una sola mano. La serpiente enroscada en ese brazo mira a Stígmata con ojos que parecen cuentas de ámbar y saca la lengua, burlona.

Es la primera vez en su vida que la bula no cuelga de su cuello. Aunque lleva varias capas de ropa, Stígmata se siente desnudo como un recién nacido.

—Necesito los fragmentos de la piedra celestial para invocar a mis hermanas —dice Hécate—. Pero te devolveré tu medallón, hombre de las cicatrices.

—¿Tus… hermanas?

Stígmata oye su propia voz ralentizada, como si sus palabras hubieran quedado atrapadas en gotas de resina resbalando despacio, muy despacio por la corteza de un árbol.

La mujer sostiene el amuleto ante sus ojos.

—Ahora os hablo a los tres.

—¿Los… tres?

Hécate se aparta un poco. Dos hombres aparecen de entre la bruma y se aproximan con pasos vacilantes. Es como si vinieran de muy lejos, pero en realidad estaban cerca. La distancia aparente era efecto de esa niebla sobrenatural.

Uno de ellos es muy alto, espigado, rubio como un celta. El otro, de hombros más anchos, tampoco es de baja estatura. El cabello oscuro le empieza a clarear. De forma un tanto absurda, a Stígmata se le ocurre que podría repoblar su cabeza usando parte de los pelos de esas cejas tan tupidas.

Una vez que los dos hombres forman un triángulo con Stígmata en un vértice y la mujer en el centro, se detienen. De golpe, parecen tan paralizados como él.

Hécate habla.

—Rasgar el tejido del tiempo y atisbar la verdadera realidad es peligroso. El contacto con el poder de los que llamáis dioses, el conocimiento de la verdadera naturaleza de la Gran Madre y sus encarnaciones solo acarrean la ceguera y la locura.

La mujer levanta en alto el amuleto de Stígmata. Las letras de su nombre empiezan a brillar.

—Ahora, gracias al poder de estos fragmentos del Ónfalos, voy a abrir una ventana para cada uno de vosotros. Pues tenéis un papel importante en lo que ha de suceder. Os asomaréis a esa ventana. Pero, para evitar que vuestras mentes sean destruidas y vuestras cabezas estallen manando sangre por los ojos, los oídos y la boca, las visiones que recibáis quedarán guardadas en vuestra memoria. Las iréis recordando poco a poco.

—¿Cuándo? —pregunta el hombre de las cejas espesas y los hombros cuadrados. Su voz también suena lenta y pastosa.

—Cuando lo vayáis necesitando, Gayo Mario —responde la mujer.

Después se dirige a Stígmata. La niebla es tan espesa que solo la ve a ella. Incluso sus formas se difuminan y se funden con los vapores.

—Ahora, si quieres… —dice Hécate.

***

«... puedes matarme, hombre de las cicatrices, si crees que es lo que merezco».

Stígmata está en un bosque de robles y fresnos rodeados de niebla que crecen sobre el suelo inestable y cambiante del tremedal de los sueños. Los troncos se ven borrosos, las copas son invisibles.

Entre los árboles se asoma una cierva blanca.

Es la misma que aparece en su escudo, pintada bajo Hércules y Apolo. La que tiene los ojos verdes y brillantes como esmeraldas.

La cierva desaparece, tapada por alguien que se interpone entre ella y Stígmata.

Es Hécate.

No, no lo es.

Lo era.

Ahora se ha convertido en otra mujer. Más joven. Delgada, casi famélica, una cabeza y media más baja que Stígmata.

La mujer se está apretando el abdomen con gesto de dolor. De entre los dedos le manan unos hilos de sangre.

«¿La he apuñalado yo?», se pregunta Stígmata.

Su cuchillo tiene sangre en la hoja.

Pero la sangre es de ese hombre, ¿no? De Licinio Calvo, no de la joven.

La cierva y la mujer se confunden. Pero no tienen los ojos iguales.

Los ojos verdes de la cierva son de otro, de un hombre llamado...

Stígmata escucha el nombre, pero lo olvida al instante.

Quiere ver de nuevo a la mujer.

—¿Dónde estás, madre? —pregunta en voz alta.

«Pero si voy a morir —responde una voz que se pierde en el viento—. No puedo ser madre...».

Stígmata ve más cosas.

Pero los recuerdos empiezan a esfumarse.

Hacia el pasado.

Es como si alguien tomara la tablilla de arcilla de su memoria y empezara a borrarla empezando por el final y remontándose al principio.

«¿Lo voy a olvidar todo?», pregunta asustado.

Puede que su vida no sea ni haya sido la mejor del mundo, pero no quiere que se pierda en la oscuridad.

Sin los recuerdos no será nadie.

No será nada.

«No. Solo olvidarás esto».

No sabe si la voz es la de Hécate o la de la mujer de la herida en el estómago.

Pero nota cómo unas manos le pasan el amuleto por la cabeza y se lo vuelven a colocar.

Después esas mismas manos le tocan las mejillas.

Le acarician las cicatrices.

Stígmata recuerda cómo se las hizo el viejo Albucio.

«¿Ves? Sigues siendo tú».

INTERLUDIO

ANTES DE AMANECER

En la última hora de la noche, tres hombres recuerdan haber estado en un lugar llamado Mundus Cereris. También recuerdan que no estaban solos, que había otros dos hombres allí.

Esa es la última memoria clara que guardan. Aparte de afirmar que se encuentra bajo tierra, ninguno de los tres podría describir ningún otro detalle de aquel lugar.

Mientras por el este el manto negro de nubes empieza a agrisarse tenuemente, preludiando la alborada, cada uno de ellos se descubre en un lugar diferente.

Sin saber cómo ha llegado allí.

Gayo Mario ya está en su casa. En la galería que rodea el jardín, apoyado en la fría balaustrada que rodea el peristilo, contemplando absorto la forma en que el agua sale por la boca del delfín de piedra esculpido en la fuente que ocupa el centro del patio.

Tiene la vaga impresión de que apenas hace un instante se hallaba en un lugar parecido. O, si no parecido, de que al menos él estaba en la misma posición, con las manos sobre una barandilla también de piedra.

Cuando cierra los ojos e intenta atrapar y concretar ese recuerdo, las sensaciones huyen de él como una mosca que se burla de los dedos que la quieren capturar. Lo único que consigue es que la cabeza le dé vueltas, un vértigo interno que amenaza con hacerlo vomitar.

Es inútil. Se da cuenta de que todo lo ocurrido después de su entrevista con Graco se ha convertido en una nebulosa. Tiene la conciencia difusa de haber visto en algún momento a Artemidoro de Éfeso, el griego a quien representó hace años en un juicio. Incluso de haber hablado con él. Pero la huella que ha dejado en su memoria es tan tenue y efímera como la de una pisada en la arena de una playa barrida por la marea.

En el ejército, Mario se ha acostumbrado a dormir cada vez que tiene ocasión y a despertar cuando el deber o la situación lo exigen. Hombre práctico, renuncia a aferrarse a esos recuerdos que le rehúyen y se dirige a su alcoba, cruzándose con varios sirvientes que le saludan sin extrañarse. No como lo harían con alguien que se acaba de materializar de la nada allí en la casa, que es la sensación que tiene de sí mismo.

Una vez en el dormitorio, se quita el manto y las botas, se tumba en la cama sin desvestirse más y cierra los ojos.

Aunque sea una hora, descansará. En breve empezará la asamblea de los idus de enero.

***

Artemidoro se encuentra ante la puerta de la Torre Mamilia. ¿Cómo ha llegado allí, si hace apenas un parpadeo estaba saliendo de la mansión de Lucio Opimio?

Tiene el frío metido en el cuerpo. No es solo por la temperatura exterior. Es una gelidez que le ha calado hasta lo más hondo. Se debe a lo que ha presenciado en aquella morada. El beso impío, la vesania y la maldad en los ojos del cónsul. A lo que ha estado a punto de ocurrirle a manos de los hombres de Opimio. Sabe que ha salvado la vida por un golpe de azar.

Y a lo que ha sucedido después en aquel lugar subterráneo. Destellos, visiones, sensaciones que solo intuye en confusos fogonazos.

Él no es ciudadano romano, pese a que le parece haber soñado una conversación en que alguien aseguraba que sí, que lo era y que estaba inscrito en una de las tribus urbanas.

Pero no lo es, al menos eso sí lo sabe, como sabe su propio nombre.

Al no ser ciudadano, no tiene por qué asistir a la asamblea.

Tampoco tiene ninguna visita concertada para este día.

Por cierto, ha vuelto de casa de Opimio con las manos y la bolsa vacías, a pesar de que ha sacado adelante a su hija y a su ¿nieto?, en un parto difícil. A veces los ricos son los más mezquinos.

Agarra el aro de la aldaba y empieza a llamar, sabiendo que tendrá que aguantar los gruñidos de Oscio, el portero.

No importa. Sea como sea, hoy no tiene obligaciones. En este día de los idus de enero, Artemidoro se receta para sí la misma cura que para Urania.

Reposo.

Al lado de ella.

Pensar en Urania le alivia de ese frío que se ha apoderado de él.

Cuando se despidieron hace unas horas, llegó a creer de verdad que no volvería a verla.

Las intuiciones no siempre aciertan.

***

Stígmata está plantado ante la Columna Lactaria, donde lo abandonaron de bebé.

No tiene ni idea de cómo sus pisadas lo han llevado hasta este lugar.

Lo que sí recuerda es que esta misma noche, en su camino hacia el Palacio de Hécate, pasó por aquí.

Se acerca al gran pilar de piedra y vuelve a leer el cartel que llamó su atención hace unas horas.

T. Ruscio Galo ofrece quinientos sestercios a quien le dé noticias del paradero de sus hijos, Lucio, de dos años, y Ruscia, de cuatro.

Ojalá lo que vio en esa celda se hubiera perdido también en las brumas que opacan su recuerdo de lo sucedido en el Mundus Cereris. Pero las imágenes del Palacio de Hécate son diáfanas y los olores, intensos, se han quedado incrustados en su nariz.

En la columna hay alcayatas de bronce que la gente ha ido hincando en la piedra a lo largo de los años. Algunas de esas escarpias sujetan carteles como el de Tito Ruscio. En otros se ven objetos diversos, como sonajeros, fragmentos de muñecas, estatuillas, jirones de ropa.

Stígmata cuelga los amuletos de los niños en el mismo clavo que sostiene el pasquín escrito por su padre. Después saca de la bolsa el carboncillo con el que se tiznó la cara y pintó flechas en los túneles del siniestro burdel subterráneo. Debajo del mensaje desesperado del padre, escribe tan solo dos palabras.

Necati. Vindicati.

«Muertos. Vengados».

Solo vengados. No pudo salvarlos.

Al menos, llegó a tiempo para evitar que Sierpe sufriera el mismo destino.

La última vez que vio a la niña, ella había logrado llegar a lo alto del pozo trepando por la cuerda que después cedió bajo su peso.

No, no fue la cuerda, sino la reja, como se temía.

Conociendo a Sierpe, confía en que habrá llegado sana y salva al Hórreo de Laverna. En las calles casi desiertas no puede haberse topado con ninguna amenaza peor que en los túneles del Palacio de Hécate.

Con una última mirada a la columna, Stígmata emprende el regreso a lo más parecido que tiene a un hogar. Sin saberlo, coincide con Gayo Mario en la facilidad que tiene para conciliar el sueño y para despertar cuando es necesario, así que se hace a la idea de descansar una o dos horas. Lo que le permita el patrón. Pues, aunque él no sea ciudadano y no tenga ni derecho ni obligación de votar en la asamblea del pueblo, sabe que va a tener que asistir a ella. Y no precisamente para depositar una tablilla en las urnas.

La noche —esta noche de la que ha olvidado una buena parte— ha sido muy dura.

Pero el día que pronto amanecerá promete serlo aún más.

DOMUS DE GAYO SEMPRONIO GRACO

Hace un rato ya que los gallos cantaron la primera vez. Después han vuelto a hacerlo varias veces, aunque su cacareo se escucha tan mustio y mortecino como todo en este mes de enero entre huraño y melancólico. Las notas habitualmente vivaces han perdido la nitidez de sus agudos, tan embotados como se ven los perfiles de las sombras desde hace días.

Graco, que lleva un rato indeterminado en duermevela, con un pie en el reino de los sueños y otro en el de las obsesiones, abre los ojos.

¿Habrá dormido dos, tres horas?

Si lo ha hecho, su cuerpo parece ignorarlo. Le duele la cabeza, le escuecen los ojos y cada latido de corazón es como un puñetazo dentro del pecho.

Después de su entrevista con Gayo Mario, en lugar de irse a la cama directamente, Graco se quedó un rato leyendo el manuscrito de Artemidoro. Por distraerse.

En el libro 29.º narraremos qué destino corrió Brenno y cómo su muerte dio origen a la leyenda de la maldición del oro de Delfos. También explicaremos las averiguaciones que hemos hecho sobre el paradero del inmenso tesoro expoliado de Delfos, que según los archivos del santuario ascendía a quince mil talentos de oro y diez mil de plata.

Ni siquiera fantasear con esa inmensa suma y lo que podría hacerse con ella —construir un puerto nuevo en Ostia con malecones reforzados para seguir recibiendo trigo en pleno invierno, embellecer con mármol Roma de modo que deje de ser una fea ciudad de ladrillo— logró disipar sus lúgubres pensamientos acerca de la inminente asamblea.

No dejaba de repetirse a sí mismo que el hecho de que Mario interponga su veto como tribuno de la plebe y paralice cualquier votación antes de que se lleve a cabo es tan solo una solución temporal. Una fiesta para hoy, un funeral para mañana.

Por fin, cuando se dio cuenta de que sus ojos agotados se habían quedado atascados en la misma columna de texto, como si las líneas escritas por Artemidoro fueran los vericuetos inextricables del laberinto diseñado por Dédalo y resultara imposible orientarse entre ellas, decidió acostarse y dormir al menos un rato en la alcoba aledaña al despacho.

En esa alcoba se encuentra el lecho que comparte en algunas ocasiones con Filócrates.

Con cierta frecuencia.

A menudo.

Esto último es la forma más precisa y sincera de expresarlo.

Con quien no comparte jamás esa cama es con Licinia.

Cuando duerme con su esposa, Graco va a visitarla al tálamo matrimonial. Un tálamo que más de la mitad de las noches solo ocupa ella. A Graco no le parecería bien acostarse con Licinia, y mucho menos para copular, en la misma cama en que Filócrates se entrega a él.

«Filócrates se entrega a él».

Otra expresión no demasiado sincera.

¿A quién quiere engañar? Filócrates es su esclavo, y es más joven que él. Solo tiene veintidós años. Pero eso no quiere decir que Graco no se haya entregado a él también, y no una, ni dos, ni tres veces.

Todo el mundo entiende qué significa «entregarse» cuando se habla de estas cosas.

¿Qué dirían de él sus muchos enemigos si lo vieran cuando…?

Fuera. Es mejor no pensar en ello, dejar esas imágenes en la intimidad del dormitorio. Hay cosas que deben quedar así. Prácticas que son bellas cuando únicamente las contemplan los ojos de los dos amantes que participan en ellas.

Unos nudillos llaman con timidez a la puerta del cubículo.

—Adelante.

Para sorpresa de Graco, no es Filócrates quien entra, sino Iliria, una joven esclava que también suele atender a su cuidado personal.

Y con la que a veces se ha acostado.

Una experiencia suavemente placentera, pero que no lo llena —en ningún sentido— tanto como el sexo con Filócrates.

¿Qué ha pasado con el joven?

«Puede que se haya quedado dormido».

Sería comprensible, incluso disculpable —Graco no es uno de esos dueños severos que recurren al castigo físico ante cualquier desliz de sus esclavos—. Puede que Filócrates, como él, haya tardado en dormirse.

Está preocupado por su amo. Muy preocupado, de hecho.

Así y todo, es imposible que el joven cargue en su cabeza con todo el peso de los pensamientos que oprimen a Graco y que apenas le han dejado conciliar el sueño un rato cuando la noche ya se acercaba a su final. Por eso, en su caso, es posible que una vez que finalmente se ha dormido, su cuerpo agotado se haya rendido y se le hayan pegado las sábanas.

Iliria, la dulce y algo rolliza Iliria, trae una palmatoria que proyecta a su alrededor un globo de luz, creando la ilusión de que hay un torso y una cabeza flotando en la oscuridad del cubículo. Después, con una fina y alargada varita de cedro va encendiendo velas por la estancia, disolviendo poco a poco las sombras.

Las exteriores. Para deshacer las tinieblas que se han quedado a habitar en los pensamientos de Graco haría falta no una esclava con una mecha, sino el mismo Prometeo con la antorcha que le sirvió para robar el fuego del carro de Helios.

Una vez que Graco se levanta, Iliria le ayuda a quitarse la subúcula con la que ha dormido y lo lava de arriba abajo con una esponja que escurre y vuelve a empapar en una palangana de agua caliente que acaba de traer otra esclava.

Aunque no es la labor de un secretario, muchos días es Filócrates quien le baña. Mientras le pasa la esponja, el joven suele hacer comentarios sobre las proporciones de adolescente del menudo cuerpo de Graco. «Pareces tú el efebo, y no yo», comenta sonriendo.

Pensando en Filócrates, Graco tiene un amago de erección en el momento en que Iliria le pasa la esponja por las ingles. La esclava malinterpreta la reacción física y, pensando en satisfacer a su amo, insiste en restregar esa zona.

Graco le aparta la mano con suavidad.

—No. Venga, sécame ya.

Iliria obedece. Después le pone a su amo dos túnicas limpias. La interior sin costuras y la exterior que luce las dos franjas púrpura a las que Graco tiene derecho por su condición de noble.

—El sol no ha salido todavía, amo —le dice Iliria mientras termina de vestirlo—. Pero debe de estar a punto de asomar.

—Si es que llega a verse —responde Graco, dando unos sorbitos de la copa que le ha traído la esclava.

Otros desayunan con vino. Él, salvo en verano, bebe agua calentada en el fogón. No tanto como para abrasarle la lengua, pero sí para disolver las flemas del pecho y tonificar el cuerpo.

Una costumbre que Graco tomó de su hermano, quien a su vez la había adquirido de su padre.

Aunque los postigos de la ventana siguen cerrados —hace demasiado frío aún para ventilar la habitación—, por la opresión que siente en la cabeza y el cuello, como si llevara encasquetado hasta los hombros un pesado yelmo de gladiador, Graco adivina que el cielo está encapotado, tan bajo como si quisiera aplastar la tierra.

Como ayer. Como anteayer. Como en los últimos días. Tantos que no recuerda cuándo fue la última vez que vio brillar el sol en un cielo despejado.

—Qué días más tristes, amo. ¿Alguna vez volverá la primavera?

—Claro, Iliria. No temas. La primavera siempre vuelve.

Eso diría Artemidoro, convencido de que las leyes de la naturaleza son regulares, de que el ciclo de las estaciones y la vida sigue un ritmo predecible.

Sea tal como lo explica el griego, porque el sol seguirá desplazándose por su ruta programada a través de equinoccios y solsticios —o algo parecido—, o bien, como cree el vulgo, porque Proserpina ascenderá de los infiernos para reunirse de nuevo con su madre Ceres, Graco está convencido de que en algún momento llegará la primavera.

Lo que no sabe es si habrá primavera para él.

***

Una vez aseado y vestido, Graco se sienta en su tablino. En el mismo sillón en el que ayer estaba escuchando la lectura de Artemidoro mientras lo afeitaba Ulpio. Cuando apareció su madre y le habló de aquel inquietante sueño suyo.

No, inquietante no. Aterrador.

«El hombre de las cicatrices. El del cuchillo. Mañana, él te matará».

Y eso se lo dijo ayer. Mañana es hoy.

La puerta se abre sin un ruido y entra Filócrates. Los ojos de Graco se han quedado fijos durante unos instantes en una falsa lejanía, la que crea el jardín de trampantojo a medio terminar pintado en la pared. Está tan cansado, ha dormido tan mal, que le cuesta unos segundos despegar la mirada de allí y fijarla en su esclavo.

El gesto de Filócrates revela algo más que preocupación. Trae el rostro desencajado.

—Te ruego que me perdones, *kyrie*.

Kyrie y no *domine*. Entre ellos, suelen hablar en griego. Es una orden de Graco. Por una parte, le sirve para no perder la práctica en la lengua de Platón y, por otra, hace más complicado que los demás se enteren de sus conversaciones.

(Al menos, en eso ha confiado todo este tiempo).

—No te preocupes si se te han pegado las mantas, buen amigo —responde Graco—. Sé por tu gesto de consternación que no te volverá a ocurrir.

—En verdad estoy consternado, señor, pero no es por eso.

—Entonces ¿qué ocurre?

—He mandado a Iliria a atenderte porque quería comprobar antes qué cosas faltaban en el tabulario.

Los últimos vapores de sueño que obnubilaban la cabeza de Graco se esfuman.

—¿Cómo? ¿Es que nos han robado?

El tabulario es una habitación interior, sin ventanas y cerrada con llave, un archivo donde Graco guarda joyas, dinero en metálico y documentos importantes.

—Me temo que sí.

—¿Quién puede haber sido?

Alguien de dentro, añade para sí. Si hubieran entrado ladrones en la noche, alguno de los habitantes de la casa lo habría oído. ¿O no?

Filócrates traga saliva.

—Nadie ha visto a Ulpio desde ayer, amo.

—¿Ulpio? ¿El viejo Ulpio?

—Así es. Después de afeitarte ayer, salió de casa sin dar explicaciones y ya no volvió.

Graco mira a su espalda, como si esperase encontrar detrás de él un espectro, una proyección fantasmal del viejo esclavo.

¡Ulpio!

No puede ser que ambos hechos estén relacionados.

¿Un robo y Ulpio? ¿El mismo barbero que afeitaba a su padre cuando Graco todavía no había nacido?

Trata de aclarar sus pensamientos y serenarse. Aunque solo sea para contagiar su calma a Filócrates, que no deja de retorcerse los dedos. El joven tiene los ojos clavados en el suelo, donde no va a encontrar nada.

—Vayamos por partes —dice Graco—. ¿Cómo han entrado en el tabulario, sean quienes sean? ¿Han forzado la cerradura?

—No lo parece, amo. Todo indica que quien sea tenía una copia de la llave. Ha abierto y después ha vuelto a cerrar.

Graco empieza a comprender las sospechas de Filócrates.

¿Quién puede sacar una copia de la llave sino alguien de la casa?

Si es así, si alguien de dentro ha robado, lo normal es que desaparezca para evitar el castigo.

¿Y quién ha desaparecido, por lo que se ve, sino Ulpio?

—También debía de tener una copia de la llave del arcón —añade Filócrates.

El arcón. Un cofre de tres pies de largo, reforzado con barras de hierro y bollones de bronce. De la llave del grueso candado que lo cierra solo hay dos copias. Una la tiene Graco, la otra Filócrates.

O eso creía Graco hasta ahora.

—¿Cómo es posible? ¿Has dejado tu llave por ahí en algún momento?

Filócrates se ruboriza. Rebusca debajo de su túnica y tira de un cordel para mostrar el colgante que lleva al cuello. En él hay dos llaves, la del archivo y la del arcón de marras.

—Nunca me las quito, señor. Tú... lo sabes.

Sí, Graco lo sabe. Ni desnudo se desprende el joven de aquella muestra de la confianza de su amo.

Es más fácil que sea él quien se haya descuidado en algún momento dejando las llaves al alcance de...

Quien sea.

¿Cuántas veces se adormila mientras Ulpio le masajea la cabeza y la nuca después de afeitarle y aplicarle bálsamo relajante en las mejillas?

Pero ¿cómo va a ser Ulpio?

«Ulpio es de confianza», le dijo ayer Graco a su madre. Alguien de la familia.

Y, sin embargo, ¿no es cierto que a menudo la semilla de la traición anida en la propia familia?

—Si las cerraduras no se veían forzadas, ¿qué te ha hecho entrar en el tabulario y abrir el arcón?

—No lo sé, amo. Supongo que sospechaba algo. Ulpio entra y sale a menudo, es de confianza, pero los demás criados me han dicho que nunca había pasado una noche fuera de casa. Hasta ahora.

—Puede que le haya pasado algo. Ya es viejo. ¿Y si…?

—También lo pensé, señor. Pero, por si acaso…

—Has decidido entrar en el archivo.

Filócrates asiente.

Graco se levanta del sillón, se acerca al esclavo, le agarra la barbilla entre los dedos y tira de ella con suavidad.

—Mírame a los ojos. Abre tu corazón. Es a mí a quien estás hablando.

Filócrates lo hace.

El joven esclavo griego ha sido siempre tan puro, tan inocente. Sus grandes ojos pardos combinan de manera improbable y peculiar una inteligencia aguda con una especie de ingenuidad primigenia. Son ojos capaces de comprender y discernir lo oculto, pero sin esconder ellos mismos oscuros secretos.

Incluso cuando se entrega físicamente a él, Filócrates lo hace con tal limpieza, con una entrega tan sincera que Graco no se ha sentido sucio como le ha ocurrido en el pasado al tomar a otros siervos o esclavas.

—En los últimos días notaba raro a Ulpio, señor.

—Raro, ¿cómo?

—Nervioso. Con la mirada huidiza. Se sobresaltaba por todo y…

—¿Y?

—¿Recuerdas que ayer estuve un rato aquí mientras Artemidoro te leía su libro y Ulpio te afeitaba?

—Sí, me acuerdo.

—Me dio la impresión de que… estaba muy interesado en la lectura. —Filócrates hace una pausa, traga saliva y añade—: Como si entendiera las palabras de Artemidoro.

Graco está a punto de negarlo. Imposible, Ulpio no sabe griego. Después se da cuenta de que los esclavos prestan mucha más atención que los amos a lo que hacen otros esclavos y a cómo se comportan.

Ser distraído, no tener todos los sentidos puestos en el entorno, es un lujo que solo pueden permitirse los hombres libres —y ricos— como Graco. Nunca un siervo como Filócrates.

—Dime, entonces, mi querido amigo. ¿Qué nos falta? ¿Qué ha desaparecido?

—Una bolsa que contenía mil denarios.

Graco asiente. Un delito suficiente para condenar a muerte a un esclavo infiel. Pero no es un robo tan grave como para hacer que se tambaleen sus finanzas.

—¿Qué más? ¿Han robado acaso mi testamento?

—No, señor. Sigue en el cofre, con los sellos intactos.

Graco redactó sus últimas voluntades hace un año. Una de las cláusulas es que, a su muerte, Filócrates obtenga la libertad. Junto con una casita en las afueras de Roma y cien mil sestercios.

Ahora piensa que, en cuanto pueda, se adelantará a su propio testamento y manumitirá al joven esclavo, manteniendo las mandas del dinero y el predio. De esa manera, el vínculo entre ambos será de liberto y patrón, no de esclavo y amo.

Un vínculo que se parece más a la verdadera amistad, aunque siga habiendo alguien encima y alguien debajo.

Graco recuerda el dicho sobre las relaciones sexuales entre varones. «Dejarse usar por otro en un esclavo es una obligación y en un liberto un favor. Pero en un hombre libre es un crimen». Crimen que, si sale a la luz, acarrea la infamia y la pérdida de la ciudadanía.

Lo que ellos dos hacen no es usarse, se argumenta a sí mismo Graco, y no por primera vez. Lo suyo es algo diferente. Solo alguien dotado de la sutileza del gran Platón sería capaz de expresarlo, de la forma sublime en que lo hizo al escribir sobre el amor en su *Banquete.*

Filócrates sigue enumerando lo que falta.

—Se han llevado los títulos de propiedad de la villa de Bayas. —El joven se apresura a añadir—: Eso no es tan importante, hay otra copia en Bayas, y además las escrituras están a tu nombre y nadie va a aparecer allí haciéndose pasar por ti.

—Lo sé. ¿Qué más?

—Los contratos de tres préstamos. Concedidos por ti.

El colofón es innecesario. En estos momentos, Graco no le debe dinero a nadie. Se lo deben a él.

Empieza a sentir una seria inquietud.

—¿Cuáles?

—Los de Tito Avidio y Tiberio Semproniano.

No son demasiado importantes.

Pero sospecha cuál es el tercero, el que Filócrates ha dejado para el final.

—El otro préstamo es el de Quinto Servilio Cepión.

Graco siente que el suelo se hunde bajo sus pies.

Su amigo —que lleva sin visitarlo desde que Graco perdió el tribunado—. Su contubernal.

Y también el hombre que le debe cinco millones de sestercios. No es una cifra baladí.

¿Es dinero suficiente para traicionar su amistad, sobornando a un esclavo para que robe de su casa el documento del préstamo?

Mucho se teme, conociendo al personaje, que la respuesta es afirmativa.

Recuerda las palabras de Mario sobre Cepión en su conversación de anoche.

«Si estuviera colgado de un precipicio y tuviera que elegir para no caer al vacío entre la mano de Cepión y una rama podrida y seca, me agarraría a la rama sin vacilar».

O el consejo de su madre cuando Graco le contó que le iba a prestar esos cinco millones.

«No lo hagas. Ese supuesto amigo tuyo no es más que una sanguijuela que solo busca aprovecharse de ti».

Evidentemente, Graco no hizo caso a su madre.

Lo que más le preocupa no es el dinero en sí.

Lo peor es que, si Cepión ha actuado así en verdad, es porque de algún modo se siente seguro de que él, Graco, no va a poder reclamarle la deuda ni echarle en cara que haya organizado el robo del documento que certificaba el préstamo.

Y, si se siente seguro de ambas cosas, debe de ser porque está convencido de que Graco no va a vivir para ver otro día.

Con un pesado suspiro, Graco vuelve a sentarse en el sillón.

—Mi buen amigo —le dice a Filócrates—. ¿Puedes decirle a Iliria o a Lolia la peinadora que vengan a afeitarme? No quisiera presentarme ante el pueblo romano con las mejillas sin rasurar.

El joven esclavo se acerca a él y se permite la familiaridad de pasarle la palma de la mano por el rostro. Lo hace con suavidad, pero el frufrú de la piel contra los ásperos cañones de la barba es perfectamente audible.

—Si confías en mí y en mi pulso, señor, puedo hacerlo yo mismo.

—Claro, mi querido amigo. Confiaría mi vida en tus manos.

Aunque a Filócrates se le escapara la navaja en un ataque de tos incontrolable, Graco duda mucho que su vida corra peligro en sus manos.

El joven esclavo no tiene cicatrices.

No puede ser él el hombre que apareció en la pesadilla de su madre.

Hay muchos hombres con cicatrices de todo tipo.

Pero Graco tiene una idea de quién puede ser el que apareció en el sueño de la hija de Escipión.

EL FORO I

Dentro del recinto sagrado del pomerio está prohibido portar armas.

La norma rige desde los tiempos en que Rómulo trazó las líneas de ese contorno. Lo hizo clavando en la tierra un arado del que tiraban un buey y una vaca, el primero por la parte que marcaría el exterior de la ciudad y la segunda por el interior. Sobre la estrecha zanja abierta de aquel modo debían excavarse los cimientos que sustentarían los muros de la nueva ciudad, hilada tras hilada de sillares amarillos extraídos de la roca volcánica de la región.

Fue una tarea dura. A fuerza de apretar la esteva de madera de encina que guiaba el arado, las manos de Rómulo quedaron salpicadas de ampollas. Aun así, el hijo de Rea Silvia y Marte no quiso que lo relevara ninguno de los jóvenes que lo acompañaban en la fundación de la nueva ciudad. Ni siquiera su hermano Remo, el gemelo que había mamado junto a él de las ubres de la loba.

Una vez cerrado el perímetro en el mismo punto del que había partido, Rómulo promulgó su primer decreto. En tanto se edificaban las murallas, quien quisiera entrar en la nueva ciudad tendría que hacerlo obligatoriamente por los puntos del surco que había señalado como enclaves donde se levantarían las puertas.

—¡Lo contrario será un sacrilegio y como tal lo castigaré! —anunció, mientras se secaba con un trapo la frente empapada de sudor.

De forma inesperada —o tal vez no—, quien primero transgredió su orden fue su propio hermano. Mucho se discutiría la razón de su acto. ¿Estaba escocido debido a que los auspicios lo habían relegado a segundón? ¿O se trató de una chiquillada debida a que no tenía ganas de molestarse en dar un absurdo rodeo de quinientos pasos?

Fuere por el motivo que fuere, Remo derrumbó con una patada despectiva el caballón de tierra amontonada, germen de la futura muralla, y después se plantó al otro lado del surco con un grácil brinco.

—¡Con qué facilidad se puede saltar tu muralla, hermano!

La broma no hizo reír a Rómulo. Convencido de que, aunque ambos eran gemelos, era él quien debía ostentar la primacía en solitario, respondió abriéndole la cabeza a Remo con una azada. Con el cuerpo de su hermano todavía caliente tendido junto al surco, declaró:

—¡Que así pague con su vida quienquiera que se atreva a franquear nuestras murallas!

De haber ocurrido al contrario, la ciudad se habría llamado Remoria en lugar de Roma.

Tal vez en algún afluente del río del tiempo exista una Remoria tan poderosa como la Roma actual. Pero eso únicamente lo saben la gran diosa y aquellos —y sobre todo aquellas— a quienes tiene a bien revelarles esos conocimientos.

***

Es la segunda hora del día. De camino a la asamblea, pasado el Foro Boario, los Lavernos dejan atrás un *cippus*, uno de los mojones de piedra que marcan el límite donde empieza el pomerio.

Es curioso, reflexiona Stígmata, que en el mismo origen de ese recinto sagrado donde está prohibido derramar sangre humana se vertiera ya la de Remo.

Evágoras tenía una explicación para esa paradoja.

Lo cierto era que el viejo maestro parecía tener explicaciones para todo.

Si no las tenía, se las inventaba.

—¿Cómo no iba a correr la sangre en el origen de vuestra ciudad si vuestros fundadores fueron criados por lobos? Por eso toda vuestra ciudad es una manada depredadora. ¡Si lo único que os falta para ser bestias por completo es que os brote pelo por todo el cuerpo como a los arcadios y después echaros al monte a aullar a la luna llena!

Evágoras solo se explayaba así cuando se le subían al mismo tiempo el vino que le servía Víbula en la taberna de su padre y el rencor contra Roma, la ciudad que tenía sojuzgado a su antaño orgulloso pueblo.

Con todo, Evágoras no perdía por completo la prudencia. Por eso, soltaba sus soflamas en griego. Idioma que Stígmata aprendió a entender, pero que nunca ha sido capaz de hablar con fluidez.

Sea cual sea el origen de la tradición de no recurrir a la violencia en el pomerio, se respeta tanto como casi todas las demás leyes de la ciudad.

Es decir, a veces poco y a veces nada.

No hay un solo día en que la sangre no corra dentro de aquel recinto supuestamente sagrado que coincide más o menos con el perímetro de la muralla.

Stígmata lo sabe porque en más de una ocasión ha derramado esa sangre él mismo. No como gladiador, ya que los *munera* se celebran en el Foro Boario, que se encuentra fuera del pomerio. Pero sí como sicario de Septimuleyo o, con menos frecuencia, siguiendo sus propios intereses.

No tiene que rastrear demasiado lejos en su memoria. No hace tantas horas que se ha cobrado un buen número de vidas.

Nada menos que siete. En una sola noche. Todas dentro del recinto sagrado. Aunque algunas hayan sido bajo tierra.

Incluso para él, esa es una marca que nunca había alcanzado. Siete vidas. Una por cada colina de Roma. Una por cada uno de los reyes que la gobernaron en el pasado.

¿Cuántas vidas tendrá que quitar hoy?

Solo unas pocas más, se promete. Después se irá lejos. Dejará de ser él. Se convertirá en otra persona.

Pero de momento sigue siendo Stígmata. Uno más de los Lavernos, encaminando sus pasos hacia el Foro por la calle Yugaria con otros miembros del clan.

Son treinta, incluyendo al patrón. Habrían sido treinta y uno de haberse mantenido el mismo número que se reunió hace unas horas en el Hórreo de Laverna. Pero Vulcano sigue clavado a la mesa. Sin rostro y, sobre todo, sin vida, poco tendría que aportar.

Pese a la prohibición ancestral, van armados.

—No he conocido a un pueblo que redacte tantísimas leyes como vosotros, los romanos, para después saltárselas.

Otra de las máximas de Evágoras.

Expresada asimismo en la lengua de Platón. Por si acaso.

Como no quieren exhibir a las claras el sacrilegio que están cometiendo, los Lavernos llevan las armas ocultas bajo la ropa. Aunque la propia vestimenta que han elegido delata, de alguna manera, sus intenciones. En lugar de la aparatosa toga, la prenda oficial de los ciudadanos romanos que hoy lleva la mayoría de los asistentes a la asamblea, ellos se arrebujan en mantos y capotes más cortos que se abrochan en los dos hombros y que no hay que estar agarrando y recomponiendo todo el rato para que no se caigan y los hagan tropezar.

Una ropa mucho más apropiada si en algún momento hay que correr o pelear.

Aun así, con el día de perros que hace también tienen que aferrarse los faldones de los abrigos para que el aquilón, el hosco viento del norte que no deja de soplar y que a ratos se enrabieta como un niño malcriado, no los levante y deje al descubierto los pomos de puñales y espadas o los mangos de los martillos.

Deben de creer que los ojos de los dioses son más miopes que los de los mortales y que sus cerebros están más adormilados.

Quizá lleven razón. Está por ver que alguna divinidad, o al menos el espíritu justiciero de Rómulo, castigue en el acto a quienes mancillan con sangre el sagrado pomerio.

Si eso ha de ocurrir alguna vez, Stígmata espera, al menos, que la venganza del cielo no recaiga precisamente sobre él. Habiendo tantos candidatos a ser fulminados por un rayo, mala suerte sería.

Aunque, vuelve a preguntarse, ¿cuántos de esos candidatos han matado a siete hombres en una sola noche?

A uno de ellos, Licinio Calvo, le habría dado muerte siete veces siete si hubiera estado en su mano. Incluso a alguien acostumbrado a la violencia y la crueldad desde su infancia le provoca estremecimientos recordar lo que presenció en aquella celda.

Estremecimientos que se convierten en sudor helado pensando que, si hubiera aparecido tan solo un poco más tarde, se habría encontrado a Sierpe en el mismo estado que a esos desdichados niños.

¿Dónde se habrá metido la condenada cría? Según le ha contado Alba antes de salir del Hórreo, Sierpe andaba zascandileando por el almacén desde antes de amanecer.

Al menos, saber que fue capaz de volver desde el Palacio de Hécate sin más incidentes tranquiliza a Stígmata.

—No sé en qué pelea se habrá metido ese diablillo, pero tenía media cara hinchada como si le hubieran metido una coz —le dijo Alba.

También le comentó que había visto a la niña hablando con Septimuleyo. Un buen rato, muy callada y seria y asintiendo con la barbilla como una alumna aplicada que atiende a su lección.

Esto ha dejado a Stígmata más inquieto. Si va a haber *tubultos*, preferiría que la niña no tuviera que llevar a cabo ningún encargo para el patrón. Pero mucho se teme que es precisamente lo que pretende Septimuleyo.

En fin, piensa, si Sierpe consiguió salir con bien de lo de anoche, es que los dioses están decididos a protegerla. Tendrá que confiar en que sigan cuidando de ella.

***

Los Lavernos no son los únicos de aquella concurrencia que quebrantan la norma de no llevar armas. Stígmata está más que seguro de que, entre las miles de personas que convergen en el Foro, hay una gran proporción que también esconde porras, dagas, machetes o espadas, aunque sea debajo de las elegantes togas.

Incluidos los partidarios de Graco. El hombre cuyas reformas pretende abolir el tribuno Minucio Rufo.

Acerca de este último individuo, Oráculo, que siempre se las da de enterado, va comentando:

—Minucio Rufo no es más que una marioneta del cónsul. Opimio le paga para que convoque la asamblea y proponga los decretos que él le lleva ya escritos.

—¿Por qué no lo hace él mismo? ¿No dicen que el cónsul es el tío más poderoso de Roma?

La pregunta la ha hecho el gigantón Búfalo, mientras se hurga una de sus orejas de repollo. Lo hace con tanto afán como si su dedazo fuera a encontrar entre aquellos recovecos una olla repleta de denarios de oro.

—Porque el cónsul no puede convocar la asamblea plebeya en el Foro —responde Oráculo.

—¿Por qué no?

—Porque la asamblea plebeya la convocan los tribunos de la plebe. El cónsul puede convocar la asamblea por centurias, y esa se tiene que reunir en el Campo de Marte.

—No lo entiendo.

—Menos mal que Roma puede seguir existiendo sin que tú entiendas las cosas, pedazo de acémila.

Los demás se ríen, con carcajadas tanto más sonoras cuanto mayor es la distancia que los separa de Búfalo. La respuesta de este es hacerle una higa a Oráculo con el mismo dedo lleno de roña y de cera con el que se acaba de escarbar la oreja.

Podría ser peor. De tenerlo a distancia de puñetazo, a buen seguro lo deja sin dientes.

Septimuleyo no dice nada. Tampoco se ríe con sus subordinados. No deja de mover los dedos murmurando para sí, como si contara monedas.

Quizá es lo que esté haciendo. Calcular cuánto pesa una cabeza y cuánto vale si le quita cuatro onzas por darse el gusto de arrancarle la cara a Graco.

Sobre ese particular, antes de salir del Hórreo, Stígmata le preguntó a Polifrón, el contable de Septimuleyo, por la equivalencia de las cuatro onzas de oro que pesa el pellejo arrancado de una cara. (Al menos, eso era lo que pesaba el de Vulcano).

Polifrón no vive en el Hórreo de Laverna, sino en el piso bajo de una ínsula en el Laureto, un antiguo bosque de laureles del Aventino que fue talado para levantar bloques de apartamentos. No obstante, se presenta todas las mañanas ante Septimuleyo como si fuera el cliente de un patricio realizando la *salutatio* ceremonial en casa de su patrón.

Polifrón nunca rinde explicaciones de sus libros de cuentas. En cambio, si se le pregunta sobre otros asuntos, puede ser tan expansivo y didáctico como el difunto Evágoras.

—A ver. Cuatro onzas son veinticuatro denarios. Considerando que el oro se está pagando por doce veces su peso en plata… —Los ojillos miopes del griego se mueven de una forma muy peculiar cuando calcula, como el reflejo de la luna titilando en el agua de un estanque tras tirar una piedrecilla—. Ahora mismo serían exactamente mil ciento cincuenta y dos sestercios.

Por lo que sabe Stígmata, eso es lo que puede ganar un albañil sin cualificar en dos años y medio.

O lo que se puede gastar gente como Cepión en que le confeccionen una túnica.

En cualquier caso, Stígmata se alegra de no estar en el pellejo de Graco.

Literalmente.

Mucho se teme que Septimuleyo, por más apego que le tenga al dinero, será capaz de renunciar a esas cuatro onzas de oro por el placer de desollar el rostro del extribuno.

Cuatro onzas.

Mil ciento cincuenta y dos sestercios.

¿Cuánto puede pesar una cabeza entera?

¿Quince libras?

Eso es una cantidad respetable de oro.

Ah, ese metal…

El oro en general y, en particular, las monedas acuñadas en él han despertado su fascinación desde que era niño. Seguramente, se trata del hechizo seductor que ejerce lo que nos resulta inalcanzable.

Cuando Stígmata era un crío que todavía mendigaba por los callejones del Aventino, algunas noches soñaba que encontraba una moneda de oro en el suelo. Con un rostro grabado que, en lugar de contemplar el infinito de perfil, lo miraba a él de frente y le sonreía. Cuando la recogía para esconderla bajo la túnica, veía otra, y otra más, cada vez más juntas, un reguero que lo conducía hasta un tesoro escondido…

Y entonces, como ocurre con los sueños eróticos cuando alcanzan el punto en que la recompensa parece al alcance de la mano, de los labios o de otras partes del cuerpo, despertaba.

Para descubrir que seguía tirado en el suelo del último piso de la ínsula Pletoria, tan pobre como siempre.

De adulto, Stígmata ha dejado de tener aquel sueño. Pero no de pensar en el oro.

No lo codicia por su brillo ni por su propia esencia, como les ocurre a tantos avaros. (Como Albucio, del que se descubrió al morir que guardaba bajo las tablas del suelo de su cubículo un pequeño tesoro de monedas de oro griegas y cartaginesas, equivalentes a más de cincuenta mil sestercios, y sin embargo vivía como un miserable. Ni siquiera su afición al jarro vencía a su tacañería, y siempre andaba buscando al vinatero que le vendiera la bebida más barata aunque apenas se distinguiera del vinagre).

Stígmata codicia el oro porque es la forma más concentrada, más densa de poseer riqueza.

La riqueza compra la libertad.

Libertad para deambular por donde quiera. Para bajar por el Tíber hasta Ostia y embarcar en un barco que lo lleve a alguna de esas ciudades que con tanto detalle le describía Evágoras en la taberna de Vibio. Masalia, Siracusa, Cartago —la Cartago de Hispania, no la que destruyó hace no mucho tiempo Escipión Emiliano—. Atenas, ¡ah, la vieja y sabia Atenas! Éfeso, Pérgamo. La fabulosa Alejandría. Incluso, ¿por qué no?, cruzar al mar Eritreo y desde ahí viajar a lugares remotos como la India o la isla de Taprobana.

—Y a Hiperbórea —añadía Stígmata cuando hablaba de sus sueños de futuro con el maestro.

—¡A Hiperbórea mejor no!

—¿Por qué no?

—Allí solo encontrarás frío, oscuridad y guerreros salvajes que no conocen el vino ni el pan.

—¿Y de qué se alimentan, maestro?

—¡De sangre y carne humanas! —respondía Evágoras, abriendo mucho los ojos como si con eso fuera a dar miedo al muchacho.

De Hiperbórea no, pero de regiones del Septentrión lejano sí que ha conocido Stígmata a algún que otro individuo. Celtas de la Galia, belgas, y también bárbaros de más al norte, rubios y de piel lechosa que enrojece al sol como el caparazón de un cangrejo hervido. Tipos grandes y duros. Pero Stígmata no los ha visto ni beber sangre ni comer carne humana, y sí aficionarse al vino y al pan. Precisamente por eso, por volverse glotón, gordo y lento a cuenta de su amor por el pan y el vino, Stígmata mató a uno de esos bárbaros, el galo Mirtilo, por orden de Septimuleyo.

(El famoso chiste sobre los bracitos demasiado cortos para masturbarse también tuvo que ver, obviamente).

Esa es otra de las razones por las que Stígmata quiere oro, cuanto más abundante mejor.

No para comprar su libertad. Más bien para robarla.

Septimuleyo ya ha obtenido beneficio más que suficiente de él. Cuando Stígmata tenga bastante dinero, no piensa malgastarlo pagándole para liberar su contrato y dejar de ser un *auctoratus*.

Lo usará para desaparecer.

Sabe de sobra que su patrón jamás lo dejará libre. Y que un día, cuando haya perdido reflejos y agilidad como Mirtilo, o cuando se encuentre enfermo del mal que sea, Septimuleyo ordenará a otro gladiador que aproveche para clavar su espada en la femoral o la yugular del aborrecido y ya no tan necesario Stígmata.

Eso si no ordena antes que lo liquiden a traición.

O que le den «salida», en la jerga que suelen usar los Lavernos para referirse a esos asesinatos.

«Eso no ocurrirá», se promete Stígmata, mientras se encamina al Foro.

Si toda va bien, hoy conseguirá oro. De verdad, tangible, pesado, no como el del sueño.

No porque él vaya a cobrarse la cabeza de Gayo Graco. Es impensable que se le permita llegar hasta el cónsul Opimio estando Septimuleyo de por medio.

Pero sabe dónde hay más oro y, sobre todo, mucha más plata. En forma de monedas.

En casa de Rea y de Tito Sertorio.

Concretamente, en el despacho de este último. En un arcón clavado al suelo y reforzado con sólidos herrajes.

Stígmata no lo ha visto en sus visitas a la domus, pero Cepión sí. Y Cepión se lo ha explicado a Septimuleyo, quien a su vez le ha hablado de ello a Mamerco.

Y Sierpe, que lo escuchó todo o casi todo, se lo contó anoche a Stígmata justo antes de que él se descolgara por el pozo para entrar al Palacio de Hécate.

Hay otras cosas de anoche que no consigue recordar bien. Conversaciones, lugares, memorias y sensaciones vagas que siguen envueltas en espesos cuajos de niebla.

Pero de esa charla con la niña sí que se acuerda perfectamente.

Stígmata no tiene las llaves de ese arcón.

Otras llaves, sí. Las que lo ayudarán a llegar hasta el cofre.

Desde los tiempos de la ínsula Pletoria, cuando empezó a forzar cerraduras con alambres, Stígmata ha progresado mucho. En la misma bolsita donde guarda la yesca tiene un pequeño surtido de ganzúas fabricadas por el herrero Indortes, siguiendo sus instrucciones.

Con ellas, espera poder descerrajar ese arcón blindado.

«En cuanto Stígmata abra la caja, tú le das...».

Eso escuchó Sierpe, sin llegar a distinguir las últimas palabras de Septimuleyo.

Stígmata sospecha a qué se refería el patrón y qué pretende que le dé Mamerco cuando consiga forzar los candados del baúl.

No piensa dejarse pillar por sorpresa.

En cuanto al dueño de la casa, después del susto que le dio anoche Stígmata al sacarlo del cubículo que compartía con esa mujer de volúmenes monstruosos, confía en que Tito Sertorio le habrá hecho caso y se habrá marchado de Roma llevándose solo lo más imprescindible.

Es evidente que el esposo de Rea no es el hombre más valiente del mundo.

Así que Stígmata espera encontrarse la casa vacía.

De todos los moradores humanos de la mansión, quien más le preocupa es ese gigante norteño, Dagulfo. Es aún más alto que Búfalo. Tal vez no pese tanto, pero porque no tiene apenas grasa en el cuerpo, solo músculo.

Stígmata preferiría no enfrentarse a él. Hay algo noble, casi infantil en la mirada de Dagulfo. Pero, si tiene que quitarlo de en medio, lo hará.

Otra cosa es cómo se las arreglará con Mamerco y cualquier otro Laverno que esté con él en ese momento.

«Cuando llegue a ese río, cruzaré ese puente», se dice Stígmata.

Curiosamente, esa frase hecha no tardará en cumplirse para él de forma literal.

***

En cuanto a las dudas de Búfalo sobre qué magistrados tienen potestad para convocar según qué tipo de asambleas, Stígmata no habría sabido qué contestar.

No por falta de entendederas como el pugilista, al que apenas le entran en la cabeza los rayitos de luz que se cuelan por un postigo cerrado en un día nublado como este, sino porque nunca le han interesado demasiado las sutilezas políticas.

¿Qué le importa a él si la asamblea es por centurias, por tribus o por piaras, si la convoca el cónsul, el tribuno, la vestal suprema o la puta madre de todos ellos?

Como *auctoratus* que es, no puede votar en ninguna de ellas, a no ser que alguien proponga algún día crear los *comitia infamium*, la asamblea de los infames. Al igual que ocurre con más de la mitad de los esbirros de Septimuleyo que acuden hoy al Foro, él asiste a aquella multitudinaria reunión como músculo, no como cerebro.

En cualquier caso, aunque se le puedan escapar algunos hilos de la madeja política, hay algo que Stígmata sí capta perfectamente.

La tensión.

Flota en el aire. Se respira. Se masca como el polvo en los días de calima.

—Esto va a acabar como el día en que mataron al otro Graco. Te digo yo que va a correr la sangre.

Stígmata se vuelve al oír esas palabras. Las ha pronunciado un anciano que camina con paso trabajoso junto a otro hombre que lo lleva agarrado por el codo y que puede ser su hijo o tal vez su nieto. Los dos vienen por el mismo camino que ha traído a la familia Septimuleya hasta el Foro, la calle Yugaria, dejando a la izquierda la severa fachada de ladrillo sin encalar del Templo de Saturno, sede del erario.

Cuando el viejo habla, su nariz ganchuda y bulbosa hace unos movimientos gelatinosos en los que amenaza con desplomarse como un edificio en ruinas y juntarse con su boca desdentada. A Stígmata le asalta por un momento la imagen del repugnante narigón de Albucio y su mano roza de forma involuntaria el bulto del pomo de la espada bajo el manto, como si pensara en castrar otra vez al personaje que lo violó y torturó de niño.

El vejete se limpia la nariz con el borde de la toga —quizá el tono amarillento de la prenda no se deba tan solo al desgaste del tiempo—, y añade:

—Pero se lo tienen bien ganado. Todos esos Sempronios son unos engreídos que se creen que su mierda huele a rosas. Y para colmo por parte de madre son nietos de Escipión. ¡Para qué queremos más!

—Escipión era un gran hombre. De no ser por él, estaríamos hablando púnico y sacrificando niños a algún dios caníbal, padre.

Así que es el hijo. La curiosidad genealógica de Stígmata queda disipada.

A fuer de sinceros, no es que fuese a desvelarlo por las noches.

—¡Bah-bah-bah-bah-bah! —responde el viejo con un tonillo irritante, clavando el bastón en el suelo para enfatizar cada sílaba—. Gran hombre, gran hombre, ni que las batallas las hubiera ganado él solo. Mi padre, que estuvo en Zama, me contó que…

Ambos siguen su camino. El viejo pretende abrirse paso entre los tipos más patibularios del clan de Septimuleyo, pero el hijo tira de él para rodearlos. Sin duda, una medida más prudente. Enseguida se funden entre la multitud, por lo que Stígmata deja de escuchar sus palabras.

En cualquier caso, el anciano lleva razón.

Va a correr la sangre. Stígmata no alberga la menor duda.

El Foro se ve cada vez más abarrotado. Sobre todo, en la parte occidental, donde se encuentran el Senado y la Rostra, la tribuna de los oradores. Delante de esta se levantan los dos pasillos de votación, unas barandillas de madera que llevan hasta los estrados donde se encuentran las urnas.

En los últimos tiempos, esos pasillos se habían montado en la parte este del Foro, junto a las gradas del templo de Cástor. Si hoy están tan cerca de la Rostra y del Senado es porque, aunque la votación la presiden los tribunos de la plebe, el cónsul Opimio quiere estar cerca para controlarla y para que los ciudadanos sientan su aliento prácticamente en la nuca.

De nuevo, se trata de una opinión de Oráculo. El tipo es de un pedante insoportable, pero en estos asuntos parece saber de lo que habla.

En muchas zonas de la gran plaza, los partidarios de uno y otro bando, graquianos y antigraquianos, se mezclan hombro con hombro. A tenor de los comentarios que se escuchan, no da la impresión de que haya demasiados ciudadanos indecisos o indiferentes. La plebe está o muy a favor del extribuno o muy en contra.

En cualquier caso, para el gusto de Stígmata hay demasiada gente junta.

Los Lavernos toman posiciones en el extremo oeste del Foro. De allí arrancan las escaleras de Juno Moneta, la Consejera, que suben hacia el templo de la gran diosa en el Arx, la cima norte del Capitolio.

Como quien no quiere la cosa, Stígmata va reculando poco a poco por esa misma escalera, subiendo uno tras otro los peldaños tallados en la ladera y alejándose de sus propios compañeros.

Se detiene cuando lleva treinta escalones. Desde esa altura goza de un buen panorama, por encima de las cabezas de los presentes. Tiene a todo el mundo a la distancia suficiente como para anticipar y, si es necesario, contrarrestar sus movimientos.

Ha escogido un lugar en concreto al que la gente procura no acercarse demasiado. A la izquierda de la escalera, incrustado en la misma ladera del Capitolio, se encuentra el Tuliano. Un pequeño edificio de paredes grises. Sin ventanas. Con una puerta de roble que no llega a seis pies de alto, reforzada con clavos y peinazos de hierro. La puerta tiene un aspecto tan tétrico como lo es la función del propio Tuliano.

Dentro hay una cisterna, construida junto a un antiguo manantial. Lleva vacía desde hace generaciones. Fue convertida en cárcel subterránea en tiempos del cuarto rey, Servio Tulio. De ahí su nombre. Allí se encierra y ejecuta a los enemigos públicos, y también a los prisioneros más destacados que los generales traen como cautivos de prestigio después de sus campañas triunfales.

Si Stígmata se ha apartado de los demás no se debe únicamente a la misantropía que ha desarrollado con los años. Un regalo que le debe al viejo Albucio, a Téano y, cómo no, a Mamerco Cuentas Pendientes.

En momentos como este, prefiere tener espacio libre a su alrededor para poder moverse y maniobrar con libertad. De nada le sirve su habilidad en el combate si se halla tan constreñido por la muchedumbre que no puede ni separar los brazos de los costados, como les ocurre ahora a las piezas apenas individuales de aquel gentío que se aglomera en el Foro.

En medio de una multitud tan apiñada resulta muy fácil recibir una cuchillada o un garrotazo sin saber de dónde provienen.

Desde abajo, Mamerco se vuelve hacia él haciendo aspavientos.

—¡Baja con los demás! ¡No somos unos apestados!

«Desde aquí tengo mejor vista», está a punto de contestar él.

Las palabras se quedan dentro de su boca. Para pronunciarlas tendría que gritar, y es algo que va contra su naturaleza.

Si ya lo decía Berenice. «Te ahogarías en el Tíber con tal de no pedir socorro».

Aunque no haya llegado a expresarlo en voz alta, es cierto que desde allí goza de un panorama mucho mejor.

Más allá de la Rostra, la gran plataforma curvada que domina la parte oeste del Foro y a la que se suben los oradores para dirigirse a la multitud, el rectángulo del Foro se extiende unos ciento cincuenta pasos al este[10] hasta el templo de Cástor —la gente no suele acordarse del pobre Pólux— y el tribunal donde el pretor urbano actúa como juez. Pasados estos edificios, gracias al ángulo de visión que le brinda hallarse a más altura, Stígmata alcanza a ver también el templo de Vesta, uno de los pocos edificios circulares de la ciudad.

---

[10] Los romanos consideraban un paso lo que para nosotros serían dos, hasta volver a apoyarse sobre el mismo pie. Un paso, pues, equivalía a algo menos de 1,5 m. La milla era un millar de pasos o *millia passuum*, 1480 metros.

Se dice que se construyó así en remembranza de las primitivas cabañas redondas, como aquella en la que el mismísimo Rómulo tuvo su primera morada. El techo es una cúpula aguzada «como los pechos de una quinceañera» en palabras de Septimuleyo, que a veces gusta de hacer símiles. Aunque sean tan blasfemos como este para referirse al santuario de la diosa virgen por excelencia.

La vista de águila de Stígmata alcanza a distinguir el humo que se eleva por el respiradero del techo y que se agita en penachos al capricho del viento.

A todas horas se divisan cientos, miles de humaredas similares alzándose de los tejados y manchando de gris y negro el cielo de Roma. Máxime en los días fríos de invierno.

La diferencia es que este humo en particular brota de las llamas más sagradas de la ciudad. Si se apagan o se ven mancilladas por la impudicia de alguna vestal, la diosa virgen debe ser aplacada cuanto antes.

En comparación con el soberbio Júpiter o los belicosos Marte y Belona, Vesta puede parecer una diosa pacífica. Sin embargo, no resulta fácil apaciguarla, y los castigos que exige son terribles.

Que una vestal permita por negligencia que la llama sagrada se extinga o que se acueste por lujuria con un varón acarrean la misma condena.

Ser enterrada viva en el lugar maldito conocido como Campo del Crimen, junto a la puerta Colina.

(Las necesidades sexuales de la vestal Emilia deben de ser realmente imperiosas para que se arriesgue a sufrir esa pena).

En un día despejado, los rayos de sol arrancarían reflejos del cetro y la pátera de bronce que sostienen las manos de la estatua de Vesta que corona el templo, y también de los hipogrifos que decoran los aleros.

Pero hoy no es un día despejado. Hoy los grises son grises, los blancos son grises un poco más claros, el púrpura un gris más oscuro y todos los metales parecen hechos del mismo material que las nubes que parecen a punto de descolgarse del cielo.

Prácticamente adosado al santuario de la diosa se encuentra un edificio a medias entre templo y mansión. La Domus Pública, morada del pontífice máximo. Septimuleyo y sus hombres suelen hacer chistes obscenos sobre la cercanía de ambos edificios y la posibilidad de que exista un túnel secreto por el que el pontífice rinda visitas nocturnas a las vestales y, a riesgo de incurrir en la ira de la diosa, disfrute de forma sacrílega de los favores de sus sacerdotisas.

No es imposible que eso haya ocurrido en el pasado, pero Stígmata duda mucho que el anciano Mucio Escévola esté ahora para esos trotes. Sobre todo, considerando las exigencias amatorias de alguna vestal.

La mirada de Stígmata se sigue deslizando por el paisaje que le ofrece la ciudad. Al nordeste está la Subura, un entramado de tejados irregulares en forma y altura. Más al norte, a la izquierda según está situado Stígmata, se extiende el Quirinal. Allí las ínsulas de varios pisos dan paso de forma gradual a casas que, como mucho, se levantan dos alturas. Salvo algunos claros y pequeñas arboledas, los edificios están tan cerca unos de otros que apenas dejan ver la ladera original del monte.

En la colina de la Salud, un espolón del Quirinal así llamado por las supuestas virtudes curativas de las brisas que corren por allí, hay una zona que conoce bien. Allí está la domus de Rea y de su esposo.

Sin que él sea consciente, sus dedos buscan debajo del manto y empiezan a soltar el nudo de la bolsa donde guarda cierta llave para comprobar si sigue allí.

Al darse cuenta, saca la mano.

Cada cosa en su momento.

El río. El puente.

***

Tras recorrer con la mirada las alturas, ya en el límite de la urbe, la atención de Stígmata regresa a lo más inmediato.

Sus ojos bajan al Foro y a la Rostra desde la que Minucio Rufo tratará de convencer al pueblo romano de que lo mejor que puede hacer es anular las leyes de Gayo Graco como si su tribunado no hubiera sido más que una pesadilla.

El nombre de Rostra que recibe aquella elevada plataforma se debe a que de su pared sur sobresalen decenas de espolones o *rostra* de barcos capturados al enemigo en las mil guerras libradas por Roma.

La víspera, Stígmata pasó por el Foro y vio cómo, mientras los carpinteros armaban los pasillos de voto, unos esclavos públicos limpiaban aquellos espolones. Trabajaban encaramados a escaleras de madera de aspecto desvencijado que se combaban bajo su peso. Una de ellas se vino abajo, derribada por el viento. El esclavo que estaba subido a ella tuvo los reflejos suficientes para agarrarse a la punta curvada del ariete de un quinquerreme cartaginés, y allí se quedó colgado y pataleando en el aire hasta que los demás, entre risas, acudieron en su rescate.

Después del incidente, menos preocupados por precipitarse desde esa altura que por el posible castigo si no cumplían con celo su misión, los sirvientes siguieron frotando los espolones a conciencia con cepillos y trapos encerados.

En un día de sol, habrían conseguido arrancar destellos de las piezas de cobre y bronce. Pero bajo el cielo tan cerrado que se cierne sobre Roma desde hace días, incluso los metales dorados se ven mates como el plomo.

Desde donde se encuentra Stígmata, la Rostra se encuentra a su derecha y la curia Hostilia —el edificio feo y amazacotado donde se reúne el Senado— a su izquierda. Entre ambos hitos, en línea recta con su visual, se abre el Comicio, una depresión circular formada por gradas concéntricas. No son tan pronunciadas como las del Circo Máximo o los teatros y anfiteatros de madera que se levantan para los espectáculos públicos, ya que no están destinadas a que la gente se siente, sino a que los ciudadanos que se congregan allí puedan ver por encima de las cabezas de los que tienen delante.

En cualquier caso, el Comicio ya carece de sentido. Tal vez en los primeros tiempos de la República cabían allí todos los ciudadanos y podían ver y escuchar a los oradores que hablaban desde el fondo de esa especie de anfiteatro. Pero ahora que Roma se ha convertido en una colmena superpoblada, acude tanta gente a las asambleas —sobre todo si son importantes como la de hoy— que el Comicio se ha quedado pequeño.

Por eso hay ciudadanos también al sur de la Rostra y prácticamente en todos los espacios despejados que quedan en el Foro. Hay quienes se han encaramado a los tejados, a riesgo de que una ráfaga de viento más violenta los derribe. Incluso algún que otro desvergonzado se ha subido al pedestal de una estatua o acompaña a un antiguo héroe montado a lomos de una escultura ecuestre y saluda a sus conocidos desde la grupa de un caballo de bronce.

No obstante, como Evágoras solía decir, «Los romanos sois como las amas de casa: no tiráis nada». De modo que el Comicio se mantiene donde está, incrustado entre el Senado y la Rostra como residuo de un tiempo pasado. Una especie de cráter ligeramente ovalado, parecido a los que agujerean la tierra entre Cumas y Puteoli, en la bahía de Neápolis.

Minucio Rufo ya ha subido a la Rostra. Por el momento, permanece a la espera en lo alto del estrado, flanqueado por dos viatores. Aquellos ayudantes del colegio tribunicio, una especie de lictores de inferior condición, tratan de imitar la solemnidad de sus modelos y aguantan sin moverse, tan tiesos como las columnas que se alzan a intervalos regulares encima de la plataforma curvada de la Rostra.

Tanto ellos como Minucio, al que se ve más inquieto que sus viatores, miran hacia la zona oeste del Foro.

Allí se levanta un pequeño santuario de Vulcano. Junto a él hay un enlosado de mármol negro.

El Lapis Niger.[11]

Algunos cuentan que fue allí donde Rómulo murió asesinado por varios miembros del Senado que él mismo había fundado.

Como tantas otras noticias del pasado, Stígmata conoce aquella por Evágoras, que le contó además otra versión diferente sobre el final del fundador de Roma. En ella, Rómulo no llegó a morir, sino que fue arrebatado a los cielos por su padre Ares en una terrible tormenta.

(Así lo dijo. «Ares». No «Marte». Con el prurito, entre rebelde y pedante, de referirse a los dioses romanos con su nombre heleno).

Ante el templete y el Lapis Niger se levanta un altar sobre el que unas llamas famélicas ondean agitadas por las rachas de viento gélido. Allí se encuentra Opimio, con una vistosa toga y las insignias de su cargo.

El cónsul es un hombre menudo, de mejillas chupadas y un gesto que da la impresión de que alguien le estuviera retorciendo los testículos todo el tiempo.

No es que Stígmata, pese a tener una vista muy aguda, sea capaz de distinguir sus facciones desde tan lejos. Es que tuvo ocasión de ver de cerca al personaje en aquellos juegos en los que, más que vencer, ejecutó a Mirtilo.

Tras los combates, Opimio se acercó a felicitar a los vencedores. Entre ellos, a Stígmata. Por eso este pudo comprobar que aquel tipo,

---

[11] Piedra negra.

incluso cuando alababa a alguien, lo hacía contrayendo la boca con tal gesto de dispepsia que más parecía abroncarlo.

Los que han servido como soldados bajo sus órdenes dicen que solo lo vieron esbozar una sonrisa en la toma de Fregelas. Fue mientras pasaba ante las filas de prisioneros arrodillados y veía cómo los ajusticiaban clavándoles la espada entre el cuello y la clavícula.

Ahora, el cónsul se dispone a presidir otro sacrificio. El de inauguración, para comprobar si los dioses se muestran propicios a que se celebre la asamblea. La víctima es un carnero gordo al que han lavado y cepillado a conciencia para que su vellón se vea tan blanco como la toga del mismo Opimio.

Es una lástima que aquella luz mortecina lo degrade y emborrone todo.

A cada lado del cónsul forman seis lictores, con las fasces apoyadas en el hombro izquierdo. Los doce altos y de anchas espaldas, como si los hubieran ensamblado en la misma carpintería. Visten unas togas más cortas que les permiten moverse con mayor desenvoltura. Sobre sus vestiduras impolutas, las tiras de cuero rojo que atan las varas de abedul de las fasces parecen manchas de sangre.

Algo premonitorio.

No muy lejos del grupo que forman Opimio y sus lictores se encuentra el otro cónsul, Fabio Máximo. Al ser él quien quedó en segundo lugar en las elecciones, durante el primer mes del año cede la primacía a su colega. Debido a ello, sus propios lictores no llevan las fasces y, sin saber muy bien qué hacer con las manos, las mantienen entrelazadas a la espalda.

En cuanto al personaje que, lo quiera él o no, es el protagonista de aquella asamblea, está a poco más de cincuenta pasos de los cónsules, en el lado sur de la gran plaza, a la derecha según mira Stígmata. Abrigado por una cohorte de partidarios, Gayo Graco permanece semioculto, a la sombra de la columnata que rodea el piso inferior de la basílica Sempronia. También hay decenas de hombres suyos apostados sobre el tejado de esa columnata, que forma un largo mirador con balaustrada.

La basílica es un edificio rectangular, de unos cuarenta pasos de longitud, que cierra el Foro por su parte sur y llega prácticamente hasta el templo de Cástor. Lo hizo construir el padre de Gayo, Tiberio Sempronio Graco. Un hombre cuya memoria es tan respetada en Roma como controvertida la reputación de su hijo Gayo.

Tal vez porque ya está muerto.

De los muertos se suele hablar bien.

Nadie quiere enojarlos demasiado, por si en uno de esos días en que salen por la puerta del Mundus Cereris deciden instalarse en este lado y dedicarse a atormentar a los vivos.

El Mundus.

Stígmata trata de pillar por sorpresa a sus propios recuerdos de anoche, pues durante un instante le ha parecido atisbar algo entre la bruma.

Una forma blanca entre árboles. Dos luces verdes flotando en el aire…

Las nieblas se cierran enseguida, agresivas, protegiendo las imágenes que no quieren que él recuerde. No es un símil, realmente quieren ocultarlas, provocando un extraño malestar en la cabeza de Stígmata, como si diminutas orugas corretearan por dentro de su cráneo.

En otro momento volverá a intentarlo.

Ahora es mejor concentrarse en lo que tiene delante.

El Foro es un runrún de voces. Aunque por separado casi nadie está gritando, tantas miles de voces sumándose se convierten en el grueso bramido de un mar gris estampándose contra los acantilados y las rompientes.

En este caso, los acantilados son los templos y basílicas que delimitan el Foro, y las rompientes y escollos, las columnas y estatuas que se alzan sobre las cabezas del gentío.

Por fin, Opimio levanta la mano derecha en un enérgico ademán que hace ondear su toga orlada de franjas purpúreas. Obedeciendo a su gesto, dos músicos elevan al cielo sus trompetas de cobre y tocan unas notas penetrantes.

Es la llamada para respetar el silencio sagrado previo al sacrificio.

Las voces enmudecen. En aquella atmósfera cargada, oprimida por el peso de las nubes bajas, es como si una inmensa boca hubiera aspirado de golpe todos los ruidos y después hubiera cerrado los labios. Stígmata tiene la sensación de que sus propios tímpanos se han contraído.

Hasta el viento amaina. Tal vez el aquilón que lleva soplando desde el día anterior tema ofender a los dioses y, sobre todo, al poderoso Júpiter.

Puede que sea sugestión suya, pero a Stígmata le da la impresión de que un águila solitaria que sobrevolaba el Foro se ha detenido en el aire, suspendida de forma sobrenatural. Como si fuera una marioneta colgada del hilo de un colosal titiritero que la manejara por encima de las nubes.

Un oficiante tira de los cuernos del grueso carnero. Con cuidado de no arrancar la guirnalda de hojas que los adorna, le levanta la cabeza y le descubre la garganta. Otro agarra los vellones de los costados con fuerza para evitar que el animal se mueva.

El matarife, la túnica enrollada sobre el cinturón, el pecho velludo y el vientre abultado desnudos pese al frío, empuña su largo cuchillo y se dispone a dar un corte que debe ser certero y definitivo. Lo contrario se interpretaría como un mal presagio.

No es probable que el carnero se resista. Lo normal es que lo hayan drogado mezclando la alfalfa con jugo de adormidera. No hay mayor bochorno para un magistrado que tener que repetir un sacrificio porque el ejecutor no se ha dado maña para matar con presteza a la víctima.

Con la misión de verificar que los ritos transcurren según lo debido, los augures lo observan todo desde las escalinatas de la curia Hostilia. Visten togas purpuradas, con uno de cuyos pliegues se cubren la cabeza al modo gabinio. Todos ellos empuñan los báculos curvados y nudosos propios de su oficio, los tradicionales *litui* etruscos. Algunos, como el augur más veterano, Publio Léntulo, lo usan también para apoyarse. El octogenario no solo preside el colegio de los augures, sino que es el *princeps senatus*, el senador que tiene el privilegio de hablar después del cónsul en las sesiones de la curia.

Si la memoria de Stígmata no falla, el colegio de augures está formado por diez miembros. Pero él solo cuenta siete. Los demás deben de hallarse en otro punto del Foro o se han ausentado por la razón que sea.

Uno de los augures que sí asisten y al que Stígmata conoce de vista es Fulvio Flaco, excónsul y principal aliado de Gayo Graco. Seguramente está deseando que suene un trueno o que los dioses muestren alguna otra señal de disconformidad para exclamar *Alio die*, «Para otro día», y suspender la asamblea antes de que esta pueda derogar las leyes de su amigo.

¿Sabrá Fulvio Flaco que Opimio tiene previsto ofrecer el peso en oro de su cabeza a quien la corte y se la lleve?

De momento, aunque el techo de nubes que se cierne sobre las cabezas de la multitud se hincha como el vientre lanudo de una enorme oveja gris que amenazara con parir de un momento a otro, no hay truenos ni relámpagos que manifiesten el enojo de Júpiter Tonante.

Junto a los augures hay otro grupo de sacerdotes. Los decenviros encargados de las cosas sagradas. Los únicos autorizados para consultar los *Libros Sibilinos*. También se cubren la cabeza, aunque no llevan báculo, salvo aquellos que lo necesitan por su edad.

Entre ellos está Servilio Cepión.

Stígmata recuerda las palabras de Septimuleyo.

«Gracias a la amistad que me une con uno de los decenviros, he tenido el privilegio de mirar uno de esos libros».

Cepión, evidentemente. Aunque sería mejor sustituir la palabra «amistad» por «interés».

Mientras que los demás sacerdotes están quietos, rígidos como estatuas, Cepión balancea su peso de un pie a otro todo el rato y a veces no puede evitar llevarse la mano a la cabeza para apretarse las sienes. Su actitud deteriora un tanto la imagen de majestad que pretenden transmitir todos esos nobles pretenciosos y solemnes.

«Qué resaca tienes, amigo», piensa Stígmata.

La mole que se ve unos pasos por detrás del decenviro tiene que ser el maldito Nuntiusmortis.

Stígmata vuelve a notar el mordisco de la escolopendra invisible en la nuca. Sacude la cabeza a ambos lados y consigue que se desprenda de su piel, pero no puede evitar el escalofrío.

Hay otra reacción física de la que el propio Stígmata no es consciente. Sus testículos, ya un tanto encogidos por el frío, se han retraído más todavía.

Lo que ha visto hace unas horas ha terminado de convencerlo de que las victorias de Nuntiusmortis no se deben a su fuerza ni su habilidad, sino a la brujería. Una brujería tan siniestra, tan nefanda que hace parecer inocentes vestales a las hechiceras que escarban las tumbas del Esquilino.

La brujería de la mujer conocida como Hécate.

Por un instante tiene una clara imagen de esa bruja sin el velo, a cara descubierta, mirándolo a él. Tan cerca que podría tocarla con la mano.

O clavarle un cuchillo.

¿Lo hizo? ¿Lo intentó?

Entonces, cuando cree que va a poder atrapar el recuerdo…

***

El silencio sagrado se rompe por fin.

Un chillido.

No ha sido el carnero.

Su garganta sigue intacta.

Tampoco lo ha proferido el águila que los vigila desde las alturas espiando para Júpiter.

Ha sido un grito humano.

Uno de los doce lictores del cónsul, el que se hallaba más apartado del altar, se gira en derredor, levantándose la toga y la túnica para buscar algo debajo de la ropa.

Stígmata está a más de treinta pasos de distancia, pero goza de una vista más aguda de lo normal. Por eso ve que junto al bulto que forman los genitales del lictor bajo el taparrabos —aquel funcionario, llamado Antilio, ha alcanzado cierta celebridad por gozar de una generosa dotación—, hay una herida de la que mana sangre.

Una sangre de un rojo más vivo que el de las cintas que atan las varas de abedul de las fasces del lictor.

Por el lugar donde se encuentra la herida y por el color de la hemorragia, Stígmata comprende que aquel hombre está a punto de descender al averno.

Antilio se desploma.

El lictor que está a su derecha suelta sus propias fasces y trata de agarrarlo para evitar que caiga al suelo.

Alrededor de ambos se desata un torbellino de cabezas, manos, mantos.

Stígmata pierde de vista al agredido.

Lo que no pierde de vista es la escurridiza figura vestida con un capotillo entre pardo y gris que se escabulle entre los adultos como una comadreja.

¿Sierpe?

Preferiría creer que no, que no es ella.

Pero, antes de perderse de vista, la capucha de la niña se cae.

Incluso a esa distancia, Stígmata ya no alberga dudas.

Es Sierpe.

¿Su tercer encargo?

Todo indica que la niña ha repetido con el lictor la misma jugada que llevó a cabo con Marco Estertinio.

Evidentemente, por orden de Septimuleyo.

Eso era lo que estaba hablando con Sierpe cuando Alba los vio.

Lo cual implica que Septimuleyo obedece a un encargo de Cepión.

Quien, a su vez, está conchabado con Opimio.

«Los dos traidores son Gayo Sempronio Graco y su cómplice Fulvio Flaco. Nuestro bienamado cónsul Lucio Opimio va a ofrecer una recompensa por ellos en nombre de la República».

«Va a haber *tubultos*...».

Las palabras de Septimuleyo y las de la propia Sierpe bailan y se enredan en su cabeza.

Como se barruntaba Stígmata, había algo orquestado, y la familia Septimuleya estaba implicada.

Lo que no sospechaba era que también lo estuviera Sierpe.

Que sería una niña de siete años quien provocaría los *tubultos*.

Condenada criatura. A pesar de que anoche se sinceró contándole lo que había escuchado sobre Tito Sertorio, todavía se guardó cosas para sí.

Sabiendo, seguramente, que Stígmata se iba a preocupar por ella.

Espera, al menos, que Sierpe tenga la prudencia de alejarse lo más posible del Foro. Por más habilidad que tenga para escurrirse entre la gente, no es lo mismo hacerlo entre la concurrencia normal de un mercado que entre una turba a la que se le ha despertado la sed de sangre.

***

El hechizo del silencio se ha roto. El horologio cósmico se vuelve a poner en marcha. El viento reanuda sus silbidos con más fuerza que antes.

El águila se aleja hacia el oeste, en dirección al Janículo. Si fuera un buitre, seguramente se quedaría por allí, previendo cadáveres para su pitanza.

Empiezan los gritos. Primero junto al Lapis Niger, en el círculo que rodea al cónsul. No tardan en propagarse de un extremo a otro del Foro como ondas en un estanque.

—¡Han sido los hombres de Graco! ¡Han sido los hombres de Graco!

Al pie de la escalera, Septimuleyo ejerce de corifeo para sus hombres. Siguiendo el ritmo que marca la voz de cuervo de su patrono, todos gritan:

—¡Graco, asesino! ¡Graco, asesino! ¡Sacrílego, asesino!

El ritmo es pegadizo. «Graa-cóaa-sesino, Graa-cóaa-sesino, Sacríí-legóaa-sesino», y vuelta a empezar.

Miles de miradas convergen en la parte sur del Foro, sobre la basílica Sempronia.

Entre los acompañantes y seguidores del tribuno surgen voces que se oponen a las que lo acusan del atentado contra el lictor.

—¡Mentira! ¡Mentira! ¡Todo es una trampa!

El cónsul Opimio, que ha levantado la mano para interrumpir el sacrificio, intenta dar órdenes.

En aquella batahola de gritos resulta imposible escucharlo.

Cabezas y manos se agitan. Desde donde se encuentra Stígmata, es como si un repentino vendaval hiciera ondear las espigas de un trigal hasta entonces inmóvil.

Algo que se corresponde perfectamente con el aquilón, más gélido y arisco que antes, si cabe.

Los hombres de Septimuleyo se dirigen hacia la basílica, palpando bajo los mantos para sacar sus armas.

Son solo veintiocho. Stígmata todavía no ha bajado de la escalera, y el propio Septimuleyo se queda rezagado. No se manchará las manos de sangre a no ser que su víctima esté mejor agarrada que ese carnero que, al final, ha escapado incólume del sacrificio.

Pero hay otros grupos, además de los Lavernos, que se ponen en movimiento con el mismo objetivo.

Atacar a Gayo Graco.

Quien llegue el primero obtendrá la recompensa que Opimio todavía no ha ofrecido en público, pero que sin duda ofrecerá. Stígmata, visto lo que ha visto, no alberga la mínima duda.

A regañadientes, baja la escalera y sigue a los demás miembros de su clan.

Es lo que se espera de él. No se atreve a desafiar de forma tan abierta las órdenes de Septimuleyo.

No obstante, conserva cierta distancia. No tiene intención de meterse en el cogollo de la refriega si puede evitarlo.

La violencia que antes flotaba en el aire está a punto de materializarse, convertida en puñetazos, cuchilladas, estacazos.

En sangre derramada en el Foro.
Dentro del sagrado pomerio.
¿Lo permitirán los dioses?

***

Los cielos toman la palabra.

Hasta este momento ha sido un día de luz mate y sombras de bordes difusos, como almas a medio camino entre el mundo de los vivos y el de los muertos.

Ahora, Stígmata ve cómo su sombra, durante un brevísimo instante, adquiere filos nítidos y cortantes sobre los escalones y enseguida se mueve veloz, como si quisiera huir de él. Hasta desaparecer.

Aquella sombra fugaz la ha dibujado un rayo.

Pero no cualquier rayo.

Ha sido el padre de todos los relámpagos. Stígmata parpadea —no por el sobresalto, sino porque era el momento en que iba a hacerlo de todas formas—, y en el brevísimo lapso en que tiene los ojos cerrados el rastro de luz queda dentro de ellos como una imagen residual verde.

Al abrirlos de nuevo comprueba que el rayo ha caído sobre el templo de Júpiter Capitolino y ha arrancado chispas de la cuadriga de bronce que corona el techo del santuario.

Desde la posición de Stígmata, el rayo parece haber surcado el cielo de derecha a izquierda, lo cual se considera mal presagio.

No le queda mucho tiempo para pensar en ello, porque el trueno llega prácticamente al mismo tiempo.

También es el padre de todos los truenos.

El Foro retiembla de extremo a extremo.

Sin duda es una señal del mismísimo rey de los dioses.

Cuando las reverberaciones del trueno se apagan, hay un nuevo instante de silencio sobrecogido.

—¡Para otro día! ¡Para otro día! —claman varios augures.

Entre ellos está Fulvio Flaco, la mano derecha de Graco.

Entre los demás sacerdotes, Cepión no dice nada. En su lugar, se da la vuelta y asciende por las gradas de la curia para refugiarse en el edificio del Senado.

No es una gran muestra de gallardía por parte de Cepión, piensa

Stígmata. Pero hay que reconocer que lo que ha hecho el decenviro es lo más sensato.

Instantes después, es como si el vientre de los cielos se rasgara, abierto de lado a lado por una guadaña invisible. Stígmata recuerda los relatos de Evágoras y se imagina a Cronos desgarrando las nubes con la hoz adamantina.

No es lluvia. Es un mar entero que se precipita sobre Roma desde las alturas.

Stígmata se cubre la cabeza con la capucha del *sagum*. Hoy no ha tenido dudas y ha elegido este, pese al olor a lanolina.

Aun así, bajo aquel aguacero, incluso la capa más impermeable acaba calando.

Todo el mundo corre a buscar refugio en templos, basílicas y pórticos. Los que no lo encuentran, porque los lugares bajo techo están abarrotados, huyen hacia sus casas.

Entre los que se retiran están Graco y sus hombres.

La asamblea ha quedado disuelta.

Y la batalla que parecía a punto de estallar queda interrumpida.

«Por ahora», piensa Stígmata.

EL FORO II

Aunque los días de invierno son más cortos, esta jornada de los idus de enero está tan preñada de acontecimientos que, cuando los que la están viviendo la rememoren años más tarde, muchos de ellos tendrán la impresión de que el sol se hubiera detenido por encima del murallón de nubes. Una congelación del tiempo similar a la que ocurrió cuando Júpiter, deseoso de disfrutar de una larga coyunda con la bella Alcmena, ordenó a Helios descansar tres días con sus noches.

Tal vez por esa concentración de hechos, los cronistas posteriores repartirán los sucesos de los idus de enero del año de Opimio y Fabio Máximo en dos o incluso en tres jornadas.

Pero lo fundamental va a ocurrir en menos de veinticuatro horas.

Si alguien se lo preguntara a Mario, él podría explicárselo. Hombre organizado y concienzudo, goza de una memoria muy rigurosa en lo cronológico.

A cambio, carece del impulso de plasmar por escrito sus recuerdos, por lo que nadie lo considerará una fuente histórica.

***

La tormenta que ha estallado de súbito diluye los restos de la sangre de Antilio, el lictor asesinado, y no tarda en hacerlos desaparecer. Como si los cielos quisieran borrar las huellas del crimen cometido en el pomerio.

Otro efecto del aguacero es que sofoca la chispa de la violencia.

Es una forma suave de decirlo.

En realidad, la aplasta. Ningún incendio resistiría aquel diluvio.

La lluvia, más iracunda incluso que los ánimos soliviantados de la gente, cala en cuestión de segundos. Es como si uno se sumergiera vestido en el Tíber.

Senadores, caballeros y también muchos individuos más humildes han acudido al Foro ataviados con las togas que los identifican como ciudadanos romanos.

Por mucho orgullo con que la luzcan, en opinión de Gayo Mario se trata de una prenda muy poco práctica.

Sobre todo, cuando se empapa como ahora. El incómodo armatoste de lana se convierte en un pesado fardo que se arrastra por el suelo, recogiendo barro y porquerías diversas a cambio del tinte que va soltando sobre las desiguales losas del Foro.

Pese a ello, Mario se niega a recogerse los bajos de la toga como hacen muchos otros y salir corriendo a saltitos hacia el edificio del Senado. Aunque eso signifique mojarse más todavía, rodea la curva exterior del Comicio con paso sereno y a cabeza descubierta. Con la misma dignidad, sube la escalinata de la curia peldaño a peldaño, sin apresurarse. Lo último que quiere es resbalar en un escalón y dar pie a las carcajadas. No hay romano que se resista a la tentación de reírse de una caída ajena.

Mientras otros senadores se cuelan hasta el fondo del edificio huyendo de la lluvia, Mario prefiere quedarse bajo el amplio alero que cubre la entrada. Dentro de la gran sala, el agua que escurre y arrastra de las togas senatoriales encharca las baldosas del suelo, convirtiéndolo en una trampa para los elegantes zapatos de los padres conscriptos, lo que provoca más de una costalada en algún que otro augusto trasero.

Mario vuelve la mirada hacia el Foro. Su amigo Rutilio Rufo, menos preocupado que él por mantener las apariencias, viene trotando desde las gradas del Comicio mientras trata de taparse con un pliegue de la toga y no enredarse las piernas con los flecos.

Mario le hace una señal para que se reúna con él.

—Parece que tu dilema se ha solucionado —le dice Rutilio, aceptando la mano que le tiende su amigo para ayudarle a subir el último escalón del podio.

Pese a la capucha improvisada, el agua resbala por la cara de Rutilio y chorrea desde su barbilla. Con sus rasgos más bien toscos —se parece mucho al típico busto de Sócrates—, aquello lo asemeja a las gárgolas que rematan los caños de algunos tejados. Acomodándose entre los hombros apretados de otros senadores, magistrados y acompañantes varios, Rutilio trata de enjugarse el rostro con la toga.

En vano. La lana no admite ya más líquido. Al final, Rutilio se limita a frotarse los ojos como si saliera de bañarse en el río y después se sacude el agua de las manos.

Mirando a ambos lados, baja la voz y dice:

—He de reconocer que me siento aliviado, Mario. Muy aliviado, a decir verdad.

Mario no responde nada, pero sabe bien a qué se refiere Rutilio.

Justo antes de la asamblea, se pasó por casa de su amigo con el pretexto de caminar juntos hasta el Foro.

Después de las experiencias de anoche, necesitaba franquearse con alguien. No hay nadie en Roma con quien más confianza tenga que con Publio Rutilio Rufo, camarada de armas y compañero de tienda durante el asedio de Numancia.

De camino a la asamblea, Mario le explicó su acuerdo con Graco para interponer el veto y evitar que sus leyes sean derogadas.

Aunque de lo que de verdad quería sincerarse con él era acerca de su encuentro con Marta la siria.

Para su sorpresa, fue incapaz de hablar de ello.

Físicamente. Cuando las palabras parecían a punto de salir de sus labios, descubrió que de su garganta no salía el aire necesario para darles sonido.

¿Se trata de un hechizo de esa mujer?

¿Realmente llegó a hablar anoche con ella?

Incluso hacerse esa simple pregunta le produjo una desagradable sensación de vértigo. Tuvo que apartar todo pensamiento relativo a la vidente y las tablillas de sus profecías para evitar que una oleada de vómito le subiera a la boca.

Puesto que Mario no ha conseguido hablar de su visita, real o imaginada, al Mundus, el asunto que ha centrado su conversación ha sido el posible veto contra Opimio y su marioneta, el tribuno Minucio.

Rutilio le ha aconsejado, insistiendo en ello con cierta vehemencia, que se mantenga al margen.

Rutilio no simpatiza con Opimio. Lo cual no es extraño, ya que resulta casi imposible congeniar con un personaje tan desabrido.

Sin embargo, en lo político se halla más lejos de Gayo Graco. Lo considera un demagogo no solo por sus ideas populistas, sino por su retórica efectista y su manera de moverse en la Rostra, gesticulando y dando zancadas sin la debida *gravitas* y, sobre todo, dirigiéndose a las multitudes del Foro en lugar de mirar hacia el edificio del Senado.

Amén de su desacuerdo con Graco, Rutilio estaba preocupado por las consecuencias que podría acarrearle a Mario oponerse a los planes de Opimio.

Así se lo recuerda ahora.

—Me alegro de que no te hayas tenido que plantar tú solo contra el cónsul y los otros nueve tribunos. Hay que tenerlos muy gordos, amigo.

Mario enarca una de sus formidables cejas. Rutilio, que conoce bien lo picajoso que es, se apresura a añadir:

—No quiero decir que tú no los tengas. Te conozco bien. Si te empeñas en que tienes que hacer algo, no hay nada que se te interponga.

—¿Dirías que soy testarudo?

«Como un samnita», añade Mario para sí.

—¿Testarudo? —Rutilio suelta una carcajada—. Diría que hay muchos más adjetivos que te definen, pero ese no te desencaja del todo.

—A Boviano o al charco.

—¿Cómo?

—Es un chiste, pero…

Por un instante, Mario está tentado de contarlo. Decide que es mejor no hacerlo. Si hay un adjetivo que no encaja con su carácter es «chistoso».

A su lado, un senador al que no conoce ni siquiera de vista está comentando:

—Seguro que escampa en un rato. Es imposible que siga lloviendo tan fuerte. —Con una carcajada nerviosa, casi histérica, el tipo añade—: ¡No puede haber tanta agua ni en el mar!

Quien sea, se equivoca.

En ningún momento ha dejado de jarrear agua de un cielo cada vez más bajo y tenebroso, tan gris como un río de plomo fundido que, por alguna mágica inversión de las leyes de la naturaleza, fluyera por las alturas en lugar de por el suelo.

Bajo aquel diluvio, los lictores de Opimio y también los de Fabio Máximo traen el cuerpo de su compañero Antilio. Seis de ellos lo cargan en andas. Los otros cinco los siguen, profiriendo ternos y maldiciones y pidiendo venganza contra el cobarde que se ha atrevido a atentar contra uno de ellos.

La gente que abarrota el espacio bajo el tejadillo se abre a ambos lados para dejar espacio al improvisado cortejo. Los porteadores pasan tan cerca de Mario que a este le bastaría con estirar un poco el brazo para tocar el cadáver. El rostro de Antilio se ve blanco como la cal, como si su rostro se hubiera convertido en una de esas máscaras de cera con las que se modelan los retratos mortuorios de los nobles.

Por un instante, Mario es consciente de que, si triunfa en su empeño por llegar a lo más alto, su logro final se resumirá en que algún día uno de sus descendientes contemplará su retrato exhibido en el atrio de su casa, junto al altar de los dioses lares.

Para que eso ocurra, antes tendrá que ascender a lo más alto del *cursus honorum* y, evidentemente, engendrar algún hijo.

A sus treinta y cinco años, va con mucho retraso en ambas metas.

El fallecimiento de su esposa embarazada al mismo tiempo que él perdía las elecciones a tribuno supuso un momento de desaliento en el que estuvo a punto de renunciar a todo. Parecía que los dioses le estuvieran ordenando: «Vuélvete a Arpino y confórmate con ser un mandatario de aldea».

Pero Mario nunca ha podido olvidar las palabras de Escipión Emiliano ante las ruinas humeantes de Numancia. Delante de jóvenes de familias mucho más distinguidas que él —los Gracos, Cepiones o Rutilios—, cuando le preguntaron a Escipión dónde encontraría Roma un general como él cuando ya no estuviese, él palmeó el hombro de Mario y dijo: «Puede que aquí, en este hombre».

Mario contiene un escalofrío, que atribuye más al frío y al agua helada que le gotea por debajo de la ropa hasta colarse entre las nalgas que al pensamiento entre lúgubre y deprimente de su máscara mortuoria exhibida en el atrio de esos descendientes que todavía no existen.

La pequeña comitiva fúnebre se detiene por un momento antes de entrar en la curia. Los lictores apartan la ropa de su compañero para que se vea bien dónde se ha clavado el arma asesina.

Mario, que ha visto muchas heridas de guerra, comenta en voz baja:

—Es una punción muy fina. Un puñal de legionario dejaría una herida más larga.

—Una daga muy aguzada —asiente Rutilio. Él tiene menos experiencia militar, pero ha contemplado otro tipo de heridas, ya que patrocina una escuela de gladiadores en Capua—. Prácticamente un estilete.

—Y, sin embargo, ese aguijonazo ha sido suficiente para que la vida se le haya escapado por ahí.

Tras los lictores llega el propio cónsul. Con paso tranquilo, cadencioso pese a la lluvia que rebota con tal rabia en las losas que parece surgir de ellas y no del cielo.

Tanto aquella supuesta calma como la gallardía de caminar por detrás de sus lictores se le antojan a Mario gestos impostados. A ambos lados de Opimio caminan senadores jóvenes y robustos que a buen seguro llevan armas bajo la ropa. También varios centuriones retirados, como Balonio, el antiguo subordinado de Mario de cuyas manos rescató anoche a Artemidoro (uno de sus últimos recuerdos diáfanos antes del Mundus Cereris). Ni las togas empapadas pueden disimular los andares entre marciales y jactanciosos propios de aquellos oficiales casi profesionales.

Andares que, por otra parte, se le pegaron a Mario ya desde su primera campaña en Numancia.

En una ocasión, Rea se lo dijo entre carcajadas. Aquello le sentó bastante mal. Después lo aceptó y desde entonces no solo asume esa forma de caminar, sino que en ocasiones la exagera.

Más de una vez les ha confesado a Rutilio y a otros amigos de confianza, como la propia esposa de Sertorio:

—Por mi clase y mis recursos, debo aspirar a lo más alto. Pero como de verdad sería feliz es empuñando la vara de centurión.

Al pasar, Opimio clava sus ojos en ellos.

Rutilio agacha la mirada.

Mario la mantiene.

Un pequeño desafío en el que le ayudan su mayor estatura y corpulencia.

—Esto no quedará así —dice Opimio, parándose frente a ellos y a los senadores que se apretujan bajo el tejadillo—. Solo esto os digo. Hoy es mal día para ser amigo de traidores que asesinan a los servidores de la patria.

—¿Acaso sabes ya quién ha clavado la daga en el muslo de tu lictor, noble cónsul? —pregunta Mario.

Quizá debería haberse mordido la lengua. Pero con individuos como aquel, a quien desprecia y detesta a partes casi iguales, le cuesta callarse.

—¿Cómo sabes tú que ha sido una daga y no una espada, este...?

Opimio vuelve el cuello hacia su nomenclátor. El asistente susurra en su oído.

—¿... Gayo Mario? ¿Acaso hay algo que los demás no sepamos y tú sí?

Aunque Opimio finja olvido o ignorancia, conoce de sobra el nombre de Mario. Este sirvió a sus órdenes como tribuno del ejército cuando él era pretor.

Opimio era y es una nulidad militar. Algo que Mario, en la forma poco sutil en que suele insinuar las cosas, le hizo notar en su momento. Las disputas entre ambos fueron tan sonadas que Opimio lo envió a Roma antes de tiempo con la excusa de encargarle una legación. Lo cual le ahorró a Mario contemplar y compartir los horrores que Opimio desató sobre la ciudad de Fregelas.

Si el cónsul ha recurrido al nomenclátor, solo ha sido por humillarlo delante de los presentes.

—Como todos los que *hemos* servido bajo los estandartes, noble cónsul, he visto el aspecto que tiene una herida de espada —responde Mario—. Y esta no lo es, sin duda.

Opimio se chupa las mejillas con tanta fuerza que se le marcan sendos agujeros bajo los afilados pómulos.

—Y yo, como todos los que *servimos* ahora a la patria, sé cuándo un crimen beneficia a un traidor como Graco.

—¿Qué beneficio puede obtener Graco, salvo conseguir justo eso, que lo declares traidor?

Opimio hace un gesto de desdén con la mano, que acompaña entornando los párpados unos segundos más de lo que dicta la educación.

—El tiempo corre y la República no se puede permitir que un cónsul lo pierda argumentando con un advenedizo de Arpino.

—Cuidado, cónsul —responde Mario, tratando de que la indignación no le haga perder la compostura ni elevar el tono—. Te recuerdo que este advenedizo es tribuno del pueblo romano.

Los lictores pasan a la curia. Opimio los sigue. Su breve conversación con Mario parece terminada. Pero cuando está a punto de cruzar entre las grandes hojas de roble abollonado, se vuelve y señala tanto a Mario como a Rutilio.

—Os lo recuerdo. Mal día para ser amigo de traidores.

Después, por fin, entra en la sala.

—O sea, mal día para ser amigo de Graco —murmura Rutilio.

Tal vez para sí mismo. Pero, a pesar del estrépito de la tormenta, Mario está tan pegado a él que lo escucha.

***

El Foro ha quedado prácticamente desierto. Solo se ve gente como ellos, refugiada bajo los aleros y tejadillos de los templos y las columnatas de las basílicas. En el suelo de la vasta plaza pública, el viento y el agua dibujan riadas cambiantes que se mueven en ondas sobre las baldosas y las zonas sin pavimentar. Cada poco rato un rayo surca el cielo, aunque ninguno tan espectacular ni acompañado por un trueno tan ensordecedor como el primero que cayó sobre el templo de Júpiter.

El repiqueteo de la lluvia sobre las tejas que los cobijan y las conversaciones del pórtico apenas dejan oír lo que se ventila de puertas adentro en la curia. No obstante, Mario capta voces cada vez más altas, a veces en coros y a veces como solistas.

—No me esperaba algo así de él.

Mario se vuelve a la derecha. Codeando contracorriente como un salmón de Aquitania, Servilio Cepión se ha abierto paso entre los demás. Sus rizos castaños, habitualmente colocados con el aparente descuido de un retrato de Alejandro el macedonio, chorrean aplastados sobre sus orejas.

Cepión y Mario se conocen desde el sitio de Numancia. Cepión, que es cinco o seis años más joven que él, servía como decurión de caballería, mientras que Mario y Rutilio lo hacían con el rango de tribunos militares.

A Mario nunca le han gustado sus costumbres ni su forma de ver la vida.

Si bien Cepión goza de un físico atlético —es tan alto como Mario y de músculos más abultados, aunque no tan ancho de hombros ni de manos tan grandes—, y es un excelente jinete y maneja bien las armas, Mario no lo considera un buen militar. No puede afirmar de él que sea un cobarde, pero en la campaña de Numancia, sin verlo en situaciones de peligro real, observó detalles que no le gustaron.

Como ya le comentó anoche a Graco, no es alguien a quien le confiaría su vida.

—¿A qué te refieres con que no esperabas algo así de él? —pregunta Rutilio, rompiendo la pausa dramática que ha abierto Cepión.

—¡Atreverse a atentar contra un lictor! ¡Él, un Sempronio Graco, que viene de un linaje que ha dado cónsules, pontífices y censores!

Cepión tiene mala cara. La piel pálida, bolsas debajo de los ojos como si fuera quince años más viejo. Los poros se ven perlados de humedad. No es lluvia, sino sudor. Seguramente tiene regusto a vino.

Mario no piensa comprobarlo.

Le basta con su aliento.

Y con lo que ha oído durante los días anteriores, asomado a la terraza de su mansión. La música, las voces, los gritos y las carcajadas que subían desde el patio de la casa de Cepión.

De momento, Cepión se conserva en buena forma a pesar de los excesos. Mario no tiene tan claro que eso vaya a ser siempre así.

No es que él sea un puritano. No le hace ascos a un buen vino. Ni siquiera a uno mediocre o a la posca, el agua avinagrada, siempre que lo comparta con sus soldados.

Pero conoce los estragos causados por abusar de la bebida un día tras otro, una noche tras otra. Lo comprobó en su propio padre y, antes que en él, en su abuelo, un anciano abotargado de tobillos hinchados de hidropesía, nariz bulbosa y ojos amarillentos.

—No sabemos qué ha ocurrido —interviene Rutilio—. No hay que precipitarse. No tiene por qué haber sido cosa de Graco.

Cepión parece extrañarse.

—Mi querido Publio, pensé que Graco y tú erais agua y aceite.

—No puede decirse que lo venere ni que me convenzan sus ideas —contesta Rutilio—. Siempre ha sido un demagogo, todavía peor que su hermano.

—Me duele estar de acuerdo contigo, pero es así —dice Cepión.

«¿Te duele, seguro?», se pregunta Mario. No sabe exactamente cuál es el juego de Cepión, pero le da mala espina.

Lo cual no es extraño. Nada relativo a ese hombre suele gustarle.

—Aun así —continúa Rutilio—, una cosa es que enardezca a la plebe desde la tribuna y otra muy distinta que haya organizado un asesinato para provocar una batalla campal.

—Ciertamente, no tiene nada que ganar así —dice Mario.

—Y menos, sabiendo cómo acabó su hermano —completa Rutilio.

Nadie concreta ese «cómo», pero los tres saben lo que ocurrió.

Aunque ninguno de ellos se encontraba en Roma en aquellas fechas aciagas, las noticias de la muerte de Tiberio no tardaron en llegar a Numancia. Incluidos los detalles más truculentos, como el de los sesos del tribuno esparcidos por el suelo y los restos de hueso y cuero cabelludo en la estaca que sirvió de arma homicida.

En Numancia se encontraba también Gayo Graco, que jamás había perdonado a su cuñado Escipión Emiliano por sus implacables palabras: «¡Que así perezca todo el que cometa actos semejantes contra la República!».

No se refería a los asesinos, sino al asesinado.

Cepión insiste.

—Sabéis que Gayo Graco y yo somos amigos desde Numancia. *Muy* amigos, no simples conocidos.

Mario se limita a emitir un gruñido poco comprometedor.

¿De qué trata de justificarse Cepión?

—Él y yo compartimos tienda, como vosotros dos —continúa Cepión.

—Eso no siempre significa ser amigos —apunta Rutilio—. Aunque mi madre decía: «El roce hace el cariño», yo soy más de la opinión de que el roce hace la llaga.

Cepión suelta una carcajada seca.

—¡Muy bueno, Publio! El caso es que siempre he admirado lo ardiente de las convicciones de Gayo Graco. Estoy convencido de que no busca el mal de la República, pero…

—¿Pero?

Mario se está impacientando con la conversación. Oye voces dentro de la sala, cada vez más elevadas, y sospecha que algo importante se está cocinando allí dentro.

Cosa que no debería ocurrir. Los senadores han entrado en el edificio por la lluvia, no porque hayan sido convocados a una sesión oficial.

—Se ha vuelto cada vez más fanático con el tiempo. No se da cuenta de que cuando se le da un dedo a la chusma, se toma la mano, y si le das la mano, te devora el brazo.

Rutilio asiente.

Mario, no.

Él frunce el ceño. No le agrada el desdén que rezuma la voz de Cepión cuando pronuncia la palabra «chusma».

No es que él se dedique a confraternizar con los proletarios del censo por cabezas en las cantinas de baja estofa de la Subura, el Aventino o el Esquilino. Cosa que, por cierto, sí hace Cepión, aunque no por conocer la forma de vida de las clases inferiores, sino por divertirse emborrachándose hasta las trancas y comportándose como un vulgar gamberro que busca camorra por las tabernas.

Pero Mario piensa que esa chusma —así la llama Cepión, no él— es el bosque del que se corta la madera para construir las legiones.

Todo lo que necesita ese bosque son buenos carpinteros.

Y un arquitecto con talento.

Como él. Así es como se ve a sí mismo.

Arquitecto de ejércitos.

Si alguna vez le permiten serlo.

Mientras que los Cepiones, los Opimios y la mayoría de los nobles de buena familia que reciben mandos militares utilizan esa madera humana no como material de construcción, sino como leña que se puede cortar y quemar.

La diferencia es algo más que sutil.

Cepión prosigue con sus argumentos.

—Esta misma mañana, a primera hora, he estado en casa de Gayo.

Desvía la mirada a un lado, lo que hace a Mario sospechar que está intentando colocarles una mentira.

Mentira que, por el momento, Gayo Graco no podrá rebatir.

—He intentado convencerlo de que fuera razonable en la asamblea de hoy —prosigue Cepión—. Le he dicho que, aunque hoy se abolieran algunas de sus leyes, eso no significaba el fin de su carrera política.

—Me temo que ahora esa carrera está más que acabada —dice Rutilio—. Sea de quien sea la culpa por la muerte del lictor, se lo harán pagar a él.

Cepión mira de nuevo a los lados y susurra en tono conspirador:

—Mucho me duele decirlo e incluso pensarlo, pero en cuanto a de quién es la culpa... Al hablar con él, lo he visto dispuesto a todo. A todo, ¿me entendéis?

—Mientras hables en latín, te entenderemos —dice Mario.

—No te preocupes, Gayo Mario, no usaré el griego. Me han dicho que no se te da bien.

Mario contiene un bufido. Él mismo se ha buscado la réplica mordaz de Cepión. No le gusta hablar griego, y menos exagerando la pronunciación de las aspiradas que a tantos romanos les gusta afectar, como si fueran filósofos charlatanes en el Ágora de Atenas. Le parece algo ridículo y se niega a hacerlo.

—Yo hablo latín, griego, osco y etrusco, pero no sé si te entiendo —dice Rutilio—. ¿A qué te refieres con «dispuesto a todo»?

—Me ha dicho, y estas han sido sus palabras literales: «No voy a consentir de ningún modo que esa gente derogue mis leyes. Son un legado tan inmortal para el pueblo romano como las murallas del rey Servio Tulio o la Cloaca del rey Tarquinio».

Ha bajado la voz, pero al mentar la bicha, la palabra «rey», la ha vuelto a subir, lo cual ha hecho que varias miradas se vuelvan hacia él.

—¡Lo que os decía! —interviene en la conversación Marcio Trémulo, senador que fue cuestor hace un par de años y que se arrima a la sombra de Opimio y su clan antipopular todo lo que puede—. ¡Es igual que su hermano! ¡No le basta con llegar a cónsul y renunciar al poder después de un año! ¡Lo quiere para siempre!

—¡Por eso se ha presentado tres veces a tribuno!

—¡Menos mal que se le han parado los pies!

Mario se gira a un lado, buscando a quienes han pronunciado esas dos últimas frases.

Cuando vuelve a mirar a Cepión, este ya ha escurrido el bulto, salmoneando de nuevo entre togas mojadas.

—Si se considera amigo de Graco, qué no dirá de sus enemigos —murmura.

—¿Qué has dicho? —pregunta Rutilio.

—Da igual.

Mario sospecha que Cepión debe de estar buscando otro corrillo en el que soltar más paladas de excrementos contra Graco, su supuesto amigo.

Aunque no haya oído las palabras de Mario, Rutilio parece compartir sus pensamientos, porque dice:

—No sé qué gana Cepión con esa maledicencia, pero lo puedo imaginar.

—¿A qué te refieres?

—Que espera que Opimio o alguien de su facción le ayude a liquidar al menos parte de sus deudas.

—¿Tanto debe?

—Entre cuatrocientos y quinientos talentos. ¿No lo sabías?

—Las finanzas de ese hombre no me interesan.

—Pues debes de ser uno de los tres romanos que no saben nada de sus deudas.

Mario enarca una de sus aparatosas cejas.

—¿Hay otros dos como yo o solo es un comentario ingenioso?

—Los otros, por lo que sé, son su padre y su suegro.

Mario asiente. Puede creer que el padre de Cepión ignore que su hijo está tan endeudado. De enterarse, le daría un síncope. O tal vez lo haría ejecutar, como cuentan que hizo aquel Torcuato Imperioso con su hijo unigénito por desobedecer sus órdenes en combate.

Es difícil encontrar en Roma a alguien tan agarrado como Quinto Servilio Cepión padre. Ya hace años, cuando era procónsul en Hispania y dirigía la guerra contra Viriato, sus extremos de tacañería se habían convertido en la comidilla de sus hombres. Hacían todo tipo de mofas sobre la ruindad de Cepión. Que en su propia boda vendió la carne de los terneros que había sacrificado, que si se le caía en casa un as de cobre era capaz de desclavar las tablas del suelo por encontrarlo, o que tenía prohibido a su esposa que prestase a las vecinas mechas para las velas, sal, orégano o comino, ya que lo que parecían menudencias representaban a final de año un dineral.

Quienes más lo criticaban eran los soldados de caballería, miembros de las clases altas que consideraban que ser roñoso era casi tan malo como ser un cobarde o un sodomita. Cepión se enteró y decidió darles un escarmiento colectivo, enviándolos a recoger leña a menos de una milla del campamento de Viriato. Todo el mundo sabe que los sirvientes y soldados que acarrean agua, leña o forraje son los más vulnerables a los ataques enemigos, por no hablar de que esas tareas menestrales no se encargan nunca a la caballería.

Pese a ello, los jinetes de Cepión no solo cumplieron la orden, sino que lo hicieron a conciencia y trajeron una gran cantidad de leña. Lo cual no significa que se tragaran la humillación sin más. Apilaron el combustible alrededor de la tienda del procónsul y le prendieron fuego. Para salvarse de las llamas, Cepión tuvo que salir corriendo. Después, comprendiendo que la situación estaba al borde del motín, decidió fingir que no había ocurrido nada.

Aquel hombre no dejaba de jactarse de que era él, después de tantos años y tantos generales —incluido su hermano de sangre, Máximo Serviliano, que había sufrido una derrota humillante—, quien había conseguido derrotar a Viriato.

¡Ja! Así cualquiera. Sobornando a sus lugartenientes para que lo traicionaran y después negándose a pagarlos para ir un paso más lejos en la infamia. ¿Qué habría opinado de él Alejandro, que consideraba que atacar por la noche al enemigo era robar la victoria?

Esa no es forma de dar gloria a las armas romanas.

En opinión de Mario, las armas romanas han conquistado muy poca gloria en los últimas décadas. Ni siquiera la destrucción de Numancia, con unos efectivos que decuplicaban a los del enemigo, puede decirse que fuese una proeza como para celebrarla en poemas épicos. Había que hacerlo, y Escipión llevó a cabo la tarea de forma eficaz y contundente, pero sin lustre.

Roma necesita una gran victoria campal sobre un enemigo digno. Como en Zama contra Aníbal, en Cinoscéfalas contra Filipo, en Magnesia contra Antíoco el Grande o en Pidna contra Perseo.

Ese es el sueño de Mario.

Enfrentarse a un enemigo tan poderoso como las tropas de Cartago o las falanges macedonias, igual o superior en número a las legiones.

Pero no como tribuno ni como legado.

Como general en jefe del ejército romano.

Y por Marte y Belona, por Hécate y todos los dioses infernales que piensa conseguirlo.

Su juramento interno va acompañado por un fogonazo.

Un bosque. Brumas. Guerreros enormes saliendo de la niebla.

Un grito de guerra.

—*Rágnarok!!*

***

Un estridente trompetazo interrumpe la efímera visión de Mario.

Ha sonado dentro del edificio.

No es normal que se utilicen las cornetas en espacios cerrados, pero se ve que era la única forma de silenciar el gallinero en que se estaba convirtiendo la curia Hostilia en los últimos minutos.

Los que están bajo el tejadillo se callan también, y sus miradas se vuelven hacia el interior de la gran sala.

En el silencio, se escucha la potente voz del jefe de heraldos. Mario no sabe su nombre, pero sí conoce su apodo. Lo llaman Esténtor, por el heraldo más célebre de la guerra de Troya.

Por poderosa que sea su voz, sus palabras no se acaban de distinguir de las puertas afuera. Entre el repicar de la lluvia sobre las tejas del pórtico, el mugido del viento y, cada poco rato, el retumbar de los truenos, su voz se convierte en un confuso runrún.

Al cabo de unos instantes empiezan a salir los senadores. Al ver a un conocido que parece muy apremiado por las prisas, Mario lo agarra del brazo.

—¿Qué han dicho, Ambusto?

El individuo en cuestión, un tipo delgado de la misma edad que él, trata de sacudirse.

En vano. Cuando los dedos de Mario cierran su tenaza, ni el mismísimo Nuntiusmortis podría soltarse de su presa.

—Opimio ha ordenado que todos los senadores se reúnan de nuevo aquí a la hora sexta con armas, con el manto militar y con al menos dos sirvientes armados. Quienes vivan demasiado lejos, deben acudir a casas de amigos o familiares. Pero quien no acuda será considerado traidor al pueblo romano.

—Esa no es forma de reunir al Senado —dice Mario—. Para venir armados habría que votar el estado de tumulto en una sesión especial convocada para...

—Opimio ya ha hecho todo eso mientras vosotros estabais aquí fuera.

—¡Eso es intolerable!

—Si piensas eso y quieres vetarlo... —dice Ambusto, que deja la frase colgando en el aire—. Pero no te lo recomiendo. Opimio está dispuesto a todo. Mirad dentro si lo dudáis.

No hace falta que se asomen. Dos lictores sacan de los brazos a un senador semiinconsciente. Sus piernas flácidas van a rastras detrás de él, con las punteras de sus elegantes zapatos rozándose con las losas.

Parece evidente que los lictores tienen intención de tirar al senador por la escalinata. La gente les abre paso.

No así Mario, que no se mueve de donde está.

Ellos lo miran. Él los mira.

El senador al que llevan de manera tan indigna es Rubrio, que fue tribuno de la plebe con Gayo Graco durante el primer mandato de este. No solo fue su colega entonces, sino que colaboró en sus reformas y sigue siendo uno de sus defensores en el Senado.

Rubrio tiene un labio partido y una brecha en la cabeza de la que mana bastante sangre.

Un golpe de fasces, deduce Mario.

—Aparta, senador —dice uno de los lictores.

—Ese hombre al que lleváis también es senador. ¿Pretendéis echarlo de la sede a la que tiene acceso legítimo, como si fuerais porteros de un burdel?

—Orden del cónsul —responde el otro lictor—. Aparta.

Los dos son altos y de hombros tan anchos como el propio Mario.

—¿Qué haréis si no me aparto?

—¿Quieres comprobarlo, senador?

Como hizo anoche, cuando consiguió que dejaran a Artemidoro marcharse con él, Mario hincha el pecho y hace retumbar dentro de su caja torácica su tono más grave.

Por lo que le han dicho, sabe que de alguna manera extraña y casi mágica esa vibración se transmite también al esternón de quienes lo escuchan de cerca.

Procura no abusar de ese tono. Cuando algo funciona, no hay que agotar su efecto.

—Sois vosotros quienes no queréis comprobarlo.

Los lictores se limitan a soltar a su presa.

Rubrio se desploma como un saco de garbanzos mal equilibrado.

Cuando Mario va a recogerlo del suelo, una marea de togas purpuradas hace que las puertas se abran del todo, con tanta fuerza que golpean contra las paredes exteriores.

Ya no son dos lictores. Mario no tiene más remedio que apartarse.

Y sumarse a la riada.

DOMUS DE REA Y DE TITO SERTORIO, EN LA COLINA DE LA SALUD[12]

El cónsul ha dado dos horas a los senadores para reunirse. Armados, vestidos con manto militar y acompañados al menos por dos sirvientes también armados.

Ya en su casa, mientras se quita la ropa mojada —hasta el subligar lo tiene empapado—, se seca y deja que un criado le lave los pies, Mario se plantea la posibilidad de no asistir a la sesión.

En sentido estricto no es una sesión, ya que no ha sido convocada de forma reglamentaria. Pero, si Mario no está presente, es imposible que interponga el veto para paralizar lo que allí se decida.

Por otra parte, siente curiosidad por saber cómo se van a desarrollar los planes de Opimio.

Después de ponerse la subúcula y la túnica exterior secas que le trae su ayuda de cámara Honorio, Mario vuelve a vacilar. Al menos, puede acudir a la sesión con otra toga, desobedeciendo la orden de Opimio para demostrar que, como tribuno de la plebe que es, no tiene por qué subordinarse a él.

Pero, pensando en la lluvia que sigue golpeteando sobre el tejado de su casa y en el viento que silba y trata de colarse por todos los rincones, comprende que va a llegar a la curia calado hasta las orejas.

---

[12] Cima norte del monte Quirinal.

—Tráeme el *sagum* —le ordena a Honorio.

Una vez que se ha enfundado en el viejo capote de lana que llevaba en la campaña de Numancia, se dice a sí mismo que, tal como está degenerando la situación, sería una insensatez ir desarmado por las calles, de modo que él mismo descuelga la espada del escudo de armas que tiene clavado en la pared del despacho. Se abre el *sagum*, deja que Honorio le coloque y le abroche el tahalí del hombro derecho a la cadera izquierda y envaina la espada en la misma funda ya cuarteada de la que la sacó el día en que se enfrentó a aquel campeón celtíbero ante las murallas de Numancia.

Ataviado de esa guisa, Mario reúne a tres sirvientes de confianza, tipos duros armados con porras y cuchillos. De nuevo, argumenta para sí que no es por seguir las instrucciones del cónsul, sino porque obrar de otra manera no sería prudente. Y esta vez no hay ninguna adivina que le haya dicho que debe acudir solo a la cita.

Hay una vocecilla que le susurra en voz muy baja: «Cada uno puede convencerse de lo que quiere».

«Pero tú estás buscando excusas para hacer exactamente lo que os ha ordenado Opimio».

Le cuesta un poco más acallarla de lo que le cuesta silenciar a sus soldados cuando está en campaña, pero lo consigue.

Al salir de casa, calcula que todavía le queda tiempo de sobra para llegar a la curia antes de que empiece la sesión. Así que, antes de bajar al Foro, decide pasarse por la domus de los Sertorio para interesarse por ellos.

En honor a la precisión, por quien quiere interesarse de verdad es por Rea. Para aconsejarle, por lo menos, que se atrinchere en la casa en previsión de lo que pueda pasar en las próximas horas.

Mientras sube por la cuesta de la Salud,[13] observa que la lluvia ha amainado un poco.

Quizá amainar no sea la palabra correcta. Simplemente, no cae de forma tan furibunda como antes, cuando parecía que los dioses hubieran volcado de golpe una inmensa bañera sobre el Foro.

Pero sigue lloviendo con tal fuerza que el agua que percute sobre las

---

[13] *Clivus Salutis.*

tejas de las casas forma olas, latigazos líquidos que a ratos, en lugar de bajar, parecen subir por techos y azoteas como serpientes ondeantes empujadas por el aire.

Ante el azote de la lluvia y el viento, la tendencia normal es tirar del borde de la capucha lo más posible y agachar la cabeza para resguardarse. Pero Mario, en lugar de encogerse así, levanta la mirada de vez en cuando, entornando los párpados y enjugándose el agua de las pestañas y las gruesas cejas. En días como este, las alturas son un peligro que hay que vigilar. Las tejas, las macetas, los adornos de los templos, las ramas de los árboles e incluso los árboles enteros se convierten en armas que el aquilón arroja a su capricho sobre los incautos o intrépidos que, como él, se aventuran por las calles.

Cuando llega ante la casa de los Sertorio y llama a la puerta, observa que cada golpe de la aldaba proyecta pequeñas cortinas de agua. A Mario, con su forma tan militar de observar el mundo, se le antojan andanadas de proyectiles disparadas por minúsculas unidades de arqueros.

El postigo se abre hacia dentro. Al otro lado el rostro familiar del portero observa a Mario. Primero con desconfianza. Cuando se baja la capucha, con reconocimiento.

—¡Adelante, dómine, adelante!

La puerta se abre rechinando. El travesaño inferior, hinchado de humedad, choca con las losas del interior. Impaciente, Mario empuja con fuerza para ayudar al portero y está a punto de derribarlo.

—Ellos esperarán aquí, en el zaguán —dice al entrar, refiriéndose a los tres esclavos que lo acompañan.

Mario es amigo de confianza de la familia, por lo que el ostiario se limita a asentir. Cuando pasan a la breve galería que da paso al atrio, cierra la puerta tras ellos.

El siguiente criado que acude a recibirlo es Dagulfo.

A espaldas de Mario, uno de sus sirvientes, que no lo ha acompañado nunca a casa de los Sertorio, deja escapar un resoplido.

Es una reacción habitual entre quienes ven por primera vez a aquel gigante que apenas cabe por las puertas.

Dagulfo pertenece a la tribu de los teutones, un pueblo que habita al norte de la Galia. Son territorios todavía ignotos para las legiones romanas, aunque no para los más aventureros de entre los *negotiatores* itálicos, que comercian con pieles y ámbar y con esclavos como el propio Dagulfo.

A primera vista, por lo claro de su piel, su cabello y sus ojos, el joven podría parecer celta. Pero su lengua natal no tiene nada que ver con la que habla Publio, uno de los tres esclavos que acompaña a Mario. Publio es celtíbero, nacido en la fría meseta hispana. No es que su idioma y el de Dagulfo sean dialectos diferentes, como ocurre con el latín de Roma y el de Arpino: es que no existe ningún parecido entre ellos.

Mario lo sabe porque, llevado por cierta curiosidad etnográfica, de vez en cuando le pide a Dagulfo que pronuncie unas cuantas frases en su lengua. Esa curiosidad no se debe a un amor por el conocimiento tan acendrado como el que mueve a Artemidoro, sino a que busca informaciones concretas sobre los pueblos con los que, está convencido, Roma se acabará enfrentando.

Espera que, cuando eso ocurra, sea él quien ostente el mando de las legiones.

Por su tamaño, lo normal sería que Dagulfo despertara miedo. Sin embargo, tiene una mirada tan abierta y una sonrisa tan sincera que, al contrario, lo que infunde es confianza.

—El amo no está en casa, noble Mario. Pero si quieres ver al ama...

El joven teutón se dirige siempre así a él, aunque en puridad no se puede decir que Mario sea un *nobilis.* Nadie en su familia ha desempeñado una magistratura curul en Roma y él no disfruta, por tanto, del derecho a exhibir las imágenes de sus antepasados en el atrio.

Sus hijos, cuando los tenga, sí gozarán de ese privilegio. Es algo que sucederá tarde o temprano, así se opongan el cielo y el mismo infierno.

«A Boviano o a la charca», repite para sí.

Otro que tampoco posee el *ius imaginum* es el dueño de esta casa, Tito Sertorio. Con la diferencia de que él no ambiciona alcanzarlo y se conforma con los privilegios que acarrea pertenecer al orden ecuestre.

A cambio de no mostrar máscaras de ancestros ilustres, Tito ha procurado decorar su atrio con pinturas y estatuas al estilo griego. Dinero no le falta, pero sí ganas de gastarlo, así que incluso alguien de gustos tan poco refinados como Mario se da cuenta de que las imitaciones de las obras clásicas que luce en aquella sala son más bien mediocres, cuando no toscas.

Es algo que Rea le suele recriminar a su esposo.

—¿Te das cuenta de que llevo razón? Incluso Mario lo ve —le dice.

A Mario no le molesta tanto ese adverbio, «incluso», como el hecho de servir a menudo de trinchera a ambos lados de la cual Rea y su marido se arrojan dardos y pedradas no demasiado sutiles.

Mientras una esclava le quita a Mario el *sagum* para colgarlo en una percha cerca de un brasero, Dagulfo conduce a Mario a presencia de Rea.

El hecho de que ella reciba invitados masculinos a solas era otro de los motivos de discusión del matrimonio.

Ya ha dejado de serlo. Tito se ha rendido a esa costumbre que empieza a extenderse entre algunas mujeres de la élite romana.

Mario piensa que, si fuera él quien estuviera casado con Rea, no le haría ninguna gracia.

Por otra parte, conociéndola, sabe que ella seguiría actuando así aunque fuese la única en hacerlo de toda la ciudad.

Demasiada hembra para un pusilánime como Tito Sertorio. Y tal vez, se dice Mario, para cualquier otro hombre.

Él incluido.

Encuentra a Rea en la habitación que le sirve a modo de despacho, como el tablino de un paterfamilias.

Ella está sentada en un cómodo sillón de mimbre, con los pies en alto sobre un escabel. Tiene en el regazo a su mascota, un gato egipcio de pelaje claro y manchas oscuras que parece un leopardo en miniatura.

—Pasa, mi querido Mario. Qué placer más inesperado.

Rea es una mujer coqueta. Aunque es joven todavía y no le hace falta maquillarse para disimular manchas ni arrugas, le gusta realzar sus ojos rasgados de color miel con leves toques de pintura. Se ha puesto un manto de interior, porque hace frío a pesar de los braseros, pero también por disimular la tripa que tanto la mortifica. Lleva el pelo recogido en un moño. Hay quien considera que ese tipo de peinado es menos provocativo que llevar los cabellos sueltos. Pero, de este modo, el fino y largo cuello de Rea queda descubierto desde los hombros hasta la nuca.

Y es un cuello muy tentador.

—Me dicen los esclavos que no está tu marido —dice Mario, poco amigo de prolegómenos.

—Te han informado bien —responde Rea.

Se la nota de mal humor. Más al borde del sarcasmo que de la ironía. Mientras acaricia el lomo del gato, sus manos aprietan cada vez más. Seguramente ella no se dé cuenta, pero el animal sí. Se escapa de las manos de su ama y salta al suelo sin hacer un ruido. A Mario, que siempre ha tenido perros y está acostumbrado al rasguido de sus uñas sobre el suelo, nunca deja de sorprenderle lo silencioso que es ese pequeño felino.

—No lo he visto en la asamblea. —Mario se apresura a añadir—: La verdad es que habría sido difícil verlo. Había muchísima gente.

—¿Difícil? Te habría resultado imposible. Mi amado esposo no ha llegado a asistir.

Han discutido, comprende Mario.

No es nada inusual.

—A lo mejor tu marido se ha olido que iba a haber problemas. La asamblea ha estado a punto de terminar como la caída de Cartago. Si no llega a caer este diluvio habría corrido mucha más sangre, no solo la de ese lictor.

Rea asiente.

—Ya me han contado lo que ha ocurrido. Solo que a mí me lo han contado después.

—No te entiendo.

—Que a mi esposo alguien debió de contárselo *antes* de que ocurriera. Y no creo que fuera ningún oráculo.

Mario enarca una de sus pobladas cejas.

—¿Qué quieres decir?

—Apareció en casa cuando quedaban un par de horas para amanecer.

—¿De dónde podía venir a esas horas?

—No sé de dónde, pero lo cierto es que venía oliendo a puta. Y no a puta perfumada. A puta sudorosa y…

Rea se lleva la mano a la boca y contiene una arcada. Incluso en esa fase tan tardía del embarazo, a veces tiene náuseas.

Dagulfo se apresura a tenderle una copa de vino caliente y especiado. Recomendación de Artemidoro, le explica ella a Mario después de dar un par de sorbos.

—También olía a vómitos y tenía la ropa manchada. ¡Qué asco! Estaba muy alterado. Asustado y con ganas de discutir. Quiero decir, de discutir otra vez.

—¿Otra vez?

—Por la tarde llegó de una fiesta en casa de Cepión. Después de pasar *dos* noches fuera de casa.

«Bastante borracho», añade Rea. Se trata de una puntualización innecesaria conociendo a los dos personajes, el invitado y el anfitrión.

Después de dormir la mona un rato, Tito pretendió acostarse con ella.

Al escuchar esto, Mario se ruboriza un poco. Es hombre de costumbres puritanas. Además, relacionar a Rea con el sexo le pone nervioso.

Le da la impresión de que, en momentos así, sus ojos lo delatan y Rea puede leer en ellos algo más que la amistad que hay entre ambos.

—No sé qué habría visto mi marido en esa fiesta, pero venía más excitado que el burro de Príapo. Le dije que se desahogara con Titipor o que lo hiciera él mismo.

Mario carraspea y aparta un poco la mirada.

—Se fue muy enfadado, y no volvió hasta muy pasada la medianoche. No creas que entró pisando con cuidado. Me despertó con sus trompicones y sus voces. Seguía apestando. Pero, como ya te he dicho, olía más a puta y a vómitos que a vino, y estaba más asustado que borracho. Empezó a dar órdenes a sus esclavos para que le prepararan equipaje cuanto antes, porque decía que le había salido un asunto urgente en Nursia. «¿Tan urgente que te ha hecho salir del prostíbulo antes de tiempo?», le pregunté.

—¿De verdad le dijiste eso?

—¿Acaso era mentira? Ignoro qué sitio frecuenta, porque una vez me quisieron hablar de él y... —Rea se estremece—. No quise ni saberlo. Bien claro puede tener que, cuando nazca el hijo varón que llevo aquí —dice acariciándose en círculos la tripa— y él tenga de una vez el heredero en que tanto se empeña, como si su sangre mereciera la pena perpetuarse, no volverá a tocarme.

—Tal vez tu esposo sabía algo que los demás no sabíamos.

—Eso pienso yo.

Mario se queda pensativo unos instantes. Lo cierto es que le ha sorprendido que los acontecimientos se hayan desarrollado del modo en que lo han hecho. Esperaba, más bien, que alguien intentara agredir a Graco, como ya sucedió en el pasado con su hermano Tiberio.

Graco pensaba igual que él, y por eso se había rodeado de una nutrida cohorte de amigos, esclavos y clientes y se había mantenido a distancia de Opimio y de Minucio Rufo.

Lo que Mario no había previsto era que fuese el otro bando el que sufriera la violencia.

Demasiado conveniente para la causa de Opimio.

Mario no cree que haya sido obra de ningún exaltado. Menos todavía de un seguidor de Graco. Lo último que este necesita es que lo acusen de asesinar a un lictor con las fasces.

Rellenando el breve silencio de Mario, Rea insiste.

—Desde luego que mi marido sabía algo. Por la forma en que se marchó como una exhalación, era como si hubiera visto a las tres gorgonas juntas.

—Bueno, tu esposo no es un dechado de…

Mario se arrepiente al momento. La tentación de escarnecer a Tito Sertorio es grande. Pero, como forma de ganarse el aprecio de Rea, le parece rebajarse.

—Puedes decirlo. Mi esposo no es un dechado de virtudes. Y, sobre todo, de la principal: el valor.[14]

—¿Y se ha marchado así, sin más? ¿No te ha dicho que vayas con él para alejaros a ti y a tu hijo del peligro?

—Aunque me lo hubiera dicho, me habría quedado. ¿Tú me ves en condiciones de montar en una calesa, y menos con este tiempo? —pregunta Rea en tono impaciente, como si le irritara que Mario se muestre obtuso.

—Claro que no. Por eso, es él quien debería haberse quedado aquí contigo en lugar de marcharse.

—Pues no solo no se ha quedado, sino que ni se le pasó por las mientes decirme que lo acompañara.

—Tú has dicho que no lo habrías hecho.

—Eso no tiene nada que ver. Cualquier esposo honesto, que él nunca lo ha sido, y cualquier padre decente, que dudo que lo vaya a ser en la vida, debería haberlo pedido.

Mario no encuentra nada que objetar.

—¿Cuántos esclavos te ha dejado?

—Se ha llevado a diez con él. Yo me he quedado con cinco. El portero y Dagulfo, más tres esclavas. Incluyendo a la buena de Tifilnia.

Rea ha señalado con la barbilla hacia un rincón más oscuro de la estancia. Allí, sentada en un sillón de madera, dormita una esclava tapada con una manta. Es Tifilnia, una vieja etrusca con los ojos blancos de cataratas a la que Rea conserva en casa por el cariño que le tiene.

---

[14] *Virtutes* en plural y *virtus*, valor, en singular.

Si los sicarios de Opimio o alguno de sus seguidores intentan entrar en la casa, lo más que podrá hacer la anciana es arrojarles alguna maldición. Según tiene entendido Mario, es perita en todo tipo de hierbas, tóxicos y conjuros.

—Por lo menos, no se ha llevado a Dagulfo.

—Así es. Pero pretendía llevárselo.

El gigante rubio se ha quedado en el umbral de la puerta que une la estancia con el atrio. Una gran sombra perfilada en el vano, con la cabeza inclinada para no darse un coscorrón contra el dintel.

Es un joven apacible. Demasiado, quizá. Mario está convencido de que, pese a su tamaño y sus músculos, el teutón no tendría nervio ni disciplina para servir como legionario.

Por otra parte, ha observado que la lealtad de ese muchacho a Rea es inquebrantable.

—¿Qué le dijiste a tu esposo?

—Que podía irse con Dagulfo o con sus pelotas colgando. Las dos cosas a la vez, imposible.

Mario resopla. Rea consigue la paradoja de aunar una elegancia innata con unas expresiones más propias de un arriero o de un estibador del Emporio.

—Debo irme ya, Rea. Pero ten cuidado. Ahora mismo, los dados no favorecen precisamente a la gente de Gayo Graco. Y Tito tiene buena relación con él.

—Mi esposo nunca se ha metido en política. Para eso hay que tener más agallas de las que tiene él.

—Da igual. Lo han visto con Gayo, y eso es suficiente para que corra peligro. O para que lo corras tú. Procura que Dagulfo no deje entrar a nadie ni hoy, ni esta noche, ni mañana, hasta que la situación se calme.

—A ti también te han visto con Gayo. Y tú sí te metes en política, tribuno.

—Lo sé. Me cuidaré.

—Hazlo, por favor.

El tono de irritación de Rea ha desaparecido. Llevado por un impulso, Mario se acerca a ella, le pone una mano en el hombro y se inclina para besarla en una mejilla. Rea gira un poco la cara y el beso cae en la comisura. Los labios de ambos están a punto de tocarse.

«Algún día...», piensa Mario.

No. Por mucho que le atraiga esa mujer, cometería un error casándose con ella si alguna vez queda libre.

Mejor buscarse una esposa más convencional si algún día quiere convertirse en el primer hombre de Roma.

Antes de salir de la estancia, a Mario se le ocurre algo más y se da la vuelta para comentárselo a Rea.

—Ya sé que son un peligro, pero creo que deberías dejar sueltos a los perros.

Rea asiente. Mario sabe que ella, tan valiente en general para todo, siente escalofríos cada vez que se acerca a los dos molosos que él le regaló al matrimonio. Negros como la noche, de grandes cabezas y mandíbulas aún más desproporcionadas, si tuvieran un compañero podrían parecer la reencarnación de Cerbero.

Mario está convencido de que no habrá Hércules capaz de entrar en una casa protegida por esas bestias.

CURIA HOSTILIA, EN EL FORO

Mario llega al Senado en el paso de la hora quinta a la sexta. O eso calcula. No resulta fácil deducirlo por el aspecto del cielo. En el manto gris que pende sobre la ciudad se aprecia una zona algo menos oscura, pero es tan difusa que la posición del sol podría corresponder a dos o tres horas distintas.

Sigue lloviendo. Cada vez que parece que va a amainar, se levanta otra racha de viento iracunda que lanza cortinas de agua sobre el Foro.

Pese al aguacero, en la parte oeste de la gran plaza se está congregando una multitud. En ella ya no parece haber división de opiniones. Las amenazas e insultos que profiere la gente van todos dirigidos contra Graco.

Mario se tienta bajo la ropa y acaricia el pomo de marfil de su espada.

«Eres un tribuno de la plebe», se recuerda a sí mismo.

Su persona es inviolable.

Pero también lo era la de Tiberio Graco. Eso no lo salvó de que le reventaran la cabeza a estacazos.

Mario ordena a sus criados que se queden al pie de un plátano cuya ancha copa se agita con violencia ante los embates del viento y envía rociones de agua en cada vaivén, como un perro gigantesco empapado sacudiéndose al entrar en casa. Dicen que lo plantó el mismísimo Rómulo. Por eso nadie se atreve a talarlo, a pesar de que sus raíces han levantado todo el pavimento a su alrededor.

En el pórtico de la curia, donde hace algo menos de dos horas conversaban Mario y Rutilio, el cadáver de Antilio está expuesto en un lecho improvisado, rodeado de antorchas y decenas de cirios cuyas llamas se agitan a uno y otro lado. Las velas que se encuentran más cerca del borde de la escalera se han apagado, porque la lluvia penetra a ratos por debajo del tejadillo como una incursión de montañeses lusitanos.

Alrededor del cuerpo hay unos veinte miembros del colegio de lictores.

—¡Esto no puede quedar así! —se quejan—. ¡Hay que poner las hachas en las fasces y cortar cabezas!

Antes de llegar a la curia, Mario ha encontrado varios cadáveres tendidos por las calles aledañas al Foro. Esclavos, ciudadanos a los que no conoce, pero también un par de senadores. Uno de ellos apuñalado, el otro con la cabeza aplastada.

Es solo la *gustatio*, el aperitivo del festín de sangre que, o mucho se equivoca Mario, o pronto va a empezar a servir sus platos principales.

En el lado norte del Foro ha visto tropas extranjeras. Arqueros cretenses, que por ahora se han cobijado del aguacero bajo la columnata de la basílica Fulvia. Son unos doscientos, calcula Mario, que tiene tan buen ojo para numerar contingentes militares como un pastor para contar ovejas. Algunos llevan corazas de lino, incluso pequeños escudos redondos colgados a la cintura. Pero lo que resulta inconfundible son sus arcos y las aljabas cargadas de flechas.

Esos mercenarios estaban acampados en la isla Tiberina. El cónsul Fabio Máximo los ha contratado para incorporarlos al ejército que en los próximos días movilizará en el Campo de Marte para su campaña en la Galia.

Que los cretenses se encuentren en el Foro, armados de esa guisa, se le antoja ya una violación demasiado descarada de las leyes. Demuestra que Opimio se siente impune y que Fabio Máximo, pese a que no aborrece tanto a Graco como su colega, prefiere cederle esas tropas por no malquistarse con él.

Ya dentro de la curia, Mario comprueba que la sala se ha llenado a medias. Tomando en cuenta que se ha ordenado a los senadores acudir a la sesión ataviados con el manto militar y armados para la emergencia, es lógico que algunos se hayan acobardado por edad, por falta de salud… o de ánimo.

Es de suponer que otros, simplemente, se están retrasando. Mario, que ha tenido tiempo incluso de visitar a Rea, no entiende cómo otros tardan tanto en hacer las cosas.

O puede que lo entienda demasiado bien.

En las maniobras militares, lo más habitual es que los hombres a las órdenes de Mario estén ya en marcha con su impedimenta a cuestas mientras los de otras unidades no han terminado ni de desclavar las piquetas de sus tiendas.

Cuando llegue a cónsul —que llegará— y mande ejércitos enteros —que mandará—, las cosas cambiarán. ¡Vaya que si cambiarán!

La curia es un edificio rectangular, sin grandes alardes arquitectónicos ni por dentro ni por fuera. Una de las pocas concesiones al arte que se veía en él era una gran pintura que representaba la victoria de Valerio Máximo Mesala sobre Hierón de Siracusa y los cartagineses. «Era», en pasado. Cuando se construyó la basílica Porcia, la sede habitual de los tribunos de la plebe, se comprobó que la pintura quedaba tapada por el nuevo edificio, por lo que la trasladaron a este.

Ahora la curia se ve desnuda por fuera y un tanto descuidada por dentro. Por ejemplo, la pared del lado norte, por detrás del estrado de los cónsules, está bofada por la humedad.

A Mario le gusta que su casa esté en las mejores condiciones posibles. No se le cae el anillo de senador si tiene que tomar la paleta de albañil y rematar algún detalle, del mismo modo que empuña la azada o maneja las tijeras de podar sin reparo. Por eso, ve con desagrado el abandono que se observa en la curia Hostilia. Del mismo modo que le molesta encontrarse con que un soldado lleva sucia la ropa, permite que se le oxiden las armas o se deja las guedejas largas como un celta.

Dentro de la curia, los tribunos ocupan dos largos bancos en primera fila, a la izquierda del gran pasillo central. Mario cruza ese espacio enlosado con cuidado de no resbalar. Por más que los sirvientes públicos han tratado de secar las baldosas después de la sesión irregular que se celebró un par de horas antes —en puridad, esta no es menos irregular—, cada senador que ha vuelto a entrar ha contribuido a encharcar de nuevo el suelo.

Por el momento, solo han llegado cuatro tribunos. Mario es el quinto que ocupa su sitio. En lugar de acercarse a los demás, se queda en el extremo del banco más alejado del cónsul Opimio, que presidirá la sesión desde su silla curul, junto a la pared del fondo.

Pese a los braseros que arden en varios puntos de la sala, hace bastante frío. Aparte de su fealdad, la curia es un edificio incómodo. Gélido en invierno y sofocante cuando llega el verano.

En las dos paredes laterales y en la del fondo, por encima de media altura, se abren grandes ventanales. La luz que entra por ellos en este día es mortecina, casi lúgubre. Por las celosías se cuelan más silbidos de viento que rayos de sol, como almas en pena que pasaran ululando entre los listones del enrejado de cedro. A ratos, aunque el tejado de la curia tiene aleros a ambos lados, el aquilón sopla con tal fuerza que empuja dentro ráfagas de lluvia pulverizada. Mario, que se encuentra en el lado contrario de la zona más expuesta, observa cómo algunos senadores miran hacia atrás maldiciendo entre dientes cuando los rocía el agua helada.

Unos dedos tocan su hombro. Mario se da la vuelta.

—Te has atrevido a venir —susurra Rutilio, que se sienta detrás de él, en la segunda fila de bancos.

—Soy un tribuno de la plebe. Debo estar aquí para defender los intereses del pueblo romano —dice Mario, levantando la voz más que Rutilio y clavando los ojos en los otros cuatro tribunos.

Ellos se hacen los distraídos y tuercen el cuello para mirar a otro lado. El primero, Minucio Rufo, el títere de Opimio que convocó la asamblea interrumpida por la sangre y la lluvia.

Poco a poco van llenándose más asientos, incluidos los de los tribunos.

Mario empieza a impacientarse. Tiene mucha tolerancia al dolor, el frío, la sed, el hambre. A todo tipo de penalidades. Lo que no tarda en colmar su aguante y crispar sus nervios es perder el tiempo.

Por fin, entran los dos cónsules con sus escoltas. Primero Fabio Máximo, que se sienta a la derecha, en su propia butaca individual, pero por debajo del estrado. Después entra Opimio, rodeado por seis de sus lictores, que llevan las fasces al hombro. Los demás se han quedado fuera, velando el cadáver de su compañero.

Esténtor, el heraldo, golpea el suelo con la contera de su bastón. A veces se entusiasma demasiado al hacerlo. Lo pueden certificar las resquebrajaduras en la losa negra sobre la que se planta siempre, tieso como una lanza.

Un tipo enérgico y metódico, el tal Esténtor. Eso a Mario no le molesta.

Opimio se levanta de la silla curul. El manto se le resbala un poco por el lado izquierdo. Él se lo vuelve a colocar con un revolar furioso por encima del hombro. De haber estado a su lado, Mario está seguro de que podría haber notado la prenda abanicando el aire.

Un gesto impostado. Como todo en ese personaje.

***

—¡Matar a un lictor, símbolo del sagrado *imperium* del pueblo romano! ¿Cuándo se ha visto un sacrilegio semejante? ¿Qué será lo siguiente? ¿Enviar asesinos contra mí o contra mi colega? —exclama Opimio, señalando a Fabio Máximo, que observa y escucha en silencio.

«¡Sacrilegio!», «¡No hay derecho!», gritan algunas voces.

El cónsul hace una pausa, levantando la barbilla y mirando a su alrededor con un gesto que él debe de creer que le confiere autoridad, pero que lo hace parecer más bien el típico soldado bravucón de las comedias y los mimos.

—¡Mirad ahí! ¡Gayo Graco, tan osado hace apenas unas horas que se ha atrevido a mandar a un sicario para que asesinara a uno de mis lictores, se muestra ahora tan cobarde que no se ha atrevido a presentarse ante vosotros, padres conscriptos!

Para tener un pecho tan estrecho, el cónsul es capaz de proyectar la voz con fuerza. Para gusto de Mario, en un tono demasiado agudo y penetrante, irritante como una corneta que no dejara de emitir la misma nota. A decir verdad, hay muy poco en la persona de Opimio que agrade a Gayo Mario.

El cónsul está señalando con dedo inculpador a su izquierda, hacia la zona donde normalmente estarían sentados Graco, Fulvio Flaco y sus partidarios más fervientes.

Esos asientos están vacíos.

Si los senadores vistieran sus togas blancas como en una sesión normal, el hueco que han dejado Graco y los suyos parecería un feo desconchado en una pared encalada.

Pero, como los padres de la patria han venido ataviados con mantos y capotes militares —algunos de ellos con telarañas que no han tenido tiempo de despegar, tanto hace que no se atavían de esa forma tan marcial—, el conjunto del Senado se ve más oscuro, en consonancia con ese día de plomo, y el hueco no resalta tanto.

En el Senado no hay asientos asignados, salvo para los magistrados en ejercicio. Sin embargo, de forma extraoficial se establecen grupos por afinidad personal o política. Y, de forma también oficiosa, los miembros de la cámara más veteranos ocupan puestos que la tradición acaba haciendo fijos.

El sitio de Graco no ha llegado a convertirse en tradicional, pues solo llevaba ocupándolo desde diciembre, cuando se convirtió en extribuno. Así pues, cualquiera podría haber aposentado en él su senatorial trasero.

Nadie lo ha hecho. Ni en su asiento ni en los aledaños.

En estos tiempos de convulsiones y discordia, el lugar donde uno se sienta en la curia ya supone una declaración de ideas y de intenciones.

—Pero Gayo Graco no está solo, padres conscriptos. ¡Incluso ahora, mientras os hablo, los traidores que lo apoyan, esa chusma de proletarios sin oficio ni beneficio, esa patulea de delincuentes, infames de todo jaez y extranjeros que invaden nuestras calles se están reuniendo en la parte alta del Aventino!

No es extraño que Graco haya elegido el Aventino. La última vez que se produjo una secesión de los plebeyos para arrancar derechos a los patricios, se congregaron en esa colina. Como resultado, consiguieron que se aprobara la ley Hortensia. Desde entonces, los decretos de las asambleas de la plebe no obligan solo a los plebeyos, sino a todos los ciudadanos romanos, patricios incluidos.

(La *gens* Opimia a la que pertenece el cónsul es de origen plebeyo. Pero en estos tiempos ya no es la dicotomía entre patricios y plebeyos la que separa a los romanos, sino la división entre las familias nobles, ricas y poderosas, sea cual sea su origen, y el resto).

¿Pretende Graco una nueva secesión, más de ciento cincuenta años después de la última?

Si cobijaba la esperanza de que el pueblo lo secundara en masa, debe de sentirse amargamente desengañado. Tras las grandes puertas de la curia, que están abiertas de par en par, se ve un gentío creciente en el que las voces que claman contra el extribuno suenan más y más fuertes.

Opimio sigue hablando. Está recordando a los senadores lo que ocurrió hace doce años. En aquel entonces, era cónsul Mucio Escévola. Sin el menor reparo, Opimio critica a quien ahora es ya casi un anciano venerable y, a mayor abundamiento, pontífice máximo. Según él, Escévola fue demasiado tibio en sus actuaciones contra Tiberio Graco.

—¡Un Tiberio Graco que pretendía nada más y nada menos, y os pido que no olvidéis esto, dar un golpe de Estado y convertirse en rey! ¡En rey, padres conscriptos!

«¡Traición! ¡Muerte a los reyes!», grita la clac del cónsul.

—En aquel terrible trance, tuvo que ser el heroico Publio Cornelio Escipión Násica, que ya no está entre nosotros, quien se levantó y, cubriéndose la cabeza con la toga, dijo a los senadores: «Puesto que nuestro máximo magistrado traiciona a la ciudad, quienes queráis salvarla y salvar sus leyes, tomad las armas y seguidme».

Mucio Escévola, que se ha negado a adoptar el atuendo militar como los demás y sigue vistiendo su impoluta toga sacerdotal, se apoya en el báculo para levantarse del asiento y exclama:

—¿Me estás llamando traidor? ¿Me llamas traidor a mí, Lucio Opimio?

El cónsul hace un gesto conciliador con las manos. Incluso para alguien tan soberbio como él, enfrentarse a un hombre del prestigio de Escévola sería orinar fuera de la bacinilla.

—De ninguna manera, mi querido Mucio. Me limito a repetir las palabras que pronunció Escipión Násica y que yo mismo, en aquel entonces un joven senador, escuché. Jamás me atrevería yo a llamarte traidor, pero sí a decirte que algunos confundieron entonces tu bondad de carácter con debilidad. ¡Y yo no voy a permitir que eso me ocurra a mí! ¡No durante mi consulado!

Rutilio, que está detrás de Mario, se inclina sobre su hombro y susurra:

—¿Crees que incluso el más generoso de los hombres le atribuiría a Opimio bondad de carácter?

Mario se limita a negar con la cabeza de forma casi imperceptible.

El cónsul continúa explicando las medidas que ha tomado. Recuerda a los senadores que, a raíz de la consternación causada por el portento del sol triple sobre Roma, se decidió recurrir a los *Libros Sibilinos.*

—Pues bien, según las normas del colegio de decenviros, uno de sus miembros, Lucio Perperna, ha acudido al templo de Júpiter para consultar la voluntad de los dioses y, sobre todo, la de Apolo.

A una señal de Opimio, Lucio Perperna se levanta de su asiento y camina hacia él. El decenviro, que es tres o cuatro años más joven que Mario, pertenece a un ilustre linaje etrusco. Entre los senadores de la primera fila se encuentra su padre, Marco Perperna, que fue cónsul hace nueve años y que ahora asiente con la barbilla, orgulloso del protagonismo de su hijo.

Perperna hace ademán de subir al estrado desde el que preside la reunión Opimio. Este le pone una mano en el hombro y, sin demasiado disimulo, hace presión con ella para obligarlo a quedarse abajo.

Pese a la tensión que flota en el ambiente, tan pesada y pegajosa como la humedad que lo impregna todo, se escuchan algunas risitas. Sin subir a la tarima, la cabeza del espigado Perperna está casi a la altura de la del cónsul. De haberse encaramado a ella, se vería que le saca más de un palmo.

Entre los que no se ríen está Servilio Cepión hijo. (Su padre, sentado a no mucha distancia de él, no lo hace ni ahora ni prácticamente nunca). Será por la resaca o por alguna otra razón, pero a Mario, sentado frente a él al otro lado del hueco central, no le parece normal el odio con que Cepión está mirando a Perperna, compañero suyo de colegio sacerdotal.

Tras un breve instante de azaramiento, Perperna levanta sobre su cabeza unas tablillas de cera atadas y lacradas.

Se supone que el cordel y el lacre demuestran que el decenviro ha anotado en el díptico lo que ha visto en los *Libros Sibilinos*, sin sacarlos en ningún momento del templo de Júpiter, y que después el funcionario de dicho templo lo ha sellado con su anillo, certificando así que lo que el decenviro ha escrito en las tablillas es lo mismo que ha visto en los libros originales.

Perperna explica a los padres conscriptos que en todo momento ha seguido el procedimiento ordenado por los dioses, el mismo que se sigue desde los tiempos del infame Tarquinio el Soberbio. Tras cubrirse las manos con un velo, de tal modo que sus ojos no pudieran ver lo que hacían sus dedos, sacó uno de los tres libros. Después lo desenrolló —siempre sin mirar—, hasta decidir, puramente al azar, dónde debía pararse.

Solo entonces señaló el pasaje con el dedo y, con la ayuda del experto en griego que lo acompañaba, copió las palabras en cuestión.

—Tomad en cuenta, padres conscriptos, que los textos de los libros son muy antiguos, y que ni la caligrafía ni las palabras son como las del griego que todos hemos aprendido en Grecia.

—Habla por ti, pedante —masculla Mario. No tan bajo que no le oiga Rutilio, a quien se le escapa una risa apenas sofocada.

Perperna desata el cordel, rompe el lacre y abre la tablilla. En un griego sumamente enfático, que incluso Artemidoro encontraría afectado, lee los versos.

Mario capta alguna palabra suelta.

No es el único. A su alrededor observa más gestos de perplejidad.

Perperna se apresura a añadir:

—Aunque bien sé que la mayoría de vosotros domináis esta lengua, puesto que algunos términos son tan arcaicos que incluso he tenido que consultar a un experto que estudió en la biblioteca de Alejandría, os traduzco lo que el azar de los libros[15] nos encomienda.

Mario vuelve a mirar a Cepión. Será la resaca o algo más, se dice. No es normal el odio con que está mirando a su compañero de colegio.

Perperna carraspea y recita la versión latina que ha memorizado, haciendo pausas de vez en cuando para mirar a ambos lados y comprobar el efecto que causa.

Sin duda, este es el momento culminante de su carrera política.

***

La hidra que contamina el campo parece tener muchas cabezas,
pero solo dos son las que exhalan su pútrido veneno.
El salvador debe amputarlas sin vacilar
y cauterizar sus muñones para evitar el pernicioso brote,
y después prender fuego a las mieses corruptas
hasta que la mala hierba sea solo un recuerdo.

Tras el recitado, se hace un largo silencio.

Tan largo que es Opimio quien decide romperlo.

—¿Y bien, Lucio Perperna? ¿Qué pueden decirnos los augustos decenviros sobre la interpretación de esos versos?

—Dada la gravedad de la situación y lo inusitado del prodigio, el colegio de decenviros se reunió con urgencia antes de la asamblea. De los diez miembros, hemos estado presentes siete.

De nuevo, Mario observa el cruce de miradas entre Cepión y su compañero decenviro. Si el mito de las gorgonas fuera real, Perperna ya se habría convertido en piedra.

---

[15] *Sortes librorum* es la expresión que utiliza Perperna.

Lo que le hace deducir que uno de los que no han estado presentes ha sido Cepión.

—La deliberación ha sido breve, porque en esta ocasión las palabras de Apolo han sido tan claras como argénteo es el sonido de su lira.

Detrás de Mario suenan algunas risitas sofocadas, provocadas por la cursilería de Perperna.

—¿Y cuál es vuestra interpretación, decenviros? —pregunta el cónsul—. Habla tú en nombre del sagrado colegio, Lucio Perperna.

—Es evidente que en este caso el campo no se refiere a los campos cultivados, se refiere a la ciudad…

«Porque tú lo digas», piensa Mario.

—… y que el veneno de la hidra es la ponzoña política que llevan tiempo extendiendo los dos Gracos, con sus ataques constantes a las costumbres de los antepasados y su defensa de la chusma más baja que se reproduce como ratas por los callejones más infectos de Roma.

»Las dos cabezas, todos sabemos quiénes son. Fulvio Flaco, ese borracho que para vergüenza de esta ciudad ha sido cónsul de Roma, y, sobre todo, Gayo Graco, cuya osadía y soberbia han dejado pequeñas a las de su hermano.

Mario observa la impaciencia en el gesto de Opimio. El cónsul debe de pensar que el todavía joven Lucio Perperna está acaparando demasiado protagonismo.

Pero Mario no cree que esas palabras estén saliendo realmente de su boca ni de las de los demás decenviros. Como mucho, Perperna las está adornando por mantener más tiempo el turno de palabra. Para un senador todavía joven como él, eso es importante. De alguna manera, está haciendo campaña para edil. Ahorrándose una buena suma de dinero con esa propaganda gratis que está recibiendo ahora.

—En cuanto a las mieses corruptas y la mala hierba, creo que no hace falta la clarividencia de la Pitia de Delfos para saber a quiénes se refiere.

Perperna está a punto de hacer un gesto con la mano, señalando a los asientos vacíos de la cámara.

Opimio le pone la mano en la muñeca y lo detiene. Al hacerlo, casi le da un palmetazo.

El gesto de contrariedad del decenviro es evidente.

Tan evidente como la sonrisa maliciosa de Cepión, que parece regocijarse por la pequeña humillación que ha sufrido su colega.

—Nunca se te darán gracias suficientes por tu servicio a la República, decenviro —dice Opimio—. A ti y al resto de tu sagrado y necesario colegio.

Tras despedir a Perperna, que vuelve a su asiento un tanto arrebolado, es el cónsul quien saca las últimas conclusiones del oráculo extraído de los *Libros Sibilinos.*

Está claro que hay que cortar esas dos cabezas, explica. Es lo más apremiante. Pero para llegar a ellas habrá que segar muchas mieses corruptas y malas hierbas, como han advertido los *Libros Sibilinos.*

—Por esa razón, padres conscriptos, os pido que tomemos las medidas extremas que requiere este momento de urgencia. ¿Qué más señales queremos de que estamos ante una crisis sin precedentes, ante un terremoto que amenaza con hundir los cimientos de la República? Los tres soles hace unos días, el asesinato de un sirviente sagrado...

—Un lictor no es un tribuno de la plebe —murmura Mario.

—... la furia de los cielos cayendo sobre los traidores...

—Y sobre todos —vuelve a añadir Mario.

—... y ahora acabáis de escuchar las claras instrucciones de los *Libros Sibilinos.*

»Como cónsul que preside la sesión de esta noble cámara, os propongo que emitáis, ¡oh padres conscriptos!, un decreto de carácter extraordinario que no sea consultivo, sino obligatorio para todos los magistrados, para todos los sirvientes públicos, para todas las asambleas y, en suma, para todos los ciudadanos. Un decreto que estará por encima de las potestades y atribuciones normales de los magistrados.

—¿Y qué dirá ese decreto que propones?

El que ha hablado, con voz cascada pero todavía audible, es Mucio Escévola, el pontífice máximo. Interrumpir al cónsul sería una desconsideración en cualquier otro, pero Escévola tiene la costumbre de introducir sus cuñas en los discursos de los demás. Privilegios de la edad y de las dignidades ostentadas en el pasado.

A Opimio no le sienta bien. Se queda un instante callado, como si hubiera perdido el hilo de los pensamientos.

Su silencio se ve puntuado por un resplandor intenso que se cuela por las celosías, proyectando en las paredes durante un instante un enrejado de sombras y luces. Después, un trueno más poderoso que todos los que han sonado desde que se inició la sesión hace retumbar las paredes.

Qué dramatismo, piensa Mario. En el fondo, la interrupción le ha venido bien a Opimio. Mejor para él que haya sido durante una pausa y no que el trueno hubiera acallado sus palabras.

—Este es el decreto que os presento, padres conscriptos. Que a partir de ahora mismo, se decrete el estado de tumulto. Que los traidores Gayo Sempronio Graco y Marco Fulvio Flaco sean declarados enemigos del pueblo romano.

Se levantan voces de apoyo a Opimio. Los murmullos suben tanto que cuesta distinguir las palabras del cónsul. A su lado, tanto el heraldo Esténtor con su bastón como dos de sus lictores con las fasces aporrean el suelo.

—¡... todo ciudadano de bien que los encuentre tiene el sagrado deber de darles muerte en nombre de la República, así como de hacer lo mismo con todos los partidarios que los protejan con las armas, con las manos o encubriéndolos con su silencio! ¡Quien traiga las cabezas de los traidores Gayo Sempronio Graco y Marco Fulvio Flaco recibirá el peso de dichas cabezas en oro!

Las palabras de Opimio provocan en el Senado la reacción tumultuosa que cabía esperar. Entre los senadores que hasta hace apenas unas horas todavía apoyaban a Gayo Graco, muchos, comprendiendo que el viento sopla contra ellos, prorrumpen en gritos y muestras de indignación más altisonantes que nadie para demostrar que abandonan aquella causa manchada por el asesinato de un lictor.

—¡Silencio! —ordena Esténtor, con un rugido que compite con los truenos.

Las voces bajan de volumen, pero no llegan a acallarse del todo. Tratando de sobreponerse al ruido, el cónsul señala a la parte izquierda de la sala, que para él es la derecha, con el brazo extendido.

—¡Todos los que penséis como yo, venid hacia esta parte! ¡Si alguno piensa alguna cosa distinta, que vaya al otro lado!

Mario observa que Opimio ha cambiado la fórmula de votación de una manera no demasiado sutil. Normalmente se distingue entre «Quienes penséis esto» y «Quienes penséis lo otro», en pie de igualdad. Pero ahora el cónsul ha opuesto la masa de «Todos los que» contra el singular «Si alguno».

La amenaza no es precisamente larvada. Le ha faltado decir: «Si alguno tiene la osadía de llevarme la contraria...».

El procedimiento de separación que propone Opimio no admite

deliberación. Pero cualquier senador está en su derecho de levantarse ahora y exigir que lo cambie exclamando *Consule, consule!*, «Consulta, consulta», para que el cónsul solicite el voto uno por uno y cada miembro de la cámara pueda explicar y justificar su parecer, si así lo desea.

Sin embargo, los ánimos no están para eso.

Los senadores que se sientan a la diestra de Opimio se levantan para acercarse aún más a su estrado. Quienes estaban a su izquierda se apresuran a cruzar el amplio enlosado central para juntarse con ellos.

El azar, o la predilección natural por la diestra, ha querido que el banco de los tribunos se encuentre también situado a la derecha del cónsul.

Eso significa que Mario parece estar de acuerdo con Opimio.

¿Cruzar al otro lado y mostrar así su oposición? ¿Él solo entre más de ciento sesenta senadores?

Para eso, sería mucho mejor que proclamara su veto.

Mientras se produce ese aluvión de mantos oscuros hacia el lado que ha señalado Opimio, otros senadores, los menos, se levantan haciendo el menor ruido posible y, evitando el centro de la sala, se escabullen para dar un rodeo por detrás de los bancos y las columnas de piedra. Lo hacen al principio andando, pero cuando uno de ellos arranca a correr, los demás lo imitan y abandonan el edificio a la carrera.

No quieren votar a favor de Opimio, pero tampoco se atreven a oponerse de forma palmaria.

Básicamente, están huyendo.

—¿Crees que pararán antes de llegar a Capua? —pregunta, sardónico, un senador situado a la espalda de Mario.

—Depende —responde el que está a la derecha del primero—. Es posible que Persio, Salieno y Racilio vayan al Aventino.

—¿Tú crees?

—De los que acaban de salir, son los que más huevos tienen. Graco los ha mandado aquí para que husmeen.

Sea que piensan huir de Roma, esconderse o dirigirse al Aventino para reunirse con los partidarios de Graco, la maniobra de los que salen del edificio no pasa inadvertida ni a los ojos ni al dedo de Opimio, que los señala acusador y exclama:

—¡Huid, sí! ¡Marchaos a reuniros con ese soberbio que se cree por encima de las leyes de hombres y dioses! ¡Soberbio, sí! ¡Soberbio como aquel Tarquino, tirano y corrupto, padre de violadores, al que nuestros antepasados expulsaron por el bien de Roma para instaurar la República que ahora conocemos!

Hay dos o tres entre los interpelados que se detienen un instante para mirar atrás. Pero los más comprenden que la situación se afea para ellos, de modo que se apresuran a cruzar las puertas de la curia para tratar de abrirse paso entre la gente que, pese a que sigue lloviendo, se agolpa ante ellas.

No es tarea fácil. La inmensa mayoría de esa multitud, si no toda, está formada por partidarios de Opimio o seguidores de los partidarios de Opimio. Los primeros senadores que abandonan el edificio logran pasar entre insultos y escupitajos. Pero, como suele ocurrir cuando los ánimos de la turba se caldean, unos se contagian la violencia a otros y cada vez actúan de forma más brutal.

El último senador que intentaba huir, Marco Gratidio, natural de Arpino como Mario, tiene la desgracia de resbalar en un charco de agua al pasar entre dos filas de exaltados, prácticamente en la puerta del Senado. Allí mismo, sin respeto ninguno a la supuesta dignidad de la curia, empiezan a darle patadas y pisotones.

Mal asunto para Gratidio, piensa Mario, que ve desde lejos cómo los agresores agarran de los pies al senador para arrastrarlo fuera sin miramientos. Él mismo se ha visto involucrado en alguna pelea de taberna, sea en las cantinas de su ciudad natal, en las de Roma o incluso en las del campamento de Escipión en Numancia, donde la disciplina había empezado siendo casi espartana, pero se había ido deteriorando en los meses de invierno.

Cuando en un altercado de esos alguien cae al suelo, para los demás la tentación de moler a patadas al derribado es demasiado fuerte. En una refriega normal, están garantizados un labio partido, un par de dientes menos y dos o tres costillas fracturadas.

Cuando hay tanta ira hirviendo como ahora, es una muerte segura.

Mario recuerda un antiguo dicho.

«Los cobardes mueren muchas veces antes de encontrar la muerte. Los valientes solo la saborean una vez».

Seguirle el juego a Opimio es, de por sí, una pequeña muerte. La primera de muchas, si cede ahora.

La pequeña muerte del miedo.

Todo el Senado está ahora apelotonado en la parte izquierda de la curia.

Mario se levanta. A su lado, los demás tribunos —ya hay siete más, ocho con él— lo miran con incredulidad. ¿Ahora, cuando los demás han votado con los pies a favor de Opimio?

Hay una ola de murmullos que se acallan por sí solos. Un silencio de estupefacción mientras Mario avanza hacia el centro de la sala.

Se oye un trueno, lejano pero largo, un grave estertor de los cielos.

Cuando se encuentra en medio del pasillo, en lugar de seguir de frente hacia los bancos que han quedado vacíos, donde deberían agruparse los defensores de Graco si los hubiera, gira en ángulo recto a su derecha.

Y se encamina hacia la salida.

Sin molestarse en mirar a Opimio.

La verdad, le preocupa más la gente que espera en las puertas y que duda que le abran un pasillo.

—¿Adónde te crees que vas, Gayo Mario? —pregunta el cónsul a sus espaldas.

Mario se gira apenas un cuarto, lo justo para que su voz llegue tanto a Opimio como a aquella piña de senadores que lo rodea.

—No voy a participar en esta farsa. Todo este procedimiento es ilegal. Así he hablado.

—¡Espera!

El único togado de la sala viene hacia él, con pasitos cortos, pero apresurados, ayudándose del bastón.

Es Mucio Escévola.

El pontífice máximo llega a la altura de Mario y lo agarra del codo con sus dedos hinchados y retorcidos por la artrosis.

—Ayuda a caminar a este viejo, ¿quieres, Gayo Mario?

—Será un honor, Publio Mucio.

Los dos caminan hacia las puertas, al paso más lento que exige la edad del anciano.

¿Qué ocurrirá cuando lleguen ante el gentío?

Sea por la dignidad de los años y el cargo de Escévola o por la decisión de Mario y su inviolabilidad como tribuno de la plebe, la muchedumbre que se apiña fuera, bajo el tejadillo y en las escalinatas que bajan al Foro, se abre para dejarles paso.

Aunque se escuchan algunos comentarios de escarnio, y ya fuera de la protección del tejadillo Mario nota algo húmedo en la cabeza que parece más saliva que agua de lluvia, ninguno de los dos se detiene, responde ni mira tan siquiera a esa multitud.

Así, poco a poco, se van alejando de la curia y acercándose al ciprés bajo el cual esperan los criados de Mario.

—Has sido valiente, Gayo Mario —le dice Escévola—. Pero hay algo que me extraña. ¿Por qué no has vetado a Opimio?

—Un tribuno puede vetar decretos, proyectos, convocatorias legales. No se puede vetar lo que no es nada.

—Un argumento curioso, a fe mía —responde Escévola, meneando la cabeza. No se le nota demasiado convencido.

***

Más que curioso, falaz, se dice a sí mismo Mario cuando se ve de regreso en su casa.

Ya que se arriesgaba a las iras del cónsul y sus secuaces, tanto en el Senado como fuera, ¿por qué no ha exclamado *Veto* como le prometió a Graco?

Con la forma en que se han desbocado los acontecimientos, no habría servido de nada. Pero ahora no se sentiría como el cobarde que ha intentado no ser.

Ordena a los esclavos que cierren bien las puertas, todas ellas, y que tranquen también las ventanas. Su casa no queda de camino entre el Foro y el Aventino, ni mucho menos. Pero una vez que esa muchedumbre que ha congregado Opimio se convierta en una turba furiosa y saboree las primeras gotas de sangre, como sin duda ocurrirá, ¿quién amansará a la fiera?

Después se retira a su alcoba a descansar. Apenas ha dormido esa noche y la mañana —esa mañana triste y gris como un largo crepúsculo— ha sido larga.

Apenas se tiende en el lecho, siente un dolor punzante en la boca del estómago. Corre a la letrina. Le dan arcadas y trata de vomitar.

Al principio no lo consigue. Después, de su boca brota una extraña bilis negra, humeante, espesa. Él no suele devolver, salvo cuando se purga por consejo del médico. Y, desde luego, jamás había vomitado algo así.

Es esa mujer. Marta. Ha envenenado su mente.

Y el veneno de su mente se ha extendido a su cuerpo.

Mario se vuelve a meter en la cama.

«Debo ir al Aventino con Graco», se dice.

Pero ese pensamiento vuelve a provocarle náuseas. Se retuerce junto a la cama y vomita de nuevo.

No es miedo, no. Conoce esa sensación. Ni siquiera él es inmune a ella.

Esa maldita mujer tiene planes para él.

Y en esos planes no entra que ayude a Gayo Sempronio Graco.

Lo cual le hace pensar que el extribuno, uno de los pocos nobles honrados que quedan en esta ciudad corrupta, está condenado.

Mario cierra los ojos.

Y trata de olvidar.

Siempre es más sano que recordar.

AVENTINO

Sigue lloviendo.

Con algo menos de fuerza que antes. Si la tromba continuara cayendo con tal intensidad, los cielos habrían quedado vacíos de agua para el resto del invierno e incluso la primavera.

A pesar de la lluvia, en el Foro se ha vuelto a concentrar una multitud.

Su aspecto es muy distinto al de la muchedumbre que se congregó hace unas horas, cuando las nubes todavía no se habían volcado sobre la tierra.

Ahora prácticamente todos, desde los senadores hasta los esclavos, se cubren con mantos y abrigos pardos, grises o negros. Hay excepciones, pequeñas motas blancas y rojas en la muchedumbre, como el *flamen dialis* con su peculiar vestimenta y las limitaciones inherentes al cargo de sacerdote de Júpiter.

Si antes los Lavernos destacaban como una mancha en un mar de togas claras, ahora se han fundido con la muchedumbre, una especie de reflejo en el suelo de la oscuridad que se extiende por el cielo encapotado.

Oscuridad que presagia horas tenebrosas.

Existe otra diferencia entre esta concurrencia y la que acudió a la asamblea convocada por el tribuno Minucio Rufo.

La división de opiniones que reinaba antes ha desaparecido.

O, al menos, no se manifiesta.

Si queda alguien allí que sienta la menor simpatía por Graco, se guarda mucho de expresarlo.

Quienes no creen que el culpable del asesinato del lictor Antilio es el extribuno ausente fingen creerlo.

Evidentemente, hay más de uno que tiene que saber la verdad.

El primero de todos, Opimio. Por lo que Sierpe le contó a Stígmata anoche en presencia de Berenice —¡sin revelarle su propio papel en la conjura, la muy artera!—, es evidente que el cónsul es el instigador de ese crimen.

Por supuesto, Servilio Cepión, que ha ejercido de muñidor entre el cónsul y Septimuleyo.

Más este último.

Más Sierpe, la ejecutora.

Más Stígmata, que ha visto a la niña huir después de asestar la puñalada mortal.

Aprovechando el momento en que los Lavernos han vuelto al Hórreo para secarse y reforzar su armamento, Stígmata ha estado buscando a Sierpe.

No la ha encontrado.

Cuando la cría quiere escabullirse, resulta casi imposible dar con ella. Stígmata sabe que cuenta con varios escondrijos en los huecos que hay entre el tejado del Hórreo y las vigas del techo. En ellos almacena sus chucherías y tesoros —para Sierpe a veces ambas cosas son lo mismo—, y desde allí espía conversaciones y otro tipo de actividades que una niña de su edad no debería presenciar. Pero esos resquicios y recovecos son demasiado estrechos para Stígmata. Tendrá que esperar a que la cría decida aparecer para hablar con ella de lo que ha sucedido junto al altar del Lapis Niger.

Si hay alguien más entre los Lavernos que conozca la verdad sobre la muerte del lictor, lo disimula muy bien. Los gritos de «Graaaa-cóaaaa-sesino» que profieren Búfalo, Cíclope, Cilurno, Oráculo y compañía suenan no solo convencidos, sino también convincentes.

***

Ante las puertas de la curia Hostilia se han congregado unos ciento sesenta senadores armados. Más de la mitad de los trescientos miembros que componen, nominalmente, la augusta cámara. Una cifra considerable, tomando en cuenta que un buen número de padres conscriptos se encuentra fuera de Roma en legaciones oficiales o puestos militares, que otros no pueden asistir por su edad o por enfermedad y que hay quienes siguen apoyando a Gayo Graco y, o bien se han concentrado con él en el Aventino, o bien han puesto tierra de por medio.

A los mencionados senadores los rodean criados y clientes. A ellos se suman centenares de miembros del orden ecuestre con sus correspondientes escoltas, repartidos por las inmediaciones de la curia. Entre unos y otros, y ciudadanos y extranjeros que han acudido o bien por su cuenta o bien en bandas organizadas como los Lavernos, en la parte oeste del Foro se apiñan miles de hombres armados.

Aunque nadie lleva panoplia completa de soldado, aquí y allá se ve algún que otro yelmo o un escudo, y el viento que levanta los faldones de los mantos revela más de una cota de malla.

El primero que se ha agenciado una coraza de ese tipo es Septimuleyo, tan mirado con su integridad personal como desprendido a la hora de arriesgar la de sus hombres. Aunque las cotas de malla tienden a ajustarse a sus usuarios, los anillos de la que protege al patrón de los Lavernos se ven tan tirantes y tan separados en su protuberante tripa que da la impresión de que en cualquier momento pueden saltar como minúsculos proyectiles a la cara de quien mira. Stígmata se pregunta si esos anillos ofrecerán suficiente protección en esa zona contra un arma punzante.

No le importaría comprobarlo él mismo.

Un caso aparte es el de los arqueros cretenses. Los doscientos mercenarios, equipados como si fueran a servir en una campaña militar, se han apiñado en los soportales de la basílica Fulvia para resguardarse de la lluvia y evitar que sus arcos se mojen antes de usarlos. La humedad no es buena para la tensión de las cuerdas.

Lo que nadie encontrará entre aquella aglomeración son águilas, insignias o banderas. Ningún tipo de estandarte. Lo contrario implicaría que un ejército regular está a punto de combatir dentro de la propia ciudad. Algo impensable.

Será impensable, pero Opimio, que se ha encaramado a la Rostra, se dirige a esas tropas irregulares congregadas en el Foro como si fuera un general arengando a sus legiones antes de la batalla.

—¡Gayo Graco ha demostrado su verdadera naturaleza! ¡Como su hermano, un tirano que quiere convertirse en rey para esclavizarnos a todos! ¿Estáis dispuestos a consentir eso, ciudadanos romanos, cuando vosotros…?

Un «Nooooo» que brota de miles de gargantas acalla el resto de la frase.

Stígmata no ha llegado a escuchar bien ni siquiera el principio. Para él, el cónsul es una figura diminuta que agita los brazos sobre la tribuna, a demasiada distancia para distinguir las palabras de su discurso.

Esa lejanía se debe a que los Lavernos se han situado en la parte suroeste del Foro, casi en el Velabrum. Desde allí se encuentran en una posición idónea para llegar los primeros al Aventino.

Septimuleyo no está dispuesto a que nadie se les adelante.

Todavía no se ha ofrecido de forma oficial la recompensa por la cabeza de Graco.

A Stígmata no le cabe la menor duda de que se ofrecerá.

En esta ocasión, el gladiador no se ha separado del grupo como hizo durante la asamblea. Si se mantiene cerca de los demás no es por decisión propia, sino por mandato de Septimuleyo. «Nada de apartarte en plan vigía si quieres conservar el pellejo. Quiero verte pegado a mí», le ha ordenado el patrón antes de regresar al Foro.

Cuando Septimuleyo menciona la palabra «pellejo», es conveniente tomárselo en serio. El recuerdo de cómo arrancó el que recubría el rostro de Vulcano está demasiado reciente.

—¿Qué ha dicho el cónsul, qué ha dicho? —pregunta Búfalo, mientras en la distancia Opimio sigue gesticulando y desgañitándose.

Desde un grupo que está más cerca de la Rostra, alguien a quien le han llegado las palabras del cónsul de rebote y, por tanto, deformadas, pasa la voz de que Graco se ha coronado a sí mismo rey y que ha abolido todas las magistraturas de la República.

—¡Rey! ¡Qué hijo de puta! —exclama Búfalo. Los demás lo secundan con insultos parecidos.

La palabra *rex* despierta escalofríos y náuseas en la mayoría de los romanos. Es como si les mentaran a la misma parca, lo que explica las exclamaciones y comentarios de indignación que recorren la multitud en oleadas que van y vienen.

A Stígmata la monarquía no le provoca más que un encogimiento de hombros. Puesto que él va a seguir siendo la misma chusma, derramando a veces sangre ajena y a veces sangre propia para divertir al público, y gastando sudor y semen para dar placer a las damas de alta sociedad; puesto que seguirá viviendo en un tugurio miserable y obedeciendo órdenes hasta que llegue el día en que alguien sea más rápido y hábil que él o tenga más suerte y le corte la yugular; ¿qué más le da quién gobierne en Roma, si un rey, dos cónsules o trescientos senadores, cuando él no pinta nada?

Los rumores siguen corriendo, cada vez más descabellados. Uno de ellos asegura que Graco ha huido de la ciudad para formar una coalición con los odiados samnitas del centro de Italia, los mismos que humillaron a las legiones en las Horcas Caudinas y que se han aliado con cada enemigo de Roma que se plantaba en Italia, como Pirro o Aníbal. Los que propalan esos infundios ni siquiera se los creen, pero parecen divertirse llenándose la boca con esa sarta de disparates.

Por fin, los trompetazos metálicos de los heraldos acallan la algarabía. Lo que no consiguen silenciar es el fatigoso batintín de la lluvia, que sigue repicando sobre tejados y baldosas.

El pregonero, que lleva desempeñando su oficio desde que Stígmata alberga recuerdos y al que apodan Esténtor por la potencia de su voz, anuncia:

—¡A todos los ciudadanos de Roma! ¡Compatriotas, quírites! En esta situación de extrema gravedad, cuando los enemigos de la República están dispuestos a las acciones más execrables con tal de alcanzar sus metas y derribar el régimen establecido, cuando el individuo llamado Gayo Sempronio Graco, siguiendo el malhadado ejemplo de su hermano, pretende nada menos que convertirse en rey, y para ello no vacila en recurrir al asesinato de los lictores que protegen al cónsul legítimo...

A estas alturas, no es Búfalo el único que se ha perdido con esa frase interminable. Tras la enumeración de los supuestos crímenes de Graco —quien ha redactado el texto no tiene ningún empacho en hablar de asesinato de lictores en plural, cuando solo es uno el muerto—, por fin viene la parte interesante.

—¡El Senado ha decretado el estado de tumulto y otorgado plenos poderes al cónsul Lucio Opimio, que ostenta legítimamente los auspicios y las fasces, para afrontar esta crisis! ¡Los traidores Gayo Sempronio Graco y Marco Fulvio Flaco han sido declarados enemigos del pueblo romano! ¡Todo aquel ciudadano de bien que los encuentre tiene el sagrado deber de darles muerte en nombre de la República, así como a hacer lo mismo con todos los partidarios que los protejan con las armas, con las manos o encubriéndolos con su silencio! ¡Tal como ordenan los *Libros Sibilinos* consultados por los decenviros para las cosas sagradas, quien traiga las cabezas de los traidores Gayo Sempronio Graco y Marco Fulvio Flaco recibirá el peso de dichas cabezas en oro! ¡Que la suerte y los dioses os sean propicios, ciudadanos!

—¡Es lo que decías tú, patrón! —exclama Búfalo—. ¡Qué inteligente eres!

«No se puede decir lo mismo de ti», piensa Stígmata.

Septimuleyo pellizca una vez más las mejillas del gigantón. Después levanta sus cortos brazos y señala hacia el sur, al Aventino.

—¡En marcha, hijos míos, hermanos, quírites! ¡Es hora de conquistar lo que es nuestro!

Al lado de Stígmata, en voz tan baja que solo él lo escucha, Morfeo murmura: «Por mucho que el cochino se vista de general, cochino se queda».

No puede estar más de acuerdo.

***

Las calles están casi desiertas. Salvo aquellos que participan en los disturbios, la gente ha procurado ponerse a cubierto tanto del temporal como de la violencia inminente. Tiendas y tabernas se ven cerradas y mudas, algunas con puertas y ventanas protegidas por tablones clavados de lado a lado para evitar el saqueo que, previsiblemente, se desatará en cuanto los ánimos se caldeen un punto más.

Los Lavernos avanzan en vanguardia. Por detrás de ellos marcha aquel ejército improvisado que se va engrosando por el camino. A los senadores y caballeros que empuñan espadas los acompañan clientes y esclavos provistos de armas menos nobles, pero que en las manos adecuadas pueden resultar igualmente letales.

Hay lanzas de caza. Arpones de pesca. Algún que otro *pilum* de legionario. Cuchillos de carnicero, de pescadero, de curtidor. Estiletes, cinceles. *Sicae*, los puñales curvados que dan su nombre a los sicarios. Martillos, hachas, picos, incluso palas. Garrotas improvisadas con patas de sillas o de mesas, y otras no tan improvisadas, sino talladas con esmero para que sirvan de armas. No faltan quienes hacen girar alrededor de sus muñecas cadenas rematadas con pesados grilletes o con largos y puntiagudos clavos soldados en los extremos.

El Aventino, por razones que a Stígmata se le escapan, queda fuera del pomerio. Una vez que dejen atrás los hitos de piedra que demarcan el perímetro sagrado, ya no supondrá un sacrilegio portar armas o verter sangre ajena.

En cualquier caso, a estas alturas los escrúpulos religiosos han perdido su peso. Conforme al decreto extremo del Senado anunciado por Esténtor, ahora es lícito recurrir a la fuerza en nombre de la República, siempre que sea contra los hombres de Graco.

No solo lícito, sino obligatorio. Un sacrosanto deber.

La larga columna humana serpentea por las calles, entre gritos y cánticos que compiten con el fragor de los truenos y el persistente tañer de la lluvia. Al paso de aquella amenazante comitiva, algunos postigos se abren y algunas cabezas afloran curiosas sobre los alféizares. La mayoría de las ventanas, no obstante, permanecen cerradas y a los balcones apenas se asoman unos cuantos mirones.

No es solo por la inclemencia del tiempo. Del mismo modo que hace unas horas la tormenta estalló con una violencia inusitada, lo que va a reventar ahora es el purulento quiste de odio que lleva años hinchándose y extendiéndose hasta abarcar toda la ciudad.

Lo más paradójico, reflexiona Stígmata, es que, durante años, muchos de los miembros de la muchedumbre furiosa que se dirige ahora al Aventino han tenido como objeto de su resentimiento a los nobles de la facción más conservadora del Senado. Pero estos nobles, con Opimio a la cabeza y unos cuantos tribunos a modo de mamporreros, se las han arreglado en los últimos tiempos para darle la vuelta a la situación como una veleta y encauzar el odio de la masa en sentido contrario.

El rencor de los más humildes está a punto de volcarse contra el hombre que siempre ha buscado favorecerlos a ellos con sus leyes. Lo único que ha hecho falta es convencer a la plebe de que Graco estaba dispuesto a despojarla de sus privilegios para extender la ciudadanía a los aliados itálicos. «¡Los extranjeros os van a robar lo vuestro!». «¡Os van a quitar el pan que paga el Estado!».

Como si ese pan no se guardara en los silos públicos y se vendiera barato precisamente por obra de las leyes de Graco.

La memoria de las multitudes es corta. Tan corta como escasa su inteligencia.

Evágoras tenía otra de sus teorías para ese fenómeno.

—Cuando se junta una turba furiosa, se convierte en un solo animal. Esa bestia aúna la fuerza de todos sus miembros, mas no su inteligencia.

—¿Qué quieres decir, maestro?

—Que la inteligencia de esa gran bestia es exactamente la misma del más estúpido de los individuos que la componen.

Con una mirada de reojo a Búfalo, Stígmata se pregunta si habrá en la multitud alguien con menos luces que el pugilista.

No es fácil. Desde luego, si el nivel intelectual de la turba que se dirige al Aventino lo marca alguien como Búfalo, seguramente hay bueyes más espabilados.

Con la diferencia de que los bueyes son pacíficos.

La imagen más exacta sería la de un jabalí enfurecido.

***

Tras dejar atrás la calle Tusca, atraviesan el Foro Boario, donde Stígmata ha combatido tantas veces. En un día como hoy, una vez terminada la asamblea de la plebe, en lugar de las gradas para contemplar los juegos deberían verse los tenderetes de los comerciantes y los rediles improvisados para el ganado. Pero la muerte del lictor, el aguacero y lo acontecido después han hecho que el día de mercado se suspenda sin necesidad de proclamarlo oficialmente.

En el espacio más despejado del Foro Boario, la columna de marcha se ensancha primero y después se divide para rodear el altar y el templo de Hércules como la corriente de un río se parte ante el pilar de un puente.

—¡Más rápido! —ordena Mamerco, siempre anticipándose a los deseos de su patrón—. ¡Que nadie nos adelante!

Mientras los Lavernos aceleran la marcha, pasan sobre unas grandes baldosas negras. Debajo de ellas, en una cámara subterránea más reducida que el Tuliano, sepultaron hace más de ochenta años a una pareja de galos y a otra de griegos.

Los cuatro estaban vivos cuando vieron por última vez la luz del sol.

Aquel sacrificio humano se llevó a cabo por mandato de los mismos *Libros Sibilinos* que hoy han ordenado cortar las cabezas de Graco y Fulvio Flaco.

Tras dejar a la izquierda las enormes puertas del Circo Máximo, la marea humana vuelve a estrecharse. Desde ese punto arranca la cuesta Publicia, así llamada por los dos hermanos Publicios, los ediles que pavimentaron con losas de basalto lo que antaño fuera un camino empinado y escabroso por el que no podían subir carros.

En este día es la lluvia, que baja en riadas por la cuesta, la que vuelve escurridizas las baldosas. Los resbalones son frecuentes. Algunos de los que caen al suelo reciben tantos pisotones de los que vienen detrás que ya no vuelven a levantarse. Víctimas indirectas y prematuras de la refriega inminente. La masa es una manada implacable que no se frena para esperar a nadie, un corrimiento telúrico imposible de detener.

A cien pasos calle arriba, donde la cuesta gira en una curva hacia la derecha, los incursores se topan con la primera muestra de resistencia en forma de barricada.

El lugar es el más adecuado para ello, una especie de Termópilas reducidas antes de adentrarse en el Aventino. A ambos lados de la calle se alzan sendas ínsulas, una de tres pisos y la otra de cuatro. Desde sus ventanas y azoteas, los partidarios de Graco —a primera vista, parecen mucho menos numerosos que sus atacantes— se defienden lanzando todo tipo de proyectiles. Hay alguna que otra flecha o venablo, pero la mayor parte de la munición consiste en tejas y macetas.

Stígmata se detiene a cierta distancia. Un tiesto bien dirigido desde las alturas puede matar con tanta eficacia como un dardo.

Los demás Lavernos imitan su ejemplo.

Por detrás de ellos, se oye una voz imperiosa.

—¡Vosotros, los de la vanguardia, apartaos a los lados! ¡Arqueros, al frente!

No es Opimio. El cónsul se ha quedado en el Foro, tomando como sede el templo de Cástor con el fin de, en sus propias palabras, «coordinar las acciones en defensa de la República».

Es decir, para que sean otros quienes corran peligro por él.

El hombre que se adelanta por el pasillo que le han abierto los Lavernos, agitando su espada como si fuera un bastón de mando, tiene ya sus años. Por lo menos sesenta, calcula Stígmata al ver las arrugas de su rostro curtido y anguloso y la manera en que los tendones de su cuello empiezan a descolgarse como cables de navío. Está en buena forma física, aunque con los hombros un tanto encorvados por la edad. Si bien conserva el cabello tan tupido como un joven y, pese al agua, se le adivina áspero como las púas de un cepillo, no hay un solo pelo en su cabeza que no se haya vuelto blanco.

—¿Quién es ese? —pregunta Stígmata. Le resulta familiar, pero no recuerda haberlo visto entre las autoridades que asisten a los combates.

—Décimo Bruto Galaico —responde Morfeo—. ¡Ese sí que era un general, y no el viejo pellejo de Servilio Cepión!

Agallas no le faltan a aquel tipo, eso hay que reconocérselo. Se ha plantado en medio de la calle, impartiendo órdenes a cabeza descubierta. Una teja lanzada con más impulso y puntería que otras se estrella a su lado y se hace pedazos, tan cerca que algunas esquirlas tienen que haberle golpeado de rebote.

Él ni se inmuta.

Aprovechando que Stígmata ha mostrado curiosidad por la identidad de aquel hombre, Morfeo, incapaz de resistirse a la menor ocasión de colocar sus relatos ante cualquier auditorio, le cuenta que Décimo Bruto recibió el *cognomen* de Galaico por el nombre de la remota tribu del noroeste de Hispania en cuyas tierras se aventuró.

—Para adentrarnos en el país de los galaicos, tuvimos que cruzar incluso el Leteo, el río del Olvido —explica Morfeo—. Los hombres tenían miedo de atravesarlo, pues creían que en la otra orilla perderían la memoria y serían como almas en pena vagando en la entrada del Hades.

«¿Habré cruzado yo el Leteo anoche?», se pregunta Stígmata. Desde la otra orilla de su río imaginario, lo observa una cierva de ojos verdes.

—… así que Décimo Bruto le quitó el estandarte de la legión al abanderado, pasó con él al otro lado del río y después empezó a llamar a cada soldado por su nombre para demostrar que lo del olvido no era más que una superstición.

—¿A ti también te llamó por nombre tuyo? —se burla Cilurno.

—¡Claro que sí, y entre los primeros, capullo!

—No te enfades, Morfeo —le calma Cíclope. O finge hacerlo acariciándole la cabeza y revolviéndole el pelo. Algo que al veterano, que para tapar su calva se peina con más esmero que una cortesana, le saca de quicio.

Mientras los Lavernos conversan y se lanzan pullas a la espera de lo que ocurra, Décimo Bruto, que ha asumido por su cuenta el mando de las operaciones, divide a los cretenses en tres grupos. Uno de ellos concentra sus dardos sobre la barricada, formada con carros y tenderetes volcados en la calle, mientras que las otras dos secciones de arqueros disparan a las ínsulas de los laterales.

Los mercenarios no tardan en demostrar que tienen bien merecidas tanto su fama como su soldada. Las flechas silban por el aire en bandadas letales, y alcanzan incluso a los defensores encaramados a la azotea del más alto de los dos edificios.

Enseguida se comprueba que no es lo mismo el daño que causan los arqueros en una batalla contra legionarios blindados y formados en filas prietas que se protegen unos a otros con sus grandes escudos, que contra combatientes irregulares que recurren a armas improvisadas y luchan a pecho descubierto.

—¡Qué hijos de puta, qué puntería tienen! ¡Mirad a ese! —exclama Oráculo, señalando a uno de los graquianos que estaba en cuclillas en el alero de la ínsula más elevada, como una especie de gárgola, y que al recibir una flecha se precipita a plomo desde más de treinta pies de altura para caer sobre sus compañeros de la barricada y dejar fuera de combate a dos de ellos.

Todos los Lavernos prorrumpen en carcajadas, como si hubieran visto el típico resbalón de un mimo en el escenario.

Stígmata ni siquiera curva los labios. Con todo, pese a que no le encuentre la gracia a lo ocurrido, no puede sino admirar la eficacia de los arqueros.

Tras sufrir decenas de bajas, los graquianos apostados en las alturas desaparecen de la vista tanto en las ventanas como en los tejados.

Momento en el que Décimo Bruto ordena lanzarse al asalto de ambos edificios.

Decenas de voluntarios salen del grueso de la tropa asaltante y echan abajo las puertas de las dos ínsulas. Septimuleyo, mientras, hace gestos a sus hombres para que se queden donde están.

Ahí no se les ha perdido nada. Por lo que se sabe, Graco y Fulvio Flaco, las presas que buscan, se han refugiado en la parte alta del Aventino. Ellos mismos lo han declarado por boca del hijo menor de Fulvio, un crío de quince años que ha hecho de mensajero y mediador ante Opimio por dos veces.

A la segunda ocasión en que el muchacho se ha presentado en el Foro, lo han apresado.

No tardan en oírse ruidos de lucha y gritos que salen de ambos edificios. Por ventanas y balcones empiezan a caer cuerpos de partidarios de Graco, algunos arrojados al vacío por sus adversarios y otros que se lanzan arriesgándose a romperse todos los huesos en la caída para huir de las armas de los atacantes.

Mientras tanto, los defensores parapetados tras la barricada, que siguen recibiendo las andanadas de los arqueros, concentradas ahora todas en su posición, no tardan en desanimarse y renunciar a esas Termópilas que tan poco tiempo han durado.

Mucho se teme Stígmata que nadie dedicará a los caídos un epitafio por su valor como el que aquel poeta compuso para los espartanos.

Al ver que se retiran en desbandada, Septimuleyo ordena a los suyos que aprovechen para correr cuesta arriba detrás de ellos.

—¡Quiero la cabeza de Graco! ¡Dádmela o me quedaré con las vuestras, pero antes os cortaré las pollas y os las meteré por la boca!

Pese al riesgo de las flechas de los cretenses, que siguen volando sobre sus cabezas y no tienen ojos para distinguir quiénes son del bando de Graco y quiénes del de Opimio, los Lavernos conocen demasiado a su jefe como para arriesgarse a desobedecer sus órdenes.

El veterano Décimo Bruto los ve pasar a ambos lados con un gesto de contrariedad.

—¿Adónde creéis que vais? —pregunta, agarrando del brazo a Septimuleyo.

El patrón de los Lavernos le hace una reverencia irónica.

—¿No es eso lo que queréis, noble senador?

—¿A qué te refieres, escoria?

—A que la carne de matadero vaya por delante para haceros el trabajo sucio. ¡Pues eso es lo que van a hacer mis hombres!

Stígmata escucha perfectamente el comentario. Aunque no se ha apartado de los demás, se mantiene en la retaguardia del grupo. Cerca de Septimuleyo, en el lugar más seguro por el momento.

Su lema, no correr peligros innecesarios.

Se niega a perecer de la forma más estúpida del mundo, descalabrado por una teja, como le contó Evágoras que le había ocurrido al rey Pirro en las calles de Argos —para más humillación, su matadora fue una vieja que lanzó la teja para proteger a su hijo—. O a caer abatido por una flecha disparada por un aliado. Por lo que está viendo, los mercenarios cretenses no hacen demasiados distingos al soltar sus andanadas.

Si ha de morir, que sea ante un enemigo mejor que él. O, al menos, más afortunado. Alguien que le mire de frente al clavarle su acero.

Pero hoy no será cuando ocurra, se anima Stígmata. Hoy no será el día que le han decretado las parcas. Hoy será el día de su libertad.

—¡Está bien, centurión de la chusma! ¡Llevad a cabo vuestra tarea, como basureros que sois! —responde Décimo Bruto, soltando a Septimuleyo. Después, volviéndose hacia los arqueros, les ordena—: ¡Vosotros, dejad de disparar! ¡Por hoy habéis cumplido! ¡Guardad vuestras flechas para los galos y dejad que la canalla se masacre mutuamente!

El propio Décimo Bruto, excónsul y general triunfador, debe de considerar que él también ha cumplido aquella misión que se ha adjudicado por su cuenta. Stígmata no vuelve a verlo en esta jornada salpicada de sangre.

***

Stígmata no ha estado en el ejército ni, como infame que es, podrá estarlo nunca. Pero quienes sí han servido en él, como Morfeo, cuentan que, cuando se rompen las filas del enemigo…

—… algo que acaba ocurriendo siempre ante nuestras legiones —precisa el veterano.

… lo que viene después ya no es una batalla, sino una cacería.

O, más bien, una matanza de ovejas y gorrinos.

Es lo que ocurre ahora. La poca organización que tenían los defensores del Aventino se ha venido abajo ante las andanadas de los arqueros cretenses.

Muchos de los graquianos se retiran cuesta arriba buscando refugio en lo alto de la colina. Otros se desparraman por calles aledañas intentando escapar del Aventino por la parte del río, o bien se dejan resbalar por los taludes, ahora surcados de torrenteras, que bajan al Circo Máximo.

Prácticamente dejan el campo libre a los atacantes. Cuando ven que los perseguidores se les echan encima, algunos de los partidarios de Graco se dan la vuelta e intentan oponer resistencia, pero no tardan en caer aplastados por la masa de enemigos. Otros se ponen de rodillas e imploran piedad, jurando por todos los dioses y espíritus posibles que no tienen nada que ver con el extribuno y que ellos solo han cometido el delito de vivir allí.

Es inútil. No hay compasión para los perdedores.

En los próximos días se hablará de la batalla del Aventino, pero

Stígmata tiene claro que nunca ha habido tal batalla. Después de la escaramuza con los arqueros cretenses, aquello es, simplemente, una masacre.

Opimio, el carnicero de Fregelas, se la está perdiendo por cobardía.

Cuando el tropel de atacantes llega al Aventino Medio, pasado el templo de la Luna, y se desparrama por calles y plazas, la violencia termina de desbocarse. Los exaltados entran en tabernas, portales y viviendas, sacan a la calle a presuntos partidarios de Graco y los apalizan, los pisotean o directamente los asesinan cosiéndolos a puñaladas o aplastándoles la cabeza con macetas, adoquines arrancados del suelo o cualquier objeto contundente que tengan a mano.

La mayoría de esas víctimas infortunadas no tiene armas. Puede que sean simpatizantes de Graco, o puede que su pecado sea simplemente, como ellos aseguran mientras suplican clemencia, habitar en el barrio donde ha decidido atrincherarse el extribuno. Una vez que los agresores los ven exánimes y dejan de ensañarse con ellos, a muchos los dejan tirados allá donde han caído, pero a otros les atan cuerdas o correas a los tobillos y los arrastran por las calles.

«¡Al Tíber con ellos!», exclaman sus verdugos, siguiendo las consignas del cónsul, que ha decretado que los traidores a la patria no merecen tan siquiera la mínima piedad de una fosa colectiva en el Esquilino.

Stígmata puede imaginar perfectamente en qué estado llegarán esos cadáveres al Tíber, si es que sus captores tienen la paciencia de llevarlos a rastras hasta el río.

La única forma de salvarse del furor de aquella horda es sumarse a ella. Algunos moradores del barrio se apresuran a agredir a los vecinos que tienen más cerca o a cualquiera que se encuentren por la calle, a veces un familiar o un amigo, al grito de: «¡Muerte a Graco y sus traidores!», con la esperanza de que los confundan con las fuerzas de Opimio.

La turba no respeta ni a ancianos ni a enfermos. Los que no se pueden mover del lecho vuelan por las ventanas. A veces desnudos, a veces envueltos en mantas o incluso arrojados al vacío con el colchón o la cama entera.

Tampoco se hace distinción de sexos. Por doquier se ven asesinatos y violaciones de mujeres que no tienen nada que ver con esta lucha —si es que lo que está ocurriendo puede recibir ese nombre y no el de degollina sin más—, pero que, para su desgracia, son vecinas de este barrio maldito. Y no es que los violadores sean únicamente patulea y escoria que aprovecha la ocasión porque de otra manera no conseguiría fornicar. Hay entre ellos caballeros, y Stígmata incluso juraría que las posaderas peludas que ve moverse empujando entre las piernas de su víctima bajo el tejadillo de un portal son las de un senador.

Este último caso es una excepción. El cónsul Opimio y los demás cabecillas de la facción más conservadora del Senado han puesto en marcha la ofensiva contra Graco. Pero, una vez que han comprobado que la supuesta operación entre militar y patriótica se convertía en una salvaje razia de saqueo —no otra cosa pretendían—, han dejado que se encargue de ella la gente a la que consideran chusma, al igual que el cazador que suelta la traílla para que sean sus perros quienes se cobren la pieza.

Unos cuantos descontrolados, después de entrar en una taberna, arramblar con las ánforas de vino encastradas en el mostrador y prácticamente bañarse en ellas, prenden fuego al local, espoleados por el alcohol. Solo la lluvia, que ha vuelto a arreciar y, arrastrada por el viento, cae casi en horizontal, impide que el incendio se propague a los pisos superiores y a la ínsula contigua.

Los Lavernos no se abstienen de participar en la orgía de violencia por falta de ganas, sino porque conocen y temen a su patrón. No obstante, muchos de ellos aprovechan para patear cabezas al pasar, clavar sus armas en el cuerpo de algún supuesto graquiano al que otros tienen inmovilizado en el suelo o incluso magrear las carnes desnudas de alguna mujer que está siendo violada.

—¡Recordad! —les exhorta Septimuleyo—. ¡Quiero las dos cabezas, Fulvio y Graco! ¡Pero sobre todo la de Graco! ¡Si no me la traéis, ya podéis cortaros la vuestra!

Navegando en la cresta de esa ola de violencia, los Lavernos llegan a la zona más elevada del Aventino. Allí arriba ya no se ven chabolas ni ínsulas, sino domus lujosas y templos.

En algunas de esas mansiones, los moradores han abierto las puertas para demostrar que no tienen nada que ocultar o salen a las ventanas gritando a pleno pulmón: «¡Muerte a Graco, muerte al traidor!». A algunos les sirve esa declaración y a otros no. No depende tanto de la sinceridad de sus proclamas, sino del capricho de la turba, que respeta algunas casas y se cuela en otras a saquear y cometer tropelías.

En los santuarios la violencia es diferente. Los más fanáticos entran en los templos de Diana y de Venus Obsecuente en busca de Graco, Fulvio y sus seguidores, apartando a su paso a los sacerdotes, sacerdotisas y sirvientes que intentan impedírselo. Pero, una vez en su interior, al menos no se dedican a derribar estatuas, execrar los altares o prender fuego a los muebles. Todavía queda en ellos un resto de temor a los dioses.

Para quienes no hay respeto ni piedad es para los que han buscado refugio en los santuarios, abrazándose a esas mismas estatuas y altares mientras agitan ramas de olivo como suplicantes. Los seguidores de Opimio los sacan a rastras de los templos por no mancillarlos con su sangre, pero, apenas cruzan el umbral, los ejecutan en las mismas escalinatas de entrada.

En esa zona, a poca distancia del templo de Venus, hay otra especie de santuario dedicado a esa misma diosa, aunque no consagrado por auspicios oficiales.

Los Jardines de Eros y Psique.

***

Los Lavernos reciben el soplo de que los traidores más buscados, Graco y Fulvio Flaco, se encuentran en el interior del burdel de lujo regentado por Areté.

El informante es un tal Orvicio, al que llaman el Orejas por razones evidentes para quien observe aquellos soplillos, curvados y translúcidos como los de un murciélago, que enmarcan su rostro ratonil. Orvicio vive en la zona limítrofe entre el Bajo y el Alto Aventino. Aunque controla su propia red de pequeños delincuentes de barrio, rinde pleitesía a Septimuleyo, a quien entrega parte del dinero que recauda y, de paso, surte de sabrosa información.

—Dicen que Graco y Flaco se han refugiado ahí dentro —le explica ahora al patrón de los Lavernos, señalando la alta tapia roja que rodea los Jardines de Eros y Psique—. Pero tened cuidado. Esos hijos de puta de la banda de Estertinio se os han adelantado y ya están ahí dentro.

—Ese traidor gusano de Vulcano… Nunca me fie de él —masculla Mamerco.

Miente como un bellaco, como bien sabe Stígmata, que los recuerda a ambos como inseparables compañeros de fechorías en la ínsula Pletoria, a no muchas calles de donde se encuentran ahora.

Por lo que les cuenta Orvicio, los hombres de Estertinio han aprovechado bien la información que les pasó el difunto y poco llorado Vulcano acerca de la recompensa en oro que se iba a ofrecer a cambio de las cabezas de Graco y Fulvio Flaco. Sin aguardar al resto del ejército extraoficial que se ha organizado en el Foro, los Suburanos han subido al Aventino rodeando el Circo Máximo por la parte oriental y siguiendo el trazado del Aqua Marcia.

Septimuleyo no tiene ninguna intención de arriesgar su integridad física entrando al burdel con sus hombres.

—Tú, tú, y vosotros —dice, señalando a Búfalo, Tambal y otros tres sicarios—. Os quedáis aquí conmigo. ¡Los demás, ya podéis entrar ahí y traerme las cabezas de esas dos sabandijas! ¡Si de paso me entregáis la de ese bastardo de Estertinio, os pagaré su peso en plata!

Nadie entre los Lavernos se cree la promesa de su patrón, pero se apresuran a obedecer su orden, capitaneados por Mamerco.

Stígmata se queda rezagado un instante.

—¿Y tú? ¿Es que te has vuelto más sordo de lo que ya eras? —le pregunta Septimuleyo.

—Pensé que querías que me mantuviera cerca de ti.

—Ya tengo niñeras. ¡Ve con los demás!

Stígmata se limita a asentir, de esa forma casi imperceptible que sabe que irrita a su patrón, y sigue a los demás Lavernos. De todos ellos, él y el propio Septimuleyo son los únicos que conocen el interior de aquel sofisticado burdel.

No tienen que forzar la entrada. Alguien, probablemente los Suburanos, se ha encargado de ello antes, arrancando de sus gruesos goznes el portón de la tapia oeste, que ha quedado a medio tumbar tronchando en su caída un manzano. Es como si lo hubieran embestido con un ariete.

—¡Graco está aquí! ¡Graco está aquí!

Es Cilurno quien los llama desde lo alto de la tapia.

Al galo le encanta encaramarse a todas partes, árboles, paredes, murallas. Quizá sea añoranza de su niñez junto a los Alpes en su tribu natal, los ceutrones. Por eso, en lugar de entrar por la puerta, se ha complicado la vida trepando por un carro que alguien ha volcado contra el muro a modo de escala de asedio. Desde ahí, a doce pies de altura, levanta los brazos en furiosos aspavientos mientras insiste en sus gritos sobre Graco.

Mantenerse en pie sobre el bardal de una tapia mojada por la lluvia y en un día de viento no es fácil ni para un bárbaro de las montañas, máxime cuando ha bebido como lo ha hecho Cilurno. Sus aspavientos se convierten en braceos frenéticos para compensar el equilibrio que ha perdido, pero al final, en uno de los balanceos, cae de espaldas hacia el interior.

Stígmata, más prudente, entra por la puerta siguiendo a los demás.

Cilurno se está levantando de los arbustos sobre los que ha caído, entre las carcajadas de los demás. Sobre todo de Cíclope.

—¡Mira qué arañazos tienes en la cara! ¡Pareces Stígmata! ¿Cómo se te ocurre subirte ahí con la torza que llevas?

Cíclope no debería reírse tanto de su amigo. Si convocaran ahora mismo una competición en honor de Baco sería él quien obtendría como premio la corona de pámpanos.

Y también si la celebraran cualquier otro día.

—¿Cómo sabes que Graco está aquí? —le pregunta Mamerco—. ¿Lo has visto desde la tapia?

—Lo ha dicho el Orejas, ¿no? —responde Cilurno, pasándose los dedos por la cara para comprobar que se ha hecho sangre y chupándolos después.

—¡Mira que eres estúpido! ¡Creí que lo habías visto tú en persona!

Los incursores atraviesan el jardín que rodea la mansión, en el que ya se observan huellas de destrucción. Los rosales aplastados pueden deberse a la tromba de agua. Pero son manos o herramientas humanas —si bien lo de humano es un decir— las que han volcado y destrozado las estatuas de mármol del Eros alado disparando el arco y la víctima de sus dardos, una Psique semidesnuda y con una palmatoria en la mano, que flanqueaban la entrada, y las que han arrancado asimismo las piedrecillas de colores, primorosamente encajadas, que dibujaban el camino de acceso.

Una vez en el atrio, el espectáculo que se ofrece a ojos de Stígmata es muy diferente del que contempló en sus anteriores visitas al prostíbulo de lujo.

En vez de la clientela refinada, los sirvientes con vestiduras vaporosas y las prostitutas con túnicas de gasa aún más vaporosas, en la sala hay una caterva de exaltados que durante la subida al Aventino se han ido embriagando de sangre, vino y lujuria. No son los hombres de Estertinio, sino una mezcla abigarrada de plebeyos, esclavos, extranjeros, más unos pocos caballeros y senadores que también disfrutan mezclándose con el populacho para dar rienda suelta a sus instintos más bestiales.

Por puro afán de destrucción, algunos golpean los mosaicos del suelo con picos, mientras que otros tratan de destrozar las teselas estampando contra ellas maceteros enteros, ignorantes quizá de que aquel conjunto que representa versiones eróticas de los doce trabajos de Hércules, obra del mismísimo Soso de Pérgamo, vale tanto como el resto de la mansión. Hay quienes aplican antorchas a los frescos de las paredes, escenas de sexo pintadas por los mejores artistas de Grecia, por el simple placer de contemplar cómo el humo ennegrece las figuras y cómo las llamas hacen que los colores se agrieten y salten en escamas cuarteadas.

Pero la diversión principal es entrar a los cubículos donde están las chicas para asaltarlas allí mismo o sacarlas a rastras con el fin de violarlas en el atrio o en los patios. Algunas ya estaban desnudas, a otras les arrancan la ropa. Hay mujeres que se resignan o incluso fingen rendirse de buen gusto, pero otras chillan de pavor.

Aunque se supone que los miembros de esa horda han subido al Aventino con una misión y unas órdenes, hace tiempo que han olvidado cualquier imitación de disciplina. Mientras unos se dedican a fornicar contra las paredes o en el suelo, otros desvalijan todo lo que vean que parezca tener un mínimo valor. Les arrebatan las joyas a las chicas, les quitan los zapatos, se guardan bajo los capotes las finas túnicas de lino y seda por las que, sucias y desgarradas como están, no les darán nada. Arrancan cortinas, tapetes, se llevan candelabros, copas, jarrones. Lo que no pueden transportar encima, lo destrozan.

Observando a los demás Lavernos, Stígmata se da cuenta de que, ante esa mezcla de violencia y lujuria sin freno, muchos de ellos tienen las pupilas y los ollares de la nariz dilatados, como animales excitados por el olor almizclado de una hembra en pleno estro.

A él no le sucede. Nada de lo que está viendo estimula su deseo.

Muchos de los que han sido violados de niños, como les ocurrió a Mamerco y a prácticamente todos los miembros de la familia Albucia, se vuelven a su vez violadores sin esperar tan siquiera a la pubertad.

En el caso de Stígmata, por el motivo que sea, nunca fue así. Le gusta el sexo como al que más, pero no puede entender a los que disfrutan como lo están haciendo ahora los saqueadores de los Jardines, rasgando túnicas, abofeteando a las chicas, mordiéndoles los pechos, escuchando sus gritos de dolor e incluso de muerte.

Si todos los que están actuando así delante de sus ojos compartieran un solo cuello —o, mejor, un solo pene—, Stígmata no vacilaría en cortárselo como hizo con Albucio.

Pese a la excitación que sienten, casi todos los Lavernos se contienen, concentrados en su misión, por la cuenta que les trae no incurrir en la cólera de su patrón.

No todos.

Cíclope, quién si no, se ha colado en una alcoba. Cuando quieren darse cuenta y entran a buscarlo, está penetrando por detrás a una chica desnuda a la que tiene aferrada por las caderas. La muchacha aguanta como puede, tratando de hacer de la necesidad virtud, con las manos apoyadas en la cama y resistiendo las arremetidas del Laverno.

Mamerco clava los dedos en los rizos grasientos y aplastados de Cíclope y tira de él con violencia.

—¡Capullo! ¿No te bastó cuando la cagaste con lo de las gradas por ponerte a follar a deshoras? ¡Ya tendrás tiempo de sobra para echar todos los polvos que quieras!

—¡En la puta vida me voy a follar a una de estas! ¡Deja que termine, cabrón!

Es como intentar separar a un perro que se ha quedado enganchado en pleno coito. Pero Mamerco no tiene contemplaciones y sigue tirándole del pelo hasta apartarlo de la chica.

Cíclope no tiene más remedio que guardarse el miembro erecto en la ropa lo mejor que puede.

La mujer, todavía con el trasero en pompa, se le queda mirando y dice algo ininteligible en el idioma que sea. Después se ríe.

Realmente es una muchacha muy guapa. No tanto como Urania, pero más que comparable a Berenice. En los Jardines solo trabajan las mejores chicas.

Esta se encuentra fuera del alcance de Cíclope. En eso lleva razón.

Cíclope piensa que la muchacha se está burlando de él, algo que acaso sea cierto, porque nadie entiende en qué lengua habla. Furioso por eso y por la interrupción en plena cópula, con una mano la agarra del pelo para obligarla a enderezarse y con la otra desenvaina la espada. Sin mayor explicación, le da un tajo en la garganta.

La joven cae de rodillas, gorgoteando sangre por la herida y por la boca. Sin soltarle la hermosa cabellera cobriza, Cíclope vuelve a herirla, esta vez con una estocada entre los pechos desnudos.

—¡Venga, deja de perder el tiempo ya, mendrugo! —le dice Mamerco, que vuelve a tirar de Cíclope para sacarlo del cubículo.

«Perder el tiempo», piensa Stígmata, que ha presenciado la escena desde la puerta.

A eso se reduce lo que ha ocurrido, según Mamerco.

Siete vidas segó anoche él, pero lo que acaba de hacer Cíclope...

Es diferente.

Stígmata nunca le ha hecho daño a una mujer. Si los dioses no le ponen en tal tesitura que no le quede otro remedio, jamás lo hará. Todo lo contrario.

Al pensar en ello, le invade un extraño cosquilleo, una picazón que no puede aliviar rascándose porque está dentro de su cabeza.

De nuevo, son esos retazos de recuerdos que lo asaltan por sorpresa.

Una mujer apretándose el vientre con las manos para tapar una hemorragia.

¿Fue él?

***

Mamerco lo saca de su ensimismamiento.

—Están diciendo que Fulvio Flaco y Graco se han escondido en los baños. Tú conoces este sitio, Cicatrices. Guíanos.

Stígmata no se digna contestarle. Si a menudo se muestra remiso a reconocer la autoridad de Septimuleyo, a Mamerco no le concede el placer de que se considere su superior.

Simplemente, se limita a dirigirse al segundo jardín, conocido como el de Hera por los pavos reales que se pasean entre adelfas, azucenas, rosas y amapolas.

Ya no volverán a hacerlo.

Las pobres aves han sufrido el mismo destino que Argos Panoptes, el vigilante insomne que les entregó sus ojos. En lugar de Hermes, son unos saqueadores los que las han degollado. Uno de ellos se dedica a la consabida violación de una chica, en este caso una criada del burdel y no una prostituta, mientras que otro finge sodomizar a la estatua de un fauno que, a su vez, estaba fornicando con una cabra. La escultura, por muy habilidoso que fuera su autor, no era precisamente de buen gusto.

Del jardín pasan a una amplia estancia con cubículos a ambos lados, y después a una escalinata que da acceso al siguiente patio. Es el más amplio del burdel, construido alrededor de una piscina de treinta pies de largo. Los bordes de la pileta son de mármol dorado de Numidia, un lujo que supone una novedad en Roma y del que Areté se siente muy orgullosa. Los aleros que se proyectan sobre las columnas del peristilo son tan anchos que dejan solo una abertura cuadrada de diez pies de lado en el medio a modo de impluvio, de tal manera que los que se sientan o se bañan en los bordes de la alberca están protegidos del sol o de la lluvia.

Ahora esa lluvia cae sobre el centro de la piscina. Ha arreciado de nuevo. La superficie del agua parece hervir bajo las gotas que caen como ráfagas de flechas disparadas por un ejército de un millón de cretenses.

Pero no son las salpicaduras de la lluvia lo que atrae la mirada de Stígmata, sino los cuerpos que flotan en el agua. Hay por lo menos diez, entre sirvientes del burdel, prostitutas y, es de suponer por la vestimenta, un par de seguidores de Graco. La sangre sigue brotando de cuellos degollados y vientres acuchillados y extendiéndose en nebulosas rojas que se diluyen poco a poco, tiñendo como un velo sonrosado los mosaicos del fondo.

Sobre las baldosas del borde se ve a una mujer tendida.

A Stígmata le resulta familiar.

Del mismo modo que él le resulta familiar a ella.

La mujer, que estaba fingiéndose muerta, ve de reojo a Stígmata y se apresura a levantarse y a correr hacia él a trompicones.

Se trata de la propia Areté. Despeinada, descalza de un pie, con la túnica rota y un pecho fuera. Tiene el maquillaje de los ojos corrido en regueros marcados por las lágrimas y una oreja rasgada, seguramente porque le han arrancado de un tirón uno de los enormes pendientes que le gusta lucir incluso cuando está desnuda.

La dueña de los Jardines de Eros y Psique se abalanza sobre Stígmata, se hinca de rodillas ante él y se abraza a sus muslos.

—¡Por favor, te lo suplico! ¡Ayúdame! ¡No dejes que me maten! ¡Yo no he hecho nada!

Stígmata se agacha, le abre los dedos con suavidad, pero con firmeza, para que ella lo suelte, y la ayuda a levantarse.

Está a punto de decirle que no se preocupe, aunque, en realidad, no sabe si podrá protegerla.

No tarda en salir de su duda. Mamerco aparece por detrás de Areté, la agarra de los pelos para tirar de su cabeza hacia atrás y le rebana la garganta.

Solo entonces, cuando Areté está en el suelo tratando en vano de respirar y de taparse la herida por la que se le van la sangre y la vida, Mamerco se digna preguntar:

—¿Y esta quién era?

—Ya nadie.

Stígmata se apunta para sí una cuenta más.

Otra.

Mamerco Cuentas Pendientes.

***

Por el lado opuesto del patio aparece un grupo de hombres. Probablemente los que han organizado la escabechina de la alberca.

Organizado es un verbo bien elegido. Estos individuos no son exaltados sin más.

Son del clan de los Suburanos.

Los hombres de ese *collegium* dominan la Subura Mayor, del mismo modo que los de Septimuleyo controlan el Bajo Aventino y los muelles del Emporio.

Lucio Estertinio, jefe de la familia, no está entre ellos. Es demasiado viejo ya para meterse en estas lides. Su lugar lo ocupa su hijo menor, Publio, que ha sucedido en ese puesto al primogénito, el mismo al que Sierpe apuñaló en el Circo Máximo.

Es Publio, precisamente, quien desafía a gritos a los Lavernos mientras agita en alto una lanza con tanto orgullo como si fuera un signífero enarbolando el estandarte de su legión. Clavada en la punta de hierro hay una cabeza que todos reconocen.

—¡Esos hijos de puta nos han ganado por la mano! —exclama Comadreja, el joven y nervioso gladiador que le debe un par de cicatrices a Stígmata.

La cabeza es la de Fulvio Flaco. Un hombre que fue cónsul y después procónsul en la Galia Transalpina, que celebró un triunfo por las calles de Roma y que unos años después, en lugar de disfrutar de su prestigio como senador de rango consular para llevar una existencia tranquila en su edad madura, se complicó la vida presentándose a tribuno de la plebe para apoyar a su amigo Gayo Graco.

Aquel prócer que en su momento de gloria recorrió las calles de Roma en un carro triunfal, seguido por el largo cortejo de prisioneros y despojos ganados en sus campañas, se ha convertido él mismo en un trofeo de guerra. De esta guerra sucia y caótica que se está librando bajo un manto de nubes de plomo, como si los dioses, al contrario que los de la *Ilíada*, pusieran un velo ante sus ojos para no presenciar el miserable espectáculo que les brindan los mortales.

—¿Y tú por qué te ríes? —pregunta Mamerco, mirando a Stígmata—. ¿No ves que es una cabeza menos para cobrar?

Stígmata no se ha dado cuenta de que la boca se le ha torcido levemente. Es solo una media sonrisa, un gesto de ironía ante las paradojas de la existencia. Reír, no se ha reído. No encuentra ningún placer en la muerte de Fulvio Flaco. Por lo demás, la carcajada no forma parte de su naturaleza.

Mientras Estertinio hijo sigue exhibiendo la cabeza del excónsul, sus esbirros profieren burlas y gritos de desafío desde el otro extremo de la piscina.

—¿Qué hacemos, Mamerco? —pregunta Comadreja, señalando con la espada a los de Estertinio.

Stígmata sabe lo que va a contestar el mamporrero —perdón, lugarteniente— de Septimuleyo.

Enfrente hay por lo menos treinta hombres. Más los demás Suburanos que puedan estar saqueando las estancias que se abren al otro lado del patio.

Todos ellos tan bien pertrechados de armas como los Lavernos.

A Mamerco solo le gusta librar las batallas que sabe que va a ganar.

Aunque consigan apoderarse de la cabeza de Fulvio, un desenlace dudoso tomando en cuenta la proporción de fuerzas, será a cambio de muchas bajas.

Si Mamerco se muerde los labios, vacilante, no es porque quiera salvaguardar las vidas de sus compañeros movido por un sentimiento de camaradería. En esta pelea él mismo podría resultar malherido o muerto. Incluso, en el mejor de los casos, tendría que justificar ante el patrón la pérdida de buena parte de las tropas de choque que necesita para mantener su dominio en el Aventino.

—Hay que apresar a Graco —dice Mamerco—. Esa es la presa importante. Es al que de verdad quiere el patrón.

—¿No decían que estaba aquí? —pregunta Morfeo.

—Si estuviera, ya nos habrían enseñado su cabeza.

Stígmata no puede sino asentir.

A él, personalmente, tampoco le compensa el riesgo enfrentarse contra los Suburanos. De las posibles quince libras de oro que le paguen a Septimuleyo por la cabeza de Fulvio Flaco, sabe que él no va a ver ni un mísero denario.

—¡El Aventino es nuestro, cabrones! —grita Cilurno, entre la rabia y la impotencia.

Uno de los hombres de Estertinio viene caminando hacia ellos junto al borde de la piscina. En una mano lleva una rama envuelta en una túnica blanca ensangrentada, a modo de señal para pedir una tregua. Tiene todo el aspecto de haberle arrancado la prenda a una de las chicas del prostíbulo antes de forzarla y, probablemente, asesinarla. Con la otra mano empuja a un prisionero que lleva las manos atadas a la espalda. Es joven, no tendrá ni veinte años. Tiene un ojo tapado por la sangre que le chorrea de una ceja rota y la oreja izquierda prácticamente colgando de un pingajo de carne.

El sicario de Estertinio llega hasta la mitad del patio. Una vez allí, parece comprender que acercarse más a los Lavernos no es seguro pese a la imitación de ínfula de heraldo que lleva en la diestra. Dando al muchacho un empujón tan fuerte que lo hace trastabillar, exclama:

—¡Quedaos con este regalo para vuestro jefe! ¡Aquí tenéis a Marco Fulvio Flaco, el hijo del traidor! ¡A ver qué os dan por él!

Tras echar una rápida mirada a lo que deja atrás, el joven Fulvio corre hacia el grupo de los Lavernos, como si creyera que allí va a obtener más protección. Al estar maniatado, trota balanceando las caderas de una manera un tanto grotesca.

—¡Míralo, el muy idiota! —se ríe Cíclope, que se las ha arreglado para encontrar un pellejo de vino en un cubículo, botín que está contribuyendo a incrementar su considerable y habitual borrachera—. ¡Cómo menea el culo el muy bujarrón!

Un idiota, sí, piensa Stígmata, sacudiendo la cabeza de forma imperceptible. Y un pobre desgraciado si cree que va a recibir mejor trato con sus nuevos captores. Seguro que Septimuleyo, frustrado por no apoderarse de la cabeza del padre, hace pagar los platos rotos a su hijo mayor.

Por el momento, Mamerco ordena a Cíclope que se encargue del prisionero.

—¿Nos lo vamos a llevar? ¿Qué más da que le demos salida aquí o allí? —pregunta Cíclope, poniendo un cuchillo en la garganta del muchacho. El ojo de este, el que no está cubierto de sangre, se ve blanco de terror.

—Cuando lo vea el patrón, que decida él —responde Mamerco.

Iteyo, uno de los miembros más jóvenes del pequeño ejército que ha movilizado Septimuleyo para esta jornada, entra corriendo en el patio desde la zona del burdel que ya han registrado y saqueado. Se acerca a Mamerco, se cubre la boca con la mano y se pone de puntillas para hablarle al oído.

Mamerco asiente. Después cruza una mirada con Stígmata.

Este comprende.

Han localizado a Graco.

Ahora sí.

***

—Vámonos. Aquí no queda nada que rascar —ordena Mamerco. Dirigiéndose a los de Estertinio, grita—: ¡Disfrutad de vuestra recompensa, cabrones! ¡A nosotros nos sobra el oro, muertos de hambre!

—¡Dale recuerdos de nuestra parte al cornudo de tu jefe! ¡Y ayúdale a hacerse una paja, que con esos brazos de enano no se llega! —responde Estertinio hijo, levantando de nuevo el trofeo. Esta vez lo hace con tanto entusiasmo que la cabeza de Flaco choca con un ruido sordo contra una de las vigas que sustentan el techo del pórtico que rodea el patio.

—Tú sigue dándole porrazos a esa cabeza y verás si te pagan el oro, tarado —masculla Morfeo, haciéndoles una higa a los de Estertinio.

Mamerco se da la vuelta y sube los escalones que llevan del patio a las salas interiores del burdel.

Con cierta parsimonia.

No hay que crear impresión de urgencia. No solo por adornar de cierta dignidad la retirada, sino por no dar pistas a los Suburanos.

En cuanto los pierden de vista, Mamerco hace señas con la mano.

—¡Rápido! ¡Corred, corred, fuera de aquí!

Cuando salen del burdel, comprueban que la lluvia ha aflojado.

Pero a juzgar por los toscos brochazos grises y negros que cruzan el lienzo del cielo, sin dejar un solo claro, seguramente el temporal se está tomando un respiro antes de arreciar de nuevo.

El amaine momentáneo tiene una consecuencia más destructiva incluso que la furia del aguacero. Los incendios que la turba prende por doquier se están avivando.

Stígmata vuelve la mirada atrás. De los patios de la vieja mansión convertida en burdel se levantan sendas columnas de humo, y en algunas ventanas de la segunda planta se vislumbra ya el resplandor anaranjado de las llamas.

A partir de este día, el paraíso del sexo del Alto Aventino no será un sueño inalcanzable solo para los pobres. Ya nadie, por muchos denarios que tintineen en su bolsa, podrá disfrutar de los favores de Areté y sus pupilas.

Por un instante, Stígmata se acuerda de la bella norteña a la que alguna vez vio de lejos. La muchacha a la que compró un cliente enamorado.

Urania. ¡Afortunada ella!

El joven Iteyo los guía de vuelta por la misma calle por la que han subido a la cima de la colina, la cuesta Publicia.

Conforme bajan, templos y mansiones vuelven a dejar lugar a ínsulas y casas más humildes. Pasados cinco cruces, los Lavernos toman una bocacalle a la izquierda.

El pasaje los lleva a una plazuela pavimentada con adoquines de toba ocre. En el centro hay una fuente en forma de fauno, junto a un pequeño altar cuyo relieve representa a dos lares frente a frente. Encima de él se ven los restos, machacados por la lluvia, de los ramos de flores que los vecinos ofrecieron en las últimas Compitalia, las fiestas que se celebran en las encrucijadas en honor de los dioses lares.

Dejan atrás la plazuela y entran en un callejón que Stígmata recuerda bien. Cuando cumplió los siete años, Albucio empezó a mandarlo a pedir limosna allí, algo más alejado de la ínsula Pletoria que en sus primeros tiempos de mendicidad.

En la estrecha vía han plantado otra barricada. Una calesa volcada, mesas, sillas. Un par de armarios, que por lo astillados que se ven, deben de haber sido arrojados desde las ventanas de las ínsulas vecinas.

Al otro lado de aquel parapeto hay un puñado de hombres armados que han conseguido, hasta ahora, rechazar los ataques. Delante de la barricada yacen varios cadáveres que, por variar, pertenecen a partidarios de Opimio. Entre ellos hay dos cretenses. Al parecer, han desobedecido las órdenes de Décimo Bruto de retirarse con el resto de la tropa mercenaria, y la lujuria o el ansia de botín les ha costado la vida.

Los graquianos del otro lado de la barricada se han apoderado de los arcos de los cretenses y también de un par de escudos. Mientras unos se defienden arrojando todo lo que tienen a mano, dos de ellos, es de suponer que los más hábiles con el arco, han estado disparando flechas.

Pero ya se les han acabado.

—¡Tienes que huir, Gayo! —exclama uno de los defensores, volviéndose hacia la puerta de una vieja tienda de antorchas y velas que Stígmata conoce bien (de crío robó más de un cirio de los que el dueño exponía en el mostrador que sacaba a la calle).

De modo que el extribuno se ha refugiado allí.

Ante las exhortaciones de sus partidarios, Graco, por fin, sale del local. No lleva manto ni ropa de abrigo alguna, solo la túnica adornada con las anchas bandas de púrpura que corresponden a su dignidad. La prenda se ve sucia y con algún rasgón, pero, por ahora, él no parece haber recibido ninguna herida.

Por comentarios escuchados en el Foro, Stígmata sabe que Graco se negó a subir al Aventino ataviado con un capote militar ni con ninguna otra vestimenta que no fuera la toga senatorial con la que había asistido a la asamblea.

En algún momento se habrá librado de esa toga.

Con buen criterio.

Pues le ha llegado el momento de huir.

Graco dirige una mirada al grupo de atacantes. Sus ojos se cruzan con los de Stígmata durante unos segundos. Al hacerlo, el extribuno levanta las cejas y murmura algo para sí, con el rostro demudado. Es como si hubiera recibido una visión de la misma muerte.

Pasado ese instante de estupor, se da la vuelta y corre calle abajo.

Seis de sus defensores huyen con él, mientras los demás —ya solo quedan cinco— tratan de aguantar la posición en aquella destartalada empalizada.

—¡A ellos! —ordena Mamerco, levantando su propia arma, una lanza para cazar jabalíes.

La esgrima con espada nunca ha sido su fuerte.

Stígmata está más que dispuesto a darle una lección de esa disciplina.

Solo una.

La definitiva.

Cuando llegue el momento.

Cilurno, Comadreja y el veterano Morfeo, que se siente tan remozado como si lo hubieran transportado a su ya lejana juventud en el ejército, apartan a empujones a los partidarios de Opimio que atacan la barricada con más entusiasmo que orden. A cambio reciben insultos, pero nadie se atreve a plantarles cara físicamente, pues salta a la vista que forman un grupo con más cohesión y orden que el resto.

—¡Dejad a los que saben! —exclama Morfeo.

Los demás Lavernos los siguen y lanzan el asalto definitivo contra la barricada, terminando de destrozar los muebles que la forman a fuerza de hachazos y patadas.

Los únicos que no participan son Cíclope, que se queda un poco atrás sin soltar las ligaduras que maniatan al hijo de Fulvio Flaco, Mamerco...

Y Stígmata.

Mamerco se le queda mirando. El gladiador se ha echado el capote hacia atrás, descubriendo las empuñaduras de sus dos espadas, pero en ningún momento ha hecho tan siquiera conato de sacarlas. También lleva los dos cuchillos arrojadizos, pero estos siguen ocultos, bien sujetos al cinturón por detrás de los riñones.

—¿Piensas desenfundar las espadas en algún momento?

Stígmata no se molesta en responder.

Sus espadas están donde tienen que estar. Dentro de sus vainas de cuero. Secas.

Las losas de las calles que han atravesado —muchas de ellas cuestas empinadas— están resbaladizas de lluvia y barro, y ahora también de sangre, vísceras y otros restos en los que es mejor no pensar.

Lo último que quiere Stígmata es tropezar y caer al suelo con una espada en la mano.

—¿Es que no te lo ha dicho, Mamerco? —interviene Cíclope—. Esas espadas son tan pijas que no sirven para matar chusma como nosotros, solo gente importante.

Cíclope es el ejemplo de lo que quiere evitar Stígmata. Si está tuerto es porque hace unos años tropezó en un amago de pelea cuando tenía la daga en la mano y se la clavó en su propio ojo.

En ello influyó, todo hay que decirlo, que estaba borracho como un celta.

Ahora está un poco más sobrio que en aquella ocasión.

Solo un poco.

Hay mucho vino en las hordas que han asaltado el Aventino. Si no fuera por el arrecio del viento y la lluvia y por los gritos de unos y otros, Stígmata está convencido de que se podría escuchar el borboteo del líquido dentro de más de un estómago. Es ese vino el que enardece a los hombres con falso valor y los vuelve más crueles y agresivos.

Mamerco se acerca a Stígmata y lo mira ligeramente desde arriba, mientras golpetea en el pavés del suelo con la contera de la lanza, toc-toc-toc.

—¿Es verdad lo que dice Cíclope? ¿Por menos de un edil no desenvainas?

La zurda de Stígmata acaricia el pomo de marfil de una de sus armas.

—Si quieres apostar...

No hace falta que añada más. Mamerco se aparta de él.

***

Una vez que eliminan a los últimos defensores de la barricada y dejan tras de sí sus cadáveres tendidos en el callejón, la persecución lleva a los Lavernos de nuevo a la cuesta Publicia, en esta ocasión para bajarla. Pasado el templo de la Luna, la vía se bifurca en dos calles, una que conduce al Foro Boario y otra, la de la izquierda, que desemboca en la puerta Trigémina. Es esta última la que toman Graco y sus acompañantes, acosados por los Lavernos.

En el arco central de la puerta Trigémina hay tres carros atravesados con toda su mercancía esparcida por el suelo. Quién sabe si los ha puesto allí el bando de Graco o el de Opimio a modo de barricada. En cualquier caso, por ahí no se puede pasar. Aprovechando el bloqueo, tres de los hombres que huyen con Graco se apostan en los pasajes peatonales que hay a ambos lados, mucho más angostos. De esta manera, esperan ganar tiempo para que el extribuno cobre ventaja sobre sus perseguidores.

Los Lavernos no tardan en llegar y encontrarse con aquel obstáculo. En el cañón de la izquierda hay dos esclavos armados con garrotes que se dan ánimos mutuamente. En el de la derecha, el que impide el paso es un hombre de aspecto atlético y armado con una espada. Por su ropa, se ve que es ciudadano libre y de buena familia.

Mientras unos cuantos Lavernos se afanan por apartar del arco central las ánforas rotas y desparramadas y volcar o ladear los carros y otros se enfrentan a los esclavos de la izquierda, Mamerco señala al tipo de la derecha y le dice a Stígmata:

—¿Te parece lo bastante bien vestido ese hijo de puta para que saques la puta espada y hagas algo por los demás de una puta vez?

Stígmata mira de reojo a Mamerco.

—¿Te cobraba mucho tu maestro de retórica?

—Me cobraba más tu madre cuando me la chupaba.

Sin tomarse la molestia de darse por ofendido, Stígmata da un par de pasos hacia la entrada del pasaje.

El partidario de Graco se dirige a él.

—Soy Manio Pomponio Matón, nieto del tribuno y pretor Marco Pomponio Matón. Laureado con una armella por mi valor en la campaña de Liguria. ¿Quién eres tú, que te atreves a enfrentarte a mí?

Pomponio es joven, probablemente de la misma edad que Stígmata. Con sus palabras grandilocuentes trata de infundirse valor a sí mismo.

Cuando Stígmata se baja la capucha y Pomponio reconoce sus cicatrices, su nuez sube y baja visiblemente y no puede evitar que las rodillas le tiemblen un instante.

—Tú eres... ese gladiador.

Stígmata asiente en silencio.

—Eres un infame. ¡No te atreverás a ponerle la mano encima a un ciudadano romano!

—No te preocupes. No te mancharé con el contacto de mis dedos.

Para Stígmata es una frase muy larga, casi un discurso. Pero no puede evitar que le repatee la superioridad que se arrogan los ciudadanos sobre gente como él.

La devoción que Graco despierta entre sus partidarios debe de ser tan poderosa que casi se sobrepone al temor. Por cada dos pasos que Pomponio retrocede ante Stígmata, trata de avanzar uno. Es como un perrillo hambriento que vacila entre acercarse a la mano que le puede dar de comer o huir de la que le puede golpear.

—Déjamelo a mí —dice Comadreja, que se ha acercado a Stígmata.

El joven y menudo gladiador ha olfateado el miedo en Pomponio y, sin duda, quiere ganar puntos ante Septimuleyo.

—Adelante —responde Stígmata, que apenas ha desenvainado una pulgada de acero con la mano derecha.

Stígmata suelta la empuñadura. La espada se desliza en su funda por su propio peso y termina su breve trayectoria con un seco chasquido al topar con el brocal de bronce que protege la vaina.

Se aparta para dejar paso a Comadreja.

Comadreja avanza.

Pomponio vuelve a tragar saliva y salmodia algo. Stígmata cree escuchar alguna súplica dirigida a Proserpina y a sus manes.

Comadreja lanza la primera estocada. Todavía muy lejos.

Pomponio retrocede y bloquea con su espada. Lo primero antes que lo segundo, de tal manera que las armas no llegan a chocar.

Al principio, la pelea entre ambos contendientes es vacilante, desmañada, incluso ridícula. Comadreja no se siente del todo seguro sin el escudo cuadrado con el que se defiende en la arena y, en su lugar, trata de poner por delante como protección los pliegues de la capa.

Lo mismo que hace su rival.

—¡Acaba ya, que va a hacer a nosotros hora de la cena! —exclama Cilurno.

Al final, prevalecen la agilidad y la superior pericia del gladiador. Aprovechando un ataque de Pomponio que se queda a media distancia por falta de arrojo, Comadreja desliza el cuerpo a un lado y hiere en el muslo a su rival.

Cuando este dobla la rodilla, por detrás de él aparecen otros dos Lavernos, que han dado cuenta de los esclavos que defendían el pasaje de la izquierda. En una maniobra envolvente poco limpia, pero eficaz, clavan sus puñales en el cuello del joven partidario de Graco.

Una vez lo tienen en el suelo, siguen acuchillándolo con saña, incluso cuando Pomponio parece más un saco relleno de carne que un cuerpo humano. Por fin, Mamerco les dice:

—¡Ya está bien! ¡Venga, que se nos escapa el botín!

Expedito el paso, los Lavernos salen fuera del recinto delimitado por los Muros Servianos.

Hasta ahora, los edificios y la misma muralla los protegían del azote del aquilón. Pero en el momento en que Stígmata cruza la puerta, un arreón de viento y agua gélidos le azota la mejilla y el costado derechos.

La calle enlosada sigue bajando hasta el río.

Desde allí arranca el puente Sublicio, el más antiguo de Roma.

Aprovechando el respiro que les ha dado Pomponio, los escasos supervivientes del grupo de Graco —el extribuno y tres hombres más— han llegado ya hasta dicho puente.

Mamerco ordena a diez de los Lavernos que vuelvan a atravesar en la puerta los carros y todo obstáculo que encuentren, tanto en el arco central como en los cañones laterales. Ahora que han tomado la delantera y tienen a Graco a la vista, su plan es entorpecer el paso al resto de los perseguidores mientras ellos cobran la presa.

—Somos más que suficientes. No necesitamos que nadie nos dispute el botín.

Una explicación innecesaria, en opinión de Stígmata. Pero el plan no es malo.

Mientras el piquete seleccionado por Mamerco se dedica a sus tareas de obstrucción, los demás corren cuesta abajo hacia la entrada del puente Sublicio.

En días normales, el agua pasaría a ocho o nueve pies por debajo de él. Ahora, con la avenida provocada por la lluvia torrencial, la impetuosa corriente lame los tablones de la parte inferior y la espuma que se levanta al romper contra los pilares barre la pasarela.

Cilurno, que con la venia de Cíclope es de los más borrachos del grupo, da un traspiés y llega al borde del puente resbalando sobre el culo y levantando una pequeña estela de agua a cada lado, entre maldiciones propias y carcajadas ajenas.

—¡Arriba, patán! —le ordena Mamerco—. ¡Que se nos escapan!

El galo se levanta frotándose el trasero dolorido, pero por el momento no pisa el puente.

Lo cierto es que para decidirse a cruzarlo hace falta valor.

O verse perseguido por gente que le quiere dar muerte a uno, como le ocurre a Gayo Graco.

El Tíber, que ya llevaba días subiendo de nivel, baja ahora espumeando y mugiendo como un rebaño de toros en una estampida. El agua golpea con violencia los pilares que sostienen el puente. Son de madera, como el resto de la construcción. Lo han sido así desde los orígenes de la ciudad, sin un solo clavo de hierro o de otro metal, por la prevención que sienten contra esos materiales las criaturas numinosas a las que se consagró esa pasarela.

El puente ha sido reconstruido varias veces, ya que la humedad y el tiempo, sumados a las frecuentes crecidas del río, lo deterioran e incluso lo han derribado en más de una ocasión.

Ahora mismo, los crujidos de anciano reumático que emite la madera y el alarmante alabeo que se observa en la parte central ofrecen cualquier impresión menos la de estabilidad y seguridad.

Dos de los defensores de Graco se frenan en su huida y se plantan en el centro del puente, mientras el extribuno sigue corriendo hacia la otra orilla, acompañado ya por un único seguidor.

Con ambos hombres basta para cubrir la anchura del paso. A Stígmata, acostumbrado a juzgar a sus rivales en la arena de un rápido vistazo, le basta con observar cómo colocan los pies y cómo enderezan los hombros para saber que no van a ceder terreno fácilmente.

No es el único que lo sabe. Los Lavernos que lo precedían se han detenido a la entrada del puente, sin atreverse a pisar los desvencijados tablones.

Uno de los dos compañeros de Graco se desata el capote, lo ondea sobre la cabeza dibujando vigorosos molinetes en el aire y lo suelta con gesto altanero. El viento se lo arrebata de entre los dedos. La prenda revolotea unos instantes, flameando y restallando en el aire, hasta que cae al agua y es arrastrada a toda velocidad entre remolinos de espuma.

Algo que ofrece una pista de lo que puede ocurrirle a cualquiera que resbale y se precipite a la corriente.

El tipo que se ha quitado la capa empuña en la diestra el *pilum*, la típica jabalina de las legiones. La vaina de su espada está vacía. Tal vez la haya dejado clavada en algún cadáver. Ahora se puede comprobar que por debajo de la capa de la que se ha despojado llevaba un subarmal.

El jubón de cuero tiene unos adornos de metal. Stígmata no los distingue bien, por culpa del flequillo empapado, que no hace más que caérsele sobre los ojos. Lleva un rato molestándolo, así que con una mano tira de los mechones rebeldes, y con la otra empuña el cuchillo no arrojadizo y los corta sin contemplaciones.

Ya ve mejor. Los adornos son nueve discos, cada uno de unos tres dedos de ancho.

—Faleras —dice Morfeo.

—¿Faleras? A mí eso me suena a falo —dice Cíclope.

—Son los nueve discos de bronce que lleva enganchados en el pecho, tarugo —explica el sabihondo Oráculo—. Eso significa que es un centurión.

—Lo es —dice Morfeo—. Letorio. Ya era centurión en Hispania. Un tipo duro. Y muy hijo de puta. Había que verlo azotando con el sarmiento…

El veterano se toca por encima del hombro, acariciando una antigua cicatriz del omóplato que Stígmata ha visto en más de una ocasión. Una marca de feo aspecto, pero no tanto como el rostro del poco agraciado Morfeo.

Cíclope suelta una carcajada.

—¿A ti también te azotó?

—¡Por el prepucio de Príapo que si me azotó!

—¿Te pilló ofreciéndole el culo al resto de tu contubernio?

—No, me pilló metiéndosela por la boca a tu madre cuando todavía le quedaba un diente —responde Morfeo, tratando en vano de taparse la calva con la cortina de pelo empapado que le cuelga sobre la sien derecha.

En el puente, por detrás del antiguo centurión y de su camarada, que se ha recogido la capa a la espalda en lugar de tirarla y que ha desenfundado un gladio de legionario, Graco y su otro compañero están llegando ya a la orilla oeste.

—¡Se van a escapar, mamones! ¡Id a por ellos!

Sorprendido al oír la voz del patrón de los Lavernos, Stígmata mira a su izquierda. Por allí, doblando la esquina del pequeño templo de Portumno, han aparecido Septimuleyo, Búfalo, Tambal y los otros tres hombres que se habían quedado con ellos en el Alto Aventino.

Tal vez, si Septimuleyo no se hubiera reservado a esos cinco como escolta personal, las tornas contra los Suburanos habrían sido favorables para ellos y ahora tendrían la cabeza de Fulvio padre en lugar de conformarse con llevar prisionero a Fulvio hijo.

Detrás de Septimuleyo, en los muelles, el viento y la riada sacuden las barcazas atadas a los amarraderos, estrellando unas contra otras como si se hubiera desatado una tormenta en el mar.

O como se imagina Stígmata que debe de ser una tormenta en el mar. El viaje que le prometió Berenice de niño todavía está pendiente.

Algunas embarcaciones se acaban soltando y se alejan corriente abajo, y un par de ellas vuelcan y se astillan con estrépito al chocar entre sí.

Septimuleyo no es dueño de ninguna nave, pero obtiene gran parte de sus ganancias de la estiba o, directamente, del escamoteo de las mercancías que traen.

Eso explica que no se lo vea demasiado contento ni con la tormenta ni con la riada.

—¿No me habéis oído? —grita ahora—. ¡Vamos! ¡Cincuenta sestercios al que despeje el puente!

Es más fácil decirlo que hacerlo.

El centurión Letorio ha avanzado unos cuantos pasos y grita con toda la fuerza de sus pulmones. Pese al viento y el fragor del agua, tiene una voz tan poderosa que las palabras de su desafío llegan nítidas como notas de trompeta.

—¡Venid, cobardes! ¡No es Horacio Cocles quien defiende el paso, pero Gayo Licinio Letorio y Quinto Numerio Rufo se bastan para detener a un hatajo de gallinas como vosotros!

Es otra de las historias que Stígmata aprendió del maestro Evágoras.

Horacio Cocles era aquel patriota que, en los primeros años de la República, se plantó en el puente Sublicio para impedir que los invasores etruscos mandados por el pérfido rey Larte Porsena cruzaran el Tíber.

(Al pronunciar la palabra «rey», Evágoras había escupido a un lado para demostrar que, aunque griego, él sentía tanto aborrecimiento por la monarquía como cualquier romano).

Mientras Horacio Cocles, aprovechando la angostura del paso, contenía a decenas o cientos de enemigos, según lo hiperbólicas que fueran las variantes del relato, sus compañeros talaban con hachas los pilares que sustentaban el puente. Cuando este se derrumbó, Cocles, por fin, se lanzó al río y lo atravesó a nado con su espada y su armadura.

—Pero yo he visto ese puente, maestro, y no se ha caído —objetó en su momento Stígmata, que tenía poco más de diez años.

—El puente Sublicio ha sido reconstruido muchas veces. Si te has fijado bien, es todo de madera. ¡Ni un solo remache de metal verás en él! Por eso se llama así, porque está construido con pilares de madera[16] clavados en el lecho del río.

—¿Y por qué no lo hacen de piedra para que no se caiga, o le ponen clavos de hierro?

—En aquella época los hombres todavía no forjaban el hierro, y muchos lo miraban con desconfianza. Incluso hoy mismo hay regiones de Arcadia, en el corazón de Grecia, donde los campesinos labran la tierra con arados de madera y pedernal, porque están convencidos de que el hierro envenenará las cosechas.

»¿Recuerdas cuando te hablé del mito de las edades?

—Sí, maestro. Lo contaba Homero.

—Homero no, Hesíodo. Según este poeta, desde el origen de los tiempos, han poblado el mundo razas forjadas en varios metales: primero fue la de oro, después vino la de plata, luego la de bronce y, por último, la de hierro. La que sufrimos ahora. La peor de todas.

Evágoras, que era el hombre más pacífico que imaginar se pudiera —a diferencia de otros maestros, nunca pegaba a sus alumnos con la vara, y se limitaba a reprenderlos con discursos que a algunos les resultaban tan pesados que habrían preferido los azotes—, sostenía que el hierro era el segundo metal más vil, pues con él se fabricaban las armas que derraman la sangre de los semejantes.

—Pero el oro es todavía peor —afirmaba, contradiciendo en cierta medida el mito de las edades que él mismo contaba.

—¿Por qué, maestro? Nadie fabrica armas de oro. ¡Sería demasiado caro!

—El oro hace algo peor. Despierta una codicia más dañina que la peor fiebre. El delirio del oro hace que los hombres, por conseguirlo, acaben empuñando el hierro y no se detengan a la hora de usarlo para matar y robar.

Stígmata no comparte ese prejuicio contra el oro.

Por eso está decidido a conseguirlo.

Y lo antes posible.

***

---

[16] *Sublicae*, en latín.

Cuatro de los sicarios más agresivos y borrachos se aventuran a entrar en el puente. Entre ellos están Comadreja y Cíclope. En este último, que deja al joven Flaco en manos de Búfalo, pesa más la insensatez inducida por el mucho vino que la acometividad natural.

Al principio, los cuatro avanzan con cierta rapidez, casi a la carrera, aunque de cuando en cuando estiran las manos para tantear la barandilla mientras se ven bañados en rociones de espuma.

Poco antes de llegar al choque, sin embargo, se frenan como caballos que rehúsan chocar con un obstáculo.

Resulta comprensible, incluso perdonable. No es tan fácil abalanzarse contra un enemigo que tiene por delante del cuerpo un arma aguzada y la dirige hacia ti con la intención de hurgarte las vísceras con su punta.

Desde donde se encuentra Stígmata, le resulta difícil captar los detalles de lo que ocurre, pues los mismos cuerpos de los cuatro Lavernos le tapan la línea visual, así que se desplaza un par de pasos a la izquierda.

Comadreja no tarda en caer sobre las tablas. Del pecho del joven gladiador sobresale el *pilum* del centurión Letorio, clavado a modo de hito en una calzada.

Adiós a la carrera ascendente del joven gladiador.

Otro Laverno, un ligur llamado Hercato, que también ha prestado juramento de gladiador, forcejea con Letorio.

Este, que es más alto y corpulento que el ligur, consigue dominar a su contrincante a pesar de estar desarmado y termina arrojándolo por encima de la balaustrada.

Mientras las aguas desbocadas arrastran a Hercato a una muerte casi segura, entre alaridos ahogados por el fragor de la corriente, Cíclope y el otro Laverno se dan la vuelta y corren despavoridos de regreso a la orilla oriental del río.

—¡No se puede pasar! ¡Es demasiado estrecho! —grita Cíclope, que estará muy borracho, pero guarda una pizca de instinto de conservación.

—¿No se puede pasar o *tú* no puedes pasar? —gruñe Septimuleyo.

En medio del puente, Letorio pone el pie en el pecho de Comadreja, remueve el *pilum* a ambos lados y acaba arrancándolo con ciertas dificultades.

Aunque Stígmata no haya servido como legionario, conoce bien esa arma. En algunas ocasiones, tanto Septimuleyo como los lanistas de alguna familia gladiatoria rival han tenido la ocurrencia de equipar con ella a sus adversarios.

Se trata de una jabalina con una sólida asta de madera en la que se encastra una pesada vara de hierro terminada en punta piramidal. Está destinada a ser disparada a modo de jabalina, pero también se puede utilizar, como ha hecho el centurión, a modo de lanza para mantener a distancia a un enemigo que, como ocurre con los sicarios de Septimuleyo, lleva armas más cortas.

Mientras empuña el *pilum* sobre la cabeza, el centurión hace gestos elocuentes con la mano izquierda. «Venid aquí si os atrevéis».

Mientras tanto, la presa cuya cabeza vale su peso en oro está llegando ya a la otra orilla, a más de ochenta pasos de distancia de sus perseguidores.

—El puente se va a caer —dice Cíclope—. ¿No ves cómo tiembla? Tenemos que remontar el río hasta el puente Emilio.

—No te preocupes, mi querido Pugio —responde Septimuleyo con voz casi meliflua—. Has hecho lo que has podido.

El patrón de los Lavernos apoya la mano izquierda en el hombro de Cíclope y con la derecha le palmea la mejilla.

El hecho de que lo haya llamado por su nombre y no por su apodo no es buena señal.

Todos, menos Cíclope, que tiene su único ojo clavado en el rostro de Septimuleyo, ven cómo este saca su propio cuchillo de la vaina. Pero nadie osa advertir a su compañero.

Stígmata ni se lo plantea. Hasta ahora, la vida de Cíclope le resultaba tan indiferente como la de un mosquito.

Después de ver lo que ha hecho con esa muchacha en los Jardines de Eros y Psique, se ha convertido en el mosquito al que uno desea aplastar.

Si el patrón de los Lavernos lo hace por él, bienvenido sea.

Septimuleyo aprieta la oreja de su esbirro para que no mueva la cabeza, le clava el cuchillo bajo la nuez y le rebana la garganta. No es un gran luchador, pero como matarife resulta más que eficaz. No resulta fácil degollar a un hombre, y menos de frente, a menos que se tenga práctica.

Cíclope deja de parpadear, incrédulo, y trata de protestar.

Las palabras mueren en su garganta, ahogadas en sangre.

Las rodillas de Cíclope se doblan. Cae al suelo, tratando en vano de tapar la hemorragia con ambas manos.

Mientras agoniza, a Stígmata le asalta por un instante la imagen de Areté boqueando del mismo modo.

Septimuleyo mira a su alrededor. Todos se apartan de él. El único superviviente de los cuatro que han intentado despejar el puente, un surrentino llamado Ofilio, se esconde tras la mole de Búfalo para que el patrón no repare en él.

Stígmata se mantiene donde estaba. A cinco pasos de la entrada del puente, que sigue zarandeándose como si lo sacudiera un gigante subacuático.

—Tú. Stígmata —dice Septimuleyo.

El mentado no responde.

—Todavía no te has manchado las manos de sangre.

Stígmata espera. Después responde.

—Si eso es lo que quieres, puedo manchármelas con la sangre de Cíclope.

—No me toques las pelotas. Ya sabes lo que quiero decir.

Stígmata no necesita más explicaciones.

Lleva encima el manto que le regaló un viejo borrachín que había servido con Escipión Emiliano en las guerras hispanas. El veterano le explicó que ese *sagum* era hispano, y que se lo habían dado los habitantes de la ciudad de Intercacia a cambio de que levantaran el asedio. La lana es casi negra, de oveja merina: vellón largo, denso, resistente y uniforme.

La pieza es bastante larga, más de lo habitual en los capotes de los legionarios.

Algo que le viene bien a Stígmata, más alto que la media de los soldados.

Han pasado más de tres décadas desde que el vejete recibió aquel capote, y quién sabe cuántos años tendría ya cuando se lo dieron a él. Aun así, conserva el olor a lanolina. A cambio, la grasa lo hace casi impermeable.

Casi. Cuando llueve tanto como hoy, cualquier prenda acaba calando. Stígmata ya está empapado y el *sagum* supone para él más un estorbo que una protección.

Al quitárselo y entregárselo a Tambal, Stígmata se estremece un momento.

Es algo más mental que físico. Pasó tanto frío de niño en el último piso de la ínsula Pletoria que todavía cree tenerlo metido en el cuerpo.
Puede soportar bien otras molestias, incluso el dolor.
Pero aborrece el frío.
—Si no te importa, cuídamelo.
El nubio asiente, cortés como siempre. A menudo, Stígmata piensa que en su tribu nativa debía de ser un príncipe entre los príncipes.

***

Stígmata avanza por el puente hacia los dos adversarios que lo aguardan.
Las aguas saltan y borbotean por encima de las barandillas. En un día de sol se verían hermosos efectos irisados reflejados en las cortinas efervescentes que proyecta la furia de la corriente, pero hoy no brilla luz suficiente ni para teñir de blanco la espuma.
Los pilares rechinan y se estremecen, mientras que el vendaval, que allí sopla con más furia que en la orilla, se empeña en empujar a Stígmata contra la balaustrada.
Las tablas, desgastadas por miles y miles de pisadas a lo largo de tantos años y empapadas por la lluvia y los arreones del río, resbalan como si estuvieran untadas de aceite. Stígmata sigue avanzando con paso precavido, separando bien las piernas para estabilizar su posición como hace cuando combate en la arena.
El centurión Letorio se adelanta a su compañero.
Es casi tan alto como Stígmata y su pecho es incluso más ancho.
Lo más probable es que no sea tan rápido como él.
Nadie lo es. No lo era esa lagartija de Ustorio el Comadreja, cuyo cadáver deja atrás Stígmata con cuidado de no tropezar con él.
Por supuesto, no lo es ese bastardo con rasgos de sapo de Nuntiusmortis.
Si le venció fue…
Por otro motivo.
Ahora sabe cuál.
No es momento de pensar en Nuntiusmortis, se recuerda a sí mismo.
En cualquier caso, Letorio parece un adversario formidable.
Los gladiadores conocen triquiñuelas propias y están más acos-

tumbrados que los soldados a combatir con armas de verdad y no solo con la *rudis*, la espada de entrenamiento tallada en madera. Por cada batalla campal que vive un legionario, un gladiador tiene que librar tal vez cinco o seis combates con una hoja de acero.

No obstante, Stígmata sabe que los centuriones son elegidos entre los tipos más duros del ejército. Razón por la que cobran más dinero y por la que en las batallas realmente encarnizadas mueren como chinches.

Los que caen, cuando por fin lo hacen, suelen hacerlo rodeados de cadáveres enemigos.

Ya están a pocos pasos el uno del otro. Lo suficiente para verse bien las caras. Stígmata distingue incluso los pelillos que asoman por la nariz del centurión.

Por detrás de este, el otro defensor de Graco, Numerio, permanece expectante, con la espada en guardia.

Hacen bien en desplegarse en dos escalones. El puente es tan angosto que, si se pusieran a la misma altura, se estorbarían en sus movimientos.

Además, resulta evidente cuál es el mejor combatiente de los dos.

—¡Acaba con ellos de una puta vez, Stígmata! —grita Mamerco detrás de él.

—Stígmata —repite Letorio con una sonrisa lobuna.

La lluvia le adhiere los cabellos a las sienes. En esa cabeza que parece un cubo alargado hay más pelos plateados que negros.

—Te he visto pelear —añade el centurión.

—Qué sorpresa.

¿Quién no lo ha visto pelear?

—Los gladiadores os creéis guerreros, pero no sois más que putas con menos tetas.

Stígmata se encoge levemente de hombros. No le molesta que lo comparen con las putas. Está acostumbrado.

¿Qué es él para Rea sino una prostituta con pene?

—Te he visto quitarte el *sagum*. Has hecho bien. Lo que deberías llevar encima es el amículo, como la ramera que eres —insiste Letorio, refiriéndose a la manteleta que se ponen sobre la túnica muchas mujeres, no solo las prostitutas.

Stígmata sigue sin responder.

Pondera la situación.

El puente no deja de rechinar. Lo malo es que no son solo las tablas bajo sus pies las que chirrían. También se escuchan crujidos más graves.

Los pilares.

¿Cuánto tardarán en desplomarse?

Stígmata sabe nadar. Pero no está muy seguro de que sea capaz de sobrevivir a flote en medio de esa riada.

Tiene que abrirse paso cuanto antes y llegar al otro lado.

A veces, Septimuleyo lo abronca por vencer los combates demasiado rápido. «El público quiere que se le compense por su entrada». Por eso, muchas veces se adorna un poco y demora el desenlace.

Ahora tiene más prisa.

Con la diestra, desenvaina la espada que lleva al lado izquierdo. Le es más cómodo hacerlo así, del mismo modo que recurre a la zurda para desenfundar la espada de la derecha. Él no lleva un enorme escudo de legionario que estorbe sus movimientos ni le impida cruzar los brazos por delante de la cintura.

Tampoco lo lleva el centurión.

Stígmata se adelanta otro poco, poniendo el cuerpo de lado para ofrecer la menor superficie posible a su atacante. Con la espada en guardia media.

El centurión se acerca empuñando el *pilum*, pero lo hace a modo de pica, con la palma de la mano hacia abajo, lo que indica que no piensa arrojarlo.

Es lógico, ya que parece haber perdido la espada y no se ve que lleve un puñal a la cintura. No se va a desprender a la ligera de la única arma que tiene.

Aunque Stígmata es prácticamente ambidextro, no puede decirse que sus dos brazos tengan exactamente las mismas habilidades.

El derecho es más fuerte.

El izquierdo es más preciso.

Ocultando el movimiento hasta el último instante, lleva la zurda atrás para desenvainar uno de los cuchillos que lleva escondidos a la espalda.

Está a doce pies del centurión, calcula.

Como calculó anoche en los túneles del Palacio de Hécate.

Un segundo después, Letorio se lleva la mano al cuello, con el mismo gesto de perplejidad que el sirviente del burdel al que Stígmata mató anoche con la daga arrojadiza.

Pero el centurión, que parece ignorar que ya está muerto, no cae de rodillas como aquel hombre ni trata de arrancarse el cuchillo clavado en el cuello.

Stígmata se acerca, aparta el *pilum* con un cintarazo de la espada y después golpea a su enemigo con un tajo de revés, esta vez debajo de la oreja. La hoja se hunde hasta la mitad con el sonido sordo del cuchillo del carnicero cortando filetes, chof.

Cuando el centurión cae por fin, primero de rodillas y después de costado, perdiendo la sangre y la vida a borbotones, Stígmata, que no se fía, le da una patada al venablo y lo tira al río. A veces los que parecen estar muertos resucitan y pueden golpear a traición.

El otro hombre, Numerio Rufo, no es rival para Stígmata.

Basta con mirarle a los ojos.

Él mismo lo sabe.

Entre enfrentarse a la espada del gladiador o a las aguas del Tíber, prefiere esto último. Tras dejar caer su propia arma, salta sobre la balaustrada con un grito.

Las aguas lo devoran al instante.

Stígmata se agacha sobre el centurión y remueve el cuchillo para rematarlo. Después lo extrae, limpia la hoja contra la piel empapada de los brazos del muerto y vuelve a guardarlo.

Veinte pasos río abajo, la cabeza de Numerio reaparece sobre la corriente impetuosa y turbia.

Bracea de forma frenética y de vez en cuando grita.

Tal vez sobreviva, tal vez no. A Stígmata le da igual.

El de Numerio no es el único cuerpo que se ve en el agua, pero sí el único que se mueve por propia voluntad.

Hay cadáveres de cerdos, ovejas, un par de vacas. Y cada vez más cuerpos humanos. Unos boca abajo, otros boca arriba, muchos de ellos desnudos, todos muertos.

Los animales han sido arrollados por la corriente, al igual que los restos de madera de cabañas, barcas y amarraderos, pecios de una riada que no deja de crecer.

Lo de los cadáveres humanos es distinto. Los han arrojado al río sus supuestos congéneres y presentan heridas y mutilaciones de todo tipo.

El Tíber se ha convertido en una fosa común, un Esquilino acuático, un cementerio para aquellos desgraciados que, por no haber recibido las honras de los suyos, tendrán que vagar como lémures a las puertas del infierno y atormentar a los vivos en los días en que las fronteras entre los reinos de ambos se difuminan. Las aguas están tan turbias y arrastran tanto barro que parecen formar surcos, una besana cambiante trazada por un arado invisible.

Stígmata comprende que, si no quiere formar parte de ese aluvión, ha de cruzar cuanto antes. No solo porque Graco y su acompañante se han perdido de vista en la otra orilla, sino porque comprende que el puente se va a derrumbar de un momento a otro.

Así que olvida toda precaución y corre como si fuera un atleta en Olimpia tratando de ganar la carrera del estadio.

JANÍCULO

Finalmente, la furia de la crecida es demasiada. Los pilares situados en el centro del río ceden y el puente Sublicio se derrumba sobre las aguas.

El estrépito de maderos y tablas tronchados es tan fuerte que Graco y Filócrates se detienen un momento en su huida y se dan la vuelta para mirar. El puente se va partiendo en trozos entre remolinos de espuma, convirtiéndose en almadías flotantes que chocan entre sí, se rompen en fragmentos cada vez más pequeños y se alejan corriente abajo.

Desde la orilla opuesta llegan gritos de rabia y frustración. Los perseguidores tendrán que dar un rodeo buscando el puente Emilio, situado más al norte, muy cerca de la isla Tiberina. No es un gran desvío, no llegará a doscientos pasos, pero si se suman a otros tantos que tendrán que recorrer en la ribera opuesta, pueden darles a Graco y su esclavo una pequeña ventaja.

Hay una figura solitaria que ha conseguido llegar a la orilla oeste del río antes de que el puente se hundiera. Sin manto, vestido con una túnica que deja sus brazos al descubierto, avanza tras ellos con un trote decidido.

Por un instante, Graco alimenta la fútil esperanza de que se trate de uno de sus amigos, Lectorio o Numerio.

Enseguida comprende que no es así. Es uno de los perseguidores.

La forma de moverse, incluso a lo lejos, le resulta familiar.

Es el hombre al que ha visto en aquel callejón del Aventino.

«El hombre de las cicatrices. El del cuchillo. Mañana, él te matará».

Mañana es hoy, idus de enero.

Y los sueños de su madre siempre se cumplen.

Que se lo pregunten al espíritu de Escipión Emiliano.

—Pronto podré decírselo en persona —musita Graco.

—¿Qué has dicho, señor? —pregunta Filócrates.

—Nada. ¡Sigamos, no vamos a rendirnos ahora, cuando tantos se han sacrificado por mí!

Se apartan de la vía Portuaria por la que iban hasta ahora y tuercen hacia la izquierda, por un sendero embarrado y sin pavimentar que corre entre tapias y árboles que, espera Graco, los oculten de la vista. Se dirigen hacia la parte alta del Janículo, la colina del Transtíber que domina la orilla occidental del río.

—¿Dónde vamos, dómine?

—Al Lucus Furinae.

—Bien pensado, señor. Es un lugar tan sagrado que ni siquiera tus enemigos se atreverán a profanarlo.

«Eso quisiera creer», piensa Graco.

En las últimas horas ha presenciado una orgía de sangre mucho más violenta de la que esperaba. Pese a que se supone que estaba prevenido. El ataque contra él y contra los suyos ha sido más rabioso y, al mismo tiempo, más premeditado y organizado que el que acabó con su hermano Tiberio mientras él estaba en Numancia.

Si ha tenido que salir huyendo del templo de Diana en el Aventino al ver cómo sus enemigos irrumpían en él como chacales furiosos, no cree que el santuario hacia el que huyen vaya a disuadirlos.

Pero es la única esperanza que le queda.

Es curioso, pero siente más pena pensando en el destino de Filócrates que en el de los que han muerto ya o en el suyo propio.

Filócrates no merece morir.

«Y no va a morir si puedo evitarlo», se promete Graco.

Mientras suben por la ladera, van dejando atrás jardines y mansiones privadas. Muchos aristócratas poseen parcelas y casas allí, al otro lado del río, a las que se retiran a veces huyendo de las aglomeraciones del centro de Roma.

Si hoy hay gente en esas moradas, se guarda mucho de asomarse.

Mejor así. Graco prefiere no ver a nadie. En su huida del Aventino no ha recibido ayuda digna de tal nombre. Como mucho, algunos gritos de ánimo que lo jaleaban. Pero nadie le ha ofrecido escondrijo en sus casas o un caballo para la huida. En muchas de las ventanas que se abrían a su paso ha atisbado miradas hostiles tras las rejas y las celosías, algunas más preñadas de temor y otras más emponzoñadas de odio. «¡Tirano!», «¡Asesino!» o «¡Rey fracasado!» es de lo más suave que le han dicho. Algunos le han arrojado tiestos o el contenido de sus orinales, que ha logrado esquivar de milagro.

¡Qué triste recompensa para una vida entregada al pueblo de Roma!

La pareja continúa subiendo por la pendiente. Sin ser precisamente el monte Olimpo, el Janículo es más elevado que cualquiera de las colinas que hay en el recinto amurallado de la ciudad, al otro lado del río. Como es un sitio de observación privilegiado, en su punto más alto se yerguen una atalaya y un gran mástil donde ondean banderas de colores para llamar a los habitantes a las armas cuando se divisa la cercanía de un enemigo.

Algo que no ha ocurrido desde hace casi cien años, cuando Aníbal llegó a estar a la vista de la ciudad. «*Hannibal ad portas!*», se gritaba entonces por las calles de Roma.

No obstante, el estandarte se sigue izando y la atalaya recibe una guarnición de centinelas cuando se celebran elecciones y asambleas en el Campo de Marte, fuera de la protección que brinda la muralla. Un enemigo exterior podría apoderarse del Janículo y desde ahí atacar, aprovechando que los ciudadanos, congregados en tan poco espacio y sin armas, son vulnerables.

Al entrever el asta desnuda asomando entre los árboles, Graco comenta con tristeza:

—La bandera debería flamear. El enemigo está dentro.

—¿Qué quieres decir, amo?

—El enemigo somos nosotros. Hemos triunfado sobre todos nuestros adversarios, solo para derrotarnos a nosotros mismos.

Llegan a un murete que sirve para delimitar la terraza donde se encuentra el santuario y evitar derrumbes. Con la lluvia, se han formado decenas de riachuelos que se vierten por encima en pequeñas cascadas y que han arrancado parte de los bardales.

Tras encaramarse al rellano con ciertas dificultades, no tardan en encontrarse ante dos paredes paralelas que forman un pasillo creciente en altura. Al final hay una puerta de roble abollonada que da acceso al templo, a medias excavado en la ladera del monte.

Antes de llegar allí, se topan con una reja negra atravesada entre ambos muros.

—Está cerrada —se lamenta Filócrates, sacudiendo la verja en vano.

El candado es grueso, y ellos no llevan encima más que el puñal que Graco sacó de casa por la mañana ante la insistencia de su esposa. La hoja es demasiado ancha para usarla a modo de ganzúa, si es que él o Filócrates dominaran esas artimañas de ladrón.

—¡Abridnos! —grita Filócrates, sin dejar de sacudir la reja, que contraataca rociándolos de agua gélida—. ¡Dejad que nos acojamos a la protección de las Furias!

Graco no corrige a su esclavo. Mucha gente, por la similitud del nombre, cree que esa capilla está dedicada a esas diosas vengativas a las que los griegos llaman Erinias. En realidad, se trata de una antigua divinidad de los manantiales, ya casi olvidada, llamada Furina.

Nadie responde. O bien no hay nadie dentro o los servidores del santuario no quieren meterse en líos.

Como tantos otros.

Desandan el camino recorrido entre ambos muros. En el centro de la terraza, rodeada de cipreses que agitan sus copas al viento como sarisas macedónicas, hay una fuente, techada por un emparrado de hiedras y enredaderas que se enroscan alrededor de una pérgola de bronce. En medio de la fuente hay una escultura de piedra, una ninfa desnuda cuyo rostro, desgastado por el agua y los elementos, ha perdido todos los rasgos salvo una indescifrable sonrisa.

Delante de la fuente, un álamo, que debía de estar podrido, ha caído al suelo, tronchado por la furia del viento. No ha aplastado el cenador por apenas un palmo.

Graco se sienta en el tronco. Está agotado.

—Señor, tenemos que seguir.

—Hasta aquí hemos llegado, Filócrates. Es inútil continuar.

Su perseguidor solitario ha llegado también al santuario. Sube con agilidad el murete del bancal y se acerca a ellos.

Ahora que está cerca de su presa, refrena el paso. Graco observa que, cuando no corre, tiene un andar engañoso, perezoso en apariencia. Como si reservara fuerzas pero pudiera entrar en acción en cualquier momento, fulgurante y letal como el resorte de un escorpión.

Graco lo conoce. Lo ha visto combatir.

Stígmata. El mejor gladiador del momento.

Es joven, pero hay una gravedad en su rostro y en sus mandíbulas apretadas que lo hace parecer mayor. Tiene los pómulos muy marcados, filos de hueso que parecen a punto de rasgar la piel. Desde el entrecejo le salen dos venas marcadas que surcan su frente, dibujando un triángulo que se abre hasta el nacimiento del pelo, negro como el plumaje de un cuervo.

Los ojos, entornados, son tan fríos que parecen dos cintas metálicas entre los párpados. Debe de molestarle bastante la luz. Graco ha observado que antes de sus duelos se tiñe los contornos de los ojos con hollín o algún pigmento parecido, como la malaquita y la galena molidas que utilizan los egipcios para reducir los reflejos del implacable sol de su país.

Hoy, obviamente, no le hace falta ningún maquillaje.

¿Cuántas muertes habrán contemplado aquellos ojos?

Graco ha oído decir de él que es el único gladiador que no pestañea cuando lanzan un golpe contra su rostro. Esa es una de las cualidades, tal vez la más extraordinaria, que lo ha convertido en casi invencible.

Lo que más llama la atención en su cara son las cicatrices que parten de las comisuras de su boca, bajan, se curvan como lunas crecientes y suben casi hasta los lóbulos de sus orejas.

«El hombre de las cicatrices».

«El del cuchillo».

«Mañana, él te matará».

No es un cuchillo lo que lleva a la cintura, sino dos espadas.

No obstante, Graco no pone en duda la visión onírica de su madre. Seguro que Stígmata lleva una daga encima.

En ese momento se oye el rechinar de una reja y unos pasos que se acercan.

Parece que quien estuviera dentro de la capilla ha atendido su llamada.

Seguramente, demasiado tarde.

***

Un tipo rechoncho se interpone entre Stígmata y sus presas. Por la indumentaria un tanto estrambótica que viste, el gladiador sospecha que se trata de un sacerdote, uno de los flámines menores que debe de estar a cargo de aquel santuario. Lleva en la cabeza el ápex, un gorro de fieltro que se ata por debajo de la barbilla. En su caso, por debajo de una papada gruesa y temblorosa. Se cubre el cuerpo con la *laena*, un manto rojo y grueso de dos capas de lana que se pega a su panza voluminosa, y que se nota más pesado todavía por el agua que la empapa.

—¡Detente, impío! —le dice a Stígmata—. ¡Este es un lugar sagrado! ¡En nombre de mi señora Furina, te exijo que te marches de aquí con tus armas!

Si por un instante Graco y su acompañante han concebido la esperanza de que el sacerdote les brinde cobijo en el santuario, su decepción debe de ser instantánea. El obeso flamen se vuelve hacia ellos y, con un dedo admonitorio, les señala la salida del recinto.

—¡Vosotros también, fuera de aquí! Este no es lugar para vuestras rencillas privadas. Si tenéis que derramar sangre, hacedlo fuera de aquí.

El joven que va con Graco se indigna.

—¿Rencillas privadas? Pero ¿tú sabes con quién estás hablando? Este es el noble Gayo Sempronio Graco, dos veces tribuno de la plebe, senador, hijo de Cornelia, hija a su vez de Publio Cornelio Escipión Africano. ¡Dirígete a mi señor con el respeto que merece!

El sacerdote agita las manos como dos nerviosos abanicos.

—Mirad, yo no quiero líos, solo es eso. Marchaos de aquí y resolved lo que tengáis que resolver.

—Lo que tengamos que resolver es que este hombre quiere asesinar a mi señor —insiste el joven—. Si queda algo de decencia o de humanidad en ti, danos asilo en tu santuario.

El sacerdote mira primero a Graco y a su sirviente, y después a Stígmata.

Este, para ayudarle a decidirse, desenvaina la espada de la mano izquierda.

—Si no quieres que honre a tu señora Furina con tu sangre, desaparece de mi vista.

El sacerdote asiente, «Está bien, está bien, no hace falta ponerse violento», con tal energía que la papada entera le tiembla como gelatina. Después se marcha, con los pasitos cortos a los que le obliga el manto.

No tardan en oír de nuevo el chirriar de la cancela. Con tanta lluvia, será mejor que alguien engrase pronto sus bisagras.

Graco, que durante la breve conversación ha permanecido sentado en el tronco del árbol caído, se levanta, ayudándose con las manos para hacer fuerza en las rodillas.

De cerca, es más bajo de lo que calculaba Stígmata. Todo en él está proporcionado —los miembros delgados, las manos pequeñas, los hombros estrechos y la cabeza casi femenina—, de modo que parece más alto de lo que en realidad es.

Se le ve agotado. Las mejillas hundidas, los ojos apagados. El flequillo empapado le cae sobre la frente en mechones aplastados. Tan aplastados como esos hombros que parecen cargar con el peso de Roma entera.

Aun así, de él emana una tranquila dignidad que Stígmata ha observado en algunos —no todos— miembros de la casta senatorial. De aquellos que no solo han nacido en la púrpura, sino que se han educado para estar a la altura de su exigente abolengo.

El extribuno lleva un puñal de legionario al cinto. Lo desenvaina. La hoja, un palmo de largo y unos tres dedos de ancho, está seca. No da la impresión de que la haya mojado de sangre en esta jornada.

¿Está pensando en enfrentarse a él? Comparado con la espada de Stígmata, ese puñal es poco más que un juguete.

Al ver la mirada de fugaz desconcierto de Stígmata, Graco sonríe con tristeza.

—No he empuñado esta daga para resistirme a ti. No soy tan iluso. Lo único que quiero es que me permitas morir con dignidad, arrojándome sobre mi propia hoja.

Una muerte muy romana, piensa Stígmata. Digna. Con el decoro que pueden permitirse los que se llaman a sí mismos ciudadanos.

—He recibido otras órdenes.

Septimuleyo quiere el peso de la cabeza de Graco en oro. Pero no le sirve que Stígmata lo decapite y se la lleve. «Lo quiero vivo». Les ha dejado claro a todos sus sicarios que, si alguno se atreve a dar muerte al extribuno, le arrancará la cara y la colgará en su colección de máscaras humanas junto con la de Vulcano.

Graco se acerca al borde de la fuente, buscando un punto de apoyo para hacer más fuerza con el pomo del puñal y clavarse este bajo el esternón.

Cuando Stígmata trata de impedirlo, el esclavo se interpone en su camino.

Sin apartar la mirada de Graco, Stígmata se limita a hincar su espada en el cuello del joven. Entrada y salida, entre las clavículas.

La cara del esclavo se congela en un gesto de incredulidad —«Cómo?, ¿esto me ha ocurrido de verdad a mí?»— mientras la vida lo abandona. Sus rodillas pierden la fuerza que sustentaba sus piernas y su cuerpo cae desmadejado sobre la hierba embarrada que rodea la fuente.

Graco se tapa la boca, horrorizado, y profiere un gemido que suena como el lamento de un animal herido, olvidándose del cuchillo que intentaba clavarse entre las costillas. Por su gesto, Stígmata comprende que la muerte de su criado griego le ha dolido tanto como si le hubiera hincado la espada a él.

Le sorprende. La experiencia le dice que, para los miembros de la élite, los sirvientes son poco más valiosos que animales de labor. A veces, incluso menos.

¿Acaso había algo más entre los dos hombres?

Graco deja el puñal junto a la fuente y se arrodilla junto al esclavo, que gorgotea en su agonía. Le agarra la mano, le besa en la frente y los labios y no deja de murmurar en su oído hasta que, por fin, el joven exhala un último estertor.

Graco cierra los párpados de su esclavo. Después, tira del capote para taparle la cara y se levanta con un suspiro. Se le ve más cansado aún que antes. Un Atlas derrotado cargando con la bóveda del cosmos.

—No era necesario matarlo.

Stígmata no responde.

Graco se pasa la mano por la garganta, abriendo todo lo que puede el cuello de la túnica. Aunque la prenda esté sucia y mojada, es lana de calidad, como el lino de la subúcula que lleva debajo. Pese a la lluvia, las anchas franjas de púrpura no han desteñido.

—Sé que Opimio ha ofrecido el peso de mi cabeza en oro.

Stígmata observa que se refiere al cónsul por su nombre, no por su cargo.

Graco se arrodilla ante él, agacha la testuz como un buey drogado en el altar y le ofrece el cuello.

—Hazlo rápido y cobra la recompensa, Stígmata. Con ese dinero podrás comprar tu propio contrato. Liberarte de tu lanista, ese esclavo criminal que ahora se hace llamar Aulo Vitelio Septimuleyo.

Stígmata se sorprende al oír esas palabras, pero no deja que su gesto lo delate.

—Veo que sabes bastante sobre mí.

Graco asiente. Después, levantando la mirada hacia Stígmata, dice:

—¿Y tú? ¿Tienes idea de quién es el hombre al que vas a matar?

Stígmata sabe más de lo que reconoce. Tiene los oídos siempre abiertos, como los ojos. Pero fingiendo indiferencia se siente más fuerte e invulnerable, de modo que menea la cabeza.

—Soy el único que se preocupa de la gente como tú —dice Graco—. Soy el único que ha recorrido todas las calles de Roma y ha visto el hambre y la miseria. Soy el único que se ha esforzado por paliarlas.

—Yo sigo viendo hambre y miseria.

—¡Pero menos! —La mirada de Graco se enciende de pasión, incluso en ese, su momento final—. Gracias a mí, los ciudadanos pueden comprar trigo barato sin depender de los especuladores.

Stígmata agarra del brazo a Graco, le obliga a ponerse en pie y tira de él.

—Yo no soy un ciudadano. Yo no soy nadie.

—Sé ver en el corazón de los hombres —insiste Graco—. El tuyo es más noble que el de muchos de los que se sientan en el Senado y mandan las legiones.

—Si es así, tienes una vista muy penetrante.

—Dame una muerte rápida, como me merezco. No dejes que los enemigos del pueblo me torturen.

Stígmata se estremece.

Son las mismas palabras que escuchó hace unas horas, mientras Mamerco le explicaba dónde iba a encontrar a Licinio Calvo.

El amuleto predijo este momento.

Stígmata sacude la cabeza para ahuyentar un escalofrío.

Da igual lo que le haya dicho el amuleto. También vaticinó que Albucio le desfiguraría el rostro, y no por eso evitó que lo hiciera.

«Pero sí te ayudó a impedir que el viejo violara a Berenice».

Berenice es Berenice, se responde a sí mismo, y Graco es Graco. Él no le debe nada a ese hombre.

—No te equivoques conmigo —responde al extribuno—. Yo no tengo corazón.

Dicho esto, Stígmata se inclina sobre el cadáver del esclavo, descubre su rostro, desata los cordones que le atan la capa al cuello y tira de ella para quitársela.

—¿Qué haces? —pregunta Graco.

Por un instante parece que el extribuno va a agarrar el brazo de Stígmata, pero la mirada del gladiador basta para que su gesto quede en conato.

—Tengo frío. Tu criado no necesita el abrigo.

—¿Vas a dejarlo así, expuesto bajo la lluvia, como si fuera un perro?

—Solo es un cadáver más. ¿Cuántos has visto hoy?

—No es un cadáver más. Era Filócrates, hijo de Aminias, nacido en Delfos. Un joven honrado, versado en poesía, en filosofía y en relatos de dioses y héroes.

Stígmata se queda pensativo. Sus dedos sueltan el borde del manto y acarician la bula, repasando las finas incisiones donde se lee *LVCIVS·ΠΥΘΙΚΟΣ*.

«Nacido en Delfos». ¿Como él, tal vez?

—Me gustan los relatos de dioses y héroes —murmura en voz alta—. Lo que no me gusta es pasar frío.

—Entonces lo pasaré yo. No es lo peor que puede ocurrirme. Al fin y al cabo, no hay nada, por terrible que sea, que no podamos soportar.

El extribuno hace ademán de quitarse la túnica por encima de la cabeza. Debajo no lleva más que una fina subúcula de lino.

Ahora es Stígmata quien se lo impide.

—¿Qué has dicho?

—No hay nada, por terrible que sea, que no podamos soportar —repite Graco—. Es uno de los principios del tetrafármaco.

—¿Crees de verdad que se puede soportar cualquier cosa, por terrible que sea? —pregunta Stígmata.

—En este momento —le confiesa Graco—, necesito creerlo más que nunca.

Stígmata vuelve a cubrir el rostro del esclavo muerto.

Filócrates, recuerda. El nombre del padre lo ha olvidado.

Le gustaban los mitos, como a él.

Se levanta, tirándose de la túnica para que le cubra al menos las rodillas. Como si le fuese a servir de algo, empapada como está.

—Muy bien, tribuno —dice, devolviéndole a Graco el título que le robaron en las urnas—. Supongo que el frío no es lo peor que nos pueden enviar los dioses.

Graco asiente con la barbilla. Un «gracias» queda congelado en su garganta. Viendo sus ojos inundados de lágrimas, que al rodar por sus mejillas se funden con la lluvia, Stígmata no sabría decir si el nudo que impide hablar a su prisionero es de pena o de miedo.

Esquivando las torrenteras más resbaladizas, bajan de nuevo hacia el río. Stígmata, que camina detrás, no se molesta en agarrar a su prisionero ni en empuñar alguna de sus armas. Ambos saben que Graco no podría escapar de él.

Cuando ya están en la vía Portuaria y se dirigen al norte, hacia el puente Emilio, ven a un grupo que viene de frente a ellos por la orilla oeste.

Los demás Lavernos.

Parece que Graco, que llevaba todo ese rato en silencio, ha conseguido disolver el nudo de su garganta, porque dice:

—Te equivocas en algo, gladiador.

—¿En qué?

—Sobre tu corazón.

Graco no añade nada más.

HÓRREO DE LAVERNA

DOS HORAS DESPUÉS

De rodillas ante sus captores, Graco siente vergüenza.

Sus enemigos no solo han arruinado su obra. Además, pretenden que una muerte indigna mancille los últimos momentos de su vida.

Vergüenza. Por encima del miedo y la tristeza. Es una sensación sucia, pegajosa, como nieve pisoteada.

Vergüenza. Como si tuviera la culpa de los horrores que ha presenciado y que está presenciando, de los que están a punto de infligirle a él.

«No hay nada, por terrible que sea, que no podamos soportar».

Es difícil convencerse de eso en su situación actual.

Cientos, si no miles de romanos han perecido en su nombre en tan solo unas horas. Muchos más perecerán todavía.

Allí en el Hórreo de Laverna debe de haber siete, ocho de sus partidarios, no más. Parecen una simple charca en medio del mar de horror que se ha desatado.

Pero es una charca espantosa.

Mirando a ambos lados, Graco los ve tendidos en el suelo. La mayoría de ellos ya están muertos, destazados como reses. El olor a sangre y carne quemada se mezcla con el de los excrementos y las vísceras rajadas.

Un par de ellos, los más infortunados, todavía agonizan en diversos estadios de tortura. Los lamentos, las súplicas, los estertores, las carcajadas de los verdugos reverberan de pared a pared, acompañados por el repiqueteo de la lluvia en el techo de la nave. A ratos, todo queda silenciado por los brutales truenos que parecen presagiar el fin del mundo.

Lo es.

Al menos, el fin del mundo de Gayo Graco.

—Tienes un visitante ilustre, tribuno —le dice el jefe de sus captores, Aulo Vitelio Septimuleyo. El hampón que se hace llamar emperador del Aventino.

La voz de ese personaje es tan desagradable como el resto de su persona. Bajito, barrigón, con un labio inferior que más parece un belfo. Un tipo de aspecto innoble, ridículo, feo como un fauno.

Graco, que siempre ha procurado informarse de lo que se cuece en las calles, ha oído hablar mucho de ese personaje. Nada bueno, evidentemente.

No tenía el dudoso gusto de conocerlo en persona.

Hasta ahora.

Graco siempre ha estado protegido de lo que muchos de sus colegas del Senado denominan «la escoria de las calles». Entre la élite romana y el submundo al que pertenece gente como Septimuleyo existen suficientes escalones. Si un noble no lo desea, no tiene por qué salpicarse los zapatos con la porquería de los barrios bajos.

De súbito, todos esos escalones han desaparecido bajo sus pies. Sus enemigos, acaudillados por Opimio, se han ocupado de demolerlos.

Él, Gayo Sempronio Graco, hijo y biznieto de cónsules, nieto del vencedor de Aníbal, aguarda ahora arrodillado en aquel suelo de losas sucias y desiguales. Sin manto, sin cinturón, descalzo. Como un pordiosero, o como un delincuente común al que fueran a ejecutar en el Esquilino. Los jirones de su túnica están empapados de agua y pringosos de barro y de sangre. Ajena casi toda.

Es un buen momento para que su enemigo mortal, Lucio Opimio —un hombre al que Graco no recuerda haber ofendido personalmente en su vida—, venga a regodearse de su humillación.

Pero, para su sorpresa, el visitante ilustre que se baja la capucha y clava una rodilla en el suelo para ponerse a su altura no es el cónsul.

Es su contubernal.

Su amigo.

Quinto Servilio Cepión.

—¿Qué haces tú aquí?

—He venido a verte.

—Eso es evidente. ¿Por qué? ¿Qué quieres?

—No hace falta que te muestres tan arisco, Gayo. Quiero que sepas que me gustaría poder ayudarte.

—¿Te gustaría? ¿De verdad?

Cepión asiente. Su gesto no delata nada. Ni placer, ni tristeza.

Graco piensa que no conoce a ese hombre con el que compartió tienda durante meses en Numancia. Que, en realidad, nunca lo ha conocido.

—Para ayudarme, podrías haber empezado por no hacerte cómplice de esa patraña de los *Libros Sibilinos*. Me lo han contado todo.

—No fui yo, sino mi colega Lucio Perperna quien los consultó.

—No me digas que te negaste a hacerlo tú.

—No fue eso exactamente lo que ocurrió.

—Dime una cosa, Quinto. ¿Lo has hecho todo por dinero?

—¿Todo? ¿A qué te refieres?

—Lo de mi esclavo. Ulpio. Desapareció al mismo tiempo que el contrato que firmamos tú y yo.

La forma en que las pupilas de Cepión se dilatan y él aparta la mirada un segundo después es muy reveladora.

—Has sido tú, ¿verdad? Has pagado a mi esclavo para que me traicione.

Tras un breve silencio, Cepión dice:

—Lo siento por tu viuda y por tus hijos. Me temo que no podrán reclamar esa deuda.

—Mi madre siempre me dijo que no eras un amigo de verdad. Que eras una sanguijuela que solo buscaba aprovecharse de mí. Debí hacerle caso antes de prestarte aquel dinero.

Cuando Graco le mencionó a su madre que iba a darle un crédito a Cepión, ella se mostró muy recelosa y frunció todavía más su aristocrático ceño.

—Siempre viene bien tener partidarios en las casas nobles —se justificó Graco en aquel momento—. ¿No decía padre que había que tener amigos hasta en el averno?

—Tanto tiempo intentando darte baños de multitudes y no has aprendido a conocer a la gente. Haz que un hombre esté en deuda contigo y te habrás ganado un enemigo de por vida —sentenció Cornelia.

«No creo que te pongas contenta cuando te enteres de que tenías razón como siempre, madre», piensa ahora Graco.

—Todavía puedo ayudarte —dice Cepión.

—¿A qué? ¿A morir rápido? Sé lo que tiene pensado para mí esa sabandija de la que pareces ser tan amigo.

Graco ha escuchado perfectamente la conversación que mantenía Septimuleyo con uno de sus secuaces, un tipo alto y ancho como un armario llamado Mamerco.

La intención del jefe de ese clan criminal es sacarle los sesos y rellenarle el cráneo de plomo fundido para que, al pesar la cabeza, Opimio tenga que pagarle más libras de oro.

Que le hagan eso a su cadáver es una indignidad, pero en la situación en que se encuentra ahora no supone la mayor de sus preocupaciones.

Lo terrible es que, antes de eso, Septimuleyo planea también llenarle la boca de plomo.

Un plomo fundido que se derramará por su garganta, abrasará sus cuerdas vocales, su esófago, su estómago.

Pretende hacer eso mientras Graco todavía está vivo.

—Puedo convencerle para que te mate rápido. O puedo clavarte yo mismo el puñal que llevo al cinto.

Graco traga saliva. Querría decirle que puede meterse su puñal por donde mejor le quepa, pero no tiene valor para ello.

La idea de que le hagan beber metal fundido lo aterroriza.

—Adelante. Si lo haces por devolverme el favor, será la puñalada más cara de la historia. Cinco millones de sestercios.

—No, mi querido amigo. Será mucho más cara.

—¿Qué quieres decir?

Cepión mira hacia atrás. Septimuleyo y sus secuaces están a cierta distancia, como lo está Nuntiusmortis, el guerrero que trajeron cautivo de Numancia —entonces se llamaba Letondón— y que ahora sirve de guardaespaldas para Cepión.

Este, no obstante, baja más la voz.

—El tesoro.

—¿De qué tesoro me hablas?

—El de Delfos. Esos miles y miles de talentos de oro.

Graco entiende ahora.

Al parecer, Filócrates, el pobre Filócrates, tenía razón en sus sospechas sobre el aparente interés de Ulpio mientras Artemidoro le leía a Graco el pasaje en que se hablaba de las ingentes riquezas saqueadas por un caudillo celta llamado Brenno.

Artemidoro y él estaban hablando en griego, idioma que supuestamente no conocía su barbero.

Supuestamente.

Cuántas cosas suponemos de más acerca de nuestros esclavos.

Y acerca de nuestros amigos.

—Quiero saber dónde está ese oro —dice Cepión.

—No te lo puedo decir. No lo sé.

—No me lo creo.

—Créelo.

—Seguro que Artemidoro te lo ha revelado en algún momento.

—Si mi esclavo te repitió nuestra conversación, sabrás que Artemidoro me dijo que me lo contaría más adelante. Que iba a escribir sobre ello en el siguiente libro.

Al ver el gesto de Cepión, Graco comprende que acaba de cometer un error. Y que tal vez acaba de condenar al bueno de Artemidoro a sufrir tormento como él.

—Pero yo creo que ni él mismo sabe dónde está ese tesoro —se apresura a añadir—. Si es que existe, que lo dudo mucho.

Los labios de Cepión sonríen. Sus ojos no.

—Nunca has mentido bien, Gayo. Se te daba muy mal engañarnos cuando jugábamos al embustero. Siempre se notaba la jugada que escondías debajo del cubilete.

—No te estoy mintiendo.

—En lo primero que has dicho, no. Creo que eres sincero cuando me dices que Artemidoro no te lo contó. En lo segundo, sí. Tú sabes que ese tesoro existe y también sabes que ese griego marica conoce dónde está.

—¿Es suficiente con esa información para que me claves tu puñal? Quiero decir, para que me lo claves otra vez, traidor.

Cepión menea la cabeza y acaricia el rostro de Graco casi con ternura.

—Me temo que no, amigo mío. No es suficiente. —Bajando la voz, añade—: No como para que contraríe a un aliado que todavía tiene que serme útil esta noche. Hay más contratos que necesito recuperar.

Tito Sertorio, comprende Graco. Él también le prestó dinero a Cepión. Otros cinco millones.

Si Sertorio sigue en Roma, no le augura un largo porvenir.

Cepión se levanta, se pone la capucha y se dispone a marcharse. Antes, parece arrepentirse, se da la vuelta y dice:

—Ánimo, amigo. Incluso los dolores más atroces pasan rápido.

—¿Alguna vez lo has sabido por experiencia? ¿Tú, Cepión el sibarita? —responde Graco, apretando los dientes con furia.

Cepión niega con la cabeza.

Después de eso, se marcha, y él y su siniestro guardaespaldas desaparecen entre las sombras.

***

—Espero que vuestra conversación haya sido interesante, tribuno —dice Septimuleyo, acercándose a Graco—. Para mi gusto, ha resultado demasiado larga. —Señalando a la fragua donde se calienta el crisol con el plomo, el hampón añade—: No me gusta gastar carbón tontamente.

Graco prefiere no contestar. Mucho se teme que cualquier cosa que diga solo sirva para empeorar su futuro inmediato.

Si es que tal cosa es posible.

—Ese hijo de puta de Estertinio se me ha adelantado con tu colega. Encima, para burlarse de mí, hace que me traigan su cuerpo.

Graco mira de reojo a su derecha.

Allí está tirado —«yacer» es un verbo demasiado digno para la forma en que lo han arrojado al suelo como si fuera un guiñapo— el cuerpo de Fulvio Flaco, su amigo y compañero de empresas políticas.

Graco lo reconoce por la ropa que llevaba pocas horas antes, no por el rostro.

Su cabeza ha desaparecido.

Un excónsul de Roma decapitado por vulgares malhechores.

—Pero tu cabeza es mía y solo mía, tribuno —dice Septimuleyo, metiéndose la mano bajo la túnica para rascarse la entrepierna—¡Y por la polla de Príapo que la voy a cobrar a buen precio!

«Tribuno». ¡Ja! Si todavía lo fuera, la persona de Gayo Graco sería inviolable.

Aunque mucho se teme que ni siquiera eso le serviría de nada a estas alturas. Ni la *sacrosanctitas* de un tribuno ni la de los diez juntos suponen impedimento alguno para individuos de la calaña de Septimuleyo.

La crueldad y la impiedad de ese individuo no conocen límites.
La prueba de ello se encuentra al otro lado de Graco, a su izquierda. Allí hay un segundo cadáver.

Marco, el hijo mayor de Fulvio. Él sí conserva la cabeza, pero sus rasgos resultan ya irreconocibles.

Antes de que llegara Cepión, el propio Septimuleyo ha tomado de una mesa un cuchillo curvado como la garra de un tigre y con él ha arrancado la cara de Marco.

Literalmente. Manejando la hoja con la habilidad de un peletero o un matarife, y llevándose de paso parte del cuero cabelludo.

El joven, pese a que le habían roto a mazazos los huesos de las manos y las piernas, todavía conservaba un hálito de vida.

Lo suficiente para chillar.

Graco ha tenido que presenciarlo, ya que el esbirro llamado Mamerco le ha sujetado la cabeza para impedir que apartara la mirada.

A ratos ha cerrado los ojos, pese a que Mamerco le golpeaba y le retorcía la oreja cada vez que lo hacía.

Pero no existe forma humana de cerrar los oídos.

Gracias a los dioses, Marco ya está muerto.

Por fin.

Graco no quiere ni pensar en el horror que habrá sufrido el muchacho en sus últimos momentos.

Con un escalofrío de repulsión, aparta la vista de aquel rostro irreconocible.

Al hacerlo, se topa con la mirada de Stígmata.

El gladiador está en el mismo lugar donde se plantó hace rato, unos pasos por detrás de Septimuleyo. Con los brazos cruzados, silencioso.

No deja de mirar fijamente a Graco, con aquellos ojos tan grises que a la luz de la fragua parecen de metal.

«El hombre de las cicatrices. El del cuchillo. Mañana, él te matará».

¿Qué más dijo su madre?

«Después de asesinarte, con el mismo cuchillo con que te ha apuñalado raja tu cadáver y saca de él un bebé embadurnado en tu sangre».

La primera parte del sueño es directa, fácil de entender sin recurrir a oniromantes. La segunda, sin embargo, debe de encerrar algún simbolismo que Graco no consigue interpretar.

¿Qué bebé van a sacar de su cuerpo?

Espera que no se refiera a su hijo. El pequeño Gayo y su hermana

Sempronia deberían de estar a salvo con Licinia en la finca que el hermano de ella, Craso Muciano, tiene en Ardea. Allí los ha enviado él al volver de la asamblea. En medio de un temporal espantoso, pero a Graco le parecía menos peligroso viajar bajo la lluvia que quedarse en Roma.

Confía en que veinte millas de distancia sean suficientes.

«No pueden haber llegado tan pronto», se dice. Seguramente estarán de camino todavía.

¿En verdad solo han pasado unas horas? Parece que hubiesen transcurrido eones desde que Licinia se abrazó a él llorando y le pidió que se marchara de la ciudad con ella y los niños.

—No te entregues a los mismos que asesinaron a Tiberio, por favor.

—No voy a entregarme.

—¡Es como si lo hicieras! Mírate, vas con la toga como si no pasara nada. ¿Qué va a ser de ti? ¿Y de mí?

Las últimas palabras de Licinia son las más dolorosas de recordar.

«Voy a tener que convertirme en suplicante de algún río o de algún mar para que me enseñen dónde está tu cadáver y me lo devuelvan».

«Hasta el mar no tendrás que llegar, mi querida Licinia —se dice Graco—. Cuando me arrojen al Tíber, como a tantos otros, seguro que mi cadáver embarranca antes de llegar a Ostia».

***

Aquel día eterno que empezó encapotado no ha dejado de oscurecerse. En el interior del almacén, Graco no sabe si el sol se ha ocultado por fin o sigue escondido tras las nubes de plomo que no dejaban de derramar agua. Es como si el astro no quisiera presenciar los horrores desatados en aquella jornada infame.

Nubes de plomo. ¿Por qué habrá usado ese símil?

El plomo sigue burbujeando en el crisol que Septimuleyo tiene puesto sobre las llamas de la fragua.

—Ya has oído cómo chillaba el hijo de tu amigo, tribuno —dice Septimuleyo, remetiéndose la piel ensangrentada del rostro de Fulvio Flaco júnior entre el cinturón y la túnica—. Si un gorrino y un marica engendraran una cría, chillaría así, ¿no crees? Ahora te toca a ti. A ver si ahora te ríes tanto como cuando enviaste a tus esbirros a destrozar mis gradas.

—Los que tú llamas «esbirros» eran servidores del pueblo romano. Eres tú quien tiene esbirros, ¿no es así, Dekis Kluvatiis?

El gesto del supuesto Aulo Vitelio Septimuleyo se contorsiona de ira, lo cual no favorece precisamente a su inexistente belleza.

De modo que quienes informaron a Graco del verdadero nombre de Septimuleyo —un nombre osco para un individuo de procedencia samnita y de origen servil— estaban en lo cierto.

—Sujétale bien, Búfalo. Que no me aparte la mirada.

El aludido, un tipo tan grande como el bóvido de su apodo, pone una mano sobre la cabeza de Graco y con otra le aferra la nuca.

El presunto Septimuleyo le golpea con el puño cerrado dos veces, en el pómulo y en la boca. En la segunda, rompe el labio de Graco, lo que hace a este ver estrellas de dolor.

A cambio, el puño de Septimuleyo choca con el colmillo de su prisionero. Apartando la mano con un gruñido, el hampón se la lleva a la boca para chupar la sangre del nudillo despellejado.

«Algo de daño le he hecho, al menos», piensa Graco, que apenas siente el lado izquierdo de su rostro.

Mucho se teme que eso no le servirá como anestesia para lo que se le viene encima.

—¿Qué ha dicho, patrón? —pregunta el tal Búfalo—. ¿Cómo te ha llamado?

—No me ha llamado nada. ¡Vosotros dos, traed el baño caliente para nuestro huésped!

Dos de los hombres de Septimuleyo apartan el crisol de la fragua, levantándolo entre ambos con gruesas barras de madera de acacia.

Mientras Búfalo sujeta los hombros de Graco para mantenerlo de rodillas, otro sicario, un celta peinado con trenzas que tiene las manos callosas y duras como raíces de olivo, le aprieta las mejillas para obligarle a abrir la boca y le mete en ella un artilugio semejante a los retractores que utilizan los cirujanos para mantener separadas las mandíbulas de los pacientes a los que les extraen muelas.

—Siento curiosidad por saber cuánto durarán tus gritos —añade Septimuleyo. Por debajo de su túnica se advierte un bulto que antes no estaba.

¿Una erección?

Los ojos de Graco buscan de nuevo la mirada de Stígmata.

El gladiador permanece impasible. Los dedos de su mano derecha juguetean un instante con la bula que cuelga de su cuello, un amuleto más propio de un niño que de un hombre adulto.

A través del fino calado del latón se filtra un breve destello de un extraño color que a Graco le parece por un momento verde y un instante después violeta. Es como si una luciérnaga espectral revoloteara dentro del colgante.

La cara del hombre de las cicatrices se difumina. Graco solo tiene ya ojos para el crisol de plomo que se acerca a su rostro.

Después, mientras nota el calor en su piel, ni eso.

Una visión.

***

Unos ojos.

Verdes.

Increíblemente verdes.

Filócrates los tenía a ratos verdosos y a ratos grises, dependiendo de la luz, y jaspeados de motas pardas.

Estos ojos son de un verde puro, sin mezcla, del color intenso de la malaquita.

—Cuando te torturan, acabas gritando, muchacho.

La voz es la suya, la de Graco. La escucha como si brotara de su boca, aunque es consciente de que no está hablando.

—Un romano no grita. Mucio Escévola no gritó. Régulo no gritó.

El que contesta es el dueño de los ojos verdes. Por su voz, un muchacho.

—Claro que gritaron —responde Graco—. Al final, el dolor es insoportable. No hay dignidad que resista al tormento del fuego.

¿Qué está pasando? ¿Los dioses le envían una visión de un futuro que no va a tener? ¿O acaso es una burla de la propia muerte en sus últimos instantes?

***

La áspera voz de Septimuleyo lo arranca de ese brevísimo ensueño.

—No te hagas el valiente, tribuno. Grita. Grita como si eso te fuera a servir de algo…

«Acabas gritando».

Eso es lo que ha dicho él mismo.

O lo que dirá.

Para entonces, ya estará muerto.

***

Una crueldad más.

¿Cuántas van ya?

Lo normal sería que a estas alturas de su —no tan larga— vida, ese tipo de actos no dejara apenas impresión en Stígmata. Algo parecido a lo que sucede con las comidas picantes. Empiezas a aficionarte a ese tipo de platos tan especiados y, poco a poco, tu lengua y tu paladar se vuelven tan insensibles como si te hubieran metido un cauterio en la boca. La única manera de seguir experimentando sabores es doblar o triplicar la dosis de picante, hasta que llega un momento en que tu aliento parece brotar de la boca de la mismísima hidra de Lerna.

En el caso de Stígmata, no es así.

No puede decirse que sea una virgen vestal —quizá eso no pueda afirmarse tan siquiera de las vírgenes vestales— ni que su corazón sea precisamente tierno. En las últimas veinticuatro horas se ha cargado sobre las espaldas más cadáveres que en un año entero.

Pero esa comida picante en concreto, la crueldad sádica que tanto disfrutan Septimuleyo y la mayoría de sus esbirros Lavernos, le produce cada vez más náuseas.

Hace un momento, no le ha quedado más remedio que contemplar cómo Septimuleyo despellejaba el rostro de un pobre muchacho, el hijo de Fulvio Flaco. Esta vez, el *imperator* del Aventino no ha interpuesto su cuerpo para tapar el espectáculo, como hizo —involuntariamente, eso sí— en el caso del malhadado pero no muy llorado Vulcano.

Antes de que el patrón desollara la cara del pobre muchacho, Mamerco, que se ofreció voluntario para esa tarea —tenía que congraciarse con el patrón por no haber conseguido traerle la cabeza del padre—, le rompió los huesos de los pies y las manos machacándolos de forma metódica con una almádena de picapedrero.

Con todo eso, la capacidad de absorber atrocidades de Stígmata ha quedado más que saturada. Se siente ahíto. No más picante.

Y, sin embargo, todavía le queda presenciar una última muestra de brutalidad.

Arrodillado en el suelo, Graco no deja de mirarlo.

Las quinientas libras de Búfalo tienen al extribuno prácticamente clavado en el suelo. Unas extrañas pinzas mantienen abierta su boca, mientras Iteyo y Ofilio el surrentino se acercan a él sosteniendo entre ambos el crisol humeante.

Stígmata sabe que no le va a agradar lo que está a punto de contemplar, pero no por ello rehúye la mirada del extribuno. Este, por su parte, busca la del gladiador, como si fuera a encontrar algún consuelo en ella.

Justo en este momento, la bula de Stígmata se calienta y vibra contra su pecho, mientras brota de él una luz indescriptible.

Stígmata se apresura a cubrir el amuleto con la mano. No quiere que los demás lo vean.

Durante un instante, ocurre algo raro en los ojos de Graco. Dentro de ellos fosforescen dos diminutas luciérnagas. Como si la extraña luz de la bula se hubiera quedado atrapada debajo de sus pupilas.

Es lo mismo que les pasó a los ojos de Berenice, cuando Stígmata despertó a su lado y la vio sumida en un brevísimo trance.

Su amuleto no habla muy a menudo. En los primeros años de su vida le avisó de lo de las cicatrices, algo que no le sirvió de nada. Tres años después, le advirtió de que Albucio pretendía violar a Berenice, en aquella época todavía llamada Neria. Aquello fue distinto, porque Stígmata decidió actuar.

Desde entonces, la bula ha guardado larguísimos silencios. Ahora, en este día maldito de los idus de enero, parece que ha despertado de repente.

Y no solo para hablarle a Stígmata, sino para inspirar visiones a otros.

Tiene el borroso recuerdo de que Mario y un griego vieron algo en el amuleto. Berenice también debió de recibir su propia visión.

Ahora parece tocarle el turno a Graco.

¿Qué les ha dicho? ¿Qué ha mostrado a cada uno?

El resplandor en los ojos del extribuno se apaga.

Iteyo y Ofilio ya están junto a él, inclinando el crisol sobre su rostro.

El plomo empieza a caer, muy despacio, como si el metal líquido se congelara en el aire.

Quizá sea que el tiempo se ha detenido para Stígmata.

El metal, primero un hilo, después un chorro, llega a la boca de Graco.

¡Por los dioses, el alarido!

Stígmata ha oído hoy todos los gritos que le quedaban por oír en el resto de su vida. O esa impresión tenía.

Este los supera a todos.

No es más que un instante. El plomo ahoga el aullido de dolor y lo convierte en un gemido confuso, en un gorgoteo escalofriante.

El cuerpo de Graco se estremece. Si no fuese porque las manazas de Búfalo lo impiden, se convulsionaría como el de un epiléptico.

¿Qué hacen mientras tanto quienes lo rodean, Septimuleyo, el propio Búfalo, Cilurno, Mamerco, Iteyo, Ofilio y todos los demás? ¿Qué hacen los mismos que no se atrevieron a combatir en el puente, los que mandaron a Stígmata por delante, por si los amigos de Graco lo mataban o por si lo arrastraban las aguas del río?

Ahora están sonriendo o directamente riendo a mandíbula batiente, regodeándose de la tortura de una presa que no han cobrado ellos, sino él, Stígmata.

«Dame una muerte rápida, como me merezco. No dejes que los enemigos del pueblo me torturen».

Las dagas forjadas por Indortes vuelan por el aire casi antes de que el propio Stígmata piense en arrojarlas.

La primera se clava en el punto que suele elegir, la escotadura entre las clavículas. Una muerte segura, pero no instantánea.

El segundo disparo es más complicado. Las costillas y el esternón son más duros de lo que pueda parecer. Un lanzazo o una estocada de gladio apoyada con el peso del cuerpo pueden romper esos huesos. Un cuchillo arrojadizo no.

Pese a la dificultad, el lanzamiento es preciso. Antes incluso de que alcance su objetivo, Stígmata lo sabe.

Aunque la daga se haya separado de su mano, por algún tipo extraño de unión casi mística nota cómo la hoja se clava en el pecho de Graco, paralela a dos costillas y ligeramente a la izquierda del esternón.

El alarido que ya había quedado amortiguado por el plomo fundido se interrumpe definitivamente cuando el corazón de Gayo Sempronio Graco, extribuno de Roma, deja de latir.

***

—Debería hacer que te tragaras tú este plomo —dice Septimuleyo.

Pocas veces lo ha visto Stígmata tan rojo. Puede que en parte sea por el calor de la forja, ya que el propio Septimuleyo se ha encargado de avivar el fuego y fundir en el crisol el plomo con el que pretendía llenar la garganta de Graco hasta que le rebosara por la boca.

Pero solo en parte.

Al menos dos tercios de su sonrojo se deben a la ira.

Con el rostro congestionado, el entrecejo arrugado y las crestas de hueso proyectándose como sendos balcones sobre los ojillos estrechos, parece más que nunca un carnero preparado para embestir.

Pero no lo hace.

Ni él, ni nadie.

Stígmata tiene las manos cruzadas sobre las empuñaduras de las espadas.

Todo el mundo sabe, pese a la burla del difunto Cíclope, que no le hace falta que sean ediles quienes se acerquen a él para desenvainarlas.

—¿Quién… coño… te crees… que…?

Las palabras de Septimuleyo se atascan entre sus dientes, como si su lengua no encontrara la manera de expresar toda la rabia que hierve en su interior y la soltara a borbotones. ¿Le dará un ataque de apoplejía? Stígmata duda de que la higuera deje caer esa breva.

Unos cuantos sicarios, Mamerco y Cilurno entre ellos, dibujan con sus posiciones un arco del que Septimuleyo es la bisectriz. Todos miran a Stígmata con gestos severos que intentan mimetizar el de su patrón.

Pero no se acercan a él.

Si Septimuleyo da la orden, quizá lo hagan.

O quizá no.

En estos idus de enero sangrientos, Stígmata ha matado ya a nueve hombres.

No. Han sido diez. Evidentemente, aunque se pueda describir como golpe de gracia para evitar más sufrimientos, la muerte de Gayo Graco cuenta.

Si la parca ha decidido que hoy sea el último día de Stígmata entre los vivos, no le importa llevarse consigo a cinco o seis más y elevar la cuenta.

No hay nadie allí, salvo tal vez Tambal, cuya vida valga más de un as de cobre.

La tensión se mantiene todavía unos instantes más. La conjunción «que» de Septimuleyo que flotó en el aire queda sin completar. Lo que fuera a decir permanece encerrado por el momento, en expresión homérica que Stígmata aprendió de Evágoras, dentro del cerco de sus dientes.

Un cerco malamente cerrado, dicho sea en aras de la precisión. Entre los dos incisivos de Septimuleyo podría escaparse no solo una palabra, sino un discurso entero si los dioses le hubieran concedido el don de la elocuencia.

Durante un rato que se antoja eterno, nada ni nadie se mueve en la gran sala, excepto las llamas de la fragua, los braseros y los cirios, e incluso ellas parecen arder temerosas de llamar la atención. Es como si el pincel del tiempo hubiera congelado la escena en un cuadro en relieve.

Un cuadro grotesco de claroscuros y sangre, acompañado por los truenos que no dejan de sonar y que empalman el final de un eco con el principio de otro.

Es Cepión quien rompe ese tenso hechizo.

El noble se había retirado hacia la zona norte del hórreo, lo bastante lejos de la forja como para no ver a Graco y para que Graco no lo viera a él. Hasta ahí debía de llegar su supuesta amistad con el extribuno. No al punto de ayudarle o al menos de interceder para que Septimuleyo le concediera una muerte fácil. Tan solo al de apartar los ojos para no presenciar cómo lo torturaban.

Ahora vuelve a acercarse para hablar con Septimuleyo.

—No te enojes tanto, mi querido Aulo —le dice—. Así lo han querido los dioses. Gayo Graco cometió muchos errores en vida, pero no carecía de algunas virtudes. ¿Merecía morir? Seguramente, sí. ¿Merecía una muerte lenta? Probablemente, no.

La respuesta de Septimuleyo consigue el difícil portento de contener más maldiciones y tacos que palabras, o al menos así lo parece.

Cepión le pone la mano en el hombro para calmarlo. La respuesta de Septimuleyo es sacudírsela de encima casi con violencia.

Una mueca de ira tuerce el gesto de Cepión. Su mano queda en alto en el aire y, por un instante, da la impresión de que va a abofetear a Septimuleyo.

Nuntiusmortis, que también ha permanecido oculto entre las sombras, se adelanta hasta la zona iluminada por la forja y los braseros.

El momento de silencio tenso de antes se reproduce, pero ahora el foco se ha desplazado de Stígmata a Cepión y Nuntiusmortis. Nadie más se mueve. Ni los más corpulentos del clan, como Búfalo, Mamerco o Cilurno, dan un paso adelante.

Tal es el aura de intimidación que envuelve al exgladiador.

No será Stígmata quien salga en defensa de su patrón.

De hecho, está deseando ver qué sucede ahora.

Cepión logra contenerse y convierte su mal gesto en una sonrisa. Su mano vuelve a posarse en el hombro de Septimuleyo. El noble, que le saca al patrón de los Lavernos casi una cabeza de estatura, se inclina sobre él y le susurra algo al oído.

Debe de sonar lo bastante convincente, porque aquel conato de enfrentamiento no llega más lejos. Tras unos cuantos cuchicheos, ambos se dirigen a la zona convivial. Allí se sientan a una de las dos largas mesas. Cepión, como si hubiera tomado el mando de la situación, ordena a Alba que les traiga una jarra de vino y dos copas.

—Si tienes de ese caulino con el que me agasajó la última vez tu patrón, te lo agradecería, hermosa doncella.

Alba, a la que es dudoso que nadie se haya dirigido nunca de esa forma, se apresura a ir a la despensa a cumplir la orden. Al hacerlo, pasa junto a Mamerco, que le da un azote en el trasero y repite en alto lo de «hermosa doncella».

Nuntiusmortis recula unos pasos y su mole vuelve a fundirse con las sombras.

Mientras esperan a que llegue el vino, Cepión y Septimuleyo siguen hablando, de nuevo en susurros.

Stígmata, que no se ha movido de donde estaba ni ha separado las manos de las espadas, puede imaginar de qué están conversando.

Mucho se teme que los idus no han terminado para él.

El arcón blindado en casa de Tito Sertorio lo espera.

Solo que sus planes para ese arcón no coinciden exactamente con los de Cepión y Septimuleyo.

Entretanto, Búfalo y Cilurno levantan del suelo el cadáver de Graco y lo depositan sobre una mesa más pequeña que han traído a tal fin. Una vez allí, el cuerpo queda en manos de un individuo enjuto y desprovisto de cualquier muestra de cabello o vello corporal —cejas incluidas—, al que llaman, simplemente, el Egipcio.

Se supone que el Egipcio es un experto en las técnicas ancestrales de momificación de su país. No es que Septimuleyo esté interesado en embalsamar y conservar el cuerpo de Graco para exponerlo a la vista en una urna como —según Evágoras, que aseguraba haberlo visto— se encuentra el del conquistador Alejandro en la ciudad que lleva su nombre.

Su propósito es mucho más sórdido.

Septimuleyo quiere que el Egipcio use sus líquidos y sus ganchos para sacar los sesos de Graco por la nariz y, así, poder rellenarle el cráneo de plomo fundido.

Es una forma de obtener unas cuantas libras de oro más y, de paso, ultrajar al odiado extribuno.

Esta vez no será Stígmata quien impida que cometan esa indignidad con el cuerpo de Graco.

La voz de su amuleto solo dijo: «Dame una muerte rápida, como me merezco». No añadió nada del tratamiento después de la muerte.

Y Stígmata ha cumplido.

***

Stígmata ha subido a su alcoba por última vez.

Pase lo que pase, no piensa regresar a ella.

El colchón, que él había tirado al suelo para acostarse con Berenice, vuelve a estar sobre la armazón de la cama. Encima le han dejado ropa limpia y, más importante aún, seca. La habrá traído alguna de las criadas del Hórreo, que igual pueden trabajar a ratos como camareras, lavanderas, cocineras, prostitutas o ladronas.

En el caso de Stígmata, quien se suele encargar de limpiar su cubículo y su ropa es Teretina. A veces se acuesta con clientes, pero cada vez menos, pues los años van pesando en ella. No es que Septimuleyo la exima de prestar servicios sexuales en atención a su edad, sino que los clientes ya no la reclaman tanto. Teretina intenta compensarlo afanándose más en las tareas domésticas. Algo que Stígmata le agradece pagándole algunos sestercios, cuando los tiene, a espaldas de Septimuleyo.

También le han llenado la palangana con agua limpia. Si estaba caliente, ya se ha enfriado. Aun así, Stígmata se lava someramente, se seca y se viste.

Alguien llama a la puerta.

—Soy yo, Berenice —se identifica ella antes de que Stígmata tenga tiempo de preguntar.

—Pasa.

Su amiga entra al cubículo. Al verlo ya con la túnica puesta, pone un mohín de decepción que solo es fingido a medias.

—Qué pena no haber venido un poco antes.

—Me habrías pillado desnudo.

—No me digas.

Él suelta lo más parecido a una risa que suele permitirse, una especie de ruido entre dientes sin tan siquiera separar los labios.

—Tienes que volver a irte —dice Berenice.

No es una pregunta.

Stígmata asiente.

Ella lleva una túnica plisada de color azafrán, casi transparente. Por la razón que sea, a Septimuleyo le gusta que Berenice se ponga esa prenda.

Lo que significa que el patrón le ha ordenado que se acueste con él.

Berenice, que conoce bien a Stígmata, ve desfilar todos esos pensamientos por su rostro aunque él no diga nada.

—El patrón quiere celebrar que tiene la cabeza de Graco. —Se pellizca los flecos del vestido y los separa de sus caderas, bajando la mirada para examinarse a sí misma—. Y me ha tocado a mí.

—¿Celebrar? No se le veía contento.

—Es difícil verlo contento.

—Escucha. Si ese bastardo pretende pagar contigo lo que he hecho yo...

—Oh, seguro que no lo hará. No creo que me pegue.

Stígmata pone gesto escéptico. Berenice intenta sonreír y se apresura a añadir:

—Es posible que me propine algún azote, pero no creo que me pegue *demasiado*. Nunca ha querido estropear la mercancía.

—Mercancía.

—Es lo que somos, ¿no? Ocurre lo mismo contigo. Aunque esté deseándolo, nunca te ha castigado.

—Me castigó el día que lo conocimos.

—Bueno, desde ese día. Lo que digo es que eres demasiado útil para él. O lo has sido hasta ahora.

—¿Has visto lo que ha pasado con Graco?

Berenice asiente, con un gesto entre la repulsión y la tristeza. Seguramente se habrá asomado desde su propio cubículo, que también está en el sobrado, a siete puertas del de Stígmata.

—A veces eres demasiado valiente. ¿Por qué has tenido que contrariar a Septimuleyo de esa manera? No le debías nada a Graco. Son luchas que no tienen nada que ver ni contigo ni conmigo.

—No ha sido valentía. Ha sido...

Stígmata se queda pensativo y acaricia de forma inconsciente el amuleto, como para sacarle brillo con las yemas de los dedos. Como tantas veces. En la mayoría de las ocasiones, ni siquiera se da cuenta de que lo hace.

Pero Berenice sí se percata del gesto.

—¿Te lo ha dicho la voz?

No exactamente, piensa Stígmata.

O sí.

«Dame una muerte rápida, como me merezco».

Ella interpreta su silencio y le agarra las manos.

—Yo también estoy asqueada de ver cómo estas bestias torturan a la gente. Has obrado bien, de verdad. Pero ya sabes que aquí obrar bien no trae nada bueno.

¿Obrar bien? ¿Qué pensaría el maestro Evágoras de la vida que lleva ahora Stígmata si para él una buena acción, la mejor que ha llevado a cabo en este día sangriento, consiste en dar muerte a un hombre para evitarle una agonía peor?

¿Cómo se justificaría ante él? «Maestro, yo no quiero seguir el camino de Kakía, la Maldad. Es que me obliga Ananque, la Necesidad».

—Deberías irte —le dice Berenice—. Lejos de aquí. Muy lejos de toda esta miseria y toda esta muerte.

—Algún día lo haré. Y después...

«Después te haré saber dónde estoy, o vendré a buscarte», piensa Stígmata.

Pero no está seguro de que pueda cumplir esa promesa, de modo que se la calla.

—Algún día, no. Mañana. Esta misma noche. ¡Ahora! Sea lo que sea que te ha mandado ahora el patrón, no le hagas caso. Desobedece. ¡Vete!

Berenice se acerca a Stígmata y extiende una mano hacia su amuleto. Con cautela, porque sabe que a él no le gusta que nadie lo toque.

A ella sí se lo permite. Berenice roza la bula con los dedos.

El amuleto, esta vez, se comporta como lo que parece ser. Una inerte esfera de plomo grabado.

Pero la noche anterior no fue así. Cuando Stígmata despertó, estaba caliente. Y no era el calor que desprende su piel, sino el que a veces emana del interior del amuleto.

Stígmata se da cuenta de que él no es el único que calla cosas.

Está convencido de que su colgante le mostró algo a Berenice. Algo que ella no le quiere contar. Durante unos segundos, sus ojos brillaron con el mismo resplandor inexplicable con que después le han brillado a Gayo Graco.

Si Stígmata insistiera en preguntarle qué vio, ella tal vez le respondería. Prefiere no hacerlo.

Sospecha que debe de tratarse de algo malo para él, y que ese es el motivo de que Berenice insista en que se marche cuanto antes.

Por otra parte, él se está callando sus planes. Que coinciden en parte con lo que ella le está sugiriendo, entre la súplica y la orden. Solo en parte.

Se va a marchar lejos, sí. Pero no sin antes cumplir, a su manera, el último encargo de su patrón.

Si no se lo cuenta a Berenice no es porque no confíe en ella.

En lo que no confía, como principio, es en la naturaleza humana. Todo lo que una persona sabe y sin embargo quiere callar, otra persona se lo puede extraer mediante tortura.

«No hay nada, por terrible que sea, que no podamos soportar».

Eso dijo Graco en el santuario de Furina.

¡Qué gran mentira!

Por mucho que alguien crea que resiste al dolor, siempre habrá algo que no pueda aguantar, que lo haga derrumbarse, abrirse, humillarse. Hacer lo que exija de él su torturador.

Es lo que ocurre con las cerraduras. Por sólidas que parezcan, sean de hierro o de bronce, siempre hay una clavija, un pasador que pulsar para que la cerradura se abra.

Berenice lo abraza. Durante unos instantes permanecen así, sin decir nada. Quietos como la superficie de un lago antes de que caiga la piedra que romperá la claridad del espejo de sus aguas.

Hay algo en la forma en la que se aferran el uno al otro que parece definitivo.

Ojalá no lo sea, piensa Stígmata, mientras nota la calidez del cuerpo de Berenice en su piel, la suavidad de sus senos al apretarse contra su pecho.

Stígmata le acaricia la cabeza, coge un puñado de cabellos, pellizcándolos apenas, se los acerca a la nariz y aspira su fragancia.

Ella se ríe. Su risa le hace cosquillas en el cuello.

—¿Qué te hace gracia?

—Que ya hacías eso cuando eras un bebé y yo te acunaba.

—¿Me acunabas?

—Siempre que podía. Tú me agarrabas el pelo. Eso te calmaba mucho y te dormías.

—¿Ya entonces te tiraba del pelo?

Es una broma privada. En algunas ocasiones, cuando él la penetra por detrás, le agarra un mechón de cabellos y tira. Con la fuerza justa para jugar a que la domina como a una montura y a que ella se deja dominar, pero sin hacerle daño.

Es incapaz de hacer daño a Berenice.

—¡Sí! Y a veces era peor. Me metías un dedo en la boca y hurgabas, y hasta me clavabas la uñita en la encía. Pero yo no quería soltarte, porque me daba pena.

—Pero ¿cuántos años tenías tú entonces?

—Pues cuatro, o cuatro y medio. ¿Cuántos iba a tener, si solo te saco tres?

—Y tan pequeña me cuidabas así.

Por toda respuesta, en los ojos de Berenice se forman dos gruesas lágrimas. El rocío de sus ojos.

Usando el dorso de un dedo, con una delicadeza que asombraría a la concurrencia del Foro Boario que lo aclama cuando hunde la espada en el cuerpo de sus rivales, Stígmata le enjuga primero una lágrima y después la otra.

Él nota que se le quiere formar un nudo en la garganta, pero no lo permite.

Sus ojos permanecen secos.

No se besan como hicieron anoche. Solo se abrazan. Como hacían de niños.

Solo que ahora él es más alto que ella y es la cabeza de Berenice la que se apoya en el hombro de Stígmata.

«Todavía tenemos que ver juntos el mar», piensa, recordando la promesa que le hizo Berenice, entonces Neria, junto a la ventana de la ínsula Pletoria. El día de las cicatrices, ¿cómo olvidarlo?

Siguen un rato abrazados.

A él le asalta una triste premonición. No volverán a verse.
La de ella es más dolorosa. Sabe que volverá a verlo.
Pero él estará colgado de una cruz, en el cementerio del Esquilino.

***

Hay otra despedida que finge no serlo.

Cuando Stígmata baja del sobrado y se sienta en un extremo de una de las dos largas mesas conviviales para reponer fuerzas comiendo pan y tajadas de cerdo asado frío, Sierpe aparece por fin.

La niña se acerca a él con una daga en cada mano.

Ninguna de ellas es la suya, Vespa. Lo que trae son los dos cuchillos arrojadizos de Stígmata. Ella misma los ha desclavado del cuerpo de Graco y los ha limpiado de sangre.

Le ha hecho un favor, desde luego. Stígmata no quería acercarse demasiado al cuerpo del extribuno, por no subrayar el hecho de que esas dagas que seguían clavadas en él habían privado a Septimuleyo del placer de prolongar su agonía.

El cadáver sigue tendido en la mesa. El Egipcio no ha terminado su siniestra tarea. En una palangana que tiene junto a él va depositando con suma paciencia los fragmentos de cerebro que extrae del cráneo de Graco.

Stígmata se guarda los cuchillos. Ya puede decir que lleva encima todas las posesiones que necesita.

El *sagum* con olor a lanolina, que le ha devuelto Tambal. Si todo va bien, ya tendrá dinero para comprar otros mantos más elegantes, con colores más vivos y mejor perfumados.

La ropa seca y limpia que lleva debajo del *sagum*.

Las botas. Cuando llegue el calor, hará que un buen zapatero le confeccione unas sandalias, y otras botas más cómodas. Por el momento, le bastará con las que lleva puestas.

Sus dos espadas. El puñal.

Y ahora, las dagas arrojadizas.

Dinero no lleva encima. La bolsa con los denarios y los discos de plomo la ha devuelto. No a Septimuleyo directamente, ya que procura no acercarse demasiado a él, sino al joven Iteyo, para que se la entregue al patrón. En cuanto a los fondos que tiene guardados en diversos escondrijos su banquera particular, Sierpe, dejará que se los quede ella.

Hay otro lugar del que piensa sacar una buena cantidad de monedas.

Pero hasta que acceda a él, prefiere no llevar encima más peso del estrictamente necesario.

Ropa. Armas.

Y el colgante, claro está. Pero ese no es una carga. Es más bien parte de su cuerpo.

Sierpe, que tiene el moratón de la cara más hinchado que por la mañana, sonríe. Se ve que se siente orgullosa de haber cumplido con un nuevo encargo del patrón.

—No deberías estar tan contenta —le dice Stígmata.

—¿Por qué no?

—Has hecho algo feo. Algo que no debería hacer una niña.

Stígmata no está pensando tanto en la muerte del lictor Antilio, que quizá la merecía. Dicen de él que era un hombre agresivo y prepotente, propenso a recurrir a las fasces para descalabrar a todo aquel que lo contrariase en lo más mínimo.

Pero la acción de Sierpe ha provocado cientos o miles de muertos, y también una terrible destrucción que aún no ha cesado.

Para su sorpresa, la niña empieza a hacer pucheros. No son fingidos, como cuando pide limosna o quiere salirse con la suya y pone cara de cachorrito abandonado. El gesto de compunción que deforma sus rasgos no puede ser más sincero.

Stígmata se arrepiente de lo que le ha dicho. Tampoco puede hacer que la cría se sienta culpable de todos los males del mundo. Si no hubiera sido Sierpe, otro habría matado a Antilio, o a quien fuera con tal de cargarle el muerto a Gayo Graco y a sus partidarios.

Coge a la niña por debajo de los sobacos, la levanta en el aire y la sienta sobre sus rodillas.

Ella rodea a Stígmata con sus bracitos, al menos hasta donde le llegan, y empieza a soltar unos hipidos tremendos, conteniendo el aliento y soltando luego el aire con gemidos tan fuertes que parece que le vayan a romper el pecho.

—¡Es verdad! —Apenas puede articular palabra, suena más bien como «e-e-eh… eeeee… everdáááá», prolongando la «a» en un larguísimo sollozo, mientras riega de lágrimas y mocos acuosos el cuello de Stígmata—. ¡He hecho algo muy feo!

Sin soltarla, Stígmata la aparta de su cuello para poder mirarla a la cara.

—Siento lo que te he dicho. La culpa es de él, no tuya. Él te lo mandó.

Sin dejar de llorar, Sierpe toma algo de aliento y consigue decir de un tirón:

—¡Es verdad! ¡Fue él, fue Mamerco! Yo no me atreví a decir que no.

—¿Mamerco? ¿No fue el patrón?

—Nooooo… Fue Mamerco.

De pronto, Stígmata comprende que no están hablando de lo mismo. Que aquello tan feo a lo que se refiere Sierpe y que le ha provocado ese llanto tan afligido no es la puñalada que le ha asestado esa misma mañana al lictor del cónsul, sino otra cosa.

—Dime qué te obligó a hacer Mamerco.

La niña baja la voz y se acerca más a él.

—Tengo que decírtelo al oído —susurra.

—Pues dímelo al oído.

Y Sierpe lo hace.

DEL AVENTINO AL QUIRINAL

En la quinta hora de la noche, penúltima de los idus, Stígmata sale una vez más del Hórreo de Laverna.

Con la intención de no regresar jamás.

En esta ocasión la fuerza expedicionaria es más numerosa que en la batida de anoche en el Palacio de Hécate, pero mucho menos nutrida que durante el asalto al Aventino de unas horas antes.

Ni un hombre ni treinta.

Tres.

Stígmata, Mamerco y Cilurno el galo.

El objetivo de su misión es el que le anticipó Sierpe.

La morada de Tito Sertorio y su esposa Rea.

Antes de salir, Servilio Cepión les ha impartido instrucciones. Reunidos, de nuevo, en el pseudodespacho de Septimuleyo, que no ha dejado de mirar a Stígmata como el Minotauro miraba a Teseo.

Puesto que Stígmata es el único de los tres que ha estado en el hogar de los Sertorio y, por añadidura, no hay otro más mañoso para descerrajar puertas y candados, el noble se centra en él para explicarle cómo son las tablillas del contrato que quiere recuperar a toda costa. Lo hace de manera tan detallada que parece creer que Stígmata es un bruto iletrado y descerebrado con pocas más luces que Búfalo.

El gladiador escucha en silencio, limitándose a asentir de vez en cuando.

—Son tres tablillas de este tamaño —dice Cepión, abriendo la mano para marcar un palmo con el pulgar y el meñique extendidos—.

Atadas entre sí por fuera con una cinta lacrada con tres sellos. Un león, las letras *SMPR* y una especie de serpiente o dragón. ¿Sabes leer letras?

—Un poco —responde Stígmata—. Creo que reconoceré la «S» y la «P».

Morfeo, siempre recordando sus tiempos de la milicia, tiene un refrán que se aplica a la conveniencia de fingirse más ignorante de lo que uno es: «Cuando entres al campamento, no demuestres conocimiento».

Mientras tanto, sentado junto a un brasero, Nuntiusmortis observa a Stígmata con esa medio sonrisa insolente que nunca se despega de su cara cuando lo mira. Las llamas arrancan destellos de su diente de oro.

«No te rías tanto, celtíbero —piensa Stígmata—. Nunca has sido ni serás mejor que yo».

El celtíbero se ayuda de hechizos de brujas, como esas mujeres feas que usan filtros de hipómanes para poner cachondos a los hombres que se quieren follar.

«Pero siguen siendo feas. Como tú, bastardo celtíbero, engendro de un sapo y un jabalí».

La tentación de decirle todo eso es tan fuerte que Stígmata tiene que apretar los dientes y casi morderse la lengua literalmente.

Aquí también se aplica el adagio de Morfeo.

«No demuestres conocimiento».

Es mucho mejor que Nuntiusmortis desconozca que él conoce su secreto.

Aunque todavía no sabe cuándo ni cómo, Stígmata está seguro de que en algún momento, algún día, sea más tarde o más temprano, la información que adquirió en el Palacio de Hécate le resultará útil.

Y entonces, aunque él haya dejado de ser Stígmata, quizá empuñe la espada una vez más.

***

Por toda Roma ha corrido el rumor de que Graco está muerto. Puesto que Septimuleyo no le ha entregado su cabeza a Opimio —el Egipcio está extrayendo los últimos restos de encéfalo del extribuno antes de rellenar su cráneo de plomo—, esos rumores aún no se han convertido en noticias confirmadas.

Los heraldos públicos han recorrido las calles anunciando el toque de queda. Una vez derrotada la sublevación para instaurar la monarquía

—así lo pregonan, como si hubiera existido tal sublevación y como si aplastar un débil y desorganizado intento de resistencia supusiera una gran victoria—, todo el mundo tiene obligación de permanecer en sus casas hasta el amanecer para evitar ulteriores disturbios y saqueos.

—¡Quienes no puedan demostrar que están en las calles llevando a cabo trabajos imprescindibles para la subsistencia de la ciudad y sus habitantes sufrirán las consecuencias en el acto! ¡Que los dioses os sean propicios!

Por orden del cónsul, se han establecido puestos de control en el centro de la ciudad. Especialmente en el Foro, donde arden hogueras de vigilancia en los pórticos de las basílicas, en la entrada de la curia Hostilia y también en el centro de la plaza, en tendajos improvisados que en más de un caso acaban derribados por el viento. Hay asimismo piquetes móviles que recorren las calles, formados por clientes de Opimio y de sus aliados, por esclavos estatales y por funcionarios a las órdenes de los *tresviri capitales*. Los acompañan pelotones de arqueros cretenses que se están ganando un sobresueldo ejerciendo de fuerzas de orden público.

Mamerco, que amén de ser un bastardo cruel podría haber sido un centurión casi aceptable en el ejército, sugiere a sus dos compañeros de excursión que den un rodeo para ir a casa de los Sertorio. El camino habitual, el que ha seguido Stígmata cada vez que Rea lo ha convocado a su presencia —una forma eufemística de considerarlo—, los llevaría por el Foro y la Subura, primero por el Argileto y después por la cuesta de la Salud.

—Aunque seamos del bando de los buenos —razona Mamerco—, no tengo ganas de explicárselo ni a los *tresviri* ni a los putos cretenses.

Hay otra razón que se calla, pero que Stígmata puede leer en su mente como si estuviera escrita en un tablón de la Columna Lactaria.

A Mamerco todavía le escuece haber tenido que largarse de los Jardines de Eros y Psique con el rabo entre las piernas ante la banda de Estertinio.

Lo último que quiere es volverse a topar con ellos en inferioridad numérica.

Anoche, Stígmata logró infiltrarse de incógnito en ese barrio. Pero era uno solo.

Y era él. Fluido como un río, silencioso como una montaña.

Siendo tres, pasar desapercibidos es mucho más difícil.

En silencio, atraviesan el Foro Holitorio. Nadie ha montado sus puestos de verduras hoy, ni es previsible que los monte mañana. El aguacero sigue azotando las losas. Por doquier se forman torrentes que, en su bajada hacia el río, donde engrosarán un caudal que ya está fuera de madre, se entretejen dibujando cambiantes trenzados de agua turbia. Después de tantas horas, la lluvia, más persistente que una escoba de barrendero, ha arrancado de las calles de la ciudad todo tipo de porquerías y desechos y los arrastra hacia el Tíber. Lo que más se ve son excrementos de procedencia diversa. Los hay de caballos y bueyes, de asnos y ovejas. De perros. De cerdos. No falta el estiércol humano, ya sean los desechos que la gente que no se digna usar las fosas sépticas para vaciar sus orinales arroja por las ventanas o los que los vagabundos sin hogar evacuan en los callejones.

Pero también hay restos de comida, zapatos, muebles rotos, estatuillas de terracota, diademas, una muñeca sin brazos, una lira sin cuerdas.

Un mercado flotante de objetos sin dueño. Entre ellos flotan ratas que han huido de las alcantarillas anegadas para acabar ahogándose fuera.

De todo lo que encuentran por el camino, lo que más sorprende a Stígmata es ver tres peces que colean corriente abajo en uno de esos torrentes que atraviesan las calles.

Los carreteros que traen peces a la ciudad los transportan en tinajas llenas de agua, y después los pescaderos los conservan vivos en pilas excavadas en los mostradores de piedra hasta que los clientes los compran. ¿Qué habrá ocurrido para que estos animales hayan acabado fuera de sus pilas y sigan nadando en medio del aluvión?

A Stígmata se le antoja una señal favorable de los dioses. Si esos peces han escapado de su cárcel de piedra, y quién sabe si acabarán llegando a la libertad del río o incluso a la del mar, quizá él también la tenga a su alcance.

Cuando el trío pasa junto a la Columna Lactaria, Stígmata le dirige una mirada de reojo.

Los amuletos de los hijos de Ruscio Galo que clavó allí han desaparecido. También el pasquín en el que escribió *Necati. Vindicati*, «Muertos. Vengados». Quizá se los ha llevado el desdichado padre, pero es más probable que los haya acabado arrancando la violencia de la lluvia.

El plan que ha sugerido Mamerco es moverse fuera de la muralla hasta llegar a la altura de la colina de la Salud y, una vez allí, volver a entrar en el recinto interior de la ciudad.

Cuando se acercan a la puerta Carmental, Mamerco chista a sus compañeros.

—Esperad ahí. Quietos.

La puerta Carmental tiene dos arcos. El de la izquierda es conocido como puerta Maldita,[17] porque por ella salieron hace siglos los trescientos seis Fabios que perecieron después luchando contra los etruscos de Veyes. Se dice que salir por ella acarrea una suerte funesta.

Si se han detenido no es por temor a esa tradición, sino porque se ven fogatas encendidas al amparo del arco de piedra. Al calor de sus llamas hay diez o doce hombres armados.

Mejor no ir por allí. En cuanto al arco de la derecha, la puerta Triunfal, lo que prohíbe la costumbre es entrar por él, no salir, ya que está reservado a los generales que regresan a Roma para celebrar un triunfo.

En cualquier caso, las grandes hojas de roble están cerradas.

—Vamos a trepar un poco. Siempre bueno trepar —sugiere Cilurno, enseñando los dientes al sonreír. Mamerco lo ha elegido para ese trabajo no solo porque el galo es el Laverno con quien más confianza tiene, sino porque no hay muro ni tapia que se resista a sus habilidades como escalador.

Para ayudar a sus dos compañeros de misión, Cilurno ha traído un garfio de tres puntas y una soga.

El voluminoso Mamerco la necesita para trepar.

Stígmata finge necesitarla.

Cilurno está relativamente sereno, comparado con su estado de las horas anteriores. El destino de su casi inseparable Vulcano, degollado por Septimuleyo, debe de haberlo convencido de que es mejor no estar como una cuba cuando hay que llevar a cabo trabajos para el patrón.

Se alejan lo bastante de la puerta para que los vigilantes apostados en ella no los vean. Pese a que la lluvia hace resbaladiza la piedra, Cilurno trepa por los sillares, encontrando asideros para manos y pies con facilidad en aquellos grandes bloques tallados en la roca volcánica extraída de las canteras de Veyes. Una vez que llega al adarve del muro, engancha el garfio y les arroja la cuerda.

---

[17] Porta Scelerata.

—Ve tú delante —dice Mamerco.

A Stígmata no le hace gracia estar entre los dos.

Evidentemente, Mamerco no le va a dar la espalda precisamente ahora, con ambas manos agarradas a una soga. Así que es Stígmata quien tiene que darle la espalda a él.

Los otros dos lo necesitan al menos hasta que lleguen a casa de Tito Sertorio y abra la caja de caudales. Pero saberlo no evita que se le erice el vello de la nuca mientras sube, con Cilurno arriba y Mamerco debajo de él.

En esta zona, la altura de la muralla es de casi veinte pies, pero Stígmata los sube sin mayor problema. Nunca le han dado miedo las alturas.

A Mamerco le cuesta más trepar. Cilurno y Stígmata tienen que agarrar la soga y tirar de ella para ayudarle en su ascensión.

Con el galo situado detrás de Stígmata. Por si le asaltara la tentación de dejar caer a Mamerco.

Una vez que están los tres arriba, deciden que es más práctico continuar camino por la parte superior de la muralla que bajar al otro lado y tener que trepar otra vez si se encuentran con la puerta Quirinal cerrada.

No hay guarnición apostada en el parapeto, ya que no se prevé ninguna amenaza externa. No la ha vuelto a haber desde que Aníbal estuvo —*Hannibal ad portas!*— junto a las puertas de Roma.

—A estas alturas de vuestra historia —decía el maestro Evágoras—, la muralla debería protegeros de vosotros mismos. Sois vuestra peor amenaza.

El camino de ronda se ve descuidado. Sucio. Con almenas derruidas, losas levantadas. Entre las junturas de las piedras crecen cimbalarias, cerrajas, alcaparras y otras plantas que medran en ese terreno artificial y que poco a poco erosionan la fortificación con sus raíces.

Los tres avanzan por el adarve medio agachados, tanto por no presentar demasiada silueta a la vista —aunque la luna llena en su segunda noche apenas alumbra a través de las nubes— como por ofrecer menos resistencia al viento. A su derecha se elevan los bastiones del Capitolio y más allá los del Arx, su cúspide norte, iluminados por las antorchas que arden en los templos y santuarios.

El viento, caprichoso, arrastra gritos que se sobreponen al constante batir de la lluvia y el retumbar de los truenos. Stígmata vuelve la mirada hacia el Capitolio y vislumbra sombras que se precipitan desde las alturas. Algunos de esos gritos terminan de forma abrupta, con el sordo sonido de un cuerpo impactando contra el suelo, mientras que otros se prolongan en la agonía de los que, aun con todos los huesos rotos, tardan en morir.

—Hacía mucho que no tiraban a nadie por la roca Tarpeya —dice Mamerco.

Esa roca, que se proyecta de la ladera suroeste del Capitolio como un espolón, recibe el nombre por la muchacha que abrió las puertas de la ciudad a los sitiadores sabinos en tiempos de Rómulo. Desde entonces se ejecuta a los traidores a la patria arrojándolos desde lo alto de aquel farallón.

Esta noche, por lo que se ve y por lo que se escucha, no faltan traidores que despeñar.

***

Tras enroscarse alrededor de las laderas del Arx, la muralla serpentea primero hacia el este y después hacia el norte. En algunos puntos de su trazado, el abandono es tal que se encuentran con grandes grietas y zonas hundidas que tienen que sortear saltando.

Con la perspectiva que les brinda la altura, ven grupos de gente provistos de antorchas que recorren las calles. Algunos parecen patrullas oficiales, otros cuadrillas de saqueadores. Cuanto más suben hacia las alturas del Quirinal, menos numerosas son esas partidas.

En la colina Mucial, ya cerca de la colina de la Salud, dos hombres trepan por la tapia de una mansión. Obviamente, pertenecen a la segunda categoría.

En el patio iluminado de otra domus, a apenas veinte pasos de la muralla, unos esclavos han desnudado a sus amos y los están moliendo a palos. Aprovechando el río revuelto, deben de haber organizado una pequeña insurrección de esclavos como las que se han producido en Sicilia en los últimos años.

Con la diferencia de que viven en Roma y no en los campos sicilianos. Su rebelión está condenada al fracaso.

—Pobres capullos, acabarán crucificados —dice Mamerco.

Es el destino que espera a los esclavos que se sublevan contra sus dueños o que se fugan. Una muerte humillante, larga y cruel.

Stígmata, que debido al juramento que prestó a Septimuleyo es prácticamente un esclavo, piensa escapar.

Esta misma noche.

Ya procurará que ni el patrón ni sus esbirros lo encuentren. Si hay algo que tiene claro, es que él no va a morir en una cruz.

A unos mil quinientos pasos del punto donde treparon, el trío llega al punto donde la muralla, que llevaba dirección norte, se curva hacia el este rodeando la colina de la Salud, el espolón norte del Quirinal.

Cilurno vuelve a afianzar el garfio en el borde del parapeto para que sus compañeros se descuelguen por la parte interior de la pared. Después lo desengancha, se lo tira a los otros dos y baja sirviéndose solo de pies y manos hasta unos ocho pies de altura, momento en que salta y cae al suelo flexionando las rodillas.

—No está mal para un galo borrachuzo —dice Mamerco, dándole un puñetazo amistoso en el hombro.

—Ya quisieras tú hacer como yo estando sereno —responde él.

Un relámpago que atraviesa el cielo de parte a parte ilumina por unos instantes toda la colina. Entre las mansiones y las arboledas se recortan los tejados del templo de la Salud con sus acróteras doradas. Su altura ha hecho que en el pasado caigan varios rayos sobre él, por lo que ha sufrido varias restauraciones. En esta noche, sin embargo, parece que la tormenta lo está respetando.

La domus de los Sertorio se halla al este del santuario, a poco más de cien pasos.

Aquella zona está mucho más tranquila que otras. La lluvia amortigua los ruidos, pero tras los muros de las casas se escuchan voces, también ladridos.

Al oírlos, Stígmata cruza los dedos.

Sin que lo vean los otros dos Lavernos.

***

El muro que rodea la mansión de los Sertorio no se distingue demasiado de los del resto de la zona. Pintado de rojo en la mitad inferior y de ocre en la superior. Al otro lado de esa tapia, en la parte frontal, hay un pequeño jardín que la separa de la fachada principal. En él crecen altos cipreses que asoman por encima del bardal y se cimbrean azotados por el viento de la noche. En los demás lados son las propias paredes de la domus las que dan a la calle.

Coincidiendo con su llegada, el portón principal se abre. Para evitar ser vistos, los tres incursores se agazapan tras un altar cercano, uno de tantos dedicados a los dioses de los cruces, los Compitales.

Un hombre sale de la mansión, cierra la puerta a sus espaldas y se aleja con paso resuelto, sin mirar atrás. Lleva una antorcha cuyas llamas bailan frenéticas al viento, pero aguantan sin apagarse incluso bajo la lluvia. La resina, cuando arde, es persistente.

El hombre se cubre la cabeza con la capucha una y otra vez mientras el aire se empecina en bajársela.

—Es el portero —dice Mamerco.

Stígmata se queda mirando con curiosidad al lugarteniente de Septimuleyo. Él, por su parte, no conoce a ese esclavo. Aunque ha estado en la casa muchas veces, siempre ha accedido por la puerta de servicio de la fachada trasera, que no tiene llave y solo se puede abrir desde el interior. Si hubiese tenido cerradura, habrían intentado forzar la entrada por allí.

Algo que a él no le habría convenido en absoluto.

Al notar la mirada de Stígmata, Mamerco dice:

—Hemos estado vigilando la casa estos últimos días.

«Ya veo cuánto os fiáis de mí», piensa Stígmata.

Tampoco tiene demasiado derecho a quejarse. Él no se fía de nadie.

Lo que le parece extraño es que sea el portero, en lugar de cualquier otro esclavo, quien sale a hacer un recado en una noche tan desapacible.

Eso parece implicar que apenas quedan criados en la casa.

Y que Tito Sertorio ha hecho caso de su consejo de marcharse de la ciudad.

Tras cruzar el adoquinado de la plazuela a la que se asoma la mansión, llegan ante la casa. La puerta es de madera de encina, atravesada por barras de hierro y abollonada con clavos de cabeza de bronce. Tiene un ventanuco. La mitad superior y la inferior se pueden abrir de forma independiente.

—Ábrela, artista —dice Mamerco con todo el retintín del mundo.

Stígmata examina la cerradura.

Conoce ese tipo. Por el hueco, en forma de «L», se accede al grueso pestillo del interior. Cuando la puerta está candada como ahora, este pasador no se puede mover, ya que los agujeros que lo atraviesan de arriba abajo encajan por la parte superior con los dientes de una cerradura unida a la puerta y provista de un muelle que la obliga a bajar.

En este sistema, la llave se introduce por la parte superior del asta vertical de la «L», se baja hasta el vértice donde el asta se corta con el trazo horizontal, se gira un cuarto de vuelta y se mueve ligeramente a un lado y después hacia arriba para que los dientes de la llave encajen en las muescas del pestillo por la parte inferior. Después hay que mover la llave hacia arriba empleando cierta fuerza para que esos dientes empujen y saquen fuera los dientes del cerrojo, venciendo la resistencia del muelle. De ese modo se desbloquea el pestillo, que puede en ese momento deslizarse a un lado utilizando desde fuera la propia llave.

—Demasiado complicada para mis ganzúas.

—¿Serás mamón? ¿Y lo dices ahora?

—Nunca había entrado por aquí. Creí que iba a encontrarme un tipo de cerradura más sencillo. —Stígmata es sincero en la primera afirmación y miente en la segunda.

—No hay problema. Yo trepo tapia, miro desde arriba si hay gente —dice Cilurno, que le ha cogido el gusto a la escalada nocturna—. Si no hay, salto y abro a vosotros. Si hay, le doy salida y abro también a vosotros —añade, pasándose el pulgar por el cuello con el mismo gesto con que los espectadores de los juegos gritan *Iugula, iugula!* para que el gladiador victorioso degüelle al que ha caído en la arena.

El galo se aparta de la puerta y llega casi hasta la esquina izquierda de la tapia. Una vez allí, lanza el gancho. Ni siquiera él se ve capaz de subir sin ayuda de una cuerda por una pared encalada y pintada, sin asideros y por la que no dejan de resbalar chorros de agua.

A la tercera tentativa, Cilurno consigue que los garfios queden bien sujetos en lo alto de la tapia. Después trepa levantando su propio peso prácticamente con los brazos, sin apenas ayuda de las piernas.

Stígmata nunca ha tenido un enfrentamiento físico con el galo, que es tan alto como él y pesa quince o veinte libras más. El hecho de que sea capaz de izarse de ese modo revela una gran fuerza física.

No es algo como para asustarse, pero sí para tenerlo en cuenta.

Cuando Cilurno ya está casi arriba, sujetándose con una mano en la cuerda y los pies apoyados en la pared, desenvaina con la otra un grueso machete y barre con él los espinos y picos de cerámica que protegen la parte superior de la tapia, en una imitación urbana de las empalizadas de los campamentos militares.

Después se encarama al bardal, recoge la cuerda y se deja caer al otro lado.

Saltando de nuevo, no descolgándose.

Durante un rato no se oye nada. Stígmata y Mamerco se acercan a la puerta.

No tarda mucho en llegarles la voz de Cilurno.

Blasfemando en su bárbaro idioma.

Se escuchan jadeos, gritos de dolor y más maldiciones. También gruñidos.

Los primeros son humanos. Los últimos no.

***

Rea tiene un gato, un animal tan sigiloso como caprichoso que hace lo que le da la gana en todo momento. A veces, cuando ella y Stígmata todavía copulaban, se encaramaba a la cama y se metía entre ellos como si quisiera participar de la fiesta.

En una de esas ocasiones, después de empujar al gato fuera de la cama, alguna asociación de ideas hizo que Rea le hablara a Stígmata de dos animales a los que difícilmente se podría considerar mascotas como a Thot. Dos enormes perros guardianes que le había regalado Gayo Mario.

—Esos animales me dan mala espina. No ladran, no avisan. Son silenciosos como la muerte. ¡Thot es más ruidoso que ellos! Yo creo que Mario debió de comprárselos al mismísimo Plutón.

—¿De qué raza son? —preguntó Stígmata.

—Molosos. Hay que ver y hay que oír cómo trituran los huesos entre sus mandíbulas. ¡Ese sonido me da escalofríos!

Para demostrarlo, Rea le enseñó los antebrazos, que se le habían erizado.

Normalmente, le explicó ella, dejan a los perros encadenados. Cada uno en su propia caseta, para que no se peleen.

—Seguro que hay lobos más dóciles que ellos —añadió Rea.

Antes de salir del Hórreo de Laverna, Stígmata se ha acordado de esos animales.

Si hay un momento oportuno para tener perros guardianes sueltos y patrullando en una casa, es en una noche como esta.

Por eso les ha dicho a Mamerco y Cilurno que no es capaz de abrir la puerta. A pesar de que lleva consigo una copia de la llave.

La jugada, de momento, está saliendo como pretendía. Pero la apuesta es muy arriesgada y todavía está por ver cómo termina.

***

Se oyen golpes por dentro de la puerta. Primero palmadas, después patadas.

—¡Daos prisa, cabrones! —grita Cilurno, con tono de desesperación. Por los ruidos que se escuchan, además de pelear con los molosos debe de estar intentando levantar el cerrojo y tirar del pestillo con la mano.

Con este sistema de cerradura, se puede hacer desde dentro sin utilizar la llave.

Pero sin duda es mucho más complicado cuando dos fieras apenas domesticadas se dedican a morderte.

Por fin, se oye el rechinar metálico del pestillo al deslizarse. La puerta se entreabre hacia dentro.

Mamerco termina de abrirla de una patada.

Cilurno tiene a un perro mordiéndole el tobillo y al otro empeñado en alcanzarle la garganta. Son animales grandes, de casi ciento cincuenta libras de peso. El tamaño de sus fauces es incluso mayor de lo que cabría esperar por su alzada.

No se oyen ladridos. Los molosos se limitan a gruñir entre dientes, sin soltar su presa. Cilurno los maldice mientras trata de zafarse de ellos y se defiende tirando puñetazos y sacudiendo los pies.

En vano. El perro que tira de su pierna consigue por fin derribarlo, mientras que el otro le pone las patas sobre el pecho y le clava los colmillos en el cuello.

Mamerco, que a pesar de su negro corazón siente cierto afecto por Cilurno, se apresura a ayudarlo cuchillo en mano.

Al hacerlo, le da la espalda a Stígmata.

En el peor momento que podría haber elegido.

Precisamente en esta noche.

Después de lo que Sierpe le ha contado al gladiador sobre los abusos de Mamerco.

Stígmata desenvaina la espada con la izquierda. Quiere un golpe preciso y para eso necesita su mejor mano.

En otras circunstancias, habría aprovechado el mismo ímpetu con que ha extraído la hoja de su funda para asestarle a Mamerco un tajo en el costado o en el cuello. Pero esas partes de su cuerpo están protegidas por el grueso capote y el golpe podría no ser lo bastante eficaz.

Al mismo tiempo que se enjuga el agua de los ojos con el dorso de la mano derecha para ver con claridad, Stígmata recula un poco, echando atrás la pierna izquierda para aumentar la distancia y tomar impulso.

Una fracción de latido después, tira una estocada.

A fondo. Con la hoja paralela al suelo, de manera que su muñeca se resienta menos con el impacto y aproveche la fuerza.

Sobre todo, coloca la espada así para que penetre en horizontal y se introduzca entre las costillas sin topar con hueso.

En la arena, cuando el adversario tiene el tórax desnudo y la musculatura definida —algo que no ocurría con el obeso Mirtilo—, resulta más fácil apuntar bien el golpe.

Si la ropa tapa el torso como ahora, se trata más de una cuestión de suerte.

Stígmata se ha tomado la molestia de examinar esqueletos humanos en el Esquilino. Tiene comprobado que los espacios de separación intercostal miden aproximadamente un dedo,[18] mientras que el ancho de las costillas es casi un cuarto de dedo inferior.

Para alguien de la estatura y corpulencia de Mamerco, ambas medidas son proporcionalmente superiores. En cualquier caso, las probabilidades de toparse con una costilla son de tres entre siete.

La suerte o la intuición sonríen a Stígmata.

La punta de acero se clava limpiamente en la espalda de Mamerco, medio palmo a la derecha de su columna vertebral.

Con una espada de calidad aceptable, un legionario hábil puede conseguir que su acero penetre entre cuatro y cinco dedos en el cuerpo de un adversario que no lleve ningún tipo de armadura.

Stígmata es más que hábil y su espada, forjada por Indortes, es excelente. La hoja atraviesa ropa, piel, músculos y pulmones hasta un palmo de su longitud.

Después la extrae.

De haberla clavado en la parte izquierda, podría haber taladrado el corazón de Mamerco.

Pero no era eso lo que pretendía con su golpe.

No quiere terminar tan rápido.

---

[18] Unos 1,9 cm (la dieciseisava parte de un pie).

En el otro frente de batalla, mientras uno de los dos molosos sigue mordiendo la garganta de Cilurno, su compañero suelta la pierna del galo y, buscando una segunda presa, se abalanza sobre Mamerco.

Como si supiera cuál es la zona del cuerpo que el matón ha utilizado más a menudo para dañar y humillar a los demás, el perro cierra sus enormes fauces sobre los genitales de Mamerco.

Stígmata no tiene intención ninguna de enfrentarse él mismo a los colmillos de los molosos.

La ventaja de la situación para él es que los perros de esa raza, una vez que aferran a una presa, no la sueltan fácilmente.

Y solo hay dos, no tres. Con lo cual, ambos tienen las mandíbulas muy ocupadas.

Stígmata ya lo tenía calculado cuando dijo que no podía abrir la cerradura, obligando a Cilurno a encaramarse a la tapia y saltar al jardín en el que estaban sueltos los dos molosos.

Uno para Cilurno, otro para Mamerco.

Mientras este último cae al suelo y lucha a la vez contra el perro que le está devorando los genitales y contra la herida que le está colapsando los pulmones y cortándole la respiración, Stígmata se acerca a Cilurno.

El galo apenas se debate ya, pero el moloso no ceja y sigue clavándole los dientes en la garganta y moviendo la cabeza a los lados como un perro de caza tratando de desnucar a una liebre.

Stígmata descarga su espada sobre el cuello del perro.

El filo, ahora sí, choca con hueso. Es inevitable. Usando ambas manos y todas sus fuerzas, Stígmata vuelve a golpear dos veces más.

Aunque Indortes no fabricó su arma tanto para tajos como para estocadas, a la tercera Stígmata consigue que la cabeza del perro y su cuerpo se separen para siempre.

Las que no se separan son las mandíbulas del animal y la garganta de Cilurno.

Unidos en la muerte.

Muerte que Stígmata precipita, en el caso del galo, hundiéndole la espada en el pecho.

—Hijo de puta, qué haces —rezonga Mamerco.

Su voz no brota con tanta fuerza como él querría. Parte del aire se escapa por los dos agujeros que Stígmata ha abierto en su pulmón derecho. La sangre que empieza a salirle por la boca en golpes de tos ahoga su voz.

El segundo moloso está tan absorto en su tarea de desgarrar el pene y los testículos de Mamerco que no ha prestado atención a lo que ocurría con su camarada.

Stígmata repite la operación con él. Uno, dos, tres tajos.

Decapitado el perro, Stígmata agarra la cabeza de las orejas y tira con fuerza de ella para separarla del cuerpo de Mamerco. Entre los colmillos se ven unos trozos de carne con colgajos sanguinolentos que ya no volverán a violar a nadie.

—Hijo de puta. Cicatrices, bastardo. Te mataré.

Las protestas de Mamerco suenan cada vez más débiles.

Stígmata se agacha sobre él y le planta una rodilla en el pecho, descargando sobre las costillas buena parte del peso de su cuerpo. La presión hace que brote un borbotón de sangre de la boca de Mamerco. De no ser por la lluvia, se habría podido escuchar el silbido del aire escapando por la herida de la espalda.

Stígmata se cambia la espada a la mano derecha y con su zurda agarra la diestra de Mamerco, evitando que pueda utilizarla para clavarle el cuchillo. Mamerco está tan débil por el dolor y la pérdida de sangre que sus dedos se abren flácidos y sueltan el arma.

Stígmata le pone la espada debajo de la barbilla y empuja.

Lentamente. Como quien corta un pastel.

Casi relamiéndose.

Mamerco abre la boca, pero solo consigue emitir sonidos ininteligibles que apenas recuerdan al lenguaje humano. La punta de la espada asoma por su lengua.

En cuanto Stígmata apriete un poco más, la hoja penetrará en el paladar y excavará en busca del cerebro.

—Demasiado rápido vas a morir, hijo de puta —masculla.

Mamerco intenta responder, pero tiene la boca llena de sangre y la lengua inmovilizada.

—Esto es por todo lo que hiciste en la ínsula Pletoria. A mí, a los demás niños, a Berenice.

Aprieta un poco más. Ahora Mamerco tiene clavada la lengua al paladar.

La lista de cuentas pendientes es muy larga. Incluida la muerte de Areté. Aunque Stígmata apenas la conocía, asesinarla como ha hecho Mamerco unas horas antes es uno de los crímenes más inútiles que ha visto en su vida.

Pero lo peor es…

—Lo peor ha sido lo de Sierpe.

—G-ggg-rrr-ddoo…

Es imposible entender lo que Mamerco ha intentado decir. Puede ser «Yo no he hecho nada», o «Ella te lo ha contado» o, simplemente, lo que parece más probable, «Bastardo».

—No voy a perder más tiempo contigo, escoria. Púdrete en el infierno y dale recuerdos a Albucio de mi parte.

Stígmata empuja con todas sus fuerzas, hasta notar cómo la punta de su arma, después de atravesar el cerebro de Mamerco, choca contra su cráneo.

Solo entonces saca la espada, suelta a Mamerco y se pone en pie.

Queda mucho por hacer.

DOMUS DE REA Y DE TITO SERTORIO

El cadáver de Mamerco ha quedado tirado sobre el umbral, con medio cuerpo en la acera exterior. Stígmata lo agarra de los tobillos, tira de él para meterlo dentro del recinto de la casa y después lo aparta a un lado, dejándolo junto al cuerpo de Cilurno. Bajo el tejadillo que une el portón exterior con la entrada principal, los dos cadáveres quedan a cubierto de la lluvia.

Es más homenaje funerario del que se merecen ambos, en particular Mamerco. Pero a Stígmata no le sobra el tiempo como para arrastrarlos hasta el jardín y que les caiga encima el aguacero. Si por él fuera, mearía sobre el cadáver del antiguo mamporrero de Albucio.

Tras cerrar el portón y asegurar el pestillo, dedica su atención a la puerta que da acceso al interior de la casa.

Una atención breve, ya que tiene en su poder una copia de la llave. La cerradura es idéntica a la de la puerta exterior.

La misma que antes aseguró que no era capaz de abrir.

***

Durante una de sus sesiones amorosas, Rea, entre asalto y asalto, le habló a Stígmata de su matrimonio y sacó a colación el asunto de las cerraduras.

Como tantos otros maridos que desconfían de sus esposas, Sertorio había sido reacio a entregarle a Rea una copia de las llaves de la casa. Al menos, alegó, hasta que ella se quedara embarazada por primera vez, tal como recomendaban los tratadistas antiguos por evitarse el ridículo de hacer el cuclillo criando un niño engendrado por otro hombre. «¿Es que pretendes tenerme encerrada entre estas paredes hasta entonces?», contestó ella.

—A mi marido le encantaría ser de esos paterfamilias de antaño, cuando ejercían de verdad el derecho de vida y muerte sobre todos los que vivían en la casa. Pero él no lo habría conseguido ni en tiempos de Tarquinio ni con la mujer más sumisa del mundo. Nunca ha tenido agallas para eso.

En realidad, Rea dijo algo más parecido a «huevos».

—Así que conseguiste la llave.

—¿Lo dudabas? Antes de que se cumpliera el primer mes de matrimonio.

En el momento de decir eso, Rea miró de soslayo hacia la derecha de la cama. Allí había un arcón que a veces se utilizaba también como mesita.

Había sido un gesto muy rápido. Inconsciente.

¿Revelador?

Stígmata había decidido averiguarlo.

Lo hizo un tiempo después, en la segunda de las tres noches en las que se quedó en la cama de Rea hasta el canto del gallo. Después de copular, charlaron —sobre todo ella—, comieron y bebieron. Stígmata no dejaba de llenarle la copa. Por su parte, él procuraba beber lo justo para que no pareciera que no cataba el vino y que la quería emborrachar.

Más tarde, volvieron a follar. Stígmata se empleó a fondo.

Al terminar, tal como había previsto él, Rea se quedó profundamente dormida.

Momento que Stígmata aprovechó para levantarse, desnudo como estaba, y examinar el arcón.

Como ya había observado, tenía un pequeño candado. No sabía dónde estaba la llave, pero era de suponer que Rea se la entregaba a Dagulfo cada vez que se acostaba con Stígmata. Una cosa era que le abriera los muslos y otra muy distinta que hiciera lo mismo con puertas y cofres.

Él no llevaba armas encima. Siempre que entraba a la casa las dejaba en la puerta de servicio, en manos de Dagulfo. También se descalzaba y se quitaba el cinturón. Incluso tenía que abrir la boca y levantar la lengua para demostrarle al teutón que no llevaba nada escondido debajo. Dagulfo, amable como era, le pedía disculpas cada vez que lo registraba.

Como si Stígmata no pudiera acabar con la vida de la señora de la casa usando solo sus manos.

Evidentemente, era algo que no iba a hacer.

Rea había dejado sus prendas encima de una silla. Stígmata cogió una de las fíbulas de plata con las que ella se cierra la túnica sobre los hombros y la usó para abrir el candado del arcón, que no era un prodigio de seguridad.

Dentro del baúl había joyas valiosas. Stígmata había visto ya algunas de esas piezas, pues Rea a veces se las ponía para acostarse con él. Debía de excitarla sentirse desnuda salvo por el collar de oro con la esmeralda colgando entre sus pechos o las ajorcas de plata con incrustaciones de rubíes que se ponía en los tobillos.

Stígmata podría haber robado algo valioso en ese momento. Después, sin embargo, tendría que haberse enfrentado con Dagulfo, que lo registraba también al salir. Pelearse con el gigantesco esclavo teutón no era una perspectiva que lo entusiasmara. Además, ya no habría podido volver a acostarse con su ama.

Llegado el momento, lo que quería era dar un golpe de verdad. Lo suficiente para irse de Roma.

Por eso, lo que buscaba en aquel cofre era la llave.

Y allí la encontró, como había sospechado.

Obviamente, tampoco la podía robar. En cuanto Rea la echara en falta, él sería el primer y único sospechoso.

Lo que necesitaba era sacar una copia.

La llave medía casi un palmo. Pero la parte que le interesaba era el extremo en ángulo recto donde estaban los dientes, y esa era más corta que su pulgar.

Había un buen número de velas ardiendo en la habitación. Algunas en candelabros, otras en palmatorias repartidas por la estancia. Seguramente ni Rea ni sus criadas llevaban cuenta de cuánto se consumía cada una de ellas.

De modo que Stígmata usó la cera de una vela cuando estaba en ese estado entre líquido y sólido que la hace más moldeable y extrajo con ella un molde de la llave.

No le resultó agradable sacarlo de la casa. Dagulfo volvió a examinarle la boca, como siempre. Pero había otro orificio que nunca registraba, bien fuera por pudor o porque no se les había ocurrido ni a él ni a su ama que allí pudiera ocultarse algo. Al introducirse en ese escondrijo el trozo de cera —que volvió a sacarse en cuanto estuvo en la calle para que el calor corporal no lo deformara—, Stígmata no pudo dejar de acordarse de ciertas experiencias dolorosas en la ínsula Pletoria.

Una vez que tuvo el molde, sin dar más explicaciones se lo entregó a Sierpe. La niña, menos vigilada que él, se lo llevó a un broncista del Argileto, lejos de la influencia de Septimuleyo, que fabricó con él un par de copias de la llave.

Stígmata no las había probado hasta ahora.

Pero funcionan.

***

Fuera de la casa hay luz, pues a ambos lados de la puerta, protegidas por el tejadillo, arden dos antorchas sujetas con sendas argollas a la parte interior del muro.

El atrio, en cambio, está más oscuro. Pero con el resplandor que llega de las teas del exterior y la vaga luminosidad que se cuela por el compluvio basta para moverse sin tropezar. Aunque Stígmata no ha pisado nunca el recibidor de esta domus, las casas de los ricos tienden a parecerse.

Además, cuenta con las instrucciones de Cepión.

En el centro del atrio, bajo el compluvio, hay un pequeño estanque rectangular que no deja de rebosar el exceso de agua de la lluvia por un canal que lleva a una cisterna.

Pasado ese estanque hay tres puertas.

Las dos de los laterales, en realidad, son vanos sin hojas, amplios pasillos que conducen al interior de la casa.

La del centro es la única que está cerrada.

La del despacho de Tito Sertorio.

La llave es la misma que la de las otras dos puertas.

Mientras abre la cerradura, Stígmata cree escuchar voces. Juraría que son lamentos, gemidos amortiguados por los ruidos de la tormenta.

Se queda un instante paralizado entre las sombras, tratando de escuchar. Pero la lluvia no amaina con su machacón batintín. Para colmo, tras un relámpago que ilumina el atrio a través de la abertura del techo, se oye un trueno de esos que primero parece desgarrar el mismo tejido de los cielos y después se queda un largo rato retumbando hasta apagarse.

Nada se mueve en el atrio.

Stígmata entra en el tablino.

Allí saca su bolsita de yesca, que a su vez iba dentro de otra bolsa engrasada, y esta dentro de un saco de cuero.

Gracias a todas esas precauciones, el contenido de la cajita de latón no se ha mojado. Stígmata enciende su vela y con ella prende las tres de un candelabro que hay sobre una mesa.

«Hagámosle más gasto a Tito Sertorio», piensa.

Algo roza su pantorrilla.

Stígmata da un respingo y está a punto de soltar la vela.

Cuando mira hacia el suelo, casi se le escapa una maldición.

Es Thot, el gato de Rea.

¿Qué demonios hace aquí? ¿No se lo ha llevado su ama?

—Lárgate, tuso, tuso —susurra, agitando la vela ante el gato.

Thot se le queda mirando un instante, como si deliberara en su fuero interno si hacer caso a la orden o ignorar a Stígmata. La llamita del cirio se refleja en sus grandes ojos, que no parpadean.

Después, tan silencioso como ha aparecido, se da la vuelta y se funde entre las sombras.

Rea le ha contado a Stígmata que su esposo le tiene manía al gato. ¿Lo habrán dejado en la casa por ese motivo, o simplemente el animal se ha escondido porque no le apetecía marcharse con los demás?

«Los gatos no hacen nunca nada que no quieran —suele decir Rea—. Esa es mi filosofía favorita».

Pasado el pequeño sobresalto, Stígmata apaga su propia vela, la guarda de nuevo y examina la estancia.

La pared frontera a la entrada tiene ventanas que dan al peristilo y que ahora están cerradas. Las dos paredes laterales están decoradas con pinturas que representan sendos jardines. Se trata de vergeles imposibles en los que florecen y dan fruto a la vez plantas de toda procedencia y estación, mientras en las ramas cantan pájaros pintados con colores chillones y proporciones erróneas.

Sobre los gustos artísticos de su esposo, Rea tiene sus opiniones.

No demasiado laudatorias.

Pero ahora a Stígmata no le interesa estudiar el estilo ornamental del despacho.

Ya ha localizado el arcón del que le han hablado. Se encuentra al otro lado de la mesa, de tal manera que no se ve directamente al entrar.

El baúl, de pie y medio de alto por casi tres de largo, es una pieza sólida, reforzada con placas de hierro y clavos de bronce y anclada al suelo.

Tiene dos candados a falta de uno. Ambos son del tipo de barril, uno con forma de toro y el otro de cierva.

Stígmata se pone en cuclillas, saca sus ganzúas y empieza a trabajar con el candado que representa al toro.

Al hacerlo, se encomienda a Portumno, que, como Jano, es dios de las puertas. A él se consagran llaves en el festival de las Portumnalia, poco después de los idus de sextil, arrojándolas al fuego que arde ante su templo junto al Tíber.

Stígmata no solo pide ayuda al dios para abrir esas cerraduras, sino también para su futuro inmediato. Portumno protege a los viajeros, sobre todo si se desplazan en barco.

El primer candado no tarda en saltar. Stígmata siente el chasquido en sus dedos sin llegar a oírlo, porque otro trueno cercano sacude la casa.

A continuación, se dedica al segundo cerrojo.

Cuando lo abre, lo retira de las armellas y levanta la tapa del arcón, se dice a sí mismo que ese es, que ese era el momento en que Mamerco y Cilurno debían acuchillarlo por la espalda.

Cuando tuviera las manos ocupadas en el candado y justo terminara de abrirlo.

Stígmata está más que seguro de cómo terminaba la frase que escuchó a medias Sierpe.

«En cuanto él abra la caja, tú le das…».

«Salida».

Eso es, sin duda, lo que susurró Septimuleyo al oído de Mamerco.

En el argot nada sutil de los Lavernos, dar salida a alguien es liquidarlo.

Otro relámpago.

Este es tan intenso que su luz se cuela por el compluvio del atrio e incluso por la puerta del tablino.

Al hacerlo, proyecta una sombra en la pared del despacho.

La sombra de alguien detrás de Stígmata. Una presencia grande como un oso que se cierne sobre él.

Pese al tamaño del intruso, Stígmata no lo ha oído acercarse, bien sea por culpa de la tormenta o porque estaba demasiado absorto en su trabajo.

Un error por su parte.

Suerte de ese relámpago tan oportuno.

La imagen ha durado un instante. Lo justo para que Stígmata vea que el tipo que la proyecta tiene los brazos abiertos en actitud de agacharse sobre él y agarrarlo por el cuello.

Él reacciona antes.

Se levanta como si sus piernas fueran sendos resortes y, aprovechando el impulso, gira las caderas y lanza el codo derecho atrás, hacia el lugar donde calcula que se encuentra la cabeza del intruso.

Para ello, pese a su estatura, tiene que saltar un poco y levantar el brazo, ya que aquel tipo, sea quien sea, es muy alto.

Como es habitual en él, acierta.

El codo es una articulación muy dura, quizá la más dura del cuerpo, y el brazo derecho, el más fuerte de los dos de Stígmata.

El impacto es doloroso. Nota un crujido de hueso que espera que no sea suyo.

Después se oye otro crujido más fuerte.

Todo ha sido muy rápido.

Stígmata se gira por completo hacia el intruso, dispuesto a seguir golpeando. Pero no parece necesario.

En el suelo yace Dagulfo, cuan largo es, que es mucho decir cuando se mide más de siete pies de alto. El segundo chasquido ha sido el de su nuca al chocar contra el suelo. Ha caído sin poner las manos, rígido como un árbol talado. Su propio peso debe de haberle roto los huesos del occipucio.

El joven teutón se sacude en unas breves y rápidas convulsiones, y enseguida se queda inmóvil. De la boca le sale un hilo de saliva formando espuma.

Stígmata se agacha sobre él, dispuesto a rematarlo.

Por un instante, le asalta un fogonazo de luz. Los recuerdos de las visiones entre oníricas y alucinadas del Mundus Cereris le vienen así, tan súbitas como el relámpago que hace un instante alumbró la habitación y le permitió ver la sombra de Dagulfo.

La diferencia es que estos otros relámpagos iluminan el interior de su cabeza.

Stígmata solo puede ver vislumbres rápidas, más fugaces que la imagen residual que deja una luz intensa cuando uno cierra los ojos.

En este atisbo, se ve a sí mismo mirando desde arriba a Dagulfo. Él está... ¿encaramado a un árbol? Y el norteño debajo, con un chico y una chica de pelo corto...

La imagen se disipa y no deja nada.

Pero deja un mensaje claro para Stígmata.

«No lo hagas».

Descubre que, en realidad, no quiere hacerlo. No porque se lo haya dicho esa voz sin palabras.

¿O sí?

Sea como sea, Stígmata gira la cabeza de Dagulfo para que la saliva gotee hacia el suelo y no se ahogue con ella. No es fácil, porque los músculos de ese cuello de buey parecen esculpidos en piedra.

Al hacerlo, se da cuenta de que en la frente del joven hay una abolladura que antes no estaba.

Le ha hundido el hueso con el codazo.

No es extraño que el brazo le duela.

Está bien seguro de que el esclavo no se va a levantar. Pero, por si acaso, se inclina sobre el arcón desde el otro lado para no perderlo de vista, pese a que la tapa le molesta.

Por un instante, se plantea otra vez rematarlo. Con el hueso frontal hundido y el occipital roto, tal como sugiere el crujido que se ha oído en la caída, es dudoso que el joven sobreviva. Solo se trata de acelerar lo inevitable.

Pero sigue sin hacerlo.

En el fondo del arcón hay monedas. Muchas. La mayoría de plata, pero también de oro. Sin embargo, solo llegan hasta un quinto de la altura del baúl. Un cuarto como mucho. Stígmata esperaba que estuviera más lleno.

En esa especie de lago metálico se ven depresiones, concavidades como la que él ha dejado en la frente de Dagulfo. Da la impresión de que alguien ha metido las manos ahí dentro haciendo cuenco con ellas para sacar dinero a puñados.

Se imagina a Tito Sertorio cogiendo monedas así, a toda prisa, para salir de la casa cuanto antes.

Con intención de volver, porque no se lo ha llevado todo, pero haciendo acopio de una buena provisión de denarios por si acaso.

Lo que no está en el arcón es el famoso contrato del préstamo con Cepión.

Le da igual. Lo que Stígmata quiere es dinero contante y sonante.

Aunque todavía quedan monedas en el fondo del cofre, llega un momento en que considera que el saco está lo bastante lleno, ya que tendrá que cargar con él. No hay que ser avaricioso, se dice, recordando varias de las fábulas que le contó Evágoras. Como la del perro que perdió su trozo de carne al cruzar el río por intentar apoderarse del que creía que llevaba en la boca su propio reflejo en el agua.

Cuando levanta el costal del suelo, calcula que pesa unas noventa libras. Considerando que ha echado dentro todas las monedas de oro que ha encontrado, ¿cuánto puede haber? ¿Cincuenta mil sestercios?

Una miseria para un Cepión, incluso para un Sertorio. Para Stígmata, una pequeña fortuna. Suficiente para inventarse una nueva vida lejos de Roma.

Cuando se dispone a salir, su pie derecho da una patada a algo que había junto a la mesa.

El objeto resbala sobre el mosaico del suelo y va a parar junto a la manaza extendida de Dagulfo.

Que no ha vuelto a moverse. Stígmata no piensa acercarse tanto a su rostro como para comprobar si respira.

Lo que sí hace es acuclillarse rápidamente a su lado para recoger el objeto en cuestión.

Se trata de tres tablillas atadas entre sí.

La curiosidad le puede. Con el cuchillo, rasga la cinta que cierra el tríptico. Tal como le ha explicado Cepión, esa cinta tiene tres lacres con sus signos correspondientes. El león, las letras, el dragón.

En el centro de una de las caras de la tablilla central, perpendicular a su lado más largo, hay una larga muesca. La atraviesa un cordel en el que vuelven a verse los sellos de los contratantes y el testigo. A la derecha, cada uno ha escrito su nombre.

Junto al sello del león, *Quinto Servilio Cepión.*

Al lado de las letras *SMPR*, *Gayo Sempronio Graco.*

Y junto al dragón, *Tito Sertorio.*

En la cara interna de la primera tablilla se pueden leer las condiciones del préstamo. Stígmata la acerca a la luz del candelabro y lee.

—*En las calendas de noviembre, siendo cónsules M. Emilio Lépido y*

L. Aurelio Orestes, Quinto Servilio Cepión declara haber recibido y de hecho recibe de Tito Sertorio cinco millones de sestercios, que deberá devolver sin discusión alguna.

En la tercera tablilla hay una estipulación añadida, por la que Cepión se compromete a pagar un *fenus trientarium*, un interés de un tercio de punto al mes hasta que devuelva la deuda.

Esto último es mucho calcular para Stígmata. Cree recordar que el tal Lépido fue cónsul hace tres años, pero quizá sean cuatro. Si tuviera a mano a Polifrón, le preguntaría, y el contable de Septimuleyo no tardaría más de lo que dura un chasquido de dedos en contestarle cuántos sestercios de más tiene que pagar Cepión.

Aunque no cree que vaya a sacar provecho de ese documento, Stígmata lo guarda en el saco con las monedas.

Hay algo que sí va a conseguir llevándoselo.

Fastidiar a Cepión y, por ende, a Septimuleyo.

Eso no puede ser malo.

Parece que la tormenta ha amainado. Algo de lo que se congratula, pues lleva prácticamente todo el día empapándose bajo el diluvio que empezó justo tras la muerte de aquel lictor.

En aquel relativo silencio, vuelve a oír los gemidos.

Que suenan cada vez más fuertes. Hasta convertirse en gritos.

No son gritos de miedo ni de ira.

Son de puro dolor.

Stígmata reconoce la voz, por deformada que suene.

Es Rea.

Ahora comprende por qué estaban allí Dagulfo y el gato cuando la casa parecía abandonada por el resto de sus habitantes. El joven teutón es esclavo personal de Rea, y Thot su mascota inseparable.

Pero ¿por qué ella no se ha ido con los demás?

«No es asunto mío».

Sabe que debería marcharse.

Pero no lo hace. Quizá porque en ese día ha visto sufrir a demasiadas mujeres. Padecimientos en los que incluye el llanto de Sierpe.

Así que se dirige al dormitorio que tantas veces ha visitado. En esta ocasión, para indagar.

Aunque él no tenga modo de calcularlo, empieza la sexta hora de la noche.

La última de los idus de enero.

***

Con la estatura de Stígmata, sus armas, el capote empapado de agua y de sangre, las cicatrices de su rostro, lo normal es que cualquiera que le vea sienta miedo.

Sin embargo, la esclava que está sentada junto a la cama de Rea no manifiesta ningún temor.

Stígmata no tarda en comprender la razón.

La anciana está mirando en su dirección, pero no lo ve.

Es ciega.

Él tampoco la ha visto a ella en sus visitas anteriores a aquella mansión.

Las entradas de Stígmata han sido siempre muy discretas y al amparo de la noche. El único criado con el que se ha topado hasta ese momento era Dagulfo.

También era él quien les traía vino y, en ocasiones, viandas a la cama.

La esclava ciega debe de haber oído sus pasos sobre las teselas del mosaico que cubre el suelo. Eso explica que esté torciendo el cuello en dirección de Stígmata sin enfocar los ojos en él.

Stígmata, pese a su tamaño, sigue siendo, cuando quiere, tan silencioso como cuando era un crío que merodeaba por las calles.

Se dice que los ciegos agudizan otros sentidos a cuenta de la visión que pierden. Debe de ser por eso por lo que la vieja ha percibido la entrada de Stígmata en la lujosa alcoba, pese al furioso repiqueteo del aguacero sobre los tejados, el ulular del viento y el fragor de los truenos que retiemblan cada pocos latidos.

Y, sobre todo, pese a los estridentes gritos de dolor de su ama, que está tendida en la cama.

La ceguera de la criada no parece ser de nacimiento. Los ojos que apuntan vagamente hacia Stígmata se ven cubiertos por sendas nubes lechosas.

Cataratas. Como las que acabaron cegando los ojos de Evágoras.

—No eres el médico —dice la esclava, a medias entre pregunta y afirmación.

Cuando la anciana intenta levantarse de la silla que ocupa al lado de la cama, las fuerzas le fallan y vuelve a caer sentada, haciendo crujir la madera bajo su considerable trasero. Sus manos deformadas por la artrosis temblequean como las hojas de un álamo.

—¡Aaaaaaay! ¡Claro que no es el médico! —aúlla su señora, con las piernas abiertas sobre la cama y la túnica arremangada hasta las ingles. A la luz trémula y amarilla de los cirios y las lámparas, el espacio entre sus piernas permanece en una púdica sombra.

Stígmata sabe de sobra lo que se oculta en esa oscuridad.

Un pubis exquisitamente depilado.

Al menos, lo estaba en sus anteriores visitas a aquella casa.

Pero ahora ni el recuerdo ni la posible visión despiertan su deseo.

Rea está dando a luz.

Ahora comprende Stígmata por qué no ha vuelto a saber nada de ella desde hace meses.

No es porque se hubiera aburrido de él —algo que no sería imposible; las damas de alta sociedad son caprichosas— ni porque su marido la hubiese descubierto.

Sino porque estaba embarazada.

El trance del parto está resultando difícil.

Eso salta tanto a la vista como al oído. Incluso al olfato. La transpiración de Rea huele distinta, más acre que cuando la provocaba el acaloramiento del ejercicio amatorio.

El rostro de la mujer se ve más blanco que la funda de lino que recubre la almohada. Sus cabellos trigueños, empapados de sudor, se pegan a su frente y sus mejillas como las hojas lacias que quedan pisoteadas en el suelo después de un chaparrón en noviembre. Sus rasgos, bellos en la dureza de sus líneas, se contraen en gestos de Gorgona. Sus manos se engarfian en la manta bordada que vale más que toda la ropa que Stígmata ha podido llevar en su vida y que, sin embargo, ha recibido en más de una ocasión los fluidos de ambos.

Pese a los dolores, Rea se queda mirando a Stígmata, cuyo capote sigue chorreando sobre las losas del suelo. Hay sangre mezclada con el agua, aunque el rojo se ve cada vez más desvaído.

Parte de esa sangre es humana y parte de perro. Stígmata siente tanto remordimiento por la primera como por la segunda.

Ninguno.

Lo único que le incomoda, como si se hubiera dejado una ventana abierta por la que se colara el aire e hiciera zangolotear el postigo, es lo que pueda haberle ocurrido a Dagulfo.

Cierra los ojos un par de segundos y, en su mente, cierra esa ventana.

Rechinando los dientes para no gritar, Rea pregunta:

—¿A qué has venido, gladiador? Nadie te ha hecho llamar esta noche.

—No es a ti a quien vengo a ver, señora —responde Stígmata—. Se supone que buscaba a tu esposo.

—Pues no lo encontrarás ni aquí ni en Roma.

«Menuda sabandija», piensa Stígmata.

—¿Se ha largado dejándote así?

—¿Así, cómo?

Stígmata hace un gesto con las manos, abarcando la cama, la habitación, a la propia Rea.

—El muy cobarde se ha marchado de la ciudad abandonando a mi señora en este trance —interviene la esclava de los ojos lechosos. Su voz se mantiene mucho más firme que sus dedos o sus piernas.

—¿Qué querías de mi esposo? —pregunta Rea.

Por no seguir aguantando en vano el peso del saco, Sertorio lo deja en el suelo.

El tintineo delata lo que hay dentro.

—Este hombre nos ha robado, señora —dice la esclava.

—Ya me doy cuenta —responde Rea—. Has venido a robarnos y a matarnos, ¿no? Aprovechando que conoces la casa…

Stígmata no responde. Rea se muerde los labios y traga saliva.

—Empieza por matarme a mí —masculla—. ¡No soporto este dolor!

Una nueva contracción sacude el cuerpo de Rea. Su boca se abre de forma desmesurada y por ella brota tanta mierda en forma de palabrotas y blasfemias como si fuera la mismísima Cloaca Máxima vertiendo sus residuos en el Tíber.

No es lo que se esperaría de una dama como ella. Pero Stígmata sabe que, en ciertos momentos, la esposa de Sertorio puede pronunciar las mayores obscenidades.

Aunque en esos casos le susurra las procacidades al oído al tiempo que le hinca las uñas en la espalda o en los glúteos, para que él se clave más entre sus piernas. No las ulula como una loba herida tal como hace ahora.

—No voy a matarte, señora.

—¡Si no me matas, ayúdame! —grita Rea—. ¡Por todos los dioses, me muero! ¡No lo soporto!

La esclava vuelve a hacer fuerza para levantarse de la silla. También fracasa en su segundo intento y se desploma con un chasquido de madera más desvencijado que el anterior.

Sin embargo, la silla aguanta.

—¿No hay nadie que pueda ayudar? —pregunta Stígmata.

Mira en derredor.

El dormitorio, veinte veces más amplio que el cubículo donde duerme él, está iluminado por un candelabro de cuatro brazos, por dos lampadarios en forma de árbol de los que cuelgan lamparillas de aceite y por unas velitas que arden sobre la cómoda ante unas figurillas de terracota. Esas luces temblonas, más las ascuas de los braseros que caldean la estancia, bastan para distinguir los rincones más alejados y comprobar que allí no hay nadie más.

¿Qué más da que haya alguien o no? Lo mejor que puede hacer es marcharse de allí cuanto antes.

Es evidente que Septimuleyo y Cepión están esperando a que Mamerco y Cilurno regresen con el botín que se les ha ordenado llevar y, probablemente, con la cabeza del propio Stígmata dentro de un saco como el que él acaba de dejar en el suelo.

Cuando vean que sus sicarios tardan en aparecer, sospecharán que su plan no ha resultado como ellos querían y seguramente vendrán en persona.

Con más esbirros.

Y con Nuntiusmortis.

Por un instante, pensando en que Cepión podría haber mandado a su guardaespaldas como acompañante en la misión, Stígmata se estremece.

Al celtíbero no habría podido eliminarlo como ha hecho con Cilurno y Mamerco. Ni siquiera hacerle un rasguño.

¿Lo habrían conseguido los colmillos de los perros?

—El único que puede ayudar eres tú, hombre de las cicatrices.

Stígmata se queda mirando a la esclava. ¿Cómo sabe lo de las cicatrices?

«Su ama le habrá hablado de mí».

—Soy un gladiador, no una partera.

Nada le une a Rea. Si se han acostado, es porque ella reclamó los servicios de Stígmata pagando por ellos a Septimuleyo. Algo que muchas otras damas de la alta sociedad hacen con los gladiadores de los que se encaprichan.

¿Se sienten en deuda las putas con sus clientes? No.

«Yo he sido la puta de esta mujer», se dice Stígmata.

Sin embargo, él, que ha seccionado más de una vez la yugular de un adversario derribado en el polvo mirándole a los ojos sin parpadear, por no hablar de cómo se ha cobrado la vida de Mamerco, no encuentra fuerzas ahora para darle la espalda a Rea.

Entre los chillidos y maldiciones de su ama, la esclava le explica a Stígmata que, en efecto, no hay nadie que pueda ayudarlas.

El portero, Polión, ha bajado al Argileto a buscar al médico que debía asistir a Rea en el parto. La esclava lo cuenta con cierto reproche en la voz, como si pensara que solo una mujer debería hacer de comadrona de otra mujer.

Otras dos criadas han ido a las Carinas, a pedir ayuda a Gayo Mario, amigo de la familia.

Al oír el nombre, Stígmata se pregunta si ese Gayo Mario, que sin duda es el que le regaló los dos perros guardianes, es el mismo hombre con el que coincidió anoche en la fantasmagórica experiencia del Mundus Cereris.

Viendo cómo el destino está moviendo sus hilos en las últimas horas, está convencido de que sí.

—La única manera de que las chicas se atrevieran a salir de casa era que las dejáramos acompañarse la una a la otra —explica la criada ciega—. Y tú sabrás lo que ha ocurrido con Dagulfo. Aquí solo quedamos nosotros tres.

Stígmata se queda mirando a aquellos ojos opacos. ¿Acaso la ceguera de esa vieja le permite ver dentro de su mente y saber que ha dejado fuera de combate a Dagulfo, si es que no lo ha matado?

Es el oído, se responde. Pese a su edad, la vieja debe de tenerlo tan fino como un murciélago.

La mirada de Stígmata se posa en el arcón de donde sacó la llave para extraer el molde de cera. Ahora lo han arrastrado para que esté más cerca del lecho y lo han cubierto con un tapete blanco. Encima hay tijeras, un par de palanganas, esponjas, trapos.

Instrumentos para ayudar en un parto.

También hay un brasero con ascuas y, encima de él, sobre unas trébedes de bronce, un gran caldero lleno de agua.

—Dudo mucho que Mario o ese médico aparezcan —dice Stígmata.

Con el diluvio de agua y sangre que está descargando sobre Roma, nadie con un mínimo de sentido común saldría a las calles.

Rea, que se ha callado un instante para respirar con jadeos cortos y silbantes, es incapaz de seguir conteniéndose y vuelve a gritar y levantar las caderas como si la poseyera un súcubo. Aunque se la ve cada vez más pálida y débil, sus alaridos suenan más penetrantes.

—Tendrás que ayudarla tú, hombre de las cicatrices —dice la esclava—. Yo no tengo fuerzas ni para levantarme.

Stígmata respira hondo.

No tiene por qué hacerlo. Nadie puede impedir que se vaya de allí con el botín que ya ha obtenido. Y le conviene desaparecer cuanto antes. Más temprano que tarde, Septimuleyo y Cepión se presentarán allí.

Con ese maldito celtíbero invulnerable.

«Solo soy su puta. No le debo nada», se repite.

Pero, casi sin darse cuenta, suelta los lazos del capote chorreante, que cae a sus pies. Pasando por encima de la prenda grasienta como una improbable Venus que saliera de la espuma, se acerca al lecho.

Así, en el mismo día en que ha dado muerte a doce hombres, o incluso a trece si Dagulfo no sobrevive, Stígmata tiene que volver a mancharse las manos de sangre.

En esta ocasión, para alumbrar una vida, no para arrebatarla.

TORRE MAMILIA

Pese a los sobresaltos de la noche anterior y los disturbios de este día, Artemidoro está escribiendo.

Es consciente de que se ha saltado su propia rutina. La de acostarse, dormir durante las primeras horas de oscuridad y levantarse a trabajar pasada la *connubia nocte.* Lo ha intentado, pero le resultaba imposible conciliar el sueño. En cierto momento, ha perdido el control del flujo de sus pensamientos. Algo que, por experiencia, sabe que significa que ya tiene un pie en ese tremedal inestable que constituye el suelo del país de Óneiros. Pero el puro hecho de ser consciente de ello le ha hecho espabilarse.

Frustrado, se ha levantado, ha encendido dos velas y se ha puesto a escribir.

Aunque no tiene forma de saberlo con exactitud, calcula que debe de ser la hora tercera de la noche. Quizá sea más tarde y los idus de enero, pasada la medianoche, se hayan convertido en el día catorce. Ese que los romanos, tan complicados para algunas cosas, denominan «día decimonoveno antes de las calendas de febrero».[19] No piensan en lo que ya ha pasado, sino en lo que está por venir.

Tal vez por ese motivo son ellos, y no otro pueblo, los amos del mundo.

Pese a las dudas, por el motivo que sea, intuye que siguen siendo los

---

[19] *Ante diem* XIX *Kalendas Februarias.*

idus. Como si tuviera la convicción de que, en el momento en que una fecha se convierta en otra, una especie de reloj interno se lo hará saber.

«¿Un reloj interno? ¿Intuición? —pregunta el mini Diógenes—. ¿Es que estás dejando de ser racionalista? ¿Un par de visiones alucinadas y ya abandonas tus principios?».

«Vuelve a tu tonel y duerme, que no son horas de estar despierto», responde Artemidoro.

Acaba de trasladar al papiro la referencia de Eratóstenes al talabartero que cosió el odre de los vientos de Eolo.

> *... de modo que localizar el tesoro de Delfos será tarea vana para todo aquel que lo intente. Por otra parte, aunque no admitamos la existencia de las maldiciones en que creen los hombres que se dejan llevar por la superstición, consideramos que es mejor que esas riquezas arrebatadas con violencia al santuario del dios Apolo no vuelvan a ver la luz.*

«Al menos, hasta que yo pueda recuperar un pellizco de ellas», añade para sí.

«Estás mintiendo a propósito en un libro de historia —le riñe Diógenes, asomando la cabeza desde el barril—. Eso es prostitución intelectual».

«Solo intento protegerme».

Y, de paso, proteger al mundo. ¿Qué ocurrirá si Roma, esta criatura agresiva, este lobo feroz que hoy está demostrando lo peor de su naturaleza sanguinaria, planta sus zarpas sobre ese tesoro?

Artemidoro recuerda lo que dijo Graco cuando le leyó el pasaje relativo a las riquezas robadas al oráculo de Delfos.

«La maldición del oro. El mal que aqueja a Roma desde hace décadas».

No es solo oro y codicia. Es sangre y violencia, ira y fuego.

¿Qué habrá sido de Graco? Las escasas noticias que recibe Artemidoro, todas a través del portero Oscio, se contradicen entre sí. Según algunas, sigue resistiendo en el Aventino con sus valientes partidarios. Según otras, ha huido de Roma como el cobarde traidor que es. Hay quienes dicen, en fin, que su esclavo Filócrates le ha dado muerte en un santuario del Janículo para después suicidarse.

Es de suponer que la verdad se acabará conociendo.

Quizá Artemidoro plasme esa verdad en el último libro de sus *Historias*. Ahora que sabe que va a marcharse de esta ciudad para no regresar a ella jamás, nadie le censurará a la hora de narrar los acontecimientos tal como han ocurrido, y no como los amos del mundo quieren relatarlos.

El lecho emite uno de sus crujidos. Artemidoro vuelve la mirada hacia él.

Urania sigue dormida. Solo se ha removido un poco en su sueño. Por un instante, la boca se le ha torcido en un rictus de incomodidad. Pero debe de haber conseguido colocar bien la tripa, o el bebé ha cambiado de postura dentro de ella, y ahora su gesto vuelve a ser plácido.

***

El día ha transcurrido de una forma extraña.

No podía ser de otra manera.

Cuando Artemidoro regresó de su aventura nocturna, poco antes del alba, Urania estaba tan asustada por lo que había pasado y tan aliviada de verlo sano y salvo que se abrazó a él con todas sus fuerzas y rompió a llorar. Ese abrazo, la calidez de los besos de la joven, la sinceridad con que sus ojos azules se llenaban de lágrimas al mirarlo al mismo tiempo que su boca le sonreía entre beso y beso, todo eso, pensó Artemidoro en aquel mismo momento, lo compensaba de sobra por las tribulaciones de la madrugada.

Por el miedo, por la humillación.

Incluso por las extrañas vivencias del Mundus Cereris. Las recordaba a fragmentos, como si en lugar de experimentarlas las hubiera soñado.

Una mujer.

¿Marta? ¿Hécate?

No, el nombre era más extraño. En una lengua bárbara.

Y cuervos.

Cuervos en sus hombros.

Pájaros de mal agüero, pero no para él.

Para él eran, son o serán amigos, consejeros...

Sacudió la cabeza para ahuyentar esos fogonazos. Le provocaban vértigos y náusea.

Mientras tanto, Urania se empeñaba en que tenían que hacer el amor.

—Te necesito dentro de mí, Regalo de Diana. Te necesito como nunca he necesitado a nadie.

Ni los doce trabajos juntos supusieron una prueba tan dura para Heracles como lo fue para Artemidoro resistirse a los besos y abrazos de su amante.

Pero lo consiguió. Siendo el señuelo del cálido cuerpo de Urania casi irresistible, su voluntad fue más poderosa. Acariciando la abultada tripa de la joven, Artemidoro la besó en la frente primero y en el hoyuelo de la barbilla después, con más ternura que lujuria. Al menos, eso era lo que pretendía.

—Te prometo que, en cuanto nazca el bebé, volveré a ser el amante fogoso al que conociste en los Jardines de Eros y Psique.

Una época que le parecía tan lejana como la edad de oro del reinado de Cronos, antes de que Zeus lo derrocara.

Después de eso, Artemidoro, que estaba agotado, se tumbó en la cama y no tardó en quedarse dormido. Por la tarde, si todo iba bien, haría algunas visitas médicas.

Por ejemplo, a Rea.

De paso, le plantearía a su marido la posibilidad de que le prestara dinero para costearse el viaje a la Galia con Urania.

Su sueño debió de durar tres horas. Lo arrancó de él un fortísimo trueno que hizo retemblar las paredes. Al incorporarse en la cama con el corazón en la boca, por un instante creyó que estaban aporreando la puerta de nuevo.

Pero el golpeteo era el de la lluvia. Un aguacero tan violento como el trueno que lo había anunciado a modo de heraldo.

A Artemidoro le fascinan las tormentas. No pudo evitar la tentación de entreabrir los postigos para asomarse.

La lluvia caía con tal fuerza y en una trayectoria tan oblicua que al momento le empapó la cara. Pero, antes de cerrar de nuevo, Artemidoro se quedó mirando lo que sucedía en la calle.

Había mucha gente. Casi todos corrían, tapándose la cabeza como mejor podían para huir de la lluvia, una riada humana remontando un cauce hacia las alturas. Por la dirección que llevaban, seguramente venían del Foro.

La asamblea, recordó Artemidoro. Con el trueno que acababa de sacudir la ciudad hasta los cimientos, a ver quién le discutía a cualquier augur que hubiera exclamado *Alio die!* para suspender el comicio.

Esa gente estaba nerviosa. No se trataba solo del temporal. Ni siquiera el batir de la lluvia y el fragor de los truenos bastaban para acallar las voces.

—Cierra, por favor —le dijo Urania—. Se nos va a inundar la casa.

Él se dio cuenta de que la joven tenía razón, estiró los brazos para atrapar los postigos, que estaban golpeteando contra las paredes —los genios que habían construido aquella parte de la ínsula habían montado las contraventanas de tal manera que se abrían hacia fuera—, los cerró y metió la falleba por las arandelas.

El viento era tan fuerte que los postigos seguían sacudiéndose como la dentadura de un viejo arrecido de frío, y todavía entraba algo de agua por las rendijas.

Artemidoro se volvió hacia Urania. Ella empezó a reírse viendo cómo le chorreaba la barba, pero se cortó al darse cuenta de su gesto de inquietud.

—¿Qué ocurre?

—Estaban gritando: «¡Graco asesino!». Algo ha ocurrido en la asamblea. Algo grave.

Ella se volvió a abrazar a él.

—No salgas de casa hoy. Por favor.

Artemidoro le acarició la cabeza.

—No lo haré. Te lo prometo.

A partir de ese momento, no cesaron ni la tormenta ni los gritos en la calle. Las noticias llegaban mezcladas con los rumores. Al parecer, lo peor estaba ocurriendo en el Aventino, pero se estaban produciendo disturbios, peleas y saqueos por toda la ciudad. En algún momento, Artemidoro oyó cómo lanzaban piedras contra la pared de la ínsula. Un par de ellas incluso golpearon las contraventanas. Por suerte, sin la fuerza suficiente como para romperlas.

Unas horas después, al oír que el portero recorría el rellano llamando a las puertas para informar a los vecinos de las novedades que le iban llegando, Artemidoro se asomó.

Sin disimular su satisfacción, Oscio le contó que el lictor Antilio ya no estaba entre los vivos.

—Lo han apuñalado en el Foro.

—¿A Antilio? —preguntó Artemidoro—. ¿Al mismo que estuvo aquí anoche?

—¡A ese mismo! Dicen que han sido los hombres de Graco. ¿Sabes lo que te digo? Que Graco será un mamón como todos esos senadores y políticos, pero ha hecho muy bien en cargarse a ese chulo cabrón.

Artemidoro no se alegró de la muerte de Antilio. No porque se tratara de un semejante —la hermandad universal que preconizan los estoicos no termina de apelar a sus sentimientos cuando se trata de romanos soberbios y prepotentes como aquel lictor—, sino porque comprendió que el asesinato había desencadenado una orgía de violencia sobre Roma.

Al atardecer, aprovechando que el aguacero se había convertido en una llovizna más suave, Artemidoro se arriesgó a salir del apartamento y subir a la azotea de la ínsula para ver si desde las alturas podía enterarse de algo de lo que estaba pasando. Allí, abrazado a las pantorrillas desnudas de la estatua de Circe como si fuera un crío agarrándose a las piernas de su madre, se asomó hacia el suroeste.

Al Aventino.

El sol se estaba poniendo justo entonces. Por unos instantes, un haz de rayos cárdenos consiguió abrirse paso entre el oscuro murallón de nubes y pintó de sangre la ciudad.

En el Aventino se divisaban luces rojas, que palpitaban en la distancia como pequeños corazones arrancados en vivo a sus víctimas.

Incendios, comprendió Artemidoro. A pesar de la lluvia, entre los tejados y las arboledas de la colina ardían varios focos. Él contó hasta diez.

Después empezó a diluviar y el viento arreció, poniendo en peligro la precaria posición de Artemidoro. Además, no quería dejar sola más tiempo a Urania, aunque le había dicho que echara la llave y solo le abriera a él. Así que volvió al apartamento.

Sin sospechar que uno de los fuegos que acababa de ver estaba terminando de consumir los restos del burdel donde él y Urania se habían conocido.

***

Recordando lo que ha visto desde el tejado de la ínsula, Artemidoro se ha quedado absorto unos segundos. Quizá sea que se está adormilando. La pluma ha dejado caer un goterón de tinta sobre el papiro. Se apresura a coger la esponja que tiene a mano y enjuga la mancha lo mejor que puede.

Casi no se nota. Ya intentará disimularla con una letra cuyos trazos se confundan con el borrón.

Llaman a la puerta.

Si le hubieran pillado con la pluma en la mano, el desaguisado sobre el papiro habría sido peor.

No es tan tarde como anoche. Los golpes no son tan fuertes. Y Artemidoro no está dormido.

Pese a ello, y aunque el corazón no le da un vuelco tan doloroso como cuando Antilio aporreó la puerta con sus fasces, los latidos se le disparan.

Urania se despierta asustada. Al moverse la joven, la cama emite su habitual cacofonía de chasquidos.

—¿Otra vez? ¿Qué pasa ahora?

—Tranquila. Esta vez no voy a abrir —responde Artemidoro.

Pese a sus propias palabras, se acerca a la puerta, no sin antes acercarse a Urania e inclinarse sobre ella para darle un beso en la frente.

—¿Quién es?

—Soy Polión, el portero de la casa de los Sertorio.

Artemidoro reconoce la voz.

—¿Estás solo?

—Sí, señor. ¿Puedes abrirme?

Artemidoro mira hacia el lecho. Urania, que se ha incorporado apoyada contra la pared —esa cama no tiene ni cabecero—, mueve la cabeza a los lados, en un «No» silencioso. Él hace un gesto apaciguador, como argumentando «Tranquila, no pasa nada».

Artemidoro abre la puerta unas pulgadas y se asoma. Ahí está, en efecto, Polión. Un esclavo fornido de unos treinta años que sería incluso guapo si no tuviera un labio leporino. Su manto huele a mojado y está chorreando sobre las tablas del rellano.

—Entra —le dice Artemidoro, tirando de él para que pase cuanto antes. Tras echar un vistazo rápido a ambos lados del pasillo, vuelve a cerrar.

En su antiguo apartamento, el que ahora ocupa Antiodemis, una criada le habría quitado el capote al recién llegado y lo habría colgado junto a un brasero para que se secara.

Aquí no hay criada, brasero ni perchas. Polión se queda de pie junto a la puerta mientras su manto sigue soltando agua.

—¿Qué haces aquí?

—El ama, señor. Me ha pedido que venga a buscarte.

—¿Rea? ¿Y su esposo?

Polión frunce el entrecejo.

—Se ha ido de la ciudad. Se ha llevado a casi todos los criados. —Artemidoro entiende que el ceño es un gesto de desaprobación, aunque el esclavo no se atreva a criticar a su amo en voz alta—. Por eso he tenido que venir yo a buscarte. Dagulfo se ha quedado con la señora.

—¿A qué tantas prisas en una noche como esta? —pregunta Artemidoro, aunque es fácil adivinar cuál es la respuesta.

—El niño, señor. Está de camino. Mi ama se ha puesto de parto y te necesita. Lo está pasando muy mal y no tiene a nadie más. —El esclavo saca una bolsa de debajo del manto y la sacude en el aire—. Me ha dicho que te dé esto. Hay doscientos denarios. Bueno, ciento noventa y nueve, porque le he tenido que dar uno al portero para que me dejara pasar.

¡Doscientos denarios! Son ochocientos sestercios. Setecientos noventa y seis si se les resta la propina a Oscio. En cualquier caso, es mucho más dinero del que Artemidoro ha ingresado desde que tuvieron que mudarse a este apartamento.

Suficiente para marcharse de Roma en cuanto puedan, piensa Artemidoro mientras sopesa la bolsa que le acaba de entregar Polión.

Vuelve a mirar a Urania. De nuevo, ella niega con la cabeza.

Él se acerca a la cama y le agarra las manos.

—Escucha. Es importante que vaya. Rea es una buena mujer y tengo que ayudarla. —Mirando de reojo a Polión, baja la voz—. Y necesitamos el dinero.

—Tengo miedo, Artemidoro. —Esta vez, ella lo llama por su nombre griego. El de verdad—. No te vayas.

—Yo también tengo miedo. Es normal. Pero no va a pasar nada. Tú cierra bien con la llave y no abras a nadie.

—No pensaba hacerlo.

—Estaré de regreso en cuanto pueda. —Artemidoro le da el saquito con el dinero—. Gracias a esto, no tendré que volver a trabajar. Me quedaré contigo hasta que nazca el bebé. Después, en cuanto tu estado lo permita, iremos a Ostia y esperaremos a que abran los mares a la navegación. Lo que sea con tal de salir de esta ciudad maldita.

Ella vuelve a menear la cabeza.

—Va a ocurrir algo malo. Lo presiento.

—Están ocurriendo muchas cosas malas, amor. Por eso tenemos que irnos, para que no nos afecten. —Acariciándole la tripa, añade—: Pero todavía no podemos marcharnos.

Artemidoro la besa, esta vez en los labios, sujetándole tiernamente ambas mejillas mientras ella le acaricia la nuca.

Pese a todas las preocupaciones, los temores, las dudas, hay algo que reacciona entre sus piernas con un breve palpitar.

«Paciencia, amigo —le dice—. Pronto nos resarciremos».

«¿Ahora le hablas a tu miembro?», pregunta el mini Diógenes.

«Peor era lo tuyo, que te lo tocabas en público».

Artemidoro se levanta y va hacia la puerta. Un paseo más que breve. No tiene que cubrirse con el manto ni calzarse las botas, porque ya los tenía puestos. Se limita a coger la bolsa de instrumental médico que la víspera no le habría venido mal.

Si el difunto Antilio hubiera tenido la mínima amabilidad de informarle del motivo por el que lo sacaban de la cama en plena noche.

Rebusca en esa misma bolsa, saca un tarro de vidrio de Biblos, recuerdo de un periplo por las costas fenicias, toma un pellizco de soplo de Epiménides y lo aspira. Primero por una fosa nasal, después por la otra.

Inspira hondo. El picor provocado por el polvillo prácticamente le llega hasta el cerebro.

Pero el efecto es inmediato.

Es como si le quitaran de los hombros una alforja de cincuenta libras y, al mismo tiempo, un vendaval con olor a sal marina arrastrara las nieblas de su cerebro.

—Venga, buen amigo —dice a Polión, palmeándole un hombro y empapándose la mano al hacerlo—. Vamos a traer a un nuevo Sertorio al mundo.

DOMUS DE REA Y DE TITO SERTORIO

—¿Qué ocurre? —pregunta la esclava ciega.

En el rato aparentemente eterno que Stígmata lleva en la alcoba, se ha enterado de que la anciana se llama Tifilnia. Un nombre etrusco, como etrusca es la lengua, incomprensible para él, en la que canturrea cada poco rato.

Rea, agotada por el trance, todavía no se ha recuperado. Tiene los ojos cerrados y parece solo semiconsciente, aunque su respiración sigue siendo agitada.

Ahora que ha dejado de gritar, se vuelve a oír con más fuerza la lluvia en el tejado y los chorros de agua vertiéndose por los canalones.

—Que tiene algo en la cara —responde Stígmata—. Un velo.

El bebé, una ratita minúscula y un tanto arrugada cubierta de una especie de ungüento blancuzco y pegajoso, está acunado entre su codo y su antebrazo derecho. El gladiador permanece sentado en el borde de la cama, pues el cordón umbilical le impide apartarse demasiado de la madre.

Huele a sangre, a sudor y a fluidos diversos. Podría haber otros olores más acres, pero Tifilnia le ha contado a Stígmata que ese mismo día, previendo lo que podría ocurrir y queriendo evitarse el bochorno de defecar delante del médico, Rea, siempre tan digna y pulcra, ha hecho que una de sus esclavas le pusiera un enema.

—¿Un velo? —pregunta la esclava, que ha estado dirigiendo las operaciones como el capitán que imparte órdenes al piloto en medio de una tempestad.

Stígmata lo toca. Es algo gelatinoso, vibrátil y translúcido que recubre la cabeza del bebé. Por debajo se intuyen sus rasgos, pero no se ven. El tacto de aquella sustancia le produce un escalofrío.

—Es como una capucha. Pero de... ¿carne? Nunca había visto nada así.

Lo cierto es que es la primera vez que presencia un parto. Está más familiarizado con los procesos relacionados con la forma de abandonar este mundo que con los que tienen que ver con hacer su entrada en él.

—Yo sí lo he visto, cuando mis ojos todavía servían para algo —responde la anciana—. Pero solo una vez antes de ahora. Es una señal de los dioses. Quien nace así, nunca morirá ahogado en el agua. Pero debes quitárselo ahora para que pueda respirar.

O sea, se dice Stígmata, que el mismo velo que lo protegerá de ahogarse en el futuro puede hacer que se asfixie en el presente.

A veces los dioses mandan señales muy extrañas.

Stígmata siempre ha sido hábil con los dedos, como pueden certificar las cerraduras y candados que acaba de forzar. Ahora, sin embargo, está nervioso.

Nunca había tenido algo tan delicado entre las manos como este cuerpecito.

Trata de pellizcar el velo sin pellizcar al mismo tiempo al bebé. Es tan resbaladizo que se le escurre por tres veces. A la cuarta consigue atrapar un pequeño pliegue de esa sustancia gelatinosa y tira de ella, pero el velo entero se atranca en el cuello del pequeño Sertorio.

Necesitaría usar la otra mano. No se atreve a soltar al crío, sin embargo. ¿Y si lo deposita en brazos de la madre?

No. Ella tiene los ojos cerrados y ahora respira más despacio. Parece que se ha dormido.

Quien no respira es el recién nacido. O Stígmata hace algo, o se le va a asfixiar en los brazos.

—¡No puedo sacárselo!

Él mismo detecta el temblor en su voz. Un temblor que no ha sentido ni siquiera al plantarse con la espada ante Nuntiusmortis.

—Pues rásgalo para que respire.

Con la mano izquierda, Stígmata desenvaina un cuchillo. El que no es arrojadizo. Con su mango de madera, resulta más manejable para estos menesteres que las otras dos dagas, forjadas en una sola pieza de acero.

Con sumo cuidado, trata de romper el tejido de la bolsa que rodea la cabeza del bebé. Pero es muy elástico y se resiste.

Por fin, el cuchillo penetra en el velo con algo más de fuerza de lo que Stígmata habría querido. La punta se clava cerca de la oreja del bebé y le hace un poco de sangre.

El crío no llora. Tampoco da la impresión de que esté respirando.

Procurando no hacerle más heridas, Stígmata recurre al filo del puñal para ampliar la abertura. Al ver que esta es lo bastante grande, suelta el arma sobre la cama y mete los dedos para terminar de arrancar aquella capucha translúcida que parece tener vida propia.

—¡Lo he logrado! —exclama Stígmata, entusiasmado—. ¡Se lo he quitado!

—Hay que guardar ese velo —dice la esclava—. Es como una corona de los dioses. Significa que este niño está destinado a la grandeza.

Como si el glorioso augurio que acaba de pronunciar la vieja lo disgustara en lugar de reconfortarlo, el bebé rompe a llorar.

Por fin.

A la escasa luz de la alcoba, los ojos del crío parecen grises. O incoloros, a decir verdad. Con la pequeña rabieta, que es su primera reacción ante el mundo exterior, entrecierra los párpados.

Enseguida los vuelve a abrir.

Porque ocurre algo.

Stígmata se quitó el manto cuando decidió quedarse allí a ejercer de comadrón. Después, en uno de sus movimientos, al agacharse entre los muslos de la parturienta, la bula se le escapó de debajo de la túnica sin que él se molestara en esconderla de nuevo bajo la ropa.

Ahora, el amuleto se calienta y vibra. Hace algo más, incluso.

Algo que nunca había hecho hasta ahora.

Como si poseyera vida propia —en realidad, siempre ha demostrado tenerla—, se separa del pecho de Stígmata por sí solo y flota en el aire.

Es como si buscara al bebé.

El pequeño Sertorio, por su parte, ha dejado de llorar y abre los ojos.

Stígmata ha oído decir que los recién nacidos no fijan la vista.

Pero la de este bebé está clavada en el amuleto, a menos de un palmo de su cara.

Ni siquiera pestañea.

El mecanismo interno de la bula, ese que ni su mismo dueño ha logrado descifrar a lo largo de los años, se pone en movimiento con un levísimo chasquido.

Las letras grabadas en la esfera exterior se alinean con sus gemelas de la esfera interior.

Una extraña luz se filtra por las ranuras.

No es como lo que ocurrió horas antes, cuando Stígmata notó que el amuleto vibraba y después advirtió una breve fosforescencia en los ojos de Graco. En aquel momento pudo sospechar que ambos fenómenos estaban relacionados. Pero ahora...

Ahora está claro que así es.

Un minúsculo haz de luz brota de las ranuras de la bula. A pequeña escala, es como cuando las nubes se abren y dejan pasar un abanico de rayos de sol.

Esta luz cambia de color, entre el verde, el púrpura, el dorado, pasando por matices imposibles de describir.

—¿Qué está ocurriendo? ¿Qué es ese resplandor? —pregunta Tifilnia.

Sin duda, si una anciana ciega puede percibirla es que tiene que tratarse de una luz sobrenatural.

Y tiene un objetivo muy concreto.

Los ojos del bebé.

Después, el fenómeno cesa, tan de súbito como empezó. El amuleto vuelve a convertirse en una bola de plomo inerte, que cae por su peso para colgar de nuevo pegada al pecho de Stígmata. La vibración y el calor han desaparecido.

Pero no todo vuelve a ser igual que era hace unos segundos.

Los ojos del pequeño Sertorio.

Durante unos instantes, fosforescen como luciérnagas flotando entre los árboles de un bosque.

Ese brillo no tarda en apagarse.

Pero, cuando lo hace, los iris ya no son incoloros.

Ahora son verdes. De un verde intenso, puro. Como la malaquita.

Y miran fijamente a Stígmata.

«No me puede estar viendo», piensa él.

Pero, si no es así, al menos lo parece.

Por alguna razón, Stígmata piensa en los ojos de la cierva pintada en su escudo.

Verdes como los de ese niño.

«Debería haber cogido el escudo».

Lo ha dejado abandonado en el Hórreo de Laverna, con las grebas y otros objetos, porque es demasiado aparatoso. A nadie se le ocurriría embrazar un escudo para un trabajo callejero como el que le ha encargado Septimuleyo.

Pero ahora lamenta no llevarlo encima.

No puede volver a por el escudo.

Lo que significa que la cierva ya no podrá protegerlo.

Durante unos instantes, se siente tan desamparado como si el bebé lo sujetara a él en brazos y no al revés.

«¿Dónde estás, madre?».

***

—El niño. Mi hijo. ¡Dámelo!

Stígmata sale de su estupor. Ni él mismo sabe cuánto puede haber durado.

Levanta el trasero de los pies de la cama y, todavía agachado, se acerca a la cabecera. Rea, que ha revivido al escuchar el llanto del bebé, abre los brazos para cogerlo.

Stígmata se lo entrega, con menos alivio del que habría sospechado un rato antes, cuando aquella cabeza cubierta por un velo empezó a asomar entre las ingles de la madre.

Ahora nota una extraña sensación de pérdida.

Rea coloca al niño sobre sus pechos, que se han vuelto más turgentes de lo que Stígmata recordaba. Por el momento, más que una madre contemplando a su hijo parece un propietario examinando la mansión que le acaba de entregar el contratista.

—Tiene los ojos muy verdes. ¿A quién habrá salido?

—Todos los bebés tienen los ojos del mismo color —la contradice Tifilnia—. El color del mar justo antes de que salga el sol.

—Yo sé lo que veo, anciana —responde Rea—. Que es más de lo que puedes decir tú.

La posible controversia queda resuelta, o al menos interrumpida, cuando se abre la puerta del dormitorio. Junto con un soplo de aire húmedo y frío, entran dos hombres. Stígmata se levanta como un resorte y se dispone a desenvainar la espada.

—Señora, soy Polión. Aquí traigo a Artemidoro.

—A buenas horas —refunfuña Tifilnia.

Para sorpresa de Stígmata, conoce al hombre que viene con el portero de la casa.

Ha soñado con él esta noche.

O lo ha visto en ese lugar que no consigue recordar.

Pero sabe que lo conoce.

La mirada del hombre llamado Artemidoro revela que él ha experimentado lo mismo al ver a Stígmata.

Ninguno de los dos dice nada.

***

Aunque sea tarde, Stígmata no deja de alegrarse de la llegada del griego. De no haber sido así, le habría tocado también encargarse de cortar el cordón umbilical. Una tarea supuestamente más sencilla, pero de la que prefiere que se ocupe alguien con más experiencia que él.

Mientras hace algunas preguntas, Artemidoro aprieta el cordón con dos pequeñas pinzas. Una la pone a cuatro dedos de la tripita del pequeño Sertorio y otra un poco más arriba. Después, se dispone a cortar entre ambas.

La anciana, que para estar ciega parece enterarse de todo, pregunta a Artemidoro si está utilizando las tijeras de cobre preparadas sobre el arcón.

—No estarás usando unas tijeras de hierro, ¿verdad? El hierro es de mal agüero. Si cortas el cordón con ese metal, el bebé no llegará a cumplir su segundo año.

«El hierro es de mal agüero».

Las palabras de la vieja recuerdan a Stígmata los comentarios de Evágoras sobre la desconfianza que sentían los hombres antiguos por el hierro y sus explicaciones sobre el puente Sublicio.

Artemidoro cruza una mirada con Rea. Las tijeras que tiene en la mano y con las que estaba a punto de proceder son, efectivamente, de hierro. La madre del bebé asiente, como diciendo: «Hazle caso». El griego suelta las tijeras, coge las que están encima del arcón y corta con ellas.

—Lo he hecho con las de cobre, claro está, sabia abuela. No se me ocurriría hacerlo de otro modo.

Mientras tanto, la criada no deja de salmodiar oraciones. Parte de ellas en etrusco y parte en un latín muy arcaico, rezándole a Umbilicina, Rumina, Intercidona y otras divinidades, representadas por un grupito de terracotas dispuestas sobre una cómoda y rodeadas de minúsculas velas.

Una vez cortado el cordón, Artemidoro estruja los restos que se convertirán dentro de unos días en el ombligo del niño para extraer de ellos la sangre coagulada que hay en el interior, y los ata con un hilo de lana.

El bebé ya tiene una existencia independiente de la madre. Relativamente, claro está, pues si se le dejara por sus propios medios, no sobreviviría ni un par de horas.

Sigue estando muy sucio.

—¿Puedes acercarme el agua? —pregunta Artemidoro, señalando el perol puesto a calentar sobre las trébedes.

Stígmata empieza a pensar que debería irse. Pero supone que no pasará nada por hacer algo tan sencillo como eso y demorarse un minuto. No hay nadie más para ayudar al griego, porque han enviado a Polión a vigilar la puerta.

A sabiendas de que, en el camino, se encontrará de nuevo con lo que él y Artemidoro han visto al entrar. Dos cadáveres humanos y dos caninos.

Eso si no se han topado también con el corpachón de Dagulfo. Pero de la puerta al dormitorio y viceversa no hay que pasar por el despacho de Tito Sertorio.

Stígmata levanta el caldero, que pesa bastante, y lo pone en el suelo junto a Artemidoro. Este, mientras sostiene al bebé entre el codo y el antebrazo, como había hecho antes el propio Stígmata —se ve que el instinto le hizo sujetarlo bien—, prueba la temperatura del agua con la mano izquierda.

—Está demasiado caliente. Más agua fría.

Stígmata la echa de un gran jarrón que también estaba convenientemente preparado.

El último servicio que hace por Rea.

Los otros han sido más placenteros, aunque este podría definirse como…

Una experiencia interesante. No cree que la vaya a olvidar.

—Ahora debo irme —dice Stígmata—. No puedo quedarme más tiempo.

Recoge el saco del suelo y se lo echa a la espalda. Las monedas que lleva dentro vuelven a tintinear.

—Te llevas el pago por tus servicios, ¿no es así, gladiador? —pregunta Rea, como si le hubiera leído la mente.

Él no responde directamente. Pero se le ocurre algo. Vuelve a depositar el saco en el suelo, lo abre y rebusca en su interior. No tarda mucho. Las tablillas del contrato no pesan tanto como para hundirse entre las monedas.

Saca el tríptico y se lo enseña a Rea. Lejos del alcance de su mano, por si ella tiene la tentación de cogerlo.

Algo que solo la perjudicaría.

—Es por esto por lo que me han enviado aquí esta noche. ¿Sabes lo que es?

—Sé leer —responde Rea en un tono algo desabrido—. Además, estaba presente cuando lo firmaron.

—El hombre al que tu marido le prestó el dinero...

—Quinto Servilio Cepión.

—Ese hombre me indicó dónde encontraría este contrato y me ordenó llevármelo. También me dio instrucciones para que no dejara con vida a nadie en esta casa y para que después la incendiara.

La esclava etrusca murmura algo que parece una maldición.

Para sorpresa de Stígmata, Artemidoro también lo hace. «*Forforba forforba*» o algo parecido.

—¿Y el testigo que puso su firma ahí? —pregunta Rea—. ¿También piensa matarlo?

—Gayo Graco ya no puede testificar nada —dice Stígmata—. Está muerto.

—¿Muerto? ¿Estás seguro? —pregunta Artemidoro.

—Más que seguro.

—¿Cómo ha ocurrido?

—No tengo tiempo para explicarlo. —Dirigiéndose a Rea de nuevo, Stígmata agita las tablillas en su mano—. Señora, cuando aparezca Cepión...

—¿Va a venir aquí? —pregunta Artemidoro en un tono a medias entre la repugnancia y el temor.

—... que seguramente aparecerá, debes decirle que yo, Stígmata, tengo el contrato de su préstamo en mi poder. Y dile también...

Guardando las tablillas de nuevo en el saco, vuelve la mirada hacia todos. Rea, Artemidoro, la esclava que no lo ve.

¿El bebé que parece que sí puede verlo?

—Decidle lo siguiente. Si trata de haceros daño, el menor daño, si toca tan solo un pelo de vuestras cabezas, este contrato volverá a aparecer. Pero no en sus manos, sino en manos de quienes puedan arruinarlo. Y no solo eso, sino que, además, Stígmata volverá de donde esté, por lejos que sea, y les devolverá a él, Quinto Servilio Cepión, y a su esbirro Aulo Vitelio Septimuleyo, ese daño multiplicado por diez. ¿Lo habéis entendido?

Todos, salvo el recién nacido, asienten.

—Y decidles también, a Cepión y a Septimuleyo, que si os dejan en paz...

«Y dejan en paz a los míos», está a punto de añadir, refiriéndose a Berenice y Sierpe. Enseguida se arrepiente. No quiere llamar más la atención sobre ellas.

—... si os dejan en paz, Stígmata no volverá a aparecer en sus vidas.

—Lo hemos entendido —dice Artemidoro.

Stígmata, esta vez sí, se cuelga el saco al hombro. Antes de marcharse, un impulso que a él mismo le cuesta comprender hace que se acerque a la cama y, muy suavemente, acaricie primero la cabecita casi pelona del bebé y después la mejilla todavía sudorosa de la madre.

Después sale. Primero de la habitación.

Después de la mansión de los Sertorio.

Y, pocos minutos después, de Roma. Por la puerta Quirinal.

No piensa regresar nunca a esta ciudad.

Al menos, esa es su intención.

Es posible que los hados dispongan su futuro de otra forma.

***

Artemidoro está lavando al bebé con una esponja. Al crío no le hace ninguna gracia, así que procura darse prisa.

¿Cómo es posible que un recién nacido tenga los ojos tan verdes? Sobre todo, ¿por qué tiene la impresión Artemidoro de que el pequeño Sertorio puede verlo?

Por rellenar el silencio, Artemidoro habla. Está nervioso. La perspectiva de que aparezca Cepión, acompañado de individuos aún menos recomendables que él, es más que inquietante. Si por él fuera, se marcharía ahora mismo.

Pero su sentido del deber se lo impide.

«Tienes otra embarazada a la que atender», le recuerda el mini Diógenes.

«Pero no puedo abandonar a esta. Y Urania no se ha puesto de parto ni se va a poner todavía».

—Te he contado que mi madre era médico, ¿verdad, Rea?

Ella asiente débilmente.

—La primera vez que la acompañé a atender un parto yo era poco más que un crío, pero sumamente pedante. Al ver que lavaban al bebé como yo lo estoy haciendo ahora, le pregunté: «¿No es mejor lavarlo con agua fría, como hacían los espartanos? Así se hará más fuerte». Mi madre respondió: «Si este bebé está destinado a sobrevivir con frío, mucho mejor sobrevivirá sin él, ¿no crees? Y si no es capaz de resistirlo, tal vez con el tiempo se haga más fuerte y sí lo aguante».

—Muy interesante —responde Rea. Es difícil juzgar si la desgana aparente es porque la ha aburrido la anécdota o porque está extenuada.

—¿Cómo se llamará el bebé? —pregunta Artemidoro—. ¿Finalmente será Quinto?

—Desde luego. Si antes no pensaba llamarlo como su padre, imagínate ahora.

Mientras seca al bebé, Artemidoro observa que tiene una marca junto a la paletilla izquierda. No es exactamente un antojo, ya que estos suelen ser más oscuros que la piel circundante. Este es todo lo contrario, una zona más clara, prácticamente blanca.

Lo más curioso es que la marca tiene forma de animal. Una cierva minúscula, a la que no le faltan ni las cuatro patas ni las orejas puntiagudas. Como si un artista no menos diminuto escondido dentro del cuerpo de Rea la hubiera dibujado así en el omóplato del niño.

Artemidoro prefiere no decir nada. Por los comentarios que le ha escuchado a la anciana, seguramente empezará a decir que esa marca demuestra que es un elegido de Arutimi, que es como los etruscos llaman a la diosa de la que Artemidoro recibe su nombre. Y, lo que puede ser más fastidioso, dictaminará que hay que llevar a cabo algún tipo de ritual para el que ahora mismo no tiene ni tiempo ni energías.

Una vez que ha secado al bebé y lo ha envuelto en una mantita que también estaba preparada sobre el arcón, Artemidoro lo vuelve a poner en manos de la madre. Después le presiona el abdomen a ella para que expulse los restos de la placenta.

Mientras él limpia los fluidos que han dejado las secundinas, la anciana pregunta por el velo que Stígmata ha tenido que rasgar para que el recién nacido pudiera respirar. Artemidoro lo ve sobre la manta, en los pies de la cama, todavía brillante de humedad. Nunca ha visto a un bebé que nazca con ese velo, pero tiene todo el aspecto de ser parte del amnios, la bolsa que se rompe cuando la parturienta rompe aguas.

—Hay que guardarlo y, cuando se seque, meterlo en miel —dice Tifilnia.

Rea, que tiene al bebé sobre su cuerpo y ha desnudado uno de sus pechos para acercarle el pezón a los labios, pone un gesto de repugnancia.

—¿Para qué queremos conservar esa porquería, Tifilnia?

—Es una señal de grandeza —repite la anciana—. ¿Sabes que Alejandro el Grande también nació con un velo?

—Me temo que Alejandro habría tenido que vivir diez vidas diferentes para cumplir en ellas todo lo que se cuenta de él —dice Artemidoro.

Alguien que no debe de sentir el mismo asco que Rea se planta de un salto sobre la cama y le da un zarpazo al fragmento de bolsa amniótica.

Es Thot, el gato de Rea.

Artemidoro lo aparta de un empujón.

El gato se revuelve y le tira un arañazo que no llega a alcanzarlo. Después, con un maullido de frustración, salta del colchón y desaparece.

Artemidoro suelta un estornudo. Por alguna razón, le ocurre cada vez que Thot se le acerca.

—¡Mirad! —exclama Rea, de repente con más energía.

—¿Qué ocurre? —pregunta Tifilnia.

—Ha agarrado la teta. ¡Y mama fuerte, tiene ganas de vivir!

—¡Loada sea Rumina! —exclama la criada.

En efecto, el bebé tiene el pezón de su madre en la boca y, para ser tan pequeño, lo chupa con una fuerza sorprendente para extraer el calostro. Rea incluso pone una mueca de dolor.

Todo parece en orden.

«Por favor, que llegue Gayo Mario antes que Cepión», ruega Artemidoro, sin saber a quién está elevando su petición.

Sea a quien sea, a los dioses, al destino ciego o a la fortuna indiferente que rige la naturaleza, sus súplicas caen en el vacío.

***

Las puertas, que Stígmata dejó cerradas al salir, vuelven a abrirse.

El primero que aparece es Polión, el esclavo del labio leporino que salió de casa a buscar a Artemidoro y a quien habían ordenado vigilar la entrada de la casa. No puede decirse que haya abandonado su puesto, ya que no viene por su propia voluntad. De hecho, es él quien ha abierto la hojas de la puerta de un cabezazo.

Detrás de Polión, agarrándolo del cuello y haciéndole avanzar a empujones como si fuera un guiñapo, hay un hombre más alto y, sobre todo, mucho más corpulento que él.

Aunque Artemidoro no es aficionado a los combates de gladiadores y, de hecho, jamás ha asistido a un espectáculo de ese tipo, resultaría difícil no reconocer a ese hombre.

El Mensajero de la Muerte.

Nuntiusmortis.

Lo cual significa que el hombre que entra detrás de él, con la capucha del manto calada de tal manera que la sombra le oculta las facciones por encima de la boca, tiene que ser Servilio Cepión.

—*Forforba Forborba Semesilán*... —murmura Artemidoro, cruzando los dedos.

Cepión y su matón no vienen solos. Más allá de la puerta, en el salón que sirve de distribuidor para otras habitaciones, se escuchan voces estridentes, y también los golpes típicos de gente que mueve muebles y abre puertas y armarios sin preocuparse de los estropicios que pueda causar.

Rea se incorpora en la cama como puede y se tapa los pechos. El bebé, que estaba mamando, lloriquea un poco, pero enseguida se calla, como si el calor del cuerpo de su madre le bastara por el momento.

—Lo siento, señora —dice Polión—. No quería dejar entrar a estos hombres, pero han saltado la tapia y...

—¿Y los perros?

—Estaban muertos, señora.

Artemidoro, que al entrar en la casa ya los encontró así, decapitados junto a los cadáveres de dos individuos altos y corpulentos, podría habérselo dicho a Rea. Obviamente, no le pareció que fuera la mejor conversación para una mujer recién parida.

Nuntiusmortis propina un empujón tan fuerte al portero que este trastabilla y cae de bruces junto a los pies de la cama. Artemidoro se acerca a él y le ayuda a levantarse. No tanto porque crea que el esclavo necesite su auxilio como por pensar que así hace algo útil y no se queda paralizado de temor sin más.

Pues uno de los efectos que le produce la cercanía de Cepión es sentirse extrañamente menoscabado. Acobardado. Incluso castrado. Lo mismo que le sucedió en aquella infausta cena en casa del arconte de Éfeso.

—¿Qué haces aquí, Quinto Servilio? —dice Rea—. ¿Por qué vienes a mi casa como un ladrón, en plena noche y acompañado por esos esbirros? ¿Te parece digno de un noble romano entrar así en la alcoba de una señora?

Cepión se baja la capucha.

Pese a las recriminaciones de Rea, no se le ve en absoluto avergonzado.

Su mirada se cruza con la de Artemidoro.

—El erudito. Veo que tu piel sigue tan pálida y tus hombros tan caídos como siempre.

«Tú también sigues como siempre. Insultando sin ninguna necesidad», piensa Artemidoro.

Evidentemente, se traga esa respuesta.

Chorreando agua sobre los mosaicos del suelo, Cepión hace ademán de aproximarse al lecho.

—Ni se te ocurra —dice Rea.

—Solo quería ver al bebé y darte la enhorabuena —responde Cepión, pero no avanza más, y se queda a medio paso de los pies de la cama—. ¿Es un niño?

—Lo es.

—¿Dónde está el venturoso padre?

—Adonde lo hayan llevado sus pies. No soy la guardiana de mi esposo.

—¿No está aquí?

—¿Acaso lo estás viendo?

—Me refiero a Roma.

—Ya te he dicho que no soy su guardiana.

Los ruidos que llegan de fuera del dormitorio son cada vez más estridentes. Gritos, carcajadas, traqueteo de muebles arrastrados, crujidos de madera descuajaringada, ecos metálicos de cubiertos y vajillas arrojados contra las paredes, estallidos de ánforas que se convierten en añicos.

¿Están registrando la casa? ¿Saqueándola? ¿O simplemente se proponen destruirla?

Cepión le hace un gesto a Nuntiusmortis. El exgladiador se acerca a Polión, que se ha arrodillado a los pies de la cama como si creyera que teniendo la cabeza a menos altura puede pasar inadvertido. Agarrándolo del pelo, tira de él con violencia para obligarlo a levantarse.

—¿Dónde está tu amo? —pregunta Cepión.

—No lo sé, señor.

Nuntiusmortis tira con más fuerza y, al mismo tiempo, apoya una mano en la espalda del esclavo. El cuello de este se tuerce en una posición cada vez más innatural. Artemidoro se pregunta si el exgladiador tendrá fuerza suficiente para romperle las vértebras. No apostaría su dinero a que no.

—¡No está en Roma, señor!

—¿Cuándo se fue?

—Anoche, señor.

A un nuevo gesto de Cepión, Nuntiusmortis suelta el pelo del portero. No se conforma con eso, sin embargo, y le da un empujón hacia un lado que hace que el esclavo choque con el arcón y dé una voltereta sobre él, tirando de paso el caldero de agua con el que Artemidoro lavó al niño.

—Te agradecería, Quinto Servilio, que dejaras de mi mano decidir en qué momento han de recibir castigo físico mis esclavos —dice Rea.

Artemidoro no puede sino admirar el temple de esa mujer. ¿Se sentirá por dentro como él, con los intestinos contraídos de puro miedo? Si es así, lo disimula con entereza.

Una entereza solo comparable a la desfachatez de Cepión, que no parece sentir el más mínimo bochorno por haber irrumpido de ese modo en la alcoba de una mujer libre, casada y que, además, acaba de dar a luz.

Por si la situación fuera poco violenta, en la estancia irrumpen más intrusos. El primero es un individuo feo, bajito y con las piernas tan arqueadas como si montara un asno invisible. Por lo que Artemidoro le ha oído decir a Stígmata, debe de ser Septimuleyo.

Ya antes había oído hablar de él. No para bien. No lo conocía y tenía la esperanza de no conocerlo.

Como tantas esperanzas, esta se pierde en el sumidero.

Detrás de Septimuleyo viene un hombre que casi deja pequeño a

Nuntiusmortis. A juzgar por la nariz aplastada, las cicatrices en las cejas y las orejas rotas, se trata de un pugilista.

Como si no hubiera ya suficientes amenazas dentro de esta habitación.

—¿Dónde está mi gladiador? —pregunta Septimuleyo, dirigiéndose a Rea.

—¿Tu gladiador?

—No te hagas la tonta, señora. Sabes perfectamente de quién hablo. Eres tú quien ha pagado por...

Cepión levanta una mano para hacer callar a Septimuleyo.

—Por favor, mi querido Aulo. Estás hablando con una dama. Si quieres medrar en sociedad, tienes que cuidar mejor tus modales.

Septimuleyo dirige una mirada asesina al noble, pero a eso se reduce su reacción.

Lo que ha insinuado el hampón hace que Artemidoro se corrobore en algo que empezó a sospechar antes al observar el lenguaje silencioso entre Rea y Stígmata.

Que entre el gladiador y la mujer de Tito Sertorio ha habido algo más que el azar que lo ha llevado a él a convertirse en improvisado partero.

Siguen entrando a la alcoba visitantes no invitados. Uno de ellos es un tipo enjuto y feo, que trata de disimular en vano su calvicie con una cortina de pelo gris.

—El cofre está abierto, patrón —le dice a Septimuleyo.

—¿Qué hay dentro? —pregunta Cepión, aunque el recién llegado no se ha dirigido a él.

—Queda dinero. Monedas, no tantas como parecía que iba a haber en un arcón tan grande. Lo que no está es el documento que buscas.

—¿Estás seguro?

—Serví en el ejército con tu padre. Sé leer.

Artemidoro no acaba de encontrar la relación lógica entre los dos enunciados.

Pero no dice nada. Si es posible, no tiene intención de abrir la boca.

Frustrando sus propósitos, la esclava ciega pregunta:

—Médico, ¿no piensas comunicar el mensaje que dejó el gladiador?

—Que seas vieja no quiere decir que debas ser insolente, Tifilnia —la reprende Rea—. No eres quién para dar órdenes a un hombre libre.

—¿Qué mensaje ha dejado esa escoria? —pregunta Septimuleyo.

Artemidoro sopesa si debe responder o no, y no tarda en llegar a la conclusión de que es mejor para él no contrariar demasiado a ese individuo.

Lo malo es que el mensaje de Stígmata no va a mejorar su humor.

Artemidoro trata de transmitirlo de la manera más suave posible, aunque no resulta fácil.

Por otra parte, es complicado concentrarse cuando no dejan de entrar más esbirros de Septimuleyo, que se dedican a abrir armarios y arcones, sacar ropa de ellos y juntarla en un montón en el centro de la estancia. El pugilista con cuerpo de paquidermo va un paso más allá que sus compañeros y destroza una silla y una mesita con las manos desnudas.

Al ver que arroja los restos astillados sobre la pila de ropa, Artemidoro empieza a sospechar lo que pretenden los intrusos.

Rea, por su parte, abraza más fuerte al bebé, sin decir nada.

Ella también parece comprender que la situación es grave.

Mortalmente grave, por todos los indicios.

Pensándolo bien, quizá conviene que Artemidoro haga énfasis en las amenazas de Stígmata.

Sin utilizar el término «esbirro» para referirse a Septimuleyo.

—... y asegura que, si causáis el menor daño a alguno de los aquí presentes, regresará de donde esté y os devolverá ese daño multiplicado por diez.

Cuando termina, Septimuleyo está rojo de ira. Cepión, en cambio, parece encontrar muy graciosas las palabras de Stígmata y se ríe con ganas.

—¿Que regresará de donde esté? Mucho me temo que nadie volverá a ver en Roma al hombre de las cicatrices. ¿Qué opinas tú, Nuntiusmortis?

Por toda respuesta, el exgladiador encoge sus masivos hombros, lo que le hace parecer una tortuga gigante escondiendo la cabeza en el caparazón.

—¡Pues yo te juro que lo encontraré donde esté y le arrancaré la piel a tiras, y después lo crucificaré! —grita Septimuleyo.

Sin dejarse impresionar por el arrebato de cólera del hampón, Cepión se da la vuelta, le aprieta el hombro como si fueran camaradas de toda la vida y dice:

—Aquí no me queda más que hacer, mi querido Aulo.

Sin añadir nada más, el noble se da la vuelta y sale de la habitación.

Artemidoro no sabe si sentirse aliviado. Cepión no ha dicho «no nos queda más que hacer», sino «no me queda».

Lo que significa que a Septimuleyo y sus secuaces sí les queda algo por hacer.

No tarda en comprobar de qué se trata.

El pugilista vuelca el lampadario sobre el montón de ropa del suelo. El aceite de las lamparillas se vierte y las llamas se propagan a las prendas.

Rea, pese a sus dolores, trata de levantarse de la cama. Está tan débil que se tambalea y tiene que apoyar una mano en el colchón, mientras con el otro brazo sujeta contra su pecho al pequeño Quinto Sertorio, que no emite tan siquiera un vagido de queja. El portero, que se había quedado acurrucado en el suelo por no llamar más la atención, se pone en pie y acude en su ayuda. La vieja ciega, que ha olisqueado el fuego, también intenta incorporarse, con menos éxito aún que su ama.

Mientras tanto, Nuntiusmortis se acerca a Artemidoro, que durante unos segundos se ha quedado paralizado, lo agarra del codo con una mano que parece tallada en granito y tira de él sin ningún miramiento.

—Tú te vienes con nosotros.

Artemidoro se resiste a dejarse arrastrar por el exgladiador.

—¡Por todos los dioses! —exclama, aunque no crea en ellos—. ¿Qué pretendéis hacer? ¡Hay un niño, una mujer y una anciana!

Por toda respuesta, y sin apenas coger impulso, Nuntiusmortis le da un puñetazo en la boca del estómago.

Las rodillas de Artemidoro se doblan.

Intenta respirar.

No puede.

Es como si le hubieran embestido con un ariete.

La sensación de ahogo es incluso peor que el dolor.

Nuntiusmortis lo agarra del cuello, le obliga a levantarse y lo saca a tirones de la alcoba. En sus manos, el griego parece más ligero e indefenso que el bebé en brazos de Rea.

Artemidoro mira atrás. Los esbirros de Septimuleyo cierran las hojas de la puerta tras ellos. Justo a tiempo para que el gato, que en algún momento había salido de la alcoba, se cuele en ella.

Artemidoro tiene entendido que los gatos solo buscan su propio interés y no son fieles como los perros. Mas, al parecer, Thot ha decidido compartir el destino de su ama.

Lo último que ve el griego antes de que el dormitorio quede cerrado y a él se lo lleve Nuntiusmortis es el reflejo de las llamas en el rostro de Rea y su gesto de terror.

El niño sigue sin llorar.

***

Si llega el momento de que alguien lo acuse de incendiar la mansión de Tito Sertorio —alguien como el propio Sertorio, por ejemplo—, Cepión tiene previsto escudarse en que el culpable es Septimuleyo.

¿Acaso ha ordenado él que prendan fuego a la casa?

Es posible, quizá, que se lo haya insinuado a Septimuleyo en algún momento, mientras hablaban en aquel antro de la fealdad y de la cutrez más sórdida que es el Hórreo de Laverna. Pero lo ha hecho de una manera muy sutil. Casi podría decirse que sibilina, un término más que apropiado para un decenviro encargado de las cosas sagradas como él.

Esa conversación no ha tenido testigos. Si se da el caso de que su palabra y la de Septimuleyo se enfrentan en un tribunal —circunstancia que está convencido de que no llegará—, ¿a quién creerán los jueces? ¿A Cepión, uno de los suyos, o a esa escoria de los barrios bajos, a ese quiero y no puedo que pretende convertirse algún día en un miembro respetable de la alta sociedad?

—Espera un momento, señor.

Cepión detiene sus pasos al oír la voz ronca de Nuntiusmortis y se da la vuelta.

Artemidoro está doblado sobre sí mismo sobre el impluvio del atrio, vomitando en el agua del estanque.

Tiene que recordarle a su guardaespaldas que, cuando empiecen a interrogar al griego, contenga un poco sus fuerzas. Si le atiza en la cabeza como le ha golpeado en el estómago, lo más probable es que ese sodomita que se las da de erudito no quede en condiciones de responder ni cuando le pregunten su nombre.

Los Lavernos, cargados con sacos de botín, pasan junto a Nuntiusmortis y el griego, que sigue doblado sobre sí mismo y echando hasta las gachas que le debieron dar de niño.

Uno de los sicarios de Septimuleyo, un hombre de porte atlético y piel tan negra que casi resulta brillante, le dice:

—Esto no está bien, patrón. Los dioses nos castigarán por hacerle eso a una mujer que acaba de parir.

—Los dioses tienen tanta gente a la que castigar estos días que no van a dar abasto —responde Septimuleyo.

En eso, Cepión no puede sino darle la razón.

Todavía no han salido del atrio cuando por la puerta que da al zaguán exterior entra un grupo de gente. Diez hombres provistos de antorchas y gruesas garrotas.

Al pronto, Cepión piensa que son más Lavernos, refuerzos para los seis que han venido con Septimuleyo.

No tarda en salir de su error.

Pues conoce de sobra al individuo que los encabeza y que trae una espada desnuda en la mano.

Las cejas de Gayo Mario son inconfundibles.

—¿Qué está ocurriendo aquí?

—¡Han prendido fuego a la alcoba de Rea, Gayo Mario! —consigue exclamar Artemidoro.

El esfuerzo de levantar la voz hace que tenga que volver a agacharse para vomitar de nuevo.

—¡Rápido, apagad las llamas y sacadlos de ahí! —ordena Mario a sus hombres. Dirigiéndose a los de Septimuleyo, añade—: Vosotros, quitaos de en medio.

Pese a las órdenes en contrario de su patrón, los Lavernos, viéndose en inferioridad numérica, se apartan. Entre los esclavos de Mario hay tipos de aspecto tan duro como ellos y, además, Septimuleyo ha perdido en las últimas horas a tres de sus combatientes más temibles. Dos de ellos yacen muertos en la entrada, bajo la lluvia. El tercero, el mejor de todos, lo ha abandonado.

Hay algo más que influye en que los hombres de Septimuleyo se echen a un lado.

Algo que a Cepión le fastidia sobremanera desde los tiempos de Numancia.

Mucho más que cualquier otro hombre que conozca o haya conocido, Escipión Emiliano incluido, Mario ha nacido para mandar. Cuando da una orden, desobedecerla parece impensable.

Seis de los criados de Mario atraviesan el atrio a la carrera en dirección a la alcoba de Rea. Esa alcoba, piensa Cepión, donde se ha negado a admitirlo a él, a pesar de que se lo habría pasado infinitamente mejor que con su marido.

¡La muy puta, con qué gusto le ha abierto las piernas a un gladiador!

—¿Qué haces aquí? —pregunta Mario, envainando la espada.

—No es asunto tuyo —contesta Cepión.

—Tito Sertorio y su esposa son amigos míos. Todo lo que ocurra en su casa es asunto mío. Como lo que ocurra en casa de cualquier ciudadano romano. Recuerda que el pueblo me ha elegido tribuno.

Desde el interior de la casa, se oye una voz que grita:

—¡Señor, las mujeres y el niño están bien! ¡Estamos apagando el fuego!

Mario se queda mirando a Cepión.

—Da gracias a los dioses de que así sea, Quinto Servilio.

—No uses ese tono conmigo. No soy uno de tus soldados.

Quería decir «esclavos», pero se le ha escapado «soldados». Él mismo no puede evitar ver en Mario a un jefe militar.

Mario dirige ahora la furia de sus formidables cejas a Septimuleyo.

—Tú. Escoria.

—¿A quién llamas escoria?

—A ti. Lárgate ahora mismo con tus matones. Antes, diles que dejen aquí mismo todo lo que han robado. Y procura no cruzarte nunca más en mi camino. Así he hablado.

Septimuleyo enrojece todavía más, si es que eso es posible. Pero él también debe de sentir la autoridad que irradia Mario, aparte de echar cuentas y comparar las fuerzas relativas de las dos pequeñas tropas. Se limita a farfullar algo ininteligible y después se queda mirando a Cepión, como si le pidiera instrucciones.

—Tendrás lo tuyo, Aulo —le dice Cepión—. No te preocupes por eso.

Septimuleyo y los suyos se marchan, no sin antes depositar en el suelo los sacos con el botín recién saqueado. Su venganza se limita a dirigir miradas de odio a Mario, enseñarle sus dedos corazones extendidos y decirle dónde se los puede meter.

Todo ello cuando ya están casi en la salida de la mansión.

Cepión, por su parte, se reconforta a sí mismo diciéndose que, aunque las cosas no le hayan salido exactamente como esperaba, tampoco le han ido del todo mal.

De los millones que le debe a Graco ya no tiene por qué preocuparse. El contrato de ese préstamo, a diferencia del que suscribió con Sertorio, sí que ha caído en sus manos.

No puede decirse que obre en su poder.

Previendo que alguien se lo pudiera robar como él se lo robó al extribuno, lo ha destruido.

En cuanto a Ulpio, el esclavo que lo sustrajo de casa de Graco, el cuerpo del viejo barbero ya debe de haber llegado a la desembocadura del Tíber. Degollado con una navaja de afeitar. ¿No es la más pura justicia poética?

Por lo que concierne a la familia del extribuno, hará bien en mantener la barbilla agachada y no llamar la atención. No dejan de ser parientes de alguien que ha sido declarado traidor y enemigo público.

Lo mismo sucede con Sertorio. El hecho de que haya huido de Roma en lugar de presentarse armado en el Foro, tal como ordenó Opimio a todos los miembros del orden ecuestre, lo señala como culpable de traición.

Cepión puede permitirse el lujo, incluso, de mostrarse generoso con Sertorio. Conociendo la calaña de ese tipo, si le promete que no habrá represalias políticas contra él, renunciará a que le devuelva el préstamo.

En cuanto a la amenaza de Stígmata, no cree que el gladiador la vaya a cumplir. Lo más probable es que, por la cuenta que le trae, ponga tres mares de por medio entre su persona y Septimuleyo.

En todo caso, si aparece ese contrato, ¿quién creerá a un pobre diablo como Sertorio contra un noble de la prosapia de Servilio Cepión? Porque los dos testigos del préstamo, Licinio Calvo y Gayo Graco, solo podrían declarar a favor de Sertorio si los invocara un nigromante desde las sombras del Hades.

Eso no significa que no queden algunos asuntos pendientes. Su esposa. El divorcio. La devolución de la dote.

Pero seamos optimistas, se dice.

Es cierto que no ha conseguido el dinero que le prometió Opimio a través de su liberto. (Por supuesto, ese advenedizo que se cree todopoderoso por haber llegado a cónsul y su antiguo esclavo ya se las pagarán).

Sin embargo, en la peculiar manera de llevar la contabilidad de Cepión, considera que hoy ha ganado casi once millones de sestercios.

Los que tenía que devolver en algún momento.

Libre de esas deudas, ahora podrá contraer otras nuevas con acreedores distintos.

Por mucho que su contable Nicómaco se desespere y se tire de las cejas.

Además, está el otro asunto.

El de ese inmenso tesoro que está escondido en algún lugar en las inmediaciones de Tolosa.

Y cuyo paradero le va a sacar al griego aunque tenga que despellejarlo entero al estilo de Septimuleyo.

—Nos vamos —le dice a Nuntiusmortis.

—Os vais, sí —dice Mario—. Pero dejando aquí a Artemidoro.

***

Cepión mira a su guardaespaldas.

Vuelve a calcular fuerzas.

En el atrio se han quedado con Mario tres de sus sirvientes. Son cuatro en total. El griego, obviamente, no cuenta para una pelea.

En casi cualquier otra circunstancia, a Cepión le parecerían pocos enemigos teniendo a su lado a Nuntiusmortis.

En *casi* cualquier otra.

—Necesito a Artemidoro —responde Cepión.

—¿Para qué?

—Mi esposa se encuentra mal. Tiene unos dolores menstruales que no la dejan vivir y le están agriando aún más el carácter.

—Busca otro médico.

—Escucha, no voy a hacerle daño…

—Tu matón ya se lo ha hecho.

Mientras Cepión y Mario discuten, el griego trata de sacudirse de encima la mano de Nuntiusmortis.

Como si un alfeñique como él pudiera zafarse de la presa de alguien tan fuerte como el celtíbero. Iluso.

—Artemidoro se queda aquí —insiste Mario—. No voy a repetirlo.

Mario se ha echado el faldón del manto a un lado para enseñar la empuñadura de su espada.

Al verla, Nuntiusmortis suelta a Artemidoro y da un par de pasos atrás.

Si hubiera más testigos, si Septimuleyo y sus hombres siguieran en el atrio, sin duda se quedarían sorprendidos.

Pero Cepión no se sorprende.

Nuntiusmortis es la horma del zapato de Stígmata. El único rival que ha conseguido derrotarlo.

Pues bien, Gayo Mario es la horma del zapato de Nuntiusmortis.

Cepión lo sabe, porque fue testigo de lo que ocurrió.

Ocurrió durante el asedio de Numancia.

Nuntiusmortis, un joven guerrero llamado en aquel entonces Letondón, bajó de la muralla una mañana y caminó hacia el campamento principal de los sitiadores para desafiar a duelo a quien quisiera enfrentarse a él.

Desde la empalizada, Escipión Emiliano se quedó mirando a sus oficiales. En tiempos, él mismo se había batido en combate singular contra un bárbaro hispano durante el asalto a la fortaleza de Intercacia.

Y había vencido, pese a que el campeón enemigo era un gigante que le sacaba cabeza y media.

—Volvería a luchar yo —dijo Escipión—. Pero para un general romano solo es decoroso batirse con un caudillo enemigo. ¿Alguno de vosotros está dispuesto a aceptar el reto?

Se trataba de una cuestión de honor. Todos sabían que Numancia iba a caer. El hecho de que ese guerrero derrotara o matara a un campeón romano no iba a cambiar las cosas. No por ello Escipión iba a levantar el cerco.

Así que podían limitarse a hacer caso omiso del desafío.

Pero era evidente que a nadie le hacía gracia dejar que ese bárbaro feo y corpulento se paseara por delante del foso que rodeaba el campamento romano, insultándolos a ellos y, de paso, a toda la República mientras aporreaba su escudo con su espada.

Escipión podría haber ordenado que lo cosieran a flechazos, pero no consideró que fuera una acción honorable.

(El padre de Cepión lo habría hecho, sin la menor vacilación).

En aquel momento, Cepión notó que muchas miradas se dirigían a él. De los oficiales allí presentes —a la sazón era decurión de caballería—, nadie podía compararse a él en porte y complexión atlética. En los entrenamientos con la *rudis* de madera, era él quien conseguía más impactos contra los cuerpos de sus compañeros.

Pese a ello, no tenía la menor intención de enfrentarse a aquella mole celtíbera con armas de verdad. Armas con punta y filo capaces de sacarle las tripas o, aún peor, de convertirlo en un eunuco con un golpe mal dado. ¿Qué tenía él que ganar? Absolutamente nada.

Fue un tribuno militar, Gayo Mario, quien dio un paso adelante.

—Yo me batiré por ti, general —le dijo a Escipión—. *Nemo durior Scipionis pueris!*

—*Nemo durior Scipionis pueris!* —respondieron los demás jóvenes oficiales, Cepión incluido, con el alivio de saber que iba a ser otro quien se enfrentara al campeón de los numantinos.

Ya por entonces Nuntiusmortis lucía en el antebrazo derecho diez cicatrices por otros tantos enemigos muertos.

Sin embargo, su duelo con Mario fue muy breve. Tras un rápido intercambio de ataques y paradas, el entonces tribuno le hirió en un muslo.

En lugar de seguir luchando, el celtíbero arrojó su espada y se rindió.

Lo más llamativo fue su gesto de estupor. Como si no pudiera creer que un arma enemiga hubiera penetrado en su piel y hubiera hecho brotar sangre de su cuerpo.

Observándolo con el tiempo, Cepión ha comprendido que hay algo extraño en Nuntiusmortis. Una especie de hechizo que aparta de él las espadas, lanzas y puñales de sus adversarios.

Pero con Mario ese conjuro no le sirvió, por la razón que fuera.

Después del duelo, Mario, en lugar de rematar a Letondón, lo hizo prisionero y ordenó a los cirujanos que le curaran la herida de la pierna. Después, en el cortejo del triunfo de Escipión Emiliano, llevó al celtíbero atado a su caballo por las calles de Roma como trofeo personal.

Trofeo del que se desprendió poco después para vendérselo al lanista de Capua, Aurelio Escauro, por una buena suma.

Nadie ha vuelto a herir a Nuntiusmortis.

Pero él no se ha olvidado de Mario.

Por eso, ahora suelta a Artemidoro.

Para disgusto de Cepión.

De modo que su guardaespaldas solo es útil y únicamente demuestra valor contra adversarios ante los que se cree invulnerable. Como tantos matones que se enfrentan a los demás siempre en condiciones de superioridad, se convierte en un cobarde cuando da con alguien igual o mejor.

Por eso se rindió con tanta facilidad en aquel duelo.

Por eso ahora ha soltado a Artemidoro sin rechistar.

Evidentemente, Cepión no se lo va a decir. Le da igual cuál sea el secreto de Nuntiusmortis mientras le siga siendo útil. Para él, el exgladiador celtíbero es un ejército de un solo hombre.

Siempre que ese ejército no tenga que enfrentarse a Gayo Mario.

Exhalando un suspiro, Cepión decide que ha llegado el momento de marcharse, volver a su casa y organizar otros asuntos.

Como la mejor manera de verter miel en las orejas de Tercia para disuadirla del divorcio.

Tendrá que prometerle no volver a acostarse con Antiodemis ni con ninguna otra mujer que no sea ella.

Cumplir esa promesa será otra cosa. Al fin y al cabo, prometer no es ningún sacrificio. En promesas, cualquiera puede ser rico.

—Nos vamos —le dice Cepión a Mario. Con una sonrisa, añade dirigiéndose a Artemidoro—: Preséntale mis respetos a tu esposa Urania. ¿O es tu concubina?

La forma en que se descompone el gesto del griego no tiene precio.

***

Ya han pasado los idus malditos. Por fin.

Sembrados de muerte, de furia, de rabia ciega y estúpida.

Al menos, han terminado alumbrando una nueva vida.

Vida que habría llegado a un fin prematuro de no ser por la llegada providencial de Gayo Mario.

Y de sus criados.

Han sido los sirvientes de Mario quienes han apagado las llamas del incendio todavía en ciernes. Tres de ellos han sufrido quemaduras. Pero, gracias a su prontitud y a su valor, el fuego se ha limitado a consumir el material de la pira que improvisaron los Lavernos con ropas, manteles y muebles astillados, a chamuscar la armazón de la cama, a propagarse al colchón —han tenido que sacarlo al peristilo y arrojarlo al pequeño estanque para evitar que las brasas internas se convirtieran en llamas—, y a dejar en el artesonado del techo manchurrones de hollín que no serán fáciles de limpiar.

Conjurado el desastre, Rea y su bebé se han mudado al dormitorio de Tito Sertorio. Previamente dos esclavas, las mismas que fueron a buscar a Mario y que han vuelto a la casa con él y con sus hombres, han cambiado las sábanas y aireado de par en par la alcoba a pesar del frío y de la lluvia. Rea se niega a respirar el mismo aire viciado que antes pasó por los pulmones y la boca de su marido.

—Aquí todavía apesta a vino y sudor.

Mario ha decidido quedarse a dormir allí con sus sirvientes. No en la misma habitación que Rea, algo que no sería decoroso, sino en un cubículo situado junto a la entrada de la casa. Ya tiene organizado un turno de guardias con sus esclavos por si los asaltantes intentan una segunda incursión.

Rea no pone objeción. Después de lo ocurrido, se siente mucho más segura con Mario cerca.

Con Dagulfo no pueden contar para que defienda a su ama. Han encontrado al joven teutón tirado en el suelo del tablino, con una extraña abolladura en la cabeza. Respira muy débilmente y no habla ni abre los ojos por más que lo intentan. Finalmente, lo han trasladado a su cama, para lo cual lo han tenido que levantar entre cuatro hombres.

Artemidoro, recuperado a duras penas del puñetazo —si Nuntiusmortis le llega a acertar en una costilla, se la habría partido como una rama seca—, termina de hacer curas a la recién parida y de dar instrucciones a las criadas para que los atiendan a ella y al bebé. Instrucciones que a ratos chocan con las que imparte la ciega Tifilnia, más cercanas a la magia ancestral que a la medicina.

Una vez que la madre, tras las fatigas del parto y los sobresaltos posteriores, se queda dormida con el bebé a un lado y el gato a otro, Artemidoro se dispone a regresar a su apartamento.

Mario ordena a cuatro de sus criados que se preparen para acompañar al griego hasta la Torre Mamilia pertrechados de armas y antorchas. Por añadidura, le dice que, en tanto que Urania da a luz, ambos pueden instalarse en su casa.

Mario no lo expresa de esa manera exacta. Plantear sugerencias o hacer peticiones no es algo que case con su temperamento.

—Os instalaréis en mi casa.

—Es una oferta muy generosa, noble Mario, pero...

—Ya te dije que para ti soy Mario a secas.

Artemidoro asiente.

El corazón se le ha acelerado un poco.

Finalmente, parece que todo va a salir bien.

Al menos, para Urania y para él.

Ojalá pudiera decir lo mismo de Graco y de tantos otros.

—¿Estás seguro de tu oferta, Mario? Últimamente no gozo de buena consideración en tus círculos sociales.

Mario suelta una carcajada áspera que más parece una tos.

—Yo mismo no estoy demasiado bien considerado en mis círculos sociales. Y en mi casa hay sitio de sobra para vosotros y hasta para diez personas más.

—¿Tu esposa no se ofenderá si…?

—Tendría que venir del otro mundo para echármelo en cara. Soy viudo.

—Cuánto lo siento, Mario.

Al mismo tiempo que esas palabras salen de sus labios, Artemidoro tiene la impresión de que ya ha vivido ese momento, de que ya ha tenido esa conversación con Mario.

¿Se trata de una paramnesia sin más o tiene que ver con los huecos en sus recuerdos de lo ocurrido al final de la noche anterior?

Sea lo que sea, es una sensación incómoda que le produce una extraña comezón dentro de la cabeza.

—Volveré a casarme y tendré hijos —responde Mario—. Pero por ahora no hay esposa en mi hogar que pueda ofenderse por nada. ¡Puedo recorrer la casa entera dejando huellas de barro, que nadie protestará!

Curioso concepto de la independencia que permiten la soltería o la viudedad, se dice Artemidoro. La libertad de poder entrar en casa sin limpiarse los pies.

Mario dirige una mirada de reojo a Rea, que respira profundamente en su sueño, con el bebé a su lado. Tan dormido como ella.

Artemidoro interpreta perfectamente el brillo en los ojos de Mario.

Incluso ahora, después de dar a luz, pálida, todavía sudada, despeinada y ojerosa, Rea tiene un atractivo diferente. En cierto modo turbio. Fascinador y peligroso como el oleaje de un mar nocturno que cautiva al piloto que lo atraviesa, aunque sabe que en cualquier momento puede echar a pique su nave.

—Ve a tu casa ahora con tu mujer —dice Mario. Artemidoro agradece que no se refiera a Urania llamándola «concubina» o «barragana», como ha tenido que escuchar tantas veces—. Descansa. Mañana, cuando escampe de una vez, enviaré a mis hombres a que recojan tus cosas para que os instaléis en mi casa hasta que ella tenga al niño.

—No sabes cuánto te lo agradezco —dice Artemidoro.

Sea porque la generosidad de Mario lo conmueve o porque está exhausto, nota cómo las lágrimas quieren inundar sus ojos.

Con disimulo, como si le picara, se seca la humedad de los párpados y consigue contenerse para no llorar.

—Soy yo quien te agradece lo que has hecho por una buena amiga —responde Mario—. Por la esposa de un buen amigo, quiero decir. Es lo menos que puedo hacer por ti. No es conveniente que estés solo en tu casa mientras Cepión tenga tanto interés en ti. Por no hablar de Opimio.

Por no hablar de Opimio, ciertamente. ¿Cómo es posible que alguien tan insignificante como él haya podido meterse en problemas con gente tan poderosa?

—Supongo que tienes razón.

—La tengo. ¿Sabes por qué Cepión se había empeñado en llevarte con él?

Artemidoro niega con la cabeza.

Aunque sospecha que la causa es Urania.

Algo en lo que acierta, pero solo en parte.

TORRE MAMILIA

Escoltado por los cuatro hombres de Mario, Artemidoro llega al portal de la torre Mamilia. El aguacero ha amainado y el vendaval también. Ahora solo es una noche de lluvia normal. Después de tantas horas de furiosa tormenta, casi resulta agradable no tener que agarrar constantemente la capucha y los faldones del manto para luchar contra el viento.

Los estragos de la otra tempestad, la de la violencia política, se aprecian por doquier. Entre la colina de la Salud y el Argileto, encuentran no menos de doce cadáveres tirados por las calles. Cierres de cantinas, termopolios y otros comercios reventados, restos de muebles calcinados, carros volcados, todo tipo de objetos tirados entre los charcos. La fachada de una ínsula chamuscada. Un par de casas humildes reducidas por las llamas a vigas, cenizas y escombros.

Artemidoro prefiere no imaginar cómo se verán las cicatrices de la batalla en el Aventino.

La Torre Mamilia parece intacta. La fachada norte, que es la suya, sigue tan fea como siempre, pero no presenta mayores daños.

Llegados ante la puerta, Artemidoro llama con la aldaba. Primero lo hace con suavidad, casi con timidez. No le gusta hacer más ruido del necesario. Bastante se queja él de los escándalos nocturnos.

Pero no tiene más remedio que insistir y golpear más fuerte con el grueso anillo que el león aferra entre sus mandíbulas de bronce.

El cuarterón de la puerta se abre por fin. En el hueco asoma la cara malhumorada de Oscio, que tiene el ojo izquierdo inyectado en sangre y los escasos pelos apuntando en las doce direcciones de la rosa de los vientos.

—¿Cuántas veces me despertarán esta noche?

—Dos con esta —responde Artemidoro.

—Tres cuento yo —replica Oscio, enseñando otros tantos dedos.

Artemidoro está tan agotado que ni siquiera se pregunta cuál puede haber sido la tercera llamada que ha despertado al portero, aparte de la de Polión y ahora la suya.

Quizá debería haberlo hecho.

Otra cuestión es que eso le hubiera servido de algo.

Para que Oscio deje de rezongar, Artemidoro saca un denario, como antes hizo Polión, y se lo entrega.

Esta noche se puede sentir generoso.

—Por las molestias.

El portero abre la puerta, que rechina sobre sus viejos goznes.

—¿Te acompañamos hasta arriba, señor? —pregunta Publio, uno de los sirvientes de Mario. Pese a su nombre romano, es un robusto hombretón de origen celtíbero.

—No hace falta, amigos. Muchas gracias por todo —responde Artemidoro, apretando el hombro del esclavo.

Los criados de Mario se despiden y se pierden en la noche.

Artemidoro emprende la ascensión.

«Emprende» suena exagerado cuando se trata tan solo de subir dos plantas, pero esta noche nota sobre sí todo el cansancio del mundo. Sin saber que comparte ese pensamiento con el que anoche tuvo su amigo, el difunto Graco, Artemidoro se siente como un anciano Atlas cargando con la bóveda del cosmos.

Por fin llega arriba, mete la llave en el cerrojo y abre la puerta. Empujando con cuidado para evitar que rechine y, si puede, no despertar a Urania.

Hay luz en la habitación.

Están todas las velas encendidas a la vez. Un derroche que él nunca se permite.

Pero ni siquiera piensa en ello.

Hay dos intrusos en el apartamento.

No son dos desconocidos.

Nuntiusmortis y Cepión.

¿Cómo han entrado?

Sobornando a Oscio para que les abra con su llave, comprende Artemidoro.

El exgladiador está sentado en el sillón, con el antebrazo encima del rollo de papiro que Artemidoro dejó desplegado al marcharse. El tintero se ha volcado, manchando de negro una columna de texto entera.

Lo peor tampoco es eso.

En la cama está Cepión.

Desnudo.

Moviéndose entre las piernas de Urania.

Ella está casi desnuda. No del todo, porque Cepión no ha tenido paciencia para quitarle la ropa y se la ha desgarrado para apartarla a ambos lados.

De la boca de Urania solo salen gemidos apagados.

La han amordazado.

Nuntiusmortis se levanta más rápido de lo que cabría imaginar en alguien tan voluminoso.

Su mano izquierda vuelve a agarrar el codo de Artemidoro. Su derecha desenvaina una espada.

Empuja a Artemidoro y lo planta con violencia en el sillón, que cruje por el impacto.

—Ahora siéntate y mira —dice el celtíbero con su voz de lija. Al sonreír, la luz de las velas arranca un destello de un diente de oro.

***

Antiodemis ha pasado todo el día de los idus encerrada en casa, desde que llegó en la madrugada anterior, aterida de frío y abochornada tras huir de casa de Cepión.

Si se tratara del argumento de una de las obras bufas en las que suele actuar, se reiría a mandíbula batiente contemplándose a sí misma. ¡Tener que huir así, con los zapatos en la mano y prácticamente con el culo al aire! Ella misma ha representado en más de un mimo tanto el papel de la esposa que encuentra a su marido con otra mujer en la cama y empieza a chillarles y a arrojarles todo lo que encuentra a mano como el de la amante a la que pillan y que tiene que salir por pies del lecho.

¡Cómo se divierte el público cuando ve esas cosas!

Cuando ocurren en la realidad, distan mucho de ser tan graciosas.

Durante este largo día amortajado por las nubes, mientras se desataba la tormenta y empezaban a oírse en la calle gritos, carreras y ruidos de altercados que parecían ir y venir como la marea contra los acantilados, Antiodemis no ha dejado de cavilar.

Quizá la llegada extemporánea de la mujer de Cepión haya sido una señal de los dioses. De su patrona y protectora Afrodita, en particular.

Un aviso de que no debe seguir con ese hombre.

Si es que antes el propio Cepión, tras el susto que tiene que haber supuesto también para él que su esposa lo sorprenda en el lecho conyugal con otra mujer, no decide cortar con Antiodemis y renunciar a su vida de libertinaje.

Antiodemis duda mucho que ocurra esto último. Lo más probable es que Cepión siga acostándose con otras mujeres. No ha dejado de hacerlo desde que tiene a la actriz de amante. A veces, incluso delante de ella. Más enamorado de su cuerpo que el mismo Narciso, se pone como un verraco en celo cuando lo exhibe fornicando delante de otras personas.

Lo que sí parece más probable es que, por temor a las represalias de su esposa, el flamante cuestor se aparte de Antiodemis. La joven, aunque sea una advenediza en la sociedad romana, está lo bastante informada para saber que Tercia pertenece a una familia rica y poderosa, y que Cepión depende del dinero de ella.

¿De qué dinero no depende Cepión, el rey —¡perdón, rey no!—, el cónsul de las deudas?

A Antiodemis le ha venido bien, hasta ahora, que la plata que los prestamistas depositan en la mano izquierda de Cepión la suelte él con la mano derecha para sus dispendios tan pronto como la recibe. Pues ella misma forma parte de dichos dispendios.

O formaba.

Si Cepión rompe con ella, y además lo hace de forma más o menos notoria para reconciliarse con su mujer, la reputación de Antiodemis se resentirá.

Una vez más, acuden a su memoria los consejos de su amiga y mentora Casandra.

—No dejes de estar atenta a las señales que anuncian que un hombre se está aburriendo de ti. Porque, desengáñate, todos se acaban aburriendo.

—Yo puedo conseguir que un hombre no se aburra nunca de estar conmigo.

—No está en tu mano conseguirlo, querida. Se aburrirá no porque tu belleza o tu gracia disminuyan, sino porque los hombres nunca dejan de ser como niños, incapaces de concentrarse en nada. Basta con que pase una mosca zumbado cerca de ellos para que se olviden de lo que tienen entre manos.

—Si lo que tienen entre manos es esto, lo dudo —respondió Antiodemis, contorneando sus propias formas con las manos. Era una broma habitual entre ellas, porque el atractivo de la joven no radicaba entonces ni radica ahora en la exuberancia de sus curvas.

—Tú hazme caso. Cuando un hombre te diga que te ama, recuerda que sus palabras de amor están escritas en las olas del mar.

Curiosamente, esa última imagen la ha escuchado Antiodemis de labios de un poeta romano. Con la diferencia de que él estaba describiendo el comportamiento de las mujeres.

—Así que —Casandra proseguía desarrollando su guía sentimental para mujeres jóvenes—, en cuanto notes esos síntomas de hastío, no pierdas ni un solo minuto.

—Ni un solo minuto —repitió Antiodemis, con gesto muy serio.

—¡Abandona tú a ese amante! Si quieres gobernar a los hombres y mantener tu reputación, nunca nunca permitas que uno te deje a ti. ¿Qué es lo que no debes hacer?

—Dejar que un hombre me abandone.

—¡Lección aprendida! Debes seguir siendo la reina inaccesible, la diosa del amor que unas veces reparte dones entre sus fieles y otras veces se los escatima.

«La reina inaccesible». ¿Qué reina inaccesible, qué diosa del amor tiene que salir corriendo de su santuario descalza y medio desnuda?

Mientras transcurre la noche que une los idus con el día catorce y Antiodemis se va adormilando poco a poco, sigue rumiando lo ocurrido y meditando en las enseñanzas de su amiga.

Su conclusión es que tendrá que aplicarlas y ser ella quien rompa con Cepión.

Obviamente, no lo va a pregonar clavando en los tablones del Foro un cartel como los que anuncian las sesiones del Senado. Pero debe apañárselas para que se divulgue, de alguna manera, que es ella quien ha dejado a su amante y no al contrario. Es la única forma de mantener su prestigio. Lo que un hombre rechaza, a los demás les parece menos deseable. Lo que pierde, en cambio, aumenta su valor como objeto de deseo a ojos ajenos.

Ahora bien, ¿cómo reaccionará Cepión cuando ella le diga que se acabó? Egomeméi es un hombre vanidoso, de orgullo tan desmedido como frágil.

¿Tomará represalias?

Antiodemis suele reírse de la petulancia y la superficialidad de Cepión. Pero procura hacerlo con disimulo, siempre para sus adentros. Desde muy pronto se ha percatado de que en el fondo del alma de ese hombre, que a menudo resulta tan ridículo, se ocultan sombras oscuras.

Tan oscuras que, por su bien, conviene que no se asome demasiado a ellas.

Y que no dé ocasión para que esas tinieblas suban de los subterráneos donde moran como las burbujas de negro betún ascienden del fondo del lago Asfaltites.

«Cuanto antes me aparte de él, mejor».

Es su último pensamiento consciente antes de caer dormida.

***

—Señora, señora. Despierta.

No es normal que Procopio entre en su alcoba. Mucho menos en plena noche, cuando ella está dormida. Para eso tiene a Mírrina y Zósima, sus doncellas de cámara.

Uno de los motivos es que, aunque haga frío, Antiodemis siempre duerme en cueros. Una cosa es que los espectadores varones contemplen sus encantos de lejos, disimulados a medias por las transparencias de los vestidos. Otra, quedarse sola y desnuda en una alcoba con un hombre con el que no va a acostarse.

Aunque Antiodemis estaba bien tapada, al sentir la presencia de Procopio da otro tirón de la manta y se cubre incluso hasta la boca.

—¿Qué ocurre? ¿Qué hora es? ¿Por qué has entrado en mi cuarto?

—Se trata de Artemidoro, señora.

—¿Quién?

—Mi antiguo amo.

—¿Qué pasa con él?

—Es mejor que vengas a verlo.

Procopio espera fuera mientras Antiodemis se viste. Después la acompaña hasta su cubículo. Al ser el mayordomo de la casa, dispone de una habitación más amplia que el resto del servicio y no la comparte con nadie.

En la cama de Procopio hay un hombre tumbado.

Es Artemidoro, en efecto. El griego de los ojos tan azules. El que siempre ha llamado la atención de Antiodemis por la forma en que mira a su amante, entre el embeleso y la entrega.

El pobre diablo tiene tan mal aspecto que está casi irreconocible.

Procopio levanta la manta para que Antiodemis pueda ver en qué estado se encuentra su antiguo amo.

Una ceja partida, un ojo hinchado como una pelota de tal manera que apenas puede abrir los párpados. Los labios rotos, un pómulo tumefacto. Los cabellos mojados y pegados al cráneo. Sin manto, con la túnica desgarrada y manchada de sangre, amén de empapada y sucia de barro. Descalzo de un pie.

—¿Qué ha pasado? ¿Cómo ha llegado aquí?

Procopio señala a la ventana. Los postigos están cerrados.

—Me han despertado los golpes. Estaba llamando a la ventana.

—¿Y le has abierto?

—Es que, además de golpear con los nudillos, me llamaba a mí. Por mi nombre. «Procopio, por favor. Soy Artemidoro». Al principio tuve miedo y le pregunté si era él en verdad o si había muerto y se trataba de su espíritu, que venía a atormentarme. Y él me respondió: «Todavía estoy vivo, pero no tardaré en morir si no me abres».

Antiodemis se estremece. De niña le contaban historias de terror en las que criaturas surgidas de las tumbas llamaban a tu ventana de noche y, si las invitabas a entrar, te degollaban y se bebían tu sangre.

En el estado en que se encuentra, Artemidoro bien podría haber salido excavando de su propia sepultura después de que quienes lo han reducido a esa lastimosa condición lo hayan dado por muerto y enterrado.

¿Qué le habrá ocurrido? ¿Tendrá que ver con los disturbios que empezaron antes de mediodía y que, por lo que cuentan, se han extendido por toda la ciudad?

Si es ese el motivo, es como si toda la turba iracunda que ha recorrido las calles le hubiera pasado por encima.

—Llama a Mírrina y a Zósima, rápido —ordena Antiodemis—. Que calienten agua en una palangana y traigan trapos y una esponja. Y una túnica limpia.

Procopio sale a cumplir las órdenes.

El griego gime débilmente.

Tiene la pierna derecha muy hinchada por encima del tobillo.

Antiodemis lo toca con toda la delicadeza posible.

Artemidoro se queja en voz más alta.

—He oído un chasquido al caer —dice. Acaba de abrir un ojo. El otro está tan hinchado que apenas se distingue la separación entre los párpados—. Creo que tengo una fractura.

—¿Qué te ha pasado?

—Tú eres Antiodemis, ¿verdad?

—Sí, soy yo.

Ella le pone la mano en la frente. Artemidoro está tiritando, pero tiene la piel muy caliente.

—¿Sabes lo que creía antes? —murmura.

Su mano izquierda tiembla, cada vez con más agitación. Antiodemis se sienta en el borde de la cama y la coge entre las suyas.

El contacto hace que sienta una tristeza inconsolable que recorre su cuerpo. Sin saber todavía por qué motivo debería hacerlo, la invaden unas inmensas ganas de llorar por aquel hombre.

Es algo que le ocurre a veces. En ella, la mímesis propia de su profesión de actriz se convierte en algo más. En su idioma lo llaman συμπάθεια, *sympátheia.* La capacidad de compartir casi de forma instintiva las emociones de otros.

Antiodemis no tiene muy claro si los romanos poseen un concepto parecido.

Viendo cómo disfrutan de los combates entre gladiadores o de las ejecuciones públicas, tiende a ponerlo en duda.

—¿Qué creías antes?

—Que no hay nada que nos puedan mandar los dioses, por terrible que sea, que no seamos capaces de soportar.

—¿Y ya no lo crees?

—No.

—¿Por qué dices eso?

—Si los dioses existieran…

—Claro que existen, no hagas que se enojen más contigo.

—... tal vez podríamos resistir los males que nos enviaran. Pero lo que nos hacen otros hombres...

Artemidoro se calla, su mirada azul perdida en la nada del techo, mucho más allá de Antiodemis.

—¿Qué?

—Lo que nos hacen otros hombres es infinitamente peor. Los dioses no son capaces de concebir tanta crueldad.

—¿Qué te ha ocurrido, Artemidoro? —pregunta Antiodemis, apretándole más fuerte la mano—. Cuéntamelo, por favor.

El rostro de él se contrae, cierra los ojos, agita la cabeza a los lados sobre la almohada. Se tapa el rostro con la otra mano y empieza a sollozar.

—Ella..., ella... está muerta, muerta.

Antiodemis se queda helada.

Ella, evidentemente, es esa mujer que vive, o que vivía con Artemidoro. Una joven tan bella que, si la hicieran salir del mar en las playas de Chipre, todo el mundo creería que es la mismísima Afrodita renacida.

—¿Qué ha ocurrido?

—Él. Él es el mal. El mal puro... El mal de Roma destilado...

—¿Quién es él?

Antes de que Artemidoro pronuncie el nombre, Antiodemis tiene una sombría premonición.

—Tu amante. Quinto Servilio Cepión.

***

Artemidoro se ha quedado dormido. Antiodemis ha ordenado a Mírrina que le mezclara miel y adormidera en una copa de vino. Ella misma procura no abusar del jugo de esa planta —si hay quien lo usa para blanquear las prendas, no debe de ser muy bueno para los intestinos, piensa Antiodemis—, pero a veces le cuesta mucho conciliar el sueño y necesita una pequeña dosis para dejar de dar vueltas en la cama.

La noche todavía depara más sobresaltos.

Primero se oyen golpes en la puerta. Después, el chasquido de una llave entrando en la cerradura.

Para entrar en este apartamento hay que atravesar dos puertas. La primera, la del inmueble, la guarda Oscio. No puede decirse que sea precisamente Cerbero, a no ser que uno piense que al perro del infierno se le puede sobornar con golosinas para que deje pasar a los desconocidos.

Las golosinas de Oscio, obviamente, son las monedas. Mejor denarios que ases.

La segunda puerta da acceso a la vivienda de Antiodemis.

Esa tiene tres llaves. Una está en su poder, la otra la custodia Procopio.

La tercera, por poca gracia que le haga, la tiene el hombre que paga el alquiler.

Que es, por tanto, quien está entrando en el apartamento.

Egomeméi Cepión.

Antiodemis se apresura a salir de la habitación del mayordomo. Antes de eso, le dice que cierre bien y que procure que Artemidoro no haga el menor ruido.

—Si ronca, gíralo o tápale la boca. Pero que Cepión no se entere de que está aquí.

—Descuida, señora. Cuidaré a este hombre como si fuera mi padre.

La joven entra en su propia alcoba a toda velocidad, se quita la túnica por encima de la cabeza con tanta prisa que le arranca un par de broches y, desnuda como su madre la trajo al mundo, se mete en la cama.

Poco después, escucha voces que vienen del pequeño recibidor —nada comparable al enorme atrio de la mansión de Cepión—. Es él, sin duda, hablando con Gayano, el esclavo que duerme junto a la puerta.

También nota otra presencia. Aunque no hable, es como si su pesada respiración le llegara a través del suelo, como una vibración que procede del averno y que se siente en los huesos.

Nuntiusmortis ha venido con su amo.

Unos nudillos golpetean la puerta.

—¿Quién es?

—Soy yo —responde Cepión.

Una respuesta que a Antiodemis siempre le ha sonado absurda. ¿Quién podría contestar «No soy yo»?

—Espera un momento.

Se levanta y se empieza a vestir. Al abrir la puerta, procura que se vea parte de su cuerpo, para que quede claro que estaba acostada, desnuda. Dormida.

—Qué susto me has dado. ¿Qué ocurre?

—Estoy buscando a alguien.

—¿Y lo buscas aquí, en mi habitación? —Antiodemis se vuelve y señala a la cama—. ¿Qué estás insinuando?

—No es eso. Es que parece que ha desaparecido por arte de magia. Por los alrededores no está, y no puede haber ido muy lejos en su estado, así que estamos buscándolo aquí, en la ínsula.

—Si me explicas un poco más, podré saber de quién me estás hablando.

—De Artemidoro. Tu vecino, el hombre que vivía aquí antes que tú.

Antiodemis tiene que actuar con una mezcla de habilidad y cautela si quiere evitar que Cepión se empeñe en registrar la casa.

Esta vez no puede actuar como una actriz de comedia. Ha de ser realista, convincente, para que Cepión se crea en verdad que ella no sabe de qué le está hablando.

Sobreactuar sería contraproducente.

—Sí, sé quién es. ¿Qué ha pasado con él? ¿Por qué has dicho que no puede ir muy lejos en su estado?

—Ha saltado de su propia ventana. Estaba atado a una silla cuando lo ha hecho. La silla se ha hecho pedazos contra el suelo y él ha conseguido escapar.

Antiodemis se lleva la mano a la boca, con un horror que tan solo es fingido a medias.

Pocas lesiones tiene el pobre Artemidoro si es eso lo que en verdad le ha ocurrido. ¡Dos pisos de caída atado a una silla!

—No entiendo nada. ¿Por qué estaba maniatado en su propio apartamento?

«Y, sobre todo, ¿por qué me lo cuentas con tanta naturalidad?».

—Lo habíamos atado nosotros.

—¿Vosotros?

—Hemos venido a detenerlo. Es un cómplice del traidor Graco.

«¿Graco no era tu amigo?». Antiodemis se da cuenta de que es mejor no pisar esa ciénaga.

—¿Por qué tendrías que detenerlo tú y no esos, cómo los llamáis…? ¿Los *tresviri capitales*?

—No dan abasto. La traición es como la hidra. No dejan de brotar cabezas. Los magistrados tenemos que asumir nuestra responsabilidad y cortarlas en nombre de la República.

Mientras hablan, Antiodemis ha ido reculando, para que Cepión entre a la alcoba. Cuantos más tabiques haya entre él y Artemidoro, mejor. Después, ha entornado la puerta, sin cerrarla del todo. Antes se ha asomado y ha visto que Nuntiusmortis sigue fuera, en el salón, como esos perros a los que los amos dejan atados fuera de la cantina.

Cepión se ha abierto el manto, porque en la habitación hace calor.

Tiene la túnica sucia. El color de las manchas es sospechoso.

Además, huele a sangre.

Antiodemis disfruta —y a veces padece— de un olfato muy sensible. Por eso percibe que el olor de esta sangre es diferente. Más que metálico, es entre ácido y dulzón. Como el flujo menstrual, pero más intenso.

Mezclado con el aroma acre del sudor y el almizclado del sexo.

Las palabras de Artemidoro están tan frescas en sus oídos como huellas de pies descalzos recién plantadas en la playa.

«Ella está muerta».

«Él es el mal puro».

Todos los indicios sugieren que Cepión ha violado y matado a esa muchacha.

¿Puede creer eso de él? ¿Del hombre con el que se acuesta, del que le paga el apartamento?

Perfectamente.

Como puede creer que haya tenido a Artemidoro maniatado a una silla para que contemplara el espectáculo.

—Aquí no ha entrado nadie —dice Antiodemis un segundo después de que todos esos pensamientos pasen por su mente en ráfagas—. No dejaría entrar a nadie de noche. Hoy menos que nunca.

Con un escalofrío que no requiere de sus dotes de actriz, se cruza la túnica sobre el pecho.

Después pone las manos en los hombros de Cepión.

Ahora sí está actuando.

Ha decidido probar una táctica que no sabe si resultará.

Confía en que sí.

—He pasado todo el día muy asustada. Temblaba de miedo y estaba sola, ¿sabes? Te he echado de menos.

Él está impaciente. Le agarra los dedos y se los quita de encima. Al mismo tiempo echa miradas a ambos lados, como si creyera que todavía puede encontrar aquí al fugitivo.

—Ya que estás aquí —dice Antiodemis, bajando la voz hasta casi un susurro—, tenemos que hablar.

La forma en que Cepión abre los ojos revela su alarma.

—¿Hablar? ¿De qué?

—De lo que ocurrió anoche. De cómo tuve que venir aquí de madrugada, huyendo como si yo sí que fuera una criminal.

—¿Fue acaso culpa mía?

«Claro que lo fue. Si no hubieras organizado una orgía de tres días en tu propia casa…».

—No digo eso. Pero es que… —Antiodemis se lleva los dedos a la boca y se los mordisquea, como una niña pequeña vacilando sobre lo que va a decir a continuación—. Me ha hecho pensar.

—¿Pensar en qué?

—Dime una cosa. ¿Qué ha ocurrido con tu mujer? ¿Cómo se lo ha tomado?

—¿Cómo pretendes que se lo tome? Ha dicho que se quiere divorciar de mí. Pero ya veremos.

A partir de este punto, con suma cautela, Antiodemis va guiando la conversación hacia un terreno en el que, en otras circunstancias, nunca habría querido adentrarse.

Pero tiene que persuadir a Cepión para que se marche por propia voluntad.

Cuanto antes.

Y sin que se percate de que está siendo manipulado.

Las lecciones de Casandra y su propia experiencia le han enseñado que lo que menos soporta un hombre es que una mujer lo agobie.

Así que, en lugar de seguir el impulso que le pide echar a patadas a Cepión y decirle que se quede con su mujercita y que a ella no la vuelva a molestar más, Antiodemis hace todo lo contrario.

Decirle que lo necesita. Que ahora él, si se divorcia de su esposa, podría pasar más tiempo con ella. Que, aunque no se puedan casar porque ella es extranjera y sus hijos no serían legítimos ciudadanos romanos, ella anhela tener algo más de él. Quiere su semilla, conservar con ella un poquito de Cepión.

—Te prometo que si tenemos un hijo, jamás se disputará tu herencia con el que ya tienes con Tercia. Yo misma lo criaré y lo mantendré. Y también lo…

—¡Basta! Me duele la cabeza —dice Cepión, quitándose las manos de ella de encima por tercera o cuarta vez y apretándose las sienes—. ¿Crees que en estos momentos estoy para pensar en estas cosas?

—¿Y cuándo será el momento? Dime, ¿cuándo estarás dispuesto a hablar?

Como buena actriz, sabe manejar la voz a la perfección. Poco a poco ha ido subiendo el tono y modulándolo en un soniquete persistente. Lo justo para penetrar en la cabeza de él como una barrena de carpintero.

Corre el peligro de que Cepión acabe dándole una bofetada.

Pero está dispuesta a arriesgarse.

—¡Ahora no, desde luego! ¡Tengo cosas mucho más importantes de las que preocuparme que de una putilla como tú!

¿Putilla? ¿La ha llamado putilla?

«¿Putilla? ¿Me has llamado putilla?». Esa podría ser la reacción natural, indignada. Incluso si se ofende lo suficiente podría conseguir, al final, que él le pidiera perdón.

Pero lo que quiere es que él se largue cuanto antes.

Sabe que hay algo que Cepión no soporta. Porque él mismo —¡mira que confesar tus debilidades a una amante, Egomeméi, con lo listo que te crees!— se lo ha contado. Cuando una mujer llora, Cepión no puede resistirlo. No sabe cómo reaccionar, salvo quitándose de en medio.

Así que es lo que hace Antiodemis.

Llorar.

Para su propia sorpresa, su llanto es amargo, sincero. Inspirado por una aflicción que nace de lo más hondo de su corazón.

Es la congoja que Artemidoro le ha contagiado, la pena inconsolable que se ha quedado anudada en su interior.

Cuando se da cuenta de lo que le ocurre, ha dejado de actuar y ya es incapaz de controlar sus sollozos.

Al menos, consigue lo que quiere. Sin decir nada más, sin despedirse, Cepión se da la vuelta, recoge a su perro carnicero y se marcha con él.

Mientras se enjuga las lágrimas con el dorso de la mano, Antiodemis se pregunta cómo, después de lo que le acaba de decir a Cepión —«¡Quiero tener un hijo contigo!»—, va a conseguir librarse de él y convencer a la gente de que es ella quien lo ha abandonado.

Ya pensará en ello mañana.

***

La dosis de adormidera no ha sido lo bastante fuerte.

Puede que se deba a la pizca de Soplo de Epiménides que aspiró Artemidoro antes de salir del apartamento.

Sabe que no debería excederse con esa droga. Conoce casos de gente que, llevada por la euforia que provoca, no ha parado de inhalar una y otra dosis hasta que, de repente, ha caído fulminada como si una espada le hubiera atravesado el corazón de parte a parte.

Por culpa de esa mezcla tan incompatible como el agua y el fuego, o como el éter y la carne mortal, ahora se encuentra flotando en un duermevela. Aturdido por el opio. Agitado por la droga de Epiménides. Atormentado por las imágenes que, aunque cierre los ojos, asaltan su mente como fogonazos de relámpagos que perforan un cielo tenebroso.

¿De verdad no nos pasa nada que no podamos soportar? Es un axioma más que cuestionable.

Sus dolores físicos, por ejemplo. Son terribles. Metódico, Artemidoro los analiza de arriba abajo, concentrándose en unos y tratando de hacer menos caso a otros. Son ondas en una marea de tormento que atraviesa su cuerpo y que, en los espacios entre las crestas de las olas, dejan minúsculos momentos de alivio. Apenas lo justo para respirar.

Empieza por el rostro, que emite pulsaciones punzantes como si una docena de corazones sembrados de agujas latiera bajo sus mejillas, sus pómulos, sus mandíbulas, su frente. En todos esos lugares lo han golpeado a conciencia tanto Nuntiusmortis como Cepión, sin saltarse ninguna parte de su cara. Incluso las encías y la lengua le sangran.

Los puñetazos del celtíbero han sido devastadores. Como si el mazo de un cantero impactara contra su rostro.

Los de Cepión han sido más humillantes.

Continuando con su revista, va bajando por el torso. En esa zona, la parte izquierda de la espalda es un foco de dolor que descuella sobre los demás, como el jefe de una manada de lobos aullando por encima de las cabezas de sus compañeros. Artemidoro sospecha, o sabe, que tiene fisuras o incluso fracturas en varias costillas. Antes de quedarse dormido, le ha pedido al bueno de Procopio que le ponga almohadones bajo la espalda para incorporarse lo más posible, por si alguna esquirla de hueso se le clava en los pulmones y se los encharca.

Se le aparece su madre. Normalmente permanece confinada en el país de Óneiros, donde moran los sueños, pero el delirio de su hijo permite que se asome al duermevela para impartirle sus lecciones.

—Si el paciente tiene las costillas rotas —le explica—, es mejor que haga una dieta ligera, no que ayune. Si se llena el estómago de forma moderada, eso hace que las costillas se enderecen. Si no, el vacío provoca que se hundan y queden suspendidas, lo que provoca más dolor.

—Sí, madre.

—Hay que poner al paciente un vendaje apretado con lana y con cera.

—Sí, madre.

—El paciente debe mantener silencio…

—Sí, madre.

—… y abstenerse de relaciones sexuales.

El dedo admonitorio de su madre.

Abstenerse.

Artemidoro, negándole a Urania un último abrazo.

«En cuanto nazca el bebé, volveré a ser el amante fogoso al que conociste en los Jardines de Eros y Psique».

Intenta sollozar, pero solo consigue toser.

Cada vez que lo hace, es como si el bandido Procusto lo aporreara con su martillo.

El examen de los dolores sigue bajando.

La pierna derecha.

Aquí no tiene dudas. Está rota. Probablemente se ha fracturado los dos huesos de la pantorrilla, tanto la tibia como el peroné.

Tiene que decirle a Procopio que se la entablille.

Se lo dirá mañana. Pasado. Cuando despierte. Cuando se duerma.

Nunca.

Tablillas.

Papiros.

Vuelve a ver el último papiro sobre la mesa.

Emborronado. Profanado.

Como ella…

«Tengo fiebre. Es la fiebre», se dice.

El delirio lo transporta al pasado. Quizá no ha salido de él. Quizá ha quedado atrapado en el apartamento de la Torre Mamilia para siempre.

Sísifo empujando su roca, Tántalo tratando de alcanzar el agua y las manzanas, las Danaides acarreando por siempre jarras agujereadas.

Y él atado a la silla por toda la eternidad.

***

Está de nuevo en el apartamento.

Amordazado con un jirón de la túnica que ellos le han arrancado a Urania. Nuntiusmortis se lo ha anudado tras la nuca, tan fuerte que Artemidoro siente que la tela le va a rajar las comisuras de la boca, que se va a tragar la lengua y a ahogarse con su saliva.

Intenta hablar. Es imposible.

Quiere contárselo todo a Cepión para que se quite de encima de Urania, para que deje de hacerle daño. Para que, al menos, le desate a ella la mordaza, porque se va a acabar asfixiando.

—¡El tesoro! ¡Yo mismo te llevaré hasta el lago! ¡Bucearé para ti y sacaré el oro! ¡Te haré más rico de lo que ha sido jamás hombre alguno! ¡Pero suelta a Urania!

Todos esos gritos, esas frases que quieren brotar de su garganta se convierten en lo mismo. En un «g-g-g-g-g» ininteligible.

Las imágenes de los dos intrusos, de los dos salvajes violadores, se mezclan, sus rostros y sus carcajadas se confunden en una amalgama demoníaca.

Cepión y Nuntiusmortis.

Nuntiusmortis y Cepión.

Ambos se relevan encima de Urania, aplastándola, embistiéndola como arietes. Desnudo el romano, con la túnica arremangada el celtíbero.

Mientras a Nuntiusmortis le toca el turno de apisonar con su mole a Urania, Cepión se agacha por detrás de Artemidoro y le agarra de los hombros.

—Calla, erudito. Ya tendrás tiempo de hablar. Ahora, mira y aprende.

Su voz, petulante y soberbia.

Es la voz de Roma.

Le habla al oído, tan cerca que nota el repugnante calor de su aliento, el hálito ponzoñoso de la verdadera hidra.

—Mira bien, no te pierdas detalle, hombrecito. Es demasiada mujer para ti, ¿no crees? Bastante tiempo la has tenido para ti solo.

—¡G-g-g-g-g!

—Cuando terminemos con ella, me contarás todo lo que le contaste a Graco y más.

«¡Sí, sí, lo haré! ¡Pero déjala a ella, por favor! ¡Dile a ese monstruo que la deje!».

La mordaza lo traduce todo al mismo lenguaje:

—¡G-g-g-g-g! ¡G-g-g-g-g g-g-g! ¡G-g-g-g-g g-g-g-g!

—Después, hombrecito, después. No hay prisa. Tenemos todo el resto de la noche.

Mientras tanto, Urania lo mira a él, y él mira a Urania.

Artemidoro quiere comunicarle su amor con los ojos. Transmitirle calor. Decirle que no va a pasar nada, que todo va a salir bien.

Pero no tiene fuerzas para ello. Sabe que lo único que Urania encuentra en su mirada es el mismo terror ciego que él está viendo en la de ella.

No por mucho tiempo.

Después de lo que parece una eternidad, la mirada de Urania cambia.

Cuando ha pasado un rato, una hora, un eón, ella deja primero de balbucir y gemir bajo la mordaza.

Ya antes había dejado de moverse.

Después deja también de parpadear.

El brillo de sus ojos se seca.

Se apaga.

Artemidoro nota en su interior, en un lugar recóndito que debe de ser donde anida el espíritu que recibimos al venir a este mundo, un hálito frío, gélido como el espacio negro entre las estrellas de la noche.

Es el aleteo de las keres, llevándose el alma de Urania.

Es como si el suelo del apartamento hubiera desaparecido bajo sus pies.

—Muévete, puta —gruñe Nuntiusmortis.

«Te mataré, os mataré, os juro que os mataré…».

—¡G-g-g-g-g! ¡G-g-g-g-g g-g-g!

Cepión se olvida de mortificar a Artemidoro y se acerca a la cama. Durante unos instantes se queda mirando.

Nuntiusmortis se levanta. La armazón del lecho cruje aliviada.

Urania sigue sin moverse. Su cuello está vuelto hacia Artemidoro en una última mirada, congelada en el miedo y la desesperación. La tripa se le ve aplastada, como una cúpula hundida. Los muslos y las sábanas están empapados de sangre.

Cepión le agarra las mejillas, las aprieta con los dedos, le gira el cuello a un lado y a otro.

La cabeza de Urania se mueve flácida como la de una muñeca rota.
—Está muerta —sentencia Cepión, soltándola.
Por casualidad o por crueldad, vuelve a dejar el rostro de Urania mirando hacia Artemidoro.
Artemidoro nunca se ha considerado un hombre de acción, sino de pensamiento. Reflexivo. Siempre sopesa pros y contras.
Ahora solo piensa en escapar. De esa habitación, de Roma, del mundo entero.
Se levanta, con la silla atada a la espalda. Medio doblado sobre sí mismo, corre hacia la ventana.
La falleba que debía contener a los invasores, el último reducto de la civilización, se rompe cuando Artemidoro embiste contra los postigos y se precipita al vacío, girando en el aire al hacerlo.
Con suerte, al caer sobre la espalda la silla se romperá.
Con más suerte todavía, se matará. Y aquí y ahora acabará todo.

***

«Lo he conseguido. Estoy muerto», piensa Artemidoro.
Ha muerto al caer por la ventana, del golpe.
No, error. Ha sido en la cama de su antiguo esclavo Procopio, por las heridas.
Sea como sea, muerto está. Todo se acabó.
Está caminando por una llanura sembrada de brumas que brotan densas como guedejas de lana, se retuercen en el aire como gusanos grises y después se disipan poco a poco en el aire. Pero, cuando parece que la atmósfera va a clarear y que los perfiles de las cosas volverán a ser visibles, de los poros del suelo surgen más espiras de vapor. Es la propia tierra la que respira de ese modo, siguiendo el compás del corazón que late en la profundidad de sus abismos.
La niebla es tan espesa que a pocos pasos los objetos son siluetas borrosas. Más allá no se distingue nada.
El suelo cruje bajo las pisadas de Artemidoro.
Baja la mirada. Rodeados por hebras y zarcillos de vapor que los difuminan, sus propios pies descalzos le parecen lejanos. Lo que está pisando y cruje bajo sus plantas, sin hacerle daño, es una suerte de gravilla fina formada por huesos. Sin saber por qué lo sabe, lo cierto es que sabe que esos huesos desmenuzados por el tiempo son humanos.

Por encima de ese polvo que en tiempos fue materia viva se levantan aquí y allá altos tallos, coronados por racimos de flores blancas.

Sin detenerse en su lento deambular, Artemidoro acaricia una al pasar junto a ella. Siente en su piel la caricia de los pétalos, pero vagamente. Tan vagamente como nota en las plantas de los pies los bordes afilados de los huesecillos que trituran sus pisadas. Debería dolerle, pero no es así.

Las flores son asfódelos.

Ahora sí que sabe que está muerto. El lugar donde se encuentra es la llanura de los asfódelos, donde se reúnen las almas de los difuntos antes de pasar a la otra orilla del último río que uno cruza en su existencia.

Sigue adelante, sin encontrar ningún río. Lo que aparece ante su vista, primero como confusos trazos grises y después como líneas más definidas, es un bosque. Al caminar entre sus árboles, observa que son chopos muertos y sauces pelados de hojas, esqueletos de los árboles que fueron.

Tiene que ser el bosque de Perséfone. Aunque no alcance a ver todavía el Aqueronte, está convencido de que en cualquier momento se encontrará con el alma de Urania.

Y un encuentro es lo que tiene, pero no el que esperaba.

Ante Artemidoro aparece un hombre tan alto como él, materializándose de la forma inopinada en que las imágenes de los sueños brotan de la nada o se transforman en otras entidades sin que eso nos sorprenda.

—Esta no es la arboleda de Perséfone —le dice el desconocido—. Te encuentras en el bosque de Gronduri. En lo que queda de él después de que un fragmento de cometa se precipitara desde el cielo y lo redujera a lo que ves.

El hombre viste un largo manto gris, se cubre la cabeza con un sombrero alto y picudo, y camina con un báculo. El bastón es algo más que un adorno, ya que cojea ligeramente del pie derecho. La barba, pajiza y entreverada de blanco, le llega hasta el pecho, partida en dos trenzas adornadas en la punta con cuentas de ámbar.

Es tuerto. Sobre el ojo izquierdo lleva un disco de metal dorado a modo de parche.

La forma y el grabado del disco le resultan a Artemidoro extrañamente familiares.

Es una moneda de oro. Un darico, como el que él mismo extrajo del fondo de aquel lago sin nombre.

Sin transición, Artemidoro descubre que se está mirando a sí mismo. Está vestido con la túnica limpia que le han puesto las esclavas de Antiodemis, pero algunas heridas se han abierto y la sangre que supura pinta aquí y allá manchas como motas rojas en los pétalos de una orquídea.

El rostro es el de una ruina humana. Hinchado, surcado de cortes allí donde los puños de los torturadores han roto piel, labios, cejas.

Se da cuenta de que está contemplándose a través del único ojo del desconocido del manto gris y el sombrero picudo.

Ahora él es el hombre del sombrero y el báculo.

La imagen del otro hombre, de Artemidoro, se disipa, convertida en una bruma más.

Después los vapores vuelven a cuajar, se solidifican, moldean líneas y volúmenes como en un torno de alfarero que usara niebla en lugar de barro y dan forma ahora a una mujer. Rubia como Urania, pero más menuda. Sus ojos, también azules, resultan extrañamente inexpresivos.

Artemidoro sabe quién es. No porque lo sepa ahora, sino porque lo sabrá cuando llegue el momento.

Hadwiga, la vidente que no ve.

La mujer que abre fosos en el suelo y se hunde en ellos para unirse con la tierra y conectar con los espíritus.

Ahora la recuerda.

Marta la vidente la invocó para él.

Y Artemidoro se comunicó con ella en la sima del Mundus Cereris.

O se está comunicando en este preciso instante. La visión que Artemidoro empezó a olvidar en cuanto salió de aquellos pasajes subterráneos es ahora su presente.

—¿Recuerdas quién eres? —le pregunta la mujer.

—No sé si lo recuerdo o si olvidé que lo he olvidado.

—Muchos nombres tendrás, hombre del sur. Ahora yo te llamo por este: Señor de los Cuervos.

Artemidoro gira el cuello a la izquierda. Después, a la derecha.

En cada hombro se le ha posado un cuervo.

La hembra, que come carne cruda, se llama Mneme, «Memoria». Tiene todo el cuerpo negro. El macho, que la prefiere asada en las brasas, es Nous, «Pensamiento». Se diferencia de ella porque su pico es amarillo.

Señor de los Cuervos.

«Soy yo».

En el bárbaro idioma de la mujer, el nombre suena diferente. Brota raspando de la garganta, áspero como el croar de los dos cuervos.

Hrokanfadi.

—Ahora, Hrokanfadi —le dice la vidente que no ve—. Contesta a mi pregunta.

—¿A qué pregunta?

—¿Cuál es tu misión? ¿Qué has venido a traer al mundo?

Él se lo piensa.

Quiere justicia.

Contra Cepión.

No, contra Roma. La madre monstruosa que alumbra y nutre a sus peores hijos, los Cepiones, y da muerte a los mejores, los Gracos.

Pero contra la todopoderosa y soberbia Roma, la justicia es inútil.

Únicamente queda la venganza.

Ha de ser una venganza a la altura de la grandeza de Roma. Sus llamas deben ascender hasta los mismísimos cielos.

El sacrificio definitivo.

La devastación total.

La ecpirosis del estoico Crisipo. La conflagración universal en la que todos los universos con sus habitantes, desde los dioses más poderosos hasta los insectos más humildes, se convertirán en cenizas.

¿Qué mayor homenaje, qué mejor pira funeraria para Urania?

Un fuego purificador que deberá empezar en Roma.

—¿Cómo prenderé ese fuego, Wiha Hadwiga?

(La ha llamado «Venerable» en el idioma de ella. Un idioma que tendrá que aprender en el futuro).

—Traerás la piedra de la tierra. La reunirás con la piedra del cielo en este mismo lugar.

Gea y Urano juntos otra vez, piensa Artemidoro-Hrokanfadi, que ha vuelto a recordar su nombre sin olvidar todavía el nuevo.

Juntos como al principio de los tiempos.

«Este mismo lugar» es el Mundus Cereris. A lo lejos, como espectros del Hades, ve las siluetas de los otros dos hombres que compartieron la experiencia y recibieron sus visiones.

Que las están recibiendo, pues, al revivir el pasado, lo experimentan como presente.

Stígmata y Mario.

La piedra de la tierra, comprende Artemidoro, es el Ónfalos.

Él sabe dónde se encuentra. Pues la fuente de aquel fantasmal resplandor que vio iluminar el fondo del lago sin nombre no es, no era otra que la roca sagrada de Delfos.

—¿Y la piedra del cielo?

—Lo averiguarás —responde la vidente que no ve.

—Lo averiguaré. Sí. Pero ¿cómo podré unirlas en el Mundus Cereris?

—Ellos te ayudarán.

Los árboles se han convertido en siluetas humanas. Aisladas unas de otras, como islas en un mar brumoso, pero aparecen más y más. Decenas, cientos, miles. Hombres altos, pálidos, fantasmas del norte.

Uno de ellos se adelanta, rompiendo los jirones de niebla.

Es un gigante, una estatua andante que se recoge los rubios cabellos en un moño que lo hace más alto todavía.

—Él los mandará —dice la vidente—. Yo los inspiraré. Tú los guiarás.

—Yo soy Wulfaz —dice el gigante.

—Yo, Hadwiga —dice la mujer.

—Y yo soy Hrokanfadi.

«Ha llegado tu hora, Roma», piensa. Pues los tres juntos y la horda de guerreros de la niebla van a llevarle el fuego devastador.

La ecpirosis.

Artemidoro-Hrokanfadi habla ahora en el lenguaje de los norteños que se llaman a sí mismos «Los que habitan el hogar».

Por eso, el nombre que brota de su boca no es ese. Es una palabra que lleva en cada sílaba la violencia de la destrucción, que rasga la garganta y araña la boca al pronunciarla.

***

Artemidoro despierta justo antes de que cante el gallo.

El grito que profiere al hacerlo sobresalta a Procopio, que duerme en una esterilla a los pies de la cama. El esclavo se incorpora con el corazón en la boca y está a punto de derribar el taburete donde ha puesto la única lamparilla de aceite que dejó encendida.

Su antiguo amo lo está mirando como si pudiera ver a través de él, como si sus ojos contemplaran algo aún más lejano en el tiempo que en el espacio.

—¿Qué has dicho, señor?

Los labios partidos de Artemidoro se abren en una sonrisa feroz, una sonrisa que Procopio nunca había visto en aquel hombre tan sereno y racional.

Solo pronuncia una palabra.

—*Rágnarok!!!*

EPÍLOGO

EL ESQUILINO

Quince años después

Son los idus de enero, en el año del consulado de Quinto Servilio Cepión y Gayo Atilio Serrano.[20]

Gayo Mario, que fue cónsul el año pasado y ahora es procónsul de la provincia de África, ha empezado a cosechar éxitos en la guerra contra su antiguo compañero de armas en Numancia, el caudillo númida Yugurta. Las noticias que llegan a Roma, después de varios años de decepciones, con engaños, corruptelas e incluso humillantes derrotas ante un ejército que al principio consideraban poco más que una horda de desharrapados, son esperanzadoras. Mario está haciendo avances gracias a unas legiones que, poco a poco, va forjando como un arma a su imagen y semejanza.

Por su parte, el nuevo cónsul Servilio Cepión ha obtenido el mando para combatir contra otra amenaza distinta. No en el sur, como la de Yugurta, sino una que proviene del norte.

Hace ya siete años que apareció en el Nórico, un reino céltico aliado de Roma situado al norte de los Alpes, una inmensa horda, un pueblo entero en migración del que nadie había oído hablar hasta entonces.

Los cimbrios.

Al principio, los romanos creyeron que se trataba de otra tribu celta.

---

[20] Año 106 a. C.

No tardaron en averiguar que ni su idioma ni sus dioses tienen nada que ver con los de los pueblos de la Galia, con los que ya están familiarizados.

También han descubierto, muy a su pesar, que los cimbrios son unos guerreros formidables. Por el momento, han humillado a dos ejércitos romanos: primero al del cónsul Cneo Papirio Carbón y, cuatro años después, al del cónsul Marco Junio Silano.

El flamante cónsul Servilio Cepión ha jurado, poniendo por testigos a todos los dioses celestes e infernales, que no habrá una tercera humillación. En el Campo de Marte está alistando un nuevo ejército en el que combina soldados veteranos con reclutas bisoños. En cuanto esté mínimamente adiestrado y el clima lo permita, Cepión partirá hacia el norte para acabar con la amenaza que representa ese enigmático pueblo.

Aunque su verdadero objetivo no se halla en el valle del Ródano ni en la Galia central, últimos lugares en los que se ha tenido noticia de los cimbrios, sino en la capital de los volcas tectósages.

Tolosa.

Ahora que dispone de miles de hombres bajo su mando, no cejará hasta que encuentre el lugar donde esos bárbaros ignorantes escondieron hace ciento setenta años el tesoro de Delfos.

***

En el Esquilino han plantado una cruz.

Está clavada al borde de una hondonada de la que sube un hedor insoportable. Son los efluvios pútridos de los desperdicios arrojados a este albañal de Roma. Emanan, sobre todo, de los cadáveres de indigentes que se corrompen bajo el sol y la lluvia, picoteados por cuervos y mordisqueados por ratas y perros salvajes.

Atado a esa cruz, Stígmata lleva ya dos horas de tormento.

Le quedan muchas más.

Su cuerpo, desnudo salvo por la bula de la que jamás se ha desprendido, sembrado de cortes y magulladuras, sigue exhibiendo la misma musculatura de atleta que cuando dominaba los combates en el Foro Boario.

Esa musculatura no le ha servido para librarse del suplicio.

No se trata de una ejecución oficial. No hay magistrados ni lictores. Tampoco verdugos oficiales ni sirvientes públicos.

Hace un rato pasó por allí un hombre alto, cubierto de pies a cabeza por un manto pardo cuya capucha no permitía ver su rostro.

Los demás presentes sospechaban o incluso sabían de quién se trataba. El individuo que lo acompañaba era inconfundible tanto por su corpulencia como por sus andares.

Nuntiusmortis.

El antiguo gladiador sigue siendo guardaespaldas de Cepión pese a que este, como cónsul, cuenta con una escolta oficial de doce lictores.

Pero Cepión ha venido aquí de incógnito. En parte por curiosidad y en parte por rencor contra el hombre colgado en la cruz, que en el pasado frustró parte de sus planes. Más que frustrarlos, los retrasó, como demuestra el hecho de que el hombre que llegó a tener más deudas que nadie en Roma haya acabado llegando a lo más alto de la República.

La visita del cónsul ha sido breve. Cepión no ha tardado en aburrirse y se ha marchado.

Quien no parece aburrirse es el hombrecillo de piernas torcidas, vientre de tonel y rasgos de fauno que está al pie de la cruz. Rodeado de sus matones, Septimuleyo disfruta del tormento.

—¿Qué creías, Stígmata? ¿Que podías esconderte de mí?

El *imperator* del Aventino ha conseguido medrar en sociedad. Ahora, como miembro del orden ecuestre, en los actos públicos puede vestir una túnica con una estrecha franja púrpura. En uno de sus dedos, tan gordezuelo como las salchichas que vendía en sus primeros tiempos en el Aventino, luce el anillo de oro que distingue a los équites.

Septimuleyo no solo zahiere a su víctima con palabras.

Tiene en la mano un palo alargado y puntiagudo con el que lo pincha una y otra vez en las piernas y en el vientre. Procura no hacerle más que rasguños, pues su intención es que el suplicio dure el máximo tiempo posible. A veces amaga, entre carcajadas, con clavárselo en los testículos para reventárselos.

El día empieza a declinar. El sol, que se deja caer sobre el monte Janículo, al otro lado del Tíber, alarga la sombra de la cruz hacia los arcos anaranjados del Aqua Tépula.

Stígmata no ha proferido hasta ahora ni el menor quejido. Con los ojos cerrados, se limita a moverse de cuando en cuando, tratando de apoyar los pies en el tronco de ciprés para descargar el peso de sus brazos. En vano, pues sus plantas resbalan por el madero pulido, lo que provoca más risotadas del jefe de los Lavernos.

Quien más se ríe con Septimuleyo es Búfalo, que con los años se ha quedado tan calvo como aquel melón que Sierpe robó hace años y bautizó con su nombre. También ha sumado un buen puñado de libras a su ya considerable masa.

Entre los demás secuaces se oyen insultos y gritos de jolgorio y se ven sonrisas de satisfacción.

Solo hay dos personas que reaccionan de forma distinta.

Dos mujeres.

A cierta distancia del grupo de sicarios que se mofa de Stígmata se encuentra Berenice. Ya no es la bella y joven cortesana que era la más cotizada entre las chicas de Septimuleyo. Ahora ni siquiera pertenece a su clan. Un centurión recién licenciado pagó un buen dinero a Septimuleyo para que le permitiera casarse con ella, y el jefe de los Lavernos, que veía cómo los encantos de Berenice iban menguando con la edad, decidió aprovechar la ocasión.

Berenice, que enviudó hace un par de años, ha venido a contemplar la tortura de su antiguo amante y despedirse de él. Durante años, al no tener noticias del paradero de Stígmata, temió por una parte no volver a verlo jamás y, por otra, concibió la esperanza de que la terrible visión que le había mostrado el amuleto no llegara a cumplirse.

Una esperanza vana.

Septimuleyo, más poderoso que nunca y con tentáculos que se extienden fuera de Roma, averiguó que Stígmata llevaba unos meses viviendo en Herculano y envió a sus mejores sicarios para apresarlo en la noche.

Apresarlo. No matarlo. Pues quería someterlo a una muerte lenta y dolorosa.

Tal como lo había amenazado de niño, Septimuleyo pensó en ejecutarlo con la pena del saco. Pero ahogarlo en el Tíber con un perro rabioso, un gallo y una víbora, por pintoresco que parezca como tormento, se le antojó demasiado rápido.

El suplicio de la cruz puede durar muchas horas. En el caso de una naturaleza todavía vigorosa como la de Stígmata, incluso días. Para evitar que el frío de la noche lo mate de forma prematura, Septimuleyo incluso ha ordenado a sus hombres que, después de oscurecer, lo cubran con un manto.

Cuando por fin expire Stígmata, tiempo tendrá Septimuleyo de despellejarle el rostro para añadirlo a su colección de máscaras.

Berenice no es la única que contempla el tormento con los ojos anegados de lágrimas.

A unos veinte pasos de la cruz, escondida tras una estela funeraria, se encuentra Sierpe.

«¿Por qué te quedaste tan cerca, Stígmata? ¿Por qué no huiste a los confines de la tierra?», se pregunta.

A sus veintidós años, Sierpe sigue siendo menuda. Flexible, puro nervio, continúa trabajando para Septimuleyo. Con el cuchillo o con otras artes, pero nunca con lo que tiene entre las piernas. Eso se lo dejó claro al patrón hace tiempo. Cuando entrega su cuerpo es porque quiere, no para que Septimuleyo gane dinero a su costa.

Aunque se ha convertido en una mujer muy guapa, nunca llegaron a salirle unos pechos como los de Berenice, que tanto envidiaba. Los suyos son pequeños, y sus rasgos más juveniles incluso de lo que corresponde a su edad. Como lleva el pelo corto, cuando le conviene para sus encargos —así los sigue llamando—, puede hacerse pasar por un chico.

Debería irse, se dice. Seguir contemplando cómo padece en la cruz el hombre al que más ha querido en su vida solo sirve para que ella también se sienta morir por dentro.

Mientras se lo está pensando, oye un ruido detrás de ella. Es el roce de algo que se mueve sobre tierra suelta.

Sierpe se vuelve, buscando a Vespa bajo el manto.

Un muchacho se acerca gateando entre escombros y montículos de arena y grava. Lleva un capote gris que, pese a las manchas, parece de buena calidad. Aunque viene a cuatro patas, que no es la forma más aristocrática de moverse, hay algo en su aspecto que lo distingue de la escoria a la que se suele ver merodeando entre las tumbas del Esquilino.

—Tranquila, no voy a hacerte daño —dice el chico. Sierpe le calcula diecisiete o dieciocho años.

En realidad, hoy ha cumplido quince.

—Claro que no vas a hacerme daño —responde Sierpe—. Aunque quisieras.

El chico llega a su altura. Con los codos apoyados en el suelo, se asoma por el otro lado de la lápida.

—He soñado con ese hombre —dice.

—¿Qué hombre?

—El que está en la cruz.

Aquello despierta el interés de Sierpe.

—¿Y qué hacía en tu sueño?

—Él no hacía nada. No he llegado a verlo, pero en el sueño me han hablado de él.

—¿Quién te ha hablado de él?

—Alguien que a veces se me aparece mientras duermo. Un hombre que ya está muerto.

—¿Quién?

El chico mira a Sierpe y esboza una sonrisa.

—Cuando te conozca un poco más, a lo mejor te lo digo.

Los ojos.

Al mirarlos, Sierpe siente que se le paraliza el pulso por un instante.

Las facciones del joven, de por sí, son peculiares. Afiladas como un puñal, con la barbilla en punta y unos pómulos altos y angulosos que parecen a punto de rasgar la piel. Sin parecerse a Stígmata, a Sierpe le recuerda en eso al antiguo gladiador.

Pero los ojos son…

Raros.

Extrañamente separados. Rasgados.

Lo que más llama la atención en ellos, sin embargo, es el color. Un verde puro. Son dos cabujones de malaquita incrustados en un rostro de marfil.

Sierpe recuerda, o en realidad nunca ha olvidado, las palabras de la bruja que le leyó la mano.

«Conocerás a un hombre de mirada rara».

«Tendrá los ojos como luciérnagas».

«Serás su maestra».

—¿Qué te decía el hombre de tu sueño? —pregunta Sierpe.

—«El hombre que me quitó la vida fue el mismo que te la dio a ti. El hombre de las cicatrices». Esas fueron sus palabras.

—Stígmata —murmura Sierpe—. ¿Qué significa eso de que te dio la vida?

—No tengo ni idea. Pero, cuando me he enterado de que lo habían crucificado, he venido a verlo.

—¿Cómo te has enterado?

El muchacho sonríe con suficiencia.

—No pasa nada en el Esquilino sin que yo me entere.

—Bien, ya has visto a Stígmata —dice Sierpe, con cierto desdén en la voz—. Y ahora ¿qué?

—Voy a preguntarle a él qué significa lo que me ha dicho el hombre del sueño.

—¿Cómo piensas preguntárselo? ¿Crees que te van a dejar acercarte? ¿Crees que él se va a poner a charlar contigo desde la cruz?

—Desde la cruz, no. Por eso tenemos que bajarlo.

—¿Bajarlo? ¿Cómo piensas hacerlo?

—Cuando se haga de noche.

—He preguntado cómo, no cuándo.

—Con ayuda.

El chico habla con tal seguridad y convicción, como si realmente estuviera en su mano salvar a Stígmata del tormento, que el corazón de Sierpe se acelera de nuevo.

—No me has dicho cómo te llamas, por cierto —dice el muchacho.

—No te lo he dicho, pero tú tampoco me has preguntado. Soy Sierpe.

—Qué nombre más peculiar.

—Es el que tengo. ¿Cómo te llamas tú?

El chico vuelve a sonreír. Hay algo magnético en su sonrisa.

O serán sus ojos.

—Encantado de conocerte, Sierpe. Yo soy Quinto Sertorio.

Plasencia, junio de 2023

PALABRAS FINALES

Sin entrar en muchos detalles, me gustaría hacer algunas precisiones sobre las libertades que me he tomado en esta novela.

Los acontecimientos que rodearon el fin de Gayo Graco, por ejemplo. Las fuentes antiguas no precisan las fechas, pero es de suponer que el cónsul Opimio y el resto de los enemigos políticos de Graco decidieran derruir su edificio político cuanto antes, por lo que he situado los hechos en el mes de enero. Por otra parte, entre la asamblea en que fue asesinado Antilio y el estallido de violencia final pasaron dos días, pero he preferido concentrar los hechos en uno solo por motivos dramáticos.

Acerca de esos mismos hechos hay ciertas discrepancias según las versiones de las fuentes. Para lectores interesados, las más conocidas se encuentran en Plutarco, *Gayo Graco* 13-17 y Apiano, *Guerras civiles* 1.25-26. Estos autores sitúan los acontecimientos que llevaron al final de Graco en el Capitolio, pero sospecho que esto puede deberse a la imprecisión terminológica que a veces se da en los autores antiguos (para desesperación de lectores e intérpretes modernos). En cualquier caso, yo los he localizado en el Foro, que me parecía un lugar más conveniente para la narración.

En general, he procurado aprovechar en mi novela lo que solemos llamar «los huecos de la historia». Por ejemplo, se sabe con bastante certeza que Gayo Mario fue tribuno de la plebe en 119 a. C., año en que propuso la reforma de las pasarelas de votación que se menciona en la novela, pero de sus años anteriores se ignora casi todo. Me he tomado la libertad de atribuirle un primer tribunado en 121 a. C., que no habría sido imposible —tan solo se conocen los nombres de algunos tribunos de ese año, no de los diez—, aunque tal vez sí que sea poco probable.

En la novela aparecen muchos personajes históricos, como Mario, Graco o Cepión, de los que se saben algunas cosas y se ignoran muchas más, sobre todo en determinados periodos de su vida. Como decía antes, he usado esos huecos de oscuridad para crear mis propios personajes. Siempre con fines narrativos, no de veracidad histórica (aunque sí he buscado la verosimilitud).

Hay muchos personajes inventados, como Stígmata, Sierpe, Berenice, Nuntiusmortis, Urania o los Lavernos. Están, por último, aquellos que aparecen dispersos en citas y fuentes como poco más que nombres. Es el caso de Rea, la madre de Sertorio —su pertenencia a la *gens* Valeria es invención mía—, de la actriz Antiodemis o del erudito Artemidoro de Éfeso, autor de una *Geografía* en once libros, lamentablemente perdida, y al que yo atribuyo la composición de unas *Historias* inacabadas.

La obra *Sobre el Océano*, de Posidonio, también es una obra perdida, así que me he permitido el juego narrativo de inventar un pasaje en el que el autor, a su vez, cita otro pasaje igualmente perdido —y totalmente ficticio— de Artemidoro.

Aunque pueda chocar a lectores modernos, el uso de drogas en la Antigüedad con fines diversos, incluidos los recreativos, está ampliamente atestiguado. En ese sentido, recomiendo a lectores curiosos el libro *The Chemical Muse*, de D. C. A. Hillman. Sobre el opio mencionado varias veces en la novela poco hay que decir, puesto que la palabra procede del latín *opium*, que a su vez proviene del griego ὄπιον. El soplo de Epiménides es invención mía, para una posible droga estimulante con efectos similares a la cocaína. Me he basado en un texto de Diógenes Laercio (*Vidas de filósofos* 1.114) donde menciona que las ninfas le habían dado a Epiménides —una figura casi mítica a medias entre filósofo y chamán— una sustancia especial que él guardaba dentro de una pezuña de vaca, que consumía en pequeñas dosis y gracias a la cual no se le veía nunca comer.

En cuanto a los escenarios de la novela, son ficticios tanto la ínsula Pletoria como el Hórreo de Laverna, los Jardines de Eros y Psique o, sobre todo, el Palacio de Hécate. Existía el Mundus Cereris, una supuesta puerta de comunicación con el inframundo, pero no está clara su localización. Su arquitectura concreta es, asimismo, invención mía.

Alguna precisión más sobre el vocabulario utilizado. «Sadismo», «asesino», términos de ese tipo. Evidentemente, no habían nacido ni el Marqués de Sade ni el Viejo de la Montaña de la secta de los *hashshashín*, pero creo que son palabras que ya han perdido buena parte de sus connotaciones etimológicas concretas y que transmiten un significado más expresivo y universal. Sin ser exageradamente anacrónico —utilizar términos como «freudiano» o «surrealista» seguramente chirriarían demasiado—, siempre intento aprovechar la riqueza de nuestro idioma.

No me resisto a contar una anécdota que me ocurrió en la Feria del Libro de Madrid. Un lector que estaba hojeando mi novela *Alejandro Magno y las águilas de Roma* se topó con la primera frase, pronunciada por Roxana y refiriéndose, precisamente, a Alejandro:

«—Ese cabrón tiene que morir».

El lector me preguntó:

—¿Los griegos decían «cabrón»?

A lo que respondí que evidentemente no. Porque hablaban en griego, no en español. Lo cual no significa que no utilizaran palabrotas e insultos en su idioma, que, lógicamente, en una novela deben reflejarse en el lenguaje del autor. Sin caer en modas pasajeras: habría resultado raro —aunque reconozco que me habría divertido mucho— hacer que los Lavernos se dijeran cosas como «Dabuten, tronco», «¿Qué pasa, bro?» o «¡Ni tan mal!».

***

Para terminar, quiero expresar mi gratitud a las personas que me han apoyado, esperado y soportado durante la larga gestación de esta novela.

En HarperCollins, para empezar, a Guillermo Chico, que ya me «fichó» por primera vez con *La gran aventura de los griegos* y que no ha escarmentado. A María Eugenia Rivera por su paciencia y sus ánimos. A Luis Pugni, por su confianza. A Laura Torrado, por su labor con la prensa. A Juan Carlos Fernández, por su trabajo en redes. A Fernando Contreras, por sus meticulosas y acertadas correcciones.

Elena García-Aranda, mi editora, ha estado conmigo desde las primeras versiones y borradores, hace tanto que podríamos poner «antes de Cristo» en algunos de ellos. Su aliento y su paciencia han sido infinitos, y sus consejos para simplificar el camino cuando me estaba enredando en mi propio laberinto han sido mi auténtico hilo de Ariadna.

A mi hermano Jose, que también ha ido leyendo fragmentos varios y difíciles de interpretar a veces. A mi hija Lydia: hemos sufrido juntos en Plasencia nuestros *studia et labores*, cada uno en su habitación a cada lado del pasillo.

A mis compañeros de directiva del IES Gabriel y Galán —David, Eva, Inma, Damián—, que tan comprensivos han sido con los despistes habituales de quien se ha pasado años con la cabeza en la Roma del 121 a. C. y tanto me han ayudado a subsanarlos. A mis demás compañeros que los han sufrido. A Néstor, por sus notas y comentarios y por la energía que transmite. A mis alumnos, por supuesto, lo mejor de una enseñanza que las denominadas «autoridades educativas» se empeñan en dejar más devastada de lo que los celtas de Brenno dejaron Delfos.

Y de nuevo a Almudena, que ha seguido este proceso desde el principio y lo ha sufrido como nadie. «¿Quieres hacer que nazca Sertorio de una vez?». Pues bien, ¡ha nacido!

Por supuesto, gracias a todos mis lectores. Después de unos tiempos difíciles, prometo no haceros esperar tanto para mi próxima novela.

Valete omnes!

www.ingramcontent.com/pod-product-compliance
Lightning Source LLC
LaVergne TN
LVHW041318170425
808909LV00001B/1